Pino e Mario Pellegrino

L'ADORATORE DELL' ETNA

Titolo | L'adoratore dell'Etna
Autore | Mario Pellegrino – Giuseppe Pellegrino
ISBN | 979-12-20350-12-9

Youcanprint
Via Marco Biagi 6 - 73100 Lecce
www.youcanprint.it
info@youcanprint.it

Mario Pellegrino è nato a Roma il 24 Settembre 1977 da genitori siciliani. È un dipendente della Regione Lazio. Passa molto tempo davanti al computer sia per lavoro che per intrattenimento personale. Da giovane era un grande appassionato di videogiochi e anche creatore di giochi da tavolo. Nella età più matura ha iniziato a leggere i libri gialli della libreria di suo padre. Dopo aver ricevuto in regalo un libro thriller di Lucarelli, e successivamente ispiratosi ad autori come Giorgio Faletti e Jeffery Deaver, le idee thrilleriane non gli sono più mancate.

Giuseppe Pellegrino (Catania, 3 Novembre 1945 – Roma, 21 Gennaio 2018) Era mio padre. I nostri rapporti non erano sempre i migliori, ma in fondo ci volevamo bene. Da giovane s'imbarco su una nave come Capitano di lungo corso, per un anno intero. Sposò mia madre Ada nel 1973, a Catania. Dopo la chiusura del Giornale d'Italia venne impiegato alla Arnoldo Mondadori come tecnico di stampa, e fino al suo pensionamento. Amava il calcio, la lettura e mia madre.

Come è nata l'opera ' L'adoratore dell'Etna '

Dopo aver scritto e pubblicato il mio ' L'eclissi all'improvviso ' non avevo più voglia di scrivere, ma mi nacque in testa l'idea di un thriller, stavolta ambientato nel parco dell'Etna.

«Ma devi scriverlo! E' interessante.» mi suggerì mio padre.

«Non so se ce la faccio… vedremo.» risposi io, molto perplesso.

Finì che iniziò a scriverlo mio padre. Era arrivato a un buon punto… ma purtroppo verso il periodo Natalizio del 2017, cominciò a star male, accusando febbre e dolori articolari. Trascorsero due settimane in cui patì una forte febbre con un inquietante respiro affannoso… fino al giorno che lasciò casa per sempre... morì il 21 Gennaio 2018.

La diagnosi sospetta fù “ polmonite bilaterale “ malgrado ancora il corona virus non aveva messo in subbuglio il mondo intero.

Un giorno accesi il suo notebook per controllare a che punto era arrivato con il romanzo: purtroppo, non per molte pagine, era incompleto. A quel punto mi imposi: lo devo finire per lui. E dopo tre anni... ci sono riuscito. L’ho riletto tante volte facendo attenzione, più che altro, a errori di battitura; perché lui scriveva molto bene, e questo libro ne è la testimonianza. Infatti è stato davvero difficile per me, stare al passo con il suo sorprendente stile di scrittura. Insomma, nel finire del 2021, sono riuscito ad avere il piacere della pubblicazione.

Grazie a te, papà.

1
Sicilia orientale - Pendici dell'Etna

Quella mattina il cielo era grigio scuro, in certi punti tendente al nero, a causa dell'espulsione di magma e dense ceneri eruttive emesse dal Vulcano più alto d'Europa... L'uomo davanti alla finestra, Francesco per chi l'aveva conosciuto e frequentato da ragazzo, in quel preciso momento era nel pieno di quei tristi e amari ricordi che avevano sconvolto la sua esistenza. Malgrado il suo vero scopo fosse quello di dimenticare il passato e liberarsi dalla ossessione e dal dolore, di quanto vissuto nella sua giovane età, questi pensieri erano difficili da cancellare. Era venuto in Sicilia per le festività. E in quel momento nemmeno la fantastica visione dell'Etna, con la sua fenomenale eruzione di lava incandescente che scendeva come un fiume di fuoco inarrestabile e che dalla finestra poteva ammirarne lo spettacolo affascinante, sembrava distrarlo dai suoi pensieri. Era ritornato nella sua Trecastagni, dopo circa sedici anni. Adesso tutto era diverso: aveva realizzato il sogno della vita, almeno per una persona equilibrata come lui. Si era sposato, quasi trentunenne, con l'affascinante e dolcissima Caroline, la donna del destino. Ma trovarsi in quei luoghi lo proiettavano nel passato e alla dolorosa e terribile vicenda umana vissuta in famiglia...

"Tutto era cominciato quando appena bambino, mentre giocava gioiosamente con il suo peluche preferito, un orsetto bianco, che lui adorava e con il quale parlava teneramente dei suoi sogni di bambino felice e sereno. Poi dalla camera da letto sentì provenire delle strane effusioni. Con tanta allegria e con uno slancio di curiosità aprì quindi la porta, di quel tanto, per sbirciare incuriosito all'interno, e trovò suo padre fare sesso con un altro uomo; e ne rimase talmente sconvolto che quella visione, quella scena lo accompagnò fino a quattordici anni. Anche perché aveva raccontato quello che aveva visto, nei minimi particolari, a sua madre. Naturalmente la vita familiare si disintegrò e dall'oggi al domani, la madre chiese la separazione dall'uomo che aveva tanto amato. E lo scandalo sconvolse e aggravò la serenità della famiglia, quando il padre andò a vivere con il suo amante. Qualche tempo dopo sembrava che la questione si fosse incanalata per il verso giusto, con la raggiunta rassegnazione della madre verso quella triste vicenda.

Purtroppo non fu possibile perché accadde qualcosa di brutto e inimmaginabile: il padre uccise il suo compagno, in un impeto di collera.

Gli anni a seguire, quindi, furono una lotta serrata e piena di sacrifici contro quel destino ingrato. Un destino che aveva già alterato i valori morali, e negato quella serenità sociale necessaria per un ragazzo appena adolescente.

Tuttavia la forte personalità e il coraggio della madre, erano riusciti a irrobustire e temprare il suo carattere, rendendolo quasi indifferente alle feroci e crudeli critiche della gente e dei loro conoscenti; persino gli amici d'infanzia si allontanarono come avesse preso la peste.

Decisero quindi di trasferirsi... E dalla splendida cittadina di Trecastagni, alle pendici dell'Etna in cui vivevano, andarono a rifarsi una vita a Ginevra. In questa moderna e tranquilla città della Svizzera trascorsero il periodo più felice della loro esistenza, soprattutto per una raggiunta sicurezza economica. Questo aveva dato la possibilità a Cicciuzzo, così lo chiamava la madre affettuosamente, di continuare gli studi e diventare una persona capace di costruirsi un profilo professionale molto importante: con due master a New York in ingegneria aerospaziale. E uno stage operativo nel più potente gruppo di costruzione di ascensori, la Schindleton Group. Francesco Borsalino, era cresciuto mentalmente e fisicamente insieme ai cugini e allo zio Gaetano, a Ginevra, in un ambiente sano e affettuoso. Si era fatto un ragazzone forte e robusto. La palestra era stato il suo rifugio preferito per sfogare tutta la rabbia repressa e accumulata negli anni precedenti. Naturalmente il suo aspetto era piacevole a vedersi: un fisico atletico, agile e muscoloso, occhi grigio verdi, sorriso solare e accattivante che, insieme al fascino misterioso di maschio del sud, lo rendeva molto interessante alle donne e simpatico alla cerchia di amici, sia a Ginevra dove visse fino alla laurea che a New York. Aveva conosciuto e frequentato molte ragazze e prendeva il largo appena si accorgeva che il rapporto cominciava a diventare pericoloso per la sua libertà. Quel periodo felice e spensierato, purtroppo, non durò a lungo. Ancora una volta il destino si accanì con la famiglia Borsalino. "Era il 31 dicembre del 2011, poco prima della mezzanotte tra confusione e grida gioiose dei bambini, mentre si festeggiava in attesa del nuovo anno, la madre Angelina, venne colpita da un grave malore e morì tra le braccia del fratello, lo zio Gaetano... Da quel giorno tutta la rabbia del mondo entrò nella sua mente e nella sua anima."

Tuttavia il dolore si alleviò perché il destino prodigo di continui cambiamenti, ora negativi ora positivi, stavolta venne in suo aiuto. Infatti passata quella sensazione di profonda sofferenza per la triste perdita, Frank, come ormai lo chiamavano tutti, con una decisione improvvisa, che sorprese anche i suoi parenti, pensò di trasferirsi a New York; e questa decisione si rivelerà determinante per la sua vita e per il suo futuro. Il primo istinto di Frank, appena arrivato a New York, fu quello di contattare il responsabile tecnico del Gruppo Schindleton con cui aveva collaborato per circa due anni, nella sua precedente esperienza nella grande mela. E non si sbagliò nella fiducia di credere in se stesso. Con grande meraviglia si accorse quanto fosse stimato professionalmente...

«Ingegnere Borsalino. Che sorpresa! E' un vero piacere sentirla. Qual buon vento! Non mi dica che si trova a New York? Se è cosi ci venga a trovare. Il nostro rapporto di lavoro è stato sicuramente molto positivo. Abbiamo anche insistito, inutilmente, per trattenerla, offrendole un ottimo contratto.» Frank prese subito la palla al balzo, per lui era un sogno che si stava realizzando… e con voce squillante:

«Architetto Feeney le sue parole di stima mi riempiono di gioia. Le confesso che i miei programmi futuri sono totalmente cambiati e vorrei ritornare a far parte di un gruppo così prestigioso. È mia intenzione, infatti, collaborare e sviluppare importanti ricerche tecniche.» Feeney lo interruppe prontamente «Ascolti Ingegnere, personalmente sono entusiasta della sua proposta. Ma è necessario ottenere il benestare della Direzione. Comunque le assicuro che ce la metterò tutta per un esito positivo. Avrà una risposta in tempi brevi. A presto, buona permanenza a New York...» e interruppe la comunicazione. Frank rimase sconcertato, dubbioso che la telefonata fosse andata a buon fine, anzi si ritrovò con una smorfia amara sul viso. Decise quindi che avrebbe passato tutto il pomeriggio in giro per la città per non compromettere l'ottimismo di quei giorni. Le strade erano appena illuminate. Il chiarore del giorno aveva ancora il sopravvento e quel contrasto creava una luce surreale: come se una fotografia color seppia, un'immagine dai colori tenui, si fosse materializzata intorno a lui. Frank sorrise per la sua fervida immaginazione, ma mentre proseguiva a piedi, quella sfavillante città piena di negozi e di gente di tutte le etnie, lo conquistava sempre di più. Tuttavia ignorava quanto questa città, sarebbe stata fatale per il suo tanto ambito status di uomo single... infatti esattamente qualche giorno dopo avrebbe incontrato la donna della sua vita, il suo piccolo grande amore.

2
New York - (Aprile 2012)

L'incontro con Caroline fu come voluto dal destino. Le loro vite si incrociarono nella sede della più importante banca della città e precisamente presso la Bank of America Tower a Midtown, sulla sesta strada. Questo accadde in un pomeriggio qualunque, in un momento qualunque, quando due persone di sesso diverso continuarono a fissarsi intensamente, come attratti da qualcosa di magico e inspiegabilmente magnetico, mentre salivano con lo stesso ascensore. Le persone, intorno a loro, erano svanite come per incanto.... ma uno spiacevole imprevisto li aveva riportati alla realtà. L'ascensore si era bloccato improvvisamente, e gli occupanti furono assaliti dal panico, allorché si accorsero di trovarsi incastrati a metà del ventinovesimo piano.

«Oh Dio!» esclamò una signora anziana. «Siamo rimasti bloccati, aiutatemi, soffro di claustrofobia... non respiro.» Caroline Zeller, nota criminologa investigativa, si era precipitata subito ad aiutare l'anziana, mentre con iniziativa e lucida tempestività, Frank Borsalino, aveva tranquillizzato quelle persone con parole rassicuranti, informandoli di conoscere il funzionamento e le sicurezze dell'ascensore. Tuttavia l'anziana signora, sofferente e impaurita dalla situazione, aveva cominciato a strillare a perdifiato. Sconvolta ebbe uno svenimento che preoccupò tutti seriamente. Caroline e altre persone, sollevarono la poveretta e dopo averla rianimata, spruzzandole una quantità considerevole di profumo e battendola sulle guance, la invitarono a respirare lentamente. Immediatamente Caroline mise le sue mani, unite a forma di conchiglia, davanti alla bocca della poveretta. Quindi le disse di ascoltare i suoi suggerimenti. «Respiri lentamente, molto lentamente, dentro le mie mani.» proseguì amorevolmente. Nel frattempo Frank, seppure frastornato da quella situazione, si era concentrato sulla tecnologia della pulsantiera, che conosceva benissimo. Estrasse quindi dalla scatola adiacente, con una piccola pressione a scatto, un cassettino e azionò un comando, poi si rivolse agli altri soddisfatto. «Tranquilli Signori! Tra poco scenderemo al piano e subito dopo usciremo. Non allarmatevi... sentiremo come un vento fastidioso che comprime l'ascensore». Subito dopo, infatti, si udì un soffio d'aria potentissimo, ai lati della cabina, mentre l'ascensore cominciò a scendere lentamente al piano, e subito dopo le porte si spalancarono.

Seguì un grosso applauso di gioia, ma tutti si preoccuparono dello stato della signora anziana. Caroline decisa prese l'iniziativa. Fece distendere la donna per terra e le praticò, delicatamente, un massaggio cardiaco preventivo.

Successivamente praticò la respirazione bocca a bocca, per consentirle di respirare quasi normalmente. Intanto erano arrivati gli aiuti. Tutt'attorno si era formato un bel numero di persone che, trovandosi al piano, avevano sentito e seguito con partecipe trepidazione, lo svolgimento di quanto accaduto. Naturalmente si erano preoccupati di avvisare la sicurezza della banca: ma il malore dell'anziana aveva richiamato più di ogni altra cosa, l'attenzione della gente. Il capo della sicurezza giunto velocemente sul posto, era intervenuto con energia per prendere la situazione in mano. Infatti il caos e la confusione, ma soprattutto il vociare dei presenti era quasi incontrollabile. Si premurò quindi di tranquillizzare la gente che l'accaduto si era risolto nel migliore dei modi, poi dopo averli invitati con educazione ad allontanarsi, si rivolse verso il gruppo dei protagonisti.

«Signori! Siete stati magnifici. A nome della Direzione vogliate accettare le scuse per quanto successo. Ma fatemi ringraziare la persona che con intelligenza e spirito di iniziativa, ha saputo tirarvi fuori da una situazione così incresciosa e pericolosa, soprattutto per quell'anziana. Così dicendo si girò verso Frank. Appena lo vide, esplose in una esclamazione di sorpresa:

«Ingegnere Borsalino, carissimo Frank che piacere rivederti! Avrei dovuto immaginare che nell'intervento di salvataggio, ci fosse lo zampino e la conoscenza tecnica di una persona importante.»

L'anziana che nel frattempo si era ripresa perfettamente, tanto da rifiutare di essere portata in ospedale per un controllo, se ne uscì con una esclamazione di concezione religiosa.

«È stato il mio angelo a mandare questa brava persona a salvarmi. Non respiravo più e mentre soffocavo il cuore sembrava come impazzito. Quando lo racconterò ai miei nipotini, finalmente crederanno nella esistenza degli angeli protettori».

Tutti i presenti scoppiarono in una fragorosa risata, mentre Caroline l'aveva abbracciata ancora una volta, con dolcezza e tanta tenerezza. Frank intanto aveva continuato il suo dialogo con il capo della sicurezza... In un certo modo abbiamo verificato il perfetto funzionamento del cuscino d'aria che avevamo installato in tutti i cinquantadue ascensori dell'edificio, concluse Frank soddisfatto.

«Purtroppo...» intervenne De Jong, il capo della sicurezza, «...abbiamo avuto lo stesso problema su altri sei ascensori, nella stessa colonna: fortunatamente abbiamo tranquillizzato le persone coinvolte e siamo nella fase di allineamento ai piani; tutte le sicurezze elettroniche e digitali stanno rispondendo alla grande nel loro compito. Questi software sono sicuri. Frank conosceva il favoloso impianto di tecnologie e sicurezze installate in tutti gli ascensori. Appena concluso il suo master in ingegneria aero-spaziale era stato contattato da un responsabile della Schindleton Group Elevator operante a New York: la Società incaricata nella costruzione e installazione degli ascensori di altissima tecnologia e delle scale mobili, per la Bank of America Tower.

La spettacolare costruzione della banca più importante degli Stati Uniti era iniziata nel 2004, e ci vollero ben cinque anni per completare un'opera di altissima tecnologia, utilizzando materiali innovativi e di recupero. Frank si trovava a New York in quel periodo: aveva concluso da poco il master.

Ed esattamente nel 2009, prima della fine dei lavori e dei collaudi di agibilità, venne contattato da un responsabile della Schindleton Group Elevator. «Ingegnere Borsalino? Sono la segretaria della società Schindleton. È pregato di restare in linea.»... dopo un attimo di pausa, una voce squillante ma dal tono cordiale proruppe dal telefono. «Ingegnere Borsalino? Per prima cosa mi presento... sono l'architetto Feeney, responsabile del settore "Software e Sicurezze" la contatto perché ci è stato segnalato dall'Università. Lei si è specializzato con un master sulle tecnologie più avanzate, nel campo di ingegneria aerospaziale e nell'applicazione di software di ultima generazione. Bene, la Schindleton Group, è una società di primissimo piano nella costruzione di ascensori, scale mobili, con tecnologie e materiali di sicurezza. In questo momento a New York, la nostra società è impegnata nella costruzione e installazione di 52 ascensori e 3 scale mobili alla nuova Banca of America Tower. Per farla breve, ingegnere, siamo interessati alla sua specializzazione e proponiamo uno stage, ben retribuito, durante il completamento e collaudo dei lavori. Abbiamo fiducia nelle sue qualità per verificare il podcasting degli impianti ultimati e relativi collaudi. Pertanto, se decide di accettare la nostra proposta, si rechi domani mattina dal dottor Linch, il responsabile del personale, per firmare il contratto. Successivamente si presenterà con una lettera di presentazione al Direttore della Sicurezza, presso la nuova Bank of America Tower sulla sesta strada. Da quel momento avrà inizio il nostro rapporto di collaborazione. Congratulazioni anticipate per l'arduo compito che l'aspetta, e mi permetto di augurarle buon lavoro.»

Naturalmente Frank accettò con entusiasmo quell'incarico di notevole responsabilità. Il suo futuro si preannunciava ricco di aspettative professionali. Una esperienza di notevole portata, in un gruppo famoso nel mondo. Ma soprattutto avrebbe preso parte, alla fase finale, della nascita della imponente sede della Bank of America Tower, a Midtown, sulla sesta strada. Inoltre era consapevole della grande opportunità professionale per l'importanza e l'interesse di tutto il mondo, verso la mastodontica costruzione della nuova Bank of America, la più importante degli Stati Uniti, progettata con tecniche e materiali avveniristici.

Frank conosceva benissimo la celebre storia di quell'edificio. Il grattacielo era stato disegnato per essere uno degli edifici più ecologici del mondo. La costruzione iniziata nel 2004 e completata nel 2009, si era basata sul rispetto dell'ambiente e del risparmio energetico. L'edificio è ricoperto da pannelli di vetro isolante per contenere la dispersione del calore e per sfruttare la luce diurna tramite Led a intensità variabili, sensibili alla luce naturale. Inoltre speciali sensori si occupano di controllare costantemente l'aria all'interno dei locali, regolando la ventilazione. Per la costruzione dello scheletro e della struttura era stato utilizzato calcestruzzo ricavato da scorie (sottoprodotti di alti forni) con una percentuale del 45% e del 55% di cemento. Così iniziò l'importantissima esperienza professionale del giovane Ingegnere siciliano, nella città di New York. La sua preparazione, il suo innato intuito per risolvere i problemi nel funzionamento, e messa a punto dei sofisticati impianti e software tecnologicamente avanzati, lo collocarono tra i più apprezzati tecnici.

Era stato un lungo lavoro di verifiche e controlli in tutti i quindici piani del grattacielo.

Un sistema di tecnologie computerizzate, tramite software avanzatissimi, mettevano la sicurezza in primo piano. Infatti una notevole collocazione di monitor e di sensori avrebbero segnalato eventuali anomalie con interventi rapidissimi.

Al completamento dei lavori, su Frank erano piovuti una serie di proposte d'incarichi professionali, molto ma molto interessanti, anche economicamente. Il giovane Ingegnere, tuttavia, si dimostrò fedele alla famosa società svizzera che gli aveva dato fiducia incondizionata, per prima.

Quando arrivò lo squillo, Frank era sdraiato sul divano, allungò la mano e rispose al telefono. «Ingegnere Borsalino! Intanto voglio congratularmi con lei. Abbiamo ricevuto tantissimi complimenti direttamente dalla voce della Bank of America Tower. Mi è stato detto che la chiamano simpaticamente "l'elaboratore". Non le nascondo che siamo orgogliosi di avere scoperto le sue eccezionali qualità professionali.» concluse con evidente soddisfazione l'interlocutore. Poi, dopo un breve stacco. «Avrà capito che sono l'architetto Linch. L'aspettiamo domani mattina per una proposta che sicuramente prenderà in seria considerazione. Intanto voglia accettare i miei cordiali saluti… A presto.»

Frank ricambiò i saluti con un tono di evidente soddisfazione, ringraziandolo. Subito dopo, ancora con il telefono in mano, si ricordò di dover chiamare la madre verso la quale lo legava un amore sempre più forte. Nel periodo più triste e infelice della loro vita, era stata la madre a proteggerlo, e con coraggio portarlo lontano dalla Sicilia. Appena diventato uomo i ruoli si erano invertiti, si era caricato di ogni responsabilità, per proteggerla dai ricordi con tutta la serenità possibile. Non era un debole e non si reputava un mammone, ma il triste e doloroso passato aveva creato, tra madre e figlio, un legame fortissimo. La settimana prima, a New York, aveva compiuto 29 anni, e gli auguri della madre anche se telefonicamente, erano stati quasi imploranti. «Auguri! Ciucciuzzo… Ti mando un milione di baci, ma devi tornare presto. Anche a Ginevra troverai delle ottime possibilità, anzi, sono arrivati due lettere di grosse aziende. Sono molto interessate del tuo ottimo curriculum professionale e ti invitano per un colloquio di lavoro. Siamo orgogliosi di te. Anche lo zio Gaetano racconta a tutti gli amici, e a chi ti conosce, dei tuoi fantastici successi professionali. Poi, mamma e figlio, si erano salutati come al solito con un filo di voce, e con pause che tradivano il peso della loro lontananza. Adesso il giovane siciliano, mentre afferrava il telefono con veemenza, quasi per farsi coraggio, si promise di spiegare alla madre il possibile e importante incarico professionale a New York, proposto da una Società famosa e sparsa in tutto il mondo. Le avrebbe fatto capire di essere in attesa, il mattino dopo, di una proposta contrattuale sicuramente valida e di un riconoscimento professionale di tutto rispetto per la carriera. Mentre componeva il numero rifletteva sulle parole da dire alla madre per convincerla sulla decisione che avrebbe preso. Al secondo squillo, rispose la voce di Salvo che lui riconobbe subito...

«Salvo! Come va? Tutto bene? Come procede con Federica?» La voce del cugino era stranamente bassa e conoscendolo, Frank intuì che qualcosa non andava: «Salvo. Stai bene?» si informò subito. «Non mi fare preoccupare… che succede?».

«Tranquillo Frank! Niente di grave. Tua madre ha avuto un lieve malore e in questo momento si trova in clinica, per un ricovero di un paio di giorni. Purtroppo dopo i primi accertamenti e i controlli di routine, abbiamo saputo che la situazione è più seria del previsto. Però niente di grave... ti giuro… ti giuro Frank. Si tratta di una insufficienza aortica alla prima fase. Con una buona cura si sentirà meglio di prima.»

Frank ascoltò il cugino senza battere ciglio… paralizzato dalla notizia. Conosceva sua madre: per convincersi ad andare in clinica doveva essersi sentita molto male. Tutto ad un tratto, la sua voce al telefono diventò quasi isterica per il nervosismo, quando si rivolse al cugino. «Qual'è il nome della clinica, devo contattare il Professor Vasquez, al più presto. Anzi, adesso rintraccio zio Gaetano, sicuramente avrà il cellulare dove chiamarlo. Ciao Salvo! Salutami tutti, vi abbraccio.»

Appena chiusa la comunicazione, cominciò a comporre il numero di zio Gaetano che rispose salutandolo come si aspettasse quella chiamata.

«Cicciuzzo! Intanto, fatti fare i complimenti, sei l'orgoglio della famiglia! Intuisco perché mi 'chiamasti' così improvvisamente. Ma non ti devi allarmare, tua 'matri' sta benissimo.» Zio Gaetano per Frank era stato il padre che l'aveva aiutato a crescere e maturare: il padre vero, lui l'aveva odiato e cancellato.

Era un 'pezzo di pane' zio Gaetano. Un tipico uomo del sud onesto e lavoratore, segaligno di costituzione ma dall'aspetto forte e dinamico, la cui simpatia risultava coinvolgente per le persone che lo frequentavano o che lo conoscevano per la prima volta. E lui si vantava di essere siciliano. Affermava orgogliosamente che le origini si devono mostrare e conservare, insieme al DNA, e infatti dopo trentadue anni di residenza a Ginevra sciorinava parole e verbi siciliani che facevano impazzire dalle risate i nipotini… ma anche i grandi. Frank ringraziò lo zio con parole di rinnovato affetto, e dopo aver ottenuto il numero di cellulare del medico curante, il Prof. Vasquez, riattaccò immediatamente. Subito dopo chiamò il noto professionista che seguiva la salute della madre da tantissimi anni e, che lui conosceva perfettamente. Purtroppo ebbe informazioni non buone sulle sue condizioni. Così in seguito a quella notizia il suo umore peggiorò, al punto da prendere senza alcun ripensamento, la decisione che sarebbe rientrato a Ginevra, già domani. Le notizie sulla salute della madre non erano affatto confortanti.

3

Tutti questi amari e dolci ricordi continuarono ad affiorare nella mente di Frank, ignaro tuttavia che, ancora una volta, il destino avrebbe addolcito i suoi dubbi e la rabbia accumulata nel passato. Intanto la natura, in quel preciso momento, scatenava la sua 'Ira'. L'Etna riprese a brontolare con un boato spaventoso… per chi non era abituato a quelle manifestazioni di potenza. E subito dopo iniziò a lanciare una fuoruscita di magma e cenere, con zampilli altissimi. In brevissimo tempo si erano formati due fiumi di lava incandescente. Era iniziata una eruzione che gli esperti classificano di tipo stromboliana. Mentre l'uomo assisteva, ancora una volta, affascinato da quello spettacolo meraviglioso, in cui il magma a forma di brandelli di fuoco, veniva lanciato a centinaia di metri di altezza, una figura dolcissima si precipitò verso di lui. Era evidente il suo entusiasmo per quella visione che l'Etna mostrava sfacciatamente, esibendosi come fosse una prima donna, agli occhi meravigliati di tutti i villeggianti. Frank si accorse immediatamente della presenza della sua dolce Caroline, e quindi la invitò a saltare sulla sua schiena, a cavalluccio. E trotterellando si trasferì nel terrazzo della splendida villetta, costruita su una collina appena fuori Trecastagni, da dove si ammirava un panorama mozzafiato.

Il lato sud dell'Etna appariva in tutta la sua maestosità ed era indescrivibile lo spettacolo creato dalle sue eruzioni e dai fiumi di magma incandescente, che con il buio somigliavano a dei serpenti di fuoco fuorusciti dall'Olimpo.

Caroline era innamoratissima di suo marito. Frank l'aveva corteggiata come una principessa delle favole, con molta tenerezza e una serie di inviti, accompagnati da fantastici mazzi di fiori: delle splendide creazioni di tulipani, dai colori variopinti prima, per arrivare passo dopo passo a delle impegnative e stupende rose rosse. Ma quello che colpì Caroline fu il modo particolare e divertente con il quale dichiarò di amarla immensamente. Le rose rosse erano accompagnate da una piccola chiavetta usb per computer. In verità Caroline era rimasta delusa da quel gesto, per lei, poco romantico, ma appena aprì il video della chiavetta, il suo cuore cominciò a battere per l'emozione e per la gioia delle immagini che seguivano: apparve Frank inginocchiato, con il suo bel faccione, dichiararle quanto l'amasse e quanto desiderasse vivere tutta la vita con lei.

Caroline rimase colpita da quella dichiarazione così originale e spontanea. Quindi senza pensarci un attimo, di slancio, sicura dell'amore per il suo Frank, prese il telefono. «Pron… » non ebbe il tempo di rispondere. «Amore mio. Ti amo tantissimo… Si che ti voglio sposare. Sei l'uomo che rende felice ogni istante della mia vita… Ti sposo!... ti sposo!... ti sposo! » gli gridò gioiosamente Caroline.

Frank quasi balbettò al telefono, nel sentire tanta felicità e spontaneità nella voce della donna che sarebbe divenuta, presto, la compagna della sua vita. Nei giorni che seguirono si recò dai genitori di lei, per rendere ufficiale la loro storia. E l'intenzione di sposarsi. Il padre di Caroline, un omone di origini trentine, aveva fatto una fortuna nel settore delle tecnologie innovative e del risparmio energetico, con il recupero di materiali riciclabili. La sua azienda aveva partecipato nella faraonica e futuristica costruzione della Bank of America Tower. Dopo avere parlato a lungo con Frank, confidenzialmente, ma tempestandolo di domande, sulle prospettive future dell'uomo che avrebbe sposato la sua unica figlia. Da subito gli disse di avere apprezzato la sua schiettezza, la sincerità e l'onestà con cui si era dichiarato, tuttavia, sarebbe stato contrario e molto dispiaciuto se Caroline avesse lasciato New York.

«Come ben sai giovanotto, Caroline è la mia unica figlia.» puntualizzò l'uomo. «È stata corteggiata da moltissimi uomini per la sua bellezza, per il suo carattere simpatico e gioviale, ma soprattutto per la ricchezza della nostra famiglia. Non si è mai legata a nessuno, se non per amicizia. Eppure ha subito lo stesso delle delusioni tremende, perché intuiva il vero scopo dei suoi spasimanti. Verso di te, devo ammetterlo, per lei è stato un vero colpo di fulmine: è felice, radiosa e piena di gioia. È sicura di amarti e di essere amata. Siamo quindi favorevoli se il vostro rapporto si concludesse con un bel matrimonio. Sarò sincero, caro ragazzo. Ti reputo una persona di totale affidamento per mia figlia, e non ti nascondo che le doti più importanti, quali la socialità spontanea e la semplicità del tuo carattere, hanno rafforzato la nostra fiducia. Caroline… » continuò visibilmente commosso" «… è destinata a ereditare un considerevole impero finanziario e una ricchezza molto importante… più volte ho tentato di inserirla, già da adesso nella nostra azienda, ma rifiuta con ostinazione, convinta che la sua strada, per adesso, è percorrerla da sola. È una criminologa investigativa, ormai affermata, richiesta da molte Procure e dai più famosi avvocati di New York. Il suo innato senso di giustizia e il suo intuito, in alcuni casi oscuri e complicati, sono stati un valido elemento di successo nel mondo della investigazione forense. In verità sono orgoglioso delle sue affermazioni professionali, specie quando con le sue capacità, le sue deduzioni illuminanti, contribuì a fare arrestare un vero mostro, quel feroce serial killer di New York. Ma rimango deluso perché nella nostra azienda, avrebbe un ruolo di primissimo piano.»

Frank ascoltò con attenzione il discorso del suo futuro suocero. E quando toccò a lui, cercò di essere il più sereno possibile. Così descrisse con quella carica emotiva di uomo del sud, come immaginava la vita futura con Caroline: la madre dolcissima dei suoi figli. La donna che lui avrebbe protetto e amato per tutta la vita.

«L'amore che provo per Caroline è qualcosa che porto dentro, dal primo momento che l'ho incontrata, sebbene in circostanze poco piacevoli.» esclamò con un sorriso che gli illuminò il viso: emozionatissimo ma profondamente sincero.

La semplicità di Frank, le poche parole spese per esprimere il suo amore verso Caroline, convinsero i genitori nell'accettare decisamente quel giovane e attraente siciliano. Anzi la madre Elsen, una donna raffinata e dai modi signorili, lo accolse con una spiccata ed evidente simpatia. «Da mamma che conosce la sensibilità e i valori della propria figlia, credo sia stato facile per Caroline innamorarsi di un uomo come lei, capace di dichiararle un amore così profondo. Abbiamo parlato a lungo, io e mio marito Warren. Dopo che vi sarete sposati, è nelle nostre intenzioni assegnarvi il 25% della società! Siamo sicuri che l'azienda ne trarrà vantaggio. Conosciamo le sue capacità professionali e umane. E se il nostro intuito non ci inganna Ingegnere, *scusami*, volevo dire Frank, avremo un figlio maschio nella famiglia. Mio marito ha insistito perché fossi io ad informarti di questa decisione. La mia storia d'amore con Warren, ha avuto molte analogie con quella di Caroline. La mia famiglia era di origine irlandese. Anch'essi emigrati nei primi anni venti. Quando ci siamo conosciuti con la famiglia Zeller, già dal primo contatto, siamo stati accolti a braccia aperte e con grande rispetto. E quando hanno capito l'amore che ci legava, forte e duraturo, i genitori di Warren prima del matrimonio ci dissero di aver ceduto la metà azionaria a favore del loro figlio, come regalo di nozze.» Alla fine del discorso Elsen preferì distrarsi, ordinando alla cameriera di servire un dessert, accompagnato da un ottimo tè fruttato. Quindi concluse con un sorriso, nel ricordare come irlandesi e italiani siano accomunati da un valore molto importante: l'amore indissolubile per la famiglia. La loro conversazione si prolungò in un clima di evidente simpatia reciproca. Frank fu sorpreso dalla semplicità con cui i futuri suoceri intrattenevano la serata, e di tanto in tanto la stessa Caroline, esibiva la sua allegria con risatine e frecciatine ironiche cariche di umorismo, rivolte ai suoi genitori. Quella sera Frank toccò il cielo con una mano. Mai avrebbe immaginato un futuro così benevolo. Forse il destino aveva voluto pareggiare quanto di brutto e doloroso, aveva vissuto precedentemente. I giorni che seguirono a quella decisione così importante, presa dai due ragazzi, sempre più innamoratissimi, furono un susseguirsi di impegni dedicati ad organizzare il matrimonio. Con molta gioia ed entusiasmo, Frank si premurò di comunicare ai suoi parenti, in Sicilia e a Ginevra, il passo importante che lui e Caroline avevano deciso di fare, invitandoli a partecipare al giorno più felice della loro vita.

Il matrimonio si sarebbe celebrato il 1 settembre 2014, cioè quello stesso anno, a New York. Naturalmente la notizia venne accolta con grande gioia, sia dalla nonna materna che da zio Gaetano, e suo cugino Salvo. Così per alcuni giorni subirono una serie di telefonate, per congratularsi con loro. Ma la telefonata più commovente e divertente nello stesso tempo, giunse da Nicolosi, dalla voce di nonna Rosa… con la solita simpatia e quella cadenza siciliana inconfondibile.

«Frank! Gioia della nonna! 'Sugnu filici pi tia'. È la notizia 'chiù' bella 'ca' mi potevi dare prima 'ca chiuru l'occhi'. Devi essere 'filici cu sta' brava ragazza.»

Frank aveva messo a viva voce. E Caroline sorrideva e guardava il suo fidanzato per cercare di capire il significato di quelle parole.

«La traduzione a dopo.» le disse Frank, mentre rideva sornione, nel vedere la smorfia ironica sul viso della sua ragazza. Ma nonna Rosa non smise di parlare, tanta era la gioia che voleva trasmettere ai due ragazzi. «Passami Caroline.» chiese decisa al nipote, che invece si dilungava.

La ragazza non se lo fece ripetere due volte, tolse quindi il telefono dalle mani di Frank. Poi con molta grazia e un tono di voce cordiale e simpatica: «Nonna Rosa!!» esclamò con un tono confidenziale e affettuoso, come se si conoscessero da sempre. «Come sta? Frank mi parla spesso dei suoi parenti e in particolar modo della sua dolce nonnina. Non deve mancare al nostro matrimonio, assolutamente. Per Frank, lei è una presenza molto importante. Perciò mio padre sta organizzando l'arrivo dei parenti più cari. Vogliamo conoscervi e passare qualche giorno insieme, prima della cerimonia. A breve vi invieremo le partecipazioni con dentro i biglietti aerei.»

«Ma tu parli l'italiano 'megghiu di mia'» esclamò emozionata nonna Rosa. «Mio nipote si è 'premurato' di spedirmi una foto tua. 'Tieni' un viso dolce e sei 'beddissima'.» Nonostante Caroline capisse molto poco le parole, ne intuiva il significato e apprezzava quella dimostrazione di affetto sincero.

Per i preparativi i due innamorati si impegnarono personalmente affinché tutto fosse bellissimo come il loro amore, anche supportati dalla carta di credito che Warren aveva regalato alla figlia come regalo di nozze: con un credito molto... ma molto sostanzioso.

Ogni giorno che passavano insieme era un divertimento continuo: scherzavano e ridevano come dei ragazzini che giocano e si divertono. Elsen, la madre di Caroline, ammirava il loro rapporto profondo, privo di screzi o contrasti. Sembrava che la felicità riempisse ogni attimo della loro vita vissuta insieme. Caroline programmava, giorno dopo giorno, le innumerevoli cose da sbrigare per il matrimonio.

Per lei, doveva essere tutto preciso e impeccabile. Quel giorno, tutto doveva essere fantastico e gioioso, quindi passava intere ore a pensare e decidere la migliore soluzione. Persino l'abito da sposa creato dalla stilista più prestigiosa di New York, l'aveva più volte fatto modificare perché doveva apparire al suo Frank più bella che mai. La celebrazione del matrimonio decisa nella splendida Cattedrale di S. Patrick, aveva provocato una sorta di panico in Caroline, quando le venne risposto di essere in ritardo e che la lista per i matrimoni, per quell'anno, era chiusa.

A risolvere il problema ci pensò comunque Warren, dispiaciuto nel percepire lo sconforto della figlia.

Bastò infatti una telefonata al Vescovo di New York per accontentare la sua unica figlia, sborsando naturalmente una ragguardevole cifra in beneficenza.

Nonostante i due futuri sposi terminassero le giornate stanchi ed esausti, riuscivano a ritagliarsi qualche ora di spensieratezza e allegria. Nelle loro passeggiate nel parco, correvano mano nella mano per poi tuffarsi nell'erba, baciandosi teneramente. Altri visitatori che passavano sorridevano divertiti e partecipavano alla loro allegria, come fosse stata contagiosa.

Quella sera Frank, prima di andare a dormire, rifletteva su quanto amasse la sua futura compagna e poi stava per vivere un sogno: impensabile fino a poco tempo fa. Il ricordo della prima volta, così bello ed esaltante anche per un uomo come lui, con molte esperienze... erano finiti sul letto senza accorgersene con le loro bocche incollate in una sensazione di dolcezza e passione mai provata. Si erano spogliati guardandosi negli occhi, poi lui l'aveva penetrata delicatamente come non volesse farle del male. Ed era stata Caroline a chiedergli con una voce carica di sensualità di spingere più forte. La passione e la felicità per quella sensazione sublime che avvolgeva i loro corpi, li aveva portati a raggiungere insieme un lungo orgasmo, e mentre Caroline ripeteva gridolini pieni di piacere: «Amoreee! Ti amoo!... Ti amoo!»

Frank invece al culmine dell'orgasmo aveva ricominciato a baciarle e ad assaporare ogni centimetro della sua pelle, facendola rabbrividire di piacere. Poi sdraiati uno vicino all'altra, si erano sussurrati che era stato bellissimo. Per Frank era stata la prima volta ad aver provato qualcosa di simile. Temeva che quanto vissuto da adolescente avesse inaridito il suo cuore e la sua anima.

Invece, il suo cuore lo aveva sentito colmo d'amore e di gioia per la donna che gli era vicino in quel momento, con il viso appoggiato sopra il suo petto muscoloso: 'Ti amo' avevano esclamato poi all'unisono, come se qualcosa di magico unisse il loro pensiero. Erano scoppiati quindi in una sonora risata carica di complicità, mentre i loro corpi si erano avvinghiati per un nuovo amplesso. Frank aveva sollevato una gamba di Caroline appoggiandola sopra la sua spalla, mentre con la mano destra le aveva accarezzato l'interno coscia. La sua mano era salita fino a sfiorarle il pube delicatamente... e si accorse che lei era più bagnata di prima. Poi il contatto delle sue dita, dentro il pube umido, aveva scatenato un amplesso pazzesco nei due innamorati. Questa volta Frank aveva preso i capezzoli turgidi di Caroline succhiandoli, e quindi leccando le stupende mammelle a coppa di champagne, fino a penetrarla con nuova passione… e ancora una volta avevano raggiunto l'orgasmo insieme. «Amoreeee!!! Ti amooo! ti amooo!» aveva strillato ancora Caroline, come impazzita d'amore, inarcandosi all'indietro.

Frank ancora sdraiato nel divano, in un tentativo di relax, rifletté che in quel primo rapporto, era stato favoloso scoprire insieme a Caroline, l'armonia sessuale che li legava. Più che un discorso di solo sesso, si trattava di amore… di vero amore.

Tutto ad un tratto notò che stava per avere un'erezione, sorrise divertito, poi si alzò e decise di andare a dormire. Il sonno porta consiglio… concluse saggiamente.

Il mattino dopo Frank dopo aver fatto una ricca colazione, si preparò per l'arrivo dei suoi parenti da Ginevra, ma era impaziente per l'arrivo dell'amata nonna Rosa dalla Sicilia: arrivano i nostri pensò ironico e divertito, al pensiero della presenza della nonna a New York. Infatti quel sabato mattina andarono all'aeroporto internazionale con un buon anticipo. Caroline appariva molto emozionata e contenta di conoscere i parenti lontani del suo futuro marito. In fondo venivano da un paese in cui le origini culturali assumevano una importanza rilevante nei rapporti. Tuttavia non poteva sapere che la schiettezza e la semplicità di quella gente avrebbe superato ogni ostacolo rendendo tutto più facile e delizioso.

Frank notò che qualcosa turbava la tranquillità della sua ragazza, ma mai avrebbe indovinato l'ansia nascosta che l'assillava… quindi cercò di distrarla.

«Mi è venuta una idea stuzzicante.» le disse prendendola sottobraccio. «Andiamo a prenderci un buon caffè shakerato!» In quel momento squillò lo smartphone di Caroline che rispose prontamente. Si udì la voce di Jonathan, l'autista di casa Zeller: «Signorina volevo avvisarvi che ho parcheggiato la macchina nel settore G/5°Piano. Quindi rimango in attesa della vostra telefonata. L'arrivo del volo da Ginevra, come mi ha informato l'ingegnere, il suo fidanzato, è previsto per le 16,15 P.M. Il tabellone degli arrivi che ho controllato, qui, nel parcheggio non comunica ritardo, quindi il volo è in perfetto orario, tra circa mezzora.»

«Ehilaà Jonathan!» strillò Frank accostandosi al cellulare. «Vieni e ti farò gustare un caffè shakerato, cosi schiumoso e gradevole da leccarsi i baffi. Ti aspettiamo, intesi? Siamo nelle vicinanze del settore Alitalia.»

Dopo essersi rilassati gustando quella vera prelibatezza, inventata da un famoso barman italiano, i due si misero in paziente attesa nella zona degli arrivi, mentre Jonathan, come stabilito, avrebbe atteso la chiamata nel parcheggio.

Più tardi, non appena il tabellone segnalò il volo da Ginevra in fase di atterraggio, Frank immediatamente contattò l'autista per avvisarlo di tenersi pronto.

Infatti in brevissimo tempo Jonathan si presentò a Caroline e Frank con una simpatica sorpresa: un grosso cartello che inneggiava a nonna Rosa...

BENVENUTA NELLA GRANDE MELA
NONNA ROSA
SIAMO EMOZIONATI E FELICI
I TUOI AMATI NIPOTI:
CAROLINE E FRANK.

All'uscita del Gate 3, quando l'anziana donna apparve sembrava una tenera creatura spaesata e confusa. Guardava da una parte all'altra per raccapezzarsi, anche se la nuora la teneva sottobraccio senza lasciarla da sola. Quando inquadrò il cartello ebbe un sussulto di gioia e incominciò a gesticolare con le mani per farsi notare… «Eccoli!» e strillò come una bambina che vuole richiamare l'attenzione «Frank. Gioia della nonna! 'Qui sono'» poi «… ma picchì mi dicono benvenuta nella grande mela? Non 'semu forse a NovaIork'.» Cecilia, la nuora, scoppiò in una risata piena di tenero affetto. «Vieni, ti spiega tutto il nostro Frank. Intanto noi andiamo a ritirare i bagagli.»

La scena che seguì, dove baci e abbracci per nonna Rosa non finivano mai, si colorò alla fine della divertente domanda dell'anziana donna siciliana che chiese di nuovo: «ma 'picchì' mi date il benvenuto cu na grandi 'mela'?»

Caroline, nonostante l'avesse conosciuta da pochi minuti, l'abbracciò calorosamente e con un sorriso radioso la strinse a sé, mentre Frank, anche lui, sorridente ma imbarazzato spiegò a sua nonna che New York è anche chiamata la Grande Mela.

Appena ritirati i bagagli anche gli altri parenti furono accolti con calore e seguirono scene di autentico entusiasmo. Zio Gaetano, anche lui, con marcato accento siciliano, si rivolse a Caroline con parole semplici ma piene di sincera ammirazione...

«Tu si' veramente beddissima come Frank diceva: 'me lo disse' più volte per telefono. Ma non si' sulu bella, mi appari radiosa e di animo buono. Aha'. Te lo dico con 'tuttu u cori'. Sono contento per Frankuzzo. Aha! Perchè si merita 'na carusa come a tia'.»

Esauriti i convenevoli e le spassose scene di presentazione con baci, abbracci e complimenti del caso, il numeroso gruppetto prese posto dividendosi nelle due macchine. E nonna Rosa mise subito in chiaro che lei sarebbe andata con Caroline e Frankuzzo suo; gli altri presero posto nella macchina con Jonathan, l'autista.

Durante il tragitto dall'aeroporto Kennedy, venticinque Km da Manhattan, alla casa di Warren, i nuovi arrivati si sbizzarrirono nei commenti più spassosi e divertenti e persino Jonathan si staccò dal suo impeccabile ruolo di autista... per partecipare al dialogo e spiegare i luoghi splendidi che apparivano lungo il percorso. Al solito la più schietta e divertente si rivelò nonna Rosa, che per ogni punto del tragitto per le strade di New York, sembrò essere ammaliata dalle meraviglie di quella immensa metropoli. Quando attraversarono il ponte di Brooklyn, da quella struttura così particolare, costruita tutto in acciaio, la visione diventò ancora più suggestiva. Le imponenti e splendenti vetrate dei grattacieli intorno, con i riflessi dei raggi del sole, creavano un affascinante gioco di luci e colori sulle acque dell'East River. E in lontananza si scorgeva in tutta la sua bellezza e grandiosità, un inconfondibile simbolo di New York: la Statua della Libertà. Per nonna Rosa quella immagine, vista tante volte in televisione, suscitò così tanta gioia e entusiasmo che incominciò a battere le mani, al pari di una bambina.

La stessa sorte toccò a Jonathan, nell'altra macchina, con i parenti di Frank, incontenibili nel manifestare i loro apprezzamenti verso quella stupenda metropoli simbolo dello sviluppo economico, della civiltà e della democrazia nel mondo.

Così Caroline forse contagiata da quell'entusiasmo, propose a Frank di allungare il percorso...

Le due macchine quindi si allinearono e transitarono per Brooklyn Heights dove strade fiancheggiate da case in mattoni, altre in stile neoclassico, e da file di case tipicamente in mattoncini rossi, sembravano riportare New York all'America del passato, prima dell'era dei grattacieli.

Inoltre la posizione strategica di Brooklyn Heights, a sud del ponte, affacciandosi sulle rive dell'East River, con la sua Promenade, la passeggiata sul lungofiume, era un colpo d'occhio fantastico e offriva ai suoi visitatori una vista fantastica su Manhattan e sui grattacieli. Dopo aver parcheggiato le macchine in un garage nei paraggi di Court Street, il numeroso gruppetto, guidato dai due futuri sposi, si avviò verso la

Promenade, con al seguito anche il fedele autista. Quindi Caroline approfittò di quella visione suggestiva creata dalle luci, in quel momento, per mostrare il fascino di quel panorama: il sole era tramontato da un bel pezzo, e il chiarore del giorno si apprestava ad affievolirsi sempre di più, mentre le prime luci artificiali venivano accese.

Anche le luci dei grattacieli cominciarono ad accendersi mentre l'oscurità si faceva strada come natura vuole. Da Court Street alla Promenade ci vollero, a passo lento, circa venti minuti. Caroline prese sottobraccio nonna Rosa cercando di renderle meno faticoso il tragitto. Lei nel frattempo faceva dei discorsi a raffica... tanto era l'entusiasmo che provava: «Frank, mi raccontò come 'vi siti cunusciuti'. 'Fù romantico e vulutu do destino'.»

La ragazza sorrise divertita a quelle parole siciliane, sincere e dettate dal cuore.

Intanto la sera era arrivata creando uno scenario incantevole e mozzafiato. Dal pontile del lungofiume appariva la Lower Manhattan illuminata, con la vista strepitosa sui grattacieli sfavillanti di luci.

A quello spettacolo i parenti di Frank, esclamarono un lungo ohoo!!! di meraviglia.

Salvo, in particolar modo, non stava nella pelle per uno scenario che mai avrebbe immaginato così affascinante, e che volle apostrofare con una parola sicula, ormai simpaticamente di uso comune.

«Minchia, sarà difficilissimo poi descrivere agli amici quello che i nostri occhi vedono.»

E cominciò a scattare foto da ogni punto del pontile, qualcuna con i suoi parenti e naturalmente con Caroline e Frank in mezzo al gruppetto. Quindi completò l'opera con una serie di selfie insieme alla fidanzata Federica, con quella scenografia, a sentire lui, da mille e una notte.

Esauriti i commenti e le battute spiritose di Zio Gaetano, il gruppetto formato dai turisti pieni di curiosa energia, decisero infine di raggiungere l'abitazione di Warren Zeller, padre di Carolina, che a tutti i costi aveva insistito per ospitarli nella loro casa. Saliti nelle macchine, ripercorsero il Brooklyn Point velocemente verso Manhattan. Poco dopo si trovarono in pieno centro, accerchiati dai grattacieli illuminati e imponenti, con la gente che camminava in tutte le direzioni, come formiche in cerca di cibo. Tra negozi e insegne pubblicitarie in una varietà di luci e colori, nonna Rosa ricominciò con battute piene di spirito e di meraviglia. «Mi 'pari' di stare in un altro 'munnu'!» esclamò all'improvviso, confusa da quell'intreccio urbanistico fatto di Avenue e Street stracolme di gente.

Nella splendida dimora dei coniugi Elsen e Warren Zeller, seicento metri quadrati al dodicesimo piano di un grattacielo sulla Sixth Avenue, i parenti del futuro sposo rimasero subito sbalorditi da quella evidente ricchezza, ma rimasero ancor più colpiti dalla magnificenza d'animo e dalla solare personalità di quelle persone. Warren appena si presentò a nonna Rosa, l'apostrofò con un simpatico... «Benvenuta a 'ossia'» accompagnandolo con un signorile e rispettoso baciamano.

Naturalmente al saluto siculo del padrone di casa e alla faccia sorpresa dell'anziana donna, seguì una risata generale. Seguirono le presentazioni di tutti, e una serie di discorsi e battute per alleggerire il leggero imbarazzo degli ospiti. E per conoscersi meglio.

Stavolta la battuta più spiritosa la fece zio Gaetano quando confessò sinceramente di aver quasi pianto quando dall'aereo si incominciava a intravedere 'Nawaiork' e... «via via che appariva in tutta la sua bellezza pensavo di sognare, di essere nel film 'Viaggio nel futuro'»

Nel frattempo Elsen invitò gli ospiti a visitare la casa, e mostrò loro le camere assegnate. Nel frattempo nonna Rosa ammirava confusa la raffinatezza degli arredi, e notò che ogni camera era arredata lussuosamente ma con sobrietà, il che dava l'impressione di trovarsi in un ambiente amico.

Poi quando visitò la camera da letto a lei assegnata, con dei mobili stile ottocento veramente splendidi, con un sorriso biricchino se ne uscì con un altra delle sue simpatiche battute. «'Mi pari' di trovarmi in una Reggia e 'chista' è la stanza della Regina di Nicolosi, 'io di persona', in visita a 'Nivuiokk'.»

Altre risate e battute a più non posso... sembrava si conoscessero da sempre e Warren entrò subito in sintonia con la semplicità e la schiettezza dei nuovi parenti siciliani.

Quel clima lo riportò a ricordi lontani pieni di nostalgia, della semplice quotidianità della sua famiglia. I suoi genitori erano emigrati dall'Italia, dal Trentino-Alto Adige, in cerca di fortuna e di una sistemazione migliore.

Il padre Attilio Zeller con enormi sacrifici aveva aperto una bottega per la riparazione e installazione di finestre. All'inizio, l'attività aveva avuto notevoli difficoltà a decollare e a fare profitti. Era il primo ventennio del XX secolo, e anche se gli Stati Uniti cominciavano a diventare una potenza economica, questo avveniva lentamente. Solo con l'intuito e con l'iniziativa personale il padre era riuscito a creare una vera e propria attività, a buon mercato. Alla gente offriva l'opportunità di pagare le riparazioni in modo elastico, legato alle proprie disponibilità: prima vengono i vostri figli, suggeriva ai clienti. Sfamate loro e dopo preoccupatevi di pagarmi. Naturalmente con un tale atteggiamento aveva conquistato la stima del quartiere. Così la notorietà sulla sua bottega si diffuse, al punto, che il lavoro aumentò incredibilmente.

A quel punto decise di assumere un operaio con una buona esperienza nel montaggio di nuove finestre, perché i prezzi economici e le modalità di pagamento avevano portato clienti dai quartieri limitrofi, specie dalla periferia di Brooklyn Heights. I due uomini erano diventati ottimi amici e così pensarono di formare una piccola società insieme. E poco dopo nacque la Società Windows & Glass for You.

Intanto l'economia americana cresceva rapidamente e i cittadini, la società tutta, ne trassero un benessere sempre maggiore. Di conseguenza, per la Windows & Glass for You, arrivò una espansione produttiva tale da dover assumere nuovi operai. Un'altra genialità dei due soci partner, si rivelò quando azzardarono di comprare nuovi macchinari, con tecnologie avanzate e con l'utilizzo di materiali provenienti da prodotti ecologici. In seguito completarono l'investimento puntando anche sulle capacità artistiche del settore, facendo venire un rinomato mastro vetraio dal Veneto. Nel frattempo i grattacieli a New York spuntavano come i funghi, offrendo alla ormai affermata azienda, l'opportunità di una partecipazione diretta nella loro costruzione, con appalti per l'istallazione di finestre e vetri di ultima generazione.

Warren ricordava tutto questo perché la semplicità e la bontà del padre erano, tuttora, nella mente e nel cuore dei vecchi e nuovi dipendenti dell'azienda.

I ricordi si sovrapposero e provò una grande emozione quando nella sua mente riaffiorarono momenti bellissimi...

Lui piccolissimo... quando andava a trovare il genitore nella bottega, con la mano stretta a sua madre, ma subito dopo libero di muoversi.

In quell'ambiente sicuro, trotterellava e toccava di tutto, poi il padre amorevolmente lo prendeva in braccio, se lo metteva a cavalcioni sulle spalle per portarlo davanti allo specchio, nel suo ufficio.

«Sei il mio ometto gli diceva, guardati... sei bello e birichino.»

La commozione di Warren era diventata quasi una sofferenza, di gioia però.

All'improvviso la voce di Gaetano tuonò con tutta quella sicilianità ironica che lo aveva immediatamente caratterizzato, distogliendo il ricco imprenditore dai ricordi.

«'Avaia', Warren un giorno mi devi 'purtare' nella tua fabbrica. Aha! 'Sugnu curiusu' di 'viriri' i macchinari d'alta tecnologia e i telai enormi e i 'finestri ca mittiti' nei grattacieli di 'Nawuaiork'.»

Warren in quel momento sorrise amaramente e pensò che quella gente così schietta, spontanea e semplice era entrata nel suo cuore come fossero dei parenti di vecchia data. La loro gestualità quando parlavano, la cadenza così particolare del linguaggio, erano per lui un vero ritorno al passato, per umiltà e spontaneità...

Poi nonna Rosa rappresentava un concentrato di donne di una volta, e la sua mente volò verso l'immagine ormai sbiadita della propria madre.

4

Sicilia orientale – Aeroporto Fontana Rossa

Le sirene delle auto della Polizia avevano smesso di suonare appena arrivati davanti all'ingresso dei voli internazionali dell'aeroporto. Da una delle macchine, scese velocemente con un gesto atletico il Commissario capo della Questura di Catania. In suo appoggio erano pervenute altre due volanti del commissariato locale. Gli agenti a loro volta si catapultarono fuori dalle auto, mettendosi a disposizione.

«Attendiamo i suoi ordini Dottor Corsini.»

«È stato segnalato un soggetto dal comportamento strano, nascosto nei bagni delle donne. Per le mani tiene uno zainetto, dove nasconde qualcosa di sospetto.»

Intanto il Commissario capo Simone Corsini, 49 anni, aspetto tarchiato e atletico con dei grossi baffi che rendevano il suo aspetto ancora più imponente, avanzava a passo spedito verso il check, dove due persone impaurite da quella presenza nel bagno, si erano rifugiate. Poco distante, infatti, notò due donne. Nel loro viso appariva una certa tensione e uno sguardo impaurito da qualcosa di brutto. Si avvicinò con molta disinvoltura per allentare almeno un poco di tensione.

«Mi presento, sono il Commissario capo Corsini, spiegatemi esattamente cosa è successo e del perché di tanta paura… da immaginare la presenza di un terrorista.»

Intanto gli agenti, pistola in mano, si erano disposti davanti ai bagni come gli era stato ordinato, senza intervenire. La donna più matura, e forse più sicura di sé, raccontò che dallo specchio mentre si davano un filo di trucco, prima di mettersi in fila per l'imbarco, avevano notato una persona.

L'uomo dopo aver preso dallo zaino uno strano aggeggio, una scatola metallica a forma di quella delle scarpe, si era concentrato a collegare una specie di pulsantiera, come quella dei videogiochi: con dei fili.

Fortunatamente il punto dove si trovavano le nascondeva dalla visuale dell'uomo, quindi silenziosamente erano scappate senza farsi notare. «Sono sicura che l'uomo è ancora dentro. Non ho mosso lo sguardo fino al vostro arrivo.» aggiunse agitata.

Corsini con lo sguardo corrucciato cercò di tranquillizzare le due donne, facendole poi scortare da un agente, mettendole in sicurezza.

Subito dopo prese il cellulare e chiamò un collega artificiere che conosceva e di cui poteva fidarsi ciecamente, sia per le capacità professionali che per la discrezionalità.

Il capitano Dionisi ascoltò il problema con attenzione, anche a lui la faccenda puzzava. «Siamo d'accordo Corsini, non possiamo prendere iniziative che scatenerebbero il panico in tutto l'aeroporto. E non possiamo fidarci di quello che hanno visto le due donne. Naturalmente metto in allarme il reparto per un eventuale pronto intervento. Speriamo non sia necessario... aspetto notizie al più presto.»

Corsini intanto fece segno ai suoi uomini di tenersi pronti. Alzò la mano per dare un segnale preciso ai due agenti che per primi dovevano fare irruzione, con la cautela del caso. Quindi spiegò agli altri uomini come intervenire per prendere il sospetto di sorpresa. Appena abbassò la mano, con un guizzo tutti si precipitarono dentro i locali, disponendosi ad evitare ogni via di fuga.

«Presto! Controllate a setaccio tutti i bagni, e sparate se necessario.» L'azione era stata rapida e precisa, tuttavia del sospetto nessuna traccia... Corsini era incazzato nero, soprattutto preoccupato se quell'uomo avesse avuto un ordigno esplosivo in giro per l'aeroporto.

Stava per comunicare la massima allerta a tutti gli agenti della sicurezza, ai poliziotti e ai militari presenti in aeroporto, quando il sovrintendente Lo Presti chiamò ad alta voce. «Commissario nell'angolo c'è un piccolo ripostiglio chiuso a chiave. Che facciamo! Spondiamo?»

Corsini si precipitò nel punto indicato ed effettivamente notò che una porticina strettissima si scorgeva appena, in un angolo dietro i bagni. Scihhhh! Si mise un dito davanti alle labbra per invitarli al silenzio. Poi con ampi gesti delle mani, senza proferire parola, ordinò come disporsi prima di intervenire con le armi in pugno. Quindi continuò a gesticolare, indicando con le dita come agire: due ai lati, due a catapulta dentro il locale. Mentre l'agente Cantalupo con la mitraglietta, si posizionava dietro l'angolo, pronto ad intervenire. Gli agenti lesti occuparono le posizioni assegnate, tuttavia c'era scetticismo che quell'uomo fosse in quella strettura, adatta solo per attrezzi della pulizia.

Con cautela, da un punto non raggiungibile da colpi d'arma di fuoco, Corsini intimò al presunto sospetto di uscire... con tono duro e autoritario, e battendo con forza le mani sulla porta.

«Se esci subito, con le mani alzate e senza reagire, ti garantisco che farò il possibile di non incriminarti per terrorismo.» Silenzio assoluto.

«Ripeto! Sono il Commissario capo Corsini e posso aiutarti. La tua posizione è gravissima, se non chiarisci cosa nascondi.»

Silenzio assoluto. A quel punto un agente, riparandosi lateralmente, fresò le cerniere. E subito dopo due agenti si catapultarono sulla porta con una violenza tale che crollò, cadendo a terra. Ma dall'interno non si notò nessun movimento sospetto. Sempre con la massima cautela sollevarono la porta che aveva occupato quasi tutto lo spazio... ed ebbero una brutta sorpresa: un uomo, scuro di pelle, giaceva supino per terra. Una bava biancastra usciva dalla sua bocca e non riusciva a parlare.

Alla sorpresa, Corsini reagì immediatamente, accorgendosi peraltro con grande ansia che dallo zainetto fuoriusciva una scatoletta con dei numeri luminosi.

«Non toccate nulla!» ordinò agitatissimo ai suoi uomini. Prese il cellulare e pigiò sul numero in memoria.

Il Capitano Dionisi rispose subito: «Dimmi Simone che succe...»

Corsini non lo fece concludere. «Corri subito qui con la tua squadra! Siamo in un mare di guai... guai di cui non conosciamo la portata.» E chiuse la comunicazione.

Dionisi e altri quattro artificieri arrivarono correndo dopo circa sei minuti, che agli agenti in attesa, sembrarono una eternità.

Nel frattempo il Commissario capo Corsini fece allontanare i suoi uomini, facendoli posizionare nei punti d'ingresso di quell'area.

«Che Dio ce la mandi buona!» esclamò uno di loro mentre si disponeva in un punto strategico dell'ingresso. Intanto altri agenti dell'aeroporto, velocemente allertati, si posizionarono in un'area più vasta per impedire l'ingresso a chiunque. Ma senza creare allarmismo per i passeggeri in attesa d'imbarco.

Il Capitano Dionisi, appena sul posto, mise in funzione un piccolo robottino che fece avanzare e quindi accostare allo zaino.

Dotato di telecamera ad infrarossi, ad alta risoluzione, il robottino inquadrò un timer, i cui numeri scorrevano velocemente e il responso risultò allarmante: 8 minuti di tempo. E ancora non conoscevano di che ordigno si trattasse. Naturalmente l'allarme si era allargato. Non appena gli artificieri erano partiti per intervenire, la sala operativa aveva lanciato il codice antiterrorismo.

L'aeroporto venne in brevissimo tempo circondato da un enorme cordone di poliziotti, con furgoni blindati e automobili messe di traverso.

Agenti del N.O.C.S. Pronto intervento, controllavano tutta l'area aeroportuale per eventuali complici di un'azione di terrorismo in atto. Perciò ogni persona con bagagli sospetti venivano fermati e identificati con scrupolo estremo. All'esterno erano stati collocati davanti a ogni uscita dei furgoni blindati con agenti speciali muniti di mitraglietta, altri con fucili d'assalto. Mentre due elicotteri dei carabinieri, partiti dalla divisione di Fontana Rossa, sorvolavano l'aeroporto dall'alto.

Intanto restavano tre minuti per individuare esattamente la potenza esplosiva di quell'ordigno e disinnescarlo.

Il Capitano Dionisi e un artificiere dopo avere aperto la scatola in metallo da cui uscivano i collegamenti al timer, si resero conto che quell'involucro esplosivo avrebbe fatto saltare una buona fetta dell'aeroporto.

Fortunatamente il disinnesto per gente espertissima come loro si rivelò meno difficile del previsto.

Quindi la pericolosa operazione andò a buon fine. Gli agenti più prossimi all'ordigno ebbero un lungo sospiro di sollievo e si congratularono con il loro capo, il Commissario Corsini per la tempestività nel gestire e organizzare l'operazione. Poi contemporaneamente, quasi in coro, si rivolsero al Capitano Dionisi.

«Per il Capitano... Hippy... hippy... hurrà!» Esplose una risata generale. La tensione per adesso si era allentata.

Subito dopo il piccolo robottino, tenendo in totale sicurezza una scatola metallica, attraversò quell'area diretto verso l'uscita, seguito dalla squadra artificieri. E naturalmente, anche loro, vennero osannati con calorosi applausi.

L'arrivo della ambulanza militare e del medico legale riportò l'attenzione su quanto di grave era avvenuto.

Il dottor Biondi seguito da due barellieri visionò il corpo del terrorista e ne constatò la morte.

Poi rivolgendosi al Commissario capo Corsini lo informò che da un primo esame, poteva dire che era morto per avvelenamento. Infatti gli spalancò la bocca e dei frammenti di polvere di vetro, sicuramente di una capsula dentale, apparvero in bella mostra.

Intanto la scientifica controllava ogni piccola traccia lasciata dall'uomo dentro i bagni.

Era impossibile prendere tutte le impronte. Per cui seguirono un metodo a campione nei punti da loro ritenuti più sensibili. Dopo avergli preso il DNA, si sbizzarrirono in una serie di scatti fotografici, poi avvisarono di aver terminato.

I due infermieri adagiarono quindi il corpo sulla barella e con passo svelto si avviarono verso l'ambulanza, portandolo via.

Corsini chiese altri dettagli al medico legale invitandolo quindi a contattare la sezione speciale dell'antiterrorismo di Catania: «La patata bollente passa a loro.» lo informò il Commissario, visibilmente scocciato. «Naturalmente collaboreremo. Quindi mi faccia avere il referto dell'autopsia al più presto. Anzi auguriamoci che, dai nostri data base, esca fuori qualche notizia interessante.»

«In questo momento mi è stato riferito dal Colonnello Nardelli della Sezione Speciale di Messina che dai controlli effettuati a tappeto, in tutto l'aeroporto, niente di allarmante è uscito fuori: tranne due balordi pericolosi, intercettati in un altra area. Trovati in possesso di armi da guerra. Un mercato che tra balordi è molto fiorente. Adesso ti saluto Biondi...» concluse il poliziotto «... e ti chiedo scusa per il 'Lei' di prima. Lavoriamo insieme da sette anni e ne abbiamo viste di cotte e di crude. Purtroppo!»

Nel frattempo il Questore di Catania stava in trepidante attesa del Commissario capo per una relazione sulla situazione. In serata quando Corsini arrivò nella sede della Questura centrale di Catania, trovò l'ingresso affollato da giornalisti di tutte le testate. La notizia era una "bomba" d'interesse, nel vero senso della parola.

Una giornalista lo riconobbe subito: «Dottor Corsini! Commissario Corsini! Siamo in attesa di notizie più precise e dettagliate. Si è trattato quindi di un vero attentato?»

«Per ora sappiamo che l'intervento risolutivo degli artificieri ha evitato una strage di grandi proporzioni.» rispose schivo il Commissario capo Corsini.

Protetto da altri agenti, si liberò dai giornalisti che con una manovra strategica lo avevano accerchiato, e si infilò nell'ascensore opportunamente reso disponibile.

Appena entrò nella grande stanza del Questore, gli venne incontro inaspettatamente il Sindaco in persona.

«Sapevo del suo arrivo e sono venuto per congratularmi con lei. Il Capitano Dionisi, a cui ho telefonato per ringraziare tutta la squadra di artificieri, mi ha voluto informare come solo per la sua prontezza operativa e organizzativa, sia stato possibile intervenire in tempo.» seguì naturalmente una lunga stretta di mano a cui si unì anche il Questore.

«Adesso taglio la corda.» aggiunse il Sindaco «nonostante l'ora tarda, abbiamo in programma un Consiglio dove parleremo anche di questo. Devo solo svoltare l'angolo e sono nel palazzo Comunale, in Piazza Duomo.» si congedò quindi con un largo sorriso ironico perché il Commissario capo Corsini conosceva benissimo la sede del Comune.

Rimasti soli, aggiornò nei minimi particolari il Questore del grave pericolo scampato.

«Adesso tocca alla Sezione Speciale Antiterrorismo continuare le indagini. Fino ad ora non conosciamo l'identità di quell'uomo. La scientifica è rimasta sulla scena a lungo. Pensano di identificarlo attraverso il data base, appena inseriscono le numerose foto scattate. Per quanto riguarda la nostra competenza in merito, ci forniranno tutte le informazioni.»

«Benissimo, Corsini. Le chiedo di ringraziare anche la sua squadra. Se vuole può anche andare, la tensione deve essere stata tanta... a domani per il verbale scritto.» A quel punto Corsini tagliò veramente la corda.

A casa l'aspettavano la moglie Patrizia e Luisella, le due persone che completavano e arricchivano la sua esistenza.

Luisella, quindicenne, una adolescente che sembrava già una donna, sia fisicamente che come maturità.

E lui ne era così orgoglioso, che a volte, guardandola mentre parlava con la madre o con gli amici, pensando al suo mestiere, si emozionava come quando l'aveva vista nascere. Con la moglie Patrizia si erano conosciuti giovanissimi. Si erano visti e incontrati nel negozio di estetica, dove lavorava la sorella di lui. Mentre lei era una giovane apprendista. Da subito era scoccata la scintilla che poi li aveva portati, dopo un lungo fidanzamento, al matrimonio. Negli ultimi tempi approfittava di ogni straccio di tempo libero per passarlo con la figlia, almeno quando lei non stava con gli amici... controllati a sua insaputa con discrezione.

Aveva visto troppe brutture lungo la sua carriera, alla Sezione Speciale Anticrimine, dove le vittime più frequenti, prese di mira, erano gli adolescenti e le donne. Quello che più l'aveva segnato emotivamente, era stato un caso di stupro di gruppo, in quanto, dopo una lunga e complicata fase investigativa, si rivelò ancora più difficile per la mancata collaborazione da parte della vittima. Nonostante fosse stata torturata e seviziata nel modo più terribile. Dello stupro, era stato persino incriminato il figlio di un Giudice importante. E questo particolare aveva creato non poche difficoltà nello svolgimento delle indagini: persino un alibi fasullo, avallato da poliziotti corrotti, a favore dell'indiziato. Tuttavia quando le indagini si conclusero con l'arresto dei tre stupratori, durante uno degli interrogatori, Corsini tempestò di cazzotti il figlio del Giudice, il quale sporse denuncia senza alcun risultato poiché i colleghi di Corsini si schierarono dalla sua parte, auto accusandosi di aver reagito anche loro verso quella infima provocazione. Tutto ciò avvenne quando quel figlio di papà, con atteggiamento sprezzante, si vantò in modo sadico e offensivo, poi con parole di scherno... di averla fatta strillare come una cagna in calore.

Dopo aver lasciato la Questura di Catania, arrivò a casa con ancora la luce del tramonto e quel caldo umido tipico del mese di aprile.

Nonostante il sole si intravedesse appena dietro la maestosità dell'Etna, i raggi filtravano tutt'attorno illuminando i paesi etnei, le cui case apparivano come uscite dalla tela di un pittore.

Corsini si era stabilito a Zafferana Etnea, uno splendido paese turistico alle pendici dell'Etna, per accontentare la moglie e la suocera, che era di quelle parti. Quel giorno si erano intensificate le ricerche per conoscere l'identità del terrorista e di scoprire eventuali collegamenti esterni.

Una squadra di quattro agenti era stata mandata al centro immigrazione di zona, con le foto del morto, ma senza alcun risultato utile per le indagini. Tuttavia nel verbale che il sovraintendente Lo Presti compilò per il suo capo, sottolineò che la situazione, in quel campo, si presentava molto pericolosa.

Mentre guidava, Corsini rifletteva pensieroso su quella indagine così ingarbugliata: naturalmente il Ministero degli Interni aveva passato la patata bollente alla Sezione Speciale Antiterrorismo con il supporto della Questura di Catania. Poi pose fine a quel difficile rompicapo, staccandosi dal suo impegnativo lavoro per godersi lo spettacolo multicolore delle case illuminate dal riflesso solare.

Appena varcò la soglia di casa venne festosamente accolto da Birillo. Un cane tanto affettuoso quanto bello.

Era stato proprio lui a trovarlo lungo la strada, un paio di anni prima. In un primo momento pensava fosse morto. Nella cunetta dove si trovava, non dava segni di vita. Lui si era fermato perché intristito dalla visione di quel povero animale. Sicuramente investito e abbandonato.

Stava per andare via quando notò che una zampa si era mossa lievemente. Allora scese nuovamente dalla macchina e si avvicinò per controllare meglio. Appoggiò una mano sulla pancia dell'animale per sentirne il battito. E come d'incanto il cane si sollevò arzillo, abbaiando ripetutamente in direzione della strada. Corsini si rese conto che il cane era rimasto stordito e camminava zoppicando.

Lo prese quindi in braccio e lo portò in macchina. Quando arrivò a casa con il cane in braccio, moglie e figlia scoppiarono a ridere. Poi esplosero in una esclamazione di sorpresa e di gioia. Birillo, il nome lo aveva scelto Ella, aveva conquistato madre e figlia immediatamente... amore a prima vista.

Il giorno dopo Corsini si convinse di portare Birillo dal veterinario, il quale dopo aver visitato accuratamente il cane, tranquillizzò l'amico Simone. «Non preoccuparti, la zampa guarirà presto, non è nemmeno rotta. Potete togliere la fasciatura semi rigida tra qualche giorno. Quando incomincia a correre vuol dire che non sente più dolore.»

E in poco tempo Birillo diventò un componente importante della famiglia Corsini.

5
New York

Caroline aveva curato personalmente ogni dettaglio per la celebrazione di quello che sarebbe stato il giorno più bello e importante della sua vita. Aveva fatto arrabbiare persino la stilista più famosa di New York: l'abito da sposa era stato modificato per la bellezza di quattro volte.

Qualche giorno prima, Warren nonostante la gioia che sentiva dentro, appariva visibilmente turbato. Fino ad ora aveva volutamente ignorato la triste e dolorosa vicenda vissuta da Frank e dalla sua famiglia, tantissimi anni prima. Aveva chiamato quindi il suo futuro genero per avvertirlo che la risonanza del matrimonio avrebbe stuzzicato la curiosità della stampa e delle televisioni.

«Figliolo! È necessario escogitare, in anticipo, una strategia da mettere in atto. La vicenda è delicata e dai risvolti molto forti. La nostra famiglia inoltre è molto conosciuta. Abbiamo relazioni e conoscenze importanti. Al matrimonio saranno presenti uomini della grande finanza e alcuni politici, diventati carissimi amici. In verità sono molto orgoglioso di dare mia figlia, in sposa, a un bravo ragazzo e persona per bene, come dimostri di essere. Per questo noi genitori, abbiamo deciso di accoglierti con gioia. Siamo sicuri dei tuoi sentimenti verso Caroline e poi il tuo curriculum personale è ricco di note positive, sia dal lato umano che professionale: un uomo dal carisma e dalla personalità molto forte. E con un importante seguito di successi e consensi professionali alle spalle. Tuttavia lo scandalo che coinvolse la tua famiglia e la tragedia che ne seguì, sarà un argomento di sicuro interesse per i giornali e per le reti televisive, che famelici lo daranno in pasto ai media; e i cronisti, pur di fare audience, useranno metodi deplorevoli e odiosi nei tuoi confronti. Noi quindi giocheremo, furbescamente, d'anticipo... la mia mossa sarà quella di chiedere a un mio carissimo amico Editore di pubblicare e dare ampio risalto alla notizia del matrimonio su un noto Talk Show televisivo. Inoltre sarà dato il consenso al dibattito, in esclusiva, sulla triste storia del futuro sposo, Frank Borsalino e della sua famiglia. Sicuramente conosci il programma di cui parlo, è seguito da molti milioni di utenti, con due edizioni in orari di grande visione e ascolto. Avremo così un grande vantaggio.

I giornali scandalistici e le emittenti populiste, resteranno spiazzate da questa mossa e saranno quindi meno interessati a quello che i media già di fatto conoscono. Certamente il passato ti riporterà vecchi fantasmi molto dolorosi, ma il futuro che ti aspetta ripagherà le sofferenze. Volterai pagina insieme a Caroline e se avrete dei figli la vostra vita sarà piena di ulteriori soddisfazioni. A tal proposito, vi auguro tanta felicità e come dicevano i nostri vecchi... auguri e figli maschi!» Frank sorrise compiaciuto alle parole del suocero...

Al termine del proficuo discorso, Warren versò una piccola quantità di wisky in due bicchieri. Un bicchiere lo porse a Frank, invitandolo, con il bicchiere alzato, a brindare al futuro.

Nel frattempo arrivò una telefonata alla quale Warren rispose con molta sollecitudine. Dopo avere ascoltato con attenzione...

«Perfetto Jonathan! Portala dove sai. Arriviamo.»

Poi chiese a Frank di seguirlo. Le posò un braccio attorno alle spalle, come un padre che coccola un figlio, e si avviarono verso l'ascensore privato che portava nel garage.

Appena uscirono dall'ascensore, dentro il garage si presentò una guardia di sicurezza che salutò il ricco imprenditore con un segno della mano che indicava un punto ben preciso. Warren allora si diresse verso quella direzione con passo deciso, seguito naturalmente da Frank che confuso non capiva il motivo di tanto mistero. Ma quando il suo sguardo incrociò quello di Jonathan, intuì il perché della sorpresa. L'autista di Warren infatti era davanti a una lussuosa macchina, appoggiato allo sportello aperto.

«Figliolo.» ripeté Warren, rivolgendosi a Frank. «Questo è il mio regalo di nozze. Anche tu meriti una dimostrazione di stima e di affetto, da parte mia.»

«Ma questa è una Porsche Panarema turbo 4 porte.» esclamò Frank sorpreso e felice nello stesso tempo.

Mai avrebbe immaginato un regalo del genere da parte del suocero. Poi visibilmente commosso chiese a Warren, per ringraziarlo, di poterlo abbracciare come un vero padre. «Facciamo un giro insieme, vorrei provarla subito.» se ne uscì Frank «E' una macchina che ti conquista subito. Immagino la faccia di Caroline appena vede questo gioiello. Sono sicuro che sarà felice quanto me. Grazie ancora, Warren.»

Così dicendo lo fece salire dal lato passeggeri, aprendogli lo sportello. Poi saltò al volante e sgommando uscì dal garage. Per l'ingegnere Frank Borsalino quello che stava vivendo era più che un sogno: aveva trovato la donna della sua vita che lui amava moltissimo e una nuova e vera famiglia, di persone ammirevoli e piene di valore umano.

«Allaccia la cintura!» suggerì Frank al futuro suocero «Stare alla guida di questa macchina è una sensazione favolosa.» aggiunse dopo aver percorso un tratto urbano in brevissimo tempo, testando la grande accelerazione della macchina. «È un'auto formidabile. Si guida con una facilità eccezionale e ti trasmette subito sicurezza.» Dopo avere provato l'ebbrezza di quella guida, raggiunse una velocità più idonea in città, sollevando opportunamente il piede dall'acceleratore. Attraversarono l'elegante quartiere di Sutton Place, girando attorno al Bryant Park: un posto magico dove Frank e Caroline avevano passato molti pomeriggi insieme. Qui i grattacieli facevano da contorno al paesaggio. E uno di questi grattacieli, forse il più elegante, Warren Zeller l'aveva scelto come residenza.

Al rientro nel garage, dopo aver parcheggiato con cura, Frank salutò la Porsche. E il simpatico gesto non sfuggì a Warren che sorrise ironicamente. Sorrisero entrambi… poi si avviarono verso l'ascensore con Warren che con un gesto affettuoso lo prese sottobraccio. Naturalmente Frank da quando erano arrivati i parenti, passava molto tempo libero a casa dei suoceri e il loro rapporto si era rafforzato sempre di più.

Più tardi quando Caroline ritornò dalla Procura, si accorse subito di qualcosa di strano nell'atteggiamento del suo fidanzato. Nel suo viso vedeva una smorfia furbetta e un evidente tentativo, mal riuscito, di autocontrollo per qualcosa di cui aveva la necessità di spifferare al più presto. Appena lui la baciò stringendola alla vita e sollevandola come un fuscello.

«Ehi! Tu, raccontami subito la novità.» lo esortò Caroline «Ti conosco troppo bene e ti sposo proprio per questo. A parte il fatto che ti amo da morire, per me, sei un libro aperto… dalla prima all'ultima pagina. Dunque confessa subito le tue malefatte.» poi mise le mani ai fianchi fissandolo con uno sguardo di sfida, accompagnato però da un sorriso di scherno ironico e radioso.

«Ascoltami bambolina! Non fare la dura con me. Sai esattamente chi stai per sposare. Perciò seguimi senza fiatare.» La prese per mano e la condusse giù nel garage.

«Oh Dio!» esclamò Caroline, entusiasta appena vide la Porsche Panarema.

«Capisco la tua euforia. Mio padre ha voluto sorprendere anche me. Gli avevo accennato che sognavi di possedere questa macchina, un giorno. Sono felice Frank, per te e per lui. Ormai sei il figlio maschio che non ha avuto. Stasera mi porterai in giro per New York. E con noi verrà nonna Rosa, è un tesoro di donna. Ti vuole così bene che appena ti vede, le si illuminano gli occhi. Anzi chiederò a Jonathan di tenersi a disposizione per tutta la serata. Mi sembra simpatico far visitare New York di sera ai tuoi parenti.»

Così quella diventò una serata di totale spasso per tutti. Frank si divertiva a prendere in giro la sua nonnina: così la chiamava quando doveva tenerla buona. Con la Porsche accelerava all'improvviso facendola sobbalzare e quindi borbottare. Caroline aveva riso così tanto alle lamentele in siciliano di nonna Rosa, che si sentì le guance bagnate alle continue e spassose battute dell'anziana donna.

A un certo punto lasciarono le macchine in uno dei numerosi garage della zona, vicino a Times Square, e invitarono Jonathan ad andare con loro.

I parenti di Frank sembravano dei pesci fuor d'acqua. Più si avvicinavano alla famosa piazza, meta di tanti turisti, più apparivano sbalorditi e frastornati da quella visione.

Le luci scintillanti provenienti dagli enormi tabelloni pubblicitari sembravano creare una atmosfera surreale, un mondo proiettato nel futuro, agli occhi dei visitatori. Figuriamoci per nonna Rosa che quasi stordita dallo spettacolo, camminava e poi si fermava a guardare… camminava e poi si fermava, ora attirata dai tabelloni sempre in movimento, luminosi e mutevoli di colori. Ora sbalordita dagli incroci e dalla marea di gente che affluiva verso la famosa piazza. Poi improvvisamente, come uscita da un incanto...

«'Sugnu' veramente impressionata. Mi 'pare'di essiri' dentro un film. Dentro un 'munnu' cà 'nun' è' la Terra. È veramente fantascienza "pi mia" quello che continuo a 'viriri a Navaiork'»

Frank e Carolina l'abbracciarono con calore. Era profondamente bello sentire quelle parole da una donna anziana, vissuta solo per dedicarsi alla famiglia, ma con una dignità da 'Regina di Nicolosi' come l'avevano simpaticamente soprannominata.

Per tutta la serata, dopo essere rientrati a casa per stanchezza, anche Gaetano tirò fuori frasi piene di umorismo e ironia siciliana: «'Miii!' Non credevo nei miei occhi. È vero 'ca semu' sulla Terra? 'Chistu nautru pianeta è!'»

Warren continuava a divertirsi. Ogni parola in siciliano detta dai parenti di Frank era uno spasso.

Per lui erano diventate delle persone meritevoli del massimo rispetto e sentiva per loro un sincero affetto. Aveva preparato una bottiglia di pregiato prosecco veneto. Appena li sentì rientrare si premurò di aprire la bottiglia facendo saltare il tappo, con un gran botto:

«Alla salute dei miei nuovi parenti, onorato di averli a casa mia!» esclamò con tono entusiasta.

«Ai futuri sposi! Auguriamo la felicità che desiderano e poi tanti pargoletti che girano per la casa… per dirla secondo la nostra tradizione popolare.» L'applauso che seguì e gli hippy, hippy hurrà indirizzati a Caroline e Frank riempirono i cuori di tutti e si respirava un'aria carica di piacevole e allegra euforia.

6
Zafferana Etnea

Il Commissario capo Corsini si godeva uno splendido sole pomeridiano sul terrazzo di casa, alle pendici dell'Etna. Comodamente seduto nella sua poltroncina in vimini, riparato sotto la tenda, leggeva il quotidiano "La Sicilia". La prima pagina del giornale raccontava con molta chiarezza e nei minimi dettagli quanto accaduto all'aeroporto Fontana Rossa di Catania, qualche mese prima. La notizia riguardava gli sviluppi dell'antiterrorismo ed era ricca di particolari protetti ma divulgate nel servizio, tant'è che Corsini ebbe la sensazione che qualcuno nei servizi segreti avesse un filo diretto con quel giornalista. Comunque la maggior parte delle notizie erano a conoscenza di tutti i cittadini. Nulla era stato nascosto, se non la parte investigativa ancora in corso. Naturalmente era rimasto aperto un canale di collaborazione investigativa con la Sezione Speciale Antiterrorismo. Il Questore categorico aveva inviato un fax in cui li sollecitava a comunicare eventuali sviluppi. E aveva precisato agli organi d'informazione quanto segue: la squadra del Commissario capo Corsini sarà operativa in questa investigazione, esclusivamente, per le fasi di competenza della Polizia di Stato di Catania.

Il baffuto poliziotto ancora con il giornale in mano analizzò mentalmente i successivi passi e come impegnarsi con le risicate risorse disponibili. Tuttavia, presto, i frutti sarebbero stati raccolti. Appoggiò il giornale sul tavolino e prese la solita bibita a base di latte di mandorla e caffè amaro, che si era preparato prima di mettersi seduto, quando il suono inconfondibile del cordless di casa, le rovinò quel piacevole istante di relax. E sul display riconobbe il numero della figlia. «Pronto piccola se cerchi mamma è scesa in paese, a fare un po' di spesucce.»

«No papà!» rispose agitatissima la ragazza. E continuò con voce tremolante. «Io e Nancy abbiamo bisogno del tuo aiuto. Ti prego fai presto. Ho paura!»

«Ella!» strillò Corsini, saltando dalla poltroncina «Fammi capire. Che ti è successo?»

«Non posso alzare la voce! Ci troviamo in mezzo a una rapina, e hanno già sparato a un commesso! Fai presto. Siamo nella gioielleria, sai quella grande a due vetrine, di Via Etnea.»

«Ascolta tesoro! Non vi muovete assolutamente, restate nascoste dove siete. Telefono immediatamente a un mio caro collega in servizio. In brevissimo tempo le volanti saranno sul posto.»

Infatti pigiò subito un numero memorizzato del suo cellulare, e senza aspettare, al primo cenno di pron... «Salvo! Sono Corsini, manda subito delle volanti disponibili, dove ti dico, con la massima urgenza. È in corso una rapina alla Oreficeria Giuffrida, in via Etnea a Catania. Sono gente pericolosa e armata. Ti raccomando fai volare le volanti come dice il nome. Nascoste dentro ci sono la mia piccola Ella e una sua amica. Le metto nelle tue mani... insieme agli altri sequestrati... spero di arrivare al più presto.» e chiuse infilandosi solo i pantaloni.

Nonostante corresse come un matto verso Catania, con la sirena a tutto volume e il lampeggiante sul tettuccio, il padre poliziotto, fremeva come un novellino al suo primo intervento. Con l'adrenalina al massimo livello, scorse da lontano le volanti dei suoi colleghi, appostate e disposte davanti al famoso negozio di oreficeria. Appena posato piede per terra, chiamò l'ispettore Consoli per conoscere meglio i dettagli e gli sviluppi della situazione. Il poliziotto suo amico, per prima cosa lo tranquillizzò che dentro tutto era calmo.

«Abbiamo già avuto un primo contatto telefonico con il capo dei rapinatori. Non ti nascondo che sembrano molto agitati e tesi perché non sanno che decisione prendere. Naturalmente non hanno via di fuga e questo loro lo sanno. Purtroppo abbiamo un dipendente ferito. Ha reagito per paura e si è beccato un proiettile, lateralmente, appena sopra la spalla. Fortunatamente non è grave, almeno a sentire quel piccolo delinquente. Ma perde molto sangue e la situazione potrebbe peggiorare. Sembrano dei rapinatori non violenti, però sappiamo come certi sviluppi possono diventare imprevedibili o incontrollabili. Dobbiamo comunque evitare la loro reazione. Proviamo a convincerli prima di fare irruzione. Che ne pensi?» concluse preoccupato l'ispettore.

Corsini piuttosto frastornato dal pensiero che la sua piccola Ella si trovasse, in quel momento, all'interno della oreficeria, quasi balbettò prima di prendere una decisione. Aveva bisogno di riflettere e di schiarirsi le idee. Per la prima volta ebbe un attimo di esitazione nel disporre se intervenire o aprire una trattativa. Secondo lui, con quella gente, non bisognava mostrare alcuna debolezza... anzi, intervenire con fermezza senza dargli il tempo di dettare condizioni era la prima regola. Così anche stavolta stava per muoversi, deciso a intimare a quei criminali di arrendersi subito e uscire con le mani alzate, perché solo in questo caso avrebbero evitato conseguenze serie e imprevedibili per la loro vita. Ma d'improvviso squillò il cellulare nella tasca. Non fece in tempo a leggere Ella sul display, che un fiume di parole, sussurrate a bassa voce, lo investirono.

«Papà! Sto bene. Siamo nascoste dentro un grosso bancone, sotto la vetrina dove vengono esposti i gioielli, nella stanza in mezzo. Quei farabutti hanno già razziato le vetrine tutt'attorno e non si sono accorti di noi. Adesso stanno dietro il bancone centrale. E i clienti, tenuti in ostaggio, li tengono davanti come per proteggersi.»

«Ascoltami ragazzina. Non muoverti da quel nascondiglio.» rispose categorico il padre, come stesse parlando con un'estranea a cui impartire un ordine. «Non devi neanche fiatare. Hai capito!? Adesso cercheremo di convincerli ad arrendersi. Nel caso mi devi comunicare qualcosa di importante, non parlare. Sarò io a rivolgerti più domande possibili. E tu risponderai sottovoce solo Si o No. Hai capito bene? E restate calme, ti raccomando.» appena riposto il cellulare in tasca, con passo veloce si accostò lateralmente alla vetrina esterna...

«Hei! "picciotti". Sono il Commissario capo Corsini. Voglio parlare amichevolmente con il capo. Cerchiamo di metterci d'accordo, così non facciamo precipitare la situazione. Sicuramente mi conoscete o forse "Io conosco voi". Se vi arrendete senza opporre resistenza e quindi senza spargimento di sangue inutile, prometto che parlerò con il Giudice. Farò di tutto per mantenere la parola data. È stata una bravata finita male, con il ferimento di una persona che bisogna soccorrere al più presto, per evitare che la situazione si aggravi ancora di più.» Dall'interno... nessuna risposta. «Allora "picciotti" per il vostro bene datemi ascolto e vi darò una mano per uscire da questo casino.»

Una voce rauca e rabbiosa rispose dall'interno. «Commissario le sue parole sono belle, ahaa! Ma noi non 'avemu chiù nenti da perdiri' ahaa! 'Oramai semu condannati a ristare' in galera per tanto tempo. Perciò vogliamo una macchina della volante a disposizione appena 'niscemu fora'. Abbiamo deciso di rischiare il tutto per tutto. Ci porteremo appresso un ostaggio. 'Chisti sunu i condizioni'. Non 'vulemu' ammazzare nessuno. Hai capito? Commissario. Nenti scherzi picchì semu' incazzati e senza scrupoli.»

Corsini rimase in silenzio per riflettere. La richiesta dei rapinatori l'avevano sorpreso.

Non si aspettava che dei rapinatori da armata Brancaleone, come li aveva classificati il suo collega, dettassero delle condizioni così pericolose e piene di incognita per la riuscita del loro piano di fuga.

Quindi dopo essersi consultato brevemente con l'ispettore Consoli, pensò di fare un altro tentativo per farli ragionare...

«Hei! 'picciotti'» strillò a gran voce «Parlo con tutti voi. Pensate bene a quello che fate, perché aggravate di molto la vostra situazione. E a quel punto nessuno di noi come rappresentati della legge potrebbe aiutarvi durante la deposizione al Giudice. Invece questa è la mia proposta: uscite buoni buoni, con le mani sulla testa. E avrete tutto da guadagnare. Vi ricordo che la mia parola è sempre valida.»

«'Vaffanculu! Sbirro.» rispose prontamente uno dei rapinatori.

«Faccio finta di non aver sentito.» replicò Corsini «Mettiamola così. Avete quindici minuti per pensare e riflettere sulla mia ottima proposta. Poi mi darete la decisione definitiva. Ma credo che sarete intelligenti e ragionevoli perché non avete alcuna possibilità di scappare. Anche con una volante della polizia non farete molta strada prima di essere presi.»

«Rivaffanculu! 'Sbirro e pezzo di... mmerda'» si udì in risposta accompagnata da una volgare bestemmia verso "Dio".

Intanto era arrivata la "Jeep ariete" richiesta dal Commissario che appena la vide, con la mano indicò agli agenti di nasconderla dalla visuale dei rapinatori: si trattava di una potente 4x4 con il muso rinforzato da sbarre di ferro per abbattere ostacoli di ogni tipo. Mentre trattava, Corsini si era reso conto che un eventuale intervento sarebbe stato possibile solo con una irruzione a sorpresa: tale da non dargli il tempo di pensare.

7
New York

Una giornata splendida e un sole che illuminava tutta la camera da letto, svegliò il futuro sposo di buon mattino. Si era scordato di abbassare le persiane elettriche: il telecomando stava vicino a lui, tra le lenzuola, ma la stanchezza aveva vinto sulla sua proverbiale resistenza.

Adesso si sentiva rigenerato e in perfetta forma. Si alzò di slancio dal letto e si mise subito sotto il getto benefico della doccia, intonando, si fa per dire, un ritornello che per affinità di sentimento poteva starci...

Tu che mi hai preso il cuor sarai per me il solo amor...
no, non ti scorderò, vivrò per te... ti amerò
te o nessuna mai più... vivrò per te... ti amerò
Tu che mi hai preso il cuor sarai per me il solo amor...

Il ritornello era sempre lo stesso, non si ricordava altre parole, ma per lui poteva bastare. Era quello che avrebbe voluto ripetere ogni momento alla sua Caroline.

Dopo essersi asciugato pensò di prepararsi un buon caffè. Prese il barattolo con il caffè portato dall'Italia da nonna Rosa, ne annusò l'aroma profondamente prima di riempire la sua immancabile macchinetta dell'omino coi baffi. Mentre aspettava decise di accendere il televisore in cucina...

In primo piano, nell'immagine che arrivò c'era una giornalista della CNN con il microfono in mano che intervistava proprio Caroline nel suo ufficio in Procura. Il servizio appena iniziato illustrava la carriera di criminologa di Caroline Zeller, arrivata agli onori della cronaca con le indagini sul serial killer di New York, che portarono al suo arresto quando si brancolava nel buio più assoluto. Solo l'analisi meticolosa del modus operandi del brutale assassino, e soprattutto di alcuni elementi trascurati dagli investigatori della Scientifica, ma non dalla famosa criminologa, aprirono la strada per l'identificazione del mostro.

Al termine del servizio, la reporter rivolse una serie di domande, in diretta, sulla vita privata di Caroline. «Sappiamo che domani per la dottoressa Zeller sarà un giorno speciale e importantissimo per la vita di ogni donna. La prego ci informi lei stessa.»

Durante l'intervista Caroline parlò del matrimonio, per il giorno dopo. «Mi sposo con un uomo magnifico di cui sono innamorata.» confermò attraverso il microfono.

Un giovane ingegnere che il destino glielo aveva fatto incontrare dentro un ascensore. Sicuramente in circostanze poco piacevoli... e descrisse nei minimi particolari quanto avvenuto quel giorno. Però con un tono più romantico che drammatico.

Al termine del racconto, la giornalista spostò l'argomento dell'intervista sul futuro sposo, in maniera più diretta, facendo riferimento naturalmente sulla sua vita passata.

«Dottoressa Zeller non fraintenda il motivo delle nostre domande, ma è giusto chiarire quanto successo alla famiglia Borsalino, la famiglia dell'ingegnere, quando era appena un bambino. Il nostro servizio vuole mettere in evidenza il valore umano e la ricchezza d'animo della sua illustre famiglia. Ci risulta che i suoi genitori abbiano accolto a braccia aperte il suo fidanzato, apprezzandone da subito, le doti umane e caratteriali, tant'è che lo considera come il figlio maschio acquisito. E poi in tutta sincerità, quanto vissuto dal suo fidanzato da bambino, lascia l'amaro in bocca: la sofferenza, lo strascico psicologico, che per anni e anni hanno reso un inferno la vita di un ragazzo. Preso in giro dai coetanei a causa di quell'episodio grottesco e mostruoso, apparso davanti agli occhi di un bambino. Poi lo scandalo che ne seguì, com'era logico, fu tremendo psicologicamente. Ma il ragazzo, aiutato dalla forza d'animo della madre, ebbe la forza di reagire con coraggio, lottando contro quel mondo pieno di pregiudizi e contro quella gente poco incline a capire il dramma di una famiglia per bene.

Dalle parole della giornalista, Frank si rese conto come il suocero avesse istruito benissimo il suo amico editore.

«Tra qualche giorno.» proseguì la giornalista, con un largo sorriso di compiacimento. «Domani per essere precisi, in una famosa Chiesa di New York, Frank Borsalino affermato ingegnere aerospaziale, come in una favola, sposerà Caroline Zeller: unica erede della famiglia Zeller. E quindi tutta la redazione della CNN vuole essere partecipe alla loro felicità con questo servizio giornalistico.»

Il borbottio della fuoriuscita del caffè e l'odore di un aroma meraviglioso, staccò Frank dalla televisione. Era soddisfatto da quel servizio giornalistico, quindi con vero piacere si dedicò a riempirsi una bella tazza colma di quel dono degli Dei... subito dopo prese il telefono e compose un numero a lui molto caro.

«Pronto amore!» rispose immediatamente Caroline «Aspettavo che chiamassi tu per non svegliarti. Sai... mi rigiravo tra le lenzuola e pensavo a te. Ormai sei mio, non potrai scappare.» aggiunse dolcemente con voce sensuale.

«Non voglio scappare.» replicò Frank con una sonora risatina. «Anzi appena saremo sposati, arrivati nel nostro regno, voglio amarti fino a quando non mi urlerai: Si, confesso... sei il grande amore della mia vita! Scherzi a parte, amore. Nell'edizione del programma VIP di stamattina è stato dato un bel servizio sul nostro matrimonio. Naturalmente è stato toccato il tasto dolente della mia vicenda familiare. Ma devo ammettere che sono stati molto discreti nel fare riferimento alla storia che mi riguarda. Invece si sono soffermati più a lungo sulla tua famiglia. Warren come al solito aveva ragione. Abbiamo dato in pasto ai giornalisti di una testata seria, una vera storia di sofferenza e rinascita.»

«Comunque amore.» lo invitò Caroline. «Allontana i vecchi pensieri dalla testolina e tira fuori quelli nuovi: quelli della nostra fantastica storia. Intanto dobbiamo andare in chiesa. Ci aspetta padre Rudolph. Dovremo metterci d'accordo come sistemare l'altare e i lati della chiesa. È stata una mia precisa scelta che gli addobbi floreali vengano messi, e collocati in modo tale, da rendere l'atmosfera magica ma non soffocante. Dovrà sembrare come trovarsi in un giardino variopinto, i cui colori risaltano di una meravigliosa e delicata fantasia.»

«Allora facciamo prima a spiegare a padre Rudolph di prendere spunto dal paradiso.» rispose Frank ironicamente, come battuta di evidente approvazione. «Ah! ricordati di avvisare nonna Rosa.» aggiunse poi «Come sai desidera vedere la chiesa prima del matrimonio. Per lei è un rituale che porta bene. In fondo cosa ci costa? Facciamola contenta.»

«Ma certo! La nostra vecchietta, la regina di Nicolosi, sarà accontentata.» convenne Caroline.

Dopodiché invitò il suo futuro sposo a fare presto. «Altrimenti chiedo il divorzio subito!» scherzò con un tono di dolce ironia.

Quando Frank arrivò, le due donne della sua vita erano già pronte. Allora prese nonna Rosa sottobraccio e la condusse nel garage, dove aveva parcheggiato la Porsche. Caroline al loro fianco, se ne uscì con una battuta spiritosissima: «Ehiii tu! Già mi tradisci?» esclamò rivolgendosi a Frank. «Chi sarebbe questa elegante signora che tieni sottobraccio?»

Nonna Rosa scoppiò a ridere con i singhiozzi, sembrava una bambina a cui è stato fatto il più bello dei complimenti. E come al solito cominciò a parlare come un fiume in piena, e meno male per Caroline che Frank pensò di fare il traduttore simultaneo.

Arrivati nelle vicinanze della cattedrale di S. Patrick si udì un sonoro: Ohoo!!! 'Quantu' è bella!

In quel momento i raggi del sole battevano sopra i vetri dei grattacieli intorno alla Cattedrale, creando un gioco di riflessi colorati e illuminando le sue meravigliose arcate stile gotico. Inoltre la bellissima facciata centrale con il suo enorme rosone e le splendenti vetrate policrome, davano alla splendida struttura architettonica uno spettacolo mozzafiato e suscitavano una fortissima emozione interiore. Frank avanzò verso il lato sinistro della chiesa, a fianco degli uffici amministrativi. E dopo che le due donne furono scese, si diresse al parcheggio, appena distante. Caroline mise un braccio sulle spalle di nonna Rosa e la condusse a visitare l'interno della meravigliosa Cattedrale. Così ogni dettaglio diventò per l'anziana un motivo di grande stupore. Ed era piacevole ammirarla per le spontanee manifestazioni di gioia e di meraviglia che le si leggevano sul viso. Era così teneramente espressiva e radicalmente folkloristica, che trasmetteva come un flusso di serenità e sicurezza interiore alle persone vicine.

Anche dentro l'ufficio di padre Rudolph, nonna Rosa continuò con il suo simpatico show. Non aspettò infatti che la presentassero...

«Deve sapere don Rudolph 'ca sugnu' a nonna dello sposo, qui presente. È un 'carusu' bravo e di buon carattere. Insomma educatissimo è. 'Sugnu' felice 'picchì' trovò una ragazza come Carolina, bella e dolce nello stesso tempo. 'Sunu' una coppia che Gesù 'fici' incontrare per stare insieme nella vita.»

Il prete acconsentì con un largo sorriso di approvazione e di piacevole sorpresa alle parole di nonna Rosa. Naturalmente Frank tradusse simultaneamente, anche quando il prete, a sua volta, rispose in inglese alla nonna. «Mrs Rosa, lei è di una simpatia eccezionale.» intervenne padre Rudolph «Conosco Caroline da quando è nata e fu battezzata proprio da me. Ecco perché approvo con immenso piacere il suo pensiero e il suo sentimento. Poi il signor Zeller è un nostro grande benefattore: è di una bontà rara, difficile da trovare in persone tanto importanti.»

Terminati i convenevoli il prete spiegò a Caroline, in parte per sua precisa richiesta, come sarebbe stato addobbato l'altare, e via via a scendere, il resto della chiesa.

«È venuto il responsabile in persona.» precisò poi «Dalla sequenza fotografica che mi ha lasciato, si notano un elegante abbinamento di fiori e colori variopinti, la cui bellezza creeranno uno spettacolo meraviglioso.»

Dopo spiegò sorridendo, come fosse rimasto sorpreso nel vedere l'addobbo floreale, già collocato nella Cattedrale, senza che lui se ne accorgesse. Ma con un ulteriore sorriso aggiunse di aver capito che le nuove tecnologie erano al di sopra della sua conoscenza. «Come avrei potuto immaginare che un semplice programma digitale potesse creare l'ambiente interno della chiesa, con l'addobbo floreale desiderato e modificarlo a piacere.» concluse enfatizzando padre Rudolph.

Al termine del simpatico colloquio, il prete volle ricordare, rivolgendosi con lo sguardo a Caroline, la puntualità. Poiché la cerimonia fissata per le ore 18 era stata inserita con enorme difficoltà. E un ritardo avrebbe procurato seri problemi alla diocesi.

Quindi abbracciò Caroline con gioia. Poi rivolse parole ben auguranti di felicità ai futuri sposi, e alle famiglie tanta serenità nella vita.

8
Catania - via Etnea

L'operazione di Polizia comandata dal Commissario Corsini in persona, procedeva con molta preoccupazione. I rapinatori non volevano arrendersi, anzi nell'ultimo contatto le loro condizioni erano state maledettamente precise: chiedevano una macchina della polizia e poi loro sarebbero usciti con tre ostaggi per avere una copertura più sicura.

Corsini si era messo quindi in contatto con il magistrato di turno. Per un eventuale irruzione occorreva il suo consenso. In gioco c'era la vita degli ostaggi. Infatti in quel preciso momento venne chiamato al telefono dalla Procura. «Commissario capo, mi ascolti! Sono il Magistrato Caruso. È meglio non parlare al telefono. Tra dieci minuti sarò da lei. Dica a quei malviventi che non può prendere decisioni senza l'arrivo del magistrato. Cerchiamo di prendere tempo.» e chiuse.

Subito Corsini si preoccupò di comunicare ai rapinatori quanto deciso dal suo superiore; l'ordine di restare calmi almeno fino al suo arrivo.

Qualche minuto dopo al povero Corsini arrivò una telefonata che non avrebbe mai voluto ricevere. Appena pronunciò pronto, fu investito da una raffica di parole. Si trattava della moglie Patrizia. Una TV locale trasmetteva in diretta la pericolosa operazione di Polizia, con delle persone tenute in ostaggio dai rapinatori, dentro il negozio. «Ohoo Dio! Simone. Dov'è Ella?... dov'è Ella? Sta bene? L'hai vista? La nostra bambina.» A quelle parole così concitate e piene di timore, il padre e marito poliziotto cercò di calmare la tensione spasmodica che trapelava dalla voce di lei. Era confuso e incazzato a morte per quanto stava accadendo nella sua sfera affettiva. Non che per gli altri cittadini coinvolti provasse meno rabbia, tuttavia nel suo cuore sentiva qualcosa di molto diverso: era la legge della natura e dei legami di sangue. Corsini decise quindi di raccontare una bugia alla moglie, per non aggravare ulteriormente la situazione. Si inventò quindi che la loro figlia si trovasse dentro una macchina della mobile, al sicuro.

«Allora perché non risponde al telefono?» chiese la donna con rabbia «Ero così impaurita da mettermi quasi a piangere.»

«Abbiamo sequestrato tutti i cellulari.» mentì il poliziotto ancora una volta.

«Ero disperata Simone mio.» mormorò stancamente la moglie… «In televisione è apparsa la gioielleria dove dei rapinatori tenevano in ostaggio dei clienti. Perciò scusami per la mia esagerata debolezza di mamma, ma sapevo che con la sua amica, sarebbero andate a comprare un regalino proprio lì.»

Stavolta il Commissario capo rivelò quella intransigenza che il suo ruolo richiedeva; e congedò la moglie senza aggiungere altro, poi freddamente le disse: «Ti richiamo.»

Il destino volle che, in quel preciso istante sul display del cellulare riapparve il numero di Ella. «Papà! Mi senti?» La voce era un sussurro appena percettibile e Corsini per sentire meglio pensò di tapparsi subito un orecchio con l'altra mano.

«Si, piccolina. Ti sento bene. Ma devi essere sicura di non farti sentire da loro. Hai capitò! Sei stata brava a chiudere il cellulare. Tua madre era preoccupata e ti avrà chiamato ripetutamente. Sono orgoglioso della tua prontezza di spirito. Adesso però metti il cellulare solo in vibrazione e abbassa ancora di poco il volume. Comunque devo chiederti un'altra prova molto importante. Apri una piccolissima fessura dello sportello. Ti raccomando, con molta cautela. E quando quei delinquenti sono tutti e tre distratti, avvisami immediatamente. Hai capito bene! Immediatamente. Subito dopo sentirete un gran fracasso e probabilmente colpi di arma da fuoco. Non preoccupatevi e restate dentro il bancone, senza muovervi assolutamente. Adesso chiudo! Bambolina... Mi fido di te.»

A distanza di pochi minuti giunse, a sirene spente, il Magistrato Caruso.

Corsini era intento a far posizionare gli agenti nei punti stabiliti: l'irruzione doveva essere velocissima. Insieme all'ispettore Consoli avevano curato l'operazione nei minimi dettagli. La sorpresa doveva essere così improvvisa e simultanea da non lasciare ai sequestratori il tempo di pensare, ma soprattutto di sparare.

Naturalmente il Magistrato venne messo al corrente in che modo Corsini intendeva agire, della tattica operativa in atto, ma soprattutto della modalità dell'irruzione dentro il negozio. Dopo un attimo di perplessità l'alto funzionario, pensieroso si rivolse a Corsini e al suo collega, cioè ai soli responsabili della strategia tattica dell'operazione.

«Datemi il tempo di riflettere, anzi avrei delle delucidazioni da chiedervi, detective. Possibile che questi criminali siano così irremovibili da non lasciarci altre soluzioni meno pericolose, mi chiedo?

Continuiamo nella trattativa vediamo cosa posso fare per convincerli.»

«Ascolti dottor Caruso.» intervenne con fermezza il Commissario capo. «Abbiamo usato tutti i metodi di convincimento possibili. Quei delinquenti sono stati chiari e irremovibili nel dettarci le ultime richieste: una macchina della polizia con le chiavi inserite. E intendono farsi scudo con tre ostaggi, che metteranno davanti a loro, decisi a uccidere un primo ostaggio qualora li inseguissimo, senza dargli il tempo utile per allontanarsi. Questi rapinatori sono dei veri professionisti del crimine... altro che polli, come si era pensato in un primo momento. Purtroppo c'è stata la reazione di un commesso, il quale è stato anche ferito lievemente durante la colluttazione. Così il loro piano di fuga è saltato! Ma il ricco bottino non vogliono lasciarlo e tentano il tutto per tutto. Devo anche informarla...» proseguì Corsini «...che dentro al negozio, tra i clienti sono nascosti mia figlia e una sua amica e mi creda possono darci una grossa mano.»

A quella notizia il Magistrato, sorpreso, rivolse uno sguardo di evidente ammirazione verso il padre poliziotto: «Vuole dirmi che dentro c'è sua figlia e intende agire lo stesso nel modo più spericolato?»

«Con l'ispettore Consoli abbiamo studiato e pensato ogni piccolo dettaglio.» replicò Corsini «Persino il punto dove la Jeep ariete deve sfondare. Quindi faremo in modo di distrarre i rapinatori, informandoli che il Magistrato acconsente alla loro richiesta. E come richiesto la macchina è pronta con il motore acceso; così copriremo anche il suono del motore della Jeep. Nel preciso momento in cui si saranno convinti che il loro piano di fuga è pronto, sicuramente si preoccuperanno di prendere il bottino, distraendosi per forza di cose... a quel punto sfonderemo e faremo irruzione velocemente.»

«La validità del suo piano è eccellente, Commissario capo, ma mi spieghi come faremo a vedere il momento preciso a cui accenna. Che io sappia non è stata inserita alcuna telecamera, perché è pericoloso avvicinarsi.»

«A questo ci penserà Ella, mia figlia.» precisò Corsini «È una ragazza molto sveglia e i rapinatori non possono vederla. È nascosta dentro una delle vetrine laterali dove hanno già razziato. Siamo rimasti d'accordo che mi avviserà immediatamente, un momento dopo in cui informerò quei maiali che la macchina è pronta.»

«Il suo ottimismo è lodevole Commissario capo. Poi, conoscendo la sua profonda esperienza professionale, in questo tipo di situazioni, mi affido quindi alle indiscusse capacità d'intervento della squadra. Tuttavia devo avvisarla che l'incolumità degli ostaggi, durante l'operazione, è sotto la sua diretta responsabilità e di tutta la squadra. Questo per chiarire che nel corso dell'irruzione mi aspetto la massima attenzione nell'uso delle armi. Poi se qualcosa precipita con i rapinatori... e sarà necessario l'uso delle armi, in questo caso tutto cambia... chi vuol capire capisca. Quindi in bocca al lupo a lei e ai suoi uomini.» concluse Caruso.

A questo punto il Commissario capo si premurò di allertare Ella facendo vibrare il suo cellulare brevemente. La ragazza rispose tempestivamente con un messaggio.

«*Ok! Sono pronta. Aspetto l'attimo di distrazione dei tre per segnalartelo subito.*»

«*Lascia il telefono libero, dopo che hai parlato con loro. Come d'accordo.*»

Alla fine dell'SMS, anche gli agenti si complimentarono con Corsini. La sicurezza della ragazza aveva rafforzato la carica adrenalinica per lo svolgimento dell'azione. Molto dipendeva, infatti, da quella comunicazione per sorprendere i criminali e sperare così che tutto filasse liscio come l'olio.

Gli agenti si posizionarono quindi nei punti stabiliti in precedenza, il più vicino possibile all'ingresso. Aderenti al muro e facendo la massima attenzione a non farsi scorgere. In totale erano sei agenti guidati dall'ispettore Consoli.

La strategia prevedeva che si catapultassero dentro, armi in pugno, allo sfondamento, dietro la Jeep ariete. Invece il Commissario Corsini aveva deciso che sarebbe salito sulla Jeep, a fianco dell'autista: uno dei più bravi in assoluto. Tutto era pronto e sul viso di quei poliziotti si leggeva una evidente tensione nervosa.

Sapevano nella necessità di una certosina precisione nell'irruzione, onde evitare conseguenze pericolose agli ostaggi, o rischiare la loro vita.

«Ehii! Voi!» urlò da dietro la vetrina d'ingresso, Corsini. «Tra breve squillerà il telefono del negozio. Dovete rispondere, per chiarire meglio le vostre condizioni.» infatti, subito dopo all'interno del negozio si udì lo squillo.

«Prontoo!» rispose la solita voce strascicante. «Vi avviso! Non fate scherzi, Ahaa!... Non 'avemu nenti' da perdere. 'O minimo sgaru' da parte vostra 'ammazzamu' un ostaggio. Avete capito?»

«Non fare il duro picciotto! Che non serve.» gli strillò alterato Corsini. «Vi informo che la vostra richiesta, anche se a malincuore, è stata accettata dal Magistrato. A patto però che gli ostaggi vengano rilasciati al più presto. Non deve essere tolto un capello a nessuno. Né tanto meno vogliamo un conflitto a fuoco che porterebbe a un'inutile spargimento di sangue. Adesso faccio portare l'auto, e come avete chiesto la lasciamo con il motore acceso. Va bene? Quando siete pronti per uscire, avvisate che noi ci teniamo distanti dall'intervenire.»

Mentre parlava con quel criminale, l'altra mano del poliziotto era posizionata in alto, per segnalare all'autista della Jeep di mettere in moto e tenersi pronto. Intanto lui indietreggiava per essere pronto a salire. Per chi guardava da lontano sembrava di essere in un set cinematografico dove tutto si svolge con cura. Tuttavia mentre la scena, in quel caso, è possibile ripeterla più volte finché il regista non confermi con l'Okay, in una vera operazione di polizia la scena deve essere buona... al primo Ciak.

Come un orologio svizzero, Ella segnalò l'attesa distrazione dei criminali. E nello stesso momento il braccio di Corsini si abbassò, e l'irruzione ebbe inizio.

Infatti appena la Jeep ariete fu pronta, al massimo dei giri, il Commissario capo saltò con agilità a fianco dell'autista, impugnando la sua fedele Berretta.

Intanto la macchina per i sequestratori era stata posizionata davanti alla loro visuale, con il motore in moto, ma lasciando uno spazio sufficiente alla Jeep di poter passare.

Infatti l'agente alla guida della Jeep effettuò una manovra per mettersi in verticale con la vetrina, poi con una accelerazione portentosa si buttò sull'ostacolo che cedette come un fuscello. Contemporaneamente i poliziotti appostati ai lati, penetrarono nel negozio con una tempestività incredibile, correndo verso gli ostaggi che seduti per terra furono i primi a rimanere piacevolmente sorpresi.

I rapinatori concentrati com'erano a sistemare meglio il bottino da portare via, nonostante il tentativo di reazione di quello che teneva sotto tiro gli ostaggi, alla irruzione della polizia cercarono di riprendere le pistole appoggiate su una vetrinetta, dietro le loro spalle. Ma gli agenti con grande agilità piombarono su di loro, mentre Corsini urlando a squarciagola intimava loro di arrendersi.

Il rapinatore con la pistola in mano fece un ultimo tentativo afferrando una donna vicina a lui: «Lasciatemi andare o l'ammazzo!» sbraitò con rabbia verso i poliziotti.

In quel momento apparve dal saloncino adiacente la ragazza che aveva avuto un ruolo non indifferente nell'operazione «Lasciala!!» le disse urlando freneticamente… la sorpresa dell'uomo fu tale che subì come uno choc e allentò la presa sull'ostaggio.

Bastò quell'attimo che con un balzo l'ispettore Consoli gli saltò addosso disarmandolo. Mentre Ella come se nulla fosse si precipitò ad abbracciare il padre… tutto si era concluso nel migliore dei modi.

Nel frattempo la squadra di Corsini, dopo aver ammanettato quei farabutti e averli consegnati ai colleghi, all'esterno del negozio, con cura estrema si preoccuparono quindi degli ostaggi.

L'irruzione eseguita nel momento preciso in cui i sequestratori si erano distratti, impegnati nel preparare il bottino da portare via, era stata veloce e improvvisa. Nessuno dei clienti sequestrati aveva subito dei danni o era stato ferito. Mentre il commesso ferito precedentemente, all'arrivo della ambulanza, sorrideva come avesse salvato il mondo. Secondo lui aveva impedito che i banditi portassero a termine la rapina, senza però rendersi conto che qualcuno avrebbe potuto rimetterci la vita. Quando passò con i barellieri davanti a Corsini, questi invece, lo rimproverò per la sciocca reazione che poteva costargli la vita. Ma poi gli strinse la mano per il suo coraggio.

Intanto i rapinatori erano su tutte le furie. Sembrava che fossero loro i malcapitati della situazione.

«'Sbirri di mmerda'!» urlavano nei confronti dei poliziotti, che li trascinavano verso le macchine. «Minchia! 'Po' culu ci pigghiasti'… Commissario di 'mmerda'.»

Corsini neanche se li filava. Ma calò un carico da novanta. «Ti avevo avvisato che ti conveniva accettare la mia proposta ragionevole. Adesso vi beccate un bel mucchio di annetti di galera, per rapina e sequestro di persona e senza alcuna attenuante.» quindi concluse sprezzante: «Portateli via questi stronzi. Sbatteteli in cella… per il giudice c'è tempo.»

Naturalmente si era già consultato con il dottor Caruso. Il magistrato dopo gli elogi a tutta la squadra intervenuta, si volle complimentare con il Commissario capo e con l'ispettore Consoli per la perfetta operazione di Polizia.

«Alla fine la mia fiducia è stata pienamente ricompensata. Sono rimasto sbalordito per il sincronismo e l'addestramento degli uomini della vostra squadra. Intesa perfetta e sicurezza nel gestire una situazione così difficile, assai pericolosa per l'incolumità degli ostaggi. A questo punto non mi resta che salutarvi. È stato un vero piacere e una grossa soddisfazione vedervi all'opera.» poi calorosamente strinse la mano ai due bravi ed esperti responsabili dell'operazione. «E complimenti anche per sua figlia.» concluse con un sorriso, mentre saliva nella macchina di servizio, nel momento di andar via.

Nel frattempo Ella con la sua amica erano impegnate in uno stretto colloquio con alcuni agenti rimasti sul luogo. Corsini si avvicinò con una certa discrezionalità ma con un tono di scherno.

«Scusate il disturbo ragazze, ma devo interrompervi.» poi rivolgendosi agli agenti, coinvolti nel colloquio, li informò che tra un paio d'ore avrebbero ricevuto il cambio.

«E tu ragazzina, scommetto che non hai chiamato tua madre per tranquillizzarla!» riprese con un rimprovero, il papà commissario.

Quindi l'afferrò con slancio e la strinse forte nel suo petto, accarezzandole i capelli. Come ogni cosa che finisce a lieto fine, anche in questo caso Ella, sprizzava gioia ed entusiasmo per come la pericolosa faccenda si era conclusa. Si avvicinò infatti alla sua amica del cuore e dopo averla abbracciata con calore, si girò poi verso il padre...

«Siamo state brave! Vero? Papà. Quegli uomini non facevano altro che discutere come portare via i gioielli. Abbiamo capito quindi che il tuo piano e lo stratagemma per distrarli sarebbe stato possibile.»

In quel preciso momento squillò il suo cellulare al quale aveva ripristinato il suono. Neanche il tempo di rispondere che una voce amorevole ancora preoccupata, esplose come una fuoriuscita di lava incandescente.

«Tesoro mio! Stai bene? Ti ho visto in televisione... è stato bruttissimo. Anche se sei diventata una piccola eroina per i giornalisti, come arrivi a casa, prendi una scarica di botte sul culetto, come quando eri piccola che già eri 'tosta' e mi facevi preoccupare.»

«Mamma!» rispose Ella con tanto entusiasmo «Scusa se non ho chiamato prima, ma come hai visto, ero impegnata in un'azione di Polizia. Con un capo coraggiosissimo: babbo Simone Corsini.»

Le persone vicine alla ragazza scoppiarono in una grossa risata quasi di liberazione. Mentre la madre, arrabbiatissima per la battuta di spirito, continuò a rimproverare Ella, accusandola di non volere bene a sua madre. «Ci pensi allo spavento vissuto in casa? Senza avere tue notizie.» le disse con un tono duro, ma carico d'affetto. Con trepidazione aveva seguito l'arresto dei criminali, attraverso le frammentarie riprese televisive fatte con il cellulare, da un intrepido giornalista. La Polizia infatti aveva creato un cordone inaccessibile per tutti.

Un istante dopo papà Corsini corse in aiuto della figlia. Ma la sua intenzione fu anche quella di dare conforto alla donna che amava, e conoscendola sapeva quanto fosse apprensiva caratterialmente: figuriamoci in una situazione tanto drammatica.

9
New York

E venne il giorno tanto desiderato e voluto dai due giovani innamorati, il cui amore era talmente palpabile che ogni cosa sembrava esprimere la loro gioia interiore, e quel sentimento forte e profondo che li avrebbe legati per tutta la vita.

Quella mattina Caroline appariva la più serena: la felicità le si leggeva sul viso. E sebbene fosse ancora struccata, la sua delicata bellezza splendeva per la gioia e per l'entusiasmo, che caratterizzava il suo stato d'animo. Si sentiva felice. Certa del suo amore per Frank, tanto da voler quasi accelerare il passo più importante della sua vita.

Era un pomeriggio irradiato da un sole splendente e luminoso, quando giunsero le persone che si dovevano occupare di lei… in senso estetico per il matrimonio.

Iniziò lo hairstyle facendole una pettinatura degna della sua bellezza: con i suoi lunghi capelli le aveva creato una elegante coroncina. Mentre dai lati faceva cadere dei fili di capelli brillantati che davano un effetto fantastico. L'estetista, una ragazza molto simpatica e carina, si soffermò a guardarla incantata.

Poi iniziò il suo lavoro di truccatrice con grande motivazione ed entusiasmo. «Ce la metterò tutta per renderla ancora più bella e affascinante.» esclamò convinta.

Caroline sorrise radiosa per quelle parole gentili e cariche di riguardo per lei.

Dopo un'ora di quasi torture, con creme e detergenti di pulizia, l'estetista rese la futura sposa di un fascino e raffinatezza di una vera principessa.

Per ultima, toccò naturalmente alla modista per l'abito da sposa, per gli ultimi ritocchi: ma Caroline aveva provato l'abito così tante volte che non fu necessario. Quando indossò l'abito ci fu un... uhauu! da parte di tutti i presenti.

«È una sposa meravigliosa!» esclamò, sollevando le palpebre, la truccatrice.

Nel frattempo, nonna Rosa già elegante nel suo classico doppio petto tra il turchese e il blu, girava per la stanza come una trottolina, frenetica e scattante come una molla, carica al punto giusto. «Ohoo! 'signuri' come si bedda". Mi "pari" una principessa uscita de 'favuli'» esclamò rivolta a Caroline.

In quel momento entrarono i genitori della sposa, Warren ed Elsen, elegantissimi e emozionatissimi.

Elsen non appena vide la figlia si commosse, al punto che due lacrime di gioia le scesero sulle guance.

Quindi lei e il marito, quasi all'unisono senza accorgersene, si accostarono alla figlia e la baciarono teneramente «Sei stupenda!» ebbero la forza di dire… e poi solo commozione.

Anche Frank era preso dai preparativi per il matrimonio. Per la prima volta nella sua vita provava una sensazione strana: la sensazione di non essere all'altezza della sua Caroline… forse l'ereditiera più ambita e affascinante di New York. Naturalmente i suoi timori venivano da lontano, dal suo passato: nonostante tutti i suoi sforzi non riusciva a cancellarlo definitivamente.

Il servizio della CNN, del giorno prima, aveva appena accennato all'episodio che aveva sconvolto il vissuto di tutta la famiglia Borsalino. E Frank conosceva bene i giornalisti freelance, a caccia di tutto quello che può interessare e fare notizia. Senza andare per il sottile e rovinando così l'atmosfera felice del matrimonio. Capaci di spiattellare, magari davanti agli invitati, la notizia che suo padre si trovasse ancora in galera. Un'altra emittente televisiva, nel notiziario del mattino, nel talk noto come "Buongiorno New York" era stata molto informale nel dare la notizia del loro matrimonio, aggiungendo: saranno presenti alla cerimonia molte personalità del mondo della finanza e della politica.

Il malincuore lasciò il posto all'allegria non appena arrivò zio Gaetano: suo padre per la chiesa ma anche nella vita.

«Forza picciotto! Si pronto a 'perdiri' la libertà? Naturalmente scherzo nipote mio bello.'Miii! 'Sugnu' felice, 'picchì' Carolina è bella e brava. Il suo animo è affettuoso e gentile 'cu tutti'. È senza grilli per la testa… sembra fatta su misura 'pi tia'» e chiuse il discorso visibilmente convinto del suo affettuoso giudizio. «Ora sbrigati e non pensare a 'nenti', ti riconosco quando fai cattivi pensieri.»

Frank senza pensarci un attimo abbracciò zio Gaetano con tanta, ma tanta foga.

L'appuntamento per la funzione e la celebrazione del matrimonio era stata fissata per le ore sei del pomeriggio; ma ovviamente lo sposo doveva arrivare prima.

«Sono pronto Zio Gaetano, e ti assicuro che l'amore per Caroline è più forte di ogni altro imprevisto al mondo. E poi anche quel gran signore di Warren mi ha dimostrato affetto, e tanta stima, perciò posso infischiarmene di eventuali dicerie sulla mia famiglia.»

Subito dopo prese il telefono e chiamò la ormai prossima signora Borsalino.

«Pronto! Parlo con la futura e bellissima sposa… con colei che allieterà i giorni di un uomo innamorato pazzamente di lei?»

«Stupido ragazzaccio.» rispose con voce piena di ironia, Caroline. «In questo preciso istante sono accerchiata da uomini affascinanti e pieni di muscoli, e ti faccio anche i nomi: Warren e le due guardie del corpo che mi supplicano di scappare via con loro. Sono così felice! Amore. A volte immagino di essere dentro un sogno bellissimo, insieme a te.»

Frank ancor più emozionato, la salutò con una serie di baci, mentre zio Gaetano gli faceva le smorfie, scimmiottando quel gesto. E quando il nipote lo guardò curioso, pensò di spiegargliene il motivo:

«'Avaia o zio' mi pareva che stavi succhiando lumache mentre le mandavi baci… il suono era 'spiccicato'» a quel punto zio e nipote scoppiarono in una lunga e gioiosa risata, interrotta però dal trillo del telefono.

Frank si precipitò a rispondere con uno slancio di palese entusiasmo addosso. Appena ascoltò la voce all'altro capo, il suo viso si dipinse di piacevole sorpresa.

«Spero mi avrai riconosciuto.» chiese all'altro capo del telefono il Commissario capo Corsini. Poi proseguì con un tono di voce allegra, ma assai imbarazzato. «Francuzzo! Sono Simone, l'amico d'infanzia di tuo padre. Per prima cosa lasciami porgere i complimenti per il tuo matrimonio... auguri sinceri, miei e di tutta la famiglia. Anzi Patrizia si è raccomandata di manifestarti la sua profonda gioia per questa bella notizia.»

«Simone!» esclamò Frank, entusiasta di sentirlo dopo tanto tempo. «E' una sorpresa ancora più bella nel giorno del mio matrimonio. Innanzitutto ringrazia Patrizia. Per me è stata una seconda madre.»

«E' vero!» acconsentì Simone Corsini «Quando ha saputo la bella notizia da Rosa prima che partisse, si è messa a piangere per la gioia. Se verrai in Sicilia mi farebbe molto piacere che conoscessi mia figlia Luisella.» proseguì Corsini «Si è fatta una bella ragazza, molto sveglia. Figurati che nel corso di un'operazione di polizia molto pericolosa, il caso ha voluto che si trovasse dentro la gioielleria dove dei rapinatori avevano preso dei clienti in ostaggio. Bene! Con tanto sangue freddo, si è preoccupata, nascosta all'interno, di eseguire alla lettera quanto le avevo chiesto di fare. È stato un momento della mia vita da poliziotto molto delicato e complicato. Sai, rischiare la vita di tua figlia, per salvare quella degli altri non è stato facile. È stata la prima volta, ti giuro, in cui la mia sicurezza e le mie facoltà mentali, abbiano subito un blackout spaventoso, nel vero senso della parola.»

Frank aveva ascoltato in silenzio senza interrompere la persona che ricordava benissimo. Dalla voce di Corsini, lui intuiva quanto ci tenesse a manifestargli le dovute felicitazioni per il matrimonio e poi, dopo tantissimi anni, fargli sapere della sua famiglia. In fondo ricordava bene quanto fossero stati vicini a sua madre, in quei tristi momenti... Il dramma capitato alla famiglia Borsalino era sulla bocca di tutti.

E sebbene si fossero sposati da poco, Patrizia e Simone Corsini passavano molto del loro tempo insieme a loro, distraendoli con il loro affetto e con un forte senso di profonda e sincera amicizia. Più volte l'avevano portati in gita, insieme a loro, come fossero di famiglia. E poi lo zio con i baffi, nel tempo libero, lo portava nel parco dell'Etna a giocare e a divertirsi. Insomma i coniugi Corsini erano stati un punto d'appoggio fondamentale per andare avanti, ma soprattutto avevano dato alla madre Angelina, il coraggio e la spinta per reagire a quella triste vicenda. Inoltre Simone Corsini aveva aiutato l'amico fraterno, suo padre, anche dopo la pazzia dell'uccisione del suo partner. Frank era un ragazzino, allora, eppure nella sua mente riaffiorarono le parole di affetto e di rabbia dello "zio coi baffi"... come lui era solito chiamarlo. Per un attimo, incazzatissimo, pensò a suo padre: ma come era arrivato a uccidere? E perché mai si fosse rovinata l'esistenza, pur avendo una famiglia adorabile? Degli amici pronti ad aiutarlo e consigliarlo in qualunque situazione!

«Scusami!» intervenne drastico Frank, come a staccarsi dal passato. «Purtroppo sono già in ritardo. Mi dispiace interrompere questa piacevole conversazione. È stata una bellissima sorpresa. Vi abbraccio con affetto e la riconoscenza farà sempre parte dei miei pensieri. A presto! Simone. Un abbraccio a Patrizia e a risentirci.»

«Allora ti rinnovo gli auguri.» aggiunse Corsini «E penso di richiamarti quanto prima per una questione molto importante.»

Quelle ultime parole lasciarono Frank pensieroso per un attimo, ma passò subito. Poi incalzato e sollecitato da zio Gaetano si precipitò verso l'ascensore per recarsi all'appuntamento più importante della sua vita.

Nel frattempo la futura sposa era scesa nel garage: apparve radiosa nella sua bellezza e in tutto il suo splendore femminile. L'attendeva l'immancabile Jonathan con una lussuosa Rolls Royce Princess Cabrio, di colore bianca.

Caroline sembrava appena uscita da un set cinematografico. L'eleganza delle sue movenze, il fascino con cui portava quel meraviglioso abito da sposa, lasciò tutti veramente abbagliati dalla sua figura principesca.

Come era prevedibile la prima a complimentarsi con lacrime di gioia e commozione insieme, fu nonna Rosa. «'Matri mia quantu si bedda!'. Appena 'Francuzzo' mio ti vede 'ci' mancherà il fiato.» quindi si appoggiò la mano sulle labbra e le mandò un bacio, con un gesto carico di affetto.

Anche Jonathan, nel momento in cui aprì lo sportello della Rolls Royce per far salire la futura sposa, volle complimentarsi con lei. Appena Caroline salì in macchina, toccò a papà Warren, anche lui palesemente emozionato, baciarla e mettersi al suo fianco per avviarsi verso la cattedrale.

Intanto Frank e zio Gaetano erano arrivati davanti alla chiesa, prima del previsto. E nel momento in cui scesero dalla Porche Panarema, vennero come accerchiati da un'orda di giornalisti scatenati. Si erano nascosti dalla visuale, in attesa della preda preferita, per intervistarlo su una vicenda tanto ambita dai patiti del gossip.

Come falchi cercarono di avvicinare Frank, che protetto da due guardie del corpo si svincolò con astuzia. Ma l'aiuto più grosso fu quello di zio Gaetano, che gesticolando come un mafioso siciliano con pesanti espressioni che solo lui capiva, riuscì ad incutere a quelle persone un certo timore: recitando quel ruolo da consumato attore.

Tra le emittenti televisive delegate a riprendere la cerimonia del matrimonio in diretta, tenuto conto delle tante personalità presenti, dell'alta finanza e della politica, era stata accreditata solo la CNN, con due cronisti al seguito. Poi un ferreo cordone di polizia locale impediva l'accesso ai vari giornalisti freelance e agli estranei.

Dopo che le acque si furono calmate, Frank si mise paziente e in trepida attesa davanti alla cattedrale, con un bouquet a cascata meraviglioso, nel cui centro, a bella vista, si intravedeva una pergamena arrotolata e dal contenuto misterioso. Nel suo viso si leggeva una gioia evidente. Mentre imbarazzato, distribuiva sorrisi a più non posso, agli invitati che incominciavano ad accomodarsi dentro la chiesa. E grande era la meraviglia appena questi varcavano l'uscio. Ai loro occhi appariva uno spettacolo inusuale di fiori dai delicati colori. Splendidi addobbi componevano una varietà di soggetti. Ogni addobbo ai lati segnava il posto degli invitati, i cui cognomi erano stati ricamati su fasce di merletti pregiati o su fasce di luminosa seta, alternate con stile e raffinatezza. La sposa arrivò subito dopo.

Jonathan, l'autista scese dalla lussuosa Rolls Royce e aprì lo sportello a Caroline. Nel frattempo Warren era sceso dal lato opposto, per offrirle il suo braccio e condurre la figlia all'altare.

Un numero imprecisato di fotografi e di telecamere, al di fuori della chiesa, accolsero la vera protagonista di quel giorno tanto importante. Caroline era sorridente come non mai, dal suo viso bellissimo si irradiava una luce dolce e il suo sguardo sprizzava una felicità interiore tale, da essere anche percepita da chi la osservava per curiosità.

Quel favoloso abito da sposa sembrava essere cucito da una mano magica, per renderle quel fascino particolare. Al suo passaggio si ebbe un apprezzato consenso di ammirazione.

Frank davanti all'altare aspettava la sposa emozionato, e con i battiti del cuore in continua crescita ad ogni passo che Caroline faceva accompagnata dal padre, avvicinandosi a lui.

Ogni tanto il cugino Salvo, testimone insieme alla fidanzata, si divertiva a prenderlo in giro, facendogli il conto alla rovescia del tempo che gli restava per la perdita della libertà da single.

Intanto la giornalista della CNN descriveva meticolosamente i particolari curiosi dell'avvenimento.

«Cari telespettatori vogliate gradire, dalla vostra cronista Cameron Foster, un caloroso saluto e un cordiale benvenuto. Stiamo trasmettendo dalla bellissima e famosa Cattedrale di St. Patrick. Come potete vedere dalle immagini in diretta, la sua maestosa struttura illuminata dai raggi del sole che si riflettono dai grattacieli intorno, ci delizia con uno spettacolo mozzafiato. Tra poco entreremo in chiesa per mostrarvi le fasi salienti della cerimonia del matrimonio del giorno. La bella ereditiera Caroline, figlia unica dell'imprenditore Warren Zeller, famosa criminologa investigativa, nota per aver risolto il difficilissimo caso del mostro di New York, sta per convolare a nozze con l'amore della sua vita, l'ingegnere Borsalino Francesco, questo è il suo nome di battesimo. È un uomo di bell'aspetto e di grande personalità e devo ammettere che le sue marcate origini siciliane lo rendono affascinante e misterioso. Scusate se interrompo... ecco la sposa, come potete vedere dalla nostra zumata: bella e incantevole nel suo favoloso abito da sposa designato dalla stilista Wang. Alla cerimonia partecipano politici e personalità pubbliche, conosciute dal nostro esperto pubblico di "VIP", il settimanale televisivo di successo. In questo momento il nostro cameraman, con riprese da sopra l'altare, sta zumando immagini molto belle. Il primo piano dei loro volti, mostrano una intensa felicità e una gioia visibile anche agli occhi dei presenti. Come mostrano le nostre immagini in diretta, lo sposo tiene in mano uno stupendo bouquet che sta per porgere alla spo... un momento, notiamo che tra i magnifici fiori c'è qualcosa... una pergamena!

La sposa si appresta ad aprirla mentre uno splendido sorriso le illumina il volto. Con tempismo, il nostro operatore continua a zoomare opportunamente, mostrandoci l'originalità della pergamena, dove è impressa una dichiarazione d'amore, con rilievi grafici molto belli, una dedica d'altri tempi:

Ti amo Carolina. Ti amerò per sempre.
Ti dedicherò ogni giorno, ogni istante, ogni alito della mia vita.
Ti adoro... Il tuo Frank.

Indubbiamente, quest'uomo sa come fare innamorare una donna. Il suo è certamente un gesto pieno di romanticismo che colpisce il cuore e l'anima di una ragazza. Nella nostra intervista di qualche giorno prima, con molta sincerità e cordialità, Caroline Zeller ci aveva confessato che si era innamorata di Frank per il suo animo generoso. Un uomo, la cui sensibilità interiore si completa con un carattere schietto e sincero, sicuro dei propri sentimenti. E aveva aggiunto poi, che con quel fascino di uomo del sud, con il suo aspetto forte e virile ma dolce nello stesso tempo, l'aveva conquistata definitivamente.

Concludiamo perciò il servizio con queste stupende riprese. Auguriamo quindi agli sposi tanta felicità e per finire in bellezza, ringraziamo voi gentili telespettatori, per averci seguito nella cronaca del giorno: la più emozionante per due giovani innamorati... un caloroso saluto dalla vostra Cameron Foster. Al prossimo servizio, e grazie ancora.»

Inutile descrivere la commozione di nonna Rosa e le sue lacrime di gioia durante la cerimonia. Ma tutti i parenti non furono di meno. Warren cercava di camuffare la sua evidente emozione, sorridendo con continuità, come fosse stato preso da una paresi di gioia. Elsen tra commozione e sorrisi, forse, avrebbe avuto bisogno di un 'lacrimatoio di felicità'. Anche zio Gaetano ebbe un cedimento emotivo: occhi lucidi e sguardo confuso.

Finita la cerimonia, Frank e Caroline, ormai sposi, vennero assaliti da una marea di parenti e persone in vena di tempestarli di baci, di auguri e complimenti.

Come consuetudine la sposa lanciò il bouquet verso le ragazze single che con grande entusiasmo si lanciarono nella sfida per afferrarlo.

Al ricevimento presso il famoso ristorante Jean-Georges, in un ambiente di gran classe, tra splendide composizioni floreali e arredi lussuosi, gli invitati furono accolti da uno staff di camerieri elegantissimi, dal portamento molto professionale e quindi molto accurati nell'accompagnarli ai tavoli assegnati.

Naturalmente durante il ricco menù, tra una portata e l'altra gli sposi venivano festeggiati con grande partecipazione ma con compostezza ed eleganza. La voce che si elevava al di fuori di ogni schema, a cui quegli invitati molto raffinati non erano abituati, era quella di zio Gaetano: ad ogni piccola pausa o parvenza di silenzio faceva seguire un hippy… hippy urrà… viva gli sposi!!!

Tuttavia questo rese l'atmosfera più carica di allegria. Quelle persone alte locate gradivano la simpatia e le uscite di quel siciliano schietto e ruspante: bacio… bacio gridava poi agli sposi, accompagnato dagli applausi che gli invitati con molta compostezza indirizzavano verso il tavolo di Caroline e Frank.

Durante la serata il momento più divertente si rivelò quando zio Gaetano annunciò con marcato accento siciliano, una sorpresa:

«"Signori belli". Scusate se vi disturbo mentre siete concentrati sul 'piatto'. Però devo chiedere la vostra attenzione. Per regalare questa sorpresa agli sposi, sono stato costretto a trasformarmi in un segugio. In fondo mi sono anche divertito perché telefonando, a destra e a manca, ho contattato molti locali siciliani. E alla fine dopo aver cercato per mezza New York, sono stato esaudito. Perciò cari nipoti miei e gentilissimi invitati, spero gradirete questi rappresentanti del folklore siciliano, apparsi anche in televisione.»

A quel punto, come un segnale convenuto apparve un gruppo variopinto di cantori siciliani, vestiti come ai tempi dei vespri.

Incominciarono subito ad intonare le canzoni folkloristiche più conosciute con una musicalità spettacolare, accompagnati dai loro strumenti particolari: dai tamburelli, al soffio dentro la 'quartara', dal 'friscalettu' al mandolino, per finire con il suono del classico 'marranzano' e fisarmonica.

L'esibizione provocò una ventata di allegria pazzesca... alcuni invitati vollero partecipare, con risultati facilmente intuibili, intonando ' Ciuri ciuri, ciuri ri tutto lannu. L'amuri ca mi rasti ti lu tornu...'

Più volte chiesero, infatti, di ripetere quelle simpatiche filastrocche siciliane, nel vano tentativo di intonarle. La cosa stravagante e azzeccatissima, che si aggiunse durante l'esibizione dei cantori, fu l'apparizione di uno schermo gigante dove venne proiettata la traduzione delle strofe siciliane, simile al karaoke, per cui i canterini volenterosi si divertivano nel tentativo di intonarle; e persino le personalità più riservate cercarono di cimentarsi in quella specie di gioco coinvolgente e divertente.

La bravura dei suonatori riempì l'ambiente di una atmosfera allegra e particolare. Quasi tutti gli invitati parteciparono attivamente alle interpretazioni delle canzoni più famose: alcune molto orecchiabili. Ma più successo ebbe la melodica: 'Lu suli è già spuntatu nta lu mari e vui, bidduzza mia, durmiti ancora'.

Insomma la sorpresa di zio Gaetano portò più spettacolarità, e rese il clima festaiolo. I presenti gradirono quell'intrattenimento speciale e lo dimostrarono con continui applausi e continue richieste di bis... di ripetere quel simpatico repertorio folkloristico. In particolare il solista del friscaletto, con la sua abilità fenomenale, per velocità e tecnica della gestualità, si conquistò l'ammirazione soddisfatta degli invitati che gli attribuirono un'acclamazione da stadio.

Il Vicesindaco di New-York in persona volle congratularsi con i componenti del gruppo Folk, stringendogli la mano, uno per uno. L'incredibile partecipazione e gradimento da parte di quella gente tanto raffinata, rese zio Gaetano ancora più entusiasta. Si meravigliò infatti come una esibizione in dialetto siciliano, di un gruppo folkloristico, avesse potuto avere tanto consenso a New-York. Probabilmente la bravura degli orchestrali e la simpatica novità, aveva portato una nota piacevole nella serata e conquistato quelle importanti personalità, d'oltre oceano.

Nel frattempo gli sposi stanchi ed esausti per la lunga e felice maratona, con una mossa repentina ma garbata, pensarono di salutare e ringraziare tutti i presenti. Si portarono quindi al centro della postazione dove si esibivano i gruppi canori e tenendosi per mano, rivolsero un cortese richiamo di attenzione agli invitati. Con molta eleganza fu Caroline a parlare per prima...

«Scusate l'interruzione in questo momento di intenso divertimento. Vogliamo ringraziare tutti, per l'affetto e per la sincera partecipazione al nostro matrimonio.»

«Questo giorno non lo dimenticheremo mai, anche grazie a voi tutti... grazie e ancora grazie.» aggiunse Frank avvicinandosi al microfono. «Infine è doveroso porgere un ringraziamento ai personaggi illustri della politica per averci onorato con la loro presenza.» poi come per magia, scomparvero dalla porta laterale tra rinnovati auguri e tanti complimenti per la raffinata e piacevole serata.

Durante il viaggio di nozze, dal Gran Canyon a Miami Beach, per i due innamorati si susseguirono delle giornate intense e momenti dolcissimi. Sembravano vivere in una dimensione tutta loro, dove amarsi e coccolarsi diventava spontaneo e naturale. Caroline si sentiva trasformata come donna: vicina a lui, e a ogni lieve contatto provava un desiderio sessuale che non avrebbe mai immaginato. Era la sua focosa e passionale amante, e i loro rapporti sessuali erano pieni di intesa e di lasciva complicità.

Al rientro a New York l'accoglienza dei parenti di Frank si manifestò ancora una volta in una calorosa dimostrazione di affetto e di gioia, alla quale Caroline partecipò confusa e meravigliata. Per lei, fu come toccare con mano il valore umano di quelle persone, scoprire ancora una volta, la spontaneità dei loro sentimenti, espressi in un modo semplice ma pieni di quelle emozioni che nascono solo dall'animo umano.

In quel momento notò come si fosse veramente e fortemente affezionata a quei parenti acquisiti, anche se molto distanti dalla sua cultura e dal suo mondo in generale...

Alla loro partenza, per far ritorno in Sicilia, a Caroline spuntarono delle lacrime di commozione: con loro aveva instaurato un rapporto e un legame solido. Era felice di aver conosciuto i parenti di suo marito, si era affezionata giorno dopo giorno, sempre di più e, in cuor suo, provava un sentimento radicato e profondo. Così promise a nonna Rosa, che la teneva stretta tra le braccia quasi a non volerla lasciare, che presto molto presto… lei e Frank sarebbero andati in Sicilia a trovarli.

10
Catania – Questura Centrale.

Nella rapina avvenuta recentemente alla gioielleria di Catania, risolta brillantemente con una irruzione da scena cinematografica, e una perfetta esecuzione d'intervento, la squadra di Corsini aveva dimostrato quella preparazione che era una caratteristica di orgoglio della Sezione Speciale.

Il Capo della Polizia di Catania aveva elogiato la strategia adottata e la tempestiva azione senza colpo ferire: «Complimenti! Dottor Corsini.» esordì con un sorriso di evidente approvazione, appena la squadra fu al suo cospetto.

«In quanto a voi tutti, desidero esprimere, innanzitutto, il ringraziamento del Sindaco. I nostri cittadini hanno bisogno di sentirsi sicuri e protetti e quindi la vostra operazione è stata molto apprezzata, anche da quei giornali che quotidianamente buttano benzina sul fuoco. Purtroppo siamo in un periodo di grande impegno per le forze di polizia. Un momento molto difficile, dove la Polizia di Stato veste un ruolo chiave, sia per la sicurezza dell'ordine pubblico che nei controlli degli immigrati per la continua evasione dai centri di accoglienza. I nostri compiti sono tanti, pieni di rischi di ogni tipo e di continue difficoltà. Allora come Capo della Polizia devo essere grato a poliziotti come voi... Grazie! Ragazzi. Sono orgoglioso di avere conosciuto la squadra del dottor Corsini: la "Sezione Anticrimine" ormai più famosa di Catania.»

Qualche giorno più tardi, nel suo ufficio, Corsini era concentrato nel visionare fascicoli di vari casi, ancora non risolti, e documenti pervenuti sulla sua scrivania. Mentre continuava a leggere con attenzione gli sviluppi investigativi su un caso di ferimento grave, e di altri due feriti più lievi, sentì squillare il telefono una prima volta ignorandolo, e dopo un breve intervallo, una seconda volta. Si decise quindi, quasi scocciato, ad afferrare la cornetta e a rispondere. Sul display apparve: *carcere di Siracusa*.

«Pronto!» esclamò con tono amichevole. «Sono il Commissario capo Corsini. In cosa posso esservi utile?»

«'Avaia' Simone. Sono Alessio Borsalino, ti chiamo perché mi serve il tuo aiuto.»

«Ma certo amico mio carissimo.» rispose Corsini, contento di sentirlo.

«Dimmi cosa posso fare per te. Lo sai che puoi contare sempre su di me.»

«Ti ringrazio Simone. Apprezzo le tue parole come sempre con gioia, perché mi riempiono il cuore di tanta tanta speranza.»

«'Finiscila' di farmi i complimenti!» esclamò Corsini «Non ce n'è bisogno... dimmi.»

«È possibile 'pi mia' accorciare finalmente la condanna.» lo informò Alessio. Il Direttore è disposto ad aiutarmi, perché in fondo sono sempre stato una persona tranquilla e rispettosa. Ma ti spiego brevemente quale è il problema. Potrei ottenere, da subito, la libertà anticipata per buona condotta, ma serve una garanzia e il benestare di convalida di un Magistrato del Tribunale di Sorveglianza. Allora mi sono detto.... chi meglio del mio amico fraterno, può aiutarmi? Ti prego Simone, sai benissimo che la tragedia vissuta mi è pesata più del tempo trascorso in carcere. Ma sedici anni passati in galera, da innocente, penso possano bastare. Tante volte il tentativo di farla finita mi è balenato per la mente. Poi pensavo a mio figlio Frank e mi assaliva una rabbia feroce e la forza di continuare a sperare, almeno nel suo perdono. Durante quella farsa di processo, avevo fiducia e perciò speravo nelle tue capacità investigative. Ero sicuro che solo tu potevi tirarmi fuori da quell'incubo; un incubo durato esattamente sedici anni, tre mesi e sette giorni... con oggi.»

A quelle parole Simone Corsini fu quasi assalito da un senso di colpa e di sconforto interiore. Si era battuto con tutte le sue forze. Con tutti i suoi mezzi di poliziotto per aiutare l'amico d'infanzia, ma un muro di omertà, e la testardaggine di un magistrato, assolutamente convinto della sua colpevolezza, lo avevano sconfitto. Poi le prove analizzate dalla scientifica inchiodavano Alessio, senza ombra di dubbio. Solo lui aveva sempre creduto nella sua innocenza e nella sua versione. Infatti aveva dichiarato senza cambiare versione di una virgola, in tutti gli interrogatori, che lui, dopo una lite furiosa era uscito per allentare la rabbia e la tensione. Poi rientrato a casa aveva trovato il suo compagno agonizzante. E nel tentativo di dargli soccorso, si era macchiato di sangue il pullover e imbrattate le mani. Quando la polizia arrivò, in seguito alla sua chiamata, e dopo che la scientifica aveva analizzato per bene la scena del crimine, fu individuata l'arma del delitto in una statuetta di bronzo raffigurante il Faraone Tutankhamon; il mondo crollò addosso ad Alessio. Gli investigatori furono ingannati dalle parole e dalle testimonianze dei vicini. Questi riferirono che avevano sentito litigare i due uomini selvaggiamente, con urla e minacce reciproche, e subito dopo avevano visto Alessio Borsalino uscire dalla casa precipitosamente. Inoltre venne accusato dal magistrato di aver lavato la statuetta dalle tracce di sangue della vittima, ma che le impronte ricavate dalla scientifica sulla statuetta, corrispondevano alle sue: senza tener conto di un elemento importante, e cioè, che quella statuetta di fatto, appartenesse all'indiziato e che la teneva in casa. Perciò era naturale che trovassero le sue impronte.

Insomma tutti gli indizi si rivelarono un fardello di colpevolezza nei suoi confronti. E nonostante gli accaniti tentativi della difesa e delle investigazioni parallele di Corsini, che però portarono a nulla, l'accusa fu di omicidio preterintenzionale e si concluse con la condanna a diciannove anni di carcere... alla fine di questi amari ricordi, Simone Corsini deglutì come avesse inghiottito un rospo. Poi con una reazione di rabbia contenuta, rispose all'amico.

«Avrai tutto l'aiuto che ti serve, fidati. Nella mia mente so già a chi rivolgermi. Anzi prenderemo l'occasione al volo per chiedere uno sconto della pena. Non ti voglio creare false illusioni, ma abbiamo l'appoggio delle due autorità preposte per tale procedimento. A proposito di tuo figlio Frank e del suo matrimonio a New York, quando lo chiamai per gli auguri, decisi di non affrontare l'argomento. Questo sarà possibile appena viene in Sicilia, per Natale. Patrizia ha saputo che 'Francuzzo' si è deciso a far conoscere le bellezze naturali della nostra terra, alla sua sposa e ai suoceri. Naturalmente quella diventerà l'occasione propizia per parlare con lui. Anche perché abbiamo dalla nostra parte Rosa, tua suocera, che non ti crede un assassino. Però continua a odiarti. Tuttavia le parole di rabbia ripetute nei momenti di giusta amarezza, col tempo si sono ammorbidite. Anche grazie alla mia testardaggine. E dopo i ripetuti tentativi di spiegazioni, su come avvenne realmente la lite e l'accusa nei tuoi confronti; senza però sminuire la gravità del tuo deplorevole comportamento. Ma adesso cerchiamo di sistemare almeno il presente. Dammi il tempo necessario per contattare il magistrato e procedere alla richiesta di sconto della pena. Qualcosa di buono vedrai che uscirà fuori. Perciò adesso rilassati e usa la pazienza che ti è rimasta per restare calmo. Ti saluto amico mio, devo verificare i verbali dei testimoni, per il fattaccio della rapina con sequestro di persone, avvenuto a Catania.»

«Sei l'amico più sincero esistente sulla faccia della terra.» rispose Alessio, mentre la sua voce tradiva una grande commozione e una profonda gratitudine. «Aspetto tue notizie con grande trepidazione ma serenamente, te lo garantisco… a risentirci, ciao.»

A quel punto Corsini chiuse la conversazione rituffandosi nella visione dei verbali.

Il giorno dopo, di buon mattino in ufficio, rivelava un apparente nervosismo e una tensione visibile sul volto. Mentre dal tono della voce i suoi uomini notarono subito, in particolare i più giovani, che qualcosa preoccupava il loro Capo. Il Commissario capo Corsini era un'istituzione per tutta la Questura di Catania. Un vero maestro da cui apprendere metodo investigativo e tattica nelle fasi operative.

«Agente Cantalupo.» chiamò quasi urlando all'interfono «Vieni immediatamente da me, devo affidarti un incarico molto delicato.»

Un attimo dopo il giovanissimo agente, in verità il suo pupillo, si presentò davanti al Commissario. «Comandi Dottore! Sono a sua completa disposizione.»

«Ascoltami bene, Alfio. Ti premetto che si tratta di incartamenti importanti che vanno scannerizzati e trasmessi all'ufficio del Giudice Niccodemi. Conosco la tua bravura con il computer. Perciò mi fido che farai un lavoro veloce e preciso. Anzi avvisa i tuoi colleghi, per qualunque emergenza chiamatemi sul cellulare di servizio.»

Afferrò quindi l'immancabile giaccone sportivo, regalo di sua moglie, e si precipitò verso l'ufficio dell'ispettore Consoli, il suo braccio destro, collaboratore di notevoli successi investigativi e in operazioni di pronto intervento tattico. Entrò senza bussare e questo bastò al detective Salvo Consoli a capire la situazione.

«Che succede Simone? Ti vedo abbastanza tirato.» gli chiese imbarazzato.

«Mi scuso per l'intrusione.» replicò Corsini con molta pacatezza. «Devo assentarmi per alcune ore. Devo occuparmi di una questione che mi sta molto a cuore. Nel caso di eventuali comunicazioni urgenti puoi contattarmi sul cellulare di servizio.»

Subito dopo infatti si recò nel piazzale del parcheggio e si diresse verso la sua auto di servizio. Per andare alla Procura il tragitto era abbastanza breve, così per riflettere sul da farsi, mantenne un'andatura piuttosto lenta. Arrivò in brevissimo tempo: le corsie preferenziali gli avevano facilitato il percorso. All'ingresso del palazzone della Procura,

Corsini si fece annunciare dalla sicurezza, e bastò un minuto al magistrato Gianpaolo Pennisi per comunicare la risposta alla guardia. «Accompagnate il Commissario capo nella mia stanza. E utilizzate l'ascensore di servizio perché è uno dei nostri.»

Appena Corsini si trovò nell'ufficio del magistrato, suo amico, notò una montagna di cartelle e fogli sparsi a tappeto sulla scrivania, mentre la segretaria, una ragazzona dall'aspetto molto simpatico, utilizzava la tastiera del computer velocemente.

«Scusa il disturbo senza preavviso, ma devo chiederti un favore personale a cui tengo molto. Conosci come sono fatto e sai che non è mia abitudine approfittare della tua amicizia per dei favori personali.»

Pennisi non lo lasciò continuare. «Intanto Simone mio, confesso di essere felice nel vederti di persona. Abbiamo il diritto di chiedere dei favori. Per dei servitori della legge e della giustizia, che antepongono il principio di legalità al di sopra di ogni cosa, anche della vita, è sacrosanto al momento del bisogno chiedere aiuto a qualcuno. Perciò dimmi... cosa posso fare? Per l'icona della Questura di Catania.» concluse con un largo sorriso.

«Per me, in questo momento è importante poter aiutare un amico, detenuto per omicidio ingiustamente. Mi riferisco a quel fattaccio avvenuto molti anni addietro, dai risvolti poco chiari: tant'è che le indagini a cui partecipai con impegno si arenarono per volontà delle autorità preposte di allora. A quel tempo stavi nella Magistratura da qualche mese.» continuò Corsini «E la sera prima avevamo festeggiato insieme a tutti gli amici. Proprio un bel ricordo! Ma purtroppo l'indomani avvenne quel triste e spiacevole episodio, molto grave, a cui accennavo. Alessio Borsalino, un mio carissimo amico d'infanzia, venne accusato di aver ucciso il suo partner, in un impeto di gelosia. Almeno così stabilirono i giudici nella sentenza. Dal primo momento, Alessio, mi giurò di non essere stato lui e che dopo una lite furiosa a parole, si era allontanato. Prima era andato in giro, a casaccio, per sbollire la rabbia... per poi finire dentro un bar ad ubriacarsi. Dopo circa quattro ore, esattamente intorno alle tre e cinquanta della notte, è rientrato in casa, trovando il suo partner in un lago di sangue. Naturalmente ebbe paura e preso dal panico tentò di sollevargli la testa perché ancora rantolava. Nello stesso tempo arrivò la polizia chiamata dai vicini allarmati da urla strazianti e grida d'aiuto, e trovarono Alessio in stato confusionale con il maglione sporco di sangue. Così durante il processo le prove indiziarie furono tutte contro di lui: gli indumenti macchiati di sangue, la lite sentita dai vicini precedentemente. Le indagini della scientifica e i referti del medico legale stabilirono, in un modo a dir poco scolastico, la dinamica dell'omicidio. L'assassino aveva prima colpito l'uomo alla nuca, con una pesante statuetta in bronzo, e dopo mentre si trovava supino a terra gli aveva quasi staccato la testa con una roncola affilatissima. Com'era logico, nei due oggetti repertati furono trovate le impronte di Alessio Borsalino, che sicuramente sconvolto dalla scena e spaventato a morte aveva toccato la roncola senza accorgersene. Il particolare che la statuetta appartenesse all'accusato e che un'altra statuetta simile, raffigurante Nefertiti fosse sparita, non venne presa in considerazione ai fini del processo... morale della favola venne condannato a diciannove anni di carcere.»

«Mi ricordo perfettamente di quel fattaccio.» confermò Pennisi «I giornali si accanirono sull'indiziato come dei lupi famelici sulla preda. La povera famiglia Borsalino venne perseguitata, senza alcuna riservatezza o difesa della dignità umana. Tutti i servizi giornalistici puntavano il dito sulla immoralità e perversione dell'uomo, e così emisero la sentenza di colpevolezza prima della fine del processo. Okay! Simone. Adesso arriviamo al dunque, sono tutto orecchi, spiegami il vero motivo della visita.»

Corsini espose quindi al magistrato la necessità di contattare il Direttore del carcere di Siracusa. Bisognava concedere al detenuto Alessio Borsalino, in primis la semilibertà, per poi avviare l'iter e quindi la richiesta di uno sconto della pena.

«Ti garantisco.» aggiunse alla fine l'esperto dirigente di Polizia. «Quell'uomo merita un gesto di bontà! So che è innocente e quanto sia stata devastante la detenzione per lui. All'inizio della sua carcerazione, ci furono grossi problemi con altri detenuti. Poi però le acque si calmarono: il tempo cancella le brutte storie che interessano gli altri. Ma la sua vita è rimasta segnata da quella tragedia familiare.»

«È chiaro!» intervenne Pennisi «Quell'uomo penso abbia vissuto un incubo. Vediamo di aiutarlo! La buona condotta testimoniata dal Direttore, faciliterà il procedimento.»

«Sapevo di poter contare sul tuo appoggio incondizionato.» rispose Corsini con un sorriso pieno di gratitudine.

Il magistrato non aspettò che l'amico finisse il discorso, perché afferrò il telefono. «Iniziamo a muoverci, da subito.» replicò deciso.

Quindi incaricò la segretaria di chiamare il Direttore del carcere di Siracusa.

«Devi precisare che il magistrato Gianpaolo Pennisi vuole interloquire con lui.»

Poi rivolgendosi al suo amico Corsini. «Eccoti servito, presto risolveremo il tutto.»

Nel frattempo gli fu comunicato che il Direttore del carcere era già in linea.

«Pronto!» esclamò Pennisi con tono affabile... andando subito al punto.

«Direttore carissimo! Sono il magistrato Pennisi. Ci siamo incontrati alcuni mesi fà. Per quel caso di brutale pestaggio a un detenuto.»

«Ma si! Dottor Pennisi. Le persone umane come lei rimangono impresse nella mente. Qual'è il motivo della gradita chiamata. Se posso esserle utile, mi metto a sua completa disposizione.»

Il magistrato prese subito la palla a balzo, spiegandogli il perché dell'interessamento per Alessio Borsalino, in merito al procedimento di libertà anticipata. «Ho qui davanti, il mio amico, il Commissario Capo Corsini che lei conosce bene. Tra qualche giorno, appena mi sarò liberato da altri impegni, andrò personalmente al Tribunale di Sorveglianza, insieme al difensore dell'imputato. Comunque la informeremo di ogni sviluppo, in anticipo, così potrà predisporre la documentazione amministrativa necessaria per il procedimento. Tutto lascia ben sperare in un esito positivo: la scarcerazione sarà il nostro obiettivo primario. Un elemento determinante, a favore, sarà il curriculum carcerario del detenuto. Durante il lungo periodo di detenzione, mi risulta che il Borsalino sia stato partecipe in ogni episodio del percorso rieducativo, con un comportamento irreprensibile. A presto dunque e a risentirci. Intanto le porgo cordialissimi saluti, anche da parte del Commissario Corsini.» e riattaccò senza allungare il discorso inutilmente. A quel punto anche i due rappresentanti della legge si salutarono, con l'impegno di risentirsi quanto prima, in relazione ai successivi sviluppi del procedimento.

Appena salito in macchina Corsini prese la radio di servizio, e chiamò subito Consoli per informarsi della situazione. L'ispettore lo tranquillizzò subito. Lo informò che avevano avuto un caso complicato per la dinamica dell'operazione, ma che era stato risolto brillantemente. Il sovrintendente Lo Presti con due volanti erano intervenute per una rissa familiare, nel quartiere 'Ognina'. In quanto una donna, aveva subito un brutale pestaggio, da parte del marito. Erano stati i vicini a telefonare per le urla e per le invocazioni d'aiuto della donna. Infatti è stata trovata in uno stato pietoso: il corpo pieno di lividi evidenti, e ferite inferte da ‘cinghiate’. Il viso era gonfio e tumefatto, con perdita di sangue che le colava dalla testa e dal naso.

L'uomo era scappato al suono della sirena, ma gli agenti hanno agito con prontezza bloccandolo in tempo, con un inseguimento spettacolare per il lungomare.

Naturalmente il resoconto dell'ispettore, servì a rafforzare nel Commissario, la grande stima e la fiducia per la sua squadra operativa. Inoltre era orgoglioso e fiero dei solidi rapporti umani instaurati con i suoi uomini. Per lui rappresentavano una seconda famiglia: come figli i più giovani, come fratelli i più maturi di età e di esperienza.

11
New York

A pochi giorni dalle festività Natalizie, i preparativi di Caroline e Frank Borsalino per andare in Sicilia, come stabilito, erano frenetici ed emozionanti. Per la criminologa poi andare in Sicilia rappresentava un'esperienza indimenticabile. Avrebbe scoperto e conosciuto un ambiente nuovo e pieno di fascino. E il suo stato d'animo era così elettrico che si sentì pervadere da una strana sensazione: una scossa adrenalitica le percorse tutto il corpo, e come un conduttore, le procurò una vibrazione intensa di piacere. Forse perché aveva ricordato l'incredibile incontro con Frank, e come da quel giorno la sua vita fosse cambiata. Si sentiva una donna realizzata, in quei veri valori che nella vita una persona cerca inconsapevolmente. Quella di costruirsi una famiglia con l'uomo che ami con sentimenti veri e profondi. Un amore scolpito nel destino, per renderla immensamente felice. E poi concluse con un pensiero di vera saggezza: essere ricchi, aiuta a rendere più facile i problemi materiali delle persone, ma non quello per cui vale vivere e sacrificarsi… il vero unico amore della tua vita.

Intanto selezionava con pazienza e molta cura gli abiti da mettere in quella enorme valigia davanti a lei. In fondo preferiva indumenti comodi e sportivi. In Sicilia poi non faceva tanto freddo, e quindi era meglio portare il minimo indispensabile. Non voleva mettere in imbarazzo i parenti siciliani sfoggiando abiti lussuosi e costosissimi. A lei bastava apparire il più sexy possibile al suo focoso marito. Dopo che ebbe sistemato qualcosa di suo gradimento nella valigia, decise di uscire. Voleva dare gli auguri al Procuratore Generale prima di partire. Anche se avrebbe potuto farlo per telefono, lei preferiva guardarsi negli occhi; e poi amava il calore di una stretta di mano, con le persone che stimava. Si rivolse quindi gentilmente alla cameriera, che canticchiava, mentre spolverava con accuratezza lo studio di suo marito.

«Connie! Vieni un attimo. Devo lasciarti un incarico.»

«Eccomi signora.» rispose la ragazza con voce aggraziata… «Mi dica.»

«Vado in Procura. Starò fuori solo un paio d'ore.» la informò Caroline «Se qualcuno mi cerca, o i miei genitori che dovrebbero passare in serata, di loro di aspettarmi. Non tarderò molto. L'ingegnere lo avviso per telefono, ma dovrebbe rientrare molto più tardi.»

E uscì frettolosamente, avviandosi verso l'ascensore per andare in garage. Appena aprì la robusta porta del garage, si accorse di qualcuno che sgattaiolava dietro un'auto per nascondersi.

L'illuminazione a luci led, abbastanza potenti, proiettavano infatti un'ombra accucciata. In un primo momento Caroline pensò a un ladro d'auto, interessato al lussuoso parco macchine o ad una macchina in particolare. Con destrezza quindi prese il cellulare nel tentativo di chiamare il pronto intervento, ma si bloccò perché udì dei forti lamenti provenire dal box del custode. Prese allora il coraggio necessario per andare a vedere. Inoltre il suo posto macchina si trovava a metà strada dalla guardiola. In un istante l'ombra si materializzò in un individuo, dall'aspetto poco ma molto poco raccomandabile. Tuttavia in quell'attimo scattò in lei il riflesso mentale e l'esperienza della criminologa. Infatti con uno scatto felino si lanciò verso la sua auto, azionò il telecomando e aprì lo sportello con destrezza, bloccandosi dentro.

L'uomo intanto si era accostato alla macchina e con rabbia, furioso come un pazzo in una crisi di nervi, tentava di aprire lo sportello con calci e pugni nel finestrino mentre sbraitava, con un coltello in mano, frasi sconnesse e prive di senso.

Caroline da dentro la macchina, con freddezza, gli rivolgeva la parola con un tono calmo e pacato. Nel tentativo da portarlo almeno alla ragione. Nella sua professione da criminologa aveva assistito a molti interrogatori con l'ausilio dello psicologo. Ogni volta il tono pacato, le pause usate per dare il tempo di riflettere all'imputato, davano un buon risultato. Ma stavolta il tentativo non generava alcun effetto positivo. Con enorme stupore la criminologa riuscì a capire il motivo di tanta rabbia e odio nei suoi confronti. Quell'uomo la incolpava di aver mandato il figlio, il mostro di Long Island, alla camera a gas... e lui con il pugnale voleva estirpare la lingua malefica di colei che l'aveva fatto prendere.

Tra un tentativo e l'altro di calmarlo con la persuasione, era trascorso un bel po' di tempo, ma ogni tentativo sembrava inutile. A quel punto infilò la mano nella borsa in cerca del cellulare, e tanta fu la delusione quando si ricordò che nella corsa per raggiungere la macchina e aprire lo sportello, le era scivolato dalla mano cadendo per terra.

«Sei in trappola! Sporca puttana.» imprecò mostrando il cellulare come un trofeo di conquista. «Non hai scampo. Adesso prendo un oggetto per spaccare il vetro e ti massacro.»

Detto fatto, si girò per dare un'occhiata in giro, ammiccando con un sorriso subdolo un estintore fissato al muro. Lo afferrò quindi con gesto violento, e con un ghigno di soddisfazione sul volto, si diresse verso la macchina. Intanto Caroline cercava qualche oggetto nel cruscotto con cui difendersi ma il tentativo si rivelò inutile. Allora pensò di proteggersi il viso dalle schegge di vetro con la borsa portadocumenti, abbastanza robusta, che casualmente aveva lasciato in macchina. La rottura del vetro speciale della Aston Martin provocò un gran fracasso e una pioggia di schegge piccolissime. E meno male che la mente fredda della criminologa le aveva suggerito in anticipo come ripararsi, altrimenti le conseguenze sul suo bel viso, sarebbero state disastrose.

Nonostante l'impatto violento dell'estintore sul finestrino, Caroline reagì con una mossa che il suo aggressore non si aspettava. Infatti aprì lo sportello con violenza, e spingendo con tutte le sue forze, colpì violentemente l'energumeno. Tale reazione sbilanciò l'uomo che ancora con l'estintore in mano, perse l'equilibrio e cadde per terra rovinosamente. Nel frattempo Caroline ne approfittò per uscire precipitosamente dall'auto.

Adesso si trovava allo scoperto, quindi, non le restava che correre verso l'ascensore. Ma l'aggressore si era già rialzato, imprecando nei suoi confronti. Anzi appena in piedi le lanciò l'estintore con tutta la rabbia che aveva in corpo. Caroline dimostrò di avere riflessi eccezionali perché attese il momento esatto per schivare il pericoloso oggetto; se l'avesse colpita probabilmente il suo corpo avrebbe riportato ferite gravissime o peggio. Quell'attimo, però, permise al criminale di avere un piccolo vantaggio, nonostante lei ricominciasse a correre, dirigendosi verso la porta più vicina.

In quel momento la capacità di ragionare e restare calma le venne meno, le sue gambe stavano per cedere e sentiva la necessità di lasciarsi andare per terra. Sapeva che non avrebbe raggiunto la porta in tempo. Per un attimo il panico la pervase senza darle la possibilità di ragionare. Si chiese perché quell'uomo provasse tanto odio. In fondo lei aveva svolto quelle indagini solo per salvare altre vite umane, e poi, quell'assassino seriale meritava più che una condanna a morte.

Mentre questi pensieri scorrevano come dei flash nella sua mente, non si accorse dell'arrivo di una macchina. Percepì il rumore del motore, ma continuò a correre in cerca della salvezza. E quando girò la testa, quella visione la caricò di una forza sovrumana.

Avrebbe voluto strillare a pieni polmoni per la gioia, ma l'agitazione e l'affanno erano state stressanti, quindi si buttò per terra aspettando con coraggio quel farabutto: degno padre di un feroce mostro assassino.

Intanto la macchina si era fermata non molto distante da lei. Jonathan uscì con un balzo e velocemente si mise a protezione di Caroline. Nonostante la presenza di altre persone, il male intenzionato continuò nel tentativo di accoltellamento. Ma Jonathan fu lesto a togliersi la giacca per usarla come riparo dai fendenti di quell'uomo indemoniato. Anche Warren intervenne velocemente, con la pistola in mano prelevata dal cruscotto, sparò alcuni colpi in aria. Nel frattempo si sentivano, sempre più vicine, le sirene della polizia. Dalla richiesta di aiuto inoltrata da Elsen, mentre gli uomini si erano occupati della protezione di Caroline, erano passati pochi minuti, e le volanti del vicino distretto della 5th Avenue erano arrivate sul posto.

A quel punto l'aggressore, nel sentirsi braccato, con un gesto di disperazione cercò di fuggire dall'ingresso esterno del garage, correndo come un forsennato. Nonostante avesse un'età intorno ai sessant'anni, fisicamente e atleticamente stava molto bene. Tuttavia ignorò per sua sfortuna la reazione di Jonathan che con un movimento improvviso, al suo passaggio gli lanciò la giacca sulla testa e poi gli fece un perfetto sgambetto da difensore di football.

Nel frattempo le auto della polizia arrivarono con una sgommata e inchiodata bestiale… gli agenti saltarono fuori con un balzo simultaneo. Un agente atletico, molto dotato fisicamente, si precipitò sull'uomo e con un perfetto placcaggio gli si buttò sopra, immobilizzandolo. Altri agenti aiutarono il collega nell'operazione di arresto, e fu allora che notarono sull'uomo una brutta ferita, con fuoriuscita di sangue copioso dalla sua spalla sinistra: il suo stesso coltello nella caduta l'aveva trafitto. Ma ci vollero lo stesso tre agenti per tenerlo fermo e in sicurezza. Era imbufalito dalla rabbia di aver fallito. Caroline rimase seduta per terra appoggiata ad una macchina, perché quella brutta avventura l'aveva veramente sconvolta. Fu il padre, per primo, che l'aiutò ad alzarsi, abbracciandola e tenendola stretta sul suo petto, come quando era piccola.

«Bambina mia!» esclamò, con tenerezza. «Stai bene? Siamo arrivati al momento giusto. Grazie a Dio! Ma perché quell'uomo voleva farti del male?»

Anche Elsen agitatissima baciò ripetutamente la figlia, accarezzandole i capelli con tanto amore. Poi le mise un braccio attorno e insieme si avviarono verso casa.

Il grave episodio criminale e il tentativo di uccidere la famosa criminologa Caroline Zeller, arrivò immediatamente nella sede dei Quotidiani e Network più famosi, che diffusero la notizia nei servizi più seguiti dai telespettatori. La giornalista, Cameron Foster, della CNN, dimostrò di essere la più veloce a preparare il servizio da mandare in diretta. «Buon pomeriggio. Vi trasmettiamo questa edizione speciale per informare i nostri telespettatori di un grave episodio avvenuto oggi, in tarda mattinata. La dottoressa Zeller, la famosa criminologa investigativa, consulente della Procura Generale, è stata vittima di una grave aggressione. Dalle prime notizie frammentarie che ci giungono, risulta essere stato un vero tentativo di omicidio. Quando la polizia è arrivata, hanno trovato l'aggressore ferito e sanguinante ed è stato facile arrestarlo subito. La criminologa si è difesa da par suo, usando la proverbiale capacità di ragionare anche in situazioni pericolose. Tuttavia ha passato dei brutti momenti in compagnia di un pazzo scatenato.
Il motivo del tentativo di omicidio… pensate un po', è quello della vendetta. Tutto risale nella complicata indagine in cui la dottoressa Zeller con grande intuito e metodo investigativo, determinò la cattura del mostro di New York. Il serial killer che uccise dieci persone in maniera feroce e brutale, mentre la polizia brancolava nel buio più assoluto, per il modus operandi molto diverso dai soliti schemi seriali. Pensate che le sue vittime furono ritrovate talora fatte a pezzi e messi dentro sacchi, con pezzi di altre vittime. Insomma un vero e proprio mostro. E fu un vero e proprio rompicapo investigativo per le polizie di parecchi Stati. Adesso cari telespettatori è il caso di addolcire la notizia, perciò voglio darvi una chicca esclusiva, in anticipo… la dottoressa Zeller, con la quale si è instaurato un rapporto di simpatia e di amicizia, nel momento in cui l'ho contattata per sentire come stava e porgerle il mio sincero dispiacere per quanto accaduto, tra una chiacchierata e l'altra, mi ha confidato che tra qualche giorno partirà per la Sicilia. Nella terra del suo amato Frank, dove passeranno le festività e si godranno un lungo periodo di vacanza. E con questa notizia buona dopo quella cattiva, la vostra Cameron Foster vi porge cordiali saluti.»

12
Zafferana Etnea (CT)

Il commissario capo Corsini si svegliò di buon mattino. Si stiracchiò nel lettone vicino alla sua Patrizia che ancora gli teneva il broncio per quanto accaduto nella gioielleria a Catania. Per lei, il marito aveva agito senza pensare il pericolo vissuto da Ella. E se i sequestratori si fossero accorti della sua presenza?

Inutile era stato il tentativo di spiegazioni e motivazioni, che lo avevano spinto ad agire nel modo più sicuro, per liberare tutta quella povera gente sequestrata e impaurita da quei farabutti.

Erano passate diverse settimane e ancora non cedeva dalla sua convinzione di madre. Nonostante anche Ella avesse più volte spiegato alla madre, anche arrabbiandosi, di non avere corso nessun pericolo. Anzi era stata orgogliosa di aver aiutato la polizia a liberare quelle persone.

Corsini ripensando a tutta la storia sorrise compiaciuto, per il comportamento della figlia, e mentre continuava a stiracchiarsi si avvicinò lentamente alla sua consorte con lo scopo di una sua eventuale reazione. Invece lei, come tante altre volte, faceva finta di essere ancora addormentata, e indifferente si lasciava toccare dappertutto anche nelle parti intime. Quando si accorgeva della erezione del marito, con mossa furbetta, allargava le cosce distrattamente per farsi penetrare. Poi continuava con freddezza ad accontentare i suoi istinti maschili, senza proferire una parola. Ma lui la sentiva gemere di piacere durante l'amplesso. Anche stavolta Corsini si era lasciato prendere dal desiderio per quella donna che lo rendeva sereno e felice, con un legame solido e collaudato nel tempo.

Un attimo dopo aver concluso con un orgasmo favoloso, cominciò a baciucchiarla in tutto il viso dolcemente, sussurrandole parole piene di affetto. E lei per non cedere alle stupende parole d'amore sussurrate dal marito, con molta indifferenza uscì dal letto e si mise sotto la doccia.

L'esperto poliziotto e marito esemplare sopportava questi silenzi con molta pazienza. Sapeva che al momento opportuno, con delicatezza, l'avrebbe fatta cedere. Poi sarebbe seguito un lungo periodo di rapporti pieni di passione e di coccole da entrambe le parti: questo era il modo di litigare della sua Patrizia.

In fondo pensava ancora sdraiato nel letto, in questo caso, aveva tutte le ragioni per avercela con lui. Quell'irruzione era stata una esperienza bruttissima e difficilissima. Per la prima volta, nella sua vita da poliziotto, aveva avuto momenti di panico e di tentennamenti, nascosti perfettamente. Se la vita della propria figlia è in pericolo, inutile essere ipocriti o bugiardi, il legame di sangue ti rende più vulnerabile e più debole nelle tue decisioni. Assolutamente diverso dal proteggere persone sconosciute ed estranee. Anche se poi proteggere e difendere i cittadini risulta essere il primo comandamento per tutte le polizie del mondo.

Mentre rifletteva, la moglie era uscita dalla doccia. Dopo essersi asciugata si presentò in mutandine succinte e il seno scoperto: sembrava lo ignorasse apposta. E questo provocò in Corsini un'eccitazione incredibile, sentiva come quel corpo stupendo, dopo tantissimi anni di matrimonio, gli provocasse ancora un intenso desiderio di possederla; forse eccitato dal suo modo di fare. «Dai! Amore. E' stato difficile anche per me impartire quell'ordine ai miei uomini.» le confidò con tenerezza. «Se fosse successo qualcosa alla mia Ella mi sarei distrutto la vita, come padre e come poliziotto. Ma ho dovuto agire, per salvare altre persone impaurite e piangenti, mentre lei dimostrava un senso di tranquillità rassicurante. Nella fase decisiva è stata sicura e determinante, collaborando dall'interno e senza rischiare nulla.»

Patrizia dopo quel discorso accorato e sincero del marito, sembrò essere pentita per averlo colpevolizzato, in un modo forse esagerato. «E va bene.» rispose con un tono conciliante. «Quelle persone erano in pericolo, ma hai messo in pericolo la vita di nostra figlia, facendola collaborare. E se quei balordi si fossero accorti che una persona nascosta stava aiutando la polizia... dimmi come andava a finire?»

«Amore credimi. È stato il momento più difficile della mia vita, mai... e poi mai avrei rischiato che succedesse qualcosa a nostra figlia. Nonostante la situazione molto complicata, con l'appoggio del magistrato abbiamo studiato un intervento perfetto. Dai, vieni qui! Ho bisogno di te, del tuo amore. Lo sai, nei momenti difficili diventi ancora più importante per me.» poi le si avvicinò e la strinse con forza al petto.

«Ahii! "Scimunito" di un poliziotto.» strillò sorridendo «Mi hai fatto male. Adesso accarezzami le spalle con la delicatezza 'che tieni'» e si girò in segno di pace e di promesse sottintese. Lui invece cominciò a baciarla sulle spalle e sul collo con sensualità, quindi la prese in braccio e l'adagiò sul letto.

«Ti amo, ti amo tanto.» gli sussurrò con una voce lieve e delicata. Ma il dovere lo chiamava... dopo essersi messo sotto una salutare doccia, euforico come un ragazzino, Corsini si vestì canticchiando mentre pensava, nonostante tutto, di essere un uomo fortunato... molto fortunato.

Era da molto tempo che non si sentiva così: una forma mentale lucida e libera da pensieri che lo turbavano appena pensava ai suoi cari. Con il suo mestiere che amava tanto, ne vedeva di "cotte e di crude"; il pericolo spuntava dietro l'angolo di ogni strada. Poi, negli ultimi tempi la situazione era diventata insostenibile anche per un poliziotto di grande esperienza come lui.

Tutto il vivere sociale gli sembrava precipitasse in un tunnel senza fine, dove la malavita la faceva da padrone, senza limiti e senza timore per la giustizia.

Ma appena uscì dalla porta di casa la trasformazione professionale fu immediata. Non aspettò di salire in macchina perché prese il cellulare di servizio e telefonò in ufficio, al suo amico e collaboratore più fidato: l'ispettore Alfio Consoli.

«Pronto, "Alfiuzzo"» disse appena sentì la sua voce «Sono Simone, devo chiederti una grossa cortesia. Vai nella mia stanza e controlla se sulla mia scrivania è stata portata la posta. Anzi apri il Pc e controllami tutti i messaggi in arrivo... ho fatto tardi perché finalmente abbiamo fatto pace, io e Patrizia. Ti ringrazio in anticipo del favore, amico mio, e a buon rendere. Non voglio nasconderti che aspetto una buona notizia per il nostro Alessio Borsalino. Così nel caso ci siano delle novità, mi presento direttamente in Procura. In questo preciso momento, sono appena uscito di casa.» e chiuse la comunicazione senza aspettare alcuna risposta.

Era tale la fiducia che riponeva nel suo stretto collaboratore, nonché grande amico, che non aveva bisogno di aggiungere altre spiegazioni di servizio. Infatti percorse un paio di chilometri quando sentì gracchiare la radio di servizio.

«Dimmi, Alfio. Ci sono novità dalla Procura? Comunque sono in prossimità della Tangenziale per Catania. Appena arrivo chiamo personalmente Gianpaolo Pennisi. Non ti nascondo che aspetto una buona notizia per Alessio. Sarebbe bello che per il Natale possa avere la gioia di passarlo insieme ai suoi.»

«Dalla Procura niente di nuovo.» precisò l'ispettore «Purtroppo abbiamo una segnalazione del Commissariato di Nesima. É stato rinvenuto un cadavere in zona Mascalucia, nel parco Monte Ceraulo. Perciò chiedono l'invio della scientifica e possibilmente il nostro aiuto, perché si tratterebbe di un omicidio assai strano.»

«Okay» rispose Corsini «Mettiti subito in contatto con il collega responsabile del caso. Non aspettiamo altro tempo. Sappiamo come in questi casi bisogna battere il chiodo finché è caldo. L'assassino può commettere degli errori nei momenti successivi all'omicidio, e lasciare indizi sulla scena del crimine. Poi più il tempo passa e meno probabilità si hanno che commetta stupidaggini o comportamenti sospetti, tali da attirare l'attenzione. Al contrario diventa sempre più sicuro di sé stesso, e studia con più attenzione le sue mosse future. A dopo quindi. Ci sentiamo nel mio ufficio.»

Subito l'ispettore Consoli si mise in contatto, come stabilito, con il collega di P.S, facendosi descrivere esattamente la località dove era avvenuto l'omicidio e ricordandogli di dare disposizione agli agenti, già sul posto, di non toccare o spostare oggetti intorno. Inoltre di isolare con molta attenzione eventuali impronte visibili.

Nel frattempo il Commissario capo Corsini interpellò personalmente il medico legale, dottor Bossi, già sul luogo del crimine.

Dopo i primi riscontri, il patologo gli spiegò che la morte era avvenuta non più tardi di dodici ore prima e naturalmente poteva essere più preciso dopo l'autopsia. Tuttavia c'era un rituale strano sul corpo del morto che l'aveva lasciato perplesso: «Le confesso caro Corsini che questo omicidio è privo di ogni logica… ne ho visti di tutti i colori, ma questo li supera come inventiva. Il comportamento dell'omicida è fuori dagli schemi abituali, con un modus operandi strano e incomprensibile… Si figuri che dopo aver letteralmente martoriato la vittima a colpi di roncola, alle spalle, si è divertito a infilargli in bocca un ciuffetto di peli. Comunque solo la scientifica potrà dirci che tipi di peli sono, anche se il sottoscritto una mezza idea se l'è fatta. In questo momento è tutto quello che posso dirle, aggiungo solo che il morto può avere un'età di venti - ventiquattro anni. Comunque già domani pomeriggio eseguirò l'autopsia. Intanto lei spinga con la scientifica per appurare la natura dei peli in bocca al cadavere. Adesso la saluto, mi aspetta l'autopsia di un altro povero cristo, deceduto improvvisamente in circostanze poco chiare. Purtroppo nel nostro lavoro ci sentiamo solo in situazioni poco gradevoli... la saluto cordialmente.» e chiuse senza attendere eventuali repliche.

Corsini rimase sconcertato dalla descrizione del medico legale. Effettivamente in Sicilia non era consuetudine lasciare dei peli in bocca a un cadavere, semmai un limone come facevano i mafiosi, e per dare un segnale ben preciso.

La sua esperienza e il suo intuito cominciavano a elaborare pensieri poco rassicuranti. La modalità con cui l'assassino aveva ucciso, lasciava presagire uno scenario diverso da quello a cui si è quasi abituati per professione: in questo omicidio qualcosa generava inquietudine e tanta incertezza.

Accantonati questi pensieri, afferrò con stizza la cornetta del telefono e decise di chiamare il suo amico magistrato, Gianpaolo Pennisi. Al primo squillo, riconobbe la sua voce limpida ma tenorile.

«Ehilà, Gianpaolo scusami se continuo a "romperti". Sono Simone Corsini. Volevo sentire se ci sono novità per Alessio Borsalino. Il Tribunale di sorveglianza è stato sollecito nell'istruire la pratica di libertà anticipata: addirittura in tempi record. Sicuramente, sotto sotto, c'è stato il tuo zampino, ma adesso serve l'ultimo sforzo. Se arriviamo sotto Natale si ferma tutto e... » Pennisi non lo lasciò continuare: «Ascoltami bene, brav'uomo. E da stamattina che ti cerco e non riesco a parlarti. Stai sempre al telefono, sembri mia figlia che fa cip… cip con il suo ragazzo.» e tirò fuori una prolungata risata di petto che rintronò l'orecchio di Corsini. Poi: «Tutto è risolto! Egregio Dottor Corsini. Tra due giorni Alessio Borsalino sarà un uomo libero. Naturalmente avrà da rispettare delle regole precise.»

«Hippy hippy, hurrà!» fu la reazione incontrollata di Corsini, alla notizia. Al che il magistrato fece seguire una battuta di spirito: «Basta così, mi fai diventare geloso.» e seguì un'altra risata d'effetto. «La gioia che esprimi per lui è segno di una grande amicizia ed è la conferma che credi nella sua innocenza.» concluse Pennisi. I due amici si salutarono cordialmente, con la promessa di Simone Corsini che presto sarebbero andati a cena, con le loro consorti.

Gli impegni del Commissario capo, quel giorno, non davano spazio a rilassamenti. Aveva appena collocato il telefono al suo posto che ricominciò a squillare e notò che la telefonata proveniva dal Commissariato di Nesima. Perciò rispose subito. «Pronto! Sono Corsini. Cosa c'è di nuovo?»

Dall'altra parte rispose una voce giovanile ma dal tono forte e gradevole. «Dottor Corsini, sono l'ispettore Cardullo del Commissariato di Nesima. Devo comunicarle delle novità sorprendenti. Dopo il ritrovamento nel parco di Monte Ceraulo del cadavere di un giovane, scoperto da un fungaiolo, abbiamo proseguito i controlli e le ricerche all'interno. Purtroppo abbiamo trovato il corpo di una giovane ragazza, anch'esso martoriato come il primo cadavere. In più presenta delle lacerazioni all'altezza del pube, dove le sono stati tagliati i peli in maniera grossolana, e con un risultato orribile a vedersi.»

«Ah! La pista diventa più complicata.» sbottò Corsini «Però assume un contorno preciso e inconfutabile: l'assassino è psicologicamente labile di mente. E uccide solo per il piacere di uccidere… e per vendicarsi di qualcosa. Dobbiamo fare presto prima che commetta altri omicidi seriali.»

«Certo, dottor Corsini. Tutto coincide con il suo ragionamento.» convenne l'ispettore mentre si trovava sul luogo, davanti al cadavere della ragazza. «Comunque abbiamo allertato subito la scientifica di intervenire. E il medico legale sta per arrivare.»

«Ottimo intervento!» approvò Corsini. «Anzi non faccia avvicinare nessuno in attesa della scientifica.»

«Non si preoccupi dottore, i miei uomini sono sul posto e stanno completando la ricognizione del luogo. Metterò di guardia un agente esperto che si preoccuperà di non far manomettere la scena del crimine. Inoltre stanno ispezionando ogni angolo, dove ogni minimo elemento potrebbe interessare la scientifica.»

Ad un tratto, Corsini imprecò con un ringhio pauroso. «'Minchia!' Dalle prime immagini che mi avete trasmesso, sono stato assalito da una sensazione strana, una inquietudine pazzesca. Sicuramente avremo per le mani una patata da pelare molto ma molto bollente, e ci serviranno tutte le nostre energie e tutte le nostre risorse per venirne a capo. In parole povere caro collega nel corso delle indagini avremo bisogno di una bella botta di "culo". Naturalmente le difficoltà per un caso così anomalo saranno tante, ma ce la metteremo tutta. Ok, grazie, Cardullo. Tra poco sarò sul posto. A questo punto sono curioso di vedere come ha infierito sul corpo della ragazza e poi vorrei dare un'occhiata alla scena del crimine, per rendermi conto e magari notare qualcosa che salta agli occhi. Non faccia toccare, ne' spostare neanche una piccola pietra. A presto collega, e ancora grazie.»

Corsini si congedò quindi senza dare possibilità di replica all'ispettore. Si alzò in piedi mentre la sua mente stava già elaborando un probabile profilo dell'assassino. Intanto avvisò l'agente Cantalupo di prepararsi con la macchina di servizio, nel piazzale per essere accompagnato a Mascalucia. Nello stesso tempo pigiò sul cellulare il numero memorizzato del colonnello dei Carabinieri Luca Nardelli, responsabile della Sezione Speciale della Scientifica. E appena sentì la voce del suo stimatissimo collega: «Pronto! Nardelli.»

«Sono Simone Corsini, scusami ma vengo subito al sodo. Devo informarti che abbiamo un grosso problema... nel parco Monte Ceraulo di Mascalucia sono stati rinvenuti i cadaveri di due giovani ragazzi. L'assassino è sicuramente uno psicopatico della peggiore specie. Si è letteralmente divertito a massacrarli con un modus operandi insolito. Perciò abbiamo bisogno della vostra esperienza investigativa e del supporto di tecnologie avanzate, visto il luogo dove è avvenuto il massacro. Tra poco mi recherò sulla scena del crimine per rendermi conto personalmente della situazione. Dopo sarò più preciso sulla possibile dinamica degli omicidi. Ora ti saluto, Nardelli. A risentirci, a presto.»

13
New York

A seguito della spiacevole disavventura vissuta, Caroline decise di prendersi qualche giorno di riposo in più. Aveva ricevuto la solidarietà di colleghi e conoscenti della Procura e persino dal direttore dell'Hotel di Los Angeles. Lo avevano conosciuto durante il viaggio di nozze;

Come prima tappa erano stati in quella splendida città della California e avevano soggiornato in un lussuoso hotel con vista sull'Oceano Pacifico. Tuttavia la telefonata del Direttore, anche se gradita, provocò in Caroline spiacevoli ricordi di quanto accaduto, allora, in quell'albergo. C'era stato un alterco molto duro con un personaggio poco raccomandabile della malavita. Frank non aveva gradito un apprezzamento volgare rivolto a Caroline da quell'uomo, e furioso l'aveva letteralmente massacrato di botte. Naturalmente la reazione dell'uomo, oltre ad essere verbalmente violenta, si era tramutata poi in minacce di ogni genere.

A quel punto era intervenuto il Direttore che insieme agli addetti della Sicurezza, aveva convinto l'uomo a essere ragionevole: oppure sarebbe stato costretto a chiamare la Polizia. E gli fece notare che molti clienti erano stati testimoni involontari di tutta la scena. Da parte sua, a nome della Direzione avrebbe chiuso un occhio sui danni provocati dalla rissa. Al termine di quella storia incresciosa, alcuni clienti rimasti nella sala del ristorante, tributarono la loro approvazione a Frank, mentre dopo le doverose scuse a Caroline, il Direttore con modi signorili spiegò che persone di quel genere, alla ricezione era impossibile intuirne la provenienza e la maleducazione. Da quel momento Frank e Caroline diventarono i clienti più coccolati e simpatici di tutto l'Hotel, tanto che alla partenza il Direttore volle accompagnarli al taxi per salutarli… scusandosi ancora una volta, con un bel mazzo di fiori multicolori per Caroline: una raffinata varietà di tulipani olandesi. Naturalmente con quel simpatico gesto, il Direttore aveva voluto gratificare la loro presenza nel suo Hotel. Perciò Caroline, pensò di ricambiare la squisitezza di quel gesto, con un saluto più personale e affettuoso: baciandolo delicatamente sulla guancia.

Quell'episodio aveva comunque lasciato il segno, e il loro stato d'animo, il loro umore, per qualche giorno era rimasto scosso.

Tuttavia il carattere impetuoso di Frank e l'allegria che le trasmetteva, bastarono a cancellare quel brutto episodio. Ogni attimo era buono per stringerla teneramente tra le sue braccia, sussurrandole parole dolcissime e amarla con passione, alla quale lei si lasciava andare partecipe e felice. Ma Caroline si era fatta promettere dal marito, con un'espressione di grande rabbia sul viso, che mai più avrebbe reagito con la violenza ad una provocazione, anche se grave.

Frank rimase piacevolmente meravigliato da quella grinta e ne intuì le motivazioni. In questi casi si dice che la calma è la virtù dei forti, è vero, tuttavia le ricordò con un sorriso accattivante e riempendola di piccoli baci, mentre lei continuava a parlare, che quell'uomo ignobile e schifoso aveva offeso la donna della sua vita. Caroline aveva rivissuto con la mente quel brutto episodio, ma poi ritornò al presente con la gioia di sempre, aiutata dallo squillo del telefono di casa. Sollevò quindi la cornetta, il tempo di dire... «Pronto!»

«Ciao amore! Come stai?» era un fiume in piena. Si trattava di Elsen, la sua adorata mamma.

Anche i suoi genitori sarebbero partiti per la Sicilia. Erano curiosi e felici di ritrovarsi con nonna Rosa in quella terra piena di fascino e folklore. Caroline restò sorpresa da quella voce così entusiasta. Mai aveva notato in sua madre tanta gioia per una partenza, nemmeno per luoghi più affascinanti e con soggiorni lussuosi.

«Ti assicuro, cara mamma che stavo per chiamarti. Papà mi ha informato che a questo punto partiremo insieme. Le prenotazioni sono fissate per il ventidue, alle ore nove e quindici del mattino. Appena arriva a casa, in serata, farà come al solito un pomposo discorso di rito, elogiandosi come un ragazzino.» sghignazzò simpaticamente Caroline, e le ricordò: «A proposito, io e Frank saremo a cena da voi. I nostri illustri uomini d'affari devono completare dei dettagli tecnici prima di partire. Comunque entrambi hanno una fiducia illimitata nel dottor Douglas, il Direttore tecnico. E' in gamba. Ed è capace di gestire la fase produttiva senza alcuna difficoltà. L'unico che gli tiene testa, a sentire papà... è il mio uomo preferito, cioè tuo genero.»

Stavolta fu Elsen che in risposta si lasciò andare ad una sonora risata. Poi come aveva iniziato il discorso, lo chiuse con un: «ciao cara. A stasera. Così mi consiglierai l'abbigliamento più adatto da preparare.» poi s'interruppe per riflettere su qualcosa. «Mi è venuta una quasi voglia di prendere in giro Frank. Ci stai!? Però devi apparire seria e indifferente. A tuo marito chiederò dei consigli strani. E tu, mi darai una mano.

Già sorrido nel vedere la sua faccia alle strane domande sulla sua Sicilia.» e chiuse la comunicazione... con un tono di birichina soddisfazione.

Così quella sera a casa Zeller regnò una piacevole ventata di allegria. Frank era arrivato un po' prima del previsto, al che venne subito preso di mira dalle due donne.

Caroline iniziò per prima, chiedendogli un piatto tipico siciliano, cucinato da Zio Gaetano, durante la sua permanenza a New York.

«Amore! Sai cosa mi andrebbe stasera? Una bella pasta con sugo di pesce misto e pangrattato, quella pasta africana piena di sapori. Sai amore, zio Gaetano ci ha lasciato della buona pasta italiana. Ne sei capace?» Frank la guardò di traverso e le rispose a tono... «Uhèè! Signora Borsalino mi è parso di capire che mi hai dato dell'africano? Comunque sono capace, è come. Preparerò alla cara famiglia Zeller un piatto ancora più succulento... aggiungerò alla ricetta dei favolosi pomodorini di Pachino.»

Quella serata passò veloce tra risate e ricordi divertenti di cui nonna Rosa era stata la protagonista principale. Le sue immancabili battute, 'condite' con il dialetto siciliano, erano esperienza di vita di una donna di altri tempi, ma soprattutto di cultura e vissuto opposto a quella americana. Warren approfittò del momento per ricordare una seria e sincera riflessione di nonna Rosa. Quando un giorno con la sincerità e la semplicità del suo carattere, gli confidò che trovava New York fantastica, una città piena di sorprese. Però lei adorava il suo paesino, piccolo e tranquillo: «La quiete di quella vita mi riempie l'anima.» gli confidò quasi commossa.

Appena il tempo di apprezzare il sentimento profondo di nonna Rosa per la sua terra, ed ecco che lo squillo del telefono li riportò al presente. Caroline fu la più lesta ad afferrare la cornetta e la sua espressione cambiò quando sentì quella voce provenire dall'altra parte del mondo. «Che sorpresa!» esclamò con enfasi... «È zio Gaetano.», disse rivolgendosi ai suoi. «Stavamo parlando di voi con nostalgia.» lo informò poi.

«Conosco bene 'u vostru' affetto.» replicò zio Gaetano carico di entusiasmo. «Anche da parte nostra vi 'pinsamo continuamente'. Per tutti noi è stata un'esperienza da favola... 'criritimi'. Comunque tra poco 'saremu' insieme appassionatamente.» precisò compiaciuto. «Anzi, ti saluto 'Gioia' di zio, 'passimi' Warren. Non vedo l'ora che arrivate.»

«Uhee! Picciotto.» esclamò appena sentì la voce di Warren «'Staiu' telefonando apposta 'pi sentiri ca pi Natali' sei con noi... 'Tuttu okai'?»

Warren per tutta risposta, sbottò in una grossa risata. «'Okai. Gaetano, tutto Okai'. A Natale e tutte le feste a seguire li passeremo insieme. A proposito ti trovi già in Sicilia?»

«Ma 'cetto', chi ti riceve allora con tutti gli onori? Ancora sono indeciso se 'purtare' a fanfara di benvenuto. Però nonna Rosa come 'rignanti' di Nicolosi ti vuole dare lei la cittadinanza onoraria.»

Warren, a sua volta, rispose con un divertente tentativo di esprimersi in siciliano. «Allora! Don Gaetano ascoltami bene. Nessuno… dico nessuno deve sapere di 'mia'.»

D'istinto Frank si meravigliò del suocero, come in così breve tempo avesse imparato delle parole siciliane, per cui approvò quella espressione con il pollice alzato.

«Infatti la parola 'mia' voleva significare: nessuno deve sapere di me… del mio arrivo.» confermò Warren.

Ma Zio Gaetano non si fece scappare l'occasione per rispondere alla sua maniera. «Uhee! Picciotto ti puoi fidare di me... a questo punto… ti porgo i 'miei ossequi' e salutami la bella famiglia. A presto!»

14
Catania - Questura Centrale.

Nell'ufficio del Commissario capo Simone Corsini il telefono continuava a squillare. Arrivò di corsa l'agente Elisa Bernini. Mentre si gustava un caffè al distributore, a qualche metro di distanza, pensò con un istinto lodevole di entrare e rispondere a quella chiamata così insistente.

«Pronto! Sono l'agente Bernini. Il dottor Corsini in questo momento è fuori sede. Se posso essere utile, sono a completa disposizione.»

Dall'altro capo del telefono si udì solo uno strano suono gutturale... poi: «Miii, 'U Cummissariu' deve passare i 'peni' dell'inferno. Invece di aiutare gli infami e li 'schifusi', si preoccupassi di quello che deve succedere... 'Tantu' sangue sarà versato 'picchì u carnefici si rifà vivu e torna a massacrari cu capita a tiru'.»

«Pronto chi è al telefono? Perché parlate in maniera così strana e incomprensibile.» lo rimproverò l'agente Bernini. «Se volete parlare con il Commissario Corsini, lasciatemi il vostro numero che vi faccio richiamare.» aggiunse poi scaltramente.

Nel frattempo la poliziotta aveva opportunamente azionato il tasto di registrazione dopo le prime parole di minaccia di quell'individuo. E con la sua richiesta di contattarlo seguiva un procedimento ben preciso e cioè quello di confondere l'uomo e farlo rimanere il più possibile in linea. Infatti sempre con voce evidentemente camuffata, il presunto criminale continuò nel suo sproloquio e minacce di morte.

«Anche la tua ingenuità mi renderà più piacevole la tortura. A presto...» e chiuse.

Malgrado le sgradevoli e deliranti parole di quell'uomo, l'agente Bernini reagì con freddezza alle sue parole. Velocemente riversò il discorso in una chiavetta digitale USB e la portò all'ispettore Consoli, chiaramente molto agitata...

«Ispettore! È successo qualcosa di incredibile.» lo informò appena varcata la porta della stanza. Poi con una voce carica di adrenalina gli spiegò per filo e per segno la stranezza delle parole e le gravi minacce di quel presunto maniaco.

«La prego ispettore ascolti con attenzione quello che dice, in questa chiavetta c'è la registrazione. Dal tono, e con delle minacce strane mi voleva convincere che avrebbe portato avanti quanto prometteva. E si è congedato con la frase che presto sentiremo parlare di lui.»

L'ispettore Consoli ascoltò flemmatico l'intero colloquio, avvenuto poco prima.

Dopo qualche attimo di perplessità, guardando fisso negli occhi l'agente Bernini, a disagio per essere entrata nell'ufficio del Capo, l'esperto poliziotto si decise ad esprimere una sua opinione.

«Devo per forza di cose pensare che si tratti di un megalomane spaccone.» dichiarò. «Il dubbio è come mai avesse il numero diretto del dottor Corsini. Ad averlo siamo in pochi. Tuttavia quel megalomane è riuscito a fare arrivare le sue minacce direttamente al capo della Sezione Speciale Anticrimine. Questo mi fa riflettere. Perciò dobbiamo considerare la telefonata con un certo dubbio, ma con riserva. Comunque brava agente Bernini, la prontezza di spirito con cui hai deciso di registrare il colloquio, ti fa onore. Nella squadra abbiamo acquisito un ottimo elemento. E aggiungo che hai fatto bene a prendere l'iniziativa di rispondere al telefono del Capo. Anche lui la penserà allo stesso modo, tranquillizzati.»

Il giovane agente si sentì sollevata da quei complimenti. Il detective Consoli, il più anziano della squadra, rappresentava il veterano operativo della Sezione, ed era il braccio destro del Commissario capo Corsini: non c'era caso in tutta la Sicilia orientale che non passasse sotto la loro supervisione operativa.

Si congedò quindi sorridente e piena di gratitudine per il suo superiore. Appena la giovane agente di polizia si fu allontanata, Consoli si rivolse scherzando a un altro giovane agente... «E tu non fare gli occhi lessi quando vedi la poliziotta più bella della Questura Centrale. Ti ho visto, come la guardavi! Mi sembravi un poco imbambolato, anche perché lei ti fissava continuamente… forse per avere un appoggio, oh chissà se?...»

L'agente scelto di Polizia, Fabrizio Valente, faceva parte della squadra di Corsini da oltre cinque anni, ed era un vero fenomeno con il computer e nella ricerca complessa nella Banca Dati della Polizia di Stato. Suo padre, Attilio Valente, aveva partecipato alle più spericolate azioni di polizia contro la mafia, restandone vittima in un conflitto a fuoco durante una retata. A quel tempo, il giovane Fabrizio aveva da poco compiuto quindici anni, e nonostante il dolore aveva giurato sulla sua bara che avrebbe lottato, con tutte le forze, contro la criminalità. E così a soli diciannove anni era entrato nella Scuola di Polizia dimostrandosi un elemento di grandi capacità tecniche nel settore informatico. Naturalmente a Simone Corsini venne segnalato il giovane agente e lui non ebbe un attimo di esitazione per farlo arrivare nella sua squadra. Da tempo aveva il pallino di dare alla sezione un'impronta di modernità, con tecnologie in linea coi tempi. Così aveva mandato l'agente Fabrizio Valente alla scuola informatica di Polizia a Roma, e dopo due anni le capacità e le conoscenze tecnico-investigative del ragazzo, erano diventate un fiore all'occhiello della Polizia di Stato di Catania. L'ispettore Consoli intanto, appena uscita l'agente Bernini, decise di occuparsi immediatamente di quel caso strano. «Bene! Valente. Abbiamo un'altra patata bollente tra le mani e prima che ci bruciamo corriamo ai ripari. Non vorrei sottovalutare il delirio di questo presunto maniaco megalomane. Perciò incominciamo col filtrare la voce. Una volta che avremo la sua vera voce la inseriamo nella banca dati e la trasmettiamo ai RIS di Messina, per un confronto. Qualunque sarà il risultato, avremo un primo indizio di quel losco personaggio.»

L'appuntato Valente non aspettava altro che mettersi in moto. Anche lui pensava che fare il primo passo, in un procedimento investigativo, avesse una importanza basilare.

Quella mattina alla Questura Centrale di Catania avvenne di tutto. Nella Sezione Speciale della Polizia di Stato, la maggior parte degli agenti furono incaricati di dare appoggio investigativo sull'inquietante telefonata di un soggetto pazzoide. Purtroppo le tecnologie più avanzate non riuscirono a decifrare l'origine della provenienza, né come il soggetto avesse potuto entrare nel numero diretto del Commissario capo.

Nel frattempo davanti al Questore, l'ispettore Consoli, spiegava dettagliatamente gli ultimi sviluppi di quel caso, dai contorni poco chiari, ma da prendere secondo lui, in seria considerazione. Dopo aver fatto ascoltare le minacce deliranti di quello sconosciuto, aspettò con pazienza le deduzioni del suo superiore.

«Da quanto ho ascoltato...» concluse pensieroso l'alto funzionario «... bisogna informare immediatamente il dottor Corsini perché parte di quelle minacce sono rivolte a lui, in prima persona. Poi ritengo opportuno allertare tutte le postazioni di Polizia periferiche e i Commissariati di Zona dell'area Etnea. E faccia trasmettere integralmente il delirio telefonico di quell'individuo. Intanto mi interesserò di contattare il dottor Corsini. Questo nuovo caso deve riguardare qualche operazione del passato. La squadra del Commissario capo, cioè la vostra squadra, in una retata con sparatoria contro piccoli boss della malavita locale, se non ricordo male, ci scappò un morto: il figlio di un pezzo da novanta della mafia. Così durante il processo la famiglia giurò vendetta. Ma sono passati più di quindici anni. Possibile il risveglio di uno di loro? E poi cosa centra lo spargimento di sangue di vittime innocenti? A dire il vero sembrano due casi molto diversi secondo una logica investigativa. Comunque Corsini avrà qualche elemento in più di noi, da cui cominciare, per occuparsi di questo nuovo rompicapo.»

Il Questore, dopo aver fatto quella breve analisi, ed espresso le sue conclusioni con molti dubbi in merito, stava per congedare l'ispettore Consoli, quando arrivò di corsa l'agente Bernini con un foglio in mano. «Scusi! Signor Questore. Ma devo consegnare questo messaggio all'ispettore.»

Il foglio passò velocemente nelle mani del detective che mentre leggeva il messaggio scuoteva la testa in segno di disappunto. Poi si rivolse al Questore...

«Le ricerche si sono rivelate negative, dottore. Attraverso i controlli incrociati la pista risulta essere una cabina telefonica di Trecastagni. In parole povere non è possibile risalire all'uomo che impunemente sfida la Polizia di Stato minacciando uccisioni e tanto sangue. A questo punto speriamo almeno commetta degli errori. Il più piccolo indizio ci aprirebbe, infatti, un interessante canale investigativo. Comunque la nostra priorità sarà quella di scongiurare il peggio, cioè che ci siano delle povere vittime.»

L'incontro con il Questore era servito a definire la strategia da prendere e anticipare le brutte intenzioni di quel pazzo criminale. Tuttavia l'ispettore Consoli si chiedeva sconcertato se magari si fosse trattato di un bluff e niente altro.

15
Catania - Aeroporto Fontana Rossa.

In aeroporto "imperava" da circa un'ora l'intera parentela di Frank. La loro attesa era febbrile e appariva agli occhi di tutti. Anche perché avevano studiato un piano di accoglienza degno dei migliori stratega militari: ognuno di loro indossava T-shirt e cappellino con su scritto una frase, e tutti insieme, disposti in un allineamento già provato in precedenza, componevano un simpatico messaggio di benvenuto.

La scritta che appariva sulle T-shirt allineate... diceva:

ACCOGLIAMO CON UN CALDO BENVENUTO
GLI SPOSI CAROLINE E FRANK BORSALINO
INSIEME A ELSEN E WARREN ZELLER
LA TERRA DI SICILIA È ORGOGLIOSA DI VOI.

Durante il lungo volo Caroline si sentiva elettrizzata, in attesa di conoscere e visitare la Sicilia, la terra di suo marito… e di tanto in tanto incrociava il suo sguardo dolce e pieno di calore, come le sue origini. Dentro di lei provava una sensazione di serenità e di felicità, perché quell'uomo l'amava e lo dimostrava in ogni attimo della loro vita. Anche Warren che sedeva insieme a Elsen, dall'altro lato ma al loro fianco, appariva visibilmente eccitato e quando si sentiva osservato, mostrava il pollice con la mano alzata, in segno di soddisfazione interiore.

L'unico che stava subendo un vero trauma emotivo era Frank. C'era stato un momento in cui con gli occhi chiusi erano apparsi i fantasmi della sua fanciullezza. E come un torrente in piena tutti i ricordi erano riaffiorati nella sua mente: ricordi belli e brutti.

Gli apparve nella sua splendida dolcezza, mamma Angela. Ora felice, ora piangente. Con il suo sorriso e la tenerezza verso di lui. Poi la sua forza e la sua determinazione. Nel momento più triste della sua vita, tradita e delusa dall'uomo che adorava, per amore del figlio aveva avuto la forza di ricominciare una nuova vita, anche se il sorriso di una volta appariva sbiadito e privo di luminosità. Ma quando il pensiero cadde sul padre, una rabbia adrenalinica lo assalì così forte…
da ritornare ai tristi ricordi. Gli vennero in mente i giochi che facevano insieme nel giardino di casa. Per lui, papà era l'eroe della sua fantasia.

«Questo è il mio “pargoletto coccolone”» gli diceva quando lo sollevava e lo stringeva tra le braccia. A tuttora Frank non riusciva a dimenticare quell'amore paterno così forte, anche se continuava ad odiarlo. Tuttavia il destino, anche in questo caso, avrebbe cambiato e addolcito il loro rapporto futuro... ma questo Frank non lo poteva sapere.

In quel momento l'aereo effettuò una leggera cablata per offrire ai passeggeri la vista dall'alto, della costa stupenda dove si ergeva sontuosa sua maestà l'Etna, che da qualche ora si era risvegliata eruttando gas e ceneri. Frank mentre ammirava quello spettacolo fu assalito da una intensa palpitazione interiore; si ricordò quando da bambino veniva portato nel parco dell'Etna. Era una consuetudine familiare fare dei picnic, pieni di gioia e allegria. Ma si ricordò anche tutte le volte in cui il forte boato del vulcano lo spaventava e lui correva tra le braccia della mamma o del papà, che lo rassicuravano teneramente. Da casa sua, infatti, l'esplosione eruttiva dell'Etna si sentiva in tutta la sua potenza, ma si ammirava anche la spettacolare fuoriuscita della lava che mentre scendeva creava enormi serpenti di fuoco, allarmando le cittadine più vicine.

Dopo pochi minuti avvistarono l'aeroporto di Fontana Rossa, e dopo che il pilota ebbe rassicurato i passeggeri che l'eruzione dell'Etna era nella fase iniziale e non procurava alcun problema, l’aereo cominciò a scendere per la fase di atterraggio.

Intanto tutta la “troupe” di ricevimento, con nonna Rosa in testa, si preparò disponendosi allineati, come stabilito. E chi si azzardava a mettersi davanti a loro, zio Gaetano li invitava a spostarsi, anche in ‘malo modo’; lui era un ‘pezzo di pane’ come si dice in dialetto siciliano, ma si divertiva a recitare la parte del duro e qualche volta gli diceva anche male. Allora con intelligenza girava il discorso con diplomazia.

Nonna Rosa era ‘impillicciata’ perché anche a Catania, in quel periodo faceva freddo. Sembrava un po' impacciata con quella bella pelliccia di volpe rossa, che indossava con molta eleganza la figlia Angela. Dopo la sua morte, Gaetano con il consenso di Frank, chiese che la madre Rosa la tenesse in memoria della loro Angela. In questa occasione l'anziana donna si sentiva emozionata a indossare qualcosa della figlia e proprio davanti ai suoi cari nipoti.

Appena le porte scorrevoli della pista d’atterraggio si aprirono la loro ansia e la loro gioia aumentò.

Ogni gruppo di persone che transitava per quelle porte diventava una delusione, perché la voglia di riabbracciarli, al più presto, era tanta.

Poi ad un'altra apertura delle porte apparvero Frank e Caroline con i coniugi Zeller. E fu Warren che, con uno scatto fulmineo, si avvicinò per primo e corse ad abbracciare nonna Rosa, mentre i giovani sposi ed Elsen indicavano sorridenti la scritta sulle T-shirt, che manifestava in modo simpatico il loro benvenuto in Sicilia. Com'era prevedibile, nonna Rosa accolse i parenti emozionatissima e lo manifestò con la solita spontaneità del suo carattere. «'Sugnu accussì' emozionata che 'sentu u cori' che batte come un 'tamburino'» disse ai due giovani sposi, stringendosi poi a Caroline con una vitalità sorprendente. «E tu Frankuzzo mio, abbracciami solo dopo avermi detto ca si un 'maritu' premuroso e pieno d'amore per la tua mògliettina.»

Frank l'abbracciò con foga, poi la sollevò tenendola tra le sue braccia come qualcosa di prezioso da coccolare teneramente. Dopo i saluti e una serie infinita di baci e abbracci, gli ospiti Warren ed Elsen Zeller furono invitati da nonna Rosa a passare la serata insieme, con la promessa che lei avrebbe preparato una cenetta con i sapori della terra di Sicilia. Naturalmente i coniugi Zeller risposero che erano onorati di passare la serata con la regina di Nicolosi. Si portarono quindi fuori dall'aeroporto per dirigersi verso i parcheggi antistanti.

Un momento dopo Frank si accorse che il suo cellulare vibrava insistentemente; aveva escluso la suoneria sull'aereo.

«Si! Pronto.» rispose con voce pimpante. E dal display notò che quel numero gli era sconosciuto.

«Pronto Frank! Sono Simone Corsini... lo zio con i 'baffi storti'. Scusami se non sono venuto all'aeroporto. Ti assicuro che avrei voluto abbracciarti appena sceso dall'aereo. Ma mi trovo per le mani un ingarbugliato e strano caso di omicidio. E poi un pazzo che si è divertito a minacciare. Insomma gli impegni non mancano. Comunque passiamo alle cose piacevoli. Per prima cosa ti abbraccio fortemente per telefono e dai un caloroso benvenuto a tua moglie e ai suoceri americani. Come posso ti vengo a trovare, così mi presenti la tua signora. Ciao Frankuzzo, per adesso ti saluto. A presto...»

«Ciao Simone e salutami la famiglia.» rispose emozionato Frank. «A presto!» Mentre stava al telefono, con la coda dell'occhio, notò uno strano personaggio che si muoveva freneticamente avanti e indietro. Poi di tanto in tanto, guardava nella loro direzione, con fare circospetto, come a cercare di non farsi vedere. Strano pensò Frank mentre seguiva gli altri per raggiungere il parcheggio. Sicuramente è un tizio nevrotico con dei problemi di tic nervosi, concluse tra sé; e non disse niente agli altri, convinto di una coincidenza o di una sua impressione.

Appena lasciarono la tangenziale, presero la statale per i paesi Etnei verso Nicolosi.

Già nei pressi di Zafferana Etnea, sua maestà l'Etna mostrava tutta la sua forza e la sua potenza eruttiva. Da qualche giorno, infatti, aveva ripreso la sua attività effusiva formando colate di lava, che scorrevano come fiumi lungo i versanti del vulcano. Poi si era riposata emettendo solo gas e ceneri, fino al loro atterraggio: come un auspicio di benvenuto. Invece poche ore dopo il loro arrivo, l'Etna aveva ripreso la sua eruzione. E tutt'attorno, si sentiva il boato del magma lanciato copioso e ininterrotto, tale da formare delle fontane di lava. I lanci di brandelli di lava raggiungevano altezze di qualche centinaio di metri, un fenomeno tipico di una attività stromboliana.

Quello spettacolo di straordinaria bellezza, quando la natura manifesta la sua immensa potenza, in certi casi, di distruzione e morte, provocò in Warren un disagio strano ma di grande ammirazione.

Le sue parole per esprimere la meraviglia di quanto accadeva, erano quasi diventate una specie di divertente balbuzie... non riusciva ad esprimere a parole la sua vera sensazione al cospetto di uno spettacolo così grandioso, offerto dalla natura. Caroline ed Elsen, dopo un primo momento di evidente timore, esclamarono un: «Ohoo! Che meraviglia! É qualcosa di così suggestivo e pauroso nello stesso tempo.
Stiamo assistendo a una spettacolare quanto fantastica accoglienza dell'Etna.» puntualizzarono madre e figlia con un segno di vera ammirazione dipinto sul viso.

Frank invece avendo assistito da bambino a quei risvegli improvvisi da 'Muntagna', ricordava benissimo quello spettacolo. La sua attività iniziava infatti con cupi brontolii, cui seguiva un grosso boato con l'espulsione di cenere e lava ad altezze spettacolari e suggestive, se vista dai paesi vicini. Poi cominciava la fuoriuscita, con colate di magma, tale da formare un fiume di fuoco incandescente. A suo tempo, i suoi genitori si preoccuparono da subito, a spiegargli che in quella montagna c'era come un gigante buono, che brontolava con la gente, senza fargli del male. Successivamente, più grandino, gli spiegarono che si trattava di uno sfogo della natura, e quindi non c'era pericolo per gli abitanti e per tutti loro; anzi tali fenomeni erano accolti con favore dai cittadini... perché così a 'Muntagna' si sfogava senza creare terremoti devastanti.

Arrivati nella villetta di nonna Rosa, a Nicolosi, gli ospiti si precipitarono fuori sul terrazzo prima di ogni altra cosa, ignorando persino i convenevoli di prammatica: quello spettacolo, per loro, era una visione da togliere il fiato.

«Beautiful, very beautiful!» esclamò Warren incantato da quella scena fantastica. «E' una visione veramente spettacolare ma sconvolgente allo stesso tempo. Chi vede questi fenomeni per la prima volta, come me, subisce un fascino indescrivibile: la natura e la sua dimostrazione di potenza che proviene dalle viscere della terra... My God! This is strabiliante.» Al solito, anche se l'uomo parlava benissimo l'italiano, le sue origini americane avevano il sopravvento nel modo di esprimersi. Anche Elsen rimase a lungo con lo sguardo incollato a quella fantastica eruzione, in quanto la lava che fuoriusciva dalla bocca del vulcano, creava una sensazione strana. Come si stesse assistendo a qualcosa di mistico e sovrannaturale. Nella sua discesa il magma incandescente appariva splendente e fluido: sembrava essere nella "fucina degli Dei." Caroline invece si era subito attrezzata di telecamera e macchina fotográfica per immortalare quello spettacolo della natura, concesso dall'Etna, come a volerli accogliere con un benvenuto fantastico e pirotecnico.

Dopo un po', gli ospiti stanchi per il lungo viaggio, ormai appagati da quella visione, furono sistemati nelle loro stanze, anche se Warren aveva insistito per andare in hotel; per la verità molto debolmente. Dentro di sé preferiva restare a contatto con quelle persone, dal modo di fare così affettuoso e spontaneo.

A cena Warren fece sfoggio, con grande coraggio, di un divertente tentativo di un linguaggio siculo-americano, aiutato da Frank. Ma zio Gaetano lo apostrofò con una delle sue irrinunciabili battute.

«Vero è! Warren. Mi complimento 'cu tia'. Mi pari di 'viriri' il film del padrino con Marlon Brando. Il tuo accento è preciso come quello di un siculo-americano.» Seguì una risata generale, accompagnata da commenti e battute che infuocarono il clima folkloristico della serata.

Nel bel mezzo della cena, il telefono cominciò a squillare. Il primo a rispondere fu Frank che, da poco nella sua terra nativa, si sentiva in uno stato d'animo pieno di emozioni... cariche di aspettative. «Pronto!» rispose energicamente «'Sugnu' Frank Borsalino, 'arrivai ora ora', ditemi tutto.» Ma non rispose nessuno. Silenzio assoluto. Allora Frank preso da quel momento di humor, proseguì: «Chiunque tu 'si', non ti vergognare. 'Sugnu tuttu aricchi pi tia'»... ma il silenzio all'altro capo del telefono gli provocò una risata irrefrenabile, tant'è che chiuse la comunicazione senza aggiungere altro. Naturalmente il buon vino siciliano bevuto, senza risparmiarsi nella quantità, aveva dato a Frank una grossa carica di allegria; un bicchiere tira l'altro, continuava a ripetere Gaetano in ogni brindisi. E tutte le occasioni erano state buone per brindare e bere.

Al termine della serata tutti si trasferirono nella veranda, nonostante il freddo, a godersi lo spettacolo mozzafiato della fuoriuscita di magma incandescente, che si dirigeva verso la Valle del Bove, come era avvenuto nelle ultime fasi eruttive del vulcano. Tutti tranne Caroline e Frank, alla chetichella, indossarono i loro giacconi pesanti e con un sorriso di commiato decisero di trasferirsi nella loro dimora di Trecastagni, che Frank aveva visto solo in fotografia e attraverso dei filmati. Era stata infatti la madre, prima di morire, a volere quella graziosa villetta sulla collinetta, appena fuori di Trecastagni; la collinetta dove aveva dato il primo bacio ad Alessio, suo marito. Frank si era incavolato per quella decisione, ma con la sua morte prematura, aveva pensato di esaudirne la volontà. Così aveva chiesto a nonna Rosa di occuparsene e di proseguire quindi nella costruzione.

16
Trecastagni (CT) - Villa Caroline

Al loro risveglio, Caroline e Frank trovarono un sole che splendeva luminoso, e un caldo invitante, per essere alla fine di dicembre. Ma la Sicilia è un'isola famosa per il suo clima mite e temperato anche per buona parte dell'inverno. Lei allungò la mano verso suo marito, con una gioia, dentro, indescrivibile... una gioia da sogno! Si sentiva stremata dalla nottata infuocata in cui Frank aveva dimostrato la sua virilità con passione, ma quella notte era stato più stallone del solito.

Aprì gli occhi con una sensazione dolce e un fremito ancora sulla pelle e sulla bocca. I baci dell'uomo che amava erano per lei qualcosa di paradisiaco, si lasciava andare languidamente senza pensare a nulla, e si donava senza alcuna inibizione. Accarezzò con la mano quel viso dai lineamenti forti e dalla mascella perfetta e volitiva. *È mio marito!* pensò con emozione. A quel contatto Frank si svegliò stirandosi e mostrando una perfetta muscolatura in tutto il corpo. Non attese oltre, la prese tra le braccia e la baciò con passione. «Sei la mia donna, sei il mio amore! Non voglio altro dalla vita: solo vivere accanto a te e amarti.» le dichiarò felice.

«Sei sicuro che non desideri altro?» rispose Caroline, con uno sguardo furbetto... «Che ne dici di un figlio?... anzi tanti figli, una famiglia numerosa! Abbiamo l'obbligo di allargare la famiglia, e dare lustro alla nostra dinastia.» affermò convinta ma con un sorriso di attesa.

Frank a quelle parole, si sollevò dal letto, afferrò la moglie e con lei in braccio si mise a girare su se' stesso, pazzo di felicità. «Amore! È il sogno più grande avere dei figli da te. Saremo una famiglia bellissima, con dei pargoletti che girano e allietano la nostra casa.»

«Va bene! Accordo fatto.» puntualizzò lei con ironia. «Adesso vado a fare una doccia degna di questo nome, cioè lunghissima, perché stanotte il sonno è stato così forte da vincere ogni tentativo di resistenza.» Si tolse quindi la felpa che aveva indossato dopo l'infuocato amplesso, mostrando il suo splendido corpo e due bellissimi seni che Frank definiva "coppe di champagne".

Più tardi i due giovani sposi si portarono sul bel terrazzo, lato vista Etna. Quindi decisero di fare una ricca colazione e godere di quel panorama meraviglioso.

Mentre lui preparava il caffè ristretto come si usa in Italia, Caroline si rilassò felice, respirando a pieni polmoni quell'aria frizzante e avvolgente per tutto il corpo. Mentre si godeva quella splendida vista girando la testa e lo sguardo, ora da un lato ora dall'altro, con una intensità interiore che le dava una serenità mai provata, sentì squillare il cellulare. Frank era in cucina a preparare una ricca e gustosa colazione e ritrovandoselo sulla tavola, riuscì a rispondere immediatamente.

«Pronto! Siamo momentaneamente assenti.» disse con una risatina maliziosa «Se poi volete che rispondiamo, datemi il tempo di arrivare da mia moglie, perché aspetta la colazione.»

«'Avaia!' Pronto. 'Voi pigghiare po culu to zio? 'Sugnu Simone, to zio coi baffi.' Scherzi a parte Frankuzzo, come va? Cosa pensa tua moglie della Sicilia? Quando è iniziata l'attività dell'Etna ed eravate ancora in volo mi ero un po' preoccupato, perché se incominciava a eruttare cenere come l'ultima volta, sarebbe stato un problema per l'atterraggio. Poi è iniziata la fase vera e propria con fuoriuscita di lava e mi sono tranquillizzato. Forse Francuzzo 'a muntagna' ti aspettava, e dopo tanto tempo ha dato il benvenuto a modo suo… per la signora Borsalino e la sua famiglia deve essere stato uno spettacolo favoloso. É vero?»

«Abbiamo vissuto una serata indimenticabile.» rispose Frank «Siamo stati fortunati. Non potevamo ricevere accoglienza più fantastica. In effetti, al primo boato, i miei suoceri si sono guardati in faccia come impauriti, ma alle risate ironiche di Rosa, hanno capito che non c'era da preoccuparsi. E dopo si sono scatenati in esclamazioni di meraviglia e di entusiasmo… da Nicolosi la potenza dell'Etna metteva veramente soggezione. Credimi, Simone, anch'io ho provato una emozione fortissima.»

«Ne sono convinto assolutamente.» precisò Simone Corsini «A proposito volevo avvisarti che questo pomeriggio verremo a porgere il benvenuto ed esprimervi gli auguri più sinceri. È un'occasione importante per conoscere la mogliettina e abbracciarti dopo tanto tempo. Comunque Rosa ci ha continuamente spiattellato sotto il naso, le foto della tua crescita... ed è stato come se ti avessimo visto crescere.»

«Non vedo l'ora di abbracciarti "zio coi baffi"» rispose Frank ridacchiando «Vedrò di farti conoscere anche i miei suoceri. Ti assicuro sono delle persone squisite, ed è un vero piacere fargli conoscere il poliziotto più famoso della Sicilia orientale.» concluse serio «A più tardi Simone, ti aspettiamo.» e chiuse la comunicazione.

Frank rimase immobile per alcuni istanti: la telefonata l'aveva emozionato e reso più felice di prima. Per lui, Simone Corsini era stato un aiuto importante dopo l'arresto del padre. Aveva dedicato molto del suo "poco" tempo libero di poliziotto, per dedicarsi a loro. E la moglie, Patrizia Corsini, era diventata un'amica del cuore, insostituibile per sua madre Angelina. Sicuramente il loro affetto e la disponibilità dimostrata in ogni occasione, era stato un toccasana per andare avanti in una tragedia di quella portata.

Dopo aver cestinato quei tristi ricordi, Frank si dedicò con slancio alla moglie. «Se ti ho trascurato per cinque minuti... ti chiedo scusa.» le disse con un timbro di voce ironico e divertito. «Nel pomeriggio ti farò conoscere la famiglia Corsini. Per noi sono stati degli amici di cui andarne fieri per tutta la vita.» poi l'afferrò per la vita e la strinse tra le braccia, mentre un sorriso lasciava capire quanto fosse felice.

Nel pomeriggio, come d'accordo, i Corsini al completo si recarono nella villetta di Frank Borsalino e di sua moglie Caroline Zeller. L'incontro fu molto commovente e proseguì con momenti di emozioni elevatissimi.

Frank ormai un uomo forte e robusto, non si rese conto quando abbracciò Patrizia che avrebbe potuto farle del male: era così confuso e talmente emozionato che provava difficoltà a parlare. Patrizia guardò ammirata il suo aspetto di uomo importante e sicuro di sé. Poi con qualche lacrimuccia ricordò la cara amica Angelina. «Era fiera di te.» gli disse. «Tutte le volte che ci sentivamo, il suo primo pensiero era parlarmi di suo figlio Frank. Era orgogliosa della tua fantastica carriera e del tuo amore tenero e profondo che avevi verso di lei. In cielo sarà sicuramente felice e ti protegge da lassù con tutta la famiglia.»

Frank sentiva un nodo alla gola, Patrizia e Simone Corsini, erano per certi aspetti i ricordi più belli di quel passato triste e angosciante. Dopo toccò a Simone stringerlo e abbracciarlo. E lui in quell'abbraccio sentiva tutto l'affetto che ben ricordava, fin dalla sua adolescenza, prima di trasferirsi. Per tutto quel periodo erano stati delle colonne a cui aggrapparsi con sicurezza.

«Simone! Zio coi baffi. Voi siete le persone più importanti dopo la mia famiglia. Sono così contento di avervi qui! Anzi stasera non potete andare via. Come ai vecchi tempi, passeremo insieme la nottata della vigilia di Natale.»

Simone Corsini non replicò a quell'invito: lo accettò molto volentieri. Poi, all'improvviso si accorse della presenza di una donna dolce e molto bella, che in disparte parlava amichevolmente con Patrizia ed Ella, come se si conoscessero da sempre.

«'Avaia' Picciotto. Che figura! Come prima cosa, mi dovevi presentare la presenza più importante e bella di questa casa.» poi rivolgendosi a Caroline «Me né rammarico e le chiedo scusa signora. Ma la colpa è di questo 'vastasi' di suo marito.» concluse Simone Corsini sorridendo sotto i baffi. Si avvicinò quindi a Caroline stringendole la mano calorosamente. «È un vero piacere conoscere la moglie di Frank. Siete veramente una coppia perfetta: la bella e la bestia.»
Come era prevedibile alla simpatica battuta seguì una risata da parte di tutti.

«Comunque devo farle i complimenti dottoressa Zeller, la sua fama di criminologa è giunta anche in Italia. Anzi per essere più precisi ha varcato l'oceano per giungere persino in un piccolo ufficio di un Commissario capo della Questura di Catania.»

«Mi permetta di ringraziarla Commissario capo della Questura di Catania.» scherzò Caroline accompagnando il suo umorismo con un sorriso radioso. «E dammi subito del tu. Come ho già fatto io… in questo momento.»

Frank intanto intratteneva con continue domande la giovane Ella Corsini. E tra una domanda e l'altra, lanciava frecciatine di scherno direttamente allo "zio coi baffi". «Ti comprendo Ella! Come fai a sopportare un padre così tiranno?»

Corsini drizzò le orecchie come un felino pronto ad attaccare. «Uhè! Picciotto siculo americano. Bada a come parli, o ti faccio preparare il foglio di via. Ma Caroline la tratteniamo qui… perché trattasi di persona gradevole e di bello aspetto. Perciò deve allietare le giornate della famiglia Corsini con la sua presenza.»

Tutte insieme, le donne divertite da quel simpatico duetto, alleate, esclamarono in coro un 'Siii' di consenso.

Pochi minuti dopo si trasferirono in cucina, dove Caroline pensò di fare una cioccolata calda per tutti. L'idea piacque soprattutto ad Ella che manifestò il suo gradimento con una divertente smorfia di piacere, cioè mostrando la lingua in segno di approvazione. Patrizia trovò in Caroline una ragazza splendida caratterialmente, dai modi semplici e raffinati, priva di atteggiamenti di superbia come poteva apparire a prima vista. Nonostante il suo aspetto signorile venisse sovrastato dalla immagine di donna emancipata e sicura, e dalla forte personalità. Comunque le due donne legarono da subito e sembravano due amiche che si conoscessero da sempre. Intanto Simone Corsini approfittò di essere solo con Frank per affrontare il grosso problema del padre di lui. Alessio Borsalino uscito dal carcere da un paio di giorni, sembrava un animale in gabbia. Fremeva dal desiderio di vedere e incontrare suo figlio 'Cicciuzzo': dopo sedici anni di sofferenza interiore oltre che carceraria. Simone aggirò l'ostacolo, con molta diplomazia prima di venire al dunque. «Scusami Frank! Desidero parlarti di un argomento molto delicato e penoso. Alessio, tuo padre, ha scontato la sua lunga pena. E' libero per buona condotta e... »

Ma Frank non aspettò che continuasse. La sua rabbia esplose come una bomba ad orologeria. «Ti prego! Simone, non rovinare questo felice ritorno nella mia Sicilia. Per me è un discorso chiuso, prima di iniziarlo. Quell'uomo non esiste più nei miei pensieri e nella mia vita. In questo momento, sto vivendo un sogno d'amore insieme a una donna meravigliosa. È chiaro il concetto?!»

A quelle parole così dure, Simone ebbe un attimo di sbandamento. Aveva preparato una strategia da poliziotto, ma in quel caso doveva improvvisare e farsi dirigere dal cuore. In quel momento Frank era privo di controllo. Faceva avanti e indietro per tutta la stanza, come assalito da un raptus incontrollabile stampato sul viso; il suo triste passato e la tragedia vissuta in famiglia, avevano sconvolto la sua adolescenza e inaridito la sua mente. Ma nonostante quella reazione scomposta e furiosa, Corsini proseguì nel suo tentativo. «Capisco la rabbia e il dolore che ti porti nel cuore.» sbottò con tono deciso il poliziotto «Però devo chiederti, con tutto l'affetto che provo per te e per tuo padre, di ascoltare quello che ho da dirti. Posso continuare? Ti prego caro ragazzo! Dammi la possibilità di raccontarti per filo e per segno come sono andate esattamente le cose. Sono sicuro che servirà anche a te e al tuo stato d'animo... sapere e conoscere la verità. Ne avrai un tale beneficio interiore che ti renderà più libero di giudicare con equilibrio quanto successe e come ebbe origine quella brutta vicenda.»

Frank rimase per un istante muto come un pesce, dentro di lui nasceva qualcosa che non sapeva interpretare, mentre qualche lacrima cominciò a scendergli lentamente sulle guance, come un accenno di resa alle parole di Simone.

17
Mascalucia(CT) - Parco Monte Ceraulo.

Nella piccola cittadina di Mascalucia l'assassinio dei due giovani fidanzati aveva, in un certo senso, lasciato un trauma vero e proprio. Mai si erano verificati delitti di questo genere: la ferocia usata dall'assassino e la strana modalità con cui aveva ricomposto i corpi delle vittime "In bocca al ragazzo aveva conficcato i peli del pube della ragazza. Mentre a lei, dopo averla rasata, si era preoccupato di infilarle nella parte intima delle foglie arrotolate, come a simulare una penetrazione. Questo aveva creato difficoltà alle normali indagini investigative. Persino la scientifica brancolava nel buio più assoluto, e dopo le ricerche di casi simili nella banca dati dei loro fornitissimi archivi, aveva denominato il fascicolo investigativo come "Il caso del pube rasato".

Il Commissario capo Corsini si era recato personalmente a perlustrare la zona della brutale e strana uccisione. E guarda caso notò un particolare che era sfuggito anche alla scientifica. Nel tronco di un albero, a poca distanza dalla scena del crimine, erano incise delle figure raffiguranti un uomo e una donna, nell'atto di fare l'amore, mentre un'altra figura alle loro spalle, brandiva un arma a forma di semiluna.

L'esperto poliziotto prese il cellulare e chiamò immediatamente il responsabile della scientifica. Al primo squillo rispose una voce forte e decisa: «Sii! Corsini? Per chiamarmi, avrai qualcosa di interessante da dirmi.»

«Caro Nardelli, come va? Ti sento in perfetta forma psico-fisica.» rispose Corsini. Poi proseguì. «A parte i convenevoli. È un piacere avere informazioni dall'uomo più importante della scientifica.»

«Falla finita ruffiano di un poliziotto di periferia. Vieni al dunque.» sbottò ridendo con gusto Nardelli.

«In questo momento...» riprese Corsini «... stavo ispezionando con calma la scena del crimine quando casualmente ho notato una strana incisione sul fusto di un albero. La raffigurazione è chiaramente esplicita: un uomo e una donna in un amplesso amoroso. Adesso quello che mi chiedo è se tale incisione fosse già esistente sul tronco. E da quanto tempo? I tuoi uomini intervenuti sul posto, a parte il grosso lavoro di routine, si sono accorti di questa incisione? In verità molto piccola, e poi seminascosta dalla corteccia dell'albero.»

«Un attimo che controllo... la cartella con il dossier dei risultati delle analisi mi è pervenuta da poco.» lo informò il responsabile della scientifica. «Dunque! Vediamo cosa dice la relazione conclusiva dei tecnici.» proseguì Nardelli. «Chiunque abbia commesso il delitto è stato molto attento a non lasciare indizi e tracce evidenti, se non i corpi ricomposti con quel rituale sadico e perverso. Dalle analisi è evidente che sui corpi, e sui reperti trovati su di loro, non risultano impronte di alcun genere. Il che fa pensare che l'assassino portasse guanti di tipo particolare, perché sono assenti residui di lattice o altro elemento attinente.»

A quel punto Corsini interruppe il collega della scientifica, con una domanda ben precisa. «Ma il medico legale, a che punto è con l'autopsia sulle vittime? Abbiamo bisogno di più elementi possibili per iniziare, al più presto, le indagini investigative. Sappiamo benissimo quanto sia importante riuscire a identificare il prima possibile, il modus esecutivo dell'omicida. All'inizio infatti è ancora in fase di sperimentazione psicologica, e quindi è più facile che possa fare errori sulla scena del crimine.» concluse tutto d'un fiato il Commissario capo.

Il colonnello Nardelli con voce serena la mise sull'umorismo e rispose all'istante al suo grande amico Simone. «Miii! Signor Commissario capo. Non vorrai insegnarmi il mestiere, impartendoci lezioni di puro tatticismo investigativo? Ti ricordo che sei in conversazione con la sezione speciale della scientifica. Scherzi a parte! Caro Simone. Le tue osservazioni sono alla base delle indagini investigative e lo sappiamo. Purtroppo abbiamo come indizi i peli del pube di lei, messe in bocca al ragazzo, e delle foglie accuratamente arrotolate e infilate nella sua vagina... un modus operandi molto perverso, direi.»

Corsini aveva ascoltato attentamente la replica del collega, poi intervenne a sua volta. «Ma le foglie arrotolate nella vagina della ragazza cosa possono significare!?» esclamò dubbioso al telefono.

La risposta di Nardelli fu immediata. «Non siamo in grado, per adesso, di capirne il significato.» precisò «ma le foglie intrise di sperma rivelano che la ragazza aveva avuto un rapporto sessuale recentissimo. Forse un attimo prima di morire.»

«A questo punto.» riprese Corsini «possiamo intuire come si è svolta la scena del crimine. L'assassino, prima, si è goduto i giochi amorosi dei due giovani e sul più bello ha scatenato il suo feroce istinto omicida, piombando alle loro spalle e colpendo con una lama a semiluna a punta, molto affilata. Dopo con molta calma, come se non avesse maciullato i corpi dei due giovani, si è dedicato a ricomporli in quel modo.»

«Mi trovi pienamente d'accordo con la tua analisi Simone.» approvò Nardelli «Intanto manderò due tecnici della scientifica per un nuovo sopralluogo. Quei segni lasciati sul tronco dell'albero possono avere un significato importante per l'assassino. E noi avremo un profilo più definito da cui partire con le indagini.»

«Esatto amico mio.» replicò Corsini «Adesso avvierò indagini a tappeto sull'area dove è avvenuto l'omicidio, e su tutto il territorio di Mascalucia. È evidente che si tratta di un soggetto del posto. Probabilmente il comportamento violento è legato a qualche avvenimento della sua vita, che ha sconvolto la sua psiche e ne ha scatenato la personalità omicida. Comunque è presto per fare delle conclusioni affrettate. Procediamo quindi con quello che abbiamo. E in attesa del referto del medico legale e del materiale fotografico raccolto dai tuoi uomini, rimane primario occuparci della identità delle povere vittime.»

Dopo che i due ebbero approfondito il punto da cui partire e dopo essersi scambiati, reciprocamente, gli auguri per il Natale alle famiglie, si salutarono cordialmente con l'impegno che ogni notizia sulle vittime sarebbe stata prioritaria per le indagini.

Poi il colonnello Nardelli informò il suo amico poliziotto che in realtà sarebbe stato reperibile anche per le festività e che il referto dell'autopsia sui corpi dei due ragazzi, il medico legale lo avrebbe completato già in serata. «E ti assicuro, Simone, che il fascicolo completo ti verrà inviato immediatamente in Questura. Ora ti saluto e speriamo che la fortuna ci dia almeno una mano, con un indizio inaspettato… a presto amico mio.»

Appena Nardelli chiuse la comunicazione, il solito poliziotto testardo si rimise alla ricerca di altri indizi, allargando il campo in cui avevano trovato i corpi. Intanto i suoi uomini avevano continuato a setacciare ogni centimetro quadrato vicino all'albero dove erano state trovate le incisioni, ottemperando a tutte le procedure di non inquinamento della scena del crimine.

Ad un tratto, Corsini percepì delle voci concitate. Provenivano da non molto lontano, dal punto in cui si trovava. Poi sentì chiaramente delle urla e grida di dolore, mentre vide spuntare l'agente Elisa Bernini che reggeva a fatica una donna, il cui pianto straziante faceva intuire il motivo della sua presenza.

«Oh, mio Dio! 'Matri mia santissima'! Dovè 'me figghiu beddu'? Non è lui, non può essere lui. Stavo 'pi fari' a denuncia. È un giorno e mezzo che Giovanni non è rientrato a casa. Dottore mi 'dicissi' che non è lui, 'uh me picciriddu'... non può essere 'iddu'!» La povera donna si buttò quindi tra le braccia di Corsini, sul suo petto, come per nascondersi da quella tremenda realtà.

Poco prima l'agente Bernini le aveva mostrato una foto con il solo viso, un primo piano, per un eventuale riconoscimento. E subito la donna aveva riconosciuto il figlio Giovanni: residenti a Mascalucia abitavano a circa trecento metri dal Parco Monte Ceraulo. Il gesto della donna e la sua disperazione di madre, provocarono nell'uomo, padre affettuoso e protettivo, una reazione di sconfitta momentanea. Non poteva aiutare quella povera donna a riavere suo figlio, ma vendicarne la morte del giovane figlio, con un accanimento e un impegno continuo; così all'uomo padre subentrò il poliziotto tenace e accanito contro la criminalità. Corsini scostò la donna piangente dal suo petto e appoggiandole entrambe le mani sulle spalle, cercò quindi di consolarla con le solite parole di routine: che però suonavano fredde e stonate.

«Mi guardi signora!» esclamò poi con voce energica e decisa, ad un tratto. «Sono il capo che si occupa di questa triste vicenda. Le prometto che non mi darò pace, fino a quando l'assassino del suo ragazzo non verrà preso e buttato dentro una cella per il resto dei suoi giorni. Non avremo pietà per questo essere spregevole e privo di umanità. Capisco che è poco... perché suo figlio non le verrà restituito. Tuttavia dobbiamo affidarci e credere con fede che lassù i nostri cari vivono felici.»

«Dottore mio.» sbottò la donna con un piglio feroce nello sguardo. «Giovanni era il mio unico figlio, bravissimo e pieno di affettuose attenzioni per i genitori. Senza di lui la mia vita non avrà alcun senso. Non ci sarà futuro per noi.» e proruppe in una nuova crisi di pianto inarrestabile.

«Venga signora.» intervenne Corsini «Vada a casa, l'agente Elisa Bernini rimarrà con lei, per un po' di tempo, fino a quando non si sarà calmata.»

Un attimo dopo il Commissario capo Corsini chiamò il sovrintendente Lo Presti, il primo ad essere stato sulla scena del crimine.

«A questo punto.» cominciò l'esperto dirigente di Polizia «È necessario identificare la seconda vittima... quella femminile. In questo caso conviene procedere a tappeto. Prenderemo informazioni in tutte le case vicine, estendendo poi le ricerche in un raggio di cinquecento metri. Bisogna mostrare il primo piano del viso della ragazza. L'istinto mi dice che non dobbiamo fare molta strada. Deve provenire per forza dai dintorni. Non abbiamo trovato macchine, ne' motorini nelle vicinanze dell'omicidio. Quindi i ragazzi sono arrivati a piedi. Perciò chiediamo ai bar, negozi e alberghi se conoscono o hanno visto, di recente, la ragazza della foto. La cosa strana è che nessuno si è fatto vivo per denunciarne la scomparsa.» concluse Corsini.

«É vero!» confermò il sovrintendente. «Nessuna chiamata risulta alla sede della Polizia Locale. Di conseguenza, mi sono permesso di raccomandare che qualunque segnalazione in merito, dovrà in ogni caso essere trasmessa, immediatamente, alla Polizia di Stato di Catania o direttamente a lei, dottore.»

«Sembra tutto così strano.» imprecò Corsini «Comunque ti sei mosso benissimo... avrei fatto la stessa pensata.»

«Scusi dottore, insieme a lei mi piacerebbe studiare un piano di appostamento nel luogo dove sono avvenuti gli omicidi. Come ha sempre ripetuto a tutta la squadra: l'assassino ritorna sulla scena del crimine, per verificare con calma, di avere agito senza lasciare indizi. E su questo bisogna puntare. Con la speranza che dopo il delitto, l'omicida commetta qualche sbaglio perché preso dal panico.»

«Esatto Lo Presti, vedo che hai studiato bene i compiti di criminologia.» scherzò con ironia il Commissario capo. Stavolta, abbiamo a che fare con un soggetto il cui profilo è al di fuori della norma. Ma un appostamento ben organizzato, in punti strategici, potrà dare i suoi frutti. Perciò affidiamoci ai miracolosi metodi tradizionali e soprattutto alla dea fortuna.»

«Okay! Capo. Mi occupo subito di dare disposizioni in merito, ho pensato a due agenti civetta, già esperti di questo tipo di operazione. Anzi provvedo subito. Li aspetterò sul posto per dargli le istruzioni necessarie.»

«Benissimo, anzi malissimo.» puntualizzò Corsini «Questo schifoso, questa bestia di essere umano, oltre a togliere la vita a due giovani ragazzi, rovinerà la festività di Natale, da trascorrere serenamente con le nostre famiglie.»

«Vado a riferire al Questore la situazione e stabilire insieme, con la sua approvazione, di chiedere ufficialmente la collaborazione dei R.I.S. di Messina.»

18
Nicolosi (CT)

Nella dimora di nonna Rosa già si respirava aria di festa. Una villetta di origine rurale che lei, a suo tempo, aveva ristrutturato con grazia particolare. Senza alterare la facciata, e modificandola con una architettura moderna, ma rispettando il paesaggio. Molte idee in proposito l'aveva avute da suo nipote Frank, di cui lei si fidava ciecamente, anche se lontano oltreoceano. In quel momento dal rustico echeggiavano le voci delle donne, scatenate nei loro dialoghi più disparati in una gioiosa confusione di argomentazioni e risate.

Caroline si sentiva coinvolta da quella semplicità di espressioni, da quelle usanze sociali e culturali, molto diverse dalle sue. E si sentiva così a suo agio che sembrava avesse origini siciliane più che americane o venete. Ogni parola esclamata da Patrizia con quel lieve strascico caratteristico della Sicilia, la rendevano euforica e piena di verve. Ogni parola di nonna Rosa, sebbene fosse ormai abituata alle sue folkloristiche manifestazioni di affetto, erano qualcosa di vero humor siciliano: da vivere con la stessa semplicità con cui sciorinava le parole.

Anche Warren ed Elsen, giorno dopo giorno, si rendevano conto della simpatia e del profondo rapporto umano che si era instaurato con i parenti di Frank. Intanto in quell'aria di festa, mentre le donne passavano da un discorso all'altro con gioiosa partecipazione, senza tralasciare di stuzzicare la sposina con argomenti piccanti, cui partecipava con spiccato umorismo anche la giovane Ella, Simone Corsini era impegnato in un faccia a faccia con Frank, per un tasto molto doloroso che li coinvolgeva entrambi.

«Lascia che ti spieghi perché intendo parlarti di Alessio, tuo padre.» sbottò con testardaggine Simone Corsini. «Devi sapere che tuo padre, a parte quanto di grave abbia fatto, è stato accusato ingiustamente di un omicidio che non ha commesso. Di questo ne sono sicuro. Ma purtroppo per lui, non ho potuto mai provarlo, perché venne incastrato!»

«Non voglio sentire parlare di quell'individuo.» rispose agitatissimo Frank. «Quello che descrivi come mio padre, per me rappresenta solo un estraneo, un elemento della peggiore specie.» continuò alzando la voce in tono quasi nevrotico.

«No!... No! Picciotto caro. Lasciami continuare. C'è qualcosa di molto serio e importante che devi sapere. Devi avere la forza e la pazienza di ascoltare. Dopo prenderai una decisione definitiva, che tuo padre rispetterà senza fiatare.»

Frank rimase per un istante in silenzio, tenendosi la testa con entrambe le mani. In quel momento il passato sembrava ritornare inesorabile come un macigno. Poi confuso e frastornato dalla evidente commozione che trapelava dalla voce di Simone, la persona che più gli era stato vicino in quel triste e drammatico episodio familiare, si convinse con molta forza d'animo di ascoltare. «Va bene, Simone. Parlami della persona che più odio al mondo. Cercherò di essere più paziente possibile. Però facciamo presto!» lo sollecitò Frank «Così non roviniamo questa serata.»

«Come dicevo.» riprese Simone quasi rilassato «tuo padre fu accusato di un omicidio che non aveva assolutamente commesso. Infatti venne diabolicamente incastrato dal vero assassino. Anche per la fretta e la convinzione sbagliata del magistrato di allora, che con prove superficiali e frammentarie chiese una condanna di venticinque anni di carcere... la giuria poi fece il resto: per un manifesto disgusto verso persone diverse.»

A quel punto Frank intervenne rabbioso. «Mi stai raccontando quello che già sapevo benissimo. Mio padre resta quello schifoso che non ebbe alcun rispetto né amore per la sua famiglia.»

«Ascolta tutta la storia prima di trarre delle conclusioni sbagliate.» sbottò deciso Simone «Persino Rosa si è persuasa a perdonarlo, anche per desiderio di tua madre Angelina, che non aveva mai smesso di amarlo. Tra loro esisteva un segreto, che Alessio mi ha rivelato con le lacrime agli occhi, mentre si trovava in carcere. Avevano un contatto epistolare. E per tuo padre quelle lettere rappresentavano il bene più prezioso al mondo.»

«Non ci credo!» strillò Frank «E' una scusa ridicola e vergognosa. Mia madre è morta, e lui persevera con il suo atteggiamento privo di dignità, con uno scopo ignobile: cerca quel perdono che dopo quindici anni pensa di meritare.»

«Anche se così fosse.» replicò Simone Corsini «La prigione da persona innocente è stato il giusto castigo per quello sbaglio immorale e privo di giustificazione. Alessio, tuo padre, prima di avere la gioia di abbracciarti, vorrebbe spiegarti come andarono esattamente le circostanze. Tutto precipitò solo per volontà del destino e della sua debolezza di uomo fragile.»

A quelle parole toccanti, Frank subì una forte scossa emotiva.

In quel momento, dentro il suo cuore sentiva come un sentimento forte e impetuoso lo spingesse a perdonare suo padre. E venne assalito da una sensazione di serenità spirituale: il suo pensiero era andato per un istante alla dolcezza della madre… forse era tutto vero!? E poi le parole di Simone, il perdono di nonna Rosa e di sua madre, avevano anche un significato preciso?

Nel frattempo erano arrivati i coniugi Warren ed Elsen Zeller, i suoceri di Frank.

Poi arrivò, dopo aver parcheggiato la macchina, zio Gaetano e la moglie. Erano stati in giro per Catania, con il compito piacevole di fare da ciceroni ai parenti americani.

Warren infatti appariva gasato e pieno di elogi per la gente e la città di Catania. «Mi piace questa atmosfera e l'aria che si respira.» affermò l'imprenditore americano. «La Sicilia è veramente particolare, nonostante il poco che abbiamo visto. Poi Catania racchiude un insieme di meraviglie, da zona a zona. Al centro abbiamo visitato la cattedrale di S. Agata e il Duomo con quel simpatico ed eccentrico simbolo cittadino, l'elefantino: spettacolare è la pietra lavica con cui furono costruiti, e credo rappresenti qualcosa di unico per l'architettura di tutto il mondo.»

« 'Avaia' Warren!» intervenne ironico zio Gaetano. «Lo devi chiamare u' 'liotru' come ti dissi.»

«'U lotru'» disse Warren divertito.

«Ma che 'lotru e lotru'» lo redarguì Zio Gaetano «u' liotru, devi dire u' liotru'»

Insomma il ricco imprenditore apprezzava volentieri le parole siciliane, lo esaltavano al punto da arrendersi facilmente a quelle simpatiche battute.

«Va bene, come dici tu. Però lasciami continuare. Stavo dicendo della città di Catania, perché subito dopo siamo passati sotto un arco e da quella porta siamo finiti in una meraviglia di mercato: 'a pescheria'.» poi si interruppe guardando verso Gaetano «...ehii! Picciotto dissi bene 'a pescheria'?»

Warren amava partecipare ironicamente in tutto quello che il folklore siciliano offriva ai suoi occhi. Le sue abitudini americane erano completamente diverse, la sua immensa cultura imprenditoriale e finanziaria lo portavano a contatto con altissime personalità di quel mondo. Eppure si sentiva a suo agio in quella terra straordinaria, che aveva conosciuto da pochi giorni. Ogni cosa che vedeva o visitava lo rendevano entusiasta e serenamente appagato.

«Sapete come è andata a finire?» puntualizzò zio Gaetano «Il 'Picciotto', qui presente, dalla pescheria non voleva più uscire. Era come ammaliato dalle gestualità e dal 'richiamo' dei venditori, quando a voce alta invitano i clienti a comprare il pesce o la frutta, in un modo teatrale e folkloristico che noi siculi conosciamo bene. Lui rideva e si divertiva come un 'picciriddu' e comprava ogni cosa che gli mettevano davanti. E se non lo portavo via, sarebbe servito un autotreno con rimorchio. Così nel frigorifero e nel congelatore di nonna Rosa non abbiamo più posto. Anzi abbiamo dovuto mettere qualcosa nel frigobox di Carolina e Frank. Vi avverto! Anche i dolci siciliani sono stati presi di mira da questo personaggio americano. Si è fatto riempire, credo sei o sette tabarè con ogni tipo di leccornie siciliane… quindi pancia mia fatti capanna. Come dicevano i nostri saggi siciliani.»

Warren lo interruppe deciso. «Si! Però è meglio che stai zitto ora. Oppure io, e questi picciotti presenti, ti incaprettiamo e ti infiliamo un arancino in bocca, perché non sai tenere la lingua a freno.»

A quella battuta Frank si sforzò di apparire il più divertito possibile. Ma il tentativo si rivelò inutile, perché Warren si accorse che l'umore di suo genero era pessimo. Dall'alto della sua esperienza di vita, l'uomo pensò di non interferire, in quello che doveva essere un dialogo dai contenuti molto forti e dolorosi, e rivolse quindi la sua attenzione a Simone Corsini. Si presentò quindi con una calorosa stretta di mano, esprimendo la sua soddisfazione nel conoscere il poliziotto più famoso di Catania. Intanto Frank aveva approfittato del momento, per dileguarsi e troncare l'argomento sul nascere.

Un istante dopo, il maturo imprenditore che aveva afferrato al volo qualche frase di quel discorso molto teso, fece segno a Corsini di seguirlo, per appartarsi. Poi con molta delicatezza, affrontò il tema in modo diretto... «Perdoni la mia intrusione, Simone. Dai giornali ho appreso la notizia della scarcerazione del padre di Frank. Le confesso che abbiamo parlato a lungo con Rosa di questa triste storia. A suo tempo, anche Frank mi aveva parlato con il cuore in mano, di quanto vissuto da ragazzo. E la sua sofferenza nel raccontarci l'accaduto, le drammatiche conseguenze per la famiglia erano stampate sul suo volto e dentro il suo cuore... e ricordo ancora la sua espressione carica di malinconia. Noi abbiamo accolto il ragazzo come il figlio maschio che non abbiamo avuto. Con Caroline si amano e vivono una splendida storia d'amore. E questo è veramente importante per lui.»

Simone Corsini condivideva con cenni della testa quello che Warren esprimeva con un timbro di voce vibrante di soddisfazione.

«È vero!» intervenne poi «Quel ragazzo ha vissuto le pene dell'inferno, da quando aveva appena sette anni. La sua fanciullezza è stata bruciata dalla cattiveria della gente... per questo odia il padre che ne è stato la causa involontaria di quanto accaduto.»

Warren rimase per un istante in silenzio, come per mettere a fuoco la situazione. Poi con tono pacato e riflessivo riprese la parola... «Si!» esclamò «Naturalmente è indifendibile un uomo che ha generato un trauma così grande alla famiglia. Tale da sconvolgerne l'esistenza e la dignità. Tuttavia comprendo il desiderio del padre di chiedere perdono e abbracciare il figlio, dopo sedici anni. È stato un errore grave e un comportamento immorale. Ma se ha pagato con il carcere è giusto che venga perdonato.»

«Siamo in perfetta sintonia.» rispose Simone Corsini, rivolgendosi a Warren. «Lei è una persona degna della più grande stima e ne apprezzo l'intelligenza e l'acume con cui esprime il suo parere, per una situazione così complicata e dolorosa. Con molta cautela dobbiamo tentare di avvicinare padre e figlio che si confrontino e ascoltino dentro di loro: soprattutto se nel cuore e nell'anima di Frank, c'è abbastanza amore e forza di perdonare.»

«Facciamoli incontrare!!» sbottò Warren deciso «Così quando si troveranno uno di fronte all'altro, il cuore farà il resto. Quei sentimenti che li unisce saranno messi alla prova, qualcosa dovrà succedere, e penso che sarà liberatorio per entrambi. Perciò Simone... mi permetto di darti del tu... anzi diamoci del tu. Il nostro scopo sarà quello di convincere quel testone di Frank. Intanto chiedo a Rosa di aiutarci e sono certo che non ci deluderà. Anche lei vorrebbe che padre e figlio si riunissero con un gesto di perdono... in memoria della volontà della povera Angelina.»

Senza aspettare un attimo di più e con uno scatto improvviso l'imprenditore si avvicinò a passi veloci a Rosa, nel grande salone, dove Caroline e Frank avevano preparato un lungo tavolo da pranzo elegantemente addobbato con fiori e candele rosse in splendidi e raffinati candelabri. L'anziana donna notò il movimento di Warren e il suo tentativo di avvicinarla con discrezione. Così non aspettò oltre. Prima che gli altri si accorgessero che qualcosa di strano era in atto, si alzò dal divano, e scusandosi si avviò in direzione del bagno, per poi cambiare direzione. Si avviò quindi verso Simone, mentre Warren la seguì con passi veloci. Rosa aspettò qualche istante, poi decisa iniziò a parlare, consapevole della motivazione. Simone si era confidato con lei, non appena suo genero Alessio, il padre di Frank, era uscito dal carcere. Sapeva benissimo il desiderio di quell'uomo, che in fondo era stato anche sfortunato e aveva pagato duramente con il carcere, benché fosse innocente.

«Picciotti!» iniziò col dire con voce lenta e serena. «Metterò ogni sforzo e tutto il mio cuore per fare riappacificare 'patri e figghiu'. La loro esistenza è stata piena di tristezza e di tanta... tanta sofferenza. Ora fortunatamente, anche grazie a persone come voi, come Caroline che ha riempito di felicità la vita 'do me Frankuzzo', la situazione deve migliorare anche per Alessio, appena messo in libertà grazie anche alla tenacia del suo amico Commissario. Come prima cosa mi 'telefonò' chiedendomi perdono. Ma riattaccò subito perché non aveva 'a forza di parari'. Però in seguito in tarda mattinata, si è presentato sull'uscio di casa con le lacrime agli occhi e singhiozzando senza potersi trattenere, si era lasciato trascinare da quei ricordi dolorosi e dal suo travagliato passato. Mi ha raccontato, per filo e per segno, come fosse stato plagiato da quell'uomo, con lo sfortunato epilogo che distrusse quanto di più bello amava al mondo: la famiglia. Certo... ha sbagliato, perché un uomo deve comportarsi da uomo. Però il mio cuore capisce che si tratta di una persona degna di perdono. Anche la nostra Angelina l'aveva capito e perdonato, ma per la cattiveria della gente e solo per amore di Frankuzzo decise di allontanarsi dalla Sicilia, e dargli un avvenire migliore. Tutto questo lo dobbiamo far capire a Frank, convincendolo ad ascoltare quel forte sentimento che legava e lega padre e figlio.»

Come se gli fossero fischiate le orecchie, poco dopo si presentò apparentemente frastornato, la persona di cui si parlava, cioè Frank. Si guardò attorno come in cerca di un aiuto o di un suggerimento da parte di qualcuno.

A quel punto nonna Rosa lo pregò di sedersi vicino a lei: aveva qualcosa d'importante da dirgli. L'anziana donna, con parole semplici ma ponderate, informò il nipote della liberazione del padre Alessio. Successivamente gli fece sapere, nei minimi particolari, come erano andate effettivamente le cose e come suo padre fosse stato condannato da innocente.

La reazione di Frank stavolta fu pressoché tranquilla. La sua adorata nonna riusciva a rasserenarlo ancora, come quando da bambino soffriva le pene dell'inferno perché non vedeva spuntare suo padre, come al solito.

Dal silenzio di Frank, dopo aver ascoltato visibilmente nervoso, e poi via via più rilassato e sereno, intuirono quanto anche lui ci tenesse ad incontrare e riabbracciare suo padre. Ci pensò Warren a prendere l'iniziativa. Si avvicinò a Simone Corsini e prendendolo sottobraccio, parlottarono brevemente, e un momento dopo Simone telefonò ad Alessio Borsalino, dicendogli che era invitato da Rosa a passare la vigilia del Santo Natale con la sua famiglia. Inoltre i parenti americani volevano incontrarlo e conoscere. Quelle parole così dirette, ascoltate da Frank, servirono a sbloccare quella triste e imbarazzante situazione... infatti scoppiò in lacrime, in un pianto liberatorio, stringendosi tra le braccia di nonna Rosa come alla ricerca di un rifugio dove proteggersi.

Erano le ore 20,30 circa, quando Alessio Borsalino si presentò in casa, davanti al suo amato figliolo. La sua presenza provocò una specie di scossa emotiva in tutti i presenti... mentre per Alessio quell'attimo racchiudeva un'intera vita.

Naturalmente la prima a rompere gli indugi fu Rosa, che ebbe la prontezza di spirito e di saggezza di accoglierlo, abbracciandolo con calore. Mentre la presenza di Simone Corsini serviva da sostegno emotivo. Dopo sedici anni passati in galera, da quando Frank era un fanciullo, diventava oltremodo difficile affrontare e chiedere perdono a colui che rappresentava l'unica gioia rimasta, della sua vita sfortunata. Ma tutto si svolse in modo naturale. Infatti il bene dentro i loro cuori, il legame d'amore e di sangue ebbe il sopravvento, e così il rancore e l'odio che per tantissimi anni aveva angosciato e dominato la mente di Frank, svanì alla vista di quell'uomo dallo sguardo afflitto e quasi spento: palesemente provato da un passato doloroso e drammatico. Padre e figlio si abbracciarono senza accorgersene. Una forza interiore, quella forza che semplicemente si chiama amore paterno, li spinse uno tra le braccia dell'altro. Quella scena fu così commovente che ai singhiozzi di Frank, mentre esclamava: «Papà... papà perché è successo?» anche i presenti furono coinvolti da quelle parole, come il diffondersi di una epidemia.

«Mentre continuavo ad odiarti...» disse Frank rivolto al padre «...dentro di me scattava inspiegabilmente un qualcosa di bello. E dai ricordi dolorosi, dalla rabbia feroce nei tuoi confronti, improvvisamente venivo assalito dai ricordi più felici... quando giocavamo insieme, e tu con quella tenerezza e quell'amore di papà premuroso, facevi di tutto per farmi sorridere. Quando insieme a mamma mi portavi nel parco giochi dell'Etna, dove ogni tuo gesto era dedicato a me, per rendermi contento e felice. E lei ci guardava con quel sorriso radioso e quella gioia negli occhi che la rendevano più dolce. Eravamo una famiglia invidiata, e poi l'imponderabilità e la scia incredibile di quegli avvenimenti... come un incubo, fece svanire tutto.»

Frank sembrava adesso un fiume in piena, ogni sua parola era qualcosa di bello e di triste nello stesso tempo. Ai ricordi fantastici della sua famiglia, alternava discorsi di grande dolore e sofferenza. In quel momento il turbamento di Frank ricordava quello di un ragazzo che aveva perso quell'amore e quell'affetto a cui era abituato, ma che improvvisamente qualcuno gli aveva rubato. Naturalmente Alessio lo ascoltava con orgoglio e tantissimo rammarico di genitore forzatamente assente: davanti ai suoi occhi c'era un uomo forte e robusto dai lineamenti molto somiglianti alla sua dolce Angelina.

Intanto Caroline osservava padre e figlio mentre parlavano e si cercavano come due persone, in quel momento, prive d'identità e totalmente fragili. Lei si era tenuta, con intelligente proposito, in disparte. E aveva provato un'enorme tenerezza quando Frank si era messo a piagnucolare tra le braccia di suo padre. Neanche sembrava l'uomo dalla personalità forte e virile di sempre. Sapeva quanto gli fosse mancato il padre e quanta sofferenza gli avesse procurato quel capitolo doloroso della sua vita. Poi l'attenzione di Caroline si concentrò sul viso di Alessio. Era un uomo ancora affascinante, nonostante l'età e la sofferenza patita per la lunga permanenza in carcere. Dal suo aspetto e dalle sincere parole rivolte al figlio aveva capito, da subito, di trovarsi in presenza di una persona per bene e molto buona. Solo la triste fatalità del destino aveva voluto che una famiglia felice si disintegrasse in un modo così drammatico. Perciò decise che era arrivato il momento di intervenire, di accogliere il padre del suo sposo, con rispetto e con un affettuoso abbraccio di "benvenuto". Frank, quasi contemporaneamente, lesse nel suo pensiero e orgogliosamente la presentò al padre. «Questa è Caroline, mia moglie.» disse sorridente al genitore. Poi con un gesto improvviso strinse entrambi tra le braccia: come a suggellare la sua famiglia.

«É la donna che ha riempito la mia vita, con la dolcezza e un amore che cresce e ci lega giorno dopo giorno.» e con accresciuto entusiasmo, cominciò a raccontare l'episodio rocambolesco durante il quale si erano conosciuti e poi amati. Una storia con una cornice magica: come se lei fosse uscita da un libro delle fiabe.

Quelle parole provocarono una esplosione di risatine ironiche e simpatiche battute da parte delle donne, che condivisero quella dichiarazione d'amore romantica. Nel frattempo zio Gaetano con notevole tempismo, prese Alessio sottobraccio e lo presentò a Warren. « Mr. Zeller sento il dovere di presentarti il padre di Frank... tuo consuocero. In verità, lui desiderava solo rivedere Frank, dopo tantissimi anni per chiedergli perdono e riabbracciarlo. Noi invece, e io sarò il primo, lo aiuteremo a rifarsi una nuova vita, più serena, da vivere vicino ai vecchi e nuovi parenti.»

Simone Corsini che fino ad allora aveva assistito in silenzio, fu quasi bloccato dalla commozione, per come erano andate le cose: non avrebbe mai immaginato che l'amore e il bene che univa padre e figlio si sciogliesse e si manifestasse in così breve tempo. Poi con l'emozione ancora dipinta sul volto, si rivolse all'amico di sempre. «Hai visto uomo di poca fede. Tremavi come una foglia al pensiero di come venissi accolto. La vera preoccupazione che regnava nel tuo cuore, e che ti rendeva così fragile nell'anima e nella mente, era come avrebbe reagito Frank. Si dice: è bene quel che finisce bene. Ma per il sottoscritto non finisce qui. Ti prometto, mio caro amico, che non avrò pace fino a quando non sarà dimostrata la tua innocenza. Confido molto nelle nuove tecnologie investigative e nelle nuove metodologie di laboratorio, per ricavare altri indizi ed elementi necessari per riaprire le indagini. Il vero assassino deve pagare e tu devi riappropriarti della tua dignità e del tuo onore.»

In quel momento Alessio Borsalino appariva frastornato e felice. Le parole di Simone l'avevano gasato e poi non credeva nei suoi occhi: davanti a lui c'era suo figlio. Non smetteva di guardarlo, senza farsi accorgere, ancora ammirato e orgoglioso di quel ragazzone dal cuore d'oro. E quella gente che veniva da oltreoceano dimostrava una sensibilità eccezionale verso un uomo appena uscito dal carcere.
Avevano creduto, senza alcun dubbio, alla sua verità e avevano intuito quanta sofferenza avesse condizionato la sua vita. Mentre rifletteva su come farsi voler bene da Frank, notò lo sguardo complice con cui la

giovane coppia, tenendosi per mano, lo fissavano amorevolmente. Infatti un istante dopo, Caroline e Frank con un gesto quasi bambinesco, lo presero sottobraccio invitandolo a sedersi accanto a loro.

Nel frattempo Rosa incominciò a suonare il campanaccio tra lo stupore e le risate di tutti i presenti.

«A tavola!» strillò a perdifiato «E' quasi pronto. Se trovo qualcuno fuori posto 'u mettu in castigo'. Anzi 'u fazzu' mangiare 'nzemi' ai cani.» Inutile precisare i mormorii di tutti i commensali, con prolungate risatine di scherno a quelle battute divertenti e di spirito. Insomma, quella festosa allegria di gruppo, creò nella villetta l'atmosfera tipica della vigilia di Natale: un misto di palese entusiasmo e tanta tanta confusione nello stesso tempo. Warren più di tutti si divertiva alle uscite di Rosa. Accettava con intelligenza le sue parole, a volte fuori luogo e incomprensibili. Vicino a lei cambiava letteralmente pelle. Da personaggio importante dell'alta società di New York si trasformava in un uomo semplice e umile, alla pari con quella gente meravigliosa della Sicilia. Infatti amava e apprezzava sinceramente i nuovi parenti e la loro cultura meridionale. Per lui e la moglie Elsen quelle persone erano come una fonte dove attingere valori, ma soprattutto saggezza e genuinità.

Nel frattempo, Patrizia e Caroline si alzarono per aiutare l'anziana a portare una notevole quantità di vassoi, contenenti succulenti pietanze, per tutti i gusti e palati. Quella serata si svolse splendidamente: con i commensali sazi di cibo e di risate. Mentre Alessio sembrava rivivere quella felicità, a cui era abituato, nei tempi passati... mancava solo la sua Angelina.

Warren e la moglie Elsen tra una risata e l'altra sembravano rivivere una specie di seconda sfrontatezza giovanile, partecipando attivamente con battute di spirito, anche osé, a quella gioiosa tavolata in famiglia.

Naturalmente i vini dell'Etna furono i preferiti e i più apprezzati dagli uomini, anche perché ognuno aveva provveduto a portare una ricca scorta di bottiglie pregiate delle case produttrici più famose. Warren era passato insieme a Gaetano, in una Enoteca delle più fornite, per acquistare delle costosissime bottiglie di Brunello di Montalcino 'annata 2010' e dell'Amarone della Valpolicella, che però lasciarono per il giorno di Natale: «'comu tradizione voli'» aveva stabilito l'anziana padrona di casa, senza possibilità di replica. Insomma a fine serata il più calmo e il più sobrio rimase Alessio, che nonostante si sforzasse di apparire sereno, in realtà nel subconscio si portava dentro, dolorosamente, ricordi del suo triste passato.

In effetti quelle risate di gruppo lo turbavano e lo rendevano felice nello stesso tempo. Non era semplice smaltire quelle tossine interiori radicate nel suo cuore, in tanti anni di vero inferno. Dopo sedici anni, ancora non si dava pace per come aveva distrutto la famiglia e deluso una donna meravigliosa come la sua Angelina. Una donna buona, radiosa e dolcissima... Una donna che era stata capace, dopo un primo momento di rabbia e sconforto per la cattiveria della gente, a credergli e perdonarlo; preso da questi ricordi non si accorse come delle lacrime scendessero impietose dal suo viso. Frank era vicino a lui, e notò quel momento carico di intense emozioni per il padre. Perciò lo abbracciò d'istinto: così forte come a volergli trasmettere tutto il bene racchiuso dentro il suo cuore e mai scordato.

Poi... «Ehi. Papà! Ormai il peggio è passato... sono sicuro che la meravigliosa persona che sentiamo sempre vicina, in questo momento ci guarda da lassù, ed è contenta di vedere insieme gli uomini della sua vita.»

Le parole di Frank ebbero l'approvazione di tutti i presenti e guarda caso innescò un ulteriore brindisi... «Alla gioia di vivere, alla salute di tutti!» esclamò Simone Corsini. E alzò il bicchiere verso gli altri ospiti, indirizzando la mano in tutti e due i lati della tavolata.

Alla fine della serata, il tavolo appariva miseramente vuoto, ma le pance di tutti erano piene, soddisfatte dalle squisitezze e dalla bontà di molte varietà di pesce, cucinato con quella esperienza culinaria che nonna Rosa sapeva mettere nei suoi piatti.

Sul tavolo a parte qualche vassoio appena cominciato ma non consumato per abbandono, erano rimaste tantissime bottiglie di vino di qualità che erano state vuotate fino all'ultima goccia, onorando Bacco come scusa, ad ogni richiesta di brindisi. Adesso il problema era come gli ospiti, evidentemente presi dai fumi dell'alcol, cioè abbastanza alticci, potessero guidare per andare alle loro dimore.

Così stabilirono un gioco molto divertente dove anche le donne parteciparono con risate e risatine, a più non posso. In sostanza chi aveva bevuto... abbastanza, doveva reggersi su un solo piede per qualche minuto. Ovviamente le conseguenze furono talmente esilaranti da generare sceneggiate fuori dalle righe; persino nonna Rosa fu costretta a correre nel bagno per motivi abbastanza naturali.

Ognuno di loro prese parte alla prova, e a parte qualche rischio di caduta di Warren e zio Gaetano, il vincitore, per cosi dire, risultò Simone Corsini. Tuttavia toccò ad Alessio assumersi la responsabilità di accompagnare i parenti nelle loro dimore organizzando delle turnazioni. In fondo, le distanze dalle loro residenze erano a pochi chilometri.

Intanto l'imprenditore americano volle salutare tutti nonostante non si reggesse in piedi, poi si avviò barcollando ma palesemente soddisfatto, in direzione della sua camera da letto, accompagnato dalla moglie. Infatti lungo il percorso, ripeteva borbottando in lingua americana, quanto si fosse divertito e poi: «Grazieee!... aaa... tuuu... tti della magnifica serata trascorsa. Buooonanotte!! A domani, amici cari e simpatici.»

I tre uomini rimasti continuarono a parlare per alcuni minuti. Poi Frank di slancio riabbracciò suo padre e gli confermò che i suoi sentimenti, per lui, non li aveva mai cancellati. «È vero papà. Mamma mi diceva spesso questa frase: ciò che gli occhi non vedono, il cuore non sente. Ma per me è stato diverso e l'ho provato sulla mia pelle. Ti posso assicurare che quando più lontano abbiamo vissuto per dimenticare, tanto più vicino al cuore sono i sentimenti che cerchiamo di cancellare.» poi concluse con un poderoso e affettuoso abbraccio.

Nel frattempo Patrizia approfittò del momento e volle complimentarsi per la splendida serata accentrata a esaltare innanzitutto i valori familiari.

«È vero!» approvò Caroline con quello sguardo dolcissimo stampato sul volto. Poi commossa sottolineò la sensibilità di tutti, verso un uomo distrutto dalle avversità. Un'espressione di sentimenti così veri da far accapponare la pelle. Un arricchimento per l'anima e il cuore di ogni essere umano.

«Sei una donna buona e affettuosa.» le disse Patrizia sull'uscio, prima di andare via. «E trovo che siete una coppia fantastica. Vi auguro una vita meravigliosa, con tanti marmocchi saltellanti per la casa.»

19
Mascalucia (CT) - Parco del Monte Ceraulo

Gli agenti di guardia alla scena del crimine, dove era avvenuto il duplice omicidio, si davano il cambio ogni ora circa. A turno, i tre poliziotti scelti dall'ispettore Consoli, si alternavano con una strategia studiata molto bene. Per non soffrire troppo il freddo, si erano così organizzati: due agenti restavano di guardia mentre il terzo si riscaldava in macchina distante poco lontano, ma ben nascosta. È vero che in Sicilia il freddo è sopportabile, ma restare in uno spazio aperto nel mese di dicembre, e per giunta trovarsi a una discreta altitudine, in un bosco alle pendici dell'Etna, era sicuramente da non sottovalutare.

Corsini si era raccomandato di non distrarsi assolutamente, perché il modus operandi dell'assassino lasciava ben sperare che ritornasse sul luogo della carneficina. Questi assassini violenti, aveva ricordato ai suoi uomini, godono nel ricontrollare la loro opera omicida, come fossero degli artisti che compiono qualcosa di sublime.

Il Commissario capo era stato categorico, quando aveva impartito la strategia da seguire, dove gli indizi erano a zero. Aveva riunito perciò la sua squadra nella sala riunioni e spiegato appunto la psicologia di questi mostri.

L'agente Elisa Bernini, mentre si versava un buon caffè caldo dal grosso thermos che si erano portati per alleggerire la rigidità del freddo notturno e per tenersi ben svegli, notò a poca distanza, un movimento sospetto. I suoi occhi vigili ed esperti inquadrarono dietro il fusto di un albero enorme, uno strano individuo. Il viso era totalmente coperto dal cappuccio alzato del pesante giaccone che indossava.
Il poliziotto, con una velocità incredibile, lanciò il bicchiere che teneva in mano e afferrò la radio di servizio per comunicare con uno dei colleghi.

La risposta non si fece attendere: «Bernini, cosa succede? Perché questa chiamata?» chiese meravigliato il collega Valente.

«Con la radio girati verso ovest, parla disinvolto e sorridendo.» lo invitò categorica. «Ho notato una figura sospetta tra gli alberi. È più vicino a te, a circa venti metri. Muoviti con indifferenza perché lui è concentrato nella vostra direzione.»

«Intanto avvisa Cantalupo!» rispose l'agente Valente, fingendosi distratto e simulando una sonora e forte risata... poi gesticolando da consumato attore.

Appena informato l'agente scelto Cantalupo, questi non perse tempo nel studiare la strategia da seguire con i colleghi. «Accerchiamolo con cautela. Al mio via, corriamo insieme convergendo. Passo e chiudo!»

«Va bene... passo e chiudo!» replicò la collega. Anche l'agente Valente approvò con un Okay il piano di accerchiamento. Era evidente come Cantalupo si trovasse nella posizione migliore per dare il segnale stabilito.

I tre poliziotti raggiunsero in brevissimo tempo il punto esatto dell'avvistamento, e infatti sorpresero quello strano individuo mentre continuava a sbirciare in direzione della scena del crimine. Poi si avvicinarono correndo verso di lui, con le armi in pugno. «Fermo dove sei!! Alza le mani e non fare nessun gesto.» gli intimarono quasi contemporaneamente. L'uomo reagì con calma, recitando una scenetta comica, poco credibile. «'Ma chi vuliti'! sbirri. Ora 'mancu pisciari' in mezzo ai cespugli, è possibile?» e fece il gesto di tirare fuori 'l'uccello' per urinare.

«Alza le mani o giuro che ti sparo proprio in quel posto.» gli urlò l'agente Bernini. «Devi farti riconoscere e perquisire. E dopo puoi muovere le mani come ti pare, puoi abbassarti anche i pantaloni, se vuoi, e fare anche qualcosa che ti somiglia molto.»

«Minchià!» sbottò agitato il sospetto «Se vi avvicinate mi costringete a pisciarvi nelle scarpe. Aspettate cinque minuti: il tempo di fare un'urgenza improrogabile.» e come prima tentò di abbassare le mani, freddo e disinvolto come un attore che recita una parte.

Ma il suo nuovo tentativo e la sua boria da malandrino, furono bloccati sul nascere. L'agente scelto Cantalupo esplose due colpi di pistola in aria. «Ascoltami bene specie di spaventapasseri dei boschi.» lo apostrofò con voce tagliente e nervosa... «La prossima volta non ti avviso più, ti sparo per legittima difesa. Hai capito! Oh no? Se un agente della Polizia di Stato ti ordina di alzare le mani. Tu alzi le mani. Hai capito!» gli intimò ancora una volta incazzato, facendo finta di perdere il controllo.

A quel punto il sospetto, quasi impaurito da quella reazione che non si aspettava, si dimostrò più mansueto e disponibile ai controlli.
Così i due agenti gli si avvicinarono a circa un metro, a una distanza di sicurezza.

«Abbassati il cappuccio.» gli ordinò l'agente scelto con la pistola puntata e ben in vista. Poi disse al collega di perquisirlo e farsi dare i documenti per la identificazione. «Come mai per urinare ti sei addentrato così tanto nel parco?» gli chiese fissandolo negli occhi intensamente.

L'uomo rispose quasi balbettando. Aveva capito che non era il caso di scherzare con il fuoco… quei poliziotti erano da prendere con le molle: addestrati bene e capaci. «Ma non c'è nessun motivo.» rispose «Mi 'vinni' spontaneo senza pensare 'unni' ero, poi 'camminai finu' a quell'albero per sentirmi più appartato.»

«In questo luogo è avvenuto un efferato omicidio di due ragazzi.» gli ricordò l'agente Valente. «E tu guarda caso sei venuto a "pisciare" nelle vicinanze del luogo sottoposto a indagine. A noi sembra una grossa minchiata! Non è per caso che sei venuto a controllare? Forse volevi controllare se nel compiere il tuo sanguinario capolavoro omicida, ti sia sfuggito qualche indizio importante?»

Nel frattempo l'agente Cantalupo si era messo in contatto, via radio, con la sede del Commissariato Centrale, per verificare l'identità dell'uomo fermato.

Tutti i dati trasmessi, furono subito inseriti nel database centrale dove, da lì a breve, sarebbero stati elaborati e confrontati.

«Dammi cinque minuti.» gli disse il collega della Centrale, addetto alla ricerca. Appena la *Banca Dati* ha elaborato le comparizioni, ti chiamo subito...

Intanto il Commissario capo Corsini, immediatamente informato della presenza del soggetto sul luogo del crimine, nonostante avesse fatto le ore piccole in casa di Rosa, assonnato com'era, decise di precipitarsi in Questura per interrogare il sospetto. Ordinò quindi all'agente scelto Cantalupo di condurre l'uomo in sede. Lui in venti minuti sarebbe arrivato in ufficio: in quel giorno di festa avrebbe incontrato pochissimo traffico.

Infatti come fosse stato un indovino, parcheggiò la macchina nel piazzale, dopo circa diciotto minuti. Subito dopo giunse Cantalupo con il fermato e senza perdere tempo lo portò direttamente in sala interrogatori.

Nel frattempo arrivò la risposta proveniente dalla banca dati della scientifica, con la telescrivente che batteva velocemente i risultati della ricerca. Corsini afferrò con impeto il foglio e cominciò a leggere pensieroso, mentre con la mano faceva segno all'agente scelto di aspettare.

«Quest'uomo risulta essere un parente consanguineo del boss Bonaccorso.» imprecò con rabbia, l'esperto poliziotto. «Risulta essere il nipote prediletto, conosciuto come 'U cantastorie'. Fu cresciuto nell'onorata famiglia, quando il padre venne ucciso in uno scontro a fuoco con esponenti di un altro clan, nella lotta per il dominio del mercato della droga.»

«Esatto! Capo. Appena lo abbiamo avvicinato...» precisò l'agente Cantalupo «... mi è venuto in mente un episodio in cui quell'uomo aveva ucciso a pistolettate un rivale. E quando l'abbiamo preso e portato in galera, rideva come fosse stato al tirassegno e avesse ucciso un pupazzo, invece di un essere umano.»

«La sua scheda risulta così piena di crimini.» aggiunse Corsini «...che faccio fatica ad elencarne il più piccolo. Eppure è riuscito, sempre con false testimonianze, a non fare un solo giorno di carcere. Solo qualche fermo di polizia e subito rilasciato.»

«Si! Capo, ricordo benissimo quando uccise quel ragazzo di appena diciannove anni a Paternò» replicò Cantalupo. «La madre della vittima lo accusò senza paura: le aveva ammazzato il figlio senza pietà, davanti ai suoi occhi. Ma varie testimonianze confermarono che lui, quando avvenne l'omicidio, si trovasse a settanta chilometri da Paternò. E che la madre doveva aver sbagliato persona. Infatti la scheda è piena di gente che hanno testimoniato in suo favore, in reati anche gravi, in cui lui risultava essere vero artefice dei crimini commessi… quindi arrestato più volte e poi rilasciato subito dopo.»

«A proposito.» continuò il Commissario capo «Da qualche giorno è arrivata la documentazione informativa della DIA, con l'ultima relazione semestrale sulle cosche mafiose in Sicilia, una sintesi dettagliata della loro spartizione criminale. Della loro infiltrazione e dei loro enormi interessi nella Sicilia orientale, con una organizzazione capillare e camaleontica, all'ombra dell'Etna.»

«Purtroppo emerge che la mafia si riorganizza continuamente.» aggiunse il dirigente di Polizia, rivolgendosi alla sua squadra, molto concentrata sull'argomento. «E si muove in un panorama criminale più articolato e di tipo trasversale. Le famiglie locali hanno un crescente coinvolgimento nel traffico di droga. Poi un fenomeno diffuso, specie tra i piccoli clan, è il cosiddetto "cavallo di ritorno": consiste nel furto di auto di valore, cui segue la pretesa di una somma di denaro per la restituzione.»

«Ricapitoliamo ragazzi e ritorniamo al nostro sospetto.» proseguì Corsini. «A parte queste importanti notizie sulla mafia in generale da tenere in considerazione, non si spiega la presenza di questo delinquente nelle vicinanze della scena dei delitti. E mi chiedo: è una casualità!? Oppure era sul posto per accertarsi di qualcosa in particolare.»

«È possibile Capo.» intervenne l'agente scelto Cantalupo. «In effetti prima di intimargli l'alto là, nascosto alla sua visuale, mi è stato possibile studiare tutti i suoi gesti e i suoi movimenti. Il suo interesse era chiaramente rivolto alla scena del crimine. Tutto quadra. Anche durante l'interrogatorio è stato molto vago, ma non ha chiarito il vero motivo della presenza in quel luogo.» concluse pensieroso il poliziotto.

«Bene, anzi male!» imprecò Corsini «Il suo ruolo ci porta fuori strada. Questo piccolo ma pericoloso mafiosetto non risulta essere un feroce psicopatico. Invece il modus operandi dell'assassino, indica che si tratta di un soggetto disturbato nella sua psiche malata.»

«È un'analisi interessante la sua, Capo. Ma sono convinto che è intervenuto per aiutare o coprire qualcuno. Ma sarà molto difficile durante gli interrogatori tirargli fuori un pur minimo indizio.» concluse l'agente.

«Esatto Cantalupo. La nostra speranza è che la scientifica trovi qualcosa con cui indirizzare le indagini investigative.» puntualizzò a quel punto il Commissario capo.

«Aspettiamo anche i referti del medico legale. Qualcosa dovrà risultare da un omicidio così efferato e violento.» esclamò ad alta voce l'agente Bernini. La giovane poliziotta, era rimasta in silenzio durante il colloquio dei diretti superiori. Ma poi, con coraggio propose la sua idea: «Sarebbe stata utile la collaborazione di un criminalista investigativo, per studiare le motivazioni e la psiche di quel feroce assassino.»

«Brava, agente Bernini.» approvò sornione Corsini… «riflettevo su questa evenienza. Anzi è esattamente quello che avevo in mente. Ci sarebbe un'esperta professionista, con notevoli successi nel campo dei crimini violenti, che potrebbe aiutarci a tracciare il profilo del serial killer. Purtroppo dovrò avere la capacità di persuadere un'altra persona, il quale vorrà proteggerla da coinvolgimenti pericolosi.»

Naturalmente il Commissario capo si riferiva alle capacità intuitive e psicologiche di Caroline Zeller, la criminalista investigativa più famosa di New York. E quindi occorreva convincere Frank per ottenere quella collaborazione, a suo parere, decisiva per le indagini. L'esperienza professionale e investigativa della Zeller, in casi come questo, sarebbe stata la vera ciliegina sulla torta, pensò tra sé il Commissario capo. «Va bene! Picciotti.» esclamò improvvisamente come colto da una intuizione.

Per lui quei ragazzi, agenti addestratissimi e preparati, erano dei figli adottati sotto lo stemma della Polizia di Stato. E ogni tanto amava chiamarli con quel nomignolo siculo. Poi continuò con quell'atteggiamento paterno e rassicurante che tanto piaceva all'unica donna della squadra: l'agente Elisa Bernini... soprannominata Angelica. Ma nel momento in cui Corsini stava per alzarsi dalla poltrona e salutare la squadra, giunse il sovrintendente Lo Presti pieno di fogli, che riportavano gli sviluppi delle indagini sul territorio di Mascalucia.

Dopo aver fatto un cenno di saluto ai giovani agenti, si rivolse direttamente al capo. «Devo comunicarti delle novità interessanti.» esclamò orgoglioso. E intanto si mise seduto davanti alla scrivania di Simone Corsini. «Abbiamo un indizio molto importante da cui cominciare. Sappiamo l'identità della ragazza uccisa. Si tratta di una sordomuta impiegata nella Biblioteca per disabili di Mascalucia. Abitava in quella sede a tempo pieno perché non aveva famiglia.»

«Ottimo risultato.» gli disse Corsini. «E complimenti agli agenti per un indagine così difficoltosa, con un territorio immenso da controllare.»

«L'ispettore Consoli è stato perfetto nel ricostruire una mappa della zona.» sottolineò con enfasi il sovrintendente. «Poi alcuni testimoni, quando hanno visto la foto della ragazza, si sono ricordati: era stata vista nelle vicinanze della nuova Biblioteca.»

Il Commissario capo si accigliò e diventò cupo in volto... «Miiii..!» esclamò «Come si spiega che una ragazza sparisce per tanto tempo e nessuno si accorge della sua assenza, o perlomeno qualcuno presenti una denuncia per allontanamento volontario.»

Quando Corsini usava parole così pesanti, sicuramente era fuori di sé. «Pensate quanto tempo abbiamo perso per identificare la vittima!! Il responsabile di una leggerezza così grave, verrà perseguito penalmente. Lo giuro!!» sollevò quindi la cornetta del telefono e chiamò l'ispettore Consoli. «Scusami, Salvo. Puoi venire nel mio ufficio! Così ti ragguaglio del nuovo piano investigativo. Mi è venuto in mente qualcosa che spero si realizzi. Comunque, ti anticipo i complimenti per il bel lavoro. L'identificazione della ragazza uccisa è un punto importante che bisogna battere. Proseguiremo in questa direzione: gelosia o piacere di uccidere?»

«Arrivo! Simone. Il tempo di completare un accertamento per furto in appartamento. Sono davanti alla banca dati per verificare altri precedenti simili.» lo informò l'amico poliziotto.

20
Trecastagni - Villa Caroline – 28/12/2014

Quella mattina Frank si sentiva più euforico del solito. Sotto la doccia canticchiava una canzone dietro l'altra seguendo la scaletta che l'impianto in filodiffusione diffondeva in zona relax. Da esperto ingegnere, qual'era, aveva installato un software sofisticato che trasmetteva musica in tre zone della casa: relax - tecno mixer – notte. Bastava premere il pulsante sul telecomando per avere la musica desiderata.

Inoltre questo software era collegato a un potente allarme, in contatto con la polizia: appena sarebbe scattato per l'intrusione di ladri, nello stesso istante una potente musica-tecno, avrebbe inondato la villa a volume altissimo, sorprendendo e intronando i malfattori.

Nel bel mezzo di una melodiosa canzoncina anni "90", "vacanze romane dei Matia Bazar", rilassato sotto il forte getto dell'acqua e girato di spalle, Frank non si accorse dell'intrufolarsi di una figura umana, intenzionata a sorprenderlo. Appena varcata la soglia del bagno, la figura si appoggiò alla parete destra che portava alla doccia, e cominciò ad avanzare lentamente senza farsi vedere, nel tentativo di arrivargli alle spalle. Frank non si accorse di quella presenza, intento com'era a stonare, più che cantare quella bella canzone. E meno male che si trattava di una splendida creatura, eccitante nella sua stuzzicante nudità. Caroline silenziosamente, com'era arrivata, si appoggiò al corpo di suo marito, cingendolo per la vita e facendogli sentire i seni turgidi e sodi, i cui capezzoli sporgenti mostravano quanto desiderio ci fosse in lei. Frank ebbe un piacevole sussulto a quel contatto erotico, mentre il suo membro si mise subito 'sull'attenti'. Provò una erezione fortissima e girandosi di scatto le afferrò la coscia di una gamba e la sollevò. Poi reggendola dalla vita con l'altra mano, la penetrò con foga e passione. Quindi la fece saltare attorno al suo muscoloso bacino, mentre lei strinse le cosce a tenaglia. Nella foga finirono sulla parete della doccia, lasciandosi travolgere da una scia erotica piena di passione. E mentre Frank dava sfogo alla sua virilità, con movimenti sempre più focosi e decisi, Caroline urlava e gli sussurrava parole dolci, mordendo le sue labbra. Poi con altrettanta passione gli introdusse la lingua nel lobo dell'orecchio, eccitandolo ancora di più e facendosi possedere con colpi sempre più virili.

Qualche minuto dopo, Caroline sentì il dolce calore dello sperma, inondarla di piacere, e quindi arrivò anche per lei un fortissimo orgasmo:

«Amoreee! ohoo amoreee!… ti amo con tutta me stessa.» strillò ripetutamente, inarcando il corpo all'indietro.

Frank era rimasto dentro di lei, assaporando ogni attimo di quell'immenso piacere, e godendosi quel corpo meraviglioso.

Rimasero abbracciati sotto il getto rilassante della doccia per alcuni minuti, come a suggellare l'amore che li univa. Poi improvvisamente si ricordarono, sorridendo furbescamente, dell'appuntamento con i parenti, in casa di nonna Rosa.

Arrivarono infatti con abbastanza ritardo. E il solito zio Gaetano guardandoli in viso, non perse l'occasione per scatenare il suo innato umorismo: con delle smorfie cariche di doppio senso, si rivolse ai genitori di lei. «Sai, Warren penso che presto diventerete nonni.» esclamò. «In Sicilia l'aria degli agrumi che si respira è 'accussì' elettrica… che rende le donne più desiderose di diventare mamme. E' la magia della terra siciliana e credo che ha incantato i nostri 'picciotti'.»

La battuta di zio Gaetano in fondo diceva il vero, tuttavia provocò un lieve rossore a Caroline. «Scusate il ritardo!» disse. Accompagnandosi con un sorriso radioso. «Ma come dice zio Gaetano una magica atmosfera si è impossessata magicamente del nostro dolce dormire.» concluse furbescamente, anche lei con ironia.

Frank intanto era con il padre Alessio. I due parlavano del più e del meno, in un modo così naturale da sembrare solo interessati ad approfondire il loro legame e il desiderio di conoscersi, dopo tantissimi anni, come padre e figlio. Lo scopo di Alessio era dimostrare al figlio quanto fosse dispiaciuto, per essere stato la causa involontaria della triste e squallida storia che cambiò la loro vita. Con una voce intrisa di amarezza e malinconia, gli raccontò come il tempo passato in carcere, pensando alla sua bellissima famiglia, fosse stato peggio di qualunque tortura. «Ho pagato per qualcosa di cui non sono colpevole.» imprecò con rabbia. «Tutto successe come in un film da incubo. Gli avvenimenti si sono susseguiti come se una regia occulta avesse voluto punirmi più di quello che meritavo. Amavo Angelina... tua madre è stata una donna meravigliosa e buona. E ti assicuro che dimenticare il dolore è difficilissimo, ma ricordare la dolcezza dell'amore che hai perso, lo è ancora di più.»

Come Alessio terminò di parlare con il viso intriso di tristi ricordi, gli si accostò Caroline e lo abbracciò di slancio. E fu il suo sguardo intenso, pieno di tenerezza, a fargli ritornare il buonumore.

A interrompere questo quadretto idilliaco fu zio Gaetano. «Cari parenti 'vicini e lontani' vi ricordo che il giro turistico e i luoghi da visitare, richiedono molto tempo, perciò siete invitati a salire, al più presto, sulle vostre macchine.»

Naturalmente tutti ubbidirono alla lettera, e ancora con il sorriso sulle labbra presero posto freneticamente nelle macchine, promuovendo Gaetano guida turistica, con un verdetto unanime e senza presa in giro di alcun genere: accompagnatore poco esperto ma molto brillante.

La prima meta fu la splendida Taormina, per la quale tutta la comitiva fu affascinata da tanta bellezza naturale. Un panorama fantastico, veramente mozzafiato, apparve ai loro occhi come per incanto: la costa della famosa cittadina si presentò in tutta la sua stupenda e ricca scenografia paesaggistica. Quindi con crescente spirito turistico e un interesse sempre più evidente, incominciarono a visitarla in lungo e in largo. In primis si fermarono nella splendida Piazza IX Aprile, per fare una ricca colazione con strepitosi cornetti caldi e latte di mandorla macchiato con dell'ottima spuma di caffè. Frank approfittò della sosta per proporre un suo dolce preferito. Invitò Caroline ad assaggiare una specialità tipica catanese, che lui aveva notato nella vetrinetta fornitissima del locale: 'l'Iris'. Ordinò quindi un vassoio di piccoli iris, simili ai mignon per grandezza e dimensione, ripieni al cioccolato, alla crema, alla crema al pistacchio, alla ricotta con pezzetti di cioccolato fondente all'interno. E fu un vero successo di partecipazione. In poco tempo divorarono un vassoio intero di quella squisitezza siciliana. Molto merito spettava naturalmente al pasticciere di quel lussuoso e raffinato locale, a due passi "dall'affaccio", nella piazza principale; dopo accompagnarono il tutto con un calice di pregiato prosecco italiano. Poi soddisfatti e coinvolti da quel luogo splendido, con un palcoscenico da favola, la comitiva decise di visitare Corso Umberto, il salotto dei negozietti particolari e di qualità, fino al conosciutissimo, in tutto il mondo, Teatro Greco.

In prossimità delle festività Natalizie, l'affluenza di turisti e visitatori era eccezionale. Ogni tratto di quella strada strappava a Caroline e ai suoi genitori una esclamazione di meraviglia e di intenso godimento personale. Dai loro visi trapelava un forte e gioioso interesse per la famosa località della Sicilia. Le case basse e colorite di Corso Umberto erano uno spettacolo di fiori variopinti, e i balconcini pieni di vasi creavano uno scenario ancora più suggestivo. Così di tanto in tanto, Warren e la moglie, se ne uscivano con un beautiful, very beautiful... e non era un paradosso che americani di New York venissero attratti da tanta bellezza. Lungo il cammino Frank mise disinvolto il braccio sopra le spalle di Alessio, mentre con l'altra mano teneva la mano della sua Caroline. In quel momento si sentì l'uomo più fortunato del mondo, e il suo pensiero volò su mamma Angelina: come sarebbe stato bello essere tutti insieme. Ma probabilmente il destino avrebbe cambiato la sua vita radicalmente, perché non avrebbe incontrato Caroline. A volte il destino è strano, per raggiungere la vera felicità dobbiamo sacrificare qualcosa di altrettanto bello, durante il percorso della vita.

Warren ed Elsen, mano nella mano, sprizzavano una gioia mai provata: carica di sensazioni semplici e coinvolgenti. Si sentivano come quando appena sposati, ovunque andassero, ogni cosa era elettrizzante e da vivere intensamente. E nonostante la consapevolezza di non essere più giovani, si sentivano effervescenti come allora. Zio Gaetano, per non essere da meno, prese la mano della sua consorte e muovendo le braccia, avanti e indietro, cominciò a divertire il gruppo con le sue immancabili e simpatiche macchiette, piene di umorismo. L'americano era il personaggio più bersagliato da Gaetano. Ma lui partecipe, non disdegnava a rispondergli per le rime. Anzi, qualche giorno prima, si era cimentato nella imitazione del 'Padrino' con un certo successo. Con il suggerimento dei parenti, in quella splendida cornice tra divertimento e sfotto durante la passeggiata, Warren decise di interpretare il celebre mafioso, prendendo di mira Gaetano: «Ehi! "Picciotto". Mi 'mancasti' di rispetto più volte. Ahaaa!... uno di questi giorni, ti potresti ritrovare morto stecchito, con un limone in bocca. 'Capisti bene l'antifona?'» senza dubbio l'imitazione di Marlon Brando, con strascico siculo-americano, nel ruolo del Padrino risultò "quasi" accettabile, specie in quel contesto. Ovviamente seguirono sorrisi di apprezzamento da parte di tutti. Ma furono moglie e figlia ad essere sorprese da quella simpatica interpretazione: soprattutto con quanta velocità Warren imparasse le parole siciliane e la particolare gestualità.

Lungo la passeggiata per Corso Umberto, Elsen più di Warren, restava incantata da ogni negozietto che incontravano e dagli oggetti particolari in ceramica, in vetro lavorato e colorato, raffigurante anche paesaggi folkloristici della Sicilia. Perciò i due ricchi americani comprarono oggetti e ricordi della Sicilia con un atteggiamento di simpatica rivalità.

Alla fine della passeggiata tutta la comitiva aveva qualcosa da portare. Erano pieni di oggetti e ricordini da depositare nelle macchine, parcheggiate in un garage. Naturalmente Warren aveva noleggiato macchina con autista, a seguito.

La tappa successiva furono le Gole dell'Alcantara. Stavolta toccò ad Alessio condurre la divertita carovana, in quel luogo affascinante e di notevole impatto visivo, unico nel suo genere. Un paesaggio geologico, formatosi in millenni di anni, dallo scorrimento del fiume Alcantara lungo il suo corso, erodendo le rocce affioranti da colate laviche dell'Etna: una Valle con pareti verticali, strapiombanti per decine di metri.

La passeggiata all'interno delle Gole lasciò tutti senza fiato. Affittarono infatti delle galosce e due robusti canotti, con i quali si addentrarono fino al limite di sicurezza, segnalato e controllato dalla vigilanza.

Frank credeva di non aver visitato il posto: era un ragazzino quando si trasferì a Ginevra. Ma quando Alessio gli mostrò una fotografia in cui lui sorridente, in braccio a mamma Angelina, indicava con il ditino l'enorme quantità di acqua scendere dalle pareti a strapiombo della Gola, qualcosa riaffiorò dai suoi felici ricordi. Con un nodo alla gola, ringraziò il padre per quella piacevole sorpresa e comprese perché quell'uomo tanto sfortunato, avesse atteso il momento giusto per mostrargli quella foto, anche dopo tanto tempo. Ma Alessio approfittò del momento per parlare al figlio come sua madre Angelina, durante i loro contatti epistolari lo tenesse informato, con sua immensa gioia: della vita di Frank e della sua crescita, dei risultati raggiunti come ingegnere aerospaziale e del master importantissimo sui software e nuove sicurezze di alta tecnologia.

Dei successi professionali del figlio, gliene parlava con l'amore di madre, ma anche come prima ammiratrice. In carcere Alessio aveva ricevuto una serie di fotografie, che aveva orgogliosamente attaccato ai lati del suo lettino. E per lui, era bellissimo e struggente nello stesso tempo, accarezzare i suoi cari in quelle foto, come fossero accanto a lui.

Intanto Elsen e Warren sghignazzavano dalle risate a bordo del grosso canotto perché schizzi d'acqua gelata, nebulizzandosi, si riversavano sui loro visi, cogliendoli di sorpresa.

Nel frattempo squillò il cellulare di Gaetano, che proprio nel momento di rispondere, distratto, si prese uno schizzo enorme di acqua gelata che lo resero quasi interdetto e imbambolato. La sua reazione non si fece attendere. Con tono sarcastico inveì contro il cellulare:

«Miii!... 'scimunitu proprio ora ava sunari!?» dal display riconobbe il numero del figlio Salvo, da Ginevra. «Pronto! » strillò forte, a causa del rumore della cascata d'acqua nelle 'Gole'. «Salvo! Chiamami tra un'ora. ' Sugnu mezzu fracicato. E Warren mi 'pigghia pe' i fondelli.' A dopo!» e chiuse la comunicazione mentre Warren continuava a ridere sornione.

La gita alle Gole dell'Alcantara si rivelò molto gradita agli ospiti americani, e anche la giovane coppia di sposi rimase entusiasta di quella splendida attrazione naturale.

Appena finita la visita, arrivati all'ingresso del parcheggio, la comitiva continuava a descrivere con allegria il viaggio a bordo del gommone. La più divertita sembrò essere la signora Elsen. Abituata com'era nel suo habitat dorato a New York, per altro coccolata dalle due cameriere, che la trattavano come una regina, in questi giorni, viveva delle emozioni incredibili: l'atmosfera di quell'isola meravigliosa, la gente così festosa e cordiale ovunque andasse, avevano cambiato radicalmente le sue abitudini. Era affascinata da quei luoghi da vivere intensamente e da quelle giornate calde, nonostante fossero in pieno inverno. «Che bello!» esclamò con entusiasmo. «All'interno della Gola ci siamo trovati in mezzo a piccole cascate d'acqua che scendevano dall'alto delle pareti rocciose. Dalle cascate una parte dell'acqua girava vorticosamente nebulizzandosi e ci finiva in faccia come a volerci dare una carezza di benvenuto.»

«Vero! Tutto very beautiful.» approvò Warren «Ma il benvenuto più affettuoso l'ha ricevuto il caro Gaetano.» concluse poi ridendo con gusto. « È ancora tutto bagnato!»

«Bene, anzi benissimo!» intervenne Gaetano fingendosi offeso, camuffando il sorriso che si leggeva nei suoi occhi. «Ero pronto a "dariti ù titolo di Cumpare do cori"... a questo punto "nisba". Prima devi imparare dieci "parole siciliani" senza strascico americano nella pronuncia e poi vediamo...»

Mentre i due simpatici amici discutevano ironici, squillò nuovamente il cellulare di Gaetano che aprì subito la comunicazione.

«Pronto! Salvuccio bello. 'Sugnu tuttu aricchi pì tia.'»

«Possibile papà che parli sempre siciliano.» lo riprese Salvo «A volte non capisco quello che dici. Non ti dimenticare che sono nato e cresciuto a Ginevra.» proseguì «Meglio se parli francese. Non credi, caro babbo!»

«Intanto babbo lo dici a tua sorella.» scherzò come al solito Gaetano. Poi chiese al figlio se avesse qualcosa da comunicare.

«Okay, papà! Arriviamo domani con un volo Swissair. Esattamente alle ore 10.40. Come vedi sono stato di parola... dillo a Frank e Caroline. Abbiamo fatto i salti mortali per avere le ferie e stare alcuni giorni insieme a loro.»

21
Catania - Sezione Speciale Polizia di Stato

Erano appena le 8.15 del mattino quando il Commissario Capo Corsini entrò veloce nel suo ufficio, come avesse potuto perdere il treno. Afferrò il telefono e compose l'interno dell'ispettore Consoli.

Lo squillo fu brevissimo perché una dolce voce di donna, rispose subito. «Pronto! Sono l'agente Elisa Bernini, in cosa posso esserle utile. L'ispettore sta per arrivare. Ho appena ricevuto la sua chiamata.»

«Bene! Agente Bernini. Appena Consoli arriva digli di precipitarsi nel mio ufficio.»

«Agli ordini Dottore! Lo informerò della sua richiesta.»

«Non ho finito Bernini! Avvisa i colleghi della squadra di venire anche loro nel mio ufficio. Faremo una riunione tecnica e pretendo la partecipazione di tutti. Perciò a tra poco. Intanto ti saluto.»

Nel frattempo Corsini pensò di chiamare Nardelli per avere ulteriori aggiornamenti sui reperti catalogati e visionati dalla scientifica, con le loro tecnologie avanzate. Ma in quel momento il responsabile della scientifica risultò fuori sede per un altro caso di omicidio. Non gli dissero altro, perciò Corsini li informò che avrebbe contattato il colonnello sul cellulare. Subito dopo, trovandosi in ufficio, ritenne opportuno chiamare il medico legale, il professor Bossi, nella morgue dell'Università di Catania.

Al primo squillo rispose l'assistente di Bossi. «Obitorio della Università, pronto!»

«Dottor Bellini! Le porgo i miei saluti. Sono Simone Corsini. Vorrei sapere se i referti dell'autopsia sono pronti. Nel nostro sistema non risulta alcun file.»

«Esattamente in questo momento, stavamo inserendo i referti delle due salme per mandarveli.» rispose l'assistente «Il professor Bossi è stato alquanto impegnato da un caso analogo, accaduto nel parco dell'Etna. È stato richiesto urgentemente dal colonnello Nardelli in persona. Deve trattarsi di qualcosa di molto complicato.»

«Qual'è il motivo che le fa credere questo?» lo interruppe Corsini.

«Il colonnello Nardelli sembrava molto agitato per telefono. E subito dopo il Professor Bossi ha preso la sua valigetta e di corsa si è fatto accompagnare al Parco dell'Etna.»

Corsini ringraziò il dottor Bellini che gli assicurò che per quanto richiesto, a breve, avrebbe avuto i file sul sistema. Appena il tempo di chiudere la comunicazione che il cellulare cominciò a squillare. Sul display apparve il nome... *Nardelli.*

Il Commissario capo aprì la comunicazione con velocità sorprendente. Il suo intuito non poteva tradirlo. Il colonnello della scientifica aveva qualcosa di veramente importante da dirgli.

«Pronto! Carissimo.» rispose con voce energica e risoluta.

La risposta di Nardelli non si fece attendere… «Purtroppo Simone abbiamo per le mani un altro caso di omicidio, simile a quello di Mascalucia. L'assassino ha cambiato solo il luogo, ma non il suo modus operandi. Per questo motivo e dopo i primi rilievi, siamo certi che si tratta dello stesso feroce assassino seriale.»

«Minchia!» esclamò con rabbia Corsini. «Tutto faceva presagire che avevamo a che fare con un serial killer della peggiore specie, ma mai e poi mai avrei immaginato che avrebbe agito dopo così poco tempo, dal primo omicidio. Nel parco dell'Etna dove è avvenuto il crimine, l'assassino trova il territorio ideale per uccidere. In un'area molto grande e con spazi liberi da occhi indiscreti. Ma dove esattamente?»

«Appena dentro il sentiero boschivo percorribile di Linguaglossa.» lo informò il comandante della scientifica.

«Scommetto che nessuno ha visto niente e perciò niente testimoni.» riprese Corsini, sbattendo il pugno violentemente sulla scrivania. E il botto fu tale che l'agente Elisa Bernini, preoccupata si affacciò premurosa nell'uscio dell'ufficio del suo capo.

Corsini si accorse della preoccupazione sul viso della giovane poliziotta, perciò coprì il ricevitore con la mano, rassicurandola. «Tutto okay. È stato solo uno sfogo rabbioso. Vorrei avere quel mostro tra le mani per gonfiarlo fino a renderlo irriconoscibile con il suo stesso sangue!!» poi riprese il dialogo con Nardelli: rimasto sconcertato dal suo incredibile sfogo.

«Ascoltami Simone, lo rimproverò amichevolmente l'amico. È meglio tenere i nervi a posto, e concentrarci sull'omicida con la lucidità necessaria. Entrambi sappiamo che avremo altre vittime e altro sangue di persone innocenti. Un'ultima cosa Simone. In via eccezionale è mia intenzione, chiedere ufficialmente al Questore la tua piena collaborazione alle indagini. Il caso è di competenza dei Carabinieri che hanno chiesto ufficialmente il supporto della Scientifica e della nostra Unità Speciale, trattandosi di omicidi violenti. Ma in considerazione della precedente "uccisione" nella zona di Mascalucia, nella quale la tua Sezione è impegnata da indagini già in corso, ritengo opportuno una stretta strategia di collaborazione investigativa, con ruoli ben definiti d'ambo le parti.»

Il Commissario capo Corsini ascoltò con attenzione la proposta del responsabile della Sezione Scientifica dei Carabinieri. Era consapevole che le indagini più complesse di omicidi violenti, erano assegnati alla squadra investigativa più famosa di tutta la Sicilia orientale. Con le nuove tecnologie erano in grado di tirare fuori dal cilindro il più microscopico indizio, e da insignificanti reperti trovati creare i presupposti per dare un indirizzo alle indagini: specie in mancanza di qualsiasi tipo di relazione fra assassino e vittima.

Infatti per cercare testimoni e prove, gli investigatori delle Unità Speciali seguono un metodo che comprende lo studio delle caratteristiche della vittima e l'analisi della scena del crimine. Tale studio consiste nel ricavare più informazioni utili possibili della vittima, per comprendere la psicologia dell'assassino ed eventuali motivazioni.

Corsini conosceva benissimo questa importante metodologia che aveva dato tanti successi alla sua squadra e alla sua Sezione come Polizia di Stato. Perciò non si lasciò scappare un'occasione simile...

«Sono veramente onorato di collaborare con la più famosa Unità della Scientifica.» puntualizzò quindi il Commissario capo. «Anzi voglio ringraziare il Corpo dei Carabinieri e il Questore, anche a nome dei miei uomini e aggiungo che saremo felicissimi oltre che onorati, di una collaborazione così qualificata per le indagini.»

«Molto bene!» proseguì, il colonnello Nardelli. «Ero certo della tua approvazione di collaborazione. A questo punto è necessario informarti su questo secondo delitto. Abbiamo elementi per credere che si tratti della stessa firma. E di questo, dalle prime analisi sulla scena del crimine, ne siamo certi. Tuttavia il modus operandi è diverso. In parole povere il serial killer ha modificato la sua fantasia omicida, aggiungendo qualcosa di particolare e sofisticato dalla prima carneficina. Poi si è ripetuto nel rituale precedente di Mascalucia. In sintesi, inizialmente l'assassino ha colpito le due vittime, da non crederci per la stranezza della cosa, con un grosso coltello tipo machete. Questo è quello che i nostri tecnici della scientifica hanno finora rilevato. Comunque molto presto invierò i dettagli esatti di questo nuovo duplice omicidio. Naturalmente tutto dipende dai reperti trovati e dalle analisi che saranno effettuate in sede. Le nostre tecnologie in mani esperte possono tirare fuori indizi importanti e notizie sulle vittime, sull'arma e modalità dell'omicidio. Così insieme ai referti medico legali avremo tracciato un percorso da seguire. Sei d'accordo?»

«In tutta la linea!» rispose Corsini. «Ma esattamente, dove sono stati trovati i corpi?»

«Sono stati trovati nel versante sud del Parco dell'Etna, località Linguaglossa.» precisò Nardelli «...in un sentiero boschivo dove solitamente le giovani coppie si appartano. Comunque vieni personalmente a fare un sopralluogo. Ti renderai conto del modus, con cui la fantasia omicida del serial killer è cambiata stranamente. Sicuramente inventa, secondo la situazione che ritiene opportuna, e poi si ripete nel rituale. Comunque troverai i miei uomini ancora al lavoro sulla scena del crimine. Ah! Mi dice il Prof. Bossi, il medico legale, che gli farebbe molto piacere rivederti, quindi aspetterà il tuo arrivo. Un ultima cosa... » continuò il responsabile della Scientifica «sulla scena del crimine è stato mandato, per ulteriore approfondimento investigativo, un tecnico esperto di Botanica Forense. Non possiamo trascurare nessuna traccia che possa portarci all'assassino.»

I due si salutarono calorosamente, con la promessa di Corsini che si sarebbe fatto vivo al più presto, dopo il sopralluogo sulla scena del crimine. Intanto erano arrivati da qualche minuto, nell'ufficio di Corsini, gli uomini della squadra al completo, come aveva richiesto. E nonostante avessero ascoltato una parte del dialogo tra i due esperti Comandanti, mostravano sul viso un evidente interesse professionale al dialogo del Commissario capo, che aveva messo a viva voce per farli ascoltare. Corsini, infatti, venne subito al dunque, con parole dirette e precise.

«Ascoltate ragazzi! Abbiamo un nuovo duplice omicidio che sembra essere opera dello stesso assassino di Mascalucia. Però stavolta ha modificato il modo di uccidere, inventandosi una dinamica più originale e fantasiosa. Comunque le analisi della scientifica ci diranno, esattamente, di che arma si tratta. Una cosa è certa, almeno da quanto riferito dal colonnello Nardelli, l'assassino dopo avere ucciso l'uomo utilizzando un'arma particolare, si è dedicato alla donna con una ferocia priva di senso. Poi si è divertito a ucciderla con una roncola, come aveva fatto con l'altra vittima di Mascalucia. E per finire, e completare così il suo capolavoro, si è dedicato a ricomporre i cadaveri con lo stesso modus precedente... nel cadavere dell'uomo sono stati rinvenuti i peli della ragazza in bocca. Mentre il corpo di lei è stato adagiato a cosce aperte, con il pube volutamente martoriato dalla rasatura.

Insomma il caso si presenta molto complicato, in quanto anche stavolta non risultano testimoni. Ma aspettiamo i risultati della scientifica con la quale collaboriamo. Comunque è stabilito che saremo di supporto a loro. Tra poco andrò a Linguaglossa per un sopralluogo sulla scena. Di quei posti, diciamo che sono un esperto conoscitore per tutte le gite e i picnic con la famiglia. A parte le riflessioni di un uomo sposato, vi posso assicurare che abbiamo tra le mani una vera patata bollente. Si tratta di un serial killer privo di pietà, un mostro capace di inventarsi "ammazzatine" con metodi fuori da ogni logica investigativa conosciuta. Perciò "Picciotti" mettiamocela tutta. Intanto noi proseguiamo con le indagini sul primo caso di Mascalucia. Il Questore ci autorizza a collaborare anche sul caso di Linguaglossa, e di questo dobbiamo esserne orgogliosi. Parallelamente daremo il nostro appoggio all'Unità Speciale dei Carabinieri... insieme gli daremo la caccia e lo braccheremo come una preda da ingabbiare, al più presto.» Poi Corsini, alle parole, fece seguire i fatti. Si alzò dalla sua comoda poltroncina con schienale regolabile e spronò ancora una volta gli uomini della sua squadra: «Potete andare! A ognuno di voi è stato assegnato un compito preciso alle indagini operative.» concluse il Commissario capo. Poi uscì con decisione, concentrato com'era di arrivare al più presto a Linguaglossa.

Era appena uscito dal portone della Questura Centrale quando nel piazzale, alla sua destra, notò un individuo che alla sua vista si girò di spalle come per non farsi riconoscere. Stava per fermarsi e controllare, ma poi con passo svelto si avviò verso la sua auto di servizio. Il suo intuito e la sua grande esperienza di poliziotto avevano visto giusto. L'uomo balzò come un forsennato alle sue spalle. Aveva in mano un lungo coltello a serramanico, con il quale sbraitando parole di vendetta, cercò di colpire Corsini. Ma, un millesimo di secondo prima, un colpo di pistola sparato in aria, allertò il Commissario che con riflessi eccezionali e con la coda dell'occhio riuscì ad evitare il fendente. Poi con sangue freddo cercò di estrarre la pistola per difendersi da quell'uomo che aveva riconosciuto, e che appariva indemoniato perché carico di odio per lui. Purtroppo Corsini nel suo tentativo si sbilanciò e perse l'equilibrio, mentre l'energumeno, furioso, stava per affondare un primo fendente.

Un momento prima che questo accadesse, si udì un secondo sparo che con precisione colpì l'assalitore nella coscia, facendolo cadere a terra come una pera matura.

Corsini era salvo. Alzò gli occhi verso la finestra della Sezione Speciale che si affacciava nel parcheggio e notò l'agente Elisa Bernini che ancora reggeva la pistola con due mani: era stata lei a salvargli la vita. In un attimo il piazzale interno si riempì di poliziotti. Due di loro sollevarono l'uomo ferito per mettergli le manette, mentre già si sentiva la sirena dell'ambulanza.

Il Commissario capo anche se leggermente scosso, come prima cosa fece un cenno di ringraziamento, inchinando la testa verso l'agente Bernini. Poi si dedicò a quella conoscenza, che stavolta avrebbe pagato per tutte le malefatte precedenti.

«Ciao!» esclamò con rabbia. «Stavolta non la passi liscia..."lurido schifoso, putrido topo di fogna!" Il tentativo di ammazzare per vendetta un alto funzionario della Polizia di Stato, sotto gli occhi di tutti, ti si ritorce contro. Mi batterò per farti avere venti anni di galera, in un carcere duro. I tipi come te devono marcire in galera perché sono pericolosi per i cittadini. Ti saluto! Ci vedremo in tribunale con il sottoscritto pieno di gioia e sul volto un sorriso di evidente soddisfazione.»

Salito in macchina, Corsini ebbe un attimo di smarrimento. I suoi nervi stavano cedendo lentamente. Negli ultimi tempi troppe cose erano accadute, senza un attimo di tregua per le sue forze. E meno male che qualcosa di bello lo aveva allietato e distratto: la scarcerazione di Alessio e la sua conciliazione con il figlio Frank.

In macchina il primo pensiero fu quello di chiamare l'agente Bernini. «Pronto Elisa!» scandì rilassato, appena udì la sua voce al telefono. «Ringrazio il mio Angelo protettore per lo spirito e la prontezza dell'intervento. Certamente avrai la riconoscenza eterna di Patrizia ed Ella, i miei tesori di casa.»

«Sono ancora emozionata dottore.» rispose con un tono di voce appena tremolante. «Dio! Ha voluto che, in quel preciso momento, andassi alla finestra. È stato come se una forza interiore mi avesse spinto a curiosare nel parcheggio. Sono felice per lei, dottore.»

«Ancora grazie agente Bernini! Adesso sappiamo di avere un angelo nella squadra della Unità Speciale Anticrimine. Per ogni evenienza chiamami sul cellulare. A breve sarò a Linguaglossa.» e chiuse la comunicazione.

22
Fontanarossa (CT)

Sotto le feste l'Aeroporto Vincenzo Bellini di Catania brulicava di passeggeri in partenza per una vacanza programmata. Ma gli arrivi superavano di gran lunga le aspettative organizzative. Perciò una marea di gente era in attesa di parenti e amici. I turisti, specie stranieri, si riconoscevano subito: encomiabili nella loro freddezza e con quella calma da fare invidia anche ai "santoni indiani".

In mezzo a tanta bolgia e confusione un gruppetto di persone di nostra conoscenza, erano anche loro in attesa del volo proveniente da Ginevra. Gaetano era il più agitato, sia perché caratterialmente focoso, ma anche per l'arrivo del figlio Salvo con la compagna Federica. Frank invece era preso dal dialogo con il padre Alessio e Caroline. Il loro atteggiamento e la loro gestualità era così naturale che il triste passato sembrava non fosse mai esistito, mentre una vita nuova attendeva di essere vissuta.

Warren ed Elsen avevano prenotato una gita sull'Etna, per recarsi a visitare la sommità del vulcano, dove una esperta guida del posto li avrebbe accompagnati, passo dopo passo. Warren era stato chiaro con l'agenzia specializzata in quel tipo di visite turistiche. Anzi si era espresso con parole precise e autoritarie: «Non importa la cifra che dovrò sborsare, ma pretendo la massima sicurezza. É nostro desiderio visitare il cratere più famoso in Europa e vedere da vicino lo scorrimento lavico e l'affascinante spettacolo che l'Etna offre ai visitatori.»

L'agenzia aveva fornito quindi una attrezzatura adeguata, per non correre rischi di alcun genere, nell'avvicinarsi alla oramai tranquilla ma copiosa fuoriuscita di magma, che dal cratere centrale si riversava nella valle del Bove. Quella mattina quindi erano usciti prestissimo dalla villetta di Rosa, imbacuccati con delle tute e delle protezioni che li facevano assomigliare a due astronauti, in attesa di venire lanciati nello spazio. Naturalmente la presa in giro, azzeccatissima, di Rosa, non si fece attendere. «'Vi raccomannu carusi' se incontrate qualche alieno trattatelo bene 'povero cristo puri iddu a campari'.» Warren alzò la mano divertito mentre Elsen si accingeva a salire sul grosso e potente 4x4 che li avrebbe portati davanti a sua Maestà "l'Etna."

In mezzo a quella confusione di gente che si aggirava per l'aeroporto, Frank notò ancora una volta una persona che con fare indifferente guardava insistentemente verso di loro. Però quando si accorgeva che lo sguardo di Frank era rivolto verso di lui, con astuzia alzava la testa o la spostava di lato come a cercare qualcuno da quella parte. Ma Frank riconobbe in quell'uomo, nonostante fossero trascorsi alcuni giorni dal suo arrivo, la stessa persona di allora. Era vestito diversamente, non portava il cappuccio sulla testa.

Frank si concentrò sull'aspetto: apparente età di cinquantanni circa o qualcosa di più, capelli tagliati bene, di aspetto moderno e i cui lineamenti rivelavano un uomo forte e determinato.

La curiosità di Frank crebbe quando si accorse, senza alcun dubbio, che l'attenzione di quell'individuo era rivolta particolarmente ad Alessio. Si girò quindi per chiedere al padre se conoscesse quell'uomo... ma subito dopo scomparve dalla loro vista.

Il gruppetto parlava del più e del meno in attesa del volo da Ginevra, in leggero ritardo. Gaetano era quello più critico verso la Sicilia per il caos e la confusione che regnava dappertutto. «Amo la Sicilia visceratamente...» precisò per non essere frainteso «... ma in Svizzera è tutto diverso. Oramai sono abituato alla pace e alla tranquillità e soffro nel trovare tanta differenza. Comunque guai a chi mi tocca o critica la mia bella terra. Sono due culture e due modi diversi di vivere che si apprezzano senza discussione. La Sicilia è piena di fascino e di bellezze naturali che ti tolgono il fiato. La gente ti riempie di calore umano e ti accoglie con quella semplicità e schiettezza tipica del popolo siciliano. La Svizzera invece è ordine, pulizia e regole ma è fredda e priva di vero calore umano.»

Nel frattempo suonò il cellulare di Frank che riconobbe il numero di Simone Corsini. «Pronto! Simone.» rispose prontamente Frank «Siamo all'aeroporto in attesa di Salvo, il figlio di Gaetano. Arriva da Ginevra per trascorrere il capodanno insieme a noi.»

«Sono stato informato! E infatti sono nei paraggi. Rosa è stata d'aiuto in questo. Purtroppo in mezzo a tanta gente è complicato avvistarvi. Dove siete esattamente?»

Frank spiegò esattamente dove si trovavano e Corsini non ebbe alcuna difficoltà a rintracciarli. Appena l'uomo si presentò, Caroline e Frank notarono, dal suo viso, un certo imbarazzo nei loro confronti. Perciò furono loro a rompere il ghiaccio per primi, mentre Alessio si era avvicinato al suo amico fraterno, abbracciandolo con affetto.

«Zio coi baffi!» lo apostrofò ironicamente Frank «Sei venuto per arrestarci? Siamo del tutto innocenti.»

«É vero Gaetano? Mi fido solo di te.» rispose Corsini partecipando al gioco. «La tua testimonianza sarà decisiva, oppure li sbatto in gabbia insieme a qualche scimmietta.»

«'Vero è' posso garantire, dalle dita dei piedi alla testa, che è vero. Però, ora vado verso gli arrivi perché l'aereo è in fase di atterraggio. E tu sbirro lascia liberi 'sti' 'beddi Picciotti.'» Ad un tratto Corsini diventò serio e professionale. Aveva qualcosa da dire: «Mi scuso subito.» disse tutto di un fiato. «Ma devo fare una richiesta molto impegnativa a Caroline... soprattutto se fatta in un momento di gioiosa e serena spensieratezza. Vengo al dunque e mi rivolgo in veste ufficiale alla criminologa, dottoressa Zeller. Come avrete saputo dai media, stiamo cercando un assassino seriale della peggiore specie. Un assassino, il cui profilo evidenzia una mente malata e una personalità motivata psicologicamente dal piacere di uccidere. Abbiamo quindi la necessità di chiedere aiuto: la collaborazione della studiosa forense e criminologa investigativa esperta in questo tipo di omicidi seriali.» il Commissario capo era un fiume in piena. Non dava tempo a Caroline di replicare. Poi con la coda dell'occhio osservava la reazione di Frank, già agitatissimo e teso. «Il Questore e il colonnello Nardelli sarebbero onorati di avere la tua consulenza e di poter contare sulla tua famosa esperienza nel leggere e tracciare il profilo del serial killer.», aggiunse visibilmente eccitato. «A disposizione avrai l'appoggio di strutture molto qualificate: la Sezione Speciale della Polizia di Stato con l'Unità Analisi Crimini Violenti e il RIS dei Carabinieri. Entrambi i corpi opereranno in piena sintonia investigativa e trasmissione simultanea dei dati. A questo punto mi rivolgo alla Caroline, moglie di Frank, e mia cara conoscente... naturalmente avresti un accesso incondizionato alle cartelle, ai reperti e ai risultati della scientifica. E ovviamente ai referti medico legali. Insomma avresti poteri e autonomia incondizionati e massima libertà personale. Abbiamo bisogno di un esperto profiler che legga tra le righe comportamentali di questo assassino. Insomma ci troviamo in un tunnel buio e senza uscita. Non è stato trovato alcun testimone in entrambi i casi di 'ammazzatine'», concluse Corsini senza mai interrompersi.

Caroline rimase per qualche istante confusa e senza parole. Il suo sguardo spaziava da Frank a Simone Corsini. Era una situazione complicata, perciò difficile per dare un accenno di risposta, in così breve tempo. Ci pensò Frank a toglierla dall'impaccio evidente in cui si trovava, perché in modo furioso aggredì verbalmente Corsini. «Devi essere del tutto svalvolato per venire a fare una proposta irrealizzabile a mia moglie. Cristo Santo! Simone. Oltre ad essere in vacanza, ti rendi conto in che vespaio pericoloso pretendi che Caroline venga coinvolta? Un serial killer nel nostro territorio può muoversi con una facilità tale da mettere in pericolo la vita di chi lo combatte, specie se straniera e con pochi punti di riferimento.»

«Comprendo la tua reazione.» rispose serenamente Corsini «Ma una criminologa come Caroline può darci una grossa mano per le indagini. Non chiediamo che collabori a tempo pieno, ne pretendiamo la sua presenza sulla scena del crimine. Abbiamo bisogno di una studiosa esperta di profili comportamentali e deviazioni psicologiche. Le tecnologie saranno in grado di fornirle tutti gli indizi repertati, dopo una attenta analisi di tutto il materiale trovato sulla scena del crimine. Inoltre la nuova tecnica di riproduzione fotografica, mediante supporti digitali che documentano ogni particolare della scena del crimine, darà a Caroline il grande vantaggio di studiare il modus operandi dell'assassino senza esporsi direttamente o visivamente. Insomma avrà tutti i documenti e le cartelle inerenti gli omicidi, senza spostarsi da casa. Purtroppo la mancanza di testimoni e prove è aggravata dalla mancanza, finora, di qualsiasi relazione tra assassino e vittime. E questo rende il percorso investigativo molto complicato. Queste informazioni e dettagli di carattere tecnico-scientifico per Caroline non saranno certamente delle novità. E nel caso lei accettasse, non correrebbe assolutissimamente alcun pericolo. Il mio non è solo un tentativo per convincerti Frank. Un assassino feroce e privo di pietà, elimina giovani vittime innocenti. Perciò bisogna fermarlo ad ogni costo.»

Per un attimo Frank sembrò esplodere di rabbia e come un toro infuriato nell'arena cercò nuovamente di rintuzzare verbalmente la proposta di Simone Corsini. Certamente non si aspettava quella intrusione, in un periodo così bello e sereno della loro vita. Tuttavia Caroline influenzata probabilmente dall'amore per una professione che sentiva far parte della sua pelle, intervenne con intelligenza. Prese Frank sotto braccio per calmarlo, baciandolo poi furbescamente sulla guancia.

«È vero! Simone.» disse rispondendo al Commissario capo che in quel momento, in veste ufficiale, rappresentava per delega la massima autorità di Polizia. «Quello che hai esposto, correttamente, con molta dovizia di particolari è vero. Potrei benissimo avere la possibilità di studiare e analizzare i reperti e gli indizi senza spostamenti, ed evitare così che la mia immagine venga resa pubblica. Però devo ricordarti che siamo in vacanza, che mio marito manca dalla sua Sicilia da più di quindici anni e che vorremmo trascorrere delle giornate serene e felici con la nostra famiglia. Perciò la risposta è decisamente no e no. Scusa la franchezza ma la proposta è fuori da ogni significato logico.»

«Promettimi però...» replicò Corsini «... che almeno ci penserai con calma. Se l'indagine non fosse veramente tra le più complicate avvenute in Sicilia e non avessimo di fronte un assassino così sadico, sanguinario e privo di umanità, mai avrei pensato di coinvolgere la criminologa più famosa del circondario di New York.»

In quel preciso momento giunsero Gaetano, Salvo e Federica. I loro visi sorridenti e quella gioia di Salvo nell'abbracciare Frank e Caroline, attenuarono quella tensione elettrizzante che regnava nell'aria.
Anche Salvo salutò Simone Corsini apostrofandolo simpaticamente. Lo conosceva da quando era ragazzino, quando per parecchio tempo si tratteneva in Sicilia, in vacanza da nonna Rosa.

«Zio coi baffi! Pure tu all'aeroporto. Che piacere rivederti dopo tanto tempo. Sei sempre il mio sbirro preferito.» gli disse mentre l'abbracciava affettuoso.

Corsini ricambiò l'apprezzamento ironico afferrandolo per i capelli mentre ricambiava l'abbraccio. E subito dopo aver salutato la bella Federica, si congedò urgentemente perché doveva recarsi in località Linguaglossa, dove altri due poveri ragazzi erano stati trucidati. Sul posto l'aspettava l'amico medico legale, il prof. Bossi dal quale avrebbe potuto sapere direttamente qualcosa sui cadaveri: i primi dettagli sull'ora della morte e il modus operandi dell'assassino. Si girò quindi verso Caroline chiedendole ancora una volta di riflettere sulla proposta.

«Non avrai alcun contatto diretto con la scena del crimine, ne contatti con altre persone, tecnici e investigatori compresi, se non con me. E solo quando sarai tu stessa a valutarne la necessità. E tu Frank!...» sbottò fissandolo negli occhi. «... come fai a pensare che metterei la vita di Caroline in pericolo. Il suo sarà un aiuto esterno e non direttamente operativo e se accetterà avremo una vera esperta criminologa che ci porterà a quei risultati sperati, per mettere dietro le sbarre questo mostro assassino.» Muovendo quindi la mano, in segno di saluto, si avviò a passo veloce verso l'uscita.

23
Linguaglossa (CT)

Attorno al grande vulcano si estende un ambiente unico e impareggiabile. Un territorio dal paesaggio incantevole, protetto da un parco naturale diviso in quattro zone a diverso grado di protezione, in relazione alle altitudini e alla conformazione del territorio. I venti paesi etnei che compongono l'immenso territorio del Parco dell'Etna e che si trovano alle pendici del vulcano eletto Patrimonio dell'Umanità, si offrono a paesaggi differenti per le storiche colate laviche che hanno influenzato il territorio nell'arco dei secoli. Il versante nord-est in località Linguaglossa comprende un vasto territorio boschivo. E una ricca pineta domina il primo tratto del paesaggio.

In questo luogo turisti e vacanzieri trovano un ambiente ideale per rilassarsi e fare lunghe passeggiate per i fitti sentieri. Oppure passano ore e ore a rilassarsi sotto gli alberi che si stagliano verso il cielo, divertendosi e consumando dei veloci picnic. Mentre il periodo invernale offre agli amanti dello sci di utilizzare piste molto attrezzate. Nel periodo delle castagne, intere famiglie riempiono sacchetti zeppi del frutto ancora dentro il suo riccio. La vegetazione offre inoltre un paesaggio caratterizzato da querce e noccioleti.

Inoltrandosi attraverso i sentieri, più avanti, si notano continui mutamenti della flora del parco, ciò dipende dalle colate laviche che si succedono e si sono succedute nel tempo. La fitta rete di sentieri con postazioni base ricreative, richiama giovani coppie che approfittano di un ambiente in cui si è liberi di divertirsi e di appartarsi per qualche tempo, in un angolo privo di occhi indiscreti. Ed è in questi luoghi dai paesaggi fantastici che feroci assassini trovano l'habitat adatto per scatenare il loro istinto omicida.

Intanto Simone Corsini era giunto sul luogo dei delitti, nel versante nord del parco, per il sopralluogo sulla scena del crimine… ignaro che nel frattempo, nel versante sud del vulcano, un altro massacro stava per essere commesso da un omicida seriale, la cui mente folle era posseduta dalla venerazione ultraterrena per sua maestà, la divina ‘Etna’.

L'esperto dirigente di Polizia si addentrò tra gli arbusti che nascondevano il duplice delitto, a lato di un sentiero che escursionisti e turisti utilizzavano per visitare quel lato del vulcano.

Appena scostò dei rami bassi, molto fitti, intravide il medico legale concentrato su una delle vittime.

Corsini salutò l'amico calorosamente e dopo aver indossato i guanti e la copertura alle scarpe, si accostò alle vittime martoriate.

«Questi corpi hanno subito lo stesso identico trattamento del precedente.» lo informò il medico legale.

«I ragazzi della Scientifica stanno ancora setacciando in lungo e in largo la scena del crimine. Qualcosa è uscito fuori. In quanto hanno repertato di tutto. Gli uomini di Nardelli sono veramente esperti professionisti del crimine, meritano la fama che si sono guadagnati nel tempo. Se vuoi sapere qualcosa di più, rivolgiti al Tenente Dais. Nel frattempo completo con il corpo di questa sfortunata ragazza.»

Corsini non fece a tempo a girarsi che il Tenente Dais gli venne incontro. «I suoi baffi sono inconfondibili dottor Corsini.» esclamò «Mi sono ricordato subito di lei. Battuta a parte! Abbiamo una brutta storia per le mani, con un feroce assassino metodico e intelligente. E sarà molto dura dargli un nome, perché sembra conoscere i procedimenti basilari della scientifica. In realtà, questo *serial killer,* più che come folle, lo possiamo catalogare come un assassino lucido e consapevole delle sue mosse. Agisce con intelligenza e come il primo duplice omicidio di Mascalucia ha infierito sulle vittime con precisione certosina. Sembra aver filmato il primo, e poi dopo averlo studiato con calma, si è ripetuto in modo identico. Anche in questo caso, niente impronte sui corpi delle vittime, nonostante il modus feroce e sanguinario. Sulla scena del crimine, finora abbiamo trovato l'impronta di uno scarpone, e questo potrebbe essere un aiuto impensabile per le indagini. Tuttavia non possiamo essere certi che l'impronta sia la sua. Con estrema calma si è dedicato a cancellare ogni cosa intorno alla scena, incurante che arrivasse qualcuno. Allora ci siamo detti: come è rimasta questa impronta? E ci siamo dati una risposta molto semplice ma possibile... la giornata piovosa e il vento, gli hanno reso più difficile il compito di cancellare tutto. Anzi è probabile che il vento abbia coperto l'impronta, facendo volare delle foglie in quel punto preciso.»

Corsini ascoltò con grande interesse la teoria del Tenente sul ritrovamento di quella traccia importante. «Sono d'accordo con la sua analisi.» gli disse convinto. «Devo ammettere che la sua squadra lavora con una professionalità fuori dal comune. Le tecnologie da sole non servirebbero, se non ci fossero dei cervelli eccezionali a studiare e analizzare ogni minimo indizio della scena del crimine.»

«Troppo buono! La ringrazio.» rispose compiaciuto il Tenente. «Anche a nome della squadra... detto da lei, questo complimento è oltremodo apprezzato.»

Il Commissario capo dopo aver fatto un sopralluogo visivo della scena ed essersi resoconto della situazione, salutò cordialmente i due colleghi: *l'unione fa la forza* pensò, dentro di se, mentre si allontanava.

A parte la serie fotografica, da tutte le angolazioni d'ombra, e la videoregistrazione dell'ambiente attorno, quello che lo aveva colpito era stato il metodo con cui avevano ricavato e costruito il calco dell'impronta. A lui personalmente, in innumerevoli casi di omicidio, recuperare un'impronta dal terreno infangato, non era mai capitato. Perciò le indiscusse capacità della Scientifica, l'avevano incoraggiato moralmente. Ma per il Commissario capo Corsini, molto presto, quella sensazione di ottimismo sarebbe svanita in un batter d'occhio, tramutandosi in cupo pessimismo...

A qualche chilometro di distanza, in località Nicolosi, versante sud del vulcano, qualcosa di veramente imprevedibile e mostruoso, avveniva all'interno di un sentiero del Parco dell'Etna. Un altro serial killer, con un modus operandi strano nella esecuzione degli omicidi, avrebbe impegnato duramente interi reparti di uomini. In una lunga e ingarbugliata indagine, al limite della razionalità e della logica investigativa: un serial killer con motivazioni psicologiche molto diverse dall'altro... " *Punire chi non rispettava sua maestà l'Etna.* "

In uno spazio nascosto al continuo passaggio di turisti e visitatori, due giovani maschietti, intorno ai vent'anni, amoreggiavano scambiandosi carezze, con atteggiamenti che non lasciavano alcun dubbio.

Nello stesso momento una figura inquietante per come si muoveva circospetta, tenendosi lontana dalla loro vista, cercava una posizione adatta per compiere quello che il suo cervello malato aveva già deciso e programmato: doveva eliminare quegli esseri immondi, due schifosi che insozzavano il sacro, per lui, territorio del parco dell'Etna.

Così mentre i due ragazzi erano presi da un vero e proprio atto sessuale, carico di passione, accompagnato da stimolanti parolacce, il losco individuo nascosto a una distanza di venti-trenta metri prelevò la sua strana arma dallo zainetto. Prese poi uno strano proiettile in piombo pesante, leggermente allungato sul cui dorso era incisa una folgore. Si trattava di un proiettile antico ma micidiale quando avrebbe colpito il corpo della vittima predestinata dalla sua ossessione omicida. In realtà l'uomo utilizzava una cosiddetta frombola, che consisteva in una fionda antica senza elastici. Ovviamente il pesante proiettile di piombo a punta, a forma di ghianda, veniva inserito nella sacca con dei lacci, di cui si componeva la frombola. Quindi il fromboliere faceva roteare la sacca velocemente sopra la sua testa, tenendola per i lacci, e con una potenza eccezionale, creata dalla forza centrifuga del piombo, lanciava il proiettile verso la vittima. Addestramento e pratica sul campo erano necessari per un buon tiratore. E questo, quell'uomo desideroso di uccidere, doveva averlo fatto sicuramente.

Così mentre i due giovani gay erano presi dai loro giochi amorosi, non accorgendosi di nulla, il potenziale assassino dopo aver caricato la micidiale arma antica, cominciò a farla roteare con destrezza e velocità sempre più forte. Poi lasciò partire quel proiettile, che si rivelò devastante quando colpì la testa del ragazzo di spalle.

Il sangue schizzò da tutte le parti mentre parte del suo cervello schizzò fuori come in una scena del terrore. Il piombo era penetrato come il burro nella corteccia celebrale.

L'altro giovane paralizzato dalla paura a quello spettacolo orrendo, cominciò a strillare come un ossesso... «Aiutooo!... vi prego aiutatemi!... aiutooo! Qualcuno mi aiuti!! Com'è successo!?» poi si diede alla fuga senza una meta precisa, correndo come impazzito. La sua corsa da centometrista, purtroppo, si interruppe quando uno di quei micidiali proiettili lo prese nella schiena, perforandogli un polmone: e si sentì solo un rantolo di morte.

A quel punto il killer soddisfatto e sorridente, si rivolse a voce alta e in ginocchio a sua "Maestà l'Etna":

Giustizia è fatta. La tua maestosità che si staglia nel cielo è purificata. Non scatenare la tua rabbia e la tua potenza per punire i peccatori. Il tuo adoratore e vendicatore veglierà sul rispetto e sulla moralità.

Concluso il sermone propiziatorio, l'uomo rimise la *frombola* accuratamente dentro lo zaino, e incurante della carneficina che aveva lasciato a poca distanza da lui, si avviò verso un altro sentiero del parco, con passo sicuro e privo di ogni preoccupazione interiore. Anzi improvvisamente ritornò sui suoi passi, appoggiò lo zaino per terra sotto il fusto di un albero, vicino ai corpi martoriati. Strappò quindi un foglio da un notes, prese un pennarello e scrisse con cura il sermone propiziatorio che aveva rivolto poco prima a sua maestà l'Etna e lo firmò: "*L'adoratore dell'Etna.*"

I peccatori pensò, riflettendo intensamente, *devono sapere della mia esistenza: del Sacerdote dell'Etna...*
Poi sparì in mezzo alla fitta vegetazione boschiva del Parco.

Più tardi, appena Corsini varcò la porta del suo ufficio in Questura, una telefonata che mai e poi mai avrebbe immaginato ricevere, lo condusse a una realtà ancora più angosciante e difficile della precedente indagine. Il Commissario capo quasi percepì la gravità di quanto era accaduto, perché rispose al telefono con una rabbia interiore da sentirsi pulsare le tempie. «Prontoo!!» quasi urlò, senza accorgersene.

«Dottor Corsini? Sono Mario Mancuso il responsabile dell'Ente sicurezza del parco dell'Etna. Sono spiacente ma devo comunicarle una brutta faccenda. Un nostro uomo operante nel versante sud, mi ha riferito del rinvenimento di due cadaveri all'interno del sentiero boschivo lato Nicolosi. L'operatore quando mi ha chiamato al telefono era confuso e poco lucido. A tratti quasi balbettava e ripeteva continuamente: è uno spettacolo orrendo... è uno spettacolo orrendo. Perciò dopo averlo calmato: mi sono preoccupato di avvisare lei. Ci siamo conosciuti e incontrati in più occasioni... facciamo così dottore. Intanto, personalmente mi reco sul posto per organizzare e tutelare la presenza dei turisti. Dal mio ufficio, in sede, impiegherò pochissimo a recarmi a Nicolosi... mi dica solo come dobbiamo comportarci.»

Corsini a quella notizia, cui non avrebbe voluto credere, drizzò le spalle dalla poltrona come l'avesse colpito una scarica elettrica di forte intensità. Poi la sua forte personalità e la lunga esperienza alla lotta criminale, ebbero il sopravvento.

«Ascolti! Dottor Mancuso, chiami immediatamente i suoi collaboratori e gli dica di non toccare alcun oggetto. Anzi di restare abbastanza lontani dai corpi, per non inquinare la scena del crimine. E che non facciano avvicinare nessuno... saranno ritenuti responsabili se qualcosa intralcerà le indagini.»

«Certamente, Commissario. Mi attivo subito per informarli della necessità di usare, se serve la forza, che nessuno si deve avvicinare e deve tenersi a distanza. Comunque, ripeto, arriverò sul posto in poco tempo e controllerò che tutto venga isolato adeguatamente... l'aspetto a breve. Così saprò esattamente come muovermi in questa situazione.»

Corsini chiuse la comunicazione e si precipitò immediatamente dal Questore, per informarlo della nuova e inattesa tegola, di un altro folle assassino.

Intanto con il cellulare in mano, mentre entrava nell'ufficio del suo superiore diretto, chiamò il Posto di Polizia di Nicolosi. Al primo squillo rispose l'agente al centralino e senza perdere tempo: «Sono il Commissario capo Corsini.» proseguì, senza farsi interrompere. Quindi lo informò di quanto accaduto nel versante sud del parco dell'Etna, località Nicolosi. E l'urgenza di inviare subito una pattuglia sul posto. «Avvisi subito il comandante che mi trovo nell'ufficio del Questore. Appena posso anch'io sarò sulla scena del crimine. Ripeto, intanto, inviate subito una pattuglia. Il responsabile della Sicurezza Mancuso è in attesa della polizia.» e senza dare il tempo all'agente di replicare chiuse il telefono.

Il Questore aveva ascoltato la nervosa chiacchierata di Corsini e non ci volle molto per capire quanto grave fosse la notizia di un secondo assassino, in contemporanea, con gli omicidi di Linguaglossa.

Corsini lo mise al corrente di quanto raccontato dal responsabile della Sicurezza del parco dell'Etna. Nel frattempo chiese con sollecitudine il supporto, anche per questo caso, della squadra di Nardelli, ricordandogli la collaborazione già operativa tra i due Nuclei investigativi. Il Questore fu pienamente d'accordo con la decisione presa dal Commissario capo. «È opportuno agire con discrezione e sollecitudine.» ammise poi «La stampa stavolta ci massacrerà con notizie allarmanti e critiche poco favorevoli nei nostri confronti. E avranno dalla loro parte i politici che remano contro l'attuale Capo della Polizia. Inoltre ogni emittente televisiva si scatenerà per creare ulteriore confusione e paura, pur di accaparrarsi ascolti. Con i loro talk-show verseranno fiumi di critiche alla Polizia e attacchi indiscriminati alle nostre indagini. Poi aggiungiamo nella lista, anche la Società che gestisce il parco dell'Etna. Non ci penserà due volte a scagliarsi contro di noi, per il conseguente calo turistico. In realtà quanto è accaduto, creerà paura e allarmismo nella gente e la risonanza di omicidi cosi sanguinari, influenzerà buona parte dei turisti a essere prudenti, limitando la loro visita al Parco.»

Corsini ascoltò con molto interesse le giuste riflessioni del suo superiore. «Nonostante le immense difficoltà che ci attendono voglio essere tenacemente ottimista.» rispose per darsi coraggio. «Credo ancora che l'esperta criminologa, la dottoressa Zeller, sarà la nostra ciliegina sulla torta. È una scienziata forense di primo piano nel mondo, e prima o poi accetterà la nostra proposta. Ama troppo la sua professione per rifiutare di far parte della nostra squadra, in un momento così critico. Inoltre l'Unità Speciale della Scientifica con Nardelli in testa è il meglio che si possa avere per lavorare con fiducia e ottimismo. Al più presto riusciremo a fermare questi assassini privi di scrupoli e senza alcuna umanità. L'intuito positivo del sottoscritto, anche stavolta, mi dice che si concluderà con un lieto fine. Glielo prometto signor Questore.» concluse il baffuto poliziotto… e per la seconda volta in quel giorno, Corsini si presentò accigliato in un'altra scena del crimine, sempre nel parco dell'Etna, stavolta a Nicolosi nel versante sud.

La Scientifica era già sul posto. Erano stati velocissimi come al solito, mentre il sentiero era stato transennato e due agenti messi di guardia. Come lui aveva immaginato, alcuni furgoni di emittenti televisive locali stavano ai margini, nel tentativo di poter zoomare dentro la scena del crimine: respinti però da un cordone di poliziotti che li tenevano a distanza di sicurezza.

24
Nicolosi (CT) - "Parco dell'Etna"

La notizia di un duplice omicidio, a distanza di poche ore da quello di Linguaglossa, suscitò immancabilmente molto scalpore e apprensione nello stesso tempo, per gli abitanti dei paesi limitrofi.

Nelle cittadine alle pendici dell'Etna si cominciò a spargere la voce che una setta demoniaca uccideva giovani ragazzi, seguendo un feroce rito satanico. E queste voci furono furbescamente alimentate da alcune emittenti locali che per accaparrarsi più audience possibile, incominciarono col dire che il rituale di questi delitti superava di gran lunga ogni 'uccisione' conosciuta. E restava da capire perché gli assassini agissero in un ambiente come quello del *Parco dell'Etna,* dove la natura offre uno spettacolo di particolare bellezza per visitatori e turisti di tutto il mondo.

In questo duplice omicidio, il cronista aveva persino precisato, che l'assassino o gli assassini si erano serviti di un'arma strana, sulla quale, anche gli esperti investigatori erano rimasti sorpresi, e brancolavano nel buio più assoluto...

Il servizio era trasmesso in diretta dall'emittente televisiva TeleEtna arrivata per prima sulla scena del crimine. Uno dei giornalisti, infatti, aveva approfittato del trambusto iniziale per avvicinarsi il più possibile, acquisendo un dialogo tra tecnici della scientifica, con relativa imprecazione di uno di loro… «Siamo nella merda!» esclamò verso il collega «Questo è il proiettile di un'arma sconosciuta, sicuramente molto antica, ma dal risultato devastante.»

In quel momento, a villa Caroline, la giovane sposa si lasciava coccolare teneramente dal suo focoso marito. Ma dalla televisione accesa, sintonizzata proprio su TeleEtna, in diretta da Nicolosi, il cronista trasmetteva, con parole preoccupate, il servizio su un duplice omicidio, avvenuto in un sentiero boschivo del *Parco dell'Etna.* L'episodio la colpì molto. Si alzò di scatto dal morbido divano dov'era sdraiata e senza dire una parola aumentò il volume della televisione. In un primo momento Frank rimase sorpreso dalla reazione della moglie: lo aveva letteralmente scansato per seguire quanto diceva il cronista. Poi capì l'interesse di lei per quella notizia.

Il giornalista Pippo Cusimato, spiegava ai telespettatori con quale brutalità, un nuovo duplice omicidio, fosse avvenuto in località Nicolosi. «Un sanguinario episodio dai contorni poco chiari, per modalità ed esecuzione. Per il momento difficile da decifrare. Al vaglio della Scientifica e di esperti e bravi investigatori, quali il Commissario capo Simone Corsini della Polizia di Stato, e il Colonnello dei Carabinieri Luca Nardelli della squadra dei RIS, ci rivelano elementi sorprendenti per le indagini. L'unica cosa certa è che il modus operandi di questo assassino, lascia perplessi i pur bravi ed esperti investigatori. L'omicida ha colpito le vittime con un proiettile di piombo molto pesante a forma di ghianda, talmente ben appuntito, da procurare sulle povere vittime designate, una perforazione devastante. Comunque abbiamo elementi frammentari per dare informazioni più precise. È ancora troppo presto, anche per gli investigatori, sbilanciarsi e dare chiarimenti in merito. In seguito, cari telespettatori daremo ulteriore spazio al servizio per questo incredibile duplice omicidio. Anzi saremo più precisi possibili, con ulteriori informazioni, appena si avrà un quadro completo della situazione. Adesso vi lascio con i saluti di tutta la redazione... e seguiteci nei nostri prossimi servizi. Un saluto particolare dal vostro Pippo Cusimato, inviato locale di TeleEtna.»

Caroline rimase scossa da quella scia sanguinaria in atto. Il profilo dell'assassino non prometteva niente di buono. Avrebbe continuato a uccidere. Inoltre era evidente come la scelta dell'omicida di agire in quella zona, dipendesse dalla sua mappa mentale e dal piacere psicologico di uccidere in quel luogo.

Come criminologa, Caroline aveva vissuto esperienze professionali molto difficili, ma sempre con sviluppi comportamentali che riflettono la personalità dell'assassino. In questo caso, l'assassino intende esaltare le sue capacità di uccidere divertendosi, giocando con le vittime come cavie, destinate al sacrificio mistico, firmato con un'arma d'altri tempi.

Con astuzia Frank le si avvicinò, mordicchiandole il lobo dell'orecchio, per distrarla da quella notizia. Sapeva che l'avrebbe influenzata nella sua decisione finale di collaborare con la Polizia di Stato... ma non sapeva quanto la bella moglie fosse andata vicino al profilo del sospetto, e avesse già intuito le motivazioni e il significato di quelle morti.

Sulla scena del crimine era giunto, nel frattempo, il Colonnello Nardelli il cui umore nero appariva evidente in ogni gesto che faceva, o ad ogni domanda carica di rabbia che poneva agli uomini della Scientifica, ancora al lavoro. Il metodo di Nardelli era semplice, però efficace sotto il profilo professionale e delle investigazioni; interpellava ogni uomo, al lavoro sulla scena del crimine, e chiedeva oltre agli indizi e reperti individuati, il loro parere professionale sul modus operandi dell'assassino, ed eventuali riflessioni di carattere investigativo sul caso. Poi lui, personalmente, tirava le somme sul probabile profilo dell'assassino.

Corsini aveva assistito, ammirato, a quel metodo particolare e innovativo del collega carabiniere. Sicuramente i suoi uomini si sentivano apprezzati e partecipi ad indagini di rilevante importanza. Intanto lui si era infilato le coperture alle scarpe e si era avvicinato ai corpi delle vittime.

La stretta di mano con Luca Nardelli fu lunga ed energica, come a volersi trasmettere solidarietà e forza interiore, per un caso che appariva ancora più complicato e difficile dei precedenti.

«Caro collega!» esclamò Nardelli. «Questo mostro omicida ci darà del filo da torcere. È fuori da ogni schema di fantasia poliziesca. A tuttora il nostro percorso investigativo è pieno di incognite: niente indizi, il materiale repertato finora non sembra essere di grande aiuto, e poi il modus operandi di questo assassino è fuori da tutti i canoni investigativi conosciuti. E' furbo e astuto nel trovare l'attimo giusto per uccidere. Molto scrupoloso, da non lasciare alcuna traccia, persino quando si è avvicinato ai corpi devastati dalla violenza del proiettile, con schizzi di sangue rilevati a undici metri di distanza. Avremmo dovuto trovare impronte sparse per il terreno, che lui ha calpestato per verificare compiaciuto la morte delle vittime. Invece si è persino preoccupato di cancellare tracce e impronte, tutt'attorno alla scena. Anche perché indossava scarpe con suola liscia. Poi si è anche divertito a lasciare un messaggio, in cui si definisce *l'Adoratore di sua maestà l'Etna.»*

Nel frattempo squillò il cellulare di Corsini. «Pronto!» imprecò rabbiosamente. «Sono il Commissario capo Corsini.»

«Dalla sua voce immagino in che casino ci troviamo!» esclamò l'uomo al telefono.

Era il Questore di Catania in persona. «Le notizie già impazzano su tutte le televisioni locali e nazionali, dottor Corsini. L'aspetto domani mattina. Venga da me, insieme al Colonnello Nardelli. É necessario studiare bene la situazione e prepararsi al continuo assalto dei media, che vorranno notizie più precise sui serial killer. Perciò ritengo opportuno fissare una conferenza stampa con i giornalisti della carta stampata e delle televisioni. Il tutto, lo decideremo insieme per evitare la diffusione di notizie false, o importanti per il proseguo delle indagini… a domani.» e chiuse la comunicazione.

Corsini informò il responsabile della Scientifica, che con un sorriso amaro approvò la decisione del Questore. Intanto i suoi uomini continuavano a ispezionare ogni cosa, ogni centimetro quadrato attorno alla scena del crimine, da dove probabilmente l'assassino aveva lanciato il suo attacco mortale.

Nel terreno circostante, qualunque oggetto, veniva repertato. Persino le foglie venivano raccolte con la massima attenzione. Alcuni rami spezzati furono subito trattati, per individuare eventuale presenza di tracce ematiche o residui organici. Mentre ogni cespuglio che presentava essere calpestato o divaricato, per un possibile nascondiglio del killer, veniva ispezionato con molta cura.

Più tardi i due esperti investigatori, dopo aver seguito soddisfatti il grande lavoro dei tecnici, decisero come organizzare i turni di guardia alla scena del crimine. Era necessario circoscrivere un vasto settore, intorno al luogo dei delitti ancora grondante di sangue innocente, con agenti scelti appostati strategicamente.

Quindi si scambiarono qualche opinione sul modus operandi del killer. «C'è da rimanere allibiti.» sbottò Corsini. «In tantissimi casi di omicidio, nella mia lunga carriera, non è mai capitato un caso di *'ammazzatine'* così strampalate e strane. E non c'è alcun elemento, con cui possiamo associarlo al primo pazzo omicida, autore dei due brutali assassinii di Mascalucia e Linguaglossa.»

«È Vero!» intervenne Nardelli. «Uccidere con un'arma del genere, è fuori da ogni immaginazione investigativa. E ci lascia sconcertati e pieni di dubbi. Tuttavia ogni nostro sforzo sarà dedicato a questo folle omicida che si definisce *"l'Adoratore dell'Etna"*. Non verrà tralasciato il minimo indizio, fino a quando non si ricaveranno elementi idonei per avere qualche traccia da seguire. Si deve fermare il prima possibile. Il suo modus lascia pensare ad altri omicidi seriali… solo per il piacere di uccidere: in nome della sua visione mistica generata dalla follia di una mente malata. Alla tua Sezione spetterà il compito di un pattugliamento continuo del parco, nei punti di accesso della cintura etnea. Inoltre ritengo opportuno una sorveglianza invisibile, nei sentieri e nei posti dove le coppie solitamente si appartano per un po' di intimità.»

Per un istante Corsini sentì dentro di sè un cauto ottimismo. «Approvo pienamente l'organizzazione e la strategia che dobbiamo darci.» asserì convinto alla fine. «Aggiungo, caro Luca che avremo l'appoggio della Polizia dei vari paesi etnei ai piedi del vulcano che circondano il parco... ogni Stazione di Polizia locale dovrà collaborare con uomini e mezzi a disposizione. L'area del parco dell'Etna è immensa, ma sarà più semplice sorvegliare i vari accessi ai sentieri con i tanti agenti a disposizione, e una organizzazione tattica di collaborazione tra i vari reparti. Che Dio! Ce la mandi buona.» concluse quindi con un accenno di sorriso.

A quel punto Nardelli sollevò la mano per salutare i suoi uomini. Prima decise le ultime procedure di sicurezza. «Intanto chiudiamo l'accesso alla scena del crimine, con una sorveglianza del perimetro interessato.» ricordò al collega «Appena i tecnici della scientifica avranno finito il sopralluogo, i tuoi uomini potranno disporsi sul posto. A domani mattina, amico mio. Ci vediamo dal Questore.»

25
Trecastagni (CT) - Villa Caroline

Alle prime ore del mattino, nella stanza da letto dei coniugi Borsalino, filtrava un sole che per quel periodo invernale era come trovarsi ai Tropici. Le serrande erano rimaste alzate. La sera prima, i due sposini presi dalla loro travolgente voglia d'amore, erano letteralmente franati sul lettone, senza pensare ad altro.

Poi iniziarono un amplesso passionale, così intenso da sentire i loro corpi essere travolti da una sensazione sublime. Entrambi erano arrivati all'orgasmo con tale felicità e gioia che sembravano posseduti da un eros pazzesco. Poi mentre Frank, nel momento culminante del piacere, aveva emesso lunghi ululati per l'intera durata dell'orgasmo, Caroline gli aveva sussurrato tutto il suo amore, con frasi bellissime.
Poi si addormentarono esausti e felici, per ritrovarsi il mattino dopo abbracciati, uno accanto all'altra.

Quella mattina Caroline si svegliò presto. Il sorgere del sole dalla loro villetta era una visione stupenda e molto romantica. Ma quel giorno, la bella americana, ignorò quello che faceva tutte le mattine da quando era in Sicilia. Aveva il bisogno urgente di fare una doccia: sentiva ancora la bella sensazione dello sperma caldo di Frank, scorrere dentro di lei. La coppia era in perfetta sintonia anche nel desiderio di avere un figlio quanto prima. Perciò il loro amore, il loro rapporto era sempre più coinvolgente e privo di qualsiasi inibizione. Eppure quella mattina aveva la necessità di riflettere e rilassarsi sotto la doccia, da sola.

Insieme a Frank sapeva come andava a finire. Non avrebbe potuto evitare un nuovo amplesso con il focoso marito siciliano. In realtà Caroline sentiva l'acqua scorrergli sulle spalle, lungo la schiena del suo splendido corpo giovane, ma con il pensiero ricordava il colloquio con il marito. Lo aveva informato con fermezza di aver preso quella decisione a seguito degli ultimi sanguinosi omicidi nel parco dell'Etna.
«Frank amore mio!» gli aveva detto con un sorriso. «Ti chiedo perdono. Conosco il senso di protezione che nutri nei miei confronti. Anche se resterai deluso e molto preoccupato, è mia intenzione collaborare alle indagini con la Polizia di Stato. Svolgerò l'incarico come proposto nella richiesta di collaborazione. La scientifica mi dovrà fornire apparecchiature e materiale per lavorare da casa, come se mi trovassi sulla scena

del crimine. Avrò bisogno dei file con i risultati dell'autopsia sulle vittime, dei referti della scientifica dopo la comparazione di tutti gli indizi inseriti nel database centrale, sul modus operandi del serial killer.»

Frank aveva notato che la persona che parlava non era la sua dolce Caroline, bensì la esperta dottoressa Zeller... la criminologa che lui non conosceva professionalmente. In un primo momento ebbe la sensazione che dinanzi avesse un'estranea, ma poi si riprese prontamente, e con uno slancio intelligente l'abbracciò fortemente per dimostrarle, in verità, quanto apprezzasse e condividesse la decisione presa. Perciò con un largo sorriso e con gli occhi ancora impastati di sonno arretrato, le confermò di essere d'accordo. «Va bene, amore! Però ti seguirò passo passo, come un cagnolino, per proteggere la cosa più preziosa della mia vita.»

Caroline a quelle parole ritornò ad essere la dolce Caroline. Così per manifestare la felicità di essere stata capita e appoggiata nella decisione, dal suo amore, cominciò a fare piccoli saltelli sul letto, come una ragazzina accontentata nei suoi capricci. Ma i suoi non erano capricci. Come criminologa esperta di assassini seriali, voleva mettere a disposizione le sue capacita intuitive. Voleva capire se dallo scenario a disposizione, con reperti e tracce insignificanti, in assenza di impronte digitali e testimoni, quante possibilità ci fossero per ricavare un profilo attendibile del serial killer, attraverso un'analisi psicologica del modus operandi e nella ricerca delle probabili motivazioni scatenanti.

Nel frattempo, in un elegante appartamento residenziale, non molto distante da loro, un uomo dall'aspetto tranquillo si apprestava a compiere una specie di rito. I suoi occhi erano in contemplazione di un'immagine spettacolare: una gigantografia che riempiva gran parte della parete e raffigurava la spettacolarità di sua *Maestà l'Etna* in una delle fasi più terrificanti delle sue innumerevoli eruzioni. Dove un fiume di lava incandescente si divideva creando enormi serpenti infuocati, in cerca di vittime.

Ad un tratto, l'uomo svegliandosi da quella concentrazione, come fosse stato in trance, incominciò a delirare scagliando parole di accusa verso i peccatori che insozzavano il terreno sacro del '*Parco*' e risvegliavano l'ira di sua '*Maestà l'Etna*'. Punirò i peccatori! Urlò. Poi come posseduto da una forza ultraterrena interiore, si inginocchiò davanti al divino *Vulcano*...

QUESTA PREGHIERA È RIVOLTA A TE, ETERNA MAESTÀ!

ADORIAMO LA TUA DIVINITÀ. ACCETTIAMO LA TUA VOLONTÀ! ACCETTIAMO LA TUA IRA! E ADORIAMO IL VENTRE TUO SACRO! DA CUI GENERI E PARTORISCI LA TUA POTENZA IMMANE! AVRAI IL SANGUE DEI PECCATORI CHE IGNORANO IL TUO RISPETTO! AVRAI VITTIME SACRIFICALI APPENA LANCERAI UN SEGNALE!

IL TUO SOMMO SACERDOTE

Dal delirio angosciante dell'uomo si intuivano i propositi omicidi che avrebbe messo in atto, da lì a poco. Poi il folle individuo dopo aver completato il rito propiziatorio, scaturito dalla sua mente malata, riprendeva abitudini e gesti di tutti i giorni. Dopo essersi infilato sotto la doccia, le sue sembianze di persona normale apparivano ancora più evidenti. Il suo viso appariva rilassato e il suo sguardo sereno e privo di emozioni. Tali che potessero tradire la sua psiche omicida e sanguinaria: l'aspetto di un uomo di cui avere fiducia. Quindi decise di uscire per fare una passeggiata rigeneratrice. Si vestì, indossò la giacca ammirandosi allo specchio, si aggiustò il nodo della cravatta e con calma uscì.

Quella mattina il Questore di Catania, nel suo ufficio, aspettava nervosamente i due responsabili delle indagini. Batteva le dita della mano destra sul piano della scrivania, con un ritmo che faceva capire quanta rabbia avesse dentro. Si era scomodato a riprenderlo persino il Capo della Polizia in persona.

«I media ci stanno massacrando!» aveva esclamato al telefono poco prima. «Le televisioni stanno allestendo talk show uno dietro l'altro per parlare di questi mostri. E la frase più ricorrente è: le Forze dell'Ordine brancolano nel buio più assoluto.»

Alle giuste considerazioni del Capo della Polizia, il Questore non aveva, fino a quel momento, argomentazioni valide da contrapporre. Le indagini erano sicuramente a un punto morto, nel vero senso della parola. Tuttavia trovò una spiegazione molto intelligente, tale da rigettare e motivare l'infondatezza delle accuse dei media. «Egregio dottore, lei conosce meglio di me i passaggi necessari e i tempi di attesa per inserire nel database centrale gli elementi che abbiamo in mano. Siamo in attesa dei referti del medico legale e della scientifica per poter trarre le giuste conclusioni investigative. Comunque la priorità è di legge in questo caso e la collaborazione è perfetta. In questo momento sono in attesa dei responsabili delle indagini: il capo della Scientifica, il colonnello

Nardelli e il mio più stretto collaboratore Commissario capo Corsini. Come le dicevo la collaborazione tra i due corpi di Polizia è integrata anche dal Tenente Maggiore dell'Esercito Fazio, responsabile della Caserma Falcone, con un appoggio incondizionato. Infatti possiamo contare su trecento militari messi a disposizione e dislocati in punti strategici del *Parco*. Naturalmente questo non lo andiamo a sbandierare alle televisioni, tanto meno ai giornalisti d'assalto, capaci di creare solo allarmismo. E poi, Dottore anche se capisco le ragioni del suo disappunto alle pressioni dei media, devo ricordale con tutto rispetto, che è trascorso un giorno e mezzo dai ritrovamenti dei cadaveri e che il primo omicidio di Mascalucia è avvenuto un paio di giorni prima di Natale.»

Il Questore illustrò poi il percorso strategico e investigativo, tutto di un fiato, senza farsi interrompere. Perciò il Capo della Polizia fu quasi costretto ad approvare soddisfatto l'operatività messa in campo. Tuttavia aggiunse quanto ritenesse importante essere tenuto aggiornato sugli sviluppi. Poi si salutarono cordialmente... con una velata e falsa diplomazia di fondo.

Naturalmente quando Corsini e Nardelli arrivarono dal Questore, furono informati dettagliatamente sulla telefonata del Capo della Polizia e sulla necessità di accelerare i tempi nel momento in cui fossero arrivati i referti della scientifica, i risultati dell'esame autoptico del medico legale sulle vittime, e i referti completi delle analisi. I due responsabili delle indagini si dissero d'accordo su quanto esposto dal Questore.

A un certo punto Corsini tirò fuori una piccola carta geografica dalla cartella. Era raffigurato il *Parco dell'Etna* nella sua cintura di accesso, ingrandita però nei punti caldi di loro interesse, dove la sorveglianza doveva essere studiata senza trascurare alcun particolare: una strategia arricchita da appostamenti tattici, nei minimi dettagli.

«Ecco!» esclamò poi, srotolando per bene la piantina sul tavolo adiacente a loro. «È opportuno stabilire esattamente i punti da sorvegliare con postazioni fisse. Con agenti e militari appostati 24 ore su 24 sul posto. Inoltre metteremo delle pattuglie che sorveglieranno con telecamere e sofisticate macchine fotografiche, l'accesso ai sentieri del parco, in corrispondenza della cintura etnea. E inosservati riprenderanno entrata e uscita di ogni visitatore. Quindi dalla visione delle immagini, la scientifica potrebbe estrarre il jolly e verificare se in mezzo ad eventuali sospetti, potrebbe esserci il nostro uomo. Inoltre, agenti in borghese si mescoleranno con turisti e visitatori, ispezionando con cautela il bosco prospiciente il sentiero, senza dare nell'occhio. Il nostro omicida è intelligente e conosce bene la zona, perciò sono convinto che agirà in un altro settore del '*Parco*'. Ecco perché bisogna circoscrivere è mettere sotto controllo un vasto territorio. Questo è il piano che abbiamo studiato con i miei uomini, per rendere dura la vita a questo assassino sanguinario. Infine abbiamo deciso per appostamenti fissi strategici e pattuglie che avranno l'incarico di riprendere chiunque entra nel '*Parco*'. E questo dovrebbe dare i risultati sperati per individuare il sospetto.» poi rivolgendosi al Colonnello Nardelli. «Cosa ne pensi Luca!? Se ritieni opportuno aggiustamenti o modifiche al piano, per me, è importante e qualificante il tuo parere.»

Luca Nardelli era concentrato sulla cartina e studiava con interesse i punti segnati come strategici. Ad un tratto ebbe una intuizione. «E se utilizzassimo anche dei droni?» esclamò convinto. «Sicuramente sarebbe un valido aiuto, e dall'alto, con un po' di fortuna, si potrebbe individuare facilmente una persona isolata che si muove con fare sospetto, in cerca di un nascondiglio o altro.»

Simone Corsini aspettò un'istante prima di rispondere. Il suo cervello tentava di elaborare in fretta quanto fossero utili dei droni.

Poi dopo aver riflettuto a lungo, accompagnandosi con una continua lisciatura dei baffi. «Buona idea! Approvo decisamente. Però sarà necessario mischiare le carte in tavola. L'utilizzo dei droni dovrà apparire come una iniziativa legata al '*Parco dell'Etna*', per una mappatura e aggiornamento del territorio, dall'alto: della flora e della fauna. Noi faremo in modo che questa informazione arrivi a qualche emittente locale, tramite il portavoce della Direzione del Parco. Il tentativo è un'incognita. Il fitto territorio boschivo creerà difficoltà agli occhi dei droni, e i seriali agiscono nascondendosi, per uccidere al momento opportuno. Per concludere...» proseguì Corsini «... è basilare ricavare il profilo di entrambi i *serial killer.* I modus operandi sono diversi. Come le loro motivazioni psicologiche... il primo porta a termine un rituale sui corpi delle vittime, dettato da un odio sadico sessuale, profondamente radicato nella sua mente.

L'Adoratore dell'Etna, invece, nella sua follia uccide per purificare il territorio e placare *l'Ira* del divino Vulcano, cioè *L'Etna*. Perciò serve una chiave di lettura specifica, per indirizzare le indagini nel verso giusto; in realtà sappiamo benissimo quanto sia importante orientare le indagini sulle conclusioni del profilo. Quindi signor Questore sarebbe opportuno, ovviamente con la sua approvazione, tentare di convincere la dottoressa Zeller, nella sua decisione, di collaborare alle indagini. L'esperienza di questa famosa criminologa, ci porterebbe a una vera svolta investigativa e ad una precisa chiave di lettura della loro fantasia omicida.»

Il Questore volse lo sguardo verso il Colonnello Nardelli, come a chiederne il parere, e lui intuendone il motivo puramente tecnico, fece un evidente segno di approvazione con la testa. Infatti si dichiarò favorevole e convinto delle capacità professionali e intuitive della famosa profiler americana. Infine aggiunse: «E oltre tutto... in Sicilia non abbiamo alcuna esperienza per casi seriali così complessi, dominati da fattori psicologici di menti malate e perverse.»

Quindi dopo la decisione di chiedere alla dottoressa Zeller la sua collaborazione esterna alle indagini, il Commissario capo Simone Corsini prese il cellulare e chiamò Caroline, con un cauto ottimismo. Tuttavia come poche volte nella sua carriera, mentre stava in attesa, sentiva il suo battito leggermente accelerato. «Pronto!» rispose la voce serena di Caroline. Dal display aveva già notato di chi si trattava... e non poteva essere altrimenti. «Ciao Simone!» esclamò poi. «Se cerchi Frank è sotto la doccia. Comunque se vuoi, tra poco, ti faccio chiamare.» Caroline aveva intuito lo scopo di quella chiamata, ma con arguzia aveva ignorato l'argomento. Per lei era inconfutabile che la richiesta della collaborazione dovesse essere ufficializzata dalla Polizia di Stato di Catania.

Corsini dall'alto di un vissuto e di una esperienza di molti anni di carriera, intuì subito, anche dal tono quasi indifferente della criminologa, che nella Sezione Speciale della Polizia di Stato di Catania, presto, avrebbero avuto il privilegio del supporto della esperta profiler newyorchese. «Dottoressa Zeller! Pardon Caroline. Vengo subito al dunque. Sono stato incaricato ufficialmente dal Questore, e mi reputo onorato di farlo, chiedere il tuo supporto di consulenza alle indagini. Questi mostri sanguinari devono essere individuati al più presto. Questi assassini uccidono in maniera sadica e perversa senza alcuna pietà. Perciò la Polizia di Stato di Catania e l'equipe della Sezione speciale dei Carabinieri, mettendosi a tua completa disposizione, faranno in modo di risolvere ogni problema, ogni piccolo ostacolo, che per forza di cose ti troverai davanti, lavorando in un ambiente diverso da quello americano. È chiaro comunque: ti metteremo a disposizione tecnologie all'avanguardia. I nostri laboratori di analisi saranno all'altezza della situazione. Infatti trasmetteranno tutti i file, con i referti del medico legale e dei reperti analizzati, in proiezione a video 3D. E poi i nostri esperti della Scientifica si dichiarano oltremodo orgogliosi di mettersi a completa disposizione della criminologa più famosa di New York.

26
Università di Catania

La facoltà di Archeologia si trovava al primo piano dell'omonima piazza Università. Nell'aula, in un lieve vociare tra di loro, gli studenti erano in attesa della docente *Rosalba Parisi,* nota come l'archeologa più preparata nel Corso di Laurea Magistrale in Archeologia. Tra gli studenti si distingueva un ragazzo molto eccitato, che con modi poco ortodossi, pretendeva venisse ascoltato senza dare agli altri possibilità di replica.

«Dovete credermi.» strillava ad alta voce «Dal museo è sparita un'arma antica molto rara. Risale addirittura ad uno scavo archeologico in Palestina, insieme ai resti di un soldato romano.»

«Come fai a sapere di un furto al museo?» domandò uno studente, stupito dalla strana affermazione di Giano Gullotta: un rompiballe prepotente, della peggiore categoria.

«'U museo è chiusu pi lavori. U sacciu picchì fu a Professoressa Militello a dirmelo.'» continuò lo studente.

Gullotta ebbe un attimo di esitazione prima di rispondere...

«'Che mi pigghiasti per un minchione?' Per incarico della Segreteria mi è stata data la targa descrittiva del reperto. E la dovevo attaccare, perché alcuni giorni fa si era staccata dal muro… invece l'arma è scomparsa dalla vetrinetta. E ti assicuro che si tratta di un'arma usata da popoli antichissimi.»

A quel punto si sentì un lungo ohoo!!! di meraviglia per la notizia. Ogni studente aveva qualcosa da dire al suo compagno vicino. Ogni gruppetto confabulava con teorie così strampalate da sembrare alla fiera di chi le sparava più grosse. Naturalmente dentro l'aula si creò un caos e un vociare indescrivibile che arrivò fino al corridoio, dove alcuni professori si erano radunati per scambiarsi novità importanti, inerenti la facoltà di archeologia.

Così un istante dopo la Prof. Parisi si precipitò in aula preoccupata… «Vi ricordo che siete in un'aula dell'Università. Si sentiva una tale confusione da farci credere ad una rissa violenta.»

Il primo a parlare fu proprio l'artefice inconsapevole della bagarre in aula. «Buongiorno Professoressa, chiediamo scusa. Ma non ci siamo accorti di esagerare. La colpa è solo mia. La notizia di un furto al museo dell'Università ha lasciato tutti di stucco.»

La Parisi rimase stupita dalla notizia. Anche lei sapeva che il museo era chiuso a causa dei lavori per restauro. «Se la notizia è vera, affermo con evidente rammarico che in futuro avremo seri problemi.»

Poco più lontano, in una traversina chic, adiacente a Piazza dell'Università, un uomo dall'aspetto robusto e altero si apprestava ad aprire il suo negozio. L'uomo sollevò la saracinesca elettrica del famoso negozio di arte antica, conosciuto in tutta Italia per gli oggetti e opere d'arte di altissimo valore e rarità introvabili. Comunque l'attività centenaria di antiquario che si tramandavano da padre in figlio, non era mai stata coinvolta in traffici illeciti di opere rubate. Appena ebbe varcato l'uscio del negozio, azionò un piccolo telecomando, che ritardava solo di alcuni minuti, l'inserimento del potentissimo allarme, collegato con la Polizia. Poi pigiò dei numeri sulla centralina per disattivarlo definitivamente. Intorno circolava la voce che, in realtà, la costosissima attività venisse protetta, da sempre, da una delle famiglie mafiose più potenti di tutta la Sicilia orientale.

In brevissimo tempo la vasta esposizione del negozio si illuminò, stanza dopo stanza, mostrando una visione di oggetti e opere d'arte da lasciare senza parole, soprattutto per chi per la prima volta lo visitava. Il negozio si estendeva su tre enormi vetrine disposte in lunghezza stradale e su sei stanze in profondità. Ogni stanza aveva un catalogo di opere d'arte e una specifica galleria di esposizione, a parte un saloncino che mostrava una varietà di oggetti e opere d'arte di epoche antiche per la gioia di clienti collezionisti di vero antiquariato.

Qualche ora dopo due amici particolari, un siciliano 'ca scoccia' e un americano con la moglie, si trovavano da quelle parti per una passeggiata lungo via Etnea, la strada più esclusiva di Catania. Infatti inizia dal Duomo, dove 'U Liotru' simbolo della città, troneggia al centro della piazza, e si percorre lungo la sua lunghezza di circa tre chilometri. A quell'ora del mattino inoltrato, la strada era affollata e piena di gente che si dedicava allo shopping, in negozi lussuosi, oppure si fermava attratta dalle vetrine colme di squisite prelibatezze dei numerosi locali di alta Pasticceria.

Il percorso centrale fino a Villa Bellini, altro simbolo dei catanesi, da loro reputata la villa più bella della Sicilia, era un via vai di gente e turisti sorridenti e soddisfatti.

Warren sembrava al settimo cielo, e con il disappunto della moglie, pretendeva di assaggiare qualunque cosa attirasse la sua curiosità, ma soprattutto la sua golosità; così Gaetano aveva lo spunto per ironizzare sull'amico newyorchese. «'Sangu di Giuda!'» esclamò a un certo punto, provocando un prolungato sorriso a Elsen. «Possibile che 'unu di 'Novaiorch è accussì pigghiatu'. Mi pari ca si venuto 'sulu pì mangiari'.» L'americano con un certo sarcasmo nella voce replicò subito.

«Uhee! Picciotto. Ti ricordo che la cittadinanza onoraria mi fu data appena 'arrivai'. Perciò attento a 'tia'.Ti puoi trovare con mezzo limone in bocca. Hai capito!!»

«E perché mezzo?» chiese Gaetano, facendo seguire un sorriso ironico.

«Perché 'pi mia' ti considero mezzo uomo. Sono stato chiaro? Ahaa!»

Ma quel goffo tentativo di parlare mafioso venne bloccato sul nascere da Elsen con una semplice e simpatica occhiataccia da gran signora. Anche perché alcune persone che passavano, incrociandoli, si voltarono sorpresi a guardare Warren. Quasi perplessi e a bocca aperta per quel linguaggio: un omone dall'aspetto chiaramente straniero che si esprimeva in siciliano stretto, e per giunta con atteggiamenti da Padrino.

Ovviamente Elsen si era allontanata da loro, soffermandosi davanti a qualche vetrina elegante di stilisti famosi. E alla fine Warren e Gaetano furono sommersi da pacchi e pacchetti, ricevuti in custodia, dalla splendida ed elegante signora Zeller; come conseguenza dei tanti acquisti, lungo 'la passeggiata shopping' in via Etnea.

Ma nonostante il fastidio di portarli appresso, Warren non si arrese. Decise quindi di curiosare per le "viuzze" interne. Era incuriosito dalla graziosa caratteristica dei negozi, posti sotto antichi palazzoni magnificamente restaurati. Si ritrovarono così nelle vicinanze della Galleria d'arte e di Antiquariato, richiamo per persone benestanti come loro. Ovviamente i prezzi di alcuni oggetti antichi erano altissimi, ma i due coniugi si entusiasmarono nel vedere tante opere d'arte di epoche e periodi storici, sin dai tempi dei Babilonesi. L'ambiente, nonostante si trattasse di un negozio d'arte pieno di oggetti e reperti antichissimi, si presentava ordinatissimo. Ogni pezzo era descritto con una targhetta di bronzo serigrafata, dalla quale il visitatore, probabile acquirente, veniva informato di ogni dettaglio dell'opera. Warren rimase affascinato da una maschera, in pietra cotta, di origine greca, veramente unica per la perfezione e bellezza della conservazione, e dimostrò subito un evidente interesse. Da lontano, l'occhio allenato del proprietario osservava quelle persone, così distinte, in cerca sicuramente di un pezzo raro per la loro collezione. Si avvicinò quindi con una certa discrezione e come prima cosa pensò di presentarsi.

«Benvenuti in questo luogo d'arte, Signori! Permettete che mi presenti: Cavalier Parisi, il proprietario della Galleria. Posso avere il piacere di consigliarvi nei vostri acquisti? Per me, sarebbe un piacere immenso illustrare le opere di vostro interesse.»

In realtà Warren aveva adocchiato quella maschera greca, in terracotta, raffigurante il viso di una donna, i cui lineamenti esprimevano un'armonia di dolcezza e un fascino surreale: una realizzazione incredibile per quel materiale in terracotta. "*Com'era stato possibile ricavare da un impasto simile, un'opera artistica di tale valore?*" si chiese il ricco americano… pensieroso. Dubbioso stava per rivolgersi all'antiquario, ma lui lo anticipò. «Comprendo la sua perplessità per la luce che irradia e trasmette un'opera che risale a tempi antichissimi. Nei laboratori più attrezzati, sono state utilizzate le ultime tecnologie, di notevole precisione nel leggere persino la composizione molecolare dell'impasto. Eppure i risultati sono stati deludenti: è stato impossibile risalire al suo segreto. Cioè come sia stato possibile all'artista greco, realizzare quella perfetta espressione. Trattandosi poi di un materiale opaco e grezzo per natura. Tuttavia un elemento importante è stato assolutamente accertato, e cioè che l'opera risale al V secolo a. C. della civiltà greca. L'opera è stata trovata, stranamente, ai confini con l'India durante scavi archeologici recenti, insieme ad altre opere poi aggiudicate legalmente durante un'asta. Sembrerebbe una stranezza trovare reperti della Grecia antica ai confini con l'India, ma la storia racconta di una influenza della civiltà greca nelle opere d'arte del Nepal e dell'India.»

Gaetano aveva ascoltato con interesse l'illustrazione storica descritta con cura dal negoziante antiquario, poi quasi interrompendolo gli fece una domanda ben precisa. «Abbiamo capito che si tratta di un pezzo raro, e le siamo riconoscenti per la lezione di archeologia. Ma di che prezzo stiamo parlando?» chiese con una punta di ironia.

L'antiquario ebbe come un attimo di titubanza, ma rispose con tono cordiale. «È vero! Scusate signori. Finora non abbiamo parlato di prezzo.» poi rivolgendo lo sguardo verso Warren, riprese imperturbabile a descrivere il valore di quel pezzo archeologico rarissimo. «Scusate ancora, ma voglio raccontarvi, in tutta onestà, come quest'opera è finita nel mio negozio. È trascorso esattamente un anno da quando un bel giovane, aitante e palestrato, si è presentato nel mio negozio. Era notevolmente agitato e teneva tra le mani un pacchetto. Dall'aspetto, si intuiva una persona agiata e di buona famiglia. Mi raccontò che durante una escursione in Nepal, mentre si trovava a Katmandu, era in programma un'asta di pezzi antichi archeologici. Si convinse di entrare e assistere per curiosità quali oggetti venissero venduti.

Poi quando vide quell'oggetto, quella maschera, si sentì talmente attratto da sperperare tutto il credito residuo della sua carta. In parole povere ebbe dalla sua la fortuna: nessuno rilanciò dopo una prima offerta di quindici mila euro. Così si era aggiudicato la maschera, per lui piena di mistero e riminiscenze di un'altra epoca. Dapprima ero scettico: se prendere in considerazione la proposta di quel giovane. La lunga esperienza di antiquario aiuta a non prendere delle cantonate, ma a volte le imitazioni sono così perfette da ingannare i più famosi critici d'arte; ecco perché si ricorre alle tecnologie di ultima generazione...
Scusate signori la mia lungaggine, ma sentivo il bisogno di essere chiaro nel proporvi questo pezzo rarissimo.» così dicendo andò nella scrivania vicina, aprì un cassetto e si mise a cercare tra le fatture: una di queste la consegnò a Warren. «Ecco Signore, controlli lei stesso l'autenticità dell'opera e la cifra pagata dal giovane, all'asta. E concludo, senza farvi perdere altro tempo. La cifra per questa opera d'arte è di trentacinquemila euro e credetemi è un oggetto di grandissimo valore che vale molto, molto di più.»

Warren rimase sconcertato da quel lungo discorso. Era strano per una persona come lui trovarsi in una situazione del genere. Aveva l'impressione che quell'uomo volesse liberarsi dell'opera a prescindere dal prezzo… ma perché? E poi un venditore non deve dare spiegazioni di alcun genere. Tranne dimostrare l'autenticità e l'epoca. Tuttavia l'americano era rimasto come ammaliato da quella maschera femminile. «Il prezzo mi sembra ragionevole.» rispose alla fine. «Però qualcosa non mi è chiaro… sembra voglia venderla e sbarazzarsene, come se temesse qualcosa.»

«Ma non scherziamo!» replicò l'antiquario «Il motivo è che devo incassare del denaro per acquistare dei pezzi più commerciali per incrementare le vendite. Non tutti possono acquistare o spendere cifre così alte… mi creda. A proposito con chi ho il piacere di parlare?» proseguì l'uomo.

Con un sorriso Warren si presentò: «Ingegnere Zeller di New York e la signora è la mia consorte.»

Si presentò anche Gaetano, ma il suo fu un escamotage per inserirsi nella trattativa. «Ingegnere Zeller si è fatto tardi, il taxi è arrivato.»

A quelle parole l'antiquario subì come una scossa elettrica, poi cominciò a balbettare asserendo che sarebbe stato disposto a cederla ad un prezzo più ragionevole.

«È sua per trentamila euro.» propose il negoziante. «Preferisco che un'opera di una tale magnificenza non finisca in mani impure.»

«Affare fatto!» rispose euforico Warren. «L'aspetto domani mattina a questo indirizzo. Preparerò un assegno circolare intestato a lei, che riceverà alla consegna della maschera. È stato un piacere averla conosciuta.» concluse Warren con una stretta di mano. Quindi accompagnò Elsen verso l'uscita.

Appena fuori trovarono il taxi ad attenderli. I due uomini finalmente si liberarono di quelle fastidiose buste, piccole e grandi, segno evidente dello shopping di Elsen.

«Ci porti a Nicolosi.» disse sorridente Gaetano all'autista. E nel suo viso si leggeva la soddisfazione di avere avuto quella intuizione, e fare risparmiare così il suo amico americano, che mai avrebbe discusso sul prezzo.

27
Zafferana Etnea (CT)

Il Commissario capo Simone Corsini si sentiva carico ed euforico per la risposta positiva di Caroline Zeller. Anche Frank aveva accolto con piacere il difficile ma importante incarico della sua amata moglietttina. Aveva spiegato a Simone come si fosse inalberata al pensiero di mettersi da parte, quando c'era la richiesta di aiuto da parte di uno degli uomini più apprezzati nella Polizia di Stato.

In quel momento si gustava con soddisfazione, mentre parlava con l'amico Alessio, il solito bicchierone di latte di mandorla, macchiato con del caffè forte e amaro. Per lui era il miglior cocktail analcolico esistente sulla faccia della terra, sia d'estate che d'inverno: lo mandava in estasi, e scaricava tutte le tossine nervose accumulate durante una lunga giornata di lavoro.

Qualche minuto dopo rientrò in casa Patrizia con le buste della spesa in mano. Salutò Alessio calorosamente, poi senza attendere oltre, si rivolse incavolatissima verso il marito. «Bada a te! Poliziotto non ti azzardare a dare l'okay a tua figlia Ella per la gita che hanno in programma sabato prossimo. È la volta buona che ti faccio dormire sul divano. E non scherzo assolutamente!»

Mentre Alessio con un impavido sorrisetto e con un'azzeccata mossa diplomatica si allontanò quel tanto, per lasciarli discutere in pace, dedicandosi quindi alla lettura del giornale La Sicilia, il sorpreso marito poliziotto chiese spiegazioni alla battagliera consorte.

«Lasciami capire almeno il motivo di questo attacco improvviso. Ignoro che nostra figlia Ella è in procinto di fare una gita scolastica, senza avvisarmi. Quello incavolato dovrebbe essere il sottoscritto che viene interpellato solo a cose fatte. Oltretutto sei sempre tu a prendere le decisioni educative e permissive su Ella.»

«Stavolta è diverso.» rispose Patrizia molto accigliata. «Appena la signorina rientra da scuola, ti parlerà di questa gita alle grotte dell'Etna, organizzata dall'Istituto con il patrocinio dell'Ente Parco, che fornirà agli studenti tutte le attrezzature necessarie, e saranno accompagnati da due guide esperte. Però con quei mostri assassini in giro, per il parco, non mi sento tranquilla. Così resterò l'intera giornata a preoccuparmi.»

«Okay Patrizia! Adesso calmati. Domani telefonerò al Direttore dell'Ente Parco, con il quale siamo in ottimi rapporti e mi informerò su ogni particolare di come viene gestita la visita e la sicurezza degli studenti. In più gli ricorderò che la situazione su tutta l'area del Parco sarà off-limits, se non verranno attuate le procedure di sicurezza con assidui e continui controlli.»

Simone Corsini non ebbe il tempo di aggiungere altro per rassicurare Patrizia, perché trillò il cellulare. Così prese l'occasione al volo e rispose velocemente. Ma dal display notò di non conoscere il numero che appariva. «Pronto!» esclamò curioso.

Una voce, chiaramente di origine straniera, chiese del Commissario capo Corsini. «Sii! Signora. Mi dica in cosa posso aiutarla? Per avere il numero del mio cellulare deve trattarsi di persona che conosco. Magari è venuta in Questura per qualcosa di grave, e mi sono raccomandato di chiamare questo numero in caso di bisogno.»

«Non è così, dottore. Mi scusi ma telefono per conto della signora Chillemi. La vicina di casa di Alessio Borsalino, quando successe l'omicidio. In merito a quel brutto episodio, avrebbe delle notizie importanti da rivelare. Purtroppo sta male e non è in grado di muoversi, ma prima di morire vuole stare in pace con la sua coscienza per entrare nella "Grazia di Dio". Queste parole ha voluto che le ripetessi, e che le imparassi a memoria, esattamente come una preghiera. Ormai è diventata poco ragionevole, insopportabile, ma per le sue condizioni cerco di accontentarla, specie se si tratta di un motivo serio, come sembra.»

Nonostante la donna fosse straniera e parlasse con una tonalità dell'Est, le sue parole arrivarono a Corsini dirette e precise. «Mi faccia capire...» chiese quindi il Commissario capo. «Si tratta della signora che a suo tempo testimoniò al processo contro Alessio Borsalino?»

«Ecco, dottore. In tutta sincerità non posso dirle niente sull'argomento: sto con la signora, come badante, da soli cinque anni. Però ricordo benissimo la triste vicenda, perché risiedo in Sicilia da più di vent'anni. E poi la signora è stata sempre chiusa con i suoi segreti. Adesso piagnucola e si dispera. Si è confidata con me, dicendo che non può più stare zitta.»

Corsini ascoltò quest'ultima dichiarazione della badante con un fremito improvviso. I battiti del cuore aumentarono, mentre la sua agitazione interiore esplose in una eccitazione incontrollabile: ancora una volta il suo intuito aveva visto giusto. Poco tempo prima aveva avuto la netta sensazione e il presentimento, che qualcosa di impensabile, avrebbe riaperto il triste caso di Alessio Borsalino.

«Ascolti signora! Innanzitutto la prego di fornirmi le sue generalità per telefono. Poi mi ripeta l'indirizzo esatto della signora Chillemi. Tra poco sarò da voi.»

La donna quindi spiegò esattamente località e indirizzo al Commissario capo, e salutò cordialmente...

Corsini in quel momento provava una intensa emozione. Ma aveva recuperato il pieno controllo della sua mente. Perciò si promise di non creare false illusioni ad Alessio. Anche se l'avvenimento sembrava prendere la strada che da tempo aspettava, la sua esperienza consigliava di restare con i piedi per terra. Nonostante fosse domenica e si stesse beatamente rilassando a casa, la responsabilità professionale e la promessa fatta ad Alessio, fecero il resto... prese il suo giaccone sportivo, rassicurò la moglie sulla gita di Ella e subito dopo invitò Alessio a seguirlo.

Da Zafferana Etnea alla periferia di Trecastagni impiegarono non più di dieci minuti. Simone Corsini stava zitto, ma dal suo viso traspariva una grande tensione.

«Ehi!» esclamò Alessio rivolgendosi all'amico. «Sembra che hai ingoiato un rospo. Che succede? E poi perché andiamo verso Trecastagni. Forse Frank ha bisogno di qualcosa?... Che non vuoi dirmi!»

«Niente di tutto questo.» rispose con voce dura Simone Corsini. «Tra poco riceverai una scossa emotiva dal tuo passato, che dobbiamo ripercorrere, per raggiungere la verità. E così potremo ottenere la riapertura del processo farsa della tua condanna.»

«Ma! Che succede esattamente?» sbottò Alessio «Lasciami capire perché tocchi una ferita ancora aperta.»

«Non voglio illuderti prima del tempo, amico mio. Poco fa mi è giunta una telefonata e sicuramente dopo che avremo parlato con la mandante, tutto diventerà più chiaro.»

Nel frattempo erano quasi arrivati nella frazione residenziale di Trecastagni e a quel punto Alessio raggelato, cominciò a stringere, come a proteggersi, il sedile dell'auto.

Quel posto lo ricordava benissimo: in quella casa, che scorgeva poco più in là, era iniziato l'incubo più angosciante della sua vita.

La signora Chillemi tremolante, li accolse quasi piangente. Il peso che si portava appresso da tanto tempo, l'aveva resa ancor più vulnerabile alla grave forma della malattia: il morbo di Parkinson. Era una piccola donna anziana dai lineamenti ormai consumati dall'età e dalla terribile

malattia. Da vicino tuttavia ispirava un senso di bontà che trapelava dai suoi occhi, quasi spenti dalla debolezza.
Con un tono carico di gentilezza e simpatia Corsini si presentò, ignorando di farlo con Alessio, per motivi evidenti.

«Eccoci, signora Chillemi. Come va? Mi ricordo benissimo di lei. Qual'è il motivo che l'ha spinta a chiedere di noi?»
Il Commissario capo si muoveva con gesti gentili per non spaventarla, ma in cuor suo immaginava l'argomento della chiamata.

L'anziana si rivolse a Corsini come fosse il suo confessore in punto di morte. Con voce flebile, appena percettibile, iniziò a parlare tenendogli la mano.

«Devo farle una rivelazione, vergognosa e immorale. Qualcosa che ho taciuto per paura, ma che ha rovinato l'esistenza di un uomo innocente. Mi riferisco a quanto avvenuto nella casa accanto e all'omicidio di quella persona poco raccomandabile. Quando avvenne 'l'ammazzatina' tutti i vicini abbiamo sentito una litigata pazzesca con urla, strilli e parolacce bruttissime. Poi, oggetti che si rompevano e di nuovo urla e lamenti di qualcuno. All'improvviso un uomo uscì, sbattendo la porta con un fracasso terribile. Dalla finestra mi era sembrato di intravedere una persona con una brutta faccia. La Polizia, poi venne a casa mia e raccontai quanto avevo visto dalla finestra. E nonostante avessi dichiarato che si trattava di un uomo diverso dalla foto che mi mostravano, alla fine, dopo tante ore di domande, mi convinsero a dire che in quell'uomo riconoscevo il compagno, cioè Alessio Borsalino. Ma non è tutto. Perché dissi pure di aver visto l'uomo uscire di corsa mentre teneva in mano qualcosa. Però non dissi che se ne liberò, buttandolo nel pozzo del giardino. 'Ora come ora' mi pare di sentire il grande rumore procurato da quell'uomo, per sollevare la copertura di metallo del pozzo, che poi lasciò cadere con un botto tremendo.»

Alessio ascoltava ammutolito il racconto della donna anziana. Si teneva in disparte, in un punto poco illuminato, per non farsi riconoscere. Corsini intanto interruppe l'anziana donna per farle una domanda precisa. «Per quale motivo si è decisa a raccontarmi la verità solo adesso? A suo tempo l'interrogai diverse volte. E lei ripeteva sempre di aver visto Alessio Borsalino, quella notte, scappare di corsa.»

Alla domanda quasi accusatrice, la Puglisi fu colta da una crisi violenta, le sue mani tremavano senza potersi fermare, mentre muoveva la testa velocemente. Seguirono delle lacrime liberatorie, per cui la badante le somministrò delle medicine in gocce per calmarla.

Passarono dieci minuti buoni prima che la donna riprendesse la sufficiente lucidità per proseguire. Intanto stringeva la mano di Corsini, come a chiedere perdono. Si sforzò di spiegare, con voce sempre più afflitta, il desiderio di rivelare il suo dubbio: «Insegnare per quaranta anni e partecipare alla maturità di tanti giovani, per me è stata l'esperienza e la soddisfazione più bella. A tutti i miei alunni, dicevo che la verità e il coraggio di confessare i propri sbagli e i propri errori sono la forza della nostra vita. Perciò questo segreto che mi porto appresso, in tutti questi anni, è un peso immenso, sia per la mia coscienza che per avvicinarmi con serenità alla fine della mia vita. Un'ultima cosa Commissario. Quando quell'uomo è scappato, alzando gli occhi mi ha visto alla finestra. Allora ha fatto un gesto con la mano, a forma di pistola... che mi avrebbe sparato. Chiedo perdono a quel povero 'cristiano' che è stato in galera, da innocente. Chiedo perdono a Dio, ma la paura è stata grande! La notte sognavo quel brutto individuo con il cappuccio alzato, e rideva ... rideva, poi mi sparava in faccia. Per molto tempo ho avuto incubi in continuazione... Signor Commissario. 'Uh! Signuri ma punito'. Ecco 'picchì u' me pintimento è accussi forte' Ma 'na donna sula chi putia' fare contro uno 'ca ti rici ca t'ammazza'?» L'anziana donna più parlava e più mostrava un pentimento sincero, verso l'uomo che avevano condannato ingiustamente.

In disparte, Alessio Borsalino ascoltava in silenzio. Come raggelato da quella confessione, ma con sangue freddo rimase in penombra, onde evitare seri problemi di salute a quella povera donna malata.
Intanto il Commissario capo aveva già elaborato, il da farsi per quella rivelazione così importante. Per prima cosa avrebbe chiesto al Questore la riapertura del caso e chiesto l'appoggio del Magistrato Pennisi, suo amico. Sarebbe servito un mandato per accedere e perquisire il pozzo indicato dalla testimone. E per fare questo, sarebbe stato necessario sapere da chi era abitata, in quel momento, la villetta.

Comunque il destino aveva concesso una grossa chance per la soluzione del caso: un omicidio cui era stato incolpato e condannato ingiustamente Alessio Borsalino. Anche se la strada da fare era piena di ostacoli, in quanto l'omicidio era stato commesso sedici anni prima. E poi la testimonianza della Puglisi, una donna di ottantasette anni e per giunta malata seriamente, avrebbe avuto un valore poco attendibile per i giurati. Tutto avrebbe avuto un seguito positivo se nel pozzo fosse stata trovata l'arma del delitto. *E le impronte?* pensò... tra sé. Dopo tanto tempo, sarebbe servito un vero miracolo. Ma a volte i miracoli si avverano. Perciò sperare di trovare qualche indizio dentro un vecchio pozzo pieno di umidità, diventava l'unica certezza a cui credere.

28
Catania – Sezione Speciale Anticrimine

Nella sala riunioni del Commissariato, tutti gli uomini della Sezione Speciale, erano riuniti in un programma di aggiornamento e strategia investigativa geografica, ingrandita nei punti di accesso dei sentieri principali. L'ispettore Consoli spiegava tecnicamente il piano tattico e di copertura, studiato dal Commissario capo con la collaborazione del colonnello Nardelli.

Corsini stava di fianco, ascoltava orgoglioso le domande intelligenti dei suoi uomini e le risposte altrettante precise e chiare dell'ispettore che poi aggiunse: «Se qualcuno di voi ritiene opportuno intervenire sulla strategia, con qualche suggerimento, fate pure. Conoscete bene, come la pensa il Capo sulla genialità del pensiero individuale. Ed è così! Dalla riflessione di ognuno di noi, può venir fuori qualcosa d'importante. Abbiamo a che fare con due carnefici feroci e sanguinari. Mai in Sicilia si erano avute delle morti così brutali di giovani innocenti… solo la mafia ha fatto di peggio. Appena abbiamo finito con questa riunione sulla strategia e la messa a punto del piano, ci occuperemo delle turnazioni e degli appostamenti fissi e mobili. Ogni agente dovrà procedere con la massima precisione, ma soprattutto con la massima attenzione.»

Nella squadra di Corsini ogni agente aveva una caratteristica ben delineata. In tutto erano otto poliziotti preparatissimi, che lui stesso aveva scelto e addestrato con tecniche di ultima generazione, trasmettendogli la sua esperienza maturata sul campo, in tanti anni di irruzioni e conflitti a fuoco: con episodi drammatici e pericolosi. Era riuscito a dargli sicurezza, e piena autonomia di intervenire con prudenza, senza rischiare inutilmente la loro incolumità personale. Ma soprattutto quella dei cittadini. Per abitudine e per caricarli nel difficile impegno che li attendeva, Corsini al termine della riunione, nel momento in cui i suoi uomini si apprestarono ad uscire dalla sala, ad ognuno di loro rifilò una pacca sulla spalla, ripetendo a voce alta: «Li prenderemo. Si! Ragazzi, li prenderemo.»

Appena tutti gli agenti furono usciti, il Commissario capo si tuffò, nel vero senso della parola, in quello che dalla sera precedente era divenuto un fastidioso tarlo dentro il suo cervello. Infatti afferrò il telefono e chiamò il Magistrato Pennisi...

Lasciò solo il tempo che rispondesse: «... pron...»

«Come prima cosa saluto calorosamente l'amico Gianpaolo.» incalzò Corsini. «Poi mi rivolgo al magistrato Pennisi, in veste professionale. Ti informo con gioia che è venuta fuori una grossa novità nel caso Borsalino. Abbiamo la dichiarazione di una testimone attendibile come persona. Una insegnante in pensione. Residente a fianco della villetta, dove è avvenuto il crimine.»

«Scusa Simone!» lo interruppe il magistrato. «Cosa centra il sottoscritto in tutto questo?»

« È vero!» rispose Corsini. «Ho cominciato senza spiegarti esattamente la situazione. Ma conosci bene tutti i dettagli di quel processo farsa. Come ti dicevo la testimone si è pentita profondamente di aver mandato un innocente in galera. Con me, si è come confessata: tenendomi stretta la mano in segno di perdono per Alessio. Ha dichiarato che quella notte venne svegliata da un gran trambusto, con urla, parolacce e rumori di ogni genere. Poi sentì una voce implorante di aiuto, e subito dopo un gran silenzio. Si trovava alla finestra, quando si accorse di una figura maschile che fuggiva dalla casa, con in mano un oggetto strano. Le luci della stanza illuminavano debolmente il giardino, perciò intravide quell'uomo gettare quell'oggetto nel pozzo; dopo averne tolto la copertura con un gran fracasso.»

«Ancora non riesco a capire quale sarebbe il mio coinvolgimento.» puntualizzò a quel punto Pennisi. «Anche se trovo interessante la dichiarazione di questa anziana.»

«Purtroppo la storia ebbe un seguito molto drammatico per Alessio Borsalino.» continuò Simone Corsini, molto eccitato. «Infatti la donna, al processo testimoniò che l'uomo che vide fuggire avrebbe potuto essere il Borsalino. Non era certissima di questo, ma bastò ai giudici per condannare Alessio. In realtà, l'anziana donna, conosceva bene la verità. Adesso malata grave e molto vecchia, assalita da una crisi religiosa, si è decisa a rivelare, per filo e per segno, come sono andate esattamente le cose. Come scusante per il vile comportamento, si è anche giustificata, affermando che viveva nel terrore. In quanto, il presunto vero assassino la minacciava di morte, passando ripetutamente sotto casa sua. E come si faceva sera, era solito suonarle al citofono senza rispondere. Naturalmente la donna si affacciava al balcone per controllare chi fosse, e lui con la massima naturalezza allargava il giubbotto, mostrandole la pistola come avvertimento. Questa sceneggiata malavitosa diventò per la povera signora la peggiore ossessione della sua vita, fino a quando dopo la deposizione al magistrato, la presenza si allentò. Ma di tanto in tanto qualcuno suonava al citofono per rinfrescarle la memoria.»

Pennisi aveva ascoltato con attenzione quanto raccontato da Simone Corsini, rendendosi conto quanto fosse importante quella rivelazione in merito alla possibile richiesta di riapertura del processo. Quindi si rivolse all'amico Simone con una semplice ma precisa domanda: «Sicuramente pensi di riaprire il caso con il mio appoggio. Questo è possibile, ma è poco per riabilitare Alessio Borsalino. Qualunque Giudice benevolo non si accontenterebbe solo della dichiarazione di una donna gravemente malata. Comunque dovrò verbalizzare per iscritto la dichiarazione. Vuol dire che mi porterò il segretario, così velocizziamo la richiesta di revisione del processo Borsalino. Ma dopo dovrai dannare la tua anima investigativa e trovare delle prove valide per identificare il vero omicida. Solo in quel caso, la dichiarazione della Chillemi avrà un significato molto decisivo.»

«Si! Gianpaolo. È così. Ci sarà da "resuscitare", dopo sedici anni, ogni particolare dai fascicoli processuali. Il procedimento contro Alessio Borsalino è sembrato pilotato e chiuso con indizi frammentari e privi di valore. Poi la testimonianza della Chillemi, fu in un primo tempo invalidata, perché un altro testimone molto attendibile, si ricordava benissimo di Alessio Borsalino dentro il suo bar, completamente ubriaco, nell'ora dell'omicidio. Poi frettolosamente, il medico legale affermò durante il processo che l'ora della morte poteva essere diversa, perché la vittima era solito prendere dei farmaci rallentanti i battiti cardiaci. E quindi il Borsalino avrebbe potuto compiere l'omicidio e poi andare a ubriacarsi. Insomma è stata l'indagine più dolorosa della mia carriera, sia per motivi di coinvolgimento personale che per l'inefficienza e la superficialità della macchina della giustizia: con una sentenza di condanna a sedici anni, senza prove. Anzi con una testimonianza a favore dell'accusato. Nel corso della mia indagine sono stato fermato più volte, appena approfondivo le ricerche sulla vittima. Come se un muro di omertà invisibile operasse dietro le quinte.»

«Sicuramente è stata una brutta storia.» confermò Pennisi. «Ero entrato da poco in Procura e ricordo che a molti colleghi quella sentenza suonò come una sconfitta per la giustizia. Comunque Simone, arriviamo al dunque. Esattamente, dimmi quale iniziativa da magistrato devo mettere a tua disposizione.» e concluse con una sonora risata di simpatia verso quell'uomo che non si arrendeva mai.

Simone Corsini apprezzò la chiara volontà del Magistrato, espressa così apertamente.

«Dopo che abbiamo ottenuto la riapertura del processo, con la testimonianza della Chillemi, avremo bisogno di un mandato per entrare nella villetta, teatro dell'omicidio. Così gli uomini di Nardelli potranno introdursi nel pozzo, repertare quello che ritengono interessante e recuperare l'oggetto visto dalla testimone. E scommetto che dal cilindro uscirà fuori la statuetta di Nefertiti, scomparsa dopo il delitto.»

«Siamo d'accordo amico mio.» precisò Pennisi. «Appena posso verbalizziamo quanto si ricorda esattamente la Chillemi, e una volta che avrà firmato, immediatamente farò richiesta di revisione del processo. Sei contento? Commissario capo.»

«Sapevo che potevo contare sulla tua onestà professionale.» affermò Corsini su di giri. «Conosco la tua indole battagliera e che non sopporti quando la giustizia sbaglia per la inettitudine di qualche elemento. Perciò benvenuto in questa iniziativa di buona giustizia, per correggere errori passati.»

In quell'istante sentì squillare il telefono interno perciò chiese un attimo di pazienza a Pennisi. «Pronto!» rispose prontamente. «Dimmi Cantalupo. Velocemente perché ho il magistrato Pennisi sul cellulare.»

«Va bene, Capo! La informo che è arrivato il file con il referto e i risultati del medico legale sulle vittime di Mascalucia e Linguaglossa. Come al solito scarico il file e lo stampo, dopo preparo le cartelle da lasciare sulla sua scrivania.»

«Bravo Cantalupo! Sai benissimo che preferisco leggere con calma i referti e avere il tutto a portata di mano. A dopo e grazie!» quindi riprese il cellulare scusandosi con Pennisi, che naturalmente aveva ascoltato quanto detto dal Commissario capo al telefono.

«È un periodo infernale per te, troppi omicidi insieme. E non era mai successo.» esclamò il magistrato «Questi serial killer devono essere presi al più presto.»

«Stavolta siamo di fronte a qualcosa di veramente diabolico.» aggiunse Corsini. «E presto avremo altre vittime innocenti. Questi assassini agiscono furbescamente, in un vasto territorio, dove è impossibile avere dei testimoni. Ma abbiamo molta fiducia negli uomini preparatissimi del Colonnello Nardelli. E fortunatamente contiamo sulla collaborazione della dottoressa Zeller, la famosa criminologa newyorchese.

Le sue capacità di profiler sono indiscusse, e gode di una esperienza e di una fama guadagnata con la soluzione di incredibili indagini investigative. Come puoi vedere caro amico, niente è lasciato al caso. Purtroppo abbiamo a che fare con uomini che si trasformano in carnefici, quando 'prima te l'aspetti'. Allora rimango in attesa della tua telefonata per recarci dalla Chillemi, anche dopo le festività. Anzi approfitto dell'occasione per augurarti Buon Anno, a te e famiglia. A risentirci. Ciao!»

Un primo tassello è stato fatto. Pensò tra sé. *Adesso è la volta di Nardelli, a cui voglio chiedere un ulteriore sforzo per aiutarmi a riabilitare un uomo innocente.*

Non passò un altro minuto che già aveva composto il numero del responsabile della scientifica "Sezione Crimini Violenti".

In questo caso, fu Nardelli che riconobbe sul display l'origine della chiamata. «Caro Commissario capo.» rispose all'istante. «Ancora è presto per inviare i file e i referti del materiale repertato. Ti garantisco che operiamo a pieno ritmo, ma occorre molta attenzione e soprattutto molta precisione su ogni traccia e indizio che il laboratorio di analisi studia senza tralasciare nulla.»

Ma Corsini lo interruppe, senza troppi complimenti. «Ascoltami Nardelli comprendo benissimo le difficoltà che avete per ricavare qualcosa dai pochi indizi recuperati e non ti chiamo per questo, altrimenti sarei un perfetto idiota. Serve un ulteriore sforzo... da chiedere alla tua squadra operativa. Si tratta di un caso molto triste, e riguarda una persona a me molto cara. È in gioco la dignità e la riabilitazione di un uomo, dopo sedici anni passati in galera, da persona innocente.»

«Si! Mi ricordo benissimo della tragedia Borsalino.» puntualizzò l'amico. «Spiegami come possiamo aiutarti in questa vecchia vicenda.»

«Okay! Luca. La situazione è questa: abbiamo una testimone che afferma di aver visto il presunto vero assassino gettare un oggetto nel pozzo del giardino, dove è avvenuto l'omicidio. Dopo sedici anni non riesco ad essere ottimista. Sarà possibile ricavare tracce o indizi? Tuttavia, con ogni probabilità, quel pozzo è il simbolo del mondo rurale e per questo lasciato nel giardino, perfettamente chiuso con una solida copertura.»

29
Università di Catania - 30/12/2014

In quei giorni di festa, l'Università era poco frequentata. Infatti era facoltativo essere presenti solo per motivi personali, di approfondimento o di ricerca nella materia di specializzazione alla laurea. Alcuni studenti erano in attesa della professoressa Parisi, la loro relatrice, per discutere su quali punti sviluppare la tesi di Laurea in archeologia. Tra questi c'era Giano Gullotta che essendo tra i più vecchi del corso, pensava di dover essere privilegiato nel colloquio. E ancora una volta, si generò un diverbio abbastanza acceso con altri studenti.

In particolare con Giacomo Mulè. Un giovane di origini nobili che mal sopportava l'arroganza e i comportamenti incivili di quel ragazzo, che con sfrontatezza sciorinava in ogni occasione.

La Casata dei Mulè era conosciutissima nella Sicilia occidentale e possedeva antichi feudi molto estesi: Giacomo, per discendenza era l'ultimo baronetto della dinastia.

I due stavano discutendo con toni molto accesi e così attirarono l'attenzione dei presenti. In quel momento una figura misteriosa cercava di uscire, non visto, dalla stanza della archeologa. Con fare sospetto aprì la porta leggermente e dalla fessura controllò le posizioni degli studenti nella sala di attesa. Aspettò che la loro attenzione fosse rivolta altrove, poi velocemente uscì dalla stanza, con indifferenza.

Uno studente si girò lentamente verso quella figura, che frettolosamente attraversava il corridoio adiacente, e il cui viso era coperto da un largo cappuccio. Per un attimo pensò come mai quel tipo avesse un atteggiamento cosi strano, ma poi riprese a parlare con gli altri.

Passò del tempo senza che la Parisi chiamasse qualcuno degli studenti a colloquio, perciò Giano Gullotta prese l'iniziativa di bussare alla porta solo accostata. «Professoressa Parisi! È permesso?» chiese lo studente leggermente imbarazzato. Niente risposta, silenzio assoluto. A quel punto gli altri studenti si avvicinarono con curiosità. Conoscevano l'educazione e la puntualità della loro relatrice. Nel frattempo Giano cercava di vedere dentro la stanza dalla fessura della porta. Con cautela cominciò a spingere la porta lentamente. «Professoressa... posso entrare? Scusi l'intrusione ma...» alla sua visuale apparì qualcosa di inimmaginabile: ogni cosa della stanza era stata messa a soqquadro. La scrivania era stata addirittura rovesciata, oggetti e suppellettili erano sparsi tutt'intorno. Poi sui muri appariva un grafito dal significato inequivocabile e strano.

È L'INIZIO DI UNA ERUZIONE DI SANGUE!!!
IL SACERDOTE DI SUA DIVINITÀ L'ETNA.

I ragazzi sebbene fossero scombussolati e confusi da quella scena apocalittica, rivolsero la loro attenzione e le loro premure al corpo steso per terra che non dava segni di vita. In un primo tempo pensarono si trattasse della professoressa Parisi, poi appena si avvicinarono, la realtà si rivelò diversa: sotto ai loro occhi sbalorditi giaceva la segretaria, mentre la Parisi sembrava scomparsa.

«Non tocchiamo niente!» esclamò uno di loro. «La Polizia arriverà a momenti...»

In pochissimi minuti infatti si presentò il sovrintendente Lo Presti con due agenti della vicina Questura Centrale. Appena il sovrintendente si rese conto della gravità della situazione, chiamò con sollecitudine l'ispettore Consoli, informandolo che all'Università era avvenuto un omicidio, e l'assassino aveva lasciato un messaggio strano. «Informi quindi il medico legale e la Scientifica.» concluse Lo Presti alla fine della telefonata. Poi rivolgendosi ai due agenti: «Ragazzi fate in modo che nessuno entri nella stanza per nessun motivo. Anche se trattasi di un parente o conoscente della vittima. Intanto prendete nome e cognome di tutti i presenti attraverso un documento di riconoscimento. E chiedete più informazioni possibili su quanto è successo... e se qualcuno si è accorto di qualcosa di strano, mentre discutevano nella sala di attesa. A breve arriva il medico legale con la scientifica, intanto faccio un salto in Questura dal dottor Corsini, che sicuramente prenderà iniziative in merito.»

Nell'ufficio di Corsini era giunto intanto l'ispettore Consoli per informarlo di quanto successo nell'Università, a poca distanza da loro. Nel frattempo arrivò anche Lo Presti, che agitato com'era, per quello che aveva visto e trovato nella stanza della morta, a momenti prese a balbettare come un principiante. «Ecco dottore!» sbottò il sovrintendente. «Perdoni il fiatone ma sono corso di persona. Sono convinto che quanto avvenuto, sia legato agli omicidi del serial killer mistico. Perciò mi è sembrato opportuno non allarmare quei ragazzi già sconvolti da quella visione. Due agenti stanno sul posto per vigilare sulla scena del crimine.»

«Ben fatto! Lo Presti. Tra qualche minuto sarò sul posto per fare un sopralluogo. In attesa che il medico legale e la scientifica procedano nelle prime indagini. Anzi andiamo insieme senza perdere altro tempo.»

Appena giunsero sul luogo del delitto, trovarono ad attenderli il Rettore, bianco in viso, ma soprattutto sconvolto dalla morte di una dipendente integerrima e amata da tutta l'Università. Il Commissario capo si presentò esternandogli il suo dispiacere personale, per quella morte inspiegabile, in un luogo tanto tranquillo. Nel frattempo arrivò il medico legale con la sua inconfondibile valigetta, seguito da due uomini della scientifica, anch'essi equipaggiati di valigetta e macchina fotografica digitale.

Il medico legale, il dottor Bossi dopo i primi accertamenti constatò che la morte era avvenuta da non più di due tre ore: la temperatura del corpo e il coagulo del sangue erano indizi esatti. La vittima era stata colpita con un oggetto acuminato alla tempia sinistra, con una forza tale da provocare una vasta lesione in profondità. E la morte era sopravvenuta sicuramente all'istante. Per essere più precisi sull'oggetto che aveva determinato una ferita così profonda, bisognava attendere l'esame autoptico sul corpo.

La Scientifica intanto repertava ogni cosa potesse servire per le analisi di laboratorio. Persino dalla scritta sul muro, dopo un'attenta analisi con il luminol, venne scrostata una piccola particella per ricavare qualche indizio secondario, ma importante.

La stanza venne setacciata e visionata da cima a fondo, ma risultò che nessuna traccia o impronta potesse essere d'aiuto: ogni oggetto o suppellettile era saturo di impronte di ogni genere. E questo era plausibile con la frequenza giornaliera degli studenti, a colloquio con la professoressa Parisi.

Intanto che la Scientifica continuava il lavoro certosino di esaminare, controllare tracce ematiche lontane dal corpo o residui biologici di qualsiasi natura, Corsini incaricò il sovrintendente Lo Presti ad interrogare gli studenti su ogni particolare, su qualunque stranezza avesse attirato la loro attenzione.

«Ah! Lo Presti. Qualora qualcuno non fosse disponibile, devono essere convocati per domani mattina, così verbalizziamo tutto.»

Mentre il medico legale continuava gli accertamenti sul corpo della vittima, Corsini e il Rettore si spostarono in un punto più tranquillo, dove l'investigatore iniziò a rivolgere delle domande specifiche al prestigioso responsabile dell'Ateneo. «Egregio Rettore! Vorrei una sua opinione in merito a questa morte, dai contorni così strani e misteriosi. Per caso avete ricevuto minacce o intimidazioni? E mi dica. Dove è finita la professoressa Parisi!? È necessario parlare urgentemente con lei. L'omicidio è stato compiuto nella sua stanza, con un accanimento particolare. Chiunque sia l'assassino, sembra cercasse qualcosa di molto importante. Perciò solo la Parisi può sapere il vero interesse dell'intruso. Tale da uccidere una persona che forse si trovava nella stanza per caso.»

In quel momento arrivò trafelato il Dirigente amministrativo. Dal suo viso trapelava evidente una smorfia di incredulità e dolore nello stesso tempo: la dottoressa Camilli era la responsabile della segreteria e svolgeva questo ruolo da ventinove anni. «Ma come può essere avvenuta una tragedia simile!?» sbottò con rabbia e con un tono di voce carico di sincera disperazione. «La Camilli è sempre stata un punto di riferimento per tutti gli studenti. La definirei una missionaria per tantissimi studenti, aiutandoli incondizionatamente e concedendo la sua disponibilità personale. Ancora oggi qualcuno di loro, di tanto in tanto, sebbene si sia affermato e con famiglia, la cerca con affetto e riconoscenza. È un omicidio incredibile quello che abbiamo davanti!»

Corsini appoggiò una mano sulla spalla dell'uomo in segno di solidarietà. «Siamo frastornati per quanto accaduto.» disse anche lui coinvolto dalla dolorosa situazione. «Ma ce la metteremo tutta per sbatterlo in galera, il prima possibile. Si tratta di un assassino seriale che giustifica i suoi crimini definendosi adoratore di sua *maestà l'Etna.* Naturalmente è un folle, mosso psicologicamente da una fede mistica illogica. Il *Vulcano Etna* rappresenta nella sua immaginazione qualcosa da venerare e fare rispettare. Quello che non riesco a capire è questo omicidio alla Università. Lui agisce nel territorio dell'Etna, ed è in quel luogo, per lui sacro e divino che si trasforma in un brutale e feroce assassino. Ecco perché bisogna che rintracciate la Parisi. Per capire almeno se nell'ultimo periodo è stato notato, da parte sua, qualcosa di sospetto... ma in casa e al cellulare risponde la segreteria.»

Di colpo il dirigente amministrativo, ebbe l'intuizione di poterla rintracciare tramite la sua amica del cuore, e collaboratrice di scavi archeologici nel passato.

«Mi conceda dieci minuti Commissario.» esclamò convinto. «Forse la persona che intendo chiamare sicuramente potrà aiutarci. Con lei la Parisi non ha segreti e sono in contatto continuamente... confidandosi come due sorelle. Purtroppo devo recarmi nel mio ufficio e prendere un'agenda. Le ricordo comunque che siamo nel periodo festivo e probabilmente è fuori Catania.»

Appena il dirigente si allontanò, Corsini si preoccupò immediatamente di contattare il colonnello Nardelli, per informarlo dell'assassinio di una giovane segretaria presso la facoltà di Archeologia dell'Università.

Appena ricevuta la notizia, Nardelli rimase per un attimo in silenzio, perplesso, poi si fece sentire ringhiando con una parolaccia...

«Minchia! Improvvisamente a Catania si stanno scatenando demoni sanguinari. Perciò, come mi dici, dai primi rilevamenti questo omicidio sarebbe opera del nostro serial killer che agisce per amore e rispetto verso a 'muntagna'. Allora perché questo omicidio nell'Università... cosa rappresenta? Appena finiscono gli uomini della Polizia Scientifica e avrai un primo referto del medico legale, aggiornami subito perché ritengo della massima importanza un'eventuale cambiamento del modus operandi dell'assassino.»

Corsini promise all'amico Nardelli che ogni elemento e ogni indizio sarebbe pervenuto a breve nelle sue mani. E subito dopo telefonò a un suo agente in Questura. «Pronto Cantalupo! Sono Corsini, devi immediatamente fare una ricerca sulla Prof Parisi, archeologa e insegnante universitaria. Voglio una sintesi dettagliata della sua vita passata e presente... non tralasciare nulla. Poi allarga l'indagine sulla vita della povera vittima, la dottoressa Camilli Emanuela. Se ti occorre qualche dato, chiedi del dottor Nicotra, il dirigente amministrativo. Hai capito bene Cantalupo! Mi fido delle tue capacità informatiche e la conoscenza del data base della Polizia. Ti saluto! Anzi appena hai completato le ricerche, lasciami il fascicolo con tutta la documentazione sopra la scrivania. Preferisco avere tutto sotto gli occhi per leggere e rileggere fino a che non trovo un elemento interessante.»

Interrotta la comunicazione si introdusse con la massima cautela nella stanza dove era avvenuto l'omicidio. Si infilò quindi guanti e copertura alle scarpe. «Dottore carissimo!» esclamò appena fu vicino al medico legale. «Per le indagini è vitale sapere subito come è stata uccisa, e con quale arma, se consideriamo la ferita molto profonda vicino alla tempia.»

Intanto il patologo aveva completato il sopralluogo sul corpo della vittima. Mentre gli uomini della scientifica scattavano foto a ripetizione, da ogni angolazione, e con obiettivo macro sulla grossa ferita.

Il Commissario capo si rivolse quindi al medico legale, invitandolo ad anticipargli qualche dettaglio, prima che prelevassero il corpo per mandarlo all'obitorio.

Il dottor Bossi fu molto chiaro, pronosticandogli che la causa del decesso fosse stato un oggetto a punta, con il quale l'assassino aveva colpito con ferocia inaudita la vittima.

«Dalla profondità della vasta ferita, all'altezza della tempia destra, e dalle devastanti lesioni lacero contuse rinvenute è probabile trattasi di un'arma non tradizionale da taglio. Comunque sarò più preciso dopo l'autopsia.» concluse il medico.

Corsini era completamente in sintonia con lui, tuttavia lo pregò, con molta insistenza, di fargli avere i referti al più presto, paventando la possibilità che si trattasse di un altro omicidio del seriale mistico, che si definisce *l'Adoratore dell'Etna.*

Subito dopo pensò di rientrare in ufficio per approfondire le ricerche di Cantalupo, ma in quel momento arrivò trafelato Nicotra, il dirigente amministrativo, con in mano un portatile, per avvisarlo di avere in linea l'amica della Parisi. Corsini afferrò il portatile dalle mani di Nicotra, e rispose velocemente.

«Pronto!» esclamò energicamente. «Sono il Commissario capo della Questura di Catania. Posso chiedere con chi ho il piacere di interloquire?»

«Certamente Commissario. Perdoni il fiatone. Ma sono rimasta letteralmente scioccata dall'uccisione della povera Camilli. Una persona a modo, cordiale e affabile con tutti. Comunque sono Grazia Musumeci, concittadina e amica di Rosalba Parisi, nonché archeologa, responsabile del Museo Universitario. La Parisi in questo momento si gode una rilassante vacanza nella cittadina di Acireale. Per questo chiude il cellulare, allontanandosi così dal caos di ogni giorno. È una forma di difesa interiore: si vuole dare lontana dall'Università. Se vuole posso inviare una e-mail informandola di quanto successo, e di mettersi in contatto urgentemente con il Commissario capo Corsini della Questura Centrale.»

«Si! Condivido l'idea della e-mail, e speriamo che almeno il PC lo tenga acceso. È stata alquanto collaborativa, la ringrazio dottoressa Musumeci!»

Un attimo dopo aver riconsegnato il portatile a Nicotra, uscì di corsa per recarsi nel suo ufficio in Questura… *Ogni minuto è prezioso* pensò tra sé. *Bisogna battere il chiodo finché è caldo*; questa massima gliela avevano inculcato gli agenti anziani. Appena aveva messo piede in Polizia, lui ne aveva fatto tesoro... come una regola indissolubile.

30
Questura Centrale - Sezione Speciale Anticrimine - Polizia di Stato

Nel suo ufficio, a due passi dall'Università, il Commissario capo Corsini ebbe appena il tempo di notare sulla scrivania il fascicolo, con dentro le ricerche sulla vittima e sulla Parisi. Aveva ancora in mano la dettagliata biografia sulla Camilli che leggeva con attenzione, quando squillò il telefono interno.

«Sii!... Pronto.» rispose Corsini sollevando la cornetta con prontezza.

«Pronto! Il Commissario Corsini?» chiese una voce tremolante e impaurita. «Sono la dottoressa Parisi. Mi creda, sono talmente sconvolta che riesco a parlare a malapena. In cosa posso aiutarla, in questa tragedia assurda e fuori dalla mia immaginazione!?»

«Inutile parlare dell'accaduto.» aggiunse Corsini «Sarebbe ancora più doloroso per lei. Vorrei solo avere qualche particolare sulla vittima, e del perché si trovasse dentro la sua stanza, al momento che è stata assassinata.»

«Ecco Commissario, trovo priva di logica l'uccisione della povera Emanuela. Una donna di una semplicità non comune: dolce e disponibile con chiunque avesse bisogno di delucidazioni, in merito al corso di Laurea Magistrale in Archeologia. Ogni anno riceviamo continue novità didattiche e lei, in anticipo, preparava tutto il materiale per gli studenti... era veramente la dolce fatina dell'Università.» e a queste parole fece seguire un pianto incontrollabile che rimbalzò dentro il povero orecchio di Corsini.

«La prego.» intervenne educatamente Corsini «Comprendo il suo stato d'animo e ne sono anch'io dispiaciuto. Tuttavia è ancora più inspiegabile che sia stata uccisa in una stanza che non era la sua. Forse ha interrotto l'assassino nella ricerca di qualcosa di vitale importanza per lui. E questo ha scatenato la sua furia omicida. Evidentemente, chiunque abbia commesso il delitto cercava qualcosa. Tant'è che dopo aver rovistato nei cassetti e dappertutto, si è scatenato sparpagliando documenti e suppellettili. E' sicuramente opera di quel folle omicida: *l'Adoratore dell'Etna.* Ma cosa diavolo cercava di così importante, da uccidere!? Lei può aiutarci a sbrogliare questo rebus, dottoressa? Che genere di cose, oggetti o documenti, potevano interessare l'assassino?»

La donna rispose con un tono di voce così debole, quasi di mancamento, che impressionò il Commissario. Perciò decise di congedarla, in modo energico e sbrigativo.

«Dottoressa Parisi è meglio interrompere qui, la conversazione. Si rilassi e pensi con calma alle mie domande. L'aspetto domani mattina nel mio ufficio in Questura. Sarebbe preferibile se potesse venire intorno alle otto, in quanto è in programma un sopralluogo nel suo ufficio. Le assicuro che le nostre indagini andranno avanti ad oltranza, fino a quando non avremo sbattuto in galera questo pazzo sanguinario, e avremo reso giustizia alla povera Emanuela.»

La dottoressa Parisi salutò, ringraziandolo e confermando l'appuntamento per la mattina successiva.

Subito dopo aver riattaccato Corsini appoggiò con forza le spalle nello schienale: accusava una stanchezza mentale, per lui insolita, ma gli ultimi avvenimenti si erano succeduti senza tregua, carichi di continuo stress e tensione: senza alcuna possibilità di poter ragionare con calma nel corso delle indagini. Poi ritornò col pensiero alla strana reazione della Parisi, quando aveva saputo della dinamica dell'omicidio. A momenti accusava un malore alla descrizione del temperamento collerico e violento dell'assassino.

Davanti a Corsini, sulla scrivania, tre fascicoli allineati aspettavano di essere prese e visionate, come aveva chiesto all'impareggiabile attendente Cantalupo. Con un gesto ironico e per alleviare la tensione che sentiva dentro, si cimentò in una filastrocca per scegliere con quale cominciare... sorrise compiaciuto perché trovava bello ricordare i tempi della fanciullezza.

Cominciò con quella contenente i referti del medico legale riguardanti i corpi dei primi due omicidi.

Il rapporto autoptico conteneva risultati dettagliati:

Le vittime sono state uccise durante un orgasmo amoroso. Perciò lo sperma dell'uomo è stato trovato nella vagina di lei.

L'assassino è sopraggiunto alle loro spalle, prendendoli di sorpresa. Ha quindi colpito l'uomo selvaggiamente per primo con una roncola, sulla quale risultano anche tracce di ruggine, procurandone la morte istantanea. I colpi sono penetrati nei polmoni provocando una forte lacerazione dei tessuti interni e una immediata e copiosa emorragia. La ragazza è stata uccisa subito dopo, con una serie di colpi violenti. Con un grosso coltello a punta, ripetutamente in tutte le parti del corpo e nella carotide. Dopo, con calma, si è sbizzarrito nel suo rituale, mettendo nella bocca di lui i peli tagliati dal pube della ragazza, dove risultano evidenti lacerazioni attorno. Mentre dentro la vagina sono state rinvenute foglie arrotolate come per simulare una penetrazione oppure per tamponare lo sperma che fuoriusciva. In tutti gli omicidi il modus operandi del serial killer è stato portato a termine con la stessa identica dinamica, come in fotocopia, tranne che nel secondo duplice omicidio di Linguaglossa. In questo caso si è divertito a provocare profonde lacerazioni dei tessuti intorno all'ano dell'uomo. Inoltre l'arma del delitto, presumibilmente una roncola, è stata portata via dall'assassino.

La serie di foto allegate anche in formato macro dimostrano la brutalità con cui l'assassino ha infierito sul corpo delle vittime.

Il Medico Legale
Prof. Bossi Salvatore

L'altro documento era un dettagliato rapporto della Scientifica, dove si evidenziava la totale mancanza di indizi utili ai fini dell'indagine, dopo il sopralluogo sulla scena del crimine:

Niente impronte digitali sugli indumenti delle vittime, sparse di calce viva dall'assassino. Niente indizi trovati attorno, in un cerchio di 25 metri dal punto del ritrovamento, che risulta essere il luogo esatto dove è avvenuto il crimine.

Tuttavia è stata rinvenuta traccia di una calzatura dell'assassino, dal cui calco siamo risaliti al modello e al numero della scarpa indossata.

Altri accertamenti e analisi su materiale marginale alla scena del crimine sono tuttora in corso, ma tutto lascia supporre che niente risulterà utile alle indagini.

I file allegati contengono una riproduzione fotografica mediante supporti digitali, per documentare ogni particolare della scena del crimine.

Nucleo Investigativo Crimini Violenti.
Capitano Oreste Caponnetto

Nell'ultimo fascicolo il Commissario capo trovò, con grande stupore per la celerità, il referto del medico legale in cui evidenziava con chiarezza che la morte dei ragazzi ad opera del serial killer "L'adoratore dell'Etna", era avvenuta da circa 15 ore e questo lo aveva potuto stabilire per la evidente coagulazione del sangue, tenendo conto anche dell'umidità e temperatura notturna con speciali parametri di calcolo.

I proiettili di pesante piombo, a forma di ghianda, avevano procurato alle vittime un danno di penetrazione devastante, lacerando i tessuti e poi gli organi vitali. Nel soggetto uomo il proiettile era penetrato dalle spalle perforando il polmone sinistro e giungendo fino al cuore più superficialmente. Ma la conseguente e copiosa emorragia polmonare è stata causa di una morte istantanea.

Il Commissario capo Corsini, dopo un momento di riflessione, riprese la lettura. Il referto del Dottor Bossi continuava così:

Nel soggetto donna il proiettile ha perforato una parte del tessuto molle della spalla procurando una vasta lacerazione nella ferita con uscita copiosa di sangue.

Si precisa che il proiettile è uscito andandosi a conficcare nell'albero vicino, a circa sette metri dalla vittima: proiettile poi rinvenuto dagli uomini della scientifica durante il sopralluogo sulla scena del crimine. Si presume che l'assassino abbia assistito alla lunga agonia della ragazza, ma allarmato dai forti lamenti si è compiaciuto a finirla con ripetuti colpi nella tempia destra, fino a costatarne la morte.

L'arma usata dall'assassino si potrebbe identificare in una specie di fionda ibrida, usata anticamente anche da uomini guerrieri e da eserciti.

Il Medico Legale
Prof. Bossi Salvatore

Il Commissario capo Corsini nonostante i pochi risultati ricavati dai reperti e dal materiale analizzato, come evidenziava il rapporto della Scientifica, in cuor suo, sentiva che qualcosa era nell'aria. Quindi, rifletté attentamente:

senza alcun ombra di dubbio i serial killer sono due. Il primo, autore del massacro di Mascalucia e Linguaglossa, è un sadico perverso. Il nostro adoratore dell'Etna è al suo debutto con il massacro di Nicolosi, proprio alle pendici dell'Etna. Ma invece lui è totalmente diverso: ha una devozione per il vulcano, con il dovere di punire chi non rispetta sua maestà l'Etna... e per altro, questa arma estremamente antica dove l'ha presa? Veramente un caso atipico, e sicuramente, assente dagli archivi della criminologia.

Il suo intuito, quella sensazione che un indizio insperato sarebbe arrivato durante il complicato cammino investigativo, lo percepiva dentro di lui, e infatti cominciò a sentire quelle vibrazioni a livello neurologico, che conosceva benissimo, in tutto il corpo. Con calma rilesse tutta la documentazione scientifica sulle vittime di Linguaglossa. Ma dalle relazioni non trapelava alcuna novità. Non esistevano testimoni. Sui corpi e sugli indumenti delle vittime non risultavano impronte e materiale organico che appartenesse al serial killer. A cui nessuno, ancora, non aveva dato un nome.

Quell'uomo era evidentemente molto scaltro. Solo per un imprevisto aveva lasciato un'impronta della scarpa sul terreno umido e leggermente fangoso. E immaginò l'assassino mentre cancellava con attenzione certosina tutte le impronte sul terreno, ma il forte vento di quel giorno che smuoveva le foglie aveva coperto l'impronta della scarpa. Gli sfuggì "un sorrisetto sotto i baffi" perché a volte la fatalità scombussola un piano perfetto. In questo caso quella traccia aveva poco valore come risultato investigativo, ma assumeva un punto fermo per le indagini in corso.

Nel pieno dei suoi pensieri, si accorse che il tempo era volato. Ma aveva un compito di vitale importanza... alzò la cornetta e ordinò gli agenti Bernini e Valente a venire nel suo ufficio.

«Ragazzi cari! Devo affidarvi un incarico molto ma molto delicato, ma soprattutto preciso e veloce.»

«Siamo in attesa! Dottor Corsini.» rispose l'agente Bernini con la sua voce sottile ma frizzante di gioventù.

«Ecco ragazzi! Nel nostro Sistema Centrale sono arrivati i file inerenti gli omicidi di Linguaglossa e Nicolosi. Essi contengono la riproduzione fotografica della scena del delitto e quella dell'autopsia sui corpi delle vittime. Utilizzate il migliore sistema digitale e inviateli, allegando i referti del medico legale e della scientifica, alla dottoressa Zeller. Nel Sistema troverete un'icona con le iniziali C.B., apritela e avrete via libera per il collegamento. Naturalmente abbiamo fornito alla criminologa tutta l'attrezzatura necessaria per essere in contatto attivo con il nostro *Sistema Informatico*. È un lavoro lungo e delicato, ma stasera fortunatamente per me, siete di turno e potete svolgere il compito tranquillamente. E poi se volete, per rilassarvi, sarà possibile scambiarvi qualche occhiata birichina di tanto in tanto.»

La simpatica battuta provocò nei due giovani poliziotti un sorriso pieno di sottintesi.

A disposizioni ultimate, Corsini notò come le ore corressero inesorabili, e senza che lui potesse gestirle razionalmente. Perciò afferrò il morbido e comodo giaccone, ormai compagno di ogni suo movimento nel periodo di freddo, uscì dall'ufficio, prese l'auto e si precipitò verso casa. Il tragitto fu rapido e tranquillo: a quell'ora il traffico era molto diminuito. Appena mise la chiave nella toppa e aprì, un amico riconoscente e devoto gli saltò addosso appoggiandogli le zampe sul petto: Birillo il cagnone che lui aveva salvato e adottato lo accolse con l'affetto di sempre.

31
Zafferana Etnea (CT) – 30/12/2014

Quella sera Corsini era rientrato a casa in un orario non usuale per la moglie, cioè in ritardo rispetto al solito. Così ebbe appena il tempo di appendere il soprabito che una voce, non molto lontana, proveniente dalla cucina emise un acuto, non volgare ma abbastanza da somigliare a un rimprovero...

«Simone maritino mio!» iniziò a dire, come una presa in giro. Infatti fece seguire un rimbrotto che lui conosceva bene. «'Scimunito di un poliziotto! Arrivi a quest'ora per lavartene le mani e non parlare della gita di tua figlia... È vero!?»

Ogni volta che Patrizia lo apostrofava in quel modo, Corsini invece di arrabbiarsi si faceva una sonora risata di petto. Anzi quella battuta gli procurava un sentimento di appartenenza verso quella donna meravigliosa, che sopportava i suoi strani orari, e rispettava la sua professione con grande spirito di sacrificio.

E proprio in quel preciso istante che istintivamente avrebbe voluto tappargli la bocca con un bel bacio.

Esaurite poi le solite schermaglie familiari e chiarita la dinamica della gita in una delle grotte dell'Etna, l'uomo invitò la moglie a non esagerare, nei suoi timori di madre, perché gli accompagnatori sarebbero stati delle guide professioniste dell'Ente Parco. Inoltre in mezzo a loro si sarebbe infiltrata una Guardia della Forestale in borghese.

Si sdraiò quindi nella sua poltrona preferita, per rilassarsi davanti al televisore, dove trasmettevano un programma di comici siciliani, molto divertente. Era concentrato su una esibizione molto coinvolgente, quando squillò il cellulare. Allungò la mano per prenderlo e dal display riconobbe il numero di Alessio Borsalino.

«Ciao! Amico mio.» rispose prontamente «Stavo davanti al televisore con un programma di comici siciliani, in gara, veramente bravi.»

«Ma dai!» esclamò Alessio. «Anche noi stavamo vedendo lo stesso programma. Mi trovo a Nicolosi. Stiamo tutti insieme da Rosa e ti assicuro che Warren, a breve, parlerà il siciliano meglio di noi. Scherzi a parte, scusa l'ora ma Caroline vorrebbe parlare un attimino con te.»

«Si, certo. Passamela!» e subito dopo...

«Simone! Intanto lasciati salutare affettuosamente. Volevo avvisarti che il materiale è arrivato.

Gli agenti hanno espletato il procedimento informatico con la massima precisione. Per giunta sono stati carinissimi allegando dei bene auguranti saluti personali e firmandosi con i loro nomi: Elisa Bernini e Fabrizio Valente.»

«Sono dei bravi poliziotti e dei bravissimi ragazzi.» puntualizzò Corsini soddisfatto.

«Da questi file mancano i referti e le analisi della Scientifica dei reperti recuperati sulla scena del crimine.»

«E' in corso un lavoro di analisi totale senza tralasciare niente e utilizzando tutte le tecniche a disposizione. Così la riproduzione fotografica è stata analizzata e studiata mediante l'impiego di "sistemi esperti" che ricorrono al metodo di fotogrammetria fotografica con supporti digitali tridimensionali di ultimissima generazione… presto riceverai anche questi.»

«Ok! Simone. Esaminerò i file immediatamente e ti saprò dire qualcosa.» lo informò Caroline. «Il lavoro sarà lungo. Dovrò esaminare e visionare attentamente tutto il materiale. Ma è mia intenzione arrivare al profilo di questi mostri al più presto.»

«Comunque l'aver recuperato il proiettile di ghisa con incisa una saetta...» le ricordò Corsini «…avvalora l'ipotesi che il modus operandi di questo folle è motivato da un senso mistico di purificazione. E questo reperto ci spianerà la strada nelle indagini. Abbiamo già avviato, in larga scala, la ricerca di questo tipo di proiettile. Inoltre la foto del proiettile è stata inserita nel Sistema Centrale della Polizia Scientifica e del RIS dei Carabinieri, ottenendo un risultato strabiliante.»

«È vero!» asserì Caroline. «Nel rapporto del medico legale si fa riferimento all'arma usata dall'assassino, dalle caratteristiche poco conosciute ma che con forza di uccidere, procura ferite devastanti.»

«Abbiamo identificato il genere di arma.» aggiunse categorico Corsini «Si tratta di una arma da lancio simile alla fionda. Ma in questo caso al posto degli elastici vengono utilizzate due corde facenti capo ad una sacca, dove si mette il proiettile; in questo caso delle ghiande appuntite, in piombo, che permettono una maggiore perforazione e precisione di tiro. Si fa ruotare la frombola, sempre più vorticosamente e potenza, tale da determinare una forza centrifuga in cui il proiettile lanciato prende una velocità e una forza di tiro micidiale. Il Sistema Informatico Centrale, dopo che abbiamo inserito foto tridimensionali del proiettile, ha elaborato in brevissimo tempo i risultati richiesti per la identificazione. Purtroppo la parte difficile, se non impossibile, è capire come l'assassino sia venuto in possesso di questa dannata arma, denominata frombola.»

La criminologa ascoltò con interesse i dettagli tecnici di Simone Corsini, poi con una semplicità disarmante gli fece presente che bisognava concentrare più appropriate indagini di ricerca su Musei e Gallerie d'Arte con la chiave di ricerca specifica: armi e oggetti antichi, risalenti a quel periodo storico.

«Intanto dedicherò ogni ritaglio di tempo alla visione dei file.» aggiunse l'esperta profiler. «Ogni immagine e tutte le analisi di laboratorio devono essere studiate e ricontrollate più volte, facendo quindi delle piccole pause riflessive per poi ricominciare dallo stesso punto e dalla stessa immagine. Come con la Bibbia bisogna capire il vero significato nascosto di una parola o di una parabola, cosi l'analisi investigativa ha bisogno di intuirne il senso e il perché di un comportamento criminale. E molte volte la scena del crimine rivista in ogni dettaglio con le procedure di alta tecnologia fotografica, rivela qualche indizio o un particolare sfuggito: e questo nonostante le approfondite analisi di laboratorio.»

Simone Corsini ascoltò ammirato la lucidità investigativa della criminologa.

«Siamo in perfetta sintonia.» rispose accalorato e soddisfatto. «Intanto metterò in moto la ricerca sui Musei e Gallerie d'Arte. Anzi a questo punto penserei di allargare la ricerca alle Gallerie D'Arte e perché no, agli scavi archeologici degli ultimi tempi. È per questo, anche l'Università di Archeologia di Catania potrà esserci molto utile.»

Nel frattempo, nel bel mezzo della telefonata, il cellulare di Corsini accostato all'orecchio cominciò a vibrare e ad emettere gli inconfondibili suoni di bip, bip, bip. Scostò il cellulare quanto bastava per leggere la chiamata in arrivo. Era Pennisi.

«Scusami un attimo Caroline.» e senza dare alcuna spiegazione la mise in pausa, per rispondere immediatamente al suo amico magistrato.

«Dimmi! Gianpaolo. Sono tutto orecchi.» gli disse senza aspettare oltre.

«Uhee! Commissario Capo.» lo apostrofò divertito Pennisi. «Vedo che ogni tanto vai di corsa. Abbiamo ottenuto il mandato per perquisire e svolgere il sopralluogo nel pozzo. Dobbiamo solo attendere che i proprietari siano disponibili al giorno prestabilito, naturalmente dopo le feste. Sei contento? Mi crei più grattacapi tu, caro Simone, che tutta la Procura!»

«Ti ringrazio!» esclamò entusiasta Corsini. «Sei il mio portafortuna perciò è quasi certo che il sopralluogo avrà un esito positivo per il nostro amico comune Alessio. Comunque in seguito aggiornami sulla data esatta. Intanto comunico a Nardelli del mandato per il sopralluogo: che tenga pronti i suoi uomini. Adesso ti devo lasciare perché ho lasciato in pausa la dottoressa Zeller. Ciao!...» e chiuse.

Subito dopo ricontattò Caroline, che dal tono di voce notò che qualcosa di nuovo aveva scosso il Commissario capo. Ma lui la informò volentieri sugli sviluppi del caso di Alessio Borsalino. Alla fine della lunga conversazione telefonica, i loro cuori erano indubbiamente colmi di buone aspettative future. Infatti entrambi si augurarono che il nuovo anno portasse felicità e salute alle loro famiglie e risolutivi sviluppi per le indagini.

Nel frattempo a una distanza, in linea d'aria, di circa dieci chilometri, in una delle tante villette del luogo, un uomo che indossava una tunica rosso porpora, passeggiava nervosamente avanti e indietro come un ossesso: stava per sprofondare in una delle sue crisi ultraterrene durante le quali veniva posseduto da quella fede mistica che offuscava la sua mente. Per poi essere proiettato in una fase di concezione divina quando la trasformazione e la metamorfosi giungeva al culmine del suo folle delirio. E lui dall'uomo mite e sereno di prima, diveniva un essere completamente diverso: irriconoscibile e con occhi pieni di malvagità.

L'uomo, completamente posseduto, rivolse lo sguardo verso la gigantografia, nella parete davanti a lui, dove l'Etna in una sua immagine maestosa dava luogo ad una eruzione catastrofica di lava e di fuoco, in un crescendo di distruzione nel suo cammino.

Simultaneamente flash di luci led, rossi e gialli, roteavano per la stanza in un gioco di strane ombre, quasi lugubre. Mentre altre luci illuminavano diffusamente l'immagine del vulcano più alto d'Europa.

L'uomo con gesti lenti, come in trance, si alzò il cappuccio sulla testa, si mise in ginocchio, e iniziò il rito di preghiera e devozione verso la divina Montagna "Etna".

QUESTA PREGHIERA È RIVOLTA A TE O REGINA DELLA TERRA.
ADORIAMO LA TUA MAESTOSITÀ, ACCETTIAMO LA TUA IRA.
AVRAI IL SANGUE DI COLORO CHE NON TI AMANO.
"IL TUO SACERDOTE"

Al termine del rito propiziatorio il viso dell'uomo ritornò sereno. E con movimenti regolari e precisi si tolse la tunica, la piegò con cura e l'adagiò sulla panca intarsiata, sotto la gigantografia dell'Etna. Mentre le luci led si spegnevano automaticamente, l'uomo chiuse a chiave la porta, si spostò nella stanza adiacente, dove una signora anziana di bell'aspetto e dai lineamenti signorili, l'accolse con un dolce sorriso.

«Sei un tesoro!! Che Dio te ne renda merito.» gli disse mentre lui l'accarezzava con molta tenerezza, baciandola sulla guancia.

«Non usare la solita 'tiritera' nonna. Sei l'unica parente che mi è rimasta al mondo. E poi per me, sei stata mamma e papà nello stesso tempo. Mi hai cresciuto con tutto l'amore che un ragazzo può desiderare. Perciò smettila di ripetermi la stessa cosa ogni volta. Mi conosci, finché c'è la badante sto tranquillo, dopo vengo a controllare che tutto è a posto e a farti un po' di compagnia. E sul tardi è giusto che ti aiuti a metterti a letto. Non dimenticare, nonnina mia, che stai su una sedia a rotelle. Adesso devo andare. Per qualunque problema chiama il numero di emergenza. Hai capito! Non esitare e chiama subito.»

Poi controllò che nella tasca avesse la chiave del suo segreto.

«Sei un ragazzo d'oro!» le sussurro all'orecchio l'anziana donna, mentre lui l'aiutava a mettersi a letto. «Le ragazze farebbero pazzie per te... sei bello e buono. Ma tu insisti nel dire che ami essere libero come la natura selvaggia. E va bene! Dammi un bacio prima di andare via.» e il nipote con infinita dolcezza appoggiò il viso della nonna nel suo petto, e la baciò dolcemente sui capelli.

32
Zafferana Etnea - (CT)

I festeggiamenti in attesa del Capodanno erano appena iniziati. Insieme alla famiglia e ai suoceri, si erano uniti alla festa Nancy, l'amica del cuore di Ella, e i suoi genitori: amici da sempre. Una serata vissuta in allegria, in un vociare tra il giocare a tombola e un buon bicchiere di vino consumato durante la cena, in attesa della mezzanotte. Ma molte bottiglie di vino genuino dei vigneti del luogo andarono a finire a Nicolosi, da nonna Rosa. Infatti nel bel mezzo della serata, quando mancavano ormai un paio d'ore per la mezzanotte, a casa di Simone Corsini arrivò una gradita e simpatica telefonata…

La voce inconfondibile di Warren si fece sentire, perché Ella aveva messo il telefono a viva voce. «Buona sera a ossia! Poliziotto coi baffi e a tutta la compagnia.» se ne uscì Warren, tra le risate generali. «Chiamo a nome di Rosa, la regina di Nicolosi, che ti ordina di venire immediatamente a casa sua, per festeggiare il nuovo anno insieme e in allegria.»

«Ma... » stava per replicare Simone Corsini.

«Niente ma. È un ordine votato all'unanimità da tutti noi. Vuoi che te li passo uno per uno? Oppure vi infilate subito i cappotti e non perdiamo altro tempo!?»

A viva voce si udivano le risate di Caroline, la voce di Frank e di Alessio che strillavano in coro: Vi aspettiamo!!!

Insomma era stata una serata veramente speciale e Corsini per una volta aveva dimenticato quanto di brutto e complicato dovesse affrontare quotidianamente con la sua professione di tutore della legge e della legalità.

Quella mattina nel suo ufficio ebbe qualche brivido di freddo. Era infatti una giornata molto fredda per essere il due di gennaio. Nei suoi ricordi questo avveniva a fine mese e quasi sempre per le festività di Sant'Agata, cioè i primi giorni di febbraio.

Sulla scrivania aveva trovato un simpatico calendario da tavolo, già posizionato al posto giusto.

Quasi certamente era stato un gentile pensiero dell'agente Elisa Bernini, che per lui stravedeva e lo coccolava con gesti e pensieri gentili, come portargli il caffè tutte le mattine, quando lei era di turno.

Sul viso del Commissario capo apparì un sorriso di compiacimento perché i suoi agenti erano delle persone speciali e per lui rappresentavano dei veri figli adottivi. Per questo cercava di non coinvolgerli nei conflitti a fuoco, ma a volte non poteva dispensarli.

Con molta cura incominciò a rileggere i rapporti del medico legale sui primi due omicidi, con quattro vittime, uccise con lo stesso modus operandi. *La roncola con cui il serial killer aveva scatenato la furia omicida, accanendosi sui corpi di quei poveri ragazzi, è sicuramente legata a un ricordo dell'assassino*, concluse pensieroso Corsini; *un avvenimento che aveva sconvolto la psiche malata dell'assassino. Poi l'arma a punta e il lavoro fatto sui corpi, probabilmente, rappresenta una messa in scena ben studiata.*

L'esperto poliziotto approfondì con calma ogni passaggio delle analisi, su ogni elemento ricavato dal corpo delle vittime. Erano analisi strumentali complete e qualche indizio poteva risultare utile alle indagini. Inoltre esperti tecnici forensi, un entomologo e un botanico avevano analizzato e studiato eventuali tracce di insetti e polline sul corpo delle vittime. Dopo avere letto il resto dei rapporti, la conclusione per Corsini appariva evidente: l'*assassino, prima di uccidere, studiava il luogo e le vittime predestinate per essere sicuro di agire tranquillamente, in quella sua macabra e fantasiosa composizione dei corpi post-mortem.*

Un particolare però attrasse la sua attenzione. Nel secondo duplice omicidio il Killer nonostante avesse usato lo stesso modus operandi per uccidere, nel compiere la messa in scena dei corpi si era divertito a lacerare con sadismo la parte posteriore del ragazzo, con un oggetto compatibile al manico del coltello e aveva portato via l'arma del delitto, cioè la roncola.

Il Commissario capo rimase per un attimo come bloccato da un pensiero: qualcosa di importante era riaffiorato nelle sua memoria. Anzi si meravigliò di non averci pensato prima. Lo squillo del telefono lo tolse da quella strana sensazione che lo aveva assalito. Una specie di inquietudine interiore di cui ignorava il significato. Mentre alcuni flash nel suo cervello amplificavano quel disagio psicologico legato a dei ricordi. Perciò rispose al telefono con una voce che somigliava a un borbottio... «Pronto!»

«Pronto! Simone. Sono Nardelli. Buon anno, amico mio. Come va? Ma dalla tua voce percepisco una emozione insolita, come se qualcosa di strano ti frulli nella mente.»

«È vero!» acconsentì Corsini, elogiando l'intuito eccezionale del suo amico.

«Conosco bene il super sbirro della Unità Analisi Crimini Violenti.» si giustificò con modestia, Nardelli.

«Nient'affatto... se potevo avere qualche dubbio, cosa mai successa, adesso sono ancora più consapevole delle tue notevoli capacità investigative.»

«Uhee! Baffuto di un poliziotto.» replicò ridendo a squarciagola Nardelli. «Se pensi di intenerirmi con i tuoi "salamelecchi" stai sbagliando di grosso! Dimmi quello che ti passa per la zucca e facciamola finita!»

«Colpito e affondato.» rispose Corsini con tono divertito. «Mentre studiavo attentamente i rapporti del medico legale, sul secondo duplice omicidio, si è insinuato nella mia mente un triste ricordo. Mi riferisco al caso Alessio Borsalino. Come ben sai fu accusato e condannato per l'omicidio del suo partner. A prescindere dalla scellerata testimonianza della Puglisi, la prova regina dell'accusa fu il ritrovamento di una roncola, l'arma del delitto con sopra le impronte di Alessio. E' inutile ripercorrere la triste storia e l'ingiusta condanna, ma come un presagio, un flash mi ha riportato indietro nel tempo, quando un vile assassino si servì di una roncola.»

«Comprendo i tuoi dubbi.» intervenne Nardelli. «Non è usuale, anzi direi che è fuori da ogni logica investigativa trovarsi delle "ammazzatine", che a distanza di sedici anni hanno un probabile denominatore comune. Approfondiremo anche questo.» aggiunse il Colonnello «Faremo tutto un calderone e inserendolo nel Sistema Informatico Centrale vedremo se qualche elemento potrà esserci d'aiuto. A proposito abbiamo i nomi di tutte le vittime. I parenti sono venuti a identificarli. E a parte il lato drammatico del riconoscimento, la loro rabbia verso questi mostri è stata di una tale intensità da chiederci, si di arrestarli, ma fare giustizia subito: non mandatelo in galera... aveva urlato piangente la madre di una vittima. Naturalmente tra le vittime, ed entrambi i serial killer, abbiamo appurato non esserci alcun collegamento. Nelle telecamere che abbiamo potuto visionare, a Mascalucia, si vede un uomo che davanti alla Biblioteca abbraccia una ragazza e poi insieme si dirigono verso il luogo della loro morte. L'orario collima con quello successivo della loro uccisione. Perciò, questi feroci e spietati assassini uccidono solo per il... piacere di uccidere.»

«A questo punto parliamo del sopralluogo di Trecastagni.» sbottò irritato Corsini. «Come sai, abbiamo il mandato firmato da Pennisi ma bisogna avere la disponibilità di chi abita in quella villetta, o dei proprietari.»

«Non è così.» intervenne ironicamente Gian Luca Nardelli. «Se tu invece di leggere e rileggere il cartaceo di cui sei un estimatore accanito, ti dedicassi anche al tuo odiato schermo digitale, ti saresti accorto di una e-mail inviata ad entrambi dal magistrato, dove ci comunica che per dopodomani l'attuale residente si è reso disponibile.»

«Minchia!» esclamò Corsini schiacciando lo schienale della poltroncina con tutto il peso del corpo. «Sei proprio un carabiniere! Questa notizia avresti dovuta darmela immediatamente. Confido nella buona sorte e nel mio intuito che qualcosa salterà fuori dal nostro "pozzo dei desideri". Alle ore otto e trenta di dopodomani sarò davanti a quella casa maledetta, per Alessio Borsalino. Ti ringrazio per il tempo prezioso che spendi nei miei confronti. A presto! E un carissimo saluto.»

Il dialogo con l'amico Luca aveva trasmesso a Corsini una forza interiore e mentale che non sentiva da tempo. Forse la prospettiva di mantenere la parola data ad Alessio, era un motivo di spinta emotiva fuori dai suoi schemi abituali.

Intanto il cellulare sulla scrivania cominciò a squillare. Riconobbe il numero e una smorfia divertita apparve sul suo volto, immaginando il motivo della chiamata...

«Sono tutto orecchi.» esclamò prima che la moglie iniziasse a parlare.

«Mi dispiace disturbarti in un momento così complicato.» rispose lei. «Ma non riesco ad essere serena, Simone. Tua figlia è arrivata con una attrezzatura strana. Sembra che devono andare sulla luna e questo mi rende nervosa. Sicuramente le grotte sono un percorso pieno di difficoltà per ragazzi giovani e con poca esperienza del luogo.»

«Ascoltami Patrizia, conosci quanto sia legato a Ella. Quindi fidati se affermo con certezza che i ragazzi saranno seguiti passo passo e il percorso sarà il meno difficile. Poi il direttore è stato di una cordialità e chiarezza eccezionale. Insieme ai professori l'accompagneranno delle guide specializzate e pensa, all'ultimo momento si è unito alla visita un consulente tecnico dell'Ente Parco: un professore in vulcanologia.

E questo mi fa pensare che dovrebbe essere una visita istruttiva molto interessante, perché l'esperto vulcanologo, avrà il compito di spiegare agli studenti la natura e la storia dell'Etna, e come si è modificato, nel tempo, il territorio a causa delle numerose e spettacolari eruzioni laviche.»

«Va bene! Ti credo.» acconsentì alla fine Patrizia. «Però devi ugualmente controllare senza trascurare nulla. Ciao! Papà Simone.» lo salutò quindi scherzosamente.

Il Commissario capo quando discuteva con la moglie accumulava come un pieno di energia. Quella donna lo spronava nel suo amor proprio e lo rendeva sicuramente più lucido. Così oltre ad amarla profondamente ne apprezzava il carattere schietto e poi quella carica di genuina passionalità.

Appena la tranquillizzò e si furono salutati, Corsini prese il telefono e chiamò l'agente Valente.

«Si! Capo. Agente Valente agli ordini.» rispose con prontezza.

«Ti aspetto nel mio ufficio, appena libero da altri impegni.» lo esortò Corsini. «Devo affidarti un incarico di fiducia per il quale mi serve una persona esperta del Sistema Centrale Informatico e della Banca Dati della Polizia di Stato.»

«A breve sarò a sua completa disposizione, Commissario capo. Devo comunicare dei dati all'ispettore Consoli e informarlo dei suoi ordini.»

«Ottimo!» replicò Corsini. «Se è necessario che qualcuno collabori con te, puoi chiamare Elisa, pardon l'agente Bernini. In questo momento si sta occupando di verbalizzazioni e archivio. Naturalmente informala che è una mia precisa disposizione.»

«Ma certo!!» esclamò energicamente l'agente Valente, e il Commissario capo sorrise "sotto i baffi" ben conoscendo il tenero rapporto tra i due giovani agenti.

33
Trecastagni (CT) - Villa Caroline

Davanti alla sofisticata attrezzatura montata in tempi record dagli uomini della Scientifica, la criminologa Caroline Zeller analizzava sullo schermo tridimensionale la sequenza fotografica della scena dei delitti, avvenuti nel territorio di Mascalucia. Con grande soddisfazione si accorse che il lavoro svolto dai tecnici della *U.A.C.V. - (Unità Analisi Crimini Violenti)* era stato completo e minuzioso, come dimostravano i rapporti e i referti di laboratorio. Ma l'assassino aveva usato ogni precauzione per non lasciare tracce e indizi sul posto. Perciò l'unica strada da percorrere era studiare bene i corpi delle vittime. Il modus operandi del primo *serial Killer* si inseriva nel genere psicologico sadico e di disturbo della personalità fredda e vendicativa. Così il profilo ricavato dalla criminologa indicava trattarsi di una persona violenta emotivamente, con una ferocia scatenante e priva di principi morali. Come dimostrava il suo accanimento sui corpi delle vittime dopo averle uccise: non per purificarli, ma per punirli del legame d'amore. Questo profilo tracciava un soggetto maschio la cui ossessione era quella di replicare un avvenimento del passato, un episodio di sangue e violenza che aveva sconvolto la sua esistenza amorosa. Perciò si esaltava con quel rituale strano della composizione dei corpi: mortificare le vittime subito dopo averle uccise, rappresentava una motivazione perversa che solo la sua mente malata capiva.

A questo punto, per la criminologa il quadro delle indagini era chiarissimo. Bisognava partire da un episodio di sangue avvenuto anni addietro, in cui il serial killer ne era stato protagonista e assassino.

Mentre Caroline era concentrata sulla conclusione della sua indagine analitica e nella visione dei file video dell'esame autoptico sui corpi delle vittime, Frank si dedicava al suo esercizio fisico mattutino. Al mattino presto Caroline si era alzata silenziosa, e dopo averlo baciato dolcemente, ancora assopito, era andata immediatamente in cucina a prepararsi un forte caffè italiano. Stranamente non si era infilata sotto la doccia come sua abitudine: solo una bella rinfrescata al viso e con il caffè ancora fumante si era messa davanti alle apparecchiature della Polizia di Stato. Frank sebbene fosse in dormiveglia, aveva seguito in silenzio, senza proferire parola, il puntuale appuntamento della moglie con l'incarico professionale di cui si era impegnata.

Per tale motivo aveva preferito non disturbarla, almeno per un po' di tempo, finché non si fosse accorto dal suo sguardo e dai suoi gesti che era arrivata a un passo dal tracciare con successo il profilo dell'assassino. Come criminologa, e profiler famosa per le enormi doti intuitive, Caroline Zeller subiva, anche lei, un cambiamento di personalità: da donna dolcissima e premurosa, diveniva scostante e distratta verso chi gli stava attorno. Per lei era primario produrre il massimo impegno nel tracciare il profilo e le motivazioni scatenanti di quei mostri criminali. Infatti, appena avrebbe ricavato questi due elementi basilari, per gli investigatori si sarebbe aperta una pista precisa cui indirizzare le indagini. Per questo la sua indole e l'amore per la giustizia le davano quella forte carica interiore, nella ricerca e nello studio di elementi validi. L'obiettivo era arrivare alla soluzione, quanto prima, per fermare gli autori di quei efferati delitti.

Più tardi, quando Frank si alzò dal letto, rifece lo stesso rituale di Caroline. Andò in cucina e preparò un buon caffè, cui aggiunse del latte di capra. Poi si occupò della colazione. Prese infatti dal frigorifero un cornetto gigante con crema e gianduia più due piccoli "iris" mignon, che tanto piacevano a lei. Mise il tutto nel microonde per una quindicina di secondi e subito dopo si presentò alla moglie, a dorso nudo e boxer, ma con il vassoio in mano, invitandola scherzosamente a recuperare energie intellettive, con una ricca e sostanziosa colazione. Quindi dopo aver dato un'occhiata in giro per la stanza, appoggiò il vassoio sulla scrivania adiacente. Poi con tenerezza, strinse in un abbraccio affettuoso la bella mogliettina.

Caroline in quel momento si sentiva rilassata e con il cervello libero da altri pensieri, che non fossero per quell'uomo dolcissimo, che si era presentato silenziosamente davanti a lei. Perciò ricambiò l'abbraccio tirandolo a sé, appoggiandogli il viso sul petto e strofinandosi come una gattina mentre con l'altra mano toccava i muscoli duri e poderosi del suo uomo. Per Frank, quel gesto apparve come un regalo caduto dal cielo, perché afferrò la bella e giovane moglie e la spinse verso la scrivania. Con delicatezza, mentre continuava a baciarla con una passione sempre più coinvolgente, cominciò ad abbassarle le mutandine. Lo fece con piccoli movimenti studiati, come per scoprire, lentamente, quel tesoro che c'era sotto.

Poi le allargò le gambe e la penetrò nonostante una situazione di equilibrio precario. Ma Caroline cominciava ad apprezzarne l'ardore e la virilità, con una evidente smorfia di passione stampata sul viso, e con continui mugolii di piacere. Però quell'iniziale lotta d'amore, ebbe un epilogo grottesco e divertente, quando nella foga scivolarono sulla scrivania, schiacciando la colazione. E il risultato fu catastrofico: sia il cornetto che i due "iris" mignon vennero sbriciolati dal peso di Caroline e Frank; e meno male che le tazze con il caffè erano state tolte precedentemente.

Tra una risata e l'altra ritornarono alla realtà, mentre Frank lottando con la sensazione di desiderio che era rimasta dentro di lui, si staccò scusandosi di averla distratta dalla concentrazione con cui stava visionando i corpi martoriati delle vittime. Invece Caroline lo tirò a sé, e continuò a baciarlo con una passione tale da lasciarlo di stucco...

«Sei l'uomo che desideravo accanto a me. E lo confermi in ogni istante con il tuo amore e con l'attenzione che mi dedichi ogni giorno.» gli sussurrò mordendogli il lobo dell'orecchio.

Nonostante Frank fosse rimasto ancor più eccitato dall'abbraccio sensuale della sua donna, decise di interrompere il rapporto sessuale e diplomaticamente si allontanò. Mentre Caroline lo guardava con un sentimento sempre più ammirato, ma soprattutto sempre più innamorata.

Poi la criminologa continuò a osservare analiticamente la scena del crimine con la ripresa video a tecnologia tridimensionale. E ancora una volta rimase stupita dalle sofisticate apparecchiature utilizzate e dalla efficiente professionalità della scientifica.

Intanto Frank aveva deciso di scaricare l'adrenalina amorosa in pura adrenalina fisica. Per prima cosa ritornò in cucina dov'era rimasto un solo cornetto gigante, e dopo averlo riscaldato lo tagliò a metà, poi preparò due tazze di latte e caffè fumanti e li portò nello studio della moglie.

«Almeno facciamo colazione insieme.» le disse con un tono da tenerone amoroso. «Dedichi più tempo ai criminali che a questo povero marito indifeso.»

Poi mantenne la parola. Appena finirono la colazione baciò Caroline sulle labbra affettuosamente e la lasciò sola nel suo angosciante lavoro. Quello di curare il fisico e la forza muscolare del suo corpo era sempre stato un pallino di Frank. Anzi prima di sposarsi dedicava molto più tempo agli allenamenti. Aveva frequentato palestre sia a Ginevra che a New York. Pertanto una delle stanze adibita a palestra a villa Caroline, a Trecastagni, era stata attrezzata di un ottimo impianto per la cura del corpo e diciamo anche dello spirito.

E in palestra Frank passava volentieri del tempo, per tenersi in forma e per irrobustire i pettorali che tanto piacevano alla bella moglie newyorchese.

Dopo aver fatto una serie di esercizi fisici, dalle flessioni al tapis roulant, dal pugilato ai pesi, Frank si sentì soddisfatto solo quando grosse gocce di sudore gli scivolarono dalla fronte, come testimonianza del suo lungo e impegnativo sforzo fisico. Prese allora l'asciugamano che teneva a portata di mano e mentre si tergeva il sudore dalla fronte e dal viso, si avvicinò alla finestra attirato da quel meraviglioso paesaggio, in cui *l'Etna* rappresentava lo spettacolo principe. Nel frattempo, nei pressi del cancello, una strana figura si aggirava sospettosa e sembrava controllasse la villa. A prima vista poteva essere un curioso di passaggio, e così Frank nonostante l'avesse notato gli rivolse poca attenzione. Poi però nonostante la distanza notevole, i loro sguardi si incrociarono fissandosi intensamente. A quel punto l'uomo cominciò a compiere esercizi fisici, saltellando sulle gambe e allargando e chiudendo più volte le braccia come a voler prendere fiato, dopo una salutare corsa campestre. E subito dopo riprese il suo allenamento, allontanandosi con passo da atleta.

Frank rimase per un attimo perplesso, per l'atteggiamento ambiguo di quell'individuo.

Era stato evidente il suo tentativo di voler apparire solo una persona impegnata a fare del footing quotidiano. Tuttavia l'interesse principale di quel tipo sembrava essere villa Caroline. E poi perché il cappuccio della felpa lo aveva calato su una parte della faccia? La cosa più strana per Frank era la sensazione di aver visto quell'uomo in qualche altra occasione. I suoi occhi dallo sguardo duro quasi di sfida, li aveva già visti e incontrati: ne era sicuro. *Comunque*, pensò tra sé, *è meglio che faccia una doccia rigenerante e allontanare conclusioni affrettate e pensieri negativi.*

Tuttavia sotto il getto della doccia i pensieri continuarono ad assillarlo. Teneva la faccia appena sollevata per farsi arrivare il gradevole spruzzo dell'acqua e farsi trasportare nella sensazione di liberare la mente. Ma uscito dalla doccia qualcosa lo turbava e lo preoccupava. Pensò a Caroline e il suo cuore accelerò come un cavallo imbizzarrito. Mai avrebbe abbassato la guardia. L'avrebbe protetta in ogni passo e in ogni occasione. D'altra parte lei, avrebbe gradito averlo come guardia del corpo.

Questo pensiero lo rassicurò e sorrise al pensiero di quanto amasse la famosa criminologa, dottoressa Zeller. Per lui... la sua dolce Caroline.

Qualche minuto dopo cominciò a vestirsi. Mise un bel pantalone jeans e un maglione Saint Laurent in morbido cashmere e scese nel giardino.

Villa Caroline, si estendeva per trecentocinquanta metri quadrati, ed era considerata sia per la posizione collinare che per la costruzione come una architettura di pregio.

Era stato Frank ad averla disegnata cercando di esaudire il sogno della madre. Naturalmente aveva messo tanto della sua fantasia ingegneristica. Nella facciata frontale della costruzione e sotto la stupenda balconata, era stato creato un parcheggio per le macchine. Quelle che per praticità avrebbero usato durante la giornata. Mentre tre grandi box stavano nella parte posteriore della villa per le macchine più costose. Ai lati si notavano delle raffinate scalinate in marmo con balaustre in vetro resina speciali. In relazione alla luce del giorno assumevano colori variopinti e cangianti. Anche queste erano state disegnate da Frank e lasciavano letteralmente stupiti chiunque visitasse la villa per la prima volta. Salite le scalinate, il primo piano si estendeva per tutta la superficie e a parte due grandi terrazzi ai lati est e ovest, nel resto del piano aveva voluto praticità ed eleganza, disponendo le camere in maniera intelligente: un vasto salone arredato con mobili, divani e oggetti stile moderno. Con sculture particolari, per forma e stravaganza, scelti da Caroline, che si era occupata dell'arredamento con entusiasmo e tanta passione per quel tipo di arte.

Una spaziosa camera l'aveva adibita alla palestra personale, con costose attrezzature idonee a tutti i tipi di allenamenti ed esercizi fisici; in questo caso era stato Frank ad occuparsene con evidente interesse.

Adiacente alla palestra era stata allestita una sala biliardo, con una carambola professionale ordinata a un esperto artigiano del posto, amico di Nonna Rosa. In altre due stanze, lato est con vista spettacolare dell'Etna, avevano allestito lo studio dove, in questo momento, stava lavorando Caroline, e che lei stessa aveva scelto perché godeva di una visuale fantastica, con sbocco nel terrazzo adiacente. E lo studio di Frank: una stanza rifinita con cura, nelle cui pareti aveva voluto delle enormi librerie moderne, che lui aveva riempito di libri di valore culturale, di molti scrittori e poeti famosi del novecento in poi, ma soprattutto di dispense e libri di carattere scientifico e robotica spaziale.

Appena la villa fu completata, prima di sposarsi, i due coniugi avevano dato l'incarico a un architetto di loro fiducia, di occuparsi dell'arredamento. Naturalmente Frank e Caroline avevano seguito e curato, tramite una webcamera da New York, tutta la fase del delicato incarico. Si erano perciò tenuti costantemente in contatto con lui tramite file e mail di conferma o di modifiche attraverso la mappa catastale... ma sempre con la supervisione, sul posto, della immancabile presenza di nonna Rosa.

Attorno alla costruzione, specie davanti e lungo i lati, splendide aiuole dalle forme stravaganti erano state riempite con identiche e curatissime piantine verdi, alternate a piantine colorate, che alternandosi lungo i viali laterali creavano una simpatica e originale composizione. Infatti, posizionandosi in un punto preciso di allineamento alle aiuole, si formava un mosaico di piccoli cuoricini in cui si leggeva il nome di *Caroline e Frank.* Lungo il muro di cinta una bellissima varietà di alberi in fioritura, con foglie di colori variopinti, dal viola al bianco, dall'arancione all'amaranto, piantati a suo tempo da un giardiniere, rendevano il giardino di un fascino coinvolgente. Frank appena scendeva controllava il sofisticato sistema di irrigazione affinché funzionasse perfettamente. Era stato lui stesso ad elaborare ed installare un programma, il cui funzionamento stabiliva l'ora di accensione, e la quantità d'acqua necessaria nei vari punti del giardino. Questo software era risultato molto preciso e pratico, ma soprattutto facile nel programmarlo. Anche persone anziane, o poco portate per la tecnologia, potevano utilizzarlo facilmente. E questo aveva convinto Frank di brevettarlo al suo ritorno a New York.

Anche quel giorno era sceso in giardino per controllare lo stato di manutenzione degli erogatori. Oltre la palestra, nel tempo libero, si occupava del giardino e si godeva quel luogo incantato con vera passione.

Dopo che l'Etna aveva finito la fase eruttiva, accompagnata da una cenere nera che copriva ogni cosa dai tetti alle strade, da qualche giorno l'aria che si respirava era di una purezza inebriante, e specie un atleta lo percepiva come un qualcosa da assaporare a pieni polmoni.

Mentre passeggiava e osservava estasiato quella natura incontaminata, squillò il cellulare che si era messo in tasca. Era Alessio Borsalino, suo padre.

«Ciao! Papà.» rispose pimpante «Avevo il desiderio di sentirti e di vederti. In questo momento passeggiavo nel giardino e pensavo a un angelo che dal cielo ci guarda felice. E stata lei a volere che il nostro legame diventasse sempre più forte e sincero. E questo giardino mi ricorda il suo animo gentile e buono. All'inizio dei lavori, dalle foto che mandava nonna, si intravedeva appena lo scheletro della costruzione e lei mi diceva: sai Francuzzo faremo un giardino da sogno, con piante e fiori di tutti i colori della nostra bella terra.»

«E' qualcosa di meraviglioso quello che mi racconti ragazzo mio.» rispose con voce tremolante Alessio. «Mi sembra di vederla con la dolcezza del suo viso sognante...» e scoppiò in singhiozzi.

«No! papà. Sono sicuro che lei non vuole le nostre lacrime.» esclamò Frank. «Il ricordo deve essere vivo nei nostri cuori come quando l'avevamo teneramente vicina. A proposito! Era mia intenzione chiamarti. Caroline stasera ti vuole a cena e non accetta rifiuti o scuse di alcun genere. Hai capito!» esclamò Frank facendo seguire una sonora risata.

«Non vorrei disturbare, ragazzo mio. Caroline è impegnata in quei complicati casi di omicidio. Magari ha poco tempo e vorrebbe trascorrerlo con te. Non credi?»

«Non è così papà… mi ha confidato che dopo di me sei l'uomo che più ammira.»

«Sono felice per questo e ricambio l'affetto che mi dimostrate.» replicò Alessio. «Allora stasera vi darò una buona notizia e se l'indagine procede come spero, sarà qualcosa di superlativo per la dignità della mia persona. Un abbraccio… a stasera.»

34
Nicolosi (CT) – Sede del Parco dell'Etna. Ex Monastero Benedettino

Quella mattina in casa Corsini regnava il caos più assoluto. I preparativi di Ella, per la visita alle grotte dell'Etna, avevano messo in subbuglio madre e padre.

Quest'ultimo poi non digeriva le proteste di Patrizia. Inutili erano state le continue rassicurazioni dell'uomo. Ogni minuto, prima che andassero via, era stato un martirio per il povero padre poliziotto, nonostante la tranquillizzasse come la sorveglianza nel parco fosse ai massimi livelli. E che una guardia avrebbe accompagnato lungo tutto l'itinerario la scolaresca. Ma fino all'ultimo istante, persino davanti all'uscio di casa, Patrizia continuò a sgolarsi con la figlia. Era talmente agitata e tesa che la chiamò con il nome per intero e questo succedeva quando perdeva la sua calma proverbiale.

«Hai capito Luisella!!!» strillò quasi istericamente. «Avvisa subito tuo padre se ti accorgi di qualcosa di strano… Hai capito! Amore di mamma.»

«Oh Dio!» sbuffò la ragazza che aveva i timpani martellanti per le raccomandazioni della madre. «Andiamo via subito papà.» si lamentò. «Non ne posso più dei suoi consigli: stai attenta di qua, stai attenta di là. Cammina sempre vicino a qualcuno e non restare mai sola. E' da ieri sera che mi tormenti… basta mamma!!!»

Per tutta risposta Patrizia la raggiunse davanti alla porta, e pensò bene di dare un'ultima sistemata all'equipaggiamento della figlia.

Simone Corsini fece da paciere, perché stavolta Ella mandò la madre a quel paese, in malo modo. Allora lui per non rovinare la gita della figlia, tanto attesa, la prese sottobraccio e la condusse in macchina. Poi ritornò indietro e baciò con forza la sua Patrizia… la dolce brontolona di casa. In quella confusione, l'unico ad essere apparentemente felice era Birillo, il cane adottato con gioia dalla famiglia; gironzolava da un punto all'altro della casa, e muovendo la sua lunga coda, saltava al petto di chiunque parlasse in quel momento. Per lui era un simpatico gioco per dare affetto e partecipazione a tutti loro. Il Commissario capo lungo il percorso mise il lampeggiante, operazione che non faceva mai se non per motivi di servizio. In questo caso, Ella appariva agitatissima per il ritardo, e lui voleva che quella gita iniziasse nel migliore dei modi.

In breve tempo arrivarono presso *la Direzione dell'Ente Parco* a Nicolosi, nel luogo dell'appuntamento, non lontano da Zafferana Etnea...

Esattamente nella sede attuale *dell'Ente Parco, ex Monastero dei Benedettini,* si concentra tutta la macchina tecnico-organizzativa. Una sala con un attrezzato museo vulcanologico offre ai visitatori stupende immagini fotografiche, stampe di eruzioni dell'Etna nel corso dei secoli, e video che grazie ad alcune tecnologie di ultima generazione, arricchiscono la conoscenza del turista visitatore con un percorso didattico divulgativo e scientifico di eccezionale interesse: la storia geologica, le grotte, le colate laviche.

È proprio un antico vialetto in pietra lavica, e un delizioso arco antico conducono nella zona antistante il *Monastero dei Benedettini,* la nuova sede *dell'Ente Parco.*

Corsini e la figlia Ella trovarono la scolaresca all'interno del Museo di Vulcanologia, dove in una sala conferenze, un uomo giovane di bell'aspetto, illustrava attraverso delle diapositive fotografiche la storia dell'Etna: le affascinanti ma spaventose eruzioni storiche nel corso dei secoli con l'evoluzione di una straordinaria varietà di paesaggi naturali. Questo era l'inizio del programma didattico indicato nel simpatico volantino distribuito a tutti gli studenti. Nel corso della gita si sarebbe attuata la fase di conoscenza e visita del territorio, con l'ausilio del vulcanologo, dottor Carlo Sorel.

Simone Corsini ebbe un attimo d'indecisione, poi si accorse della presenza dell'uomo che aveva una grossa responsabilità sulle spalle, trattandosi di studenti del terzo Liceo Scientifico e quindi dei ragazzini che non andavano oltre i sedici anni. Si avvicinò silenzioso all'uomo che conosceva benissimo di quei terribili omicidi avvenuti dentro *il Parco dell'Etna.*

«Dottor Salemi!» salutò il Commissario capo. «Sono piacevolmente sorpreso dalla cura con cui organizzate questi eventi culturali. I nostri ragazzi devono conoscere la storia e il territorio della nostra amata Etna… quando non si arrabbia.»

«Le sue parole mi fanno felice.» disse sorridendo il direttore. «E le confermo quanto anticipato telefonicamente. È prevista una visita didattico culturale a due grotte e un percorso di lieve difficoltà. Lungo il quale il nostro giovane vulcanologo illustrerà le modifiche avvenute nel territorio, in una vasta estensione della flora, nel corso di eruzioni e colate laviche. Per la sicurezza abbiamo una guida del corpo forestale e un agente della security. Abbiamo pensato a tutto. I ragazzi avranno una giornata di grande interesse culturale e per loro sarà una esperienza fantastica vissuta a contatto con le evidenti diversità del territorio dell'Etna. Infine l'escursione si concluderà con la visita alla spettacolare Grotta dei Ladroni.»

«Questa esperienza sarà molto gradita e apprezzata dagli studenti.» aggiunse Corsini mentre porgeva la mano al suo interlocutore. «Purtroppo altri impegni mi aspettano. Devo essere a Trecastagni con la massima urgenza… un'altra patata bollente da pelare: una patata che vorrei finire di pelare dopo anni bui e di penitenza per un mio carissimo amico.»

Appena il Commissario capo lasciò la sede dell'Ente Parco, un uomo entrò con disinvoltura nella sala conferenze, dove un professore con grande enfasi, ultimava la lezione didattica agli studenti.

L'aspetto curioso di quella persona era il cappuccio della felpa alzato, nonostante la sala fosse abbastanza riscaldata da fare persino sbracciare tutti i presenti. Il Direttore con un gesto della mano, indicò alla security di invitarlo a uscire, ma l'uomo oppose un rifiuto, insistendo nel sbirciare verso la scolaresca, poi con disinvoltura, come era entrato, si dileguò.

Dopo l'adeguata lezione di didattica, i due professori della scuola che avrebbero accompagnato la scolaresca nella escursione, incominciarono a dare istruzioni e sembrava non finissero mai nell'essere prodighi di raccomandazioni.

I ragazzi che già indossavano scarponi da montagna si misero i pesanti giacconi in un vociare sempre più forte, e la confusione divenne totale quando, tra gridolini ed esclamazioni di vera gioia, si imbacuccarono infilandosi anche caschetti protettivi simili a quelli dei minatori. Poi salirono sul pulmino attrezzato messo a disposizione dell'Ente Parco. Arrivati in località Fornazzo, l'escursione cominciò in due fasi con la descrizione particolareggiata e piena di informazioni geologico-culturali del dottor Carlo Sorel. Il percorso iniziò con la visita alle fratture laviche originate dall'eruzione del 1928, interessante anche dal punto di vista floristico. Infatti il sentiero li condusse nel luogo delle betulle, dove questi splendidi alberi riescono a formare boschi estesi e praticamente incontaminati. Lungo il sentiero i ragazzi guardavano con grande gioia e meraviglia come il paesaggio presentasse continue modifiche, causate dalle eruzioni che si erano succedute nel corso dei secoli. Al campo delle fratture eruttive, enormi "bombe vulcaniche" (massi sparati dai crateri durante l'eruzione) davano al paesaggio un aspetto di deserto vulcanico, quasi lunare. Naturalmente in quel luogo il dottor Sorel la faceva da leone. Appariva così euforico ed entusiasta da guadagnarsi la simpatia degli studenti, e una attenta partecipazione alle sue chiare e approfondite divulgazioni scientifiche.

Tuttavia quando descrisse la formazione delle bombe vulcaniche un lieve malore apparve sul viso del giovane vulcanologo che impallidì repentinamente preoccupando persino gli altri professori; ma tranquillizzò tutti dicendo che si era trattato di un leggero capogiro, causato sicuramente dal gelo pungente.

L'escursione subì qualche rallentamento per delle piccole soste. Era stato opportuno fare riposare, di tanto in tanto, le persone non abituate a escursioni del genere, anche se i sentieri praticati offrivano un percorso molto fruibile. E mentre i professori si riposavano gli studenti si sfidarono in gioiose prese in giro tra risate e puro divertimento fanciullesco. Qualche coppietta approfittava della sosta per scambiarsi qualche bacio di troppo, con i professori che quasi li fulminavano con lo sguardo, in segno di disapprovazione.

Finalmente giunsero alla Grotta Cassone che i ragazzi visitarono con assoluta partecipazione e interesse, anche perché le spiegazioni del vulcanologo sulla loro formazione erano ricche di particolari scientifici con linguaggio semplice e intuitivo. Tuttavia la grotta di scorrimento lavico che colpì la loro fertile fantasia giovanile fu la Grotta dei Ladroni la cui origine evoca un periodo di brigantaggio storico.

Il giovane professore illustrò ai ragazzi la favolistica storia del perché si chiamasse la grotta dei ladroni... secondo una leggenda che si raccontava nei paesi vicini, intorno alla fine del XVIII secolo...

Sembra che venisse utilizzata come rifugio da una banda di briganti che imperversava nella zona. E sarebbe stata l'astuta banda criminale a dotare la grotta di accorgimenti e lavori. La cavità ha infatti due ingressi: dal primo si accede facilmente agli spazi della grotta attraverso pittoreschi gradini ricavati nella roccia. L'altro ingresso molto suggestivo alla fine della caverna, si apre in fondo ad uno stretto scivolo artificiale, una sorta di profonda trincea. Nei racconti popolari si è fantasticato sulla scomparsa di cavalli e briganti perché nascosti all'interno delle viscere della terra per eludere gli inseguitori. Ciò che rende singolare la Grotta dei Ladroni è però la presenza di tre strani pozzi che mettono in comunicazione la volta con la superficie del terreno soprastante. Non si tratta di semplici fori ma di opere realizzate con grande cura e criterio. In questo caso le leggende sono diverse: c'è chi racconta che servissero ai briganti per nascondere la refurtiva per poi riprenderla in un secondo tempo, e c'è chi dice che furono lavorati da uomini del posto, come i pastori, per utilizzarli come rifugio per necessità.

«Come avete sentito.» concluse il giovane vulcanologo. «Nel corso dei secoli la nostra maestosa montagna, oltre a dare spettacolo, è stata artefice di notevoli modifiche al territorio che la circonda. A volte le sue eruzioni più spaventose sembrano avere avuto un motivo: la natura che sfoga la sua rabbia verso gli uomini. Ma la nostra incantevole Montagna, il vulcano più alto d'Europa, Patrimonio dell'Unesco con tutto il suo splendido Parco, ammirato e visitato da milioni di turisti è ormai parte integrante di ognuno di noi. Oramai il suo continuo borbottio lo consideriamo come un saluto del gigante buono che amiamo come qualcosa che appartiene alla nostra vita. E credetemi per un vulcanologo è un amore a prima vista...»

A quella battuta i ragazzi si lasciarono andare ad una sonora e lunga risata. Fino a quel momento erano stati in silenzio, affascinati da quella caverna formata dallo scorrimento lavico. Poi erano rimasti affascinati dal racconto appassionato e molto curato nei dettagli, sempre del professore vulcanologo, Carlo Sorel. Infatti appena il tempo di completare l'ultima frase che i ragazzi gli rivolsero sinceri e spontanei applausi, rimbombanti dentro la grotta, mentre i professori accompagnatori pur applaudendo con calore, raccomandavano per l'ennesima volta ai loro studenti la massima attenzione nel percorso di ritorno. La voce di una di loro rimase strozzata in gola, perché un forte scoppio e un boato luminoso si propagò nella grotta. Naturalmente avvenne un fuggi fuggi generale, con le guide, la security e anche i professori che con sangue freddo invitavano i ragazzi a restare calmi, tranquillizzandoli, in quanto la situazione era sotto controllo. Così con grande responsabilità li accompagnarono fuori, scortandoli e mantenendo una specie di protezione attorno a loro. Purtroppo, alcuni studenti emotivamente più sensibili cercarono una via di fuga per conto loro. Ma il tentativo si rivelò inutile, perché scapparono verso l'ingresso a scivolo. Perciò impraticabile per ragazzi inesperti e impauriti. Tornarono indietro tra urla e strilli di paura, portandosi verso la prima uscita, con i gradini.

Tra loro c'era Ella che con fermezza afferrò l'amica del cuore Nancy, e nel frattempo urlò agli altri di formare una catena per non disperdersi. Il fumo infatti aveva invaso la grotta e la visibilità era diventata molto scarsa e a stento si riconoscevano tra di loro. In aiuto giunsero gli accompagnatori del Parco e due professori maschi che con tempestività avevano portato fuori altri studenti.

Appena fuori, alcune studentesse scoppiarono in un pianto liberatorio, consolate dalle professoresse anch'esse impaurite, ma costrette a dare coraggio alle ragazze.

Dopo essersi ripresi, ognuno di loro si chiedeva cosa fosse successo, e perché quel boato improvviso.

Era un fenomeno generato dall'Etna nelle sue viscere? Rivolsero la domanda al giovane vulcanologo, il professor Sorel, che come gli altri, appariva con il fiatone e molto scosso. Anche lui ammise che si trattava di un fenomeno inspiegabile, mai verificatosi dentro una grotta a scorrimento lavico, e che solo un accurato studio del luogo ne avrebbe forse svelato il vero motivo. Poi con decisione disse all'agente della Security di riportare la scolaresca indietro, accompagnandoli alla sede del *Parco.*

«Intanto...» proseguì Sorel, ormai ripresosi dall'accaduto «... mi auguro di poter compiere almeno una ispezione quando il fumo si sarà diradato e avere una visibilità accettabile.»

Naturalmente i professori acconsentirono alla proposta di ritornare alla sede *dell'Ente Parco*, dove i ragazzi avrebbero potuto tranquillizzarsi. Anzi suggerirono che appena arrivati avrebbero chiesto al direttore di poter usufruire della sala mensa. Così tutti insieme, in una atmosfera rilassata e gioiosa, la scolaresca avrebbe pranzato con i cestini gentilmente offerti dalla stessa organizzazione.

Erano sul punto di avviarsi quando uno dei professori visibilmente frastornato e agitato con un acuto incredibile li invitò ad aspettare.

«Cosa succede Mannino?!» chiese un altro insegnante. «Per quale motivo sei tanto sconvolto?»

«Federica, una mia alunna, è arrivata di corsa per avvisarmi che non trova la sua amica. L'alunna dice che si tratta di Gloria Pace, la nipote del preside che è voluta venire in gita con il nostro gruppo.»

«E' vero!» intervenne una professoressa «Il preside in persona mi ha informato che una sua nipote avrebbe partecipato alla visita perché appassionata di studi di geologia.» A questo punto il dubbio era un altro. Dove sarà scappata per la paura?

L'agente della sicurezza intervenne prontamente dicendo che bisognava controllare dentro la grotta. «Forse avrà avuto un malore. Ed è svenuta!?»

«L'accompagno.» disse immediatamente Carlo Sorel, seguito da un insegnante dalla cui faccia traspariva una forte preoccupazione.

Si inoltrarono con cautela e lentamente dentro la grotta, mentre il fumo continuava ad uscire, anche se era visibilmente diminuito di intensità. Cominciarono a chiamarla ad alta voce. Erano talmente tesi che le loro voci si diffondevano tra la volta e le pareti come cupi tromboni. La visuale era impenetrabile e le torce che tenevano in mano riflettevano le luci, sul ghiaccio trasparente. «Gloriaaa!!!» strillò l'insegnante con un acuto impressionante. «Gloriaaa!!!» urlò ancora più forte, con tutta la voce che aveva in gola. Infatti dei colpi di tosse secchi lo colsero convulsamente anche a causa del fumo pungente.

«Signorina Gloriaaa!» lo imitò con forza il vulcanologo.

«Siamo venuti a prenderla... ci risponda!» gridò con rabbia, come preso da una angoscia sempre più crescente. Le loro voci si unirono in un suono tambureggiante dentro la caverna. A quel punto la ragazza, se fosse stata cosciente, avrebbe dovuto sentirli. L'agente della Security sembrava indemoniato per quante volte correva e poi si fermava improvvisamente, con la speranza di individuarla.

Nei loro volti cominciava a trapelare delusione e sconforto, quando un flebile lamento di aiuto si levò da un angolo nascosto, vicino all'ingresso dello scivolo. I tre uomini si catapultarono in quella direzione come forsennati. Ormai erano allo stremo della resistenza... il fumo aveva quasi vinto.

La gioia e l'esultanza fu immensa quando trovarono la ragazza semi stordita ma che sembrava non avesse nulla di grave. L'agente la sollevò delicatamente e cercò di prenderla in braccio, ma un urlo straziante di dolore uscì dalla gola della ragazza. In quel drammatico momento si accorsero come la sua gamba sinistra fosse straziata, letteralmente a penzoloni: il ginocchio si era frantumato come un fuscello.

Appena la portarono fuori dalla grotta, si accorsero quanto fosse grave la ferita della studentessa. L'uomo della sicurezza stava per adagiare la ragazza, ma con gesto fulmineo l'insegnante mise il suo grosso giaccone imbottito per terra in un punto più riparato dal vento. Dopo averla poggiata delicatamente, pensarono di bloccare la parte sopra il ginocchio con una benda presa dallo zaino, stringendo e fasciando con forza: così limitarono l'emorragia che continuava a scorrere copiosa. Nonostante le urla e le grida di dolore, la ragazza semi stordita e pallidissima, continuava a dire flebilmente: «Aiutate Alfredooo!... aiutate

Alfredoo!» Le altre studentesse capirono immediatamente che si riferiva al suo ragazzo, ma per quale motivo?

Si fece avanti un'amica del ragazzo, sua compagna di classe, e allarmata incominciò a tremare, urlando come presa da un attacco isterico... «Alfredo non è insieme a noi!! Avrà bisogno di noi! Bisogna portarlo fuori dalla grotta. Andiamo a prenderlo! Forse anche lui è ferito!»

Carlo Sorel, il vulcanologo, intanto aveva allertato l'ambulanza *dell'Ente Parco* di venire immediatamente nei pressi della *Grotta dei Ladroni*, descrivendo la gravità della ragazza ferita e di portare dei medici per le prime cure. Poi compose un altro numero e informò dell'accaduto il dirigente responsabile. E non gli concesse il tempo di replicare, perché chiuse la comunicazione e si precipitò insieme agli altri dentro la caverna. La ricerca fu lunga e minuziosa in ogni anfratto, e per tutta l'ampiezza della caverna, ma si rivelò inutile. Alfredo sembrava sparito per opera di quella diavoleria che si era scatenata all'improvviso, senza una causa. Poi a qualcuno venne in mente se nella fretta di scappare, ferito, non si fosse allontanato e magari avesse perso i sensi. «Ma dove?» strillò istericamente una delle insegnanti. «L'avremmo rinvenuto qui attorno. Invece non c'è traccia.»

Anche Ella che si era ripresa da poco, spaventata poiché vicinissima al boato luminoso, si meravigliò dell'allontanamento di Alfredo. Lo conosceva bene. Erano cresciuti, sin da piccoli, nello stesso quartiere residenziale a Zafferana Etnea, e sapeva che mai avrebbe abbandonato la sua dolce Gloria.

Semmai sarebbe ritornato a cercarla, subito dopo essersi separati nella fuga... e lo chiamò ad alta voce. Questo provocò la reazione di tutti, perciò decisero di allargare la ricerca a qualche centinaio di metri di distanza. I due accompagnatori dell'Ente Parco presero l'iniziativa di dividersi in gruppi e in direzioni diverse. A ogni gruppo era stata assegnata una persona adulta e un percorso ben preciso da seguire, a causa della pericolosità del territorio.

Naturalmente tutti gli uomini si presero il percorso più accidentato. Ad un tratto un urlo fece accapponare la pelle persino a loro.

«Correte!... Correte!» urlavano a squarciagola alcune ragazze. «Oh Dio! Oh Dio!» diceva una di loro, mentre fissava qualcosa dietro un enorme masso sparato da un cratere del vulcano durante una delle tante eruzioni. Il più lesto ad arrivare fu la guida del corpo forestale che appena vide cosa nascondeva il masso ebbe una esclamazione rabbiosa e insolita. «'Minchia! Sangu di Giuda'. Ma che è successo 'a stu povuru carusu'.» poi urlò a tutti di non avvicinarsi. «Allontanate i 'carusi'... presto!»

Nel frattempo in lontananza si udiva chiaramente la sirena dell'ambulanza in arrivo, mentre il giovane vulcanologo si era portato nel punto dove far arrivare il mezzo. Aveva visionato e controllato il terreno. Più avanti l'accesso sarebbe stato pericoloso, se non impossibile, perciò decise di fermarla in quel punto esatto. Poi lui avrebbe accompagnato medici e barellieri a prendere quei poveri ragazzi. «Presto venite!» gli disse senza nemmeno salutare. «La ragazza è molto grave...» aggiunse, parlando ad alta voce e visibilmente sconvolto «...un altro studente è scomparso ma si sono divisi in squadre per cercarlo.» E lungo il percorso accidentato, ma più breve, i medici si preoccuparono di chiedere ulteriori informazioni sulla dinamica di quanto avvenuto e sulla gravità della ferita.

35
Trecastagni (CT) – 4 Gennaio ore 8.35 A.M.

Di primo mattino Corsini stava davanti alla piccola villetta rurale, dove era stato fissato l'appuntamento per il sopralluogo. L'esito positivo con il ritrovamento di tracce biologiche o indizi di qualsiasi natura, sarebbero stati utili, innanzitutto per la richiesta di riapertura del fascicolo, riguardante l'omicidio e la condanna di Alessio Borsalino. Mentre aspettava fremeva come se quel sopralluogo avesse un valore di vita o di morte. Era consapevole che dopo tantissimi anni, non sarebbe stato facile trovare elementi utili, in particolare dentro un pozzo antico di acqua piovana, anche se coperto perfettamente e lasciato come abbellimento del giardino.

Non aspettò molto perché subito dopo arrivarono insieme il magistrato Pennisi e il colonnello Nardelli. Erano nella stessa macchina, seguiti dagli uomini e dal furgone della scientifica.

Davanti al rustico trovarono un incaricato del proprietario, che si apprestò ad aprire e permise agli uomini della scientifica di entrare per primi. Così i tecnici incaricati da Nardelli iniziarono ad analizzare ogni centimetro quadrato del luogo dove era stato commesso l'omicidio, con particolare interesse per le fughe del pavimento. Naturalmente i contorni delle mattonelle, chiamate fughe, erano in una condizione di incrostazione tale, da far sperare che eventuali residui di liquido organico o di sangue secco fossero recuperabili, ed estratti poi con gli strumenti adatti, nel laboratorio di analisi.

Intanto il magistrato Pennisi spiegava al suo amico Corsini e al colonnello Nardelli che dopo l'omicidio la casa era rimasta praticamente disabitata. E che il proprietario, emigrato in Argentina, aveva incaricato una donna di prendersene cura di tanto in tanto. Il marito della donna, con delega del proprietario, si è prestato a mettere a disposizione della legge il caseggiato, per una nuova perquisizione. Inoltre l'uomo aveva precisato di essere entrati nella casa, solo un paio di volte l'anno. E di essersi interessati soprattutto del giardino in quanto il proprietario avrebbe avuto intenzione di vendere o ristrutturare completamente la casa.

Il Commissario capo a quella notizia si sbilanciò in un: hippy hippy hurrà! Come se avesse vinto un premio, in palio. Quella notizia si sarebbe rivelata importante per le indagini della scientifica.

Poi aggiunse, con un sorriso sornione, che il suo intuito, ancora una volta, non l'aveva tradito... dal sopralluogo qualche elemento sarebbe stato ricavato. I tecnici della scientifica mostravano la loro professionalità, intensificando con molta accuratezza la perquisizione di ogni angolo della casa, con l'aiuto di sofisticate apparecchiature capaci di scovare la pur minima traccia utile. E portando alla luce materiale deteriorato dal tempo, che veniva ricomposto come in un mosaico originale. Era un software di cui gli uomini di Nardelli andavano fieri, e riuscivano a ottenere risultati apprezzabili da indagini investigative impossibili. Corsini ammirava soddisfatto le varie fasi con cui analizzavano ogni metro quadro: gruppi di due tecnici si erano divisi i settori con particolare interesse e attenzione al luogo dove l'omicidio era avvenuto. Poi nel bagno… e così via.

Alla fine, l'intervento della scientifica era stato eccellente nella ricerca di elementi, indizi e tracce biologiche: dopo tanti anni era stato un vero e proprio successo di tecnica scientifica e professionale. Per questo, era stato utilizzato una grande quantità di luminol, su un'ampia area della casa, dove vennero rinvenuti e acquisite numerose tracce di sangue sulla scena del delitto e in varie parti del bagno.

Inoltre venne utilizzato un trattamento chimico particolare per rendere evidenti eventuali impronte latenti attraverso l'impiego di luci e apparecchiature di lettura: quali lo scenescope. Tutto il possibile era stato rilevato. E adesso iniziava la fase più complessa cioè quella dell'accertamento attraverso i laboratori di analisi forensi con tecnologie all'avanguardia.

Il Commissario capo Corsini era rimasto a osservare l'eccellente lavoro svolto nella ricerca di indizi utili alle indagini, ma per lui, il sopralluogo rivelatore sarebbe stato quello eseguito dentro il pozzo, nel giardino. Perciò aspettava che la squadra tecnica incaricata a calarsi dentro, cominciasse al più presto nel recupero del materiale da repertare e trasmettere al laboratorio scientifico. Mentre i due uomini della scientifica venivano opportunamente imbracati, al vecchio pozzo venne tolta la copertura che impediva la pioggia ed elementi estranei di penetrare. Questo l'aveva voluto, a suo tempo, il proprietario molto legato all'antico pozzo in memoria del vecchio padre, agricoltore da varie generazioni. E anche questa si era rivelata una fortuna insperata. Delle intense luci led furono disposte lungo il perimetro tali da illuminare a giorno il fondo.

Appena i due uomini furono pronti per essere calati, Nardelli e Corsini si misero in posizione per osservare e guidare meglio la difficile operazione di recupero del materiale da repertare. Era una operazione che richiedeva la massima concentrazione nel calpestare il fondo melmoso, impregnato di umidità e muffe. Perciò ogni reperto veniva accuratamente messo in appositi contenitori sterili.

Gli occhi di Corsini, alla luce dei potenti fari, brillavano di fiducia, osservando l'attento e preciso lavoro degli esperti tecnici del R.I.S.

Sembrava che operassero al rallentatore, ma in realtà la lentezza dei movimenti era il vero valore della loro tecnica professionale. Anche se coperto molto bene, dentro al pozzo trovarono di tutto. I due tecnici erano sicuri del fatto loro nel recuperare materiale di ogni tipo. Ma l'ostacolo più problematico si rivelò una patina di fango umido sotto i loro piedi. Infatti erano già al terzo cambio di guanti, perché il rischio di contaminazione era veramente molto alto.

Prima del sopralluogo gli uomini della scientifica erano stati dettagliatamente messi a conoscenza del caso Alessio Borsalino. Nel quale, dopo 16 anni, una testimone aveva rivelato di aver visto un uomo, subito dopo il delitto, uscire dalla casa e liberarsi con un gesto guardingo di alcuni oggetti, buttandoli dentro il pozzo. Perciò sapevano benissimo che un eventuale estrazione del DNA, sarebbe stata possibile solo con una attenta e approfondita analisi del materiale repertato, per poi compararlo al momento della identificazione con il DNA del vero assassino. Pur tuttavia, con l'incognita che eventuali tracce o indizi, dopo tanti anni, potessero ancora essere recuperabili in un ambiente così saturo di umidità. Ogni materiale recuperato veniva inserito in apposite buste o contenitori, e messe in una specie di cestino. Questo, quando era quasi pieno, veniva svuotato e rimandato giù, mentre il materiale prelevato veniva chiuso in dei grossi contenitori. Tale operazione si era resa necessaria più volte perché i tecnici della scientifica non tralasciavano nulla, e scavavano persino con le mani in quella patina di fango. E in ogni angolo del pozzo come fossero alla ricerca di un tesoro. Il destino volle che la loro sagacia venisse premiata qualche secondo prima di concludere il sopralluogo: quando si materializzò un ritrovamento benevolo.

Uno dei due poliziotti si era staccato dalla parete, dove aveva operato con luci speciali, in cerca di eventuali schizzi, quando si accorse di una piccola sporgenza che veniva da una buca naturale del pozzo, sotto il fango. Incuriosito concentrò più luce in quel punto. Contemporaneamente scansò il fango attorno a quello che doveva essere un oggetto di medie dimensioni, chiuso dentro una normale busta della spesa, insieme a un paio di guanti in lattice. Appena l'aprì si rese conto dell'importanza di quella statuetta, apparsa come per magia davanti ai suoi occhi.

«Porca troia!!» esclamò con una voce impastata di evidente soddisfazione e gioia. «Deve trattarsi dell'arma con cui l'assassino ha sferrato il primo colpo alla vittima.»

Nel frattempo, anche il collega si era avvicinato incuriosito da quel ritrovamento: le parole urlate dall'autore della scoperta, avevano caricato anche lui di ottimismo. All'unisono si rivolsero a Nardelli informandolo del ritrovamento della statuetta, con una euforia e una emozione solitamente assente nella loro professione.

Gli uomini di Nardelli conoscevano la triste storia di Alessio Borsalino, e anche loro avevano preso quella missione come un riscatto per lui e per la giustizia.

Intanto era stato tirato fuori il cestino contenente i reperti con la statuetta, che come un magnete attirò l'interesse di tutti. I due uomini ancora in fondo al pozzo cominciarono a protestare, imbracati com'erano per risalire, usando anche parole sconce verso i colleghi che si erano dimenticati di loro. Naturalmente l'episodio si trasformò in una specie di farsa e di battute ironiche, degne di sceneggiate napoletane.

Il Commissario capo Corsini, non stava più nella pelle, ed era quasi tentato di dare un sentito abbraccio all'amico, colonnello Nardelli.

Tuttavia solo le analisi di laboratorio e le nuove tecnologie strumentali avrebbero potuto realizzare quel miracolo tanto atteso: stabilire con certezza la prova dell'estraneità di Alessio, all'omicidio.

Corsini già indossava i guanti di lattice, quando soddisfatto ebbe tra le mani la statuetta egizia raffigurante Nefertiti. Questa era la prova che, il suo amico fraterno, Alessio, avesse detto la verità e che solo indagini superficiali condotte da persone che rappresentavano la parte meno buona della giustizia, lo avessero inchiodato con false accuse e senza prove dimostrabili. Dentro di sé era felice. Si sentiva come alleggerito da qualcosa che lo avevano mortificato e addolorato per tantissimi anni. Adesso in qualunque modo si fosse risolto il nuovo processo, lui sapeva la verità. Anche se aveva sempre saputo che Alessio Borsalino era stato condannato da innocente.

La statuetta, in bronzo pieno, appariva in ottimo stato perché chiusa dentro un sacchetto, del quale l'assassino si era sbarazzato, buttandola dentro il pozzo, ignaro che dall'alto di un balcone, una vispa donna anziana avesse assistito a tutta la scena.

Adesso questa testimone sarebbe stata la testimone chiave per il proscioglimento e la giusta riabilitazione del caro Alessio. A tal proposito, si ricordò che l'indomani mattina una volante sarebbe andata a prelevarla a casa per giurare e confermare la versione, firmandola davanti al giudice assegnatario del processo. Inoltre l'esperto poliziotto aveva anticipato l'appuntamento, con l'anziana donna, di circa un'ora, così lei avrebbe visto scorrere nel database della Polizia di Stato una fornitissima serie fotografica di criminali e individui sospetti.

Intanto gli uomini della scientifica avevano terminato di catalogare il tantissimo materiale recuperato, e dopo averlo sistemato in appositi contenitori, salutarono con aria soddisfatta il Commissario capo e il colonnello Nardelli. «Ora passiamo la patata bollente ai colleghi analisti.» precisò il capo squadra. «Ma con le ottime attrezzature che abbiamo e le nuove metodiche di biologia molecolare si ricaveranno le impronte e forse il DNA che inchioderanno l'assassino. Ogni reperto sarà analizzato meticolosamente e daremo il massimo per estrarre tracce di qualsiasi natura biologica... auguriamoci buona fortuna!» dissero poi, sollevando il pollice in segno di ottimismo.

Nardelli subito dopo aver scambiato parole di congratulazioni e paccate sulle spalle con i suoi uomini, informò l'amico Dirigente della Polizia di Stato di avere ricevuto una chiamata per una grave disgrazia.

Il fatto era avvenuto nella zona di Fornazzo, a 1600 metri, alle pendici dell'Etna. E naturalmente alcuni operatori della scientifica richiesti dalla Polizia Locale erano già sul posto.

«Però in considerazione della gravità dell'incidente, con un morto e una ragazza seriamente ferita...» aggiunse rabbuiato il capo della scientifica «...ritengo sia necessario recarmi personalmente sul posto.»

Com'era prevedibile la notizia scosse notevolmente Corsini. Tuttavia non ebbe il tempo di replicare perché il suo cellulare cominciò a squillare: era il responsabile dell'Ente Parco. «Pronto Dottor Corsini! Mi dispiace disturbarla.» disse con voce tremolante. «Innanzitutto voglio rassicurarla per la sua figliola. Ma devo informarla che durante la visita alla Grotta dei Ladroni è successo qualcosa d' inspiegabile, con la morte di un ragazzo e il ferimento grave di una ragazza. La scolaresca è rientrata subito nella nostra sede. Abbiamo telefonato alle famiglie per rassicurarle, e magari venire per dare coraggio e conforto ai loro figli. Comunque gli insegnanti hanno evitato, con il loro tempestivo supporto, che avvenissero crisi di panico. Attenda che le passo Ella, agitata com'è non riesce a trovare lo zainetto con dentro il cellulare.»

E una flebile voce impaurita giunse all'orecchio di Corsini. «Ciao papà! Tutto bene. Ma è incredibile quanto successo all'interno della caverna. Pensa! Un boato luminoso ci ha quasi accecato, facendoci scappare impauriti verso l'uscita. Poi, ormai convinti che la situazione si fosse ristabilita, una ragazza si è accorta che due suoi compagni non erano presenti. Perciò è stata fatta subito una ricerca, nonostante un fumo irrespirabile. Per fortuna, la ragazza è stata trovata, anche se ferita e in cattive condizioni... orribili papà! Il ginocchio era completamente frantumato e la gamba penzoloni. E' stato straziante vederla in quello stato: una vera scena horror! Così si è deciso di rientrare immediatamente in sede. Ti giuro che sto bene. Ma appena ti liberi vieni a prendermi. Purtroppo Nancy sembra in uno stato confusionale ma non è voluta andare in ospedale. Adesso si è calmata e ride sfacciatamente mentre ti racconto questa brutta avventura.»

«Okay!» rispose Corsini turbato. E che aveva ascoltato la figlia senza interromperla. Era logico che quanto avvenuto l'avesse scossa istericamente. «Questo è un periodo in cui dei pazzi sanguinari si sono scatenati in un delirio di follia omicida. Ma noi, bambina mia, questi diavoli del male, li rimanderemo all'inferno al più presto... ma prima gli bruceremo la pelosa e lunga coda malefica.» e sorrise sonoramente, per smorzare la tensione, palpabile nella voce della ragazza.

Infatti dall'altro capo del telefono si udirono delle grosse e divertite risate, di beata allegria giovanile. Quindi Corsini ne approfittò per congedare la figlia invitandola a informare il direttore che lui e il colonnello Nardelli sarebbero arrivati al più presto.

36
Questura Centrale (CT)
Sezione Speciale Anticrimine

L'indomani mattina il Commissario capo era concentrato su quanto successo nella Grotta dei Ladroni. L'acume poliziesco che lo aveva reso celebre in tutta la Sicilia orientale, in questo momento, si era come volatilizzato. Non riusciva a sviluppare teorie accettabili che gli aprissero l'intelletto sulle indagini da seguire, o sul profilo da tracciare sull'assassino. Ogni tentativo di analisi si vanificava senza alcun indizio.

Lui e Nardelli avevano convenuto che quanto successo alla scolaresca, nella grotta, si trattasse di un'altra carneficina ad opera *dell'Adoratore dell'Etna.* Ma come era stato possibile!? Aveva realizzato un piano diabolico nonostante la presenza delle guide forestali e un agente della Security. Tuttavia una persona esperta, con facilità di accesso alla montagna, aveva agito con un modus operandi geniale: strategico nel sanguinoso disegno omicida. E poi perché colpire dei poveri ragazzi per bene, colpevoli solo di scambiarsi qualche carezza davanti agli occhi di tutti!?

Questi pensieri passavano per la mente di Corsini come nuvole spinte dal vento per poi allontanarsi velocemente. Anche perché in famiglia era avvenuto di tutto, dopo il coinvolgimento della figlia Ella.

Era stato letteralmente aggredito verbalmente da Patrizia, che lo aveva persino minacciato di lasciarlo, tacciandolo di incapacità nel proteggere la loro bambina, in pericolo di vita.

«“Scimunito di un poliziotto!”» lo aveva apostrofato istericamente. «Ti avevo avvisato che quella gita era pericolosa. La nostra montagna è piena di insidie naturali, figuriamoci con un assassino che scorrazza indisturbato per il *Parco dell'Etna.»* Quando la moglie se ne usciva con queste sfuriate, Simone Corsini manteneva la calma più assoluta. Era il metodo più efficace per farla ragionare: guai a contraddirla.
Convinta com'era di essere nella ragione, da subito contraria a quella gita scolastica.

«Qualche giorno ti arresto...» le disse ridendo a crepapelle, come un ragazzino che aveva appena fatto una birichinata. «...e ti metto anche le manette per oltraggio e minacce personali a pubblico ufficiale.»

«Ma sentilo questo “scimunito di padre poliziotto”» replicò Patrizia. Stavolta con un mezzo sorriso, furbescamente camuffato da incavolatura.

Tuttavia come dice un proverbio conosciuto da tutti: tra i due litiganti il terzo gode... «Basta!» urlò Ella ancora scossa da quanto era accaduto. «Invece di riempirmi di affetto e di coccole, che ne avrei bisogno, non fate altro che discutere e litigare senza un vero motivo.» Naturalmente quelle parole ammorbidirono Patrizia e commossero Simone Corsini. Perciò abbracciarono fortemente la loro giovane figlia, che maturava di giorno in giorno e dimostrava, in ogni occasione, di che tempra fosse fatto il suo carattere.

Patrizia dal suo sensibile ruolo di mamma, aveva ragione. Ma persone molto esperte e competenti avevano organizzato quella gita, curandone i minimi particolari di sicurezza, per garantire alla scolaresca una giornata di intensa attività fisica e culturale, senza alcun rischio.

Ad un tratto Corsini ebbe come un flash quando ripensò alle parole di Patrizia la sera prima: *un assassino che scorrazza indisturbato per la “montagna”.*

Erano state parole semplici ma piene di significato specie per un intuitivo come lui. E quelle nuvole che avevano annebbiato il suo pensiero sparirono, per fare posto nella sua mente analitica ad una visione più chiara. Era evidente come l'assassino fosse ossessionato dalla venerazione per la montagna: *sua Maestà l'Etna,* come la definiva nella sua folle ossessione mistica. Quindi, doveva passare molto del suo tempo nel territorio del Parco e alle pendici dell'Etna. E per fare questo senza destare sospetti, doveva trattarsi di qualcuno dei dintorni, residente nella cintura dei paesi etnei. Un frequentatore assiduo ma invisibile, posseduto nella mente e nello spirito dalla sua missione divina di compiere la purificazione del territorio, con brutale malvagità sulle vittime designate: persone da immolare e sacrificare con un rituale sacro. E con questa concezione folle e nel suo delirio di una indefinita motivazione ultraterrena, immagina di placare *“l'Ira della Montagna.”*

Il Commissario capo era nel pieno della sua riflessione quando il telefono interno squillò, distogliendolo da quei pensieri. Prima di sollevare la cornetta si volle accertare chi fosse, e dal display riconobbe subito il numero del Questore.

Con una smorfia nervosa sul viso afferrò il telefono, ma rispose con un tono pacato e pragmatico. Era il suo diretto superiore, e come lui stava su dei tizzoni ardenti.

«Pronto! Carissimo dottore.» esclamò sornione «Anch'io ero sul punto di chiamare per aggiornarla su gli ultimi omicidi. Anzi il fascicolo con i particolari sul caso, a breve arriverà da lei. In questo momento è come essere accerchiati da forze maligne, che si divertono a scatenare i loro esecutori del male. Perdoni il paragone esagerato, ma essere impegnati in più fronti nello stesso tempo complica notevolmente le indagini: offusca la lucidità e rallenta la tempistica delle indagini. Però siamo così arrabbiati e "incazzati" da moltiplicare le nostre forze. Le prometto che, al più presto, saranno assicurati alla giustizia, e li sbatteremo in fondo ad una putrida cella, dove ci resteranno per sempre.»

«Comprendo benissimo la rabbia e le difficoltà di queste indagini.» precisò il Questore con tono calmo e ponderato. «È vero, tutte queste 'ammazzatine' ad opera di due serial killer, che Dio li fulmini, sembrano sovrapporsi in un mosaico di cui non riusciamo a ricomporre i pezzi. Tuttavia Commissario capo, il punto è un altro. Siamo nuovamente nell'occhio del ciclone. Le televisioni sono piene di talk show, dove una miriade di criminalisti e psicologi, sparano le loro 'minchiate' criticando i nostri metodi investigativi, finora senza risultati. I media non sono da meno. La cronaca nera dei quotidiani alimenta l'interesse dei cittadini che incominciano a preoccuparsi. Insomma...» continuò senza farsi interrompere da Corsini. «...dobbiamo utilizzare tutte le nostre forze a disposizione, e impegnare tutte le risorse investigative, per risolvere definitivamente, quanto prima, questi delitti. Anche il colonnello Nardelli è d'accordo su questo. Dopo il grave episodio criminale avvenuto nelle *grotte dell'Etna,* metterà a disposizione un'intera squadra dei suoi uomini, solo per occuparsi del seriale mistico. E' pazzesco! Ad essere presi di mira sono stati dei giovani studenti minorenni, con uno di loro ucciso barbaramente, senza alcuna pietà. Abbiamo di fronte un assassino sanguinario, che non mostra alcun scrupolo, per uccidere e soddisfare la sua mente malata. D'altronde la vostra sintonia di collaborazione è nota a tutti… in bocca al lupo! E speriamo che nelle sue fauci ci finiscano questi pazzi assassini. La saluto con questa speranza nel cuore.» concluse quindi il Questore.

Il discorso pressante del Questore aveva lasciato Corsini con l'amaro in bocca, ma lui era consapevole come le sue parole non sbagliassero di una virgola. Tutte le emittenti locali e nazionali avevano fatto di questi omicidi seriali l'argomento più in voga nei loro programmi, per alzare l'audience. *L'Etna,* infatti, in questo periodo era diventata ancora più famosa, non per le eruzioni spettacolari che di tanto in tanto affascinavano persone e studiosi di tutto il mondo, ma perché nel suo territorio conosciuto come patrimonio dell'Umanità, avvenivano efferati omicidi, in nome della sua '*Divinità*'.

Di colpo, prese una decisione che non avrebbe voluto mettere in atto. Era necessario comunicare attraverso i canali televisivi e la stampa una notizia di grande effetto, per tranquillizzare l'opinione pubblica e gli Organi di Stato. Prima che questi adottassero soluzioni drastiche, tali da vanificare i loro sacrifici, e il duro e laborioso lavoro di squadra, sinora svolto.

Dal pensiero passò ai fatti. Afferrò la cornetta del telefono e chiamò il suo affidabile amico, colonnello Nardelli, responsabile della Unità Scientifica Crimini Violenti.

La collaborazione della scientifica, del corpo dei Carabinieri, famosa per i tanti risultati ottenuti contro la violenza criminale, avrebbe avuto un peso specifico di grande impatto, alle dichiarazioni che pensava di rilasciare, durante una conferenza stampa. Era nelle sue intenzioni informare i giornalisti del cartaceo e delle televisioni, facendo il punto della situazione sugli sviluppi delle indagini, ormai alla fase finale.

Appena parlò a Nardelli del suo piano per calmare le acque troppo agitate ad opera dei media e di cronisti d'assalto, questi si complimentò con l'amico, per l'acume nel gestire il problema: ormai di dominio pubblico. E solo quella contromossa avrebbe spiazzato il più scettico dei giornalisti e allontanato, almeno per il tempo necessario a continuare nelle indagini, eventuali intromissioni gerarchiche o politiche.

«Inoltre quanto diremo in conferenza stampa...» approvò Nardelli. «...potrebbe incutere a questi assassini un'ansia psicologica, tale da tradirsi con qualche gesto inusuale.»

«Esatto!» sospirò il Commissario capo. «Con questa strategia possiamo far credere a questi feroci assassini che gli siamo con il fiato sul collo. E poi caleremo il nostro asso nella manica, comunicando la stretta collaborazione della famosa criminologa newyorchese Caroline Zeller, con la Polizia di Stato. Nello stesso tempo, le attribuiremo il successo professionale che merita. Avremo modo di elogiare le sue capacità empatiche e psicologiche, nel tracciare il profilo e le motivazioni scatenanti dei loro modus operandi. La situazione necessita di credibilità. E chi? Meglio del nome e della fama della dottoressa Zeller, possono avvalorare i risultati sinora ottenuti per arrivare alla soluzione, ormai vicina, di questi casi complicatissimi... e poi speriamo anche nella benevolenza del Signore.» borbottò alla fine Corsini.

I due uomini di legge si complimentarono reciprocamente. La strategia era ottima e i media avrebbero avuto la loro versione ufficiale sulle indagini. Quindi si salutarono dandosi appuntamento per il giorno della conferenza, nella sala della Polizia di Stato: esattamente tre giorni dopo per dare la possibilità alle televisioni di organizzarsi.

Nardelli, prima di riattaccare ricordò al Commissario capo che il giorno dopo sarebbe diventato operativo l'impiego dei droni sul Parco dell'Etna, comprese le zone limitrofe della cintura etnea. E che una mirata e incisiva informazione avrebbe comunicato ai visitatori la presenza di droni, dovuta ad un aggiornamento della mappatura e del censimento del territorio del Parco. Nonché alle variazioni della flora e della fauna, in seguito alle frequenti eruzioni vulcaniche.

Corsini ringraziò l'amico di vecchia data, per la stretta ed efficace collaborazione tra di loro, sfatando quel tabù secondo cui, a detta di voci giornalistiche, la vera difficoltà nel corso di indagini importanti, sarebbe stata la mancanza di comunicazione tra i vari corpi di Polizia.

Nel frattempo una figura dai lineamenti alterati, con il volto trasformato da una crisi mistica più violenta del solito, si prostrava piagnucolante dinanzi all'immagine di sua "Maestà a Muntagna". Il rito era sempre lo stesso. Dopo aver indossato l'abito sacerdotale color porpora scuro, come in trance, si alzò il cappuccio sulla testa e s'inginocchiò a mani unite sotto quella che per lui rappresentava una divinità sacra da adorare.

Poi come in un delirio, con un'immensa forza interiore della sua anima e del suo cuore, iniziò a invocare la purificazione per quei giovani che con un comportamento irrispettoso, con l'anima impura avevano offeso sua "Maestà". Per questo erano stati giustamente puniti. Alla fine il rito si concluse con la preghiera propiziatoria e divinatoria.

Questa preghiera è rivolta a Te o Regina della Terra.
Adoriamo la Tua Maestosità, Accettiamo la Tua Ira.
Avrai il sangue di coloro che non ti Amano.
Il Tuo Devoto Sacerdote.

Anche stavolta finito il rito propiziatorio, l'uomo si tolse la tunica sacerdotale e dopo averla piegata con cura la mise sulla panca a lato della gigantografia dell'Etna. Come toglieva la veste sacerdotale il suo aspetto cambiava quasi per magia.

E nonostante le luci led rosse e gialle inondassero ancora la stanza, nel suo volto era apparsa una luce diversa. Ogni fibra del suo corpo irradiava una grande serenità che si leggeva nei suoi splendidi occhi azzurri, con tonalità sul verde. Era diventato un altro uomo, dall'aspetto sensibile e buono che mai avrebbe fatto pensare a un feroce e brutale serial killer, privo di qualsiasi pietà. Intanto che le luci led si furono spente, l'uomo si era infilato la giacca. Poi uscì dalla stanza e con gesti sicuri chiuse la porta: «Eccomi! Nonnina.» esclamò, appena varcò quell'uscio… di satana.

Era pomeriggio inoltrato quando il Commissario capo ritornò in sede. Come prima cosa chiamò il detective Consoli, il suo braccio destro e partner di tante missioni tattiche. Corsini riteneva quel poliziotto uno dei più preparati in assoluto. In molte indagini era stato il suo innato intuito investigativo e tattico a risolvere casi difficilissimi e pericolosi. Mentre aspettava che arrivasse pensò che in fondo poteva ritenersi fortunato ad avere una squadra così qualificata e poi ne era sicuro, avrebbero dato la vita per lui, e ovviamente lui per loro. L'ispettore in brevissimo tempo si presentò nell'ufficio di Corsini, che appena lo vide entrare gli rivolse un sorriso di sincero compiacimento.

«Accomodati.» lo invitò cortesemente. «Tra breve avrò assolutamente bisogno delle tue indiscusse e riconosciute capacità di interloquire con le persone. Siamo in attesa della signora Chillemi, la testimone chiave del nuovo processo Borsalino. Trattasi di persona molto anziana, perciò l'emozione e l'impatto potrebbe comprometterne lo stato intellettivo e quella lucidità di cui abbiamo assolutamente bisogno. Come sai la suddetta testimone potrebbe essere in grado di riconoscere il vero assassino, del quale aveva visto la faccia e il suo sguardo cattivo, che per qualche minuto aveva rivolto verso di lei… forse rifletteva sull'eventualità di eliminarla. Come sai, questo successe sedici anni fa. Adesso abbiamo un compito molto delicato perché il volto dell'uomo che l'anziana dovrà riconoscere, con il tempo avrà subito dei cambiamenti, forse anche notevoli. Inoltre il riconoscimento sarà possibile se quest'uomo si trova nel data base centrale dei malavitosi schedati… probabilità di cui ritengo ottimisticamente positiva con una percentuale del 99,99%. Perciò appena la signora Puglisi arriva, tu accoglila con tutti gli onori e i salamelecchi possibili. Deve sentirsi serena e a suo agio. In maniera da farle scaricare l'agitazione che il posto e le divise suscitano immancabilmente nelle persone.»

«Farò del mio meglio capo.» lo interruppe a quel punto l'ispettore Consoli. «Anzi ho già in mente, bello e pronto, un metodo valido per i riconoscimenti ad elevata difficoltà. Si considerano infatti i due fattori chiave: l'età della signora e il volto del soggetto con la naturale trasformazione avvenuta nel tempo. Se la donna l'ha visto in faccia chiaramente, come descrive nel verbale, avremo la possibilità di fare bingo. Le nostre tecnologie applicate al database ci daranno immagini e cambiamenti di anno in anno. Se necessario, fino a ringiovanire o invecchiare il viso reale: con una percentuale di errore bassissima.
In effetti la ricostruzione inizia, immagine dopo immagine, dalla effettiva identificazione dell'anziana, nel database.»

«E abbiamo un vero fenomeno nell'applicazione di questa tecnologia.» intervenne con tono gasato Corsini. «Mi riferisco al nostro appuntato Valente, un mago nell'uso di software di ultima generazione.
Dai mettiamocela tutta ragazzi e buon lavoro! Per qualunque cosa mi trovate al secondo piano, sala conferenze grande: mi attende una grossa rottura. Quella di informare stampa e televisioni sugli sviluppi delle indagini.»

37
Nicolosi (CT) - 5 Gennaio 2016

In casa di nonna Rosa regnava la più totale confusione mista ad una commozione palpabile a vista d'occhio. Era arrivato il giorno della partenza per i coniugi Zeller.

Warren nonostante la sua mastodontica mole appariva più un ragazzone che lascia i compagni di giochi, anziché un famoso imprenditore miliardario newyorchese: temprato da accese assemblee azionarie, nella gestione del suo impero industriale.

L'anziana donna siciliana non lasciava niente al caso. Si preoccupava di ogni minimo dettaglio per la partenza dei carissimi parenti acquisiti. E di tanto in tanto qualche segno di commozione che lei voleva nascondere, faceva capolino dai suoi occhi pieni di vero e sincero affetto.

Ellen e Warren capirono quanto accadeva nel cuore di nonna Rosa, perciò con uno stratagemma e molto spirito ironico, la costrinsero a sorridere con quella naturalezza che da subito aveva conquistato i due coniugi. Infatti Ellen appoggiò la sua mano destra sulla mano sinistra del marito e alzandole insieme si esibirono in un inchino regale verso nonna Rosa: «Alla Regina di Nicolosi tributiamo il nostro ringraziamento, per averci ospitato nella sua casa con grande signorilità. E che con il suo essere persona semplice e piena di immensi valori umani, la trasmette inconsapevolmente a parenti e amici. Perciò con tutto il rispetto per gli altri, è nostra intenzione assegnarle un titolo dal valore universale e unico, eleggendola "Nonna dell'anno".»

A quel singolare annuncio seguirono tantissimi applausi e consensi di approvazione assoluta. Quella famiglia era vissuta con gli insegnamenti di vita di quella donna forte di carattere, ma piena di bontà e di metodi educativi esemplari, nel rispetto della gente e con due valori fondamentali: il lavoro e l'onestà.

L'aria che si respirava in quel momento era di gioia e di commozione. Ma un nuovo intervento di zio Gaetano mise le cose a posto, esibendosi in una serie di battute spiritose indirizzate a Warren, il suo bersaglio preferito. Il solo scopo era fargli sentire l'affetto e l'amicizia instauratosi sin dal primo momento della simpatica e vivace frequentazione.

«E va bene "Picciotto" americano.» gli disse con un accento strascicato e tipico del dialetto siciliano. «Ti meriti la cittadinanza onoraria per avere imparato in breve tempo un discreto numero di parole della lingua siciliana, anche se le prime sono state quelle più 'vastasi' e irripetibili davanti alle nostre 'fimmini'.»

Warren si appoggiò una mano sulla fronte in segno di insofferenza, in realtà dentro di sé camuffava una commozione straripante per quell'uomo dalla simpatia eccezionale.

Così dopo i saluti e la promessa che ogni occasione sarebbe stata buona per una nuova rimpatriata per entrambi le parti, Ellen e Warren Zeller si avviarono lesti verso l'uscio poiché il loro stato d'animo stava quasi per cedere e si sentivano ridicoli. Così Warren assunse con decisione un atteggiamento più consono alle caratteristiche di uomo d'affari e di forte personalità, qual'era.

«Allora Frank!» disse rivolgendosi a suo genero con tono severo. «Appena Caroline si libera della collaborazione per smascherare questi feroci criminali, non trattenetevi più del necessario. Gli impegni non possono essere rimandati oltre. E ti chiedo di vigilare attentamente su di lei… scusami ragazzo mio, ma lei rappresenta l'icona della nostra esistenza. E anche se queste parole possono sembrarti strane perché conosciamo l'amore che vi lega, pur tuttavia il nostro è un bene diverso: è amore di genitori.»

A quel punto Caroline si precipitò ad abbracciare il padre, esortandolo però ad affrettarsi se voleva prendere il volo per New York, in tempo.

«Oppure preferisci rimanere con noi, qualche altro giorno.» gli disse simpaticamente con ironia, mentre i suoi genitori si apprestavano a salire nel taxi che li avrebbe portati all'aeroporto "Fontana Rossa" di Catania.

«Tutto passa così presto.» esclamò Gaetano stringendo ancora la mano di Warren dal finestrino. «Ma ho avuto il tempo per capire che siete delle persone squisite e buone. È stato il periodo più fantastico della mia vita perché mai avrei creduto di incontrare tanta generosa spontaneità.» Poi diede un colpettino sulla carrozzeria dell'auto e rivolgendosi al tassista: «Vai, vai via… o mi metto di traverso e gli impedisco di partire.» L'autista partì quindi con una lieve accelerazione intuendo il momento affettivo e di sincera amicizia che legava quelle persone.

Dopo la partenza di Ellen e Warren per gli Stati Uniti, Caroline e Frank decisero di ritornare a Trecastagni, nonostante l'insistenza di nonna Rosa e zio Gaetano che si definivano tristi per la partenza dei coniugi Zeller.

Villa Caroline distava pochi chilometri da Nicolosi, perciò impiegarono poco tempo per raggiungere il loro nido d'amore. Infatti parcheggiarono la piccola Mini Morris, davanti alla splendida scalinata in marmo pregiato scuro e venature carta da zucchero. Tutte le volte Frank accarezzava quella magnificenza con orgoglio, a volte anche inconsapevole di quel gesto spontaneo, ma con una soddisfazione tale da procurargli una sensazione di appagamento interiore. Appena furono nel grande salone, la loro stanza preferita, si tuffarono letteralmente sul morbido divano in pelle anticata e per distrarsi dagli ultimi concitati avvenimenti accesero la televisione. Davanti ai loro occhi comparve un primo piano che però guardarono distrattamente... ormai presi dai loro giochini amorosi. Infatti Frank cominciò a stuzzicare la moglie, accarezzandola e baciandola con i suoi metodi da lumacone. Caroline sghignazzava sotto gli attacchi del focoso marito siciliano, che non perdeva occasione per assaporare la dolcezza delle sue labbra, il calore sensuale del suo corpo. Ma all'improvviso si bloccarono perché qualcosa li aveva lasciati sgomenti. Nella conferenza stampa davanti alle televisioni, in diretta, il Commissario capo Corsini informava i giornalisti intervenuti, che le indagini sui killer dell'Etna proseguivano celermente e con successo, anche per la collaborazione della famosa ed esperta criminologa newyorchese Caroline Zeller. Le sue indiscusse capacità forensi avevano dato una spinta notevole alle indagini. E aver tracciato il profilo psicologico e comportamentale dei serial killer, era stato per gli investigatori un elemento importante per indirizzare le indagini verso una pista ben precisa. Inoltre i due corpi di Polizia impegnati duramente a identificare gli assassini, i più brutali nella storia della Sicilia, si erano dichiarati entusiasti di collaborare con l'esperta criminologa, in grado di spingere le indagini nella giusta direzione. È noto infatti che i successi professionali della Zeller, derivano essenzialmente su una empatia fuori dal comune. Dalla sua capacità di leggere dentro l'animo, e nella mente di persone dalla psiche deviata psicologicamente, e del perché si spingono ad uccidere al solo scopo di procurarsi piacere.

«Ormai il cerchio per questi feroci omicida si sta chiudendo.» proseguì Corsini rivolto alla stampa. «Le indagini infatti si stanno orientando verso un campo più ristretto. In tutti e due i casi abbiamo un profilo e una motivazione ben precisa, anche se radicalmente diverse nelle modalità... in comune mostrano un folle piacere di uccidere. Tuttavia per l'adoratore dell'Etna, pensiamo che la causa scatenante della sua furia omicida nasca da qualcosa di brutto avvenuto nel suo passato. Tale da sconvolgerne il labile equilibrio mentale. Al contrario l'altro serial killer uccide per un episodio di sangue avvenuto nel passato e vissuto personalmente. Ma non possiamo aggiungere altro per motivi inerenti alle indagini in corso. Comunque, a presto vi aggiorneremo su ulteriori sviluppi. E lasciateci lavorare in pace senza sbandierare notizie prive di fondamento, che poi diventano allarmanti per la serenità dei cittadini... e risultano dannose per il turismo, fonte di vita dei paesi della cintura Etnea. Ripeto: presto avrete notizie esclusive e dettagliate sulla soluzione del caso. Questa è una promessa.» concluse sornione il Commissario capo. Indirizzando un largo sorriso di facciata verso i numerosi giornalisti e telecamere presenti.

Il discorso di Corsini suscitò un vero e proprio mormorio di massa, incuriositi da quelle affermazioni molto ottimistiche. La maggior parte di loro si mise subito in contatto con la redazione, per dettare l'articolo nella prossima uscita del giornale.

La più famosa televisione locale, prima di chiudere il collegamento in diretta, informò i suoi telespettatori che un servizio speciale... *sull'Adoratore dell'Etna*, sarebbe andato in onda in prima serata.

Appena furono soli Corsini e Nardelli si scambiarono i complimenti per il risultato della conferenza stampa... il primo a parlare fu il colonnello della Scientifica. «Abbiamo dato una bella scossa all'ambiente dell'informazione.» esclamò con piglio soddisfatto. «E adesso i cittadini avranno informazioni più coerenti alla realtà.»

«Ti devo ringraziare ancora una volta.» replicò invece Corsini sorridendo. «La tua logica deduzione sulla fame di notizie dei media è stata fenomenale. La conferenza, grazie al tuo suggerimento, di fornire notizie sul profilo dei serial killer e dei rispettivi modus operandi, si è rivelata vincente. Le televisioni allestiranno talk show in tutte le salse e questo provocherà una reazione del nostro folle omicida che lo porterà a commettere qualche sciocchezza.» concluse convinto di quel che diceva, poi dopo un attimo di riflessione, aggiunse: «A questo punto, caro amico, mi preoccupa solo la reazione del marito della Zeller. Quel caro ragazzo è talmente protettivo da costringermi a promettere, a suo tempo, che la notizia sulla collaborazione della moglie sarebbe stata tenuta nel più assoluto segreto.» La previsione di Corsini si avverò in men che non si dica. Qualche minuto dopo giunse la telefonata di Frank Borsalino. Ed era letteralmente infuriato. Tuttavia, benché la sua voce fosse carica di rabbia, si rivolse a Corsini con tono educato, esprimendo con ironia la sua delusione per la notizia trapelata, anzi diffusa volontariamente dalla Polizia. «La partecipazione di mia moglie alle indagini doveva rimanere nell'ombra… lo avevi promesso.» urlò arrabbiatissimo Frank.

«Tra breve...» lo interruppe Corsini «...avrei chiamato Caroline per informarla della assoluta necessità di dare queste informazioni ai media. Lei ama profondamente la sua professione, e perciò capirà perché abbiamo agito così apertamente. Ti garantisco che a causa dell'aria che tira, nei nostri confronti, con accuse e continui attacchi di scarsi risultati nelle indagini e metodi investigativi non all'altezza, a breve, avrebbero assegnato le indagini ad altra sede. Ci avrebbero tolto il caso dalle mani, e l'impegno di tutti sarebbe andato a 'puttane'. Ti assicuro che abbiamo chiesto sacrifici enormi ai nostri uomini. È stata attuata una strategia di controlli a tappeto nei punti chiave, e appostamenti tattici 24 ore su 24. Persino i droni dei Carabinieri sorvolano tutta l'area interessata a intervalli più brevi possibili, con gli operatori tecnici impegnati in uno sforzo visivo continuo e minuzioso. E dopo tutto questo, magari arriva un pallone gonfiato e dall'alto del suo potere decide di tranquillizzare i media, spostando le indagini. Infischiandosene di tutto il resto… il che si tramuterebbe in un grosso sbaglio! Anzi direi in una grossa minchiata! Vi voglio bene e mi sento avvilito e mortificato. Si! Vi chiedo scusa. Ma Caroline è talmente esperta e preparata in queste situazioni che, alla fine, valuterà e capirà il succo di tale incresciosa decisione.»

In quell'istante si udì la voce calma e sicura di Caroline Zeller… la criminologa.

Frank quando aveva afferrato di slancio il telefono, per inveire contro lo zio coi baffi, il traditore, si era ricordato di mettere in viva voce e fare così ascoltare alla moglie quali ridicole giustificazioni avrebbe adottato Simone Corsini. Frank era tuttora incazzato nero. Per lui le scuse non bastavano: aveva ignorato la promessa, tradendo la loro fiducia. Ma Caroline attenuò sul nascere la rabbia del marito con il suo intervento.

«Bada bene Commissario capo.» disse la criminologa appena iniziò a parlare. «Non pensare di aggirare, in questo modo, la parola che avevi dato, proprio in presenza di Alessio e Frank. L'accordo era chiaro, e nemmeno con un terremoto giudiziario avresti dovuto mancare alla promessa. Tuttavia dopo aver seguito la conferenza stampa e aver ascoltato con quanto fervore spiegavi un timore possibile… penso proprio che essere estromessi da un caso ormai cucito sulla vostra pelle, sarebbe ingiusto: e per questo qualcosa si è sciolto in me. Ma la rabbia e la delusione rimane tutta.»

«Scusami… scusami se puoi.» intervenne Corsini «Mai avrei voluto deludere i miei più cari amici. È mia intenzione braccare al più presto questi folli omicida. Devono vivere la loro esistenza in galera o in un manicomio criminale di massima sicurezza.»

Nello stesso tempo, e in coincidenza con le parole del Commissario capo, un uomo si disperava, sconvolto da quanto ascoltato in televisione, e imprecava e urlava... soffrendo come un dannato *nel girone dell'Inferno*. Poi si calò nelle vesti di sacerdote e diede inizio alla cerimonia propiziatoria per sua *Maestà l'Etna.*

L'uomo si sollevò il cappuccio della tunica rosso porpora, si mise in ginocchio con un movimento quasi rallentato, mentre la sua mente era totalmente concentrata ad idolatrare l'immagine della gigantografia… il divino Vulcano: *sua Maestà l'Etna.*

Sembrava posseduto da una forza maligna, che gli suggeriva ogni atto di penitenza da rivolgere alla '*Montagna'*. A mani unite, cominciò a pregare con parole deliranti e gesti di esaltazione violenta, verso quelle persone che avevano osato criticare il *Sommo Sacerdote dell'Etna*, colui che con la purificazione delle vittime designate, chiedeva il perdono per tutti. «Queste persone sfidano la tua ira o *Maestà divina.»* esclamò poi piangente. «Non conoscono l'immensa potenza delle tue viscere che il tuo umile sacerdote purificatore riesce solo a limitare. Queste persone vogliono colpire chi è devoto alla tua storia, alla tua antichissima *origine divina*, alla tua maestosità. Con questa preghiera propiziatoria, diversa dal solito, chiedo di darmi la forza e il potere occulto di eliminare i peccatori venuti da lontano, per colpire e infangare la mia immagine di "*Adoratore della Regina della Terra*": un sacerdote devoto e pronto a qualunque sacrificio per te... divinità immensa, che ti innalzi verso il cielo nella bellezza suprema della natura, che ti ha creato maestosa e potente.»

Come ogni cerimonia e preghiera propiziatoria, terminato il suo folle sproloquio delirante, riprese le sue vesti di persona normale. Ma stavolta con una pericolosa variante. Dalla cassapanca antica, sotto la gigantografia, prese una piccola scatola dalla quale estrasse, trattandola come una reliquia, una specie di fionda ibrida, la frombola… le intenzioni del folle *Adoratore dell'Etna* non lasciavano dubbi. Infatti ripose l'arma antica dentro la scatola, poi si assicurò che ci fossero i proiettili in piombo alloggiati nei fori attorno.

38
Questura centrale di Catania
Sezione Speciale Anticrimine

Nel frattempo nel reparto del Sistema Centrale della Polizia di Stato si svolgeva un confronto quasi comico tra la signora Chillemi e il database informatico: delle foto segnaletiche inserite nel corso degli anni, nel sistema. Era un immenso archivio, vero e proprio, di foto di criminali arrestati per reati di ogni genere.

L'ispettore Consoli era riuscito velocemente a guadagnarsi la fiducia e la simpatia dell'anziana donna. L'esperto detective prima di iniziare con le immagini delle foto segnaletiche si fece portare un vassoio con del tè e biscotti integrali.

«Ecco! Signora Chillemi.» le disse con un sorriso ammiccante. «Adesso noi facciamo come se fossimo davanti al televisore, a vedere un bel telefilm poliziesco. E lei vedrà una serie di volti, di persone di tutte le razze, belli e brutti, ma con un elemento di riferimento: l'identikit che abbiamo ricostruito insieme, con le indicazioni da lei suggerite. Analizzi attentamente ogni foto che le passerà davanti agli occhi. E dopo qualche minuto, quando pensa di poterla escludere, al suo okay, passeremo alla successiva. Comunque ricontrolleremo quelle foto che lei ritiene opportuno rivedere, perché per esperienza professionale, ritengo difficilissimo ricostruire un identikit dopo sedici anni. Tuttavia le nostre tecnologie superano anche questo, perciò si rilassi e si diverta a seguire le brutte facce che via... via il monitor le mostrerà elaborate e modificate. Come può capire quindi...» concluse il bravo detective «... è tutto molto semplice. Se quel viso è impresso nella sua memoria, come ci ha confermato fino a poco fa, a un certo punto, come per magia, apparirà davanti ai suoi occhi. Anche grazie al programma che questo bel giovanotto, l'agente Valente, si è già occupato di elaborare per noi.» E così dicendo prese la testa del collega, seduto davanti al database, e lo baciò simpaticamente sui capelli. «Naturalmente appena si sente stanca, interrompiamo e ci prendiamo una bella pausa. Spero lei gradisca del tè verde.»

L'anziana donna rispose con un sorriso alla proposta del detective... «Mi sembra di essere in un film di Agata Christie. Sa dottore!...» esclamò pimpante «...quella signora anziana che scopre i colpevoli prima dei poliziotti.»

«E' la protagonista di gialli preferita da mia moglie.» mentì sornione Consoli. «Chissà? Se lei farà la stessa cosa. E ci aiuterà a scoprire quel malvivente assassino! In effetti mi ricorda la protagonista della signora in giallo.» mentì nuovamente «La raccomandazione che le faccio è quella di analizzare attentamente ogni volto. Se qualcosa la lascia dubbiosa, noi ritorniamo subito indietro e lei si prende il tempo che vuole. Cominceremo con le foto segnaletiche a partire dall'anno precedente in cui fu commesso l'omicidio. E di anno in anno andremo avanti tra una battutina ironica su quelle facce e un sorso di tè e biscotti. Mi permetta di confidarle una sensazione da poliziotto di lungo corso: la sua collaborazione sarà decisiva...»

Anche l'appuntato Valente, da subito, fece amicizia con l'anziana. Appena furono pronti per iniziare, la Chillemi diventò sempre più elettrizzata... «Questo giovane, così carino e pulito mi ricorda un alunno a cui ero affezionata come un figlio.» commentò rivolgendosi all'agente, prima che lui iniziasse ad avviare il database. In pochissimo tempo la vecchia insegnante, nonostante la seria malattia, dimostrò sicurezza nel suo incarico. Quindi visionò con molta attenzione una lunga sequenza di foto segnaletiche. Era sicura del fatto suo e scartava velocemente ogni volto completamente estraneo al malvivente. Poi il colpo di fortuna arrivò puntuale, come se un intreccio del destino avesse voluto cancellare una dolorosa e triste ingiustizia. Infatti un gridolino strozzato di gioia uscì, all'improvviso, dalla bocca dell'anziana... «È lui! È lui!» urlò come spaventata da quel volto. Era talmente esaltata da alzarsi in piedi, con un balzo, che a momenti le faceva perdere l'equilibrio. Ma Consoli fu lesto ad afferrarla delicatamente. Tentò di metterla seduta, però senza riuscirci, anzi lei si appoggiò al detective abbracciandolo con immensa gioia.

«Ora quel povero 'Cristianu' avrà giustizia.» esclamò con voce tremolante e poi scoppiò in un pianto liberatorio. «Perdonatemi avevo paura... avevo sempre più paura. Veniva tutti i giorni a citofonare per mostrarmi la pistola. E quel povero 'Cristianu' è finito in galera per colpa mia... prego 'u Signuri' e tutti i 'Santi do pararisu' di perdornare 'u me piccatu'.»

«Si calmi signora Chillemi.» la esortò l'ispettore Consoli, scosso da quella triste e sofferta reazione. «Il dottor Corsini è stato sempre esplicito incolpando la Procura, che con molta superficialità e con motivazioni ambigue, fecero condannare Alessio Borsalino. Purtroppo non possiamo restituire a quell'uomo sedici anni di vita passati in galera, da innocente. Possiamo però restituirgli, anche con il suo aiuto, il valore della dignità e il valore di avere avuto giustizia. Adesso le chiedo un ultimo sforzo. Bisogna essere certi al cento per cento del riconoscimento, perciò l'appuntato Valente le mostrerà altri volti leggermente modificati, e poi inserirà quello del riconoscimento. Le premetto che qualche foto segnaletica somiglierà in modo impressionante a quello da lei segnalato. E' basilare quindi la sua concentrazione più assoluta. Quando sarà sicura che è lui, il mostro dei suoi incubi, avremo la certezza del riconoscimento. Ha capito bene?»

L'anziana donna si rimise davanti al database con la massima attenzione. In questo momento aveva perso la verve e la gioia di prima. Sapeva che questa fase era vitale. Il vero assassino doveva pagare per scagionare finalmente un uomo innocente. Appena partirono le prime foto segnaletiche la donna subì come un attimo di stress interiore. Il suo cuore cominciò a battere velocemente...

Il monitor mostrava volti quasi identici e per lei diventava difficile, essere certa, di fare il riconoscimento. Ma si fece coraggio e pregò il *Signore,* con una forza interiore che la fece sentire sollevata, e trasportata verso la verità. Poi, davanti ai suoi occhi, ricomparve il volto di quell'uomo: non poteva sbagliarsi. Un viso dai lineamenti duri e dallo sguardo freddo e sprezzante. Era rimasta incerta su un'altra foto segnaletica, e grande fu la sua felicità, quando il detective Consoli la informò sorridendo, che quell'altra foto era stata modificata con un procedimento tecnico, appositamente voluto, e quindi il suo dubbio non aveva motivo di esistere: quel viso modificato dal programma software, non faceva parte delle foto segnaletiche presenti nel Sistema Centrale della Polizia.

«A questo punto.» esclamò raggiante il detective Consoli, rivolgendosi all'anziana donna che aveva recuperato nuove energie. «Affidiamoci alla bravura del nostro Valente, alle ultime tecnologie e ai programmi digitali che lui conosce e usa come se giocasse a un videogiochi.»

Mentre il diretto superiore parlava elogiando le sue capacità professionali, intanto l'appuntato Valente aveva avviato il software del programma specifico, dal quale avrebbe ricavato il curriculum criminale della persona riconosciuta. Così utilizzò il metodo di comparizione di tutti gli elementi. E dopo aver reinserito il soggetto identificato nel Sistema Centrale, dalla schermata che si aprì, venne fuori un lungo elenco di crimini compiuti dall'uomo, negli anni: già in età giovanile e persino ancora minorenne.

Dalle labbra di Valente uscì un sibilo, che somigliava a un fischio di sorpresa e anche a una imprecazione verso quel delinquente. «'Minchia!' Ispettore.» disse molto irritato da quello che leggevano i suoi occhi. Succedeva raramente che il giovane poliziotto si sfogasse osannando *l'organo* principe della sicilianità. «Quest'uomo è un delinquente incallito.» ringhiò poi. «Il suo curriculum delinquenziale è così ricco che possiamo intitolarlo "Romanzo Criminale1-2-3-4-5". Scommetto che il dottor Corsini si trasformerà in una tigre che non vede l'ora di sbranare la sua preda.» concluse il giovane appuntato.

L'ottimismo aleggiava evidente in quella stanza. La signora Chillemi, di colpo, aveva cancellato quanto di brutto aveva fatto in passato, anzi si credeva una eroina delle favole che aveva contribuito a sconfiggere il cattivo. Intanto il detective Consoli aveva telefonato immediatamente al Commissario capo, informandolo degli sviluppi positivi nel riconoscimento, avvenuto con successo e con una percentuale altissima nell'identificazione dell'assassino.

Corsini si stava relazionando con il Questore, il quale lo informò di aver seguito ogni fase dell'agitata conferenza stampa con grande soddisfazione, attraverso lo schermo in ufficio. Ma la telefonata ricevuta gli mise le ali. Sembrava un ossesso cui hanno dato la notizia della fine del mondo. Si congedò precipitosamente dal Questore, e dopo avergli promesso che lo avrebbe messo al corrente delle novità sul caso Borsalino, si scusò, e senza aggiungere altro, raggiunse la Sezione del Sistema Centrale di Polizia. Appena mise piede dentro il reparto, per prima cosa, si complimentò con la Chillemi.

«Mi creda professoressa, come Muzio Scevola, avrei messo la mano sul fuoco. Ero certo che avrebbe aiutato la giustizia a rimediare a un terribile sbaglio.»

Nel frattempo il giovane Valente prodigo di iniziativa, aveva trasferito il fascicolo del soggetto identificato sul computer, e quindi avviò la stampante che aveva cominciato a sputare fuori i fogli sulla carriera criminale di *Mario Rapisarda.*

Simone Corsini appena lesse quel nome e controllò la foto segnaletica del soggetto, gli sembrò di tornare indietro nel tempo... un flash giovanile si materializzò nella sua mente e nella sua memoria. Rivide tre giovani ragazzi, molto amici che sognavano il loro futuro sparando anche 'minchiate' inverosimili.

Si erano da poco diplomati, e ognuno di loro aveva trovato dei lavoretti, per sbarcare il lunario ed essere indipendenti. Anche se Mario non aveva problemi di alcun genere, perché unico figlio maschio di una famiglia ricca, protetta dalla mafia. Questo particolare Simone ed Alessio l'avevano scoperto dopo. Quando il capofamiglia dei *Rapisarda* venne arrestato per collusione e favoreggiamento alla mafia.

In seguito allo scandalo, i loro rapporti si sgretolarono, anche se Mario mostrava una strana affezione possessiva per Alessio.

Erano passati alcuni anni quando i due amici, Simone e Alessio rimasti uniti in un rapporto di sincera e fraterna amicizia, appresero attraverso i giornali locali come *Mario Rapisarda* fosse diventato un giovane criminale molto pericoloso: spacciatore e capo di una gang che operava nella provincia di Siracusa.

In seguito dimenticarono la sua esistenza, forse perché delusi profondamente, ma principalmente perché impegnati a costruirsi un avvenire lavorativo prima e una famiglia in seguito.

Corsini ritornò indietro nel tempo con una precisione fotografica straordinaria: erano stati veramente molto legati fino a quell'avvenimento molto chiacchierato dagli abitanti della cittadina siciliana. Ma adesso si chiedeva come mai fosse sbucato dal nulla, per commettere un omicidio coinvolgendo l'amico del cuore, come lui lo chiamava, facendolo incolpare dell'omicidio.

Valente era stato solerte nello scaricare il fascicolo con tutti i crimini dell'uomo. Così il Commissario capo aveva potuto approfondire alcuni punti salienti della vita immorale, priva di ogni senso civico, che negli anni erano sfociati in nefandezze della peggiore immaginazione: dallo spaccio di droga davanti alle scuole, allo stupro di un giovane ragazzo, reo di non aver pagato quella schifezza di droga artificiale che, lui stesso, aveva costretto a consumare. Alla fine quel povero ragazzo si era suicidato per la vergogna verso la famiglia.

Corsini più leggeva e più restava sbalordito, di quante mostruosità emergessero dal casellario criminale di quell'uomo. Durante un soggiorno forzato in una comunità per drogati aveva più volte pestato a sangue un operatore del centro, fino al giorno in cui quel poveretto rimase in coma per oltre due mesi. A quel punto era stato disposto l'isolamento in carcere con un'aggravante della pena detentiva: aveva solo venticinque anni.

In seguito era stato un susseguirsi di ricoveri in varie comunità per recupero di malati da tossicodipendenza. La famiglia *Rapisarda* aveva un nome nell'alta società e il loro legame con cosche mafiose importanti si era consolidata nel tempo. Perciò quel criminale, con il cervello ormai rovinato dalla droga, poteva contare persino su appoggi di giudici e poliziotti corrotti.

Il Commissario capo saltò qualche pagina di quel lungo fascicolo, lo richiuse e lo appoggiò sulla scrivania, con una tristezza e una sensazione di schifo interiore che aveva provato pochissime volte nella sua vita.

Poi afferrò la cornetta del telefono e compose il numero del colonnello Nardelli, il quale rispose energicamente, con un tono di voce soddisfatto. Tuttavia si accorse subito che Simone Corsini, in quel momento, si trovava in uno stato d'animo pessimo, di totale amarezza personale...

«Che succede amico mio?» gli chiese incuriosito. «Mi sembra che la situazione è divenuta abbastanza fluida per noi. Perciò spiegami la causa del tuo malumore. Ti assicuro che trapela dal tono della voce.»

«È vero!» confermò il Commissario capo. «Nonostante sia felice per la svolta del caso Borsalino. Anzi ti premetto che abbiamo inviato il fascicolo sull'indiziato, *Mario Rapisarda,* l'uomo identificato attraverso le foto segnaletiche del Sistema Centrale. La Chillemi è sicura del riconoscimento. L'ha confermato abbracciando tutti, e piangendo come avesse vinto il perdono divino. Tuttavia il mio morale è a pezzi perché quest'uomo, sicuramente il vero assassino nel caso Borsalino, risulta essere un vecchio amico d'infanzia prima, e di gioventù dopo, nel passato mio e di Alessio.»

«Su! Coraggio amico mio.» lo rincuorò Nardelli. «Il nostro obiettivo è quello di restituire la dignità e rendere giustizia ad Alessio, il resto diventa spazzatura da mettere nel cestino. Capisco però che i periodi vissuti in spensieratezza, in gioventù, in casi come questo, provocano uno stato d'animo di rifiuto alla realtà.»

«Ti ringrazio "cuor di leone"» rispose Simone Corsini.

«È un'analisi piena di significato, ma vera. Adesso siamo uomini temprati ad ogni emozione e ad ogni cattiveria della vita. I bei ricordi fanciulleschi bisogna lasciarli nel cuore e basta. Restiamo in tema Borsalino...» riprese Nardelli «... abbiamo un altro elemento che potrebbe dare all'indagine la soluzione definitiva. Il nostro laboratorio ha estratto una sottilissima traccia di sangue dalla statuetta di Nefertiti.
Tutte le analisi di laboratorio, in merito agli elementi e incrostazioni repertate, erano risultati negativi. Poi quando eravamo convinti che

sulla statuetta non ci fossero impronte o tracce di sangue, sotto la base della statuetta, in un intarsio quasi invisibile, è stato individuato un coagulo di qualcosa di appiccicoso, ma indurito dal tempo. E indovina che colpo di 'culo' è spuntato tra le nostre mani... il materiale organico molliccio, indurendosi ha trattenuto qualche goccia di sangue della vittima. A questo punto, dobbiamo pensare che nella dinamica dell'omicidio, l'assassino colpì la vittima impulsivamente da dietro, in un momento d'ira. Prima con la statuetta, impugnandola da sopra e sferrandogli un colpo violentissimo alla nuca. Ma non contento, subito dopo, credo abbia infilato dei guanti e infierito selvaggiamente su di lui con la roncola, scaricando la sua rabbia.

«Dovrei dirti bravo.» rispose Corsini, contento come una Pasqua per la ricostruzione del delitto, che collimava con la sua. «E sai perché non te lo dico? Ti dovrei nominare subito miglior 'sbirro' nazionale per genialità e intuito nel condurre le indagini.»

«Sapevo che avresti colto l'occasione per prendermi in giro.» ironizzò Nardelli. «E quasi… quasi ti tengo all'oscuro della grande notizia che stavo per darti, poliziotto coi baffi di fil di ferro. Ti va bene così?»

«Dai non scherzare e non tenermi sulle spine.» replicò Simone Corsini. «Quello che dissi nei tuoi confronti… sacrosanta verità è'. Anzi ti nominerei seduta stante per meriti e capacità eccezionali, Capo di tutti i corpi di Polizia e perché no… anche Ministro degli Interni. Posso avere adesso questa notizia? 'Scassaminchia' di un Carabiniere!»

In Nardelli scattò una risata di petto, così potente, da intronare l'orecchio dell'amico Simone. «Per fortuna amico mio...» proseguì eccitato «… da quella piccolissima traccia di sangue i laboratori sono riusciti a ricavare un profilo del DNA, che sicuramente appartiene alla vittima. Ma ecco la notizia bomba a cui ti accennavo. Il materiale organico repertato attorno alla testa della statuetta, con il suo indurimento nel tempo e non attaccato da muffe o da altri elementi corrosivi, si è rivelato un ottimo isolante. Infatti appena pulita la statuetta i tecnici di laboratorio hanno individuato un'impronta che si è mantenuta intatta nel tempo. Tra qualche giorno con un nuovissimo metodo di analisi molecolari avremo dei risultati sicuri al cento per cento e sapremo a chi appartiene.»

39
Trecastagni (CT) – Villa Caroline

Era una mattinata inebriante. Per i profumi che la natura incontaminata e la flora variopinta di quella terra, rendevano l'aria così frizzante da generare una specie di vibrazione interiore. E la sensazione di vivere in un paradiso di quiete e tranquillità.

Nonostante il freddo intenso e pungente di gennaio, i due coniugi appena svegli, come ogni mattina, si godevano quel paesaggio idilliaco. In quel luogo, il cemento e le costruzioni indiscriminate erano state negate dai vari proprietari e villani che vivevano nella zona. Avevano rifiutato ogni tentativo edilizio, con offerte economiche molto alte per vendere parte della loro terra. Un panorama stupendo, con la visione maestosa dell'Etna in lontananza. Il profumo della natura che riempiva l'aria di sensazioni diverse di volta in volta, a seconda della direzione e dell'intensità del vento, erano il pregio e la particolarità di quella incantevole collina alle pendici del vulcano.

I due giovani sposi dopo avere respirato piacevolmente quei profumi e ammirato estasiati quel paesaggio incantevole, decisero che dopo la immancabile doccia rigeneratrice sarebbero scesi a Catania per una 'dolcissima' colazione. Caroline a causa del pressante impegno con la Polizia di Stato, aveva dedicato meno tempo allo svago e alla visita di altri luoghi siciliani. Aveva preferito dedicarsi, anima e corpo, alle complesse indagini *sull'Adoratore dell'Etna.*

Alla fine aveva tracciato un profilo del *serial killer* molto vicino alla realtà poiché le motivazioni comportamentali e psicologiche delle uccisioni, erano sicuramente legate a qualcosa di molto brutto e doloroso, avvenuto nel territorio dell'Etna.

Da questo profilo, infatti, le ricerche e le indagini degli investigatori, si erano concentrate in una direzione precisa, orientando tutte le energie su avvenimenti con tali caratteristiche.

Comunque, dopo la conferenza stampa del Commissario Capo, la criminologa era stata invitata dal Questore, che desiderava tributarle i ringraziamenti personali. Perciò loro, avrebbero colto l'opportunità di recarsi in centro, per fare colazione in una rinomata pasticceria, nel centro di Catania, di cui conoscevano la bontà e la squisitezza della produzione tipica siciliana.

Dopo aver consumato la sostanziosa e piacevole colazione nei pressi di *Villa Bellini,* i due coniugi decisero di recarsi a piedi alla Questura

Centrale, alle spalle di *Piazza Duomo,* denominata dai locali come a *'Piazza do Liotru'.* Così si avviarono passeggiando mano nella mano per *via Etnea,* la strada più famosa di Catania.

Il Questore riservò alla criminologa un'accoglienza e un benvenuto pieno di premurose attenzioni, esprimendole una sincera ammirazione personale. Qualche minuto dopo arrivarono il Commissario capo Corsini e il colonnello Nardelli che non persero occasione, a loro volta, per ringraziarla in nome di tutta la Polizia di Stato Italiana.

«La sua collaborazione è stato uno stimolo importante per tutti noi.» dissero quasi all'unisono i due responsabili delle indagini. «Alla operatività della nostra squadra, si è aggiunta la sua esperienza professionale, nella ricerca delle motivazioni mentali e psicologiche dei serial killer, orientando così le nostre indagini verso soggetti con caratteristiche ben delineate e circoscritte. E questo grazie alla sua capacità empatica di entrare nella mente e nel pensiero dei criminali: uno schema investigativo, a noi per ora sconosciuto. È arrivata quindi a tracciarne l'esatto profilo, unicamente da elementi derivanti dal loro modus operandi. Persino stampa e televisioni, si sono espressi positivamente, alla notizia della sua proficua collaborazione alle indagini, in stretto contatto con i due più importanti corpi di Analisi investigativa della Sicilia orientale. Questo è un merito che riconosciamo alla sua professionalità, alla sua serietà e al sacrificio indiscusso di avere speso del tempo, nonostante si trovi in vacanza insieme al marito. Invece si è resa disponibile, con un intenso lavoro di indagine e analisi comportamentale sui serial killer. Per questo le siamo infinitamente grati, e ci reputiamo orgogliosi di poter contare su una esperta criminologa, nella lotta contro questi assassini folli e sanguinari. Durante la mia venerabile età al servizio della polizia...» concluse accigliato il Questore «... nella nostra terra di Sicilia, non mi ricordo di episodi criminali così efferati nella loro esecuzione.»

La criminologa accettò quelle scuse, motivate da un palese senso di responsabilità professionale verso l'ordine pubblico. E intuiva che solo le circostanze l'avevano costretta a prendere quella decisione: necessaria per evitare gli attacchi feroci dei media. Tuttavia in cuor suo qualcosa la turbava. Un presentimento di pericolo aleggiava nella sua mente, insistentemente, avvertendola in anticipo.

Non disse nulla a Frank, perché conosceva la sensibilità protettiva del suo uomo, e sicuramente avrebbe dato a quella sua percezione una importanza esagerata.

Poco dopo esauriti convenevoli e saluti con tanto di baciamano del Questore a Caroline, i due coniugi decisero di fare una lunga passeggiata per il centro storico di Catania. Appena fuori si avviarono lentamente per le viuzze interne di *Via Etnea.* La particolarità di quella zona storica colpì l'interesse e la curiosità dei giovani coniugi. In mezzo alla confusione e al vociare delle persone intorno, la loro mente si proiettò, trascinata da un crescente entusiasmo, in quelle viuzze caratteristiche per i loro piccoli negozietti. E soprattutto incantati dalle botteghe artigiane, colme di articoli e ceramiche variopinte.

Località famose della Sicilia, in pietra lavica, venivano raffigurate con grande maestria artigianale: piatti in ceramica e in terra cotta dipinti a mano. E dei veri capolavori, scolpiti in blocchi di pietra lavica, di stupendi paesaggi della Sicilia. Questi lavori opera di maestri artigiani, rivelavano al turista l'essenza dell'identità e del folklore dell'antica *Trinacria...* come veniva chiamata in tempi antichissimi.

Così, lungo quella passeggiata, lo spirito turistico dei due coniugi si manifestò con energia, passo dopo passo. Si ricordarono di essere dei turisti in cerca di curiosità folkloristiche e di sano e semplice divertimento. Quindi ogni occasione era buona per scambiarsi qualche bacio. Camminando mano nella mano e soffermandosi davanti ai tipici negozietti di quelle stradine. Poi un negozio particolare colpì la loro attenzione e suscitò un interesse di autentica sorpresa: dei '*Pupi siciliani*' artigianalmente perfetti nelle loro armature e nella reale espressione dei loro visi, erano anche attrazione di molti turisti e passanti.

I più ammirati erano ovviamente *Orlando, Rinaldo* e *Angelica.* Ma altri cavalieri riprodotti, con la stessa realistica lavorazione artigianale richiamavano interesse e apprezzamento. Perciò si notava un continuo via vai dentro il negozio, dove i tanti turisti incuriositi e sorridenti, acquistavano quei personaggi storici, al tempo dei *paladini di Francia.* L'arte dei '*pupari*' in Sicilia si tramandava da intere generazioni. Mentre '*racconta storie*' abilissimi inscenavano vere e proprie rappresentazioni con *pupi* a grandezza d'uomo, in piccoli teatri locali. E in ogni spettacolo la storia dei *Paladini di Francia, a singolar tenzone!,* riempivano quei teatrini dove i 'pupari' con movimenti magistrali manovravano e davano vita agli eroi e ai tanti personaggi della rappresentazione storica. Caroline e Frank si promisero che avrebbero preso "*Rinaldo e*

Angelica" come souvenir da portare a New York: per la gioia di Warren ed Elsen. Mentre per lei scelse una magnifica collana con un piccolo medaglione raffigurante Trinacria. Forse invogliata dalla commessa che con molta *savoir-faire,* le spiegò il significato di quella testa con tre gambe. Intanto il tempo era volato. Vista l'ora decisero di pranzare in un ristorantino particolarmente raffinato, la "vela d'oro", il cui arredamento rispecchiava il vero ambiente dei pescatori. L'architettura, all'interno del locale, era simile ad un peschereccio d'alto mare. Le pareti erano piene di attrezzi di ogni genere. Pertanto si aveva la sensazione di trovarsi in un piccolo museo della marina mercantile. Alle pareti erano disposte, con sapienza, vari tipi di reti da pesca, cui seguiva un'ancora e subito dopo delle corde annotate secondo l'usanza marinara. E tutto secondo un'alternanza ad effetto, suscitando nei clienti che entravano per la prima volta, un interesse di autentica e piacevole sorpresa. Poi i tavoli in mogano lucido, di un colore vivo tra l'arancione e il rossastro, davano all'ambiente un tono coinvolgente. Nella parete frontale del locale spiccavano alcuni enormi quadri con immagini di barche e uomini che si dedicavano alla pesca, mentre intorno a loro un mare agitato e tenebroso esaltava la fierezza e il coraggio di quegli uomini. Forse, padre e figlio che amanti del mare da secoli, si tramandavano quel lavoro. Tuttavia il soggetto di un piccolo quadro aveva attratto i due coniugi: il viso di un pescatore vicino alla sua barca. Un viso indurito dal sale marino, bruciato dal sole, ma con un sorriso carico di una evidente forza umana; orgoglioso del suo piccolo pescato in una cassetta di legno che teneva tra le mani.

Così manifestarono una certa gioia quando il proprietario del locale si dichiarò disponibile a venderlo per una cifra accettabile e onesta. In realtà era stato un modo molto signorile del direttore per dimostrarle un gradito omaggio di benvenuto. Durante il cortese colloquio intercorso e le immancabili presentazioni, l'uomo si era reso conto di avere davanti la famosa criminologa americana Caroline Zeller, in visita in Sicilia con il marito.

Quando lasciarono il ristorante, i due coniugi ringraziarono calorosamente il direttore di sala, per il pranzo e il menu consigliato. Un pranzo a base di pesce che boccone dopo boccone ne avevano assaporato la squisitezza con evidente goduria e soddisfazione del palato. Anche perché le loro narici erano state assalite da profumi portati apparentemente e direttamente dal mare.

Appena usciti respirarono profondamente tenendosi per mano. Si sentivano a proprio agio in quella città dove valori umani e cordialità venivano concessi con semplicità.

Arrivati al parcheggio Caroline afferrò le chiavi dell'auto in mano a suo marito. In effetti Frank aveva bevuto parecchi bicchieri di quel vinello siciliano offerto dal ristoratore...

Tutto era avvenuto appena entrati nel locale, dopo che si erano seduti al tavolo in attesa di ordinare. Il direttore di sala si era presentato con due piatti e li aveva messi sul loro tavolo, senza dire una parola.

E tanta fu la sorpresa di Frank... Avevano portato delle specialità del periodo natalizio e della tradizione siciliana: '*crispelle ca ricotta*' e '*crispelle c'angiova*', appena fritte. Così vecchi ricordi fanciulleschi affiorarono nella mente di Frank che dimostrò di gradire, con un vero e proprio assalto a quei '*crispeddi*' profumati.

Non aveva adoperato coltello e forchetta. Incominciò subito a godersi quella bontà, prendendoli dal piatto con un tovagliolo, assaporando con morsi veloci e gesti accompagnati da mugolii di piacere.

Caroline sorrideva ironica per quell'atteggiamento così esagerato verso del semplice cibo. Ma quando iniziò ad assaggiare anche lei una *crispella 'ca ricotta'*, dietro insistenza di Frank, cominciò ad emettere dei mugolii di gradimento... «mmm... buoni, buoni veramente.» disse con un tono soddisfatto.

Nel frattempo uno dei camerieri aveva portato un vinello rosato siciliano, gradevole e corposo, in una caraffa di mezzo litro caratteristica, a forma di vela. Appena la caraffa si vuotò il direttore di sala strizzò l'occhio a Frank e subito dopo ne fece arrivare un'altra.

A quello che per abitudine viene definito un piccolo antipasto, seguì il pranzo con prelibatezze di pesce, in ricette raffinate cucinate con arte e tradizione marinaresca.

Seguirono piccoli assaggi di 'ricette della casa' e i giovani coniugi, appena li mettevano in bocca ne apprezzavano la squisitezza. Stavolta accompagnate da un vino bianco secco, annata 2011, prodotto da vigneti alle pendici dell'Etna, località Milo, il cui profumo di fiori con un leggero sentore di nocciole inebriava il palato di un gusto particolare. Al termine del pranzo luculliano, i due coniugi Borsalino, erano così sazi che avrebbero fatto salti di gioia per una camera d'albergo...

Tuttavia decisero di rientrare nel loro nido d'amore. Ed era l'imbrunire quando giunsero a villa Caroline.

In realtà, avevano deciso di lasciare la macchina nel parcheggio e prendere un taxi. Erano su di giri e molto euforici per la bella giornata allegra e spensierata, passata a Catania. Appena furono dentro casa si buttarono letteralmente sul morbido divano, che complice li accolse come un'alcova del peccato. Frank sebbene alticcio cominciò ad accarezzare la moglie, baciandola sul collo, con passione e sensualità.

E Caroline presa dalla euforia, si coccolava come una gattina alle insistenti effusioni del marito. Poi divertendosi tentò di buttarlo giù dal divano. E ci riuscì, malgrado finisse anche lei trascinata per terra, sopra il marito, in un vortice di risate e allegria. Frank approfittò subito della posizione della moglie. Le aprì del tutto la camicetta in seta, che nella caduta aveva liberato uno dei seni. Poi iniziò a succhiarle il capezzolo mentre le toglieva il reggiseno. Appoggiò quindi la faccia in mezzo a quelli che lui definiva "coppe di champagne". Caparbiamente lei continuò a resistergli assumendo atteggiamenti di donna fatale, per poi concedersi con tanto ma tanto amore...

Alla fine dei giochi amorosi, erano talmente stanchi da crollare in un sonno profondo.

Per Caroline si trattò di un sonno pieno di incubi, forse per il troppo cibo ingerito e mal digerito. In fondo le sue abitudini americane erano troppo diverse, e poi, in effetti aveva esagerato anche nel bere alcolici. Perciò erano le quattro della notte quando si svegliò di soprassalto, con la bocca e le labbra secche. Decise allora di alzarsi per una impellente necessità di bere e andare al bagno. Si mosse lentamente per lasciare riposare il marito, che beato, era nel mezzo di un sonno rilassante, ma appesantito da un leggero russare.

Dopo essersi infilata la vestaglia, infastidita stranamente da un soffio di aria fredda, si trasferì in cucina dove si riempì due bicchieri colmi di acqua frizzante. Mentre beveva, si accorse come la sua mente fosse perfettamente lucida e in grado oramai di dedicarsi in tutta tranquillità alle indagini. Per lei era necessario arrivare alla chiave di lettura, al più presto, per risolvere quei casi complicatissimi.

Nell'attimo in cui stava per recarsi nella stanza attrezzata con i video e gli impianti tecnologici, forniti dalla Polizia di Stato, notò un fascio di luce filtrare da quella zona.

Facendosi coraggio, cercò di capire meglio da dove provenisse. *Forse sono i potenti fari di un'auto?* Pensò tra sé. Ad un tratto un rumore indistinto si propagò nel silenzio assoluto della stanza. Al che Caroline preoccupata che fosse entrato qualche grosso uccello, si precipitò velocemente ad accendere le luci. Ma la visione che si presentò ai suoi occhi fu terribile, perché improvvisa e inaspettata: la figura inquietante di un uomo incappucciato. Indossava una specie di casacca attillata rosso porpora e uno zainetto nelle spalle; mentre il pesante giaccone, anch'esso con cappuccio, lo aveva appoggiato sulla sedia. Caroline lo trovò chino su una delle postazioni digitali, accesa nella ricerca di qualcosa. A quel punto l'uomo, benché sorpreso da quella presenza, reagì immediatamente, cercando di bloccare Caroline. Ma lei si divincolò con uno scatto felino. Si mise a correre dirigendosi verso il salone, dove l'oscurità e i mobili avrebbero potuto nasconderla meglio. Intanto strillava... Frank!! Aiuto...Frank!!

L'uomo incappucciato cercò di colpirla, lanciandole un grosso oggetto, prelevato da un mobile vicino.

La criminologa, nonostante corresse a perdifiato, riuscì a scansarlo. Poi trovò un ottimo nascondiglio nel grosso tendaggio damascato, non trasparente.

Seguirono attimi di grande tensione... ogni secondo, a Caroline, sembrava una eternità: perciò decise di restare in silenzio. Per non offrire al malfattore l'indizio di dove si trovasse. Purtroppo, in quella situazione di evidente stress, non si avvide come quel losco individuo, con una mossa incredibile, si fosse posizionato alle sue spalle: con quell'arma strana in mano, la frombola, che faceva roteare con una velocità crescente; mentre un sogghigno maligno del suo viso, rivelava l'intenzione e il piacere di ucciderla.

Tra un attimo, questa perfida donna americana, ingrata a sua divinità l'Etna sarebbe stata immolata, pensò soddisfatto. Intanto roteava sempre più velocemente la frombola, con un solo obiettivo: colpire la nuca di Caroline. Aveva già raggiunto la potenza di lancio e pregustava un tiro preciso e micidiale... ma all'improvviso una musica dal volume altissimo lo colse nel momento del lancio, tale da provocargli una leggera deviazione di tiro. Il proiettile di piombo colpì con grande fragore un grosso quadro, nella parete dietro a Caroline. Aveva sfiorato la testa della criminologa, ignara di essere scampata, fortunatamente, alla morte per un soffio.

L'uomo si scompose appena. Con calma decise quindi di ricaricare la frombola. L'intenzione elaborata dalla sua mente malata, era quella di ucciderla... solo ucciderla. Tuttavia ignorò chi avesse potuto innescare l'antifurto sonoro.

Un attimo dopo, infatti, mentre era tutto concentrato nella operazione di un nuovo tiro, fu travolto da Frank, che con un'azione di scivolamento sul pavimento, arrivò sulle gambe del serial killer con violenza. L'uomo ruzzolò rovinosamente per terra, ma riuscì a rialzarsi velocemente colpendo Frank, con un forte calcio nello stomaco, mentre era ancora allungato sul pavimento. Poi con un balzo felino cercò di fuggire, afferrando soprammobili e oggetti che con precisione scagliava ora a Caroline ora a Frank, colpendoli e rallentandone la possibilità d'inseguirlo. Era quasi riuscito a dileguarsi quando Frank si accorse di avere accanto a lui un proiettile di piombo, perso dal serial killer quando era stato sbalzato per terra. Si alzò quindi con una rabbia incredibile e d'istinto prese il pesante proiettile in piombo e glielo scagliò con forza, nonostante la distanza fosse notevole. Il lancio eseguito con tutta la rabbia accumulata dalla tensione, e dalla emotività esplosiva dentro di lui, arrivò a bersaglio colpendo il polpaccio destro del malvivente. Il grido di dolore che si sentì nel silenzio, stimolò ancor di più la voglia di Frank di averlo tra le mani e spezzargli il collo, senza pietà. Purtroppo anche se zoppicante l'uomo riuscì a saltare dal balcone dileguandosi nell'oscurità, ancora in essere. A quel punto Frank inserì l'allarme collegato con la polizia di Tre castagni, mentre una musica assordante riempì tutta la casa, e sicuramente parte dell'abitato vicino. Subito dopo si avvicinò a Caroline, ancora sconvolta e immobile. Lei aspettò che il marito l'abbracciasse, e la stringesse tra le sue forti braccia, come a chiedere protezione. Poi scoppiò in singhiozzi, mentre lacrime copiose le scendevano dalle guance, come a testimoniare la paura che aveva vissuto e il grosso pericolo di morire: evitato per miracolo.

Anche a New York, quando aveva subito quella drammatica aggressione, si era sentita in vero pericolo, ma la forte sensazione di paura l'aveva combattuta con coraggio e superata con determinazione. Stavolta era stato diverso: il tempismo con cui il serial killer si era introdotto in casa loro.

Poi l'aggressione avvenuta nell'oscurità, e mentre regnava un assoluto silenzio, era stata una spaventosa sorpresa anche per lei. Sicuramente il suo subconscio aveva elaborato di trovarsi davanti a un assassino sanguinario e folle. Per questo motivo si sentiva svuotata interiormente... sapeva benissimo, per esperienza professionale, che assassini del genere vanno avanti fino a quando non abbiano compiuto il loro modus. Nonostante Frank la tenesse stretta contro il suo petto, lei si sentiva ancora scossa e vulnerabile: era stata un'esperienza terribile.

Nel frattempo, in brevissimo tempo, era giunta una volante con tre poliziotti che seguendo il loro metodo di pronto intervento, armi in pugno si divisero perlustrando intorno alla villa. E quando furono certi che quel perimetro fosse libero, entrarono sempre armi in pugno nel giardino, e con la stessa tattica ispezionarono ogni metro quadrato. Naturalmente erano stati allertati quasi subito da Frank, non appena l'intruso aveva iniziato il suo tentativo di fuga.

Intanto le prime luci dell'alba cominciavano a mostrare lo spettacolo del paesaggio in lontananza, in un tripudio di colori, odori di erba e rugiada profumata del mattino.

Appena arrivato Simone Corsini apparve agitatissimo e con in viso un'espressione tesa e accigliata. «Diabolico!» esclamò tutto d'un fiato. «Veramente diabolico.» aggiunse poi con tono rauco. «Mai avrei immaginato una tale mossa. A breve arriverà la scientifica. Non si sa mai… qualche traccia o impronta lasciata nella fretta di scappare.»

Ancora visibilmente emozionata Caroline raccontò a Simone per filo e per segno della *"visita"* del *serial killer.* «È stato orribile trovarselo davanti.» gli disse la criminologa. «Ero talmente sorpresa che non riuscivo a connettere la realtà. Quell'assassino l'avevo a circa cinque metri. Completamente preso dalle ricerche di qualcosa che avrebbe voluto trovare ed eventualmente distruggere. Si è lanciato su di me, grazie a Dio, con un lieve tentennamento. Probabilmente anche lui è rimasto sorpreso dalla mia inopportuna e improvvisa presenza. Allora deve aver pensato di farmi fuori cogliendo la ghiotta occasione di avermi a portata di mano.»

«Comunque...» intervenne sorridendo Frank «... è bene quel che finisce bene mi dice sempre nonna Rosa.» Era evidente come volesse sdrammatizzare l'accaduto, con una battuta attribuita alla saggezza della matura donna siciliana. «A dire il vero, caro zio coi baffi, ci siamo trovati in una situazione veramente brutta.» proseguì con un debole sorriso per alleviare la tensione, ancora palpabile ed evidente sul viso di Caroline. «Per un pelo mi è sfuggito dalle mani. Forse è stato meglio, perché non ti garantisco della sua incolumità se l'avessi preso.» e guardò teneramente in direzione della donna che amava immensamente e che aveva rischiato di perdere. «Anzi devo averlo colpito, nel momento della fuga, con uno dei suoi proiettili che avevo recuperato durante la colluttazione. Abbiamo sentito chiaramente un lieve grido di dolore e dopo zoppicava visibilmente.»

«Minchia!! Questo può rivelarsi un colpo di fortuna.» si lasciò scappare Corsini che aveva drizzato le antenne, a quella notizia.

Intanto era arrivato il furgone della scientifica. I tecnici si presentarono subito dopo con le loro immancabili valigette. Quindi ascoltarono dettagliatamente dalle voci di Caroline e Frank lo svolgersi dell'aggressione, facendo molta attenzione ai punti chiave descritti dai due coniugi.

Corsini con molta cautela, si era avvicinato a qualche metro di distanza, dove Frank pensava di aver colpito quel mostro assassino. Non stava nella pelle. Si sentiva addosso una sensazione elettrizzante.

Per lui trovare qualche indizio, avrebbe aperto definitivamente la strada per una indagine mirata.

Si preoccupò di stare lontano dal punto incriminato, per non contaminare la scena. Ma da quella distanza, non era possibile individuare alcun probabile indizio, o piccole tracce organiche. Aveva spento le luci e ispezionava il pavimento intorno a lui, senza muoversi, con un fascio di luce bluastra diffusa da una piccola lampadina tascabile che portava sempre con sé.

In quel momento il suo famoso intuito, di cui si vantava, percepiva che qualche elemento utile alle indagini, come tracce o residui organici, sarebbe stato trovato dalla scientifica.

Senza muoversi ma con grande energia, anzi quasi sgolandosi, incominciò a chiamare uno dei tecnici non impegnato nel sopralluogo, ancora con la valigetta in mano.

Il tecnico della scientifica ascoltò con calma le disposizioni del Commissario capo di rilevare eventuali tracce ematiche, setacciando circa quindici metri di pavimento. Dal punto da lui indicato fino al terrazzo. Inoltre bisognava ricavare eventuali tracce e impronte di calzature.

Il detective della scientifica indossò quindi la copertura necessaria a non inquinare la scena. Dopodiché, spense completamente le luci del salone, e iniziò ad analizzare la scena, provvedendo ad effettuare i dovuti rilievi tecnici di illuminazione, con lampade forensi a luce radente... poi utilizzando uno strumento tecnologicamente evoluto, chiamato anche crimescope, a lunghezza d'onda variabile con l'uso di filtri intercambiabili. Intanto Corsini si era adeguato al sopralluogo, indossando il copri scarpe e avanzando di pari passo al poliziotto della scientifica.

Erano arrivati a quasi metà del percorso fatto *dal serial killer*, e nonostante l'uso di filtri aggiuntivi, nessuna impronta era stata trovata, a parte quelle impronte già identificate come di routine, perché lasciate dai frequentatori della casa. Corsini però aveva ben calcolato la distanza indicata da Frank quando con forza aveva colpito l'intruso procurandogli, almeno così aveva affermato, una ferita visto il suo evidente zoppicare. Spinto allora dalla sua conoscenza, chiese al tecnico della scientifica di analizzare quell'area con tutte le tecnologie necessarie. Inoltre fremeva di sapere, se dalla ferita l'uomo avesse perso qualche goccia di sangue, da cui ricavare il suo DNA... poi in laboratorio avrebbero amplificato anche una microscopica traccia ematica, con il nuovo procedimento molecolare. E questo sarebbe stato un passo avanti gigantesco per le indagini, nel momento in cui potevano arrivare, persino, alla identificazione del sospettato principale.

A quel punto, l'esperto della scientifica decise di procedere con un procedimento più selettivo, prima di adoperare reagenti come il luminol o altro, che avrebbero potuto inquinare tracce importanti. Infatti inforcò gli occhialini necessari per analizzare dettagliatamente quel percorso attraverso i filtri colorati. Ed ecco che un gesto vincente, accompagnato da una esclamazione, uscì dalla sua gola:

«Ci siamo dottore!» disse rivolgendosi a Corsini. «Esattamente in questo punto iniziano le tracce di calzature, mentre appena più avanti, abbiamo delle tracce ematiche così evidenti da identificare, senza alcun dubbio, questa bestia umana.»

Dalla valigetta prese quindi un raschino simile a una lametta, e delle piccole provette in plastica. Iniziò quindi a raschiare e prelevare delle piccolissime gocce di sangue quasi coagulato, e lo mise in quei piccoli contenitori. Si spostò poi di qualche metro in avanti, ripetendo lo stesso procedimento di repertazione.

Dopo aver prelevato in più punti, le tracce ematiche lasciate dall'assassino, il tecnico li depositò in tre contenitori in plastica, etichettandole esattamente, e specificando la distanza tra un prelievo e l'altro.

Con tale procedimento si analizzava l'alternarsi dei passi e la loro distanza, anche per ricavare la probabile altezza del sospetto. Intanto, anche nella stanza delle attrezzature informatiche e delle tecnologie a disposizione di Caroline, gli uomini della scientifica avevano completato l'accurato sopralluogo. Avevano analizzato una vasta superficie, dove l'intruso si era introdotto, per scoprire eventuali indizi lasciati durante la sua perquisizione, in quella stanza. Quell'uomo aveva violato la casa senza alcun timore, e persino acceso i monitor collegati con la polizia, nel tentativo di conoscere gli ultimi sviluppi delle indagini. Nonostante il notevole impegno della scientifica, in quella stanza non furono trovate tracce di alcun genere, ne tanto meno impronte. Certamente dimostrava di avere una intelligenza superiore alla media, e solo un evento traumatico aveva sconvolto la sua mente eccelsa e la sua personalità.

Comunque Simone Corsini era contento, come una pasqua, per i risultati ottenuti. Le tracce ematiche prelevate per ricavare il DNA dell'assassino, erano un elemento di prova schiacciante, per una eventuale identificazione nel corso delle indagini.

Con questa grossa novità in mano, decise di telefonare immediatamente a Nardelli, mentre gli uomini della scientifica, dopo parecchie ore di lavoro rimettevano le loro attrezzature nelle valigette, e si accingevano a lasciare la villa soddisfatti.

Corsini li salutò calorosamente con un gesto della mano e con una pacca sulle spalle, a uno per uno, come riconoscimento e apprezzamento della loro professionalità.

Appena il suo amico responsabile della scientifica rispose, come un fiume in piena lo informò, rivelando un entusiasmo forse eccessivo. Così Nardelli lo apostrofò simpaticamente: «Ti sei forse drogato, amico mio? Quasi… quasi ti faccio portare in laboratorio per controlli immediati.» e accompagnò la presa in giro con una risata. «Questa notizia mi riempie di gioia.» aggiunse poi convinto: «Il nostro sospetto presto sarà dietro le sbarre, o in un manicomio criminale di massima sicurezza... ti assicuro. Abbiamo una squadra di agenti e tecnici della migliore scuola di polizia, supportati da una stella della criminologia forense. Come sappiamo il profilo tracciato è pieno di elementi che descrivono il *serial killer* nella luce reale delle sue motivazioni mistiche, legate al territorio dell'Etna. Perciò le nostre indagini proseguono nella direzione giusta, e con un numero di sospetti con caratteristiche precise, sui quali dobbiamo indagare e scoprire ogni dettaglio del loro passato.»

«È vero! Amico mio.» intervenne Corsini. «Senza alcun dubbio l'assassino è pratico del territorio e si muove sicuro di sé, quando uccide vittime innocenti per purificare l'ambiente. A questo punto potrebbe trattarsi di un operatore del Parco che gode di libertà, senza destare alcun sospetto. E quindi controlleremo vita morte e miracoli di ognuno di loro.»

40
Catania - Università di Archeologia

Dopo le feste, com'è consuetudine, gli universitari ritornano alle facoltà per seguire le lezioni e preparare la materia per il prossimo esame. L'aula della facoltà di archeologia era già abbastanza piena, quando la professoressa Parisi entrò e si accomodò nella sua cattedra. Aveva l'aria stanca e occhi cerchiati di chi ha dormito male e poco. La morte della sua segretaria e amica, aveva lasciato una traccia profonda nella sua psiche. Si addossava la colpa di quella tragedia. Quel giorno la sua assenza era stata improvvisa, perché la madre aveva avuto bisogno di lei. Purtroppo la disabilità della madre, a volte, per lei diventava un grosso problema. Nonostante godesse di buona salute e avesse una bravissima badante, il fatto di vivere da sola per sua precisa volontà, la costringeva a dei veri e propri salti mortali per assisterla. E meno male che un bravissimo nipote, figlio di una sua sorella defunta, l'aiutasse immancabilmente, recandosi tutte le sere dalla nonna. A farle un po' di compagnia e aiutandola a mettersi a letto, prima di andare via.

Comunque appena la Parisi metteva piede all'università, il suo umore cambiava radicalmente, in senso positivo. Aveva speso una buona parte della sua esistenza dedicandosi a quella che era la sua grande passione: cioè agli scavi archeologici, prima e poi all'insegnamento di Archeologia all'Università; una materia piena di fascino e di mistero, che rivelava e illustrava secoli di storia e di civiltà dei popoli.

Lo studente Giano Gullotta, anticipando tutti si fece portavoce del loro dispiacere per la morte della Camilli. Ogni studente conosceva il profondo e sincero legame di amicizia tra le due donne. Poi gli occhi e la faccia della loro docente di archeologia, mostravano i segni di quanto avesse sofferto, per l'improvvisa mancanza della sua cara amica, per giunta, in un modo così brutale.

Anche Giacomo Mulè, forse per fare un dispetto al suo antipatico rivale, rivolse alla professoressa il suo personale e profondo dispiacere per quella morte assurda. La lezione stava per iniziare quando udirono un lieve bussare alla porta. E subito dopo si presentò l'ispettore Consoli con l'agente scelto Elisa Bernini.

Con modi molto ossequiosi comunicarono ai presenti che avrebbero dovuto chiedere informazioni, in merito all'omicidio della Camilli. A turno quindi sarebbero stati interrogati sugli spostamenti di quella mattina. Inoltre se ricordassero di aver visto qualcosa di strano, tale da incuriosirli.

Naturalmente chiesero alla Parisi l'autorizzazione per procedere, e che il tutto si sarebbe svolto in breve tempo. «Si tratta solo di una formalità.» precisò l'ispettore, rivolgendosi ai giovani studenti. «Ma per le indagini può saltare fuori qualche indizio utile, che ci aiuterebbe a identificare l'omicida della Camilli.»

In verità, lo scopo del detective, era quello di avere notizie precise sulla loro frequentazione del territorio dell'Etna. Cosa che avveniva periodicamente, per motivi di studio da fare sul posto, con rilevazioni di strumentali, in merito ai tanti fenomeni vulcanici. Naturalmente i ragazzi, si prestarono volentieri a collaborare, nella logica di aiutare la giustizia. Tuttavia la presenza dell'agente Elisa Bernini, stuzzicava non poco la loro vanità maschile di mettersi in evidenza. In particolare fu il solito Giano Gullotta, più di tutti, a ronzare attorno alla bella Elisa. Ma lei lo ignorava con stile, come fosse invisibile e non ascoltando le sue stupide battute di spirito. Anche il suo rivale, Giacomo Mulè, azzardò qualche complimento alla bella poliziotta, ma lo fece con quella eleganza che rispecchiavano le sue origini nobili. Infatti riuscì a strapparle un simpatico sorriso, quando le disse con un tono carezzevole e gentile, che la sua bellezza era pari alla sua bravura di poliziotta. L'ispettore Consoli, nonostante stesse parlando con la professoressa Parisi, notò quel teatrino intorno all'agente scelto. Perciò intervenne, con tempismo, verso l'arroganza di Giano Gullotta.

Lo invitò, infatti, a seguirlo fuori dall'aula, con la scusa di avere qualche domanda da fare, ma in disparte.

Il ragazzo, dapprima, impallidì temendo di aver fatto qualcosa di sbagliato verso una rappresentate della legge, ma subito dopo si rese conto che si trattava di un colloquio riservato. Perciò quando rientrarono, un grosso sorriso da ebete, era stampato sulla sua faccia, mentre gongolava come fosse uno scimmione appena messo fuori dalla sua gabbia.

Quando finirono con gli studenti, l'ispettore Consoli arrivò a quello che era il punto cardine di tutto l'interrogatorio. Con apparente indifferenza chiese infatti alla Parisi, prima di andar via, un elenco delle lezioni di pratica in vulcanologia e sismologia di tutti gli iscritti al corso. E fu così che il bravo e perspicace detective intuì qualcosa che turbava profondamente la Parisi… a questa richiesta la donna ebbe un evidente mancamento, e solo i riflessi di Elisa Bernini riuscirono ad evitarne la caduta.

Appena i rappresentanti della legge furono andati via, alcuni ragazzi affrontarono Giano Gullotta esortandolo a chiarire per quale motivo fosse stato portato fuori dall'aula e interrogato lontano da orecchi indiscreti. Anzi il suo acceso rivale, Giacomo Mulè picchiò duro, accusandolo addirittura di essere un probabile sospetto. «La tua frequentazione di musei è nota a tutti.» lo accusò diretto. «E forse anche alla polizia vogliono vederci chiaro, su questo tuo interesse per le armi antiche.»

Giano furioso per quelle accuse molto pesanti, cercò di aggredirlo ma fu trattenuto da altri compagni, tuttavia increduli per quelle affermazioni.

«Sei solo un povero 'minchione' pieno di soldi.» lo apostrofò da lontano. «Sappiamo tutti dei viaggi che ogni anno ti portano nei posti più strani, per assistere a scavi che ti esaltano e sperperi denaro per collezionare oggetti strani. Anzi, alle tue ridicole e fantasiose accuse, voglio togliermi la soddisfazione di informare quel poliziotto. Potrebbe essere interessato alla tua vita avventurosa da arabo errante.» e concluse con un sorriso. Da fare invidia al più famoso divo di Hollywood.

Lo scatto di Giacomo Mulè colse tutti di sorpresa. Con un balzo felino saltò addosso al suo rivale di sempre. Ma ebbe uno strano cedimento della gamba destra che lo indusse a lasciare la presa, toccandosi la caviglia dolorante. «Si 'furtunatu ca' mi fici male o palluni', ieri sera.» disse ancora dolorante «ma se ti avvicini ti 'spaccu sta faccia di minchia che c'hai'.»

Nel frattempo era rientrata in aula la Parisi, di ritorno dall'ufficio del Rettore che aveva chiesto lumi sulla visita della polizia. Visibilmente agitata lanciò quasi un urlo verso i due litiganti... tutti rimasero sorpresi da quella reazione così insolita, perché la Parisi amava confrontarsi con maniere decisamente prive di isterismi inutili. «Bene ragazzi.» disse dopo essersi calmata «La Polizia è venuta non solo per l'omicidio della povera dott.ssa Camilli. In realtà mi è stato chiesto il programma con cui viene stabilita l'esercitazione pratica di vulcanologia e sismologia nel territorio dell'Etna. Praticamente ognuno di voi si reca, in giorni e periodi stabiliti, alle pendici dell'Etna per studiarne i fenomeni eruttivi e le loro conseguenze sul territorio di scorrimento lavico. Per questo siamo autorizzati insieme ai tecnici di collocare delle attrezzature idonee e studiare dal vivo le fasi che precedono l'eruzione vera e propria. Naturalmente non ci sono accuse precise per qualcuno di noi. Tuttavia le indagini si allargano verso tutti i frequentatori di quel territorio. Però l'ispettore Consoli mi ha chiesto di tranquillizzarvi perché, secondo lui, gli investigatori si muovono in un'altra direzione. Comunque è necessario che ognuno di voi, per farci guadagnare tempo, anche a causa della perdita di Emanuela Camilli, comunichi per iscritto le date delle esercitazioni pratiche degli ultimi tre mesi. Il Rettore è stato categorico, invitandoci ad essere collaborativi con la legge e dimostrare la nostra estraneità assoluta.»

Quel giorno la lezione della Parisi si rivelò piena di pause e frammentaria nelle argomentazioni. All'improvviso sembrava distrarsi per qualcosa che le procurava una certa inquietudine: visibile nel suo sguardo smarrito. Per cui i ragazzi si guardavano sconcertati da quel comportamento, che ignoravano nella loro insegnante. E questo fu motivo di capannello, fuori dall'università, da parte degli studenti stessi, molto preoccupati per la sua salute.

E com'era prevedibile fu Giano Gullotta che per primo espresse la sua opinione. «'Mii! Carusi'» disse accigliato. «La Parisi è strana 'assai'. Forse possiamo aiutarla a superare questo momento, psicologicamente difficile per lei. Si sente responsabile per la morte della sua segretaria. Perciò il nostro compito deve essere quello di convincerla del contrario. E' palese la sua sofferenza interiore per l'accaduto.»

«Non sarà facile.» replicò uno dei ragazzi. Mentre Giacomo Mulè che ancora una volta mal sopportava l'intervento da protagonista di quell'arrogante, lo fulminò con un'occhiataccia intensa e satura di commiserazione. «Egregio Giano sei solamente un tessitore di casini.» lo apostrofò ironico. «Tutto è cominciato con il furto al museo dell'Università che volontariamente hai denunciato per metterti in mostra. Invece la Parisi si è letteralmente infuriata quando siamo andati a verificare il presunto furto di un'arma antica, ancora non registrata. Anzi ti ricordo che il sottoscritto è consigliere onorario del museo, in rappresentanza della mia casata, che nel corso dei secoli, si è rivelata la maggiore donatrice di opere, provenienti da scavi archeologici di tutto il mondo. Aspettavo il momento buono per dirti che sei solo uno sbruffone, e un individuo da cui tenersi alla lontana, perché è sotto gli occhi di tutti che crei solo conflitti con inutili frasi prive di logica. Forse fa parte di un gioco astuto e programmato, che pensi di poter architettare a tuo unico vantaggio… invece sei solo un pallone gonfiato che presto si sgonfierà.»

A quelle accuse dure e molto gravi, Giano Gullotta assunse un'espressione di disagio. Appariva sensibilmente spaesato, tale da renderlo irriconoscibile. Gli altri studenti si aspettavano una reazione furiosa, invece replicò con calma, e con una linea difensiva assai morbida. «Non credo di doverti delle spiegazioni.» sbottò spazientito. «E meno male che ti definisci consigliere onorario del museo, perché almeno dovresti sapere che quel cimelio antico è stato donato dal dottor Parisi, il fratello antiquario della prof. Ed è strano che lei ne ignorasse la provenienza. Probabilmente il ladro, si è introdotto nel museo, prelevando l'arma antica prima che venisse catalogata e inserita nella bacheca. Inoltre mi fu raccontato dallo stesso dottor Parisi di essere venuto in possesso di tale oggetto in un modo curioso: si era trattato di una contropartita. Il Parisi aveva comprato una maschera in terracotta, di un certo valore storico, da una persona molto stravagante, e lui si era voluto sdebitare regalandogli quell'oggetto antico. Detto questo come precisazione, mi sorgono dei sospetti e dei dubbi, su chi possa avere avuto interesse a rubare un'arma antica, in un modo così sfacciato… e per farne cosa?»

41
Questura Centrale (CT)
Sezione Speciale Anticrimine

In Questura Centrale, nell'ufficio di Corsini era riunita tutta la squadra: motivo la grave aggressione subita dalla criminologa Caroline Zeller. Il Commissario capo appariva gasato e i suoi uomini ne furono coinvolti. Avevano saputo delle tracce ematiche ricavate dalla scientifica nella villa e che presto avrebbero avuto il *DNA del serial killer*. Si trattava di un salto triplo in avanti, per dirla in gergo sportivo, per le indagini e per tutti gli investigatori impegnati nella ricerca di quel profilo tracciato dalla criminologa:

a) Il serial killer uccide perché invasato dalla sua fede mistica e di riverenza verso l'Etna. Perciò qualcosa di molto grave, un tragico episodio del suo passato, avvenuto in quel territorio, si è insinuato nella sua mente fragile e malata sconvolgendo altresì la sua esistenza.

b) Al sospetto è stato assegnato un profilo geografico ben definito: un legame con il territorio e quindi alla scena del crimine. Infatti è sicuramente un frequentatore del territorio dove trova e uccide vittime innocenti.

c) L'arma antica usata negli omicidi era reperibile solo in certi musei o in una delle Case d'Aste conosciute in Europa e in Asia. Ma difficilmente in negozi d'antiquariato.

Di conseguenza partendo da questi punti fermi, gli investigatori avrebbero dovuto dedicare tutti i loro sforzi ed energie in questa direzione. E concentrare le ricerche inserendo l'apposita chiave di lettura nel Sistema Centrale della Polizia. Il lavoro sarebbe stato sicuramente immenso ma con grandi sacrifici e impegno qualcosa di preciso si poteva ottenere. Con queste parole finali, pregne di ottimismo, il Commissario capo concluse la riunione, alla quale aveva partecipato tutta la squadra: persino quelli fuori turno.

La posta in gioco era alta e gli uomini di Corsini volevano mettere fine a questa scia di omicidi. Recuperare la fiducia dei cittadini, ma soprattutto mettere il bavaglio ai media, che ad un tratto avevano ripreso ad attaccare le forze dell'ordine. La motivazione scatenante si era rivelata l'aggressione alla criminologa Caroline Zeller. Episodio gravissimo ripreso e criticato da stampa e televisioni.

Dopo quell'episodio infatti, i media avevano stampato e trasmesso fiumi di parole verso l'opinione pubblica, e giudizi poco lusinghieri nei confronti della polizia.

Una delle testate più diffusa della Sicilia orientale titolava così la prima pagina:

** La Sicilia **

Possiamo fidarci delle Forze dell'Ordine? Dai risultati diciamo... NO!!!

Aggredita in casa la criminologa Carolina Zeller.

E seguiva l'articolo accusatorio e dissacrante nei confronti degli investigatori, incapaci di seguire una vera pista. Tale da smascherare questi diabolici assassini.

Il colonnello Nardelli aspettava impaziente che venisse chiamato, al più presto, dal laboratorio per avere la conferma che il *DNA* di quell'assassino diabolico fosse stato estratto dalle tracce ematiche prelevate in casa Borsalino. Intanto si era imbufalito nel leggere giudizi molto pesanti di alcuni giornalisti, i cui articoli erano orientate a screditare le forze dell'ordine. Dentro di sé la rabbia cresceva spasmodicamente. Non riusciva a capire come persone intelligenti e culturalmente preparati, potessero creare allarme gratuito, accusando la polizia di inefficienza e di scarso impegno investigativo. Come poliziotto esperto avrebbe gradito che dei buoni giornalisti si fossero dedicati ad informare i lettori, con onestà intellettuale, della complicata indagine in corso. Dare risalto delle difficoltà operative e investigative dei corpi di polizia, dei loro sforzi, dei loro sacrifici spesi ogni giorno, ogni momento, contro dei mostri assassini, diabolici e perversi.

Era immerso in questi pensieri quando squillò il cellulare che teneva sulla scrivania.

Subito riconobbe il numero del caro amico Corsini...

«Halò!» rispose energicamente al telefono.

«Mii!!... pensavo di aver sbagliato numero.» esclamò ironicamente Simone Corsini. «Come procedono le analisi di laboratorio?» si informò subito dopo. «Ti premetto che dentro di me, sento forte la sensazione di essere arrivati a un punto cruciale, dal quale qualunque traversa o "straduzza" prenderemo, questa ci porterà dritta dritta al traguardo.»

«È vero. Anche nella mia testa frulla questa sensazione.» confermò Nardelli. «L'analisi è giustissima, infatti ci sentiamo come se fossimo su una sedia irta di spine. Almeno da parte mia: mi siedo e mi rialzo, mi siedo e mi rialzo, in attesa dei referti di laboratorio. E' mia abitudine lasciare lavorare i tecnici tranquillamente, senza alcuna interferenza. Anche perché ripagano la fiducia con dei risultati a volte insperati, merito della loro esperienza professionale, per la quale spendono ogni energia fisica e mentale.»

«Non nascondi quanto sei orgoglioso degli uomini che operano nella tua famosa Sezione Speciale.» lo incalzò Corsini. «D'altronde i risultati ottenuti in ogni campo della criminalità fanno testo. Da parte nostra stiamo operando a 360° in tutto il circondario del territorio. Abbiamo i filmati dei droni opportunamente utilizzati nei punti strategici del fianco sud e lato nord delle pendici dell'Etna. Il video più interessante è dove si nota un individuo che esce all'improvviso dalla zona boschiva, località Mascalucia, e si alza il cappuccio come a coprirsi il volto. Poi alza gli occhi, e si accorge da presunto esperto o perché teme qualcosa, del drone che passava nei dintorni. E di tutta fretta si infila nuovamente nella zona boschiva. Naturalmente il comportamento ci è risultato strano, così una volante con quattro agenti si è precipitata in zona, ma dell'individuo nemmeno l'ombra. Devo fare un plauso alla sala operativa del comando droni. Agiscono con i droni con una manovrabilità eccezionale: dall'alto e zumando opportunamente, a piccolissimi intervalli l'uno dall'altro. Anzi mi meraviglia come abbia fatto l'individuo con il cappuccio ad accorgersene, e a capirne l'utilizzo da parte delle forze dell'ordine... Dai! amico mio.» ridacchiò poi il Commissario capo. «Tutto procede secondo i nostri piani. Inoltre per le indagini si è aperto un grosso spiraglio di luce, che ci illuminerà lungo la strada, per portarci alla soluzione finale.»

Nardelli provò un notevole stimolo di soddisfazione alle parole positive del suo amico, grande poliziotto. Conosceva le capacità intuitive di Corsini quando si era allo sprint finale… non per niente veniva considerato il miglior poliziotto della Sicilia orientale.

«Speriamo bene! Simone.» gli disse con voce limpida e chiara. Quella voce che i poliziotti della Scuola di Polizia Scientifica, ascoltavano con grande interesse, durante le lezioni e gli interventi di metodologia. Addirittura molti giovani agenti, pendevano dalle sue labbra, come ascoltassero il messia… della scientifica.

«Effettivamente siamo a un passo dal risolvere questo enigma creato da un demone uscito dall'inferno. Ma noi lo ricacceremo nel girone da cui è venuto. E finalmente stringeremo il collo di questi assassini sanguinari, degni appunto, del fuoco dell'inferno. Il mio è solo uno sfogo dettato dalla rabbia. Anche se in verità il collo glielo stringerei volentieri, senza alcun rimorso.»

Al telefono si udì una sonora risata di Simone Corsini, che in quel momento avrebbe voluto abbracciare il suo amico: *ma la cosa è rimandata* pensò, sghignazzando dentro di sé. Subito dopo i due amici, vanto dei corpi di polizia di appartenenza, si salutarono calorosamente con la certezza di un forte ottimismo, nel cuore.

Dopo quella approfondita e gradita telefonata con il responsabile della scientifica, il Commissario capo Corsini si sentiva caricato di una energia fisica e mentale mai provata. Così prese la decisione di agire immediatamente contro l'uomo che aveva mandato in galera un innocente, togliendogli sedici anni della sua vita. Essenzialmente era la sete di giustizia, che lo aveva angosciato per tantissimo tempo, a farlo scattare come una molla. Voleva chiudere il cerchio intorno a un delinquente assassino, vissuto nell'ombra del suo delitto, senza rimorsi. Senza pensarci un attimo chiamò l'ispettore Consoli pregandolo di comunicare alla squadra di prepararsi a un arresto di individuo pericoloso, e di equipaggiarsi quindi per un eventuale irruzione, in quanto tra un paio d'ore avrebbe ricevuto il mandato del Magistrato.

«Così agiremo subito senza aspettare altro tempo.» aggiunse deciso. «Abbiamo un testimone valido, il cui riconoscimento indiscutibile lo inchioda senza alcun cavillo giuridico. Intanto chiamo il magistrato Pennisi per sollecitare l'invio del documento.»

Corsini informò quindi il magistrato delle sue intenzioni di accelerare i tempi con l'arresto di Mario Rapisarda, il vero autore del delitto… nel caso Borsalino.

E lo mise al corrente di avere allertato la squadra per un intervento operativo, con possibile irruzione nella casa del malvivente.

«Va bene! Commissario capo.» rispose Pennisi «Sono d'accordo per l'arresto immediato. Abbiamo molti elementi che lo incastrano senza possibilità di dubbio. E poi tagliamo la testa al toro, prima di qualche spiacevole impedimento architettato dai parenti. Potenti mafiosi di quartiere, che sicuramente faranno carte false per aiutarlo. Invece sbattendolo in cella con prove e accuse precise, avranno meno possibilità di agire.

A breve riceverai un mandato per l'arresto e un mandato per la perquisizione. Tra poco la mia segretaria invierà il tutto, dopo che li avrò firmati. Intanto ti faccio un bocca al lupo per questa difficile operazione di polizia. Bisogna agire con la massima riservatezza e tempestività. Ma è superfluo dare dei consigli all'esperto più famoso in tattica e irruzioni. Buon arresto! Amico mio.»

Sollevato da quelle parole di incoraggiamento, e dal supporto incondizionato del magistrato, il pensiero di Corsini si spostò velocemente sulla tattica da adottare. Ma voleva parlarne con il suo braccio destro, l'ispettore Consoli. Poi con tutta la squadra avrebbero concordato le modalità d'intervento. Senza perdere altro tempo chiamò quindi Consoli e lo invitò nel suo ufficio. Appena il detective si presentò, come prima cosa, informò il suo capo che la squadra era già allertata e pronta all'azione. Tuttavia notò quanto il Commissario capo fosse immerso nei suoi pensieri. Ma fu Corsini stesso a spiegargliene il motivo...

«Pensavo quale modalità è meglio adottare per mettere in sicurezza i nostri uomini, nel caso la situazione precipiti. Ho bisogno della tua esperienza in questo campo. Quest'uomo è pericoloso e appena si accorge della nostra presenza, mangerà subito la foglia del perché lo arrestiamo. A quel punto potrebbe aprirsi uno scenario pericoloso nei nostri confronti. E non voglio che i ragazzi rischino un solo centimetro della loro pelle, inutilmente. Comunque dobbiamo arrestare quell'uomo ad ogni costo. Una sua fuga metterebbe a repentaglio tutta l'indagine, dopo avere finalmente per le mani il vero assassino del caso Borsalino. Perciò si deve preparare la strategia tattica migliore. Si deve curare ogni dettaglio per impedirgli una eventuale possibilità di fuga. Quell'uomo è un violento, drogato marcio e feroce assassino che non si arrenderà facilmente. Allora non ci resta che sorprenderlo nella sua tana usando una strategia di cui avrei una mezza idea. A te il compito di stabilire appostamenti e posizioni di copertura per i quali sei un vero maestro.»

«Stanne certo capo. Lo arresteremo senza correre rischi.» intervenne Consoli. «I nostri ragazzi sono di una intelligenza e preparazione di cui esserne orgogliosi. Ma sono giovani e noi vogliamo che i nostri pulcini agiscano con vero acume tattico.»

«Ecco il mio piano.» replicò quindi Corsini. «Alla Bernini daremo un incarico che dovrà svolgere nel migliore dei modi. Si fingerà operatrice della società elettrica con cui la famiglia è allacciata.

Quindi chiederà di parlare con Mario Rapisarda, e solo con lui. Per motivi riservati e personali molto importanti. Infatti inventeremo la storiella che in questo periodo risulta un enorme consumo di energia elettrica. E di conseguenza risulta una fatturazione molto alta, da poter comunque rateizzare. Poi gli diremo che la società elettrica si attiverà nel mandare, al più presto, dei tecnici per un controllo generale e del contatore: un vecchio modello che potrebbe anche essere difettoso. La versione dovrà apparire più veritiera possibile per ingannarlo totalmente, portato com'è a non fidarsi di nessuno. Forse neanche della madre. Da parecchi anni...» continuò Corsini «...alla famiglia Rapisarda sono stati sequestrati tutti i beni, villa compresa, per associazione mafiosa. E adesso non navigano nell'oro. Perciò lo stratagemma dovrebbe funzionare. Come ti sembra l'idea?» chiese quindi al suo insostituibile braccio destro. «Qualche altro suggerimento in merito?»

L'ispettore Consoli si era concentrato mentalmente sullo sviluppo di quel piano. In effetti la strategia di contattarlo per un grosso problema, dove avrebbe dovuto pagare un bel po' di denaro, filava liscia come l'olio. Nonostante la furbizia di quell'uomo, sborsare tanti quattrini avrebbe fatto abbassare la guardia a chiunque.

«E' una strategia intelligente e perfetta da mettere in pratica.» esclamò con tono convinto Consoli. Poi con un gesto deciso sollevò la cornetta del telefono, e chiese all'agente scelto Valente di presentarsi nella stanza del Commissario capo. Il giovane poliziotto si presentò dopo qualche minuto. «Comandi!!» disse appena entrato e rivolgendo lo sguardo, a turno, verso i suoi superiori.

L'ispettore Consoli gli illustrò il piano strategico ideato dal Commissario capo...

«Per prima cosa devi scoprire con quale società Mario Rapisarda o la famiglia hanno un contratto di energia elettrica. Appena sei venuto a conoscenza di questo, ritorna insieme all'agente Elisa Bernini. Sono stato chiaro appuntato Valente?»

«Chiarissimo ispettore.» rispose il giovane poliziotto «Penso che in brevissimo tempo avremo il nome della società.»

Corsini da dietro la scrivania, seduto nella sua poltroncina, si godeva ammirato quelle schermaglie di carattere professionale dei suoi uomini. In ogni parola, in ogni gesto rivelavano una precisa preparazione professionale. Andavano dritto al problema senza perdersi in domande inutili, ma soprattutto senza perdere tempo. Se qualcuno, in quel momento, avesse guardato i suoi occhi si sarebbe accorto che brillavano di orgogliosa soddisfazione.

In attesa che l'appuntato Valente completasse il suo incarico, i due esperti poliziotti ritornarono sull'argomento centrale della strategia da eseguire. Analizzarono sulla mappa della zona, i vari punti di appostamenti attorno alla casa, per chiudere ogni possibilità di fuga. E ancora una volta con il suo genio tattico, l'ispettore Consoli dimostrò di essere uno stratega degli appostamenti. Descrisse con precisione e intelligenza le posizioni a scalare attorno alla casa, a brevissima distanza, nel caso di una irruzione necessaria all'evolversi della situazione.

Dopo pochi minuti ritornò l'appuntato Valente in compagnia della graziosa collega, l'agente Elisa Bernini. Appena mise piede nella stanza cominciò a sventolare un foglio appena stampato.

«Bingo!!!» esclamò euforico. «Il contratto con questa società di energia elettrica è a suo nome. Corrispondono dati anagrafici e residenza. I controlli incrociati poi hanno dato esito positivo.»

«È già un passo avanti per la messa in scena ideata dal capo.» intervenne Consoli.

«Ottimo ragazzi.» si complimentò quindi Corsini «Finalmente sembra che la fortuna sia dalla nostra parte, e questo facilita l'operazione nella fase di preparazione. E poi intrappoleremo definitivamente questo assassino seriale.» poi si rivolse all'agente scelto Elisa Bernini informandola dettagliatamente del delicato incarico che doveva svolgere. Iniziò ripetendole più volte la storiella, ideata per contattarlo, e chiedendole di essere più convincente possibile. Fare abboccare all'amo quel rifiuto della società, senza insospettirlo, sarebbe stata una vittoria per tutta la squadra.

«Ho fiducia nella tua capacità. Devi interpretare questo ruolo con disinvoltura e gestirlo nel migliore dei modi.» sorrise forzatamente Corsini, per incoraggiarla. In realtà era piuttosto preoccupato. Quell'uomo era furbo come una volpe e il suo cervello consumato dalla droga; perciò temeva che mandasse subito a quel paese l'agente Bernini. «Se ti senti pronta, puoi chiamare direttamente dal mio telefono. Anzi siediti in questa comoda poltroncina e lasciati ammirare nella veste di attrice. Facci vedere quanto sei brava, e prometto che ti segnalerò a un famoso regista cinematografico.» scherzò Corsini per scaricare la tensione che leggeva sul volto della giovane poliziotta.

L'agente scelto Bernini con un radioso sorriso, che mise in risalto il suo fascino naturale, afferrò la cornetta del telefono con disinvoltura.

Poi recuperò i dati dal foglio portato dal suo collega Valente, compose il numero di telefono e si lanciò decisa nella parte.

Al primo tentativo rispose una voce di donna, certamente anziana, che con accento siciliano molto forte disse che il figlio sarebbe rientrato tra qualche ora, solo per pranzare.

Nel frattempo l'ispettore Consoli convocò gli agenti già avvisati dell'operazione, nella stanza di coordinamento e pretattica d'intervento. In brevissimo tempo gli comunicò il piano strategico di appostamento e le modalità di intervento nel caso fosse stato necessario.

«Probabilmente la trappola che stiamo allestendo si risolverà con l'arresto, senza colpo ferire. Tuttavia è importante la massima concentrazione e seguire il protocollo di legge che conoscete benissimo. Prepariamoci e come diciamo nel nostro motto, porta fortuna, ogni volta: Siamo i difensori della legge e niente ci fermerà.» A seguire anche gli agenti urlarono ad alta voce: «Siamo i difensori della legge e niente ci fermerà.»

«Bene! È tutto. Tenetevi pronti ragazzi. Controllate le armi e l'equipaggiamento, ancora una volta. Con malviventi del genere, è meglio essere prudenti e preparati... potete andare.» concluse l'ispettore sorridendo e guardandoli in viso, uno per uno.

Poi si ricordò di un altro tassello del mosaico in preparazione. Trattenne Cantalupo e Valente per informarli di un altro importantissimo dettaglio della missione.

Infatti, i due agenti si sarebbero spacciati per due tecnici della società elettrica, addetti al controllo dell'impianto e quindi del contatore dentro casa. Così il loro compito diventava di vitale importanza per la riuscita della missione. Infatti spettava a loro eseguire, con grande scelta di tempo e molta cautela, l'arresto di quell'uomo descritto nel fascicolo: individuo di estrema pericolosità.

«Abbiamo scelto voi due perché siete quelli che per atteggiamento e aspetto somigliate meno a dei veri poliziotti.» disse Consoli ai suoi giovani agenti. «E questo è un grosso complimento nei vostri riguardi. Agenti segreti famosi si sono sempre mischiati alla gente normale senza essere individuati, proprio per il loro aspetto pulito.»

I due giovani agenti ebbero un sorriso di compiacimento per quelle parole... «Abbiamo capito perfettamente! Capo. Noi avremo quell'uomo faccia a faccia e dovremo agire con precisione, e con un intervento sincronizzato e simultaneo.» esclamò Cantalupo.

«Saremo all'altezza del delicato compito.» aggiunse Valente, serio e già proiettato nella missione.

«Benissimo!» approvò l'ispettore Consoli. «Adesso rientriamo nella stanza del dottor Corsini.»

Appena arrivarono davanti alla stanza udirono una dolce voce femminile, che con garbo e gentilezza, rassicurava chi stava all'altra parte del telefono. «Esatto, signor Rapisarda. Sicuramente i nostri tecnici risolveranno il problema.» e quindi tutto si sarebbe risolto nel migliore dei modi… era la parte finale del colloquio. Ma si intuiva com'era andata dalla voce remissiva e dal tono strascicato, che si sentiva dal viva voce, inserito da Corsini.

«'Putiti' mandare i tecnici anche… oraa.» disse alla fine. «'Me matri' è malata. Non 'pò ristari' senza corrente.»

«Penso di poterla accontentare.» rispose la Bernini. «Abbiamo due tecnici disponibili e perciò possiamo mandarli appena possibile... scusi resti in linea per la conferma.» e chiuse la linea con accortezza, per essere sicura che lui non potesse udire alcunché.

Il Commissario capo con lo sguardo interpellò Consoli e tutta la numerosa squadra, in spasmodica attesa, nella sua stanza. Poi decise che l'operazione di arresto era meglio eseguirla nel più breve tempo possibile. Bisognava togliere quella castagna dal fuoco o si rischiava di bruciarla.

«Facciamo così.» disse senza ripensamenti. «Gli fissiamo l'appuntamento con i tecnici, tra un paio d'ore. Intanto noi organizziamo sul posto gli appostamenti con la squadra di pronto intervento. I nostri agenti Cantalupo e Valente saranno equipaggiati con pistole di piccolo calibro per evitare rigonfiamenti sospetti. In più gli metteremo dei mini microfoni digitali, per comunicare con noi.» poi si rivolse all'agente Bernini con un gran sorriso, per farle capire quanto fosse stata brava. «Comunica a quell'essere *"inumano"* che tra un paio d'ore i tecnici saranno sul posto. E che lui deve essere presente, nel caso necessiti la sua firma.»

Ottenuto il consenso dell'uomo a farsi trovare in casa, seguì la fase operativa.

Poco dopo, dal piazzale della Questura Centrale, tre volanti si avviarono lentamente verso l'uscita. Poi con le sirene accese, sgommarono rumorosamente dirigendosi verso il quartiere San Berillo.

42
Trecastagni – Villa Caroline

Era ancora vivo l'eco dell'aggressione avvenuta in casa Borsalino, ai danni della nota criminologa Caroline Zeller. Trattandosi inoltre di una cittadina americana, persino corrispondenti di emittenti televisive di quel paese, sostavano impietose davanti alla villa per avere una intervista, dalla viva voce dell'interessata. Naturalmente la notizia, giunta a New York, allarmò casa Zeller. Elsen, la madre, ebbe un attimo di panico e una dolorosa sensazione di smarrimento, cui seguì la fredda decisione di chiamare, immediatamente, la figlia in Sicilia...

Al primo squillo rispose una voce di uomo che, lì per lì, Elsen non riconobbe.

«Pronto! Elsen. Sono Gaetano, come stai? E' tutto a posto. Solo un po' di paura ma 'ringraziannu u Signuri' i nostri 'carusi' stanno bene. Comunque ti chiamo subito Caroline, cà sta accerchiata da tutti i parenti. 'Sangu di giuda semu vinuti subitu pi faricci cumpagnia'. Salutami Warren 'assai'. Anzi lo devi baciare 'pi mia'.»

«Ti ringrazio.» rispose Elsen. Anche se in verità aveva capito poco. «Sei sempre caro e affettuoso. Devo confidarti che il vostro calore, la vostra simpatia, ci manca molto.»

Intanto Gaetano chiamava ad alta voce... «Carolinaaa! C'è Elsen al telefono.»

Dal grande salone, si udì la sua voce dolcissima rispondere alla madre. «Ciao! Mamma.» rispose quasi commossa. «Ti assicuro che sto bene. Quello che ci ha rimesso è stato quel mostro. Frank l'ha colpito ferendolo nella gamba. Di questo la stampa non è stata informata. La notizia avrebbe dato un vantaggio all'assassino. Simone Corsini, dall'alto della sua esperienza, ha taciuto il ferimento. Così abbiamo un possibile indizio a nostro vantaggio. A causa della ferita dovrebbe camminare con un leggero handicap, e questo restringerebbe il cerchio dei sospetti.»

Intanto si erano avvicinati tutti i parenti, che a turno mandarono i saluti a Elsen. Conoscenti e parenti che immediatamente si erano recati a villa Caroline, per distrarre quella ragazza fantastica, che senza alcun timore si era messa al servizio della Polizia di Stato. Stampa ed emittenti locali, nonostante l'attacco continuo agli investigatori con critiche poco lusinghiere per i risultati deludenti, al contrario avevano osannato la famosa criminologa Newyorchese: specie dopo il pericoloso tentativo del serial killer di eliminarla.

Nel frattempo anche Warren si fece sentire chiamando Frank sul cellulare. Benché si trovasse in riunione con gli azionisti, per un nuovo investimento in azienda, l'anziana e affezionata segretaria che aveva appreso dai quotidiani la brutta avventura di Caroline, si permise di disturbarlo avvisandolo telefonicamente.

Così Frank fu costretto a subire un vero e proprio interrogatorio da parte del suocero. Inoltre dopo aver espresso la preoccupazione per la figlia, ricordò al genero la sua lunga assenza dall'azienda, che nonostante gli sforzi degli altri collaboratori, era diventata insostenibile per lo standard produttivo. Comunque appena risolta, a breve, l'approvazione a maggioranza dell'assemblea degli azionisti, la sua presenza operativa in azienda, sarebbe stata indispensabile, oltre che necessaria, per l'acquisto dei nuovi macchinari tecnologicamente avanzati.

«La informo ingegnere Borsalino.» gli disse con tono spiritoso. «Lei è ancora in prova, sia come marito che come responsabile dell'area tecnica della Windows Zeller Group. Perciò rischia il licenziamento, senza alcuna possibilità di ripensamento da parte mia.» alla battuta fece seguire una grossa risata di petto che costrinse Frank ad allontanare il telefono dall'orecchio.

«Non c'è dubbio che ne avresti il motivo.» rispose Frank con un tono di voce altrettanto divertito. «Però ti ricordo che la mia missione è stare vicino e proteggere la donna che più amo al mondo. Quindi respingo al mittente le tue ingiuste accuse, ma ti garantisco che ritorneremo al più presto, per riabbracciare due persone scorbutiche ma affettuose.»

«Va bene 'Picciotto'! Ora passami nonna Rosa per salutarla e poi quel fetente di Gaetano.»

Frank non si fece pregare. Sapeva che il suocero aveva ragione di lamentarsi. Aveva ottenuto un ruolo importante e di fiducia nella conduzione di un grande Gruppo industriale, conosciuto in tutti gli Stati Uniti d'America.

Mentre in casa Borsalino si sovrapponevano le voci delle persone presenti impegnate a portare solidarietà e affetto alla padrona di casa, a qualche chilometro di distanza, l'aggressore si era rintanato nella sua stanza divinatoria, in ginocchio davanti a sua '*Maestà l'Etna*'.

Ancora una volta il suo viso era completamente trasformato e una smorfia crudele trapelava dai suoi occhi arrossati dalle lacrime copiose, che per tutta la notte erano state l'epilogo dello sfogo rabbioso del suo fallimento. Con decisione si avvicinò alla cassapanca posta sotto la spettacolare immagine dell'Etna.

Aprì il mobile e prese l'arma che, sin da subito, appena l'aveva toccata per la prima volta si era sentito proiettato indietro nel tempo e nella storia. Aveva visto uomini temprati alla guerra lanciare proiettili micidiali di piombo con quell'arma, semplice come struttura, ma di una potenza tale da perforare armature ed elmetti e quindi di provocare una carneficina di morte... e una mutilazione devastante.

Si era immaginato che una divinità distruttrice come a '*muntagna*', chiamata così dai villani del luogo, gli avesse tolto qualcosa di immensamente caro per eleggerlo suo '*sacerdote sacrificale*'. E per lui essere divenuto '*l'Adoratore dell'Etna*', con il compito di immolare le vittime peccatrici al cospetto di sua '*divinità l'Etna*', era la realizzazione di quella visione mistica che aspettava da tempo. Come per miracolo si era sciolto quel gelo nell'anima che lo opprimeva, dal giorno della scomparsa dei suoi genitori. Questo gli aveva dato la forza di cancellare quei ricordi dolorosi e drammatici che si erano insinuati nella sua mente stravolta. Era stato schiacciato dai suoi stessi dubbi sull'esistenza, e dai pensieri di morte che lo avevano ridotto a non sorridere più... poi... la rinascita dell'anima era arrivata improvvisa, insieme alla frombola. Era successo come se una entità soprannaturale gli avesse plasmato la mente, e per volere divino, un flusso sublime e avvolgente, lo avesse trasportato anima e corpo davanti a sua '*Maestà l'Etn*a'.

Quella notte non aveva chiuso occhio. Quel poco di sonno, in dormiveglia, era stato un alternarsi di sogni mistici, dove una immensa porta si era aperta, e una luce splendente era apparsa. Quindi aveva dato inizio a un sogno simile alla realtà, da lui vissuto con intensità: si era trovato in un grande spazio dove soldati romani si allenavano con accanimento e ferocia. Poi aveva visto se' stesso, allenarsi con la frombola, insieme ad altri soldati che gli insegnavano i segreti di quell'arma. Nel sogno si era rivelato un bravo lanciatore dalla mira infallibile e quando si era svegliato di soprassalto sentiva che quell'arma gli era pervenuta per volontà soprannaturale. Quella mattina perciò aveva provato la frombola nel grande giardino di casa, e con meraviglia si era accorto di essere bravissimo nel colpire oggetti anche a cinquanta metri di distanza.

Nei giorni che seguirono, l'allenamento era proseguito con intensità sempre crescente, e con una precisione tale da meravigliare lui stesso.

L'entità divina che lo aveva investito di quel compito, così altamente spirituale, donava alla sua mente forza interiore, e una volontà priva di qualsiasi debolezza umana.

Così si era trasformato con una metamorfosi quasi naturale nel sacerdote e adoratore di una 'divinità' materiale': *l'Etna.* E appena il vulcano dava inizio ad una nuova eruzione, per calmarne la terribile potenza distruttrice, ma soprattutto la sua ira, lui come atto sacrificale uccideva chiunque osasse profanare con atti irrispettosi quel luogo sacro. In quei momenti la sua mente vagava verso mete altissime di spiritualità interiore. Appena indossava la veste sacerdotale qualcosa di magico avveniva nel suo 'Io' liberandolo dallo spirito del male e raggiungendo sensazioni di profondo benessere. Ma per arrivare a questo, la sua anima, il suo spirito e il suo corpo, si proiettavano in una dimensione di divina adorazione e di rito cerimoniale verso sua '*Maestà l'Etna'*. Poi finita la preghiera di perdono per quei peccatori che si introducevano nel territorio sacro, lui come esecutore divino, procedeva nel rito finale di benedire la frombola sotto l'immagine '*sacra dell'Etna'*. Così l'atto sacrificale di purificazione poteva essere portato a termine, con l'uccisione di due vittime irrispettose: un uomo e una donna...

Ora la purificazione doveva avvenire al più presto, perché il fallimento sacrificale verso la donna accusatrice del '*Sommo Sacerdote'*, avrebbe generato infauste ripercussioni.

43
Quartiere San Berillo. (CT)
"Operazione Sotterfugio".

Nel frattempo l'operazione "sotterfugio" era in pieno svolgimento. Tutti gli agenti già pronti al piano strategico studiato dettagliatamente, avevano lasciato le volanti in un luogo nascosto alla vista dei residenti, e precisamente dentro un capannone a qualche chilometro di distanza dal luogo d'intervento. Le auto si erano avvicinate il più possibile con la massima cautela. Quindi dopo essere scesi i colleghi poliziotti, in un punto abbastanza isolato, gli autisti con le volanti si diressero nel capannone: dove nascosero le macchine.

Il Commissario capo Corsini era arrivato con la sua auto di servizio. Insieme a lui, aveva portato i due agenti di polizia Cantalupo e Valente, vestiti con tute da lavoro. In effetti avevano il compito gravoso di avere un faccia a faccia con quel pericoloso malvivente: cocainomane e privo di scrupoli.

Le disposizioni erano chiare. Dovevano agire con la massima cautela al momento dell'arresto, senza trascurare la possibile e violenta reazione dell'uomo.

«Dunque. 'Picciutteddi beddi'» li apostrofò Corsini. Per allentare la tensione che si leggeva nei loro visi. «Dovete apparire calmi e sereni. Ricordate che siete due operai della società elettrica, in cerca di eventuali guasti nell'impianto. Appena operate l'arresto inviate subito il segnale stabilito, così interverremo immediatamente. Vi prometto che la velocità d'irruzione batterà tutti i record precedenti.» concluse con un largo sorriso di ottimismo, che trasmise ai due ragazzi.

Intanto l'ispettore Consoli aveva disposto gli appostamenti dei poliziotti, nei punti già prestabiliti, servendosi della mappa catastale del circondario. Ogni uomo aveva disposizioni precise, e l'attuazione della eventuale irruzione guidata dal capo pattuglia, sarebbe scattata con graduale tempestività, in riferimento dei vari punti di vicinanza al caseggiato. Così l'ispettore rivolse le ultime raccomandazioni ai suoi uomini. «Dunque ragazzi!» disse con un tono di voce imperioso, che tanto piaceva a Corsini. «Abbiamo un solo obiettivo. Ed è quello di accerchiare e bloccare quest'uomo, nel caso riesca a sfuggire all'arresto dei nostri colleghi, all'interno. Vi ricordo che si tratta di persona pericolosissima e porta sempre una pistola dietro la schiena, ma la velocità con cui agiremo gli impedirà ogni probabile via di fuga... ai vostri posti e occhio!!»

Non passò molto che l'ispettore Consoli comunicò al Commissario capo che si poteva procedere.

«Gli uomini hanno preso posizione e sono alla massima allerta come volevi.» lo informò il suo braccio destro di sempre. A quel punto Corsini rifilò una bella pacca affettuosa sulle spalle di ognuno dei suoi giovani agenti... «conoscete il motto porta fortuna della squadra. Andate e portatemi quel maiale senza corpo ferire.»

Poco dopo Cantalupo e Valente erano davanti alla porta del fabbricato dove abitava Mario Rapisarda. Uno di loro aveva in mano un borsone, mentre l'altro portava una grossa cassetta porta utensili, in metallo. Appena suonarono, dall'interno si udirono dei rumori strani come lo spostamento di mobili, mentre qualcuno controllava dalle fessure della persiana. I due agenti, giovani ma molto esperti, notarono che qualcuno in casa stava sistemando oggetti fuori posto. Un attimo dopo l'uscio si aprì e una donna di mezza età si presentò in tutta la sua 'sguaiataggine'...

«Salve!» dissero insieme i due agenti. «Siamo i tecnici della società elettrica. Una nostra incaricata si è sentita con suo marito per i problemi dei consumi molto alti.»

«No! 'Carusi sugnu a soru' di Mario. Adesso arriva stava 'facennu lavori n'casa'. Ma 'accussì carusi' e già 'aviti' un lavoro 'accussì' difficile?»

«Grazie del complimento signora.» rispose Cantalupo lesto a prendere a volo quel tentativo di comunicazione e creare quindi una atmosfera amichevole. «Okay, intanto noi verifichiamo la linea elettrica in entrata e uscita per controllare eventuali danni da dispersione... anzi appoggio il borsone sul tavolo così preparo la strumentazione di misurazione.»

«Certo, 'si acumudassi pure'. 'Semu a vostra disposizione pi tutto'.»

Mentre Cantalupo apriva il borsone per prendere uno strumento che doveva essere un misuratore, dalla stanza adiacente, giunse spavaldo Mario Rapisarda.

Appena si accorse che Cantalupo infilava la mano dentro il borsone, l'uomo facendo un passo indietro portò la mano destra dietro la schiena. La sorella fu svelta a trattenerlo nelle sue intenzioni poco amichevoli...

«'Avaia! Mario picchì ti allarmasti'? Bravi picciotti sunu'.»

Una grossa risata rimbombò per tutta la stanza.

«'Ma che minchia pinsasti! Che crirevi ca' facevu? La camicia mi entrai, ca' era fora de pantaloni'.»

I due giovani agenti ebbero un sospiro di sollievo. Anche loro avevano temuto il peggio. Quell'uomo era pazzo, con il cervello mangiato dalla droga e si vedeva.

«Bene, allora cominciamo con le verifiche. Intanto le consegno la fattura che avrebbe ricevuto a casa se non fossimo venuti noi. Come vede la cifra è molto alta e i consumi rilevati dal contatore elettronico sono esagerati per un uso domestico normale.»

«Adesso noi...» si intromise Valente «...con questa apparecchiatura rileviamo eventuali dispersioni di corrente in tutta la casa… anche in cantina o qualunque punto del fabbricato allacciato alla linea elettrica.»

Mentre l'agente parlava, Rapisarda con la fattura in mano era letteralmente sbiancato. «Minchiaaa!!» esclamò tutto d'un fiato. «' Ama pavari più di duemila euro. Me 'matri' è vecchia e malata. Perciò non po' 'ristari senza luci, mancu pi mumentu'. 'Nuatri, io e me sori, semu fora pi lavoro... vi raccumannu picciotti truvati u guastu' subito.»

L'uomo, in quel momento, quasi supplicava i finti tecnici di aiutarlo. La messa in scena si stava mettendo nel migliore dei modi: non aveva alcun sospetto. Era caduto nella trappola architettata, con il solito acume tattico, dal Commissario capo Corsini. Ma i due bravi poliziotti sapevano che la finzione doveva andare fino in fondo per non insospettirlo. Perciò iniziarono un lungo e meticoloso controllo in tutta la casa. Ovunque scattarono delle foto con i cellulari come supporto alla perquisizione che sarebbe avvenuta subito dopo, con il sopralluogo dei tecnici della scientifica. Adesso il punto cardine di tutta l'operazione era individuare, senza sbagliare, il momento migliore per sorprendere il malvivente e procedere al suo arresto. Bisognava renderlo inoffensivo senza dargli la possibilità di prendere la rivoltella. Ad un preciso segnale del collega, l'agente scelto Valente proseguì nella finzione con un atteggiamento da consumato attore… si posizionò tra il tavolo dove Cantalupo indifferente fingeva di sistemare gli strumenti di lavoro nel borsone e il Rapisarda che appariva teso e preoccupato dal responso dei controlli. Poi con quello che aveva chiamato il misuratore di dispersione si mise a premere dei tasti a casaccio come a leggere i risultati. «Okay! Come pensavamo è tutta colpa del contatore che è impazzito.» lo informò sorridendo l'agente Valente mentre si spostava il più vicino possibile verso il suo collega. E si mise in una posizione tale affinché l'uomo gli rivolgesse le spalle. Poi sempre con quell'aggeggio in mano per distrarlo gli confermò che avrebbero sostituito il contatore, che il problema era risolto e quindi la fattura sarebbe stata stimata alla lettura precedente.

A quelle parole il Rapisarda si distrasse completamente e mentre felice come una pasqua si apprestava a ringraziare i due salvatori, un urlo fortissimo lo scosse dal suo inaspettato rilassamento mentale.

«Ora!!» urlò Valente al suo collega che trovandosi alle spalle del presunto assassino, ebbe vita facile nell'afferrarlo e prendergli la pistola che teneva dietro la schiena. Anche Valente gli si buttò addosso per facilitare il collega di mettergli le manette. Passò pochissimo tempo e un rumore assordante proveniente dalla porta, proiettò dentro casa l'irruzione della squadra dell'ispettore Consoli. Infatti l'ispettore in persona con quattro poliziotti, erano penetrati buttando a terra la porta come un fuscello. A questo ci aveva pensato l'agente 'Pippo l'elefante'. Un omone che pesava centonove chili per un metro e novantotto di altezza. Ma la sua forza di sfondamento aveva origine dai tanti campionati di Sumo anche a livello europeo. Inoltre la porta, come avevano supposto, era solo chiusa dal chiavistello.

Nel frattempo, in quei pochi minuti trascorsi dopo l'arresto, i due giovani poliziotti avevano ricevuto parole poco apprezzabili da parte di quell'ambiguo personaggio, offeso nel suo onore di uomo rispettato e temuto. «Infami!! 'Siti sulu dui' sbirri infami. Pezzi di 'mmerdaa'»… strillava scalciando come un somaro imbestialito. «Ma 'picchi m'aristati? Figghi di buttana'!»

L'ispettore Consoli entrò di corsa mentre il presunto assassino pronunciava quelle parole piene di rabbia. «Te lo dico io perché ti arrestiamo.» gli urlò in faccia. «Anzi, sai che faccio… sottospecie di essere umano. Ti leggo i tuoi diritti secondo la legge italiana. In nome della legge italiana ti dichiaro in arresto per l'omicidio di Pinuccio Palumbo, avvenuto esattamente sedici anni fa. Abbiamo tutti gli elementi per arrestarti e aprire un nuovo processo nei tuoi confronti. Questo è il mandato d'arresto del magistrato che si occuperà del caso.» gli mostrò l'ispettore Consoli, avvicinandolo davanti ai suoi occhi riluttanti.

«Ma che minchia mi stati 'raccuntannu'» strillò l'uomo con rabbia e sputando per terra, in segno di disprezzo. Intanto Corsini si era messo davanti alla porta e lo squadrava con degli occhi freddi e indifferenti. Dire che nel suo volto fossero stampati i sentimenti più odiosi verso quell'uomo, sarebbe stato poca cosa, per gli aggettivi che sicuramente frullavano nella sua mente. Poi rivolgendosi all'ispettore Consoli e senza degnarlo di una parola: «Sbattetelo nella cella più buia, questo rifiuto della società. Domani il magistrato comincerà l'interrogatorio e comunicherà al Gip le accuse e le motivazioni per tenerlo in galera.»

Appena eseguito l'arresto Corsini aveva elogiato l'azione intelligente e precisa nella esecuzione dei due agenti Cantalupo e Valente, ringraziandoli con una leggera pacca affettuosa ad ognuno di loro. Nel frattempo era arrivato il furgone della scientifica, dal quale scesero quattro operatori con le loro tute bianche, e le immancabili valigette con gli attrezzi di lavoro. A quel punto iniziò la perquisizione, con il supporto della squadra di Corsini attrezzata adeguatamente al compito di sola ricerca, senza inquinare elementi anche di scarso interesse, e proseguì fino a tarda sera. Quando sembrava che nessun oggetto o traccia utile alle indagini fosse stata trovata, un colpo di scena, esattamente un flash nella mente di Cantalupo, cambiò l'esito di quella snervante perquisizione. Si ricordò come quel malvivente avesse tirato un vero sospiro di sollievo, quasi di scampato pericolo, quando nella cantina durante il finto controllo lui gli aveva volutamente confidato che in posti come questi, saturi di tanta umidità, sarebbe stato più probabile trovare una dispersione elevata di elettricità.

In quel momento, l'uomo era apparso confuso e titubante, come se avesse timore di mostrare qualcosa che teneva nascosto e infatti si era diretto verso uno scaffale a muro. Ma proprio in quell'istante, l'agente Valente aveva chiamato i due ad alta voce, dicendo che il problema era stato trovato nel contatore elettronico. Così erano risaliti senza continuare oltre, come sembrava. A passo spedito, l'agente Cantalupo, senza aggiungere altro si portò verso il retro della casa e scese giù in cantina, dove un operatore della scientifica era concentrato nella ricerca di reperti utili. Ancor più deciso fidandosi di quel flash rivelatore, l'agente si diresse nello scaffale dove il sospettato nascondeva o teneva qualcosa di molto importante. Naturalmente anche lui si era messo in tenuta idonea con copertura alle scarpe e guanti in lattice. Intanto l'avevano raggiunto il Commissario capo e l'appuntato Valente, e si misero anche loro a ispezionare attentamente, alla ricerca di qualche traccia. E ancora una volta l'intuito dell'esperto e maturo poliziotto si rivelò determinante.

«Ehi! Ragazzi notate niente di strano?» disse abbastanza accigliato mentre rifletteva. «Il pavimento della cantina è stato rifinito con strati di vernice metallizzata e con tutta la polvere, che è tantissima, si notano i riflessi di lamina applicata.»

«È vero, dottore!» esclamò incuriosito dalla domanda, l'appuntato Valente. «La parte destra del pavimento verso il muro è stato laminato con uno strato molto più esteso.»

L'agente della scientifica che aveva ascoltato con interesse le loro deduzioni, si avvicinò silenzioso alla valigia degli attrezzi e prese una pennellessa con setole dure. Prima si munì della vecchia scopa appoggiata al muro, e incominciò a ramazzare in quel punto del pavimento, sollevando una densa nube di polvere di colore scuro. Naturalmente si scansarono per qualche minuto, da quell'ambiente divenuto poco respirabile, a causa dell'aria pesante e fastidiosa per le narici. Poi notarono un piccolo aspiratore e dopo averlo messo in funzione, contribuì a migliorare l'aria inquinata della cantina. Per l'agente della scientifica qualcosa non quadrava, perciò prese una piccola quantità di polvere scura e la riversò dentro una provetta in plastica. Poi con il contagocce versò qualche goccia di un reagente chimico che aveva prelevato dalla valigetta. E subito si verificò una reazione puzzolente, come di marcio. «Come immaginavo.» disse l'uomo che indossava la mascherina, e non aveva subito alcun danno. «Non si tratta di sola polvere. Questa è una miscela di polvere addensata con una grossa quantità di solfuro ferroso. E certamente la combinazione di polvere naturale e solfuro ferroso che abbiamo rilevato sul pavimento è stata messa con uno scopo ben preciso.» concluse pensieroso l'agente della scientifica.

Poi con la pennellessa cominciò a ripulire con più energia i punti ad angolo aderenti al muro. E più puliva più apparivano per la sorpresa di tutti, delle evidenti fessure che formavano un quadrato di circa 50x50 cm, e si materializzò, davanti ai loro occhi, una pesante botola in ferro battuto.

44
Nicolosi (CT) - Sede del Parco dell'Etna.

Un addetto del Parco arrivò correndo e con il fiatone davanti l'ingresso degli uffici, rivolgendosi poi quasi balbettante, alla impiegata di turno.

«Presto! Loriana, chiama il direttore. È successo un incidente gravissimo nei pressi del sentiero per i Monti Sartorius, località S.Alfio. Una coppia di turisti di giovane età sono morti, i loro corpi si sono sfracellati nella caduta. C'è sangue dappertutto! Non si capisce come si è verificato un tale scempio. Sarà stato qualche animale? Credimi c'è mancato poco che me la facessi sotto dalla paura... Mizzica! È una scena raccapricciante assai!!»

«Adesso calmati.» lo redarguì la segretaria. Anche lei impressionata da quel racconto. Afferrò svelta la cornetta del telefono e pigiò il numero interno del responsabile del Parco. E gli accennò grossolanamente, ma preoccupata, il racconto del collega.

Ovviamente il direttore non perse tempo. Dopo essersi informato su quanto aveva visto quell'uomo, addetto ai servizi e cura del territorio, che conosceva come persona seria e poco loquace, avvisò immediatamente il distretto di Polizia locale.

Il Commissario Capo Corsini, saltò letteralmente dalla sua poltrona, quando ricevette la telefonata del maresciallo Cannavò del distretto di P.S. di Nicolosi.

«È sicuro che si tratta di un probabile doppio omicidio! Non può essere stato un disgraziato incidente? Il fatto che i corpi si trovino sotto un dirupo lavico, potrebbe avvalorare l'ipotesi di un ruzzolone. Tale da provocare nei corpi brutte ferite, riducendoli in uno stato pietoso, come lei stesso afferma maresciallo Cannavò.»

«Assolutamente no, dottor Corsini.» rispose sicuro il maresciallo. «Sono sceso di persona a vedere le vittime e le assicuro che lo spettacolo è terrificante. Oltre ai corpi straziati, le teste appaiono devastate con fuoriuscita di materia celebrale. Questa è opera di quel mostro criminale, a cui anche noi da tempo partecipiamo a dargli la caccia, per disposizioni del Questore.»

«Grazie maresciallo Cannavò.» replicò rabbioso Corsini. «Come al solito non faccia avvicinare curiosi, ne' tanto meno toccare o spostare oggetti di qualunque natura. Tra poco saremo sul posto... la saluto.»

Finita la conversazione, Corsini esplose in una imprecazione fortissima, così forte da essere udita in tutto il piano della Sezione Speciale Anticrimine. Ma bastò un attimo per calmarsi. Quindi prese il telefono e chiese al medico legale di recarsi immediatamente sul luogo del crimine. Nel frattempo lui avrebbe avvisato il colonnello Nardelli del nuovo duplice omicidio, con la richiesta della scientifica.

Intanto erano giunti i suoi collaboratori più stretti. Nonostante una evidente e curiosa preoccupazione, si presentarono con un certo rispetto davanti al suo ufficio.

Senza prendersi alcuna pausa per riflettere, il Commissario capo si era già messo in contatto telefonico con il suo insostituibile amico, il quale lo sentiva oltremodo vulnerabile, perciò l'esperto colonnello della scientifica, insieme al quale conduceva le difficili indagini, poteva dargli quella forza psicologica interiore di cui, in quella occasione, aveva bisogno. Ancora una volta, il responsabile della scientifica notò qualcosa di strano nella voce del suo amico Simone Corsini.

«Ehi! Poliziotto con i 'baffi storti' dimmi subito qual'è il problema e non piangermi al telefono come al solito.» esordì Nardelli senza farsi interrompere.

Una risata contenuta sgorgò dalla gola del Commissario capo. «Ci risiamo Luca! L'adoratore mistico, quel mostro purificatore si è vendicato con la uccisione di altre due vittime innocenti. Stavolta i media ci faranno a pezzi, senza sconti. Ma non è questo che mi preoccupa. È una vera apocalisse quella scatenata da questi serial killer, con omicidi di una ferocia inaudita e con un modus operandi fuori da ogni immaginazione investigativa... sono confuso, amico mio. È la prima volta che mi sento impotente verso dei criminali cosi brutali. Poi quando sei convinto di essere vicino alla soluzione del caso, e che le indagini procedono nel verso giusto, ecco che si ricomincia daccapo con altri omicidi, in una diversa località del parco.»

«Ascolta Simone.» propose Nardelli. «Mantenere i nervi saldi è l'unica possibilità che abbiamo per ottenere risultati nelle indagini. In questo momento la situazione si è ulteriormente complicata, tuttavia la pista tracciata dalla dottoressa Zeller coincide perfettamente con il profilo del serial killer. La sua mappa mentale e geografica è sicuramente in sintonia con le nostre ricerche. Anch'io concordo con l'analisi della criminologa. Il nostro sospetto, in tempi passati, deve aver subito un forte trauma mentale, un dramma che gli ha sconvolto la vita e distrutta la personalità. Così si è tramutato nel sacerdote '*Adoratore dell'Etna*'.

Una inclinazione mistica fuori dagli schemi abituali. E questo cosa ti fa pensare? Vecchio amico mio.» concluse il capo della scientifica.

Corsini rimase un istante in silenzio, come a voler riflettere su quanto argomentato analiticamente da Nardelli. Poi alla domanda cosa ti fa pensare, ebbe una intuizione importante per le indagini in corso. «Minchia!!» esclamò con uno slancio verbale di notevole intensità. «Il nostro seriale è sicuramente legato al territorio dell'Etna. Il motivo della sua mostruosa metamorfosi deve essere avvenuto con la concausa della *montagna.* E lui inspiegabilmente le dedica vittime innocenti, il cui sacrificio di purificazione servirebbe a placare la vendetta e l'ira devastante di sua '*Maestà L'Etna'*. Si! Adesso è tutto chiaro... dobbiamo concentrare le ricerche su tragedie avvenute sul vulcano, in una delle tante eruzioni del passato.»

Nardelli acconsentiva soddisfatto con cenni della testa, alle deduzioni di analisi investigativa dell'esperto Commissario capo. Anche se lui, lo aveva furbescamente stimolato nel ragionamento, solo per avere la certezza che i due metodi di indagini, si muovevano nella stessa direzione. E in più il famoso intuito di Corsini aveva ulteriormente tracciato un percorso investigativo preciso, con una convergenza immediata, in tal senso, di tutti gli uomini impegnati nella cattura del serial killer.

«Okay! Simone. Adesso pensiamo ai nuovi omicidi ad opera di questo fantomatico *'Adoratore dell'Etna... che Dio lo prenda, presto, in gloria'*. Il luogo di ritrovamento dei cadaveri, mi sembra di aver capito, è all'interno del sentiero per i Monti Sartorius, località Sant'Alfio. Il furgone della scientifica è già per strada... a breve li raggiungo.

«Bene!» approvò Corsini. «Ma a noi conviene incontrarci direttamente agli uffici della Sede del Parco. Insieme ci faremo condurre sul luogo del crimine.»

«Buona idea.» replicò il Colonnello dell'Unità Speciale... «Intanto incontriamoci in sede. Poi prenderemo le iniziative necessarie. A tra poco dunque! Ti saluto.»

Gli uomini di Corsini avevano ascoltato la lunga conversazione al telefono del loro capo. E fu l'ispettore Consoli a rompere gli indugi e andare subito al sodo. «Perciò dottore, questo verme schifoso continua nella mattanza di vittime innocenti. Tutta la squadra desidera mettere, al più presto, le mani intorno al suo collo. Le assicuro che spenderemo ogni residua energia per sbatterlo in galera. Anzi i nostri sforzi saranno raddoppiati, per non dare tregua a questo assassino impietoso e crudele.

Questo lo promettiamo, a lei dottore, e a tutta la cittadinanza che chiede giustizia e sicurezza per i loro figli.»

La replica di Corsini si limitò in un vigoroso ringraziamento. Poi impartì delle precise disposizioni.

A ognuno di loro, ordinò delle approfondite ricerche internet, a partire dagli anni 80/90. E di utilizzare come chiave di lettura principale: *"tragedie o ammazzatine" nel territorio del Parco e alle pendici del vulcano.*"

Poi si rivolse a Cantalupo invitandolo a preparare una macchina per accompagnarlo a Nicolosi, alla sede del Parco. L'agente Cantalupo era uno degli autisti più in gamba della polizia. Nei vari tornei di preparazione professionale aveva ricevuto degli attestati di guida. E lo collocavano tra i migliori piloti idonei a inseguimenti di elevata difficoltà. Infatti in undici minuti Corsini si trovò davanti alla sede dell'Ente Parco. Tuttavia si era lamentato più volte con il suo agente di essere più cauto nei sorpassi, nonostante la sirena.

In realtà il giovane poliziotto sembrava essere posseduto dall'ebbrezza della velocità. Per lui era soltanto normale amministrazione, una dote innata che si notava nella sicurezza e sorprendente capacità di guida: zig-zagava evitando con disinvoltura e notevole calma ostacoli imprevisti.

Trascorsero pochi minuti e giunse anche il colonnello Nardelli. Avevano appena finito di stringersi la mano, quando si presentò sconvolto in viso, il direttore *dell'Ente Parco.* Non aspettò tanto per esternare il timore, condivisibile, di quanto fosse negativo per il turismo e per la cittadinanza questo nuovo e terribile duplice omicidio. Corsini nonostante sbuffasse come un toro nell'arena, si limitò a frenare la tensione dell'uomo, con una forte e prolungata stretta di mano.

Nardelli, invece, freddo com'era di sua abitudine, prese la parola facendosi spiegare come era avvenuto il ritrovamento dei corpi e dove si trovasse adesso quell'uomo per avere altri particolari in merito.

Lo trovarono al bar adiacente all'ingresso degli uffici, che si stava bevendo un cognac per rianimarsi dalle atrocità che i suoi occhi avevano visto, benché fosse un omone alto e robusto.

I due esperti poliziotti si presentarono e lo interrogarono con molto tatto. Sapevano quanto potesse essere sconvolgente la vista di corpi così devastati e mutilati. Infatti l'uomo gli raccontò per filo e per segno del ritrovamento...

Come ogni giorno controllava che il territorio fosse stato pulito e curato egregiamente dagli operatori di bonifica dell'Ente. Soddisfatto, si era avvicinato per un ultimo controllo ai margini di un leggero dirupo, dove molti visitatori maleducati buttano lattine e oggetti di qualunque genere, e notò qualcosa di strano che attirò la sua attenzione. Così aveva verificato meglio. E guardando in linea quasi verticale nel dirupo, si accorse che si trattava di un corpo immobile. In un primo momento aveva pensato a un malore di quella persona o a una caduta accidentale. Era sceso subito, incurante che non fosse attrezzato per la discesa. Perciò con molta attenzione e lentamente era riuscito a scendere, per dare soccorso a quella persona. A quel punto la vista gli si era annebbiata, per lo spettacolo terrificante che aveva davanti: un altro corpo appariva completamente maciullato. Dal collo fino alla testa, che sembrava essere scoppiata per come era ridotta. E sangue schizzato dappertutto misto a materia celebrale. Inoltre nel petto di quell'uomo c'era una profonda ferita con una fuoriuscita di sangue impressionante. Nonostante lo sconvolgimento di quel primo ritrovamento, aveva tirato fuori forza e coraggio per vedere se la donna fosse ancora viva. Era girata a petto in giù, ma il sangue che scorreva sotto di lei faceva pensare il peggio. Infatti appena si era avvicinato, intanto aveva scorto sulle sue spalle una serie di micidiali coltellate. Poi dal punto dove scorreva il sangue, aveva notato come anche lei avesse una profonda ferita nel petto... «Non so dirvi altro.» concluse l'uomo, ancora stravolto da quella esperienza vissuta e dalla dettagliata descrizione sul ritrovamento. «Non ho telefonato perché sono corso qui, in sede, per avvisare il direttore di quanto era accaduto.» Alle ultime parole l'uomo manifestò un lieve malore. Un evidente pallore apparve sul suo viso che si tramutò, ben presto, nella necessità di vomitare.

Cosa che fece nel cestino dei rifiuti del bar, a pochi passi da lui, perché non ebbe il tempo di correre in bagno. Corsini e Nardelli avevano ascoltato in silenzio, senza interromperlo. Avevano capito l'impatto sconvolgente dell'uomo, con degli omicidi di natura raccapricciante.

Poi Nardelli prese il telefono e chiamò il capitano Caponnetto incaricato di effettuare il sopralluogo sulla scena del crimine. Inizialmente il contatto si rivelò difficoltoso. La chiamata veniva respinta dal gestore telefonico come servizio non disponibile. Passarono alcuni minuti e ripetuti tentativi prima di ricevere risposta. Poi quando stava per desistere si udì una voce nitida dire... «prontoo!!!»

«Pronto! Capitano, sono Nardelli. Come procede il sopralluogo? Volevo sapere se è in grado di anticiparmi qualcosa sugli omicidi. Anzi mi dica se il medico legale sta ancora esaminando i corpi. Mi è stato riferito come il *killer* si sia accanito sulle povere vittime, riducendoli in modo pietoso.»

«Confermo Comandante.» gli rispose il capitano Caponnetto. «Abbiamo due vittime ridotte in uno stato che è difficile descrivere, per la devastazione dei loro corpi. Il medico legale mi fa segno che è in grado di dare qualche primo elemento. Anzi glielo passo, Signore. Noi abbiamo eseguito un primo sopralluogo, per ricostruire come le vittime siano finite nel dirupo. E utilizzeremo il nuovo sistema di ripresa tridimensionale e la tecnologia laser per ricostruire la scena del crimine. Anche perché il medico legale è assolutamente sicuro che le vittime siano state uccise e massacrate nel dirupo. Nello stesso posto dove li abbiamo trovati. Mentre l'uomo è stato colpito nel cranio, con una potenza tale da provocarne la fuoriuscita di materia celebrale, la donna è stata afferrata e trucidata con innumerevoli fendenti. E poi c'è la sorpresa finale. Insomma non è uno spettacolo piacevole a vedersi, Comandante. Ma le passo il medico legale così potrà darle ragguagli più precisi. Noi continuiamo nel sopralluogo e nella ricerca di reperti. Comunque la scena del crimine si è consumata in questo dirupo desolato, popolato solo da residui lavici poiché non risulta trascinamento dei corpi e sinora non abbiamo trovato tracce di sangue in tal senso. Comunque abbiamo appurato che le vittime sono due stranieri di origine irlandesi, di professione vulcanologi. Nel suo ufficio entro domani, riceverà il fascicolo dettagliato del sopralluogo e le prime analisi e constatazione dei fatti.» concluse il responsabile operativo della scientifica, in quel momento sulla scena del crimine.

Corsini aveva ascoltato con attenzione la relazione di Caponnetto, in quanto il suo amico colonnello si era ricordato di mettere il telefono in viva voce.

Poi fu la volta del medico legale, dottor Bossi, riferire con voce stanca i primi riscontri sui corpi delle vittime. «Come dicevamo trattasi di due stranieri, un uomo e una donna irlandesi, da come risulta dai loro passaporti trovati nei zainetti. E di professione sembra fossero dei vulcanologi. Ma veniamo al dunque, cari colleghi. Questa bestia umana che si definisce *l'Adoratore dell'Etna,* è solo un carnefice senza pietà. Pensate! Dopo aver ammazzato l'uomo con una potenza di tiro inaudita, di quell'arma antica, uccidendolo all'istante, si è accanito con ferocia sulla donna massacrandola con numerose coltellate, violentissime, come a sfogare la rabbia dentro di lui... e tali da lacerare la carne attorno alle ferite mortali. E non è finita. Il serial killer deve sentirsi con l'acqua alla gola, perché si è inventato di modificare in peggio il suo modus operandi. Quello che sto per dire, lascerà entrambi senza parole e possibilmente sconcertati, come il sottoscritto... le ferite nel petto sono state effettuate con un procedimento chirurgico molto grossolano, grazie a Dio solo post-mortem, per prelevare una piccola porzione del cuore in entrambe le vittime. La coagulazione del sangue, esternamente alle ferite, si presta a tale considerazione. Comunque dati certi posso fornirli dopo l'autopsia, vi saluto cari colleghi.»

Appena chiusa la comunicazione Nardelli rimase per un istante pensieroso, come se una scintilla fosse scoccata nel suo cervello. Chiunque fosse il *serial killer* doveva conoscere molto bene la mappa del territorio, per potersi muovere e agire in un modo così audace e sicuro... *il cerchio si stringe sempre di più*, pensò con cauto ottimismo.

Nel frattempo l'uomo artefice di quell'ignobile massacro, si apprestava al solito rito propiziatorio verso quella divinità che, secondo lui, chiedeva sacrifici umani per la purificazione dell'anima. Stavolta come '*Adoratore*' era stato più devoto e quindi più vendicativo, verso quei peccatori irrispettosi di sua '*Maestà l'Etna*'. Aveva preso una piccola parte dei loro cuori impuri, così lui, durante il rito di preghiera e di offerta, come *sommo sacerdote cerimoniale*, avrebbe ingoiato il dono, simbolo del sacrificio. Solo così l'ira del vulcano, nella sua immensa e divina bontà, avrebbe placato ogni tentativo di distruzione e morte.

Nel suo covo, nella stanza consacrata alla funzione cerimoniale, l'uomo appena varcò la soglia subì una trasformazione inquietante, da far paura. Una smorfia maligna e un sorriso demoniaco modificarono le sembianze del suo volto, mentre i suoi occhi rossi come il fuoco, esprimevano una soddisfazione straripante di odio verso le due vittime sacrificate alla causa divina. Il loro comportamento irrispettoso e sacrilego, nel sacro territorio di sua '*Maestà l'Etna*', aveva oltrepassato ogni limite umano e terreno.

Come al solito indossò la tunica sacerdotale. Poi immerse i due pezzetti di cuore in un calice in vetro lavorato, con fregi dorati inneggianti alla divinità terrena del *vulcano*. Quindi incominciò il rito cerimoniale con una preghiera, reggendo il calice con tutte e due le mani alzate, dinanzi all'immagine *dell'Etna*.

Immensa Maestà è con gioia che compio questo sacrificio... come adoratore della tua sacra esistenza, come esecutore della tua volontà divina, contro gli influssi impuri e malefici. Da te incarnato come spirito vendicatore degli irrispettosi, verso la tua divinità ultraterrena. Come esecutore della tua sacralità eterea, con sacrifici di vittime colpevoli di non venerare la tua maestosità. Con questa cerimonia, in tuo onore, metterò fine alle ultime mancanze. Però come ultima preghiera evita di scatenare devastazione e morte.

E placa la potenza della tua 'Ira'. Il tuo sacerdote colpevole di avere fallito nella tua volontà.

Alla fine della preghiera l'uomo rimise il calice sull'altarino, sotto la gigantografia dell'Etna, e come in trance prese un pezzettino di cuore, lo masticò e poi bevve soddisfatto il sangue e il vino contenuto nel calice: come rito di dolorosa penitenza.

46
Questura Centrale (CT)
"Sezione Speciale Anticrimine".

Il Commissario capo era rientrato precipitosamente dalla sede *dell'Ente Parco.* Nel suo ufficio sembrava un leone in gabbia, affamato e nervoso. Si sedeva e poi si rialzava, come avesse del fuoco sotto il sedere.

In verità rifletteva e pensava come avrebbero reagito il Questore e l'opinione pubblica, alla luce di un nuovo e feroce duplice omicidio. I media avrebbero fatto a pezzi la Polizia di Stato di Catania, che non riusciva a prendere il *serial killer* più sanguinario degli ultimi tempi.

Fece appena il tempo a chiamare i due poliziotti con più esperienza investigativa, cioè l'ispettore Consoli e il sovrintendente Lo Presti, quando squillò il telefono interno: sul display apparve il numero del Questore.

Corsini rispose subito. *La patata bollente*, pensò, *bisogna pelarla finché è calda.*

«Pronto, signor Questore. Immagino il motivo della sua chiamata. Le assicuro che stavo per venire da lei, per informarla dettagliatamente del nuovo duplice omicidio, e preparare un bel piatto caldo da servire ai media, prima che ci azzannino.»

«Mi ascolti bene Corsini. Siamo giunti all'ultima spiaggia. Dobbiamo chiudere questo caso al più presto. L'ultimatum è arrivato dal Ministro in persona. E abbiamo la protesta ufficiale dell'Ambasciata irlandese che pretendono giustizia, con l'arresto dell'omicida. Intanto sono partiti i genitori delle povere vittime. Presto avremo altre grane per la restituzione dei corpi. Perciò dottor Corsini facciamo in fretta... facciamo in fretta. La informo inoltre di aver fissato una conferenza stampa con i nostri 'amici' giornalisti, per domani mattina alle nove. Convochiamo anche Nardelli... una figura di prestigio per l'arma che rappresenta e per le forze di polizia.»

« È stata un'ottima mossa fissare una conferenza stampa.» approvò Corsini. «Ormai siamo alla stretta finale e un attacco dei media, in questo momento cruciale per le indagini, porterebbe solo sconforto ai nostri uomini, i cui sacrifici sono ammirevoli. Adesso la saluto signor Questore, proseguì il Commissario capo. Devo sentirmi con il Magistrato Pennisi per l'interrogatorio del Rapisarda: ormai è dentro la ragnatela della giustizia e stavolta non avrà alcuna scappatoia. A breve le farò avere il fascicolo completo dell'arresto e della perquisizione in casa sua. Ci sono grosse novità... signor Questore. A presto.»

Corsini dopo aver riattaccato il telefono, si appoggiò con i gomiti sulla scrivania per reggersi il viso con tutte e due le mani. Era una posizione che amava prendere quando voleva riflettere e rilassarsi su situazioni difficili che si accavallavano senza tregua.

Gli ultimi mesi erano stati stressanti e logoranti, anche per una tempra forte come la sua. Dentro di sé sentiva un calo fisiologico della sua carica psico-fisica, ma non voleva ammetterlo, ne farlo capire alla squadra. E meno male che le feste avevano portato a lui e alla sua famiglia una gioia immensa: il ricongiungimento dei Borsalino, tra padre e figlio. Era stato l'avvenimento che l'aveva reso felice più di ogni altra cosa al mondo. Aveva rivisto Frank dopo tantissimi anni... diventato uomo e sposato con una bellissima donna americana. Per lui era stato ancor più bello quando il suo amico fraterno, Alessio, aveva riabbracciato il figlio dopo sedici anni di galera.

Adesso si sentiva coinvolto emotivamente da tutti questi avvenimenti, ma soprattutto dagli efferati omicidi ancora irrisolti. Tuttavia l'intuito di sempre, il suo punto di forza nelle indagini, gli diceva quanto i tasselli della rete fossero sempre più stretti. Quanto poco mancasse per giungere alla soluzione dei casi più complicati e sanguinari nella storia poliziesca della Sicilia orientale.

Ancora una volta fu la sua fatina, nelle sembianze di Elisa Bernini, a toglierlo dal quel brutto momento di sconforto. L'agente si presentò con un radioso sorriso, e con la tazzina del caffè in mano: e questo gli addolcì l'umore, ormai compromesso dallo sviluppo degli ultimi avvenimenti.

«Ecco il caffè per il capo dei capi.» gli disse continuando a sorridere. «Dopo quanto successo, immagino dottore il suo stato d'animo. Ma noi tutti metteremo ancora più impegno per stanare questo pazzo e feroce assassino. La squadra è con lei capo, e ogni nostro sforzo è rivolto nella incessante ricerca del *serial killer.* Mi hanno eletta come portavoce per rinnovarle la nostra stima e la nostra totale collaborazione.» concluse, tutta d'un fiato la bella poliziotta.

«Dimenticavo dottor Corsini! Sua moglie Patrizia non è riuscita a mettersi in contatto con lei. Era alquanto preoccupata perché aveva ascoltato notizie di altre vittime.»

«Sei un tesoro, Elisa. Se avessi un figlio maschio, della tua età, l'avrei costretto a sposarti immediatamente. Però avrei fatto un torto al nostro Valente. Grazie! Elisa. Telefono alla mia consorte che faccio tardi. Altrimenti sarebbe capace di lasciarmi fuori di casa.» precisò lasciandosi andare in una risata un po' forzata.

Così dopo aver parlato a lungo con Patrizia, tranquillizzandola, Corsini decise che era il momento di sentire l'amico Pennisi, il magistrato incaricato della revisione del processo Borsalino.

La telefonata con l'amico Gianpaolo si rivelò altrettanto positiva per il suo umore, anzi lo caricò come se avesse mangiato gli spinaci di 'Braccio di ferro'.

Infatti il magistrato gli confermò un notevole passo avanti nell'interrogatorio del Rapisarda. Più volte si era tradito andando, come al solito, in incandescenza al sentir parlare di una testimonianza inconfutabile contro di lui. Aveva minacciato di uccidere quella vecchia bugiarda... non ha visto 'nenti di nenti' quella 'disonorata' si era lasciato sfuggire pieno di bile. Ma alla fine si era contraddetto sulla conoscenza o meno della vittima, nota persona gay, 'amante' di molti piccoli boss dell'epoca.

Naturalmente Pennisi gli aveva contestato le prove trovate in fondo al pozzo, con tracce di sangue, che sicuramente avrebbero dato esito positivo del suo DNA. Allora con sorpresa di tutti, improvvisamente si era scatenato con parole minacciose verso la testimone, in una vera e propria confessione.

«Minchia!!! Quel 'fituso' mi tradiva continuamente. Era 'nu iarusu e anche na buttana' ci piaceva 'u cazzu di tanti omini'. E quella sera andai a 'truvarlu per fare paci, ma lui mi ririu nda facci'. 'Mi 'rissi' che mai e poi mai lasciava un uomo come Alessio...'pi uno come a mia'. La morte di quel 'fituso' mi sconvolse la mente e mi sono dovuto curare che 'miricini do cervello e cu na depressione che nun capivu chiù nenti.'»

«Questa è l'esatta confessione di questo mascalzone davanti a testimoni e al suo avvocato. Comunque abbiamo registrato tutto. Ormai è fatta amico mio.» esplose con un acuto di voce carica di soddisfazione Pennisi. Con la nostra battaglia abbiamo ridato ad Alessio Borsalino la giusta dignità come persona innocente. Inoltre colgo il momento per comunicarti un'altra notizia. È così strabiliante che farà saltare il tuo culo dalla amata poltroncina. Già vedo il salto ma ti prego di non cadere. Ci tengo alla tua persona...»

«Sei rimasto quel ragazzone crudele e perverso che colpiva le mie caviglie quando giocavamo a pallone. Solo perché ero molto più bravo, tant'è che mi chiamavano Bobby Charlton.» lo attaccò Corsini, concludendo poi con una fragorosa risata di petto.

«Come al solito rigiri la frittata a tuo piacere.» rispose Gianpaolo Pennisi. «Ma non mi metto a discutere i pettegolezzi di un uomo ormai avanti con l'età. La notizia bomba che il colonnello Nardelli deve comunicarti è relativa alla lunga perquisizione in casa del nostro uomo. In cantina, quando hanno aperto la botola in ferro, dopo molta fatica perché si trattava di un vero e proprio bunker, tra i reperti prelevati sono stati trovati molti indizi e prove inconfutabili della sua colpevolezza. Ma la sorpresa non finisce qui. A bella vista, a parte un arsenale di armi pesanti che a noi interessano relativamente, sono state trovate delle roncole vecchie e nuove con tracce interessanti, che Nardelli vuole rivelare solo dopo le analisi di laboratorio. Come vedi vecchio mio, lassù qualcuno ci ama. E domani la conferenza stampa per quei sciacalli di giornalisti prenderà la piega che volevate e che meritate. Adesso ti lascio con il cuore da magistrato, perché giustizia è stata fatta. A presto, Simone.»

Corsini non fece in tempo a replicare. Il suo grande amico magistrato si era veramente commosso per quella giustizia a cui lui credeva tanto, e alla quale dedicava molto tempo della sua vita.

Il telefono interno squillò qualche attimo dopo senza che Corsini potesse elaborare mentalmente gli ultimi sviluppi del caso Borsalino e altro… il suo intuito ancora una volta si era dimostrato un portafortuna naturale. Appena Nardelli sentì la voce del Commissario capo, lo assalì amichevolmente con parole piene di ironia e di scherno: «Vorrei capire...» cominciò sarcastico «…se lavori in un call-center telefonico. È da un paio d'ore che tento di telefonarti ma l'ho trovato sempre occupato. Persino il telefono interno era messo in derivazione con il centralino della Questura. Ma che stai combinando esattamente? Forse Patrizia ti ha messo fuori di casa e cerchi con disperazione, da uomo pentito, di convincerla a perdonarti.»

«Falla finita scientifico che non sei altro.» scherzò a sua volta Corsini. «Dammi subito la buona notizia, amico mio. Ne sento la necessità come se dovessi prendere una droga oppure come cura ricostituente per un poliziotto stremato e giù di morale.»

Nardelli scoppiò in una risata delle sue, così fragorosa e potente, da costringere il Commissario capo ad allontanare il telefono dall'orecchio.

«Certamente avrai già saputo dal magistrato Pennisi, qualcosa di importante sul caso Borsalino, che definirei risolto. Ormai niente può evitare a questo assassino di essere condannato a vita. E questo e il giusto premio, per quanto è stato fatto dai nostri uomini. Infatti i loro sacrifici, il loro impegno continuo nelle indagini, hanno dato i frutti sperati, anche perché… lassù qualcuno ci ama, amico Simone. Infatti ti comunico ufficialmente che siamo in grado di chiudere le indagini sugli omicidi di Mascalucia. L'assassino è già nelle nostre mani. Si tratta dello stesso assassino del caso Borsalino. Nella cantina, dentro il bunker, sono state prelevate le roncole con cui ha giustiziato ferocemente le vittime. Il nostro uomo, sicuro del suo nascondiglio, si era interessato di pulire il filo delle lame in superficie, lasciando inevitabilmente tracce di sangue, non visibili naturalmente a occhio nudo.»

«'Minchia! Signor colonnello'» esclamò Corsini al centro di una gioia indescrivibile. Una gioia immensa. Che mai prima d'ora aveva provato nella sua lunga carriera… «Adesso bisogna metterlo nelle mani di uno psico-terapeuta per capire le motivazioni della sua carneficina, dopo sedici anni dalla prima sanguinaria uccisione... quindi, Mario Rapisarda è allo stesso tempo il serial killer che ha ucciso le due coppie in modo sadico e perverso. Non ci posso credere! Mi sento così felice che ti darei un grosso bacio. Ma siccome riconosco in te l'uomo tutto di un pezzo, che non vuole complicazioni sentimentali, in questo momento meglio essere lontani.»

«A proposito di vicini e lontani.» riprese ironico Nardelli. «Alla conferenza stampa di domani mattina facciamoli neri… questi giornalisti. Anzi facciamo in modo che la loro 'M di media' diventi l'iniziale di una parola più appropriata a loro: 'M di merda!' A domani, amico mio.»

Dal colloquio dei due uomini di legge, si intuiva quanto fossero su di giri. Ormai erano stati assaliti da un vortice di euforia, dopo tante difficoltà e critiche meschine nei loro confronti. Perciò il capitolo conclusivo delle indagini, con l'arresto del primo serial killer, li aveva esaltati ancor di più nel loro spirito di lotta alla malavita. Entrambi erano al settimo cielo. E questo non era solo per il grosso successo professionale e investigativo, dentro di loro sentivano quella sensazione forte di giustizia, verso le povere e giovani vittime brutalmente uccise da una mente mostruosamente malata. Inoltre con il suo arresto avrebbero evitato altre probabili morti innocenti.

L'indomani mattina alla sala conferenza della Questura, la presenza di giornalisti si rivelò più numerosa del previsto. Erano presenti testate giornalistiche e televisive, locali e nazionali. Si era reso necessario allestire la sala con più sedie portate da altri uffici. Persino testate straniere e numerosi giornalisti free-lance che aspettavano il momento giusto per scatenare il loro disappunto nella gestione delle indagini da parte della Polizia, a tuttora a un punto morto. Mentre i serial killer continuavano a mietere vittime innocenti sfidando l'imponente organizzazione delle forze dell'ordine senza alcun timore. Ma i loro propositi battaglieri indirizzati solo alla provocazione pur di attirare l'attenzione dell'opinione pubblica, anche con notizie montate ad arte, si fermarono prima ancora di iniziare.

Il Questore in persona, forte degli ultimi risultati ottenuti, illustrò con dovizia di particolari l'arresto dell'assassino di Mascalucia, Mario Rapisarda: «Il suo arresto era nell'aria. Perciò non potevano sbandierare ai quattro venti il momento delicato delle indagini, solo per fare contenti dei giornalisti della carta stracciata, che a tutto pensano tranne di supportare le forze dell'ordine, con notizie obiettive, e tali da poter assicurare tranquillità alla cittadinanza.» Naturalmente le dure accuse del Questore sollevarono un vespaio di voci infuriate. Alcuni giornalisti minacciarono di presentare un esposto alla Federazione della Stampa, per le parole offensive usate dall'alto rappresentate della legge. Ma ancora una volta il Questore ribaltò la minaccia. Li accusò infatti che sebbene le forze dell'ordine fossero state impegnate giorno e notte nella lotta a questi feroci criminali, e nonostante gli investigatori avessero speso ogni minuto del loro tempo libero, ogni energia per sbatterli in galera, tuttavia buona parte della stampa continua a etichettare la Polizia di Stato, ingiustamente, di scarsa capacità nel condurre le indagini. Travisando la realtà delle notizie e paventando l'ipotesi che forse sarebbe opportuno passare di mano le indagini ad altri: il giornalismo serio non si occupa solamente della vendita o dell'audience degli ascoltatori... il suo ruolo pubblico e sociale è quello di informare i cittadini con notizie vere e dettagliate, con coerenza e onestà, senza romanzare avvenimenti criminali come quelli di assassini seriali. Solo così si eviterebbe di allarmare inutilmente la gente, tutelando invece la loro serenità quotidiana… oltre che la sicurezza.»

Il discorso accorato del Questore, in difesa degli uomini impegnati nelle indagini e di tutte le forze di Polizia, aveva lasciato il segno. Anche perché con l'intelligenza tattica di uomo preparato a quei confronti con i giornalisti, non si risparmiò a elencare passo passo le operazioni di polizia. Perciò qualche attimo dopo, con arguzia, invitò il dottor Corsini a raccontare la strategia adottata per arrestare l'assassino dei giovani di Mascalucia. «E sorpresa delle sorprese...» proseguì quindi Corsini «...in seguito alla perquisizione del bunker nella cantina di casa sua, sono state rinvenute delle roncole. E da queste la scientifica è riuscita ad estrarre il DNA da tracce di sangue lasciate dall'uomo sulle lame. Il risultato è stato strabiliante quando confrontando il DNA delle vittime, con quello ricavato dal sangue sulle roncole, abbiamo ottenuto un '100' di riscontro positivo. In parole povere abbiamo preso due piccioni con una fava. Un colpo di fortuna che è stato avvalorato dalle orme delle scarpe, anch'esse reperite nel bunker, lasciate da quell'assassino sulla scena del crimine. Inoltre questo schifoso individuo si era già macchiato di un omicidio sedici anni prima, uccidendo il suo amante omosessuale, per averlo tradito con un altro uomo. Di questo delitto fu accusato un innocente al quale la giustizia sarà orgogliosa di restituire la dignità di persona per bene... parliamo del caso Borsalino, riaperto grazie alla testimonianza di una anziana donna, pentita di non aver parlato prima. A quel tempo l'assassino, aveva minacciato l'anziana di morte, se avesse osato aprire bocca. Probabilmente questo primo delitto è stato la causa scatenante che ha sconvolto la sua mente marcia, distrutta dalla droga. Comunque, anche in questo caso siamo riusciti a estrarre il DNA, da una piccola traccia di sangue prelevata dalla statuetta in bronzo, con la quale l'omicida aveva colpito a morte la vittima, per poi buttarla nel pozzo vicino alla scena del crimine. E tutto questo è stato possibile, solo grazie al supporto e alle tecnologie avanzate della sezione scientifica dei R.I.S., comandata dal colonnello Nardelli. Alla fine, la fenomenale esperienza dei suoi uomini e lo spirito di collaborazione tra i nostri corpi di polizia, si è tramutata in una arma vincente contro il crimine. Naturalmente la soddisfazione per il risultato ottenuto è immensa. Abbiamo tolto dalla circolazione un lurido assassino e abbiamo ridato la dignità a una persona innocente... come si suol dire: giustizia è fatta, anche se dopo sedici anni.» il discorso del Commissario Corsini sembrava finito, ma dopo aver deglutito e tenuto basso lo sguardo per qualche secondo, riprese con un tono estremamente serio:

«A questo punto rimane un altro serial killer sanguinario ma molto diverso nel suo modus operandi. Il suo piacere di uccidere nasce da una profonda venerazione mistica verso una divinità terrena che lui stesso si è creato nella sua folle visione di morte. Questo serial killer è più intelligente, ma subisce la trasformazione che la sua mente gli comanda per calmare *'l'Ira dell'Etna'*, mietendo vittime innocenti per purificare il territorio dal peccato. A tracciarne il profilo psicologico e le sue motivazioni comportamentali, a descrivere con perizia la sua mappa mentale e geografica, è stata la dottoressa Caroline Zeller, la criminologa americana, in vacanza a Catania con la sua famiglia. Alla richiesta di essere dei nostri, di collaborare alle indagini con la Polizia di Stato, non se l'è sentita di rifiutare. Anzi approfittiamo del momento per porgerle un grazie immenso e per manifestarle una gratitudine che va oltre la stima professionale. Ormai siamo convinti che la rete che stiamo tessendo giorno dopo giorno, a questo assassino seriale, è quasi pronta per essere tirata. Perciò dateci la fiducia che meritiamo, per gli sforzi e la concentrazione che mettiamo in campo, dedicandoci a risolvere con indagini serrate, un caso strano per la dinamica delle uccisioni e perciò ingarbugliato e difficilissimo. Dateci quella collaborazione, che come rappresentanti dell'informazione, scommetto, sarebbe anche apprezzata dalla cittadinanza. Solo lasciandoci lavorare avremo la serenità necessaria per setacciare con più energia quale avvenimento nel passato, sia stato la causa della trasfigurazione mentale del serial killer. Adesso le indagini sono rivolte in un'unica direzione, cioè seguire la traccia di una persona il cui passato è stato sconvolto da un dramma, cosi grave da provocargli un trauma violento alla sua fragilità mentale. L'avvenimento di cui noi seguiamo le tracce, dovrebbe essere successo nel territorio etneo, dove il sospetto indiziato agisce mietendo giovani vittime: quando improvvisamente si trasforma in un assassino brutale e senza pietà. La situazione è questa.» concluse il Commissario capo, rivolgendo lo sguardo verso i giornalisti. E fissandoli quasi uno per uno, proseguì con un tono alquanto risentito. «E mi sembra che Polizia e Carabinieri abbiano operato bene, anche coadiuvati da tanti bravi poliziotti dei distretti periferici delle località interessate, i cui sacrifici hanno permesso una maggiore accelerazione nelle indagini. A questo punto chiediamo ai media... tutti, di lasciarci lavorare in pace e di non attaccare con notizie inutili e tendenziose, le forze di Polizia. Questi serial killer sono mostri che agiscono con modus operandi diversi. Distanti l'uno dall'altro come motivazioni comportamentali, ma che hanno in comune una genialità criminale mai vista. Oltre ad essere feroci assassini dimostrano una intelligenza criminale e una freddezza di esecuzione che rivela innanzitutto il loro *piacere di uccidere... solo uccidere.»*

Appena Corsini dichiarò la conferenza conclusa e ringraziò tutti i presenti, un episodio simpatico, da apprezzare, si manifestò da parte di alcuni giornalisti che vollero esprimere la loro solidarietà alle forze dell'ordine con un prolungato applauso.

47

Nella loro villa, nei dintorni di Trecastagni, Frank e Caroline avevano seguito in diretta la conferenza stampa della Polizia. Seduto tra loro due, un commosso Alessio Borsalino si faceva coccolare volentieri dal figlio e dalla nuora. Aveva saputo da Simone Corsini che durante la conferenza stampa avrebbe ascoltato una notizia che l'avrebbe riguardato. Naturalmente lui aveva intuito quale sarebbe stato l'argomento a cui si riferiva il suo amico fraterno. Perciò quella mattina aveva telefonato a Caroline dicendole che gli avrebbe fatto piacere essere insieme a loro per sentire le ultime novità sul suo caso. Simone gli aveva suggerito di mettersi davanti al televisore, senza dargli altri particolari. Alla notizia ufficializzata in diretta della sua innocenza e della grossa ingiustizia che aveva subito, l'avevano abbracciato e stretto in una morsa amorevole di partecipazione alla sua immensa gioia. E qualche lacrima di felicità, e forse anche di rabbia repressa da tantissimi anni, cominciò a scendere dal bel volto di Alessio, reso ancora più affascinante dall'età matura. Non era riuscito a trattenersi. Anzi quando Frank lo aveva sollevato stringendolo tra le sue forti braccia, quasi stordito anche lui dalla notizia, le lacrime dell'uomo si trasformarono in un pianto liberatorio.

Caroline che aveva assistito commossa a quella scena gioiosa, pensò di recarsi in cucina per ritornare qualche minuto dopo con una bottiglia di Cartize, uno spumante italiano che piaceva tanto a Warren e che durante le festività ne aveva comprato una quantità notevole. Aprì la bottiglia cogliendo padre e figlio impreparati alla sorpresa del botto... «Evviva!» esclamò simultaneamente all'apertura della bottiglia. «Questa gioia è niente per quello che hai sofferto. Però rappresenta tutto l'amore che c'è nei nostri cuori, e la grande felicità che leggo negli occhi di tuo figlio Frank.»

Quindi alzarono i calici come segno di una nuova vita, orgogliosamente cercata da un uomo fragile caratterialmente e profondamente buono. Ed era stata la sua natura di persona tranquilla e paziente a determinare lo stravolgimento della vita familiare. In più, una condanna da innocente era stata la conseguenza della sua incapacità di reagire e ribellarsi alle prepotenze. E fu questa triste riflessione che scosse Alessio. Infatti di colpo decise di raccontare, ai suoi cari, il vero svolgimento della sua storia.

Mentre raccontava come quel giovane omosessuale, poi ucciso da quel mostro sanguinario del Rapisarda, avesse cercato in tutti i modi di approfittare del suo carattere gentile e disponibile, il suo tono di voce si affievolì fino ad incrinarsi. Ma lui aveva sempre rifiutato le sue avances: ogni volta che lo incontrava da solo, gli sussurrava con dolcezza femminile che era pazzamente infatuato di lui.

Poi un giorno, il pomeriggio di un sabato, appena la sua Angelina era scesa in città per fare la spesa, quell'ignobile individuo si era presentato a casa, e sempre con una scusa, lo aveva spinto fino a portarlo in camera da letto. Lui aveva cercato di reagire a quella situazione piena di imbarazzo. Non accettava un tipo di rapporto di quel genere e mai e poi mai avrebbe ceduto. Quando Frank ancora piccolino aveva aperto la porta, mentre quell'uomo gli teneva il pene e accarezzandolo cercava di provocarne l'erezione, il mondo gli era crollato addosso.

Subito dopo trovò la forza di respingere quel tentativo, urlandogli in faccia che rabbrividiva al solo pensiero di toccarlo... «Il resto è storia nota, purtroppo per me.» concluse amaramente Alessio Borsalino.

Comunque una donna eccezionale, la sua Angelina, dopo la sfuriata iniziale aveva capito che si era sbagliata e gli aveva creduto. E quando stavano per riconciliarsi, il destino si era accanito contro di loro, facendolo diventare agli occhi dell'opinione pubblica, un brutale assassino, amante di un omosessuale. Mentre, nella realtà, quella notte era fuggito via urlando… quando quell'uomo schifoso, ancora una volta si era introdotto nella villetta dove viveva da solo, nel tentativo di convincere Alessio a cedere.

«Perdonatemi!» aggiunse sempre con un filo di voce. «Ma in un momento della mia vita così felice, dove posso finalmente camminare a testa alta, mi sembrava doveroso raccontare a mio figlio e alla carissima figlia acquisita, il vero capitolo negativo e disgraziato della mia vita. Tuttavia, oggi, ritengo di essere molto fortunato: mio figlio si è convinto a perdonare quell'errore di fragilità giovanile, costato caro a tutta la famiglia, dimostrando che nel suo cuore l'amore e l'affetto verso di me non si era cancellato. Aggiungo, inoltre, che si è felicemente sposato, per la gioia mia e di tutti i parenti, con una donna meravigliosa… l'amore vero della sua vita. Perciò ritengo che oggi è avvenuta la rinascita di un uomo, la rinascita di Alessio Borsalino, libero da ogni ombra del passato.»

Caroline e Frank sebbene emozionati e partecipi al palpitante discorso di Alessio non riuscirono ad aggiungere altro. Anche perché qualche istante dopo squillò il telefono. Sul display dello smartphone spuntò il nome Rosa. «Pronto! Alessio, 'iu sugnu'… Rosa. Ero sicura che sei un uomo perbene. Dobbiamo essere felici e senza tristezza 'po passatu'. A me qualche lacrima di gioia mi 'vinni' a sta 'bedda' notizia. 'Pi mia', si sempre 'statu nautru figghiu'. 'U Signuri è grande anche se 'u tempu passatu' in galera non si 'po' recuperare. Passami i 'carusi' che i 'vogghiu' salutare. Ti mando 'saccu' di baci, Alessio 'miu'.»

Il telefono passò nelle mani di Frank che subito vezzeggiò l'anziana nonna. «Nonna bella!» esclamò con tono affettuoso. «Come vedi giustizia è fatta. Sono sicuro che, anche in cielo, mamma Angelina festeggia l'unico amore della sua vita. A proposito, in serata passo a prenderti. Andiamo a festeggiare tutti insieme, il papà che non avevo mai dimenticato. Avvisa anche zio Gaetano che non starà nella pelle per abbracciare Alessio e farsi anche qualche buon bicchiere di vino siciliano.»

«Va bene...'Frankuzzu beddu'. 'Bacimi assai assai' Caroline. A 'stasira' ma a che ora?»

Frank dopo averle dato l'orario in cui sarebbe passato a prenderla, la salutò e subito dopo strinse Alessio in un abbraccio fortissimo, da togliergli il fiato.

Quel pomeriggio le telefonate che riempirono di gioia il cuore di Alessio furono tante e tutte esprimevano sentite congratulazioni a un uomo che aveva trascorso buona parte della gioventù in prigione... senza essere il vero assassino. Patrizia, quasi piangeva di gioia nel momento di congratularsi. Lei era a conoscenza che Simone avrebbe scagionato in diretta televisiva il loro grande amico. Ma aveva promesso di mantenere il segreto, anche se la tentazione di dare una notizia così bella ad Alessio, più volte l'aveva sfiorata. Naturalmente Frank estese anche alla famiglia Corsini l'invito per festeggiare l'imminente riabilitazione di suo padre.

In un tipico ristorante alle *pendici dell'Etna*, parenti e amici di Alessio Borsalino accettarono con entusiasmo l'invito a partecipare alla serata in suo onore. Anche il magistrato Gianpaolo Pennisi volle partecipare: per cancellare con la sua presenza, quale rappresentante della giustizia, una scandalosa e vergognosa parabola della legge italiana.

Appena il magistrato arrivò nella sala del ristorante già piena di gente festosa e allegra, non perse tempo e si recò immediatamente da Alessio Borsalino. «Sono onorato di conoscerti.» gli disse stringendo la sua mano con una intensità tale da fargli intendere un evidente concetto di stima nei suoi confronti.

«L'onore è tutto mio.» gli rispose Alessio senza lasciargli la mano. «Ogni cittadino deve avere la fortuna di incontrare un rappresentante della giustizia, con le sue capacità e onestà professionale… onorato di averlo al mio tavolo per esprimergli la gratitudine che merita.»
Per tutta risposta Pennisi l'abbracciò, con uno slancio di palese commozione. «Intanto ti chiedo di chiamarmi Gianpaolo» gli disse. Poi insieme si avviarono e presero posto nel lungo tavolo a ferro di cavallo, voluto dal figlio del festeggiato.

Naturalmente la serata si svolse in un clima di sfrenata allegria, dove ogni presente si scatenò in battute e complimenti, degne di uno sceneggiato napoletano a lieto fine.

Mentre Frank raccontava per l'ennesima volta come lui e Caroline si fossero conosciuti a Pennisi, squillò il cellulare di Simone Corsini che, dopo aver risposto, assunse una espressione seria e accigliata.

Il Commissario capo apprese nervosamente quanto gli venne comunicato per telefono. Ma bastò un attimo, affinché la sua proverbiale e lunga esperienza professionale, gli conferisse quell'atteggiamento disinvolto e sicuro di sempre. La serata doveva proseguire serena, pensò tra sé. Con quella spigliatezza, e con quello stato d'animo di piacevole e divertente intrattenimento tra amici e parenti.

In effetti la telefonata era del sovrintendente Lo Presti, che dietro suo preciso ordine, aveva piazzato una pattuglia di poliziotti nel perimetro di accesso al ristorante.

Corsini non lasciava niente al caso. Conosceva i pericoli nascosti dietro una indagine riguardante gli omicidi seriali. L'assassino, con l'acqua alla gola, avrebbe cercato di vendicarsi di colei che ne aveva tracciato il modus operandi e il profilo psicologico con la motivazione scatenante dei suoi omicidi. Certamente lui si sentiva in pericolo per la sua missione sacra e spogliato della sua veste di purificatore del territorio. E ormai intuiva che presto, molto presto, da quegli elementi tracciati dalla criminologa, gli investigatori sarebbero giunti alla sua definitiva identificazione.

Perciò organizzare la protezione della criminologa, nonché carissima amica Caroline Zeller, era necessaria. Anzi aveva preso ogni precauzione, per evitare un eventuale tentativo di colpirla. Persino un piano di controllo minuzioso attraverso appostamenti mirati, attorno al perimetro del noto ristorante siciliano.

Alcuni poliziotti erano appostati strategicamente nei punti di accesso, mentre il sovrintendente Lo Presti visionava una telecamera puntata esattamente in quell'area del giardino, dove il malvivente avrebbe potuto agire indisturbato, usando da lontano, non visto, la sua arma micidiale.

Il Commissario capo, con la scusa di dover prendere qualcosa in macchina, uscì con una certa fretta e raggiunse Lo Presti nel punto di controllo visivo. «Che succede?» sbraitò incazzato. «Pensi di aver notato qualcosa di sospetto.»

«Si! Dottore.» rispose il sovraintendente. «Si è diretto verso l'entrata del ristorante, ma subito dopo la sua immagine è scomparsa dalla nostra visuale. Però i ragazzi appostati dicono di non aver notato niente di particolare, da insospettirli.»

Frank che aveva notato il comportamento di Corsini e il suo improvviso turbamento nel ricevere quella telefonata, si scusò con gli altri, e lesto come una lepre per non dare spiegazioni, si avviò verso l'uscita. Ma i commensali erano così presi dai loro dialoghi e dall'atmosfera festosa che non si accorsero della mossa del giovane ingegnere. Probabilmente anche Caroline impegnata in un argomento di carattere professionale con Gianpaolo Pennisi, non si chiese per quale motivo il marito si fosse alzato dal tavolo. In effetti se una persona sentiva la necessità di andare al bagno, era logico che si allontanasse.

Appena fuori dal ristorante, Frank lanciò uno sguardo verso il parcheggio delle macchine, ma non vide lo "zio coi baffi": come si divertiva chiamarlo da bambino. Si inoltrò quindi nel giardino per controllare meglio. Poi lo vide sbucare da un punto buio, difficilmente visibile. Lui gli fece segno di non andare oltre, anzi portò il dito davanti alla bocca, invitandolo al silenzio. Quindi con indifferenza gli mise un braccio attorno alle spalle come se stessero chiacchierando; subito dopo accese una sigaretta per rendere la situazione più credibile e non creare sospetti.

Tutto questo teatrino era iniziato quando Corsini si accorse che effettivamente una persona con la felpa alzata si avviava verso l'ingresso del ristorante. E stranamente zoppicava lievemente, ma visibilmente. Anche Frank a quel punto intuì il motivo di quella sceneggiata e preoccupato stava per intervenire scagliandosi di corsa verso quell'individuo sospetto. Ma Corsini lo bloccò, afferrandolo per un braccio. «Non fare cretinate Frankuzzo.» gli disse con una tonalità di voce autoritaria e priva di emozione.

Il Commissario capo sapeva che quello non era il momento giusto per agire. Con un minimo di pazienza e selfcontrol lo avrebbero preso, senza rischiare l'incolumità di nessuno, e senza alcun pericolo di fuga.

Intanto due agenti della volante si erano uniti a Corsini e a Frank. Avevano aspettato che il sospetto fosse entrato nel locale, poi di corsa si misero agli ordini del loro capo.

«Ascoltatemi bene.» li esortò Corsini. «Entreremo per primi noi due.» e indicò Frank che però fremeva come una belva incatenata. «Voi due è opportuno che restate fuori per qualche minuto. Poi entrate indifferenti come se vi trovaste nel locale per una cena tra amici. Avete capito bene?» e si avviò verso l'ingresso del ristorante seguito da Frank Borsalino.

L'uomo intanto aveva abbassato il cappuccio e aveva chiesto un tavolo per due nella sala vicina. Corsini fece segno ai due agenti in borghese di fare lo stesso. Così si posizionarono nella stessa sala, in un tavolo alle spalle dell'indiziato. A vederlo si trattava di un bel giovane vestito sportivamente ma con un abbigliamento costoso. Frank prima di ritornare al tavolo si era soffermato a fargli una sorta di radiografia personale, e tutto gli sembrava tranne che potesse essere un serial killer sanguinario.

Anche Corsini convenne con quella constatazione ma non abbassò la guardia. Anzi verificò che la posizione dei due poliziotti in borghese fosse tale, da poter avvisare tempestivamente, nel caso di un suo gesto o movimento anomalo. Ma qualche attimo dopo, un altro giovane vestito elegantemente si accomodò nello stesso tavolo, e iniziarono un dialogo come se dei vecchi amici si fossero incontrati, per passare insieme una piacevole serata. Simone Corsini stranamente si sentiva rilassato. Non avvertiva alcuna sensazione di pericolo a differenza di Frank con il viso teso e lo sguardo continuamente rivolto nella direzione della sala attigua. Naturalmente non ci volle molto per due personaggi come Pennisi e Caroline, accorgersi che qualcosa turbava la tranquillità della serata.

A un certo punto entrò nel locale, ormai affollato e pieno di gente facoltosa, il sovrintendente Lo Presti che si unì ai due agenti nella sala vicina.

Non passò molto che il telefono di Corsini squillò, e lui rispose...

«Pronto! Lo Presti. Come ti sembra la situazione? Ti assicuro che nutro una certa perplessità sul sospetto individuato.»

«Ascolta capo.» lo interruppe il sovrintendente. «Abbiamo preso un vero abbaglio. La persona che abbiamo seguito come sospetto è un giovane universitario, si chiama Giacomo Mulè, un giovane nobile discendente della Casata dei Mulè. Comunque la situazione richiedeva necessariamente un controllo. Il ragazzo zoppica leggermente e poi teneva il cappuccio alzato, voltandosi e guardandosi in giro come per verificare la presenza di qualcosa. Adesso sappiamo che aspettava un conoscente e il suo interesse era rivolto al parcheggio, per assicurarsi se fosse già arrivato.»

Nel frattempo Corsini si era alzato dal tavolo e si lisciava i baffi per riflettere sul da farsi. Quella persona bisognava interrogarla per approfondire come mai si trovasse in quel ristorante. Si trattava solo di una semplice coincidenza? *Può darsi*, pensò tra sé. «Tuttavia è il caso di fargli una visita di cortesia.» disse quindi al sovrintendente. «Domani andremo all'università per fargli qualche domanda a trabocchetto, per vedere la sua reazione quando gli faremo capire che sospettiamo di lui. Adesso rimettetevi in posizione, così completiamo la serata con voi angeli custodi che ci guardate le spalle.» poi congedò Lo Presti con un grazie di stima, poi si rimise seduto scusandosi con i suoi amici e parenti che lo guardavano con curiosità.

«Era l'agente Elisa Bernini.» mentì rivolgendosi ad Alessio Borsalino. «A nome di tutta la squadra mi hanno chiesto di estenderti i complimenti, per il trionfo della giustizia, ma soprattutto per la riabilitazione di un uomo per bene.»

La serata si svolse quindi in piena serenità e allegria. E come altre volte, ogni buon bevitore, si preoccupò di trovare il partner per tornare tranquillamente a casa. «E senza infrangere la legge.» precisò alla conclusione della serata, Gaetano, contorcendosi dalle risate indirizzate al magistrato Pennisi e a Simone Corsini, che a loro volta, ormai rilassati ma presi dall'euforia di qualche bicchiere di ottimo vino, parteciparono ridendo sfrenatamente alla battuta del loro amico.

Poi improvvisamente, guardandosi negli occhi quasi all'unisono, i due rappresentanti della legge ebbero una pensata geniale...

«Un momento Simone.» disse ad un tratto il magistrato. Con un tono di voce freddo e una serietà disarmante. «Questo signore oltraggia la nostra immagine, con battute di scarso pensiero intellettivo, verso la categoria che rappresentiamo con onore. E secondo un articolo che non ricordo, perché non esiste, sarebbe il caso di condannare la sua arroganza con l'arresto immediato. Sicuramente porti le manette appresso… procedi dunque.»

Giampaolo Pennisi aveva usato un linguaggio professionale che, per un istante, lasciò i presenti con un'ombra di dubbio, cioè se stesse scherzando o parlasse in veste professionale. Anche Gaetano era sbiancato in viso, allora Pennisi si avvicinò verso di lui rassicurandolo con una gran risata, cui fece seguire una calorosa stretta di mano. Mentre Corsini corse ad abbracciare il suo vecchio amico, dai tempi delle elementari. «Come vedi noi uomini di legge sappiamo anche scherzare con battute sceneggiate.» gli disse continuando ad appoggiargli un braccio sulle spalle mentre si avviarono verso il parcheggio del ristorante.

Naturalmente Rosa, la coccolata anziana del gruppo, che per tutta la serata aveva rivolto sguardi pieni di commozione e di felicità verso suo genero Alessio, pensò di prendere l'ultima parola prima di salutare… «'Vi ringraziu di cori a tutti indistintamente'. Alessio finalmente si è liberato di un 'pisu' che 'macchiava a so persona', 'Na persona onesta e buona'. E poi Frank è 'accussì'felice ca mi pari' quando era 'picciriddu' e vedeva 'u patri' rientrare a casa'. Adesso 'U Signuri' è stato 'chiù' benevolo e voglio ringraziarlo 'cu tuttu u me cori.'»

48
Catania - “Università di Scienze Geologiche”

L'indomani mattina Corsini, puntuale come un orologio svizzero, si recò insieme al sovrintendente Lo Presti presso l'Università di Archeologia. Erano appena le nove e ancora molti studenti dovevano arrivare. Corsini si annunciò al Rettore comunicandogli che aveva alcune domande importanti da porgli in riferimento all'omicidio della Camilli. In realtà il suo obiettivo era conoscere a fondo il profilo di Giacomo Mulè, descritto da una personalità carismatica e qualificata come quella del responsabile dell'Università di Archeologia. Oppure se qualche insegnante gli avesse riferito qualcosa, a riguardo del suo comportamento negli ultimi tempi.

Il Rettore si espresse in maniera positiva verso il ragazzo ma volle convocare la Parisi, la professoressa di archeologia, per approfondire l’argomento.

Appena entrò nella stanza, la donna apparve subito a disagio, e subì una specie di scossa emotiva quando riconobbe il sovrintendente Lo Presti che, aveva proceduto alle interrogazioni, in merito alla uccisione della segretaria, sua carissima amica. Tuttavia rimase più colpita quando vide Simone Corsini. Quell'uomo le incuteva timore solo con lo sguardo. I suoi occhi sembrava emanassero una luce capace di leggere nella mente, senza che lei potesse opporsi, anzi l'intimorivano pazzamente. Ma sapeva che il suo segreto, nascosto con immenso dolore, doveva rimanere tale. Perciò, anche dal suo aspetto fisico, carico di magnetismo, si intuiva essere un uomo dalla forte personalità e dalla intelligenza acuta. Lei doveva restare calma e rispondere alle sue domande con la necessaria concentrazione... senza tradirsi.

Fu Corsini a distoglierla dai quei pensieri, e da quei timori interiori, che di recente avevano stravolto i suoi metodi d'insegnamento. E questo aveva dato origine a dei veri e propri contrasti con gli studenti, che non riconoscevano in lei quell'aria autoritaria e nevrotica. Inoltre rifiutavano il poco impegno e il poco interesse che dimostrava durante le lezioni, con un dialogo freddo e distaccato nei loro confronti.

«Perdoni la nostra invasione.» le precisò Corsini. «Ma il nostro lavoro ci costringe a queste irruzioni, in orari strani. Tuttavia le garantisco che si tratta di una irruzione pacifica. Siamo venuti per avere delle informazioni precise su Giacomo Mulè. Di certo avrete un curriculum di comportamento negli studi, da universitario. E mi rivolgo anche a lei signor Rettore. Queste informazioni potrebbero accelerare le nostre indagini. Abbiamo un dubbio su questo ragazzo, che bisogna approfondire con molta, molta discrezione. In riferimento poi alla richiesta sulle escursioni pratiche degli studenti interessati in vulcanologia.» aggiunse Corsini. «Finora non abbiamo ricevuto le schede personali di ogni singolo studente, delle lezioni effettuate e quindi programmate sull'Etna, nell'arco degli ultimi due mesi.»

« È vero! Chiedo scusa.» rispose la Parisi. «Sono state preparate e stavo per telefonarvi. Ma un brutto diverbio con Giacomo Mulè riguardante la gestione del museo universitario, ha reso necessario la verifica immediata di numerose opere d'arte. Pensi dottore! Si è permesso, con arroganza, di darmi la colpa per avvenuti furti di opere, trafugate da ignoti, mentre in realtà ignoravo dell'arrivo di tali donazioni.»

Su questo punto intervenne il Rettore che pensò di fare una precisazione importante. «Comunque devo informarla che ad ogni studente iscritto in questa facoltà viene rilasciato un pass per il parco dell'Etna. Questo gli permette di muoversi anche con autonomia personale e compiere escursioni nel vulcano a suo piacimento.»

«Ah!» esclamò sorpreso Corsini. «La situazione è più complicata di prima. A questo punto la lista diventa poco attendibile. Chiunque può essere andato per suo conto accodandosi a dei gruppi organizzati per poi staccarsi e organizzarsi. Poi non visto, si è scatenato a massacrare vittime innocenti. E con calma, subito dopo è rientrato aggregandosi ad altri escursionisti e fingendosi un turista qualunque.»

«Credo di essere d'accordo con la sua ipotesi.» rispose il Rettore. Ed era talmente accigliato e rabbuiato in viso, da mettere in imbarazzo. I suoi occhi erano scomparsi sotto le folti sopracciglia bianche per poi riapparire come in un numero di magia. «Le premetto che conosco i ragazzi iscritti alla facoltà, uno per uno, e garantisco per loro. Si, è vero! Qualcuno è abbastanza stravagante e forse imprevedibile, ma in maniera sana. Sono certo di poter affermare che nessuno di loro sarebbe capace di fare del male.»

Corsini prese per buone le opinioni di quell'uomo di notevole spessore culturale, orgoglioso della sua facoltà e di tutto il corpo studentesco. Quindi rivolse l'attenzione a quello per cui era venuto. Perciò riprese il discorso con la Parisi. «Così, mi sembra di capire.» disse Corsini. «Questo Giacomo Mulè è di carattere assai scorbutico. Ma lei, come insegnante mi elenchi sommariamente pregi e difetti del ragazzo.»

«Certamente non è uno stinco di santo.» rispose la Parisi. «Litiga spesso e volentieri con altri studenti che mal sopportano l'arroganza di mettere in evidenza, su ogni piccolo argomento, la sua origine nobile. Tuttavia devo ammettere che alla fine e lui a cedere il più delle volte. A chiedere scusa per la sua testardaggine.»

Corsini ascoltò con attenzione la descrizione volutamente approfondita della Parisi. In lei c'era la volontà di esaltare i difetti, anche se lievi, di Giacomo Mule e gli lasciò l'impressione di un turbamento interiore legato a motivi personali. Insomma non era stata lucida nei suoi argomenti né tanto meno collaborativa.

Nel frattempo il sovraintendente Lo Presti era stato incaricato di porre qualche domanda direttamente a Giacomo Mulè, con la precisa intenzione di provocare una sua reazione, che lui da esperto investigatore ne avrebbe letto e capito la natura.

In aula si stava svolgendo lezione di vulcanologia. E un giovane professore metteva una grande passione per trasmettere una materia che per Catania rivestiva una forma di fanatismo culturale verso a 'muntagna', il vulcano più famoso e studiato in Europa.

Il giovane investigatore prima di interromperlo aveva ascoltato con quanto amore e profonda conoscenza si rivolgesse agli studenti nella sua relazione. In poco tempo aveva menzionato i vulcani più famosi nel mondo, dove i migliori vulcanologi si erano fermati per studiarne scientificamente le caratteristiche e l'origine naturale. Per poi essere travolti da una vera e propria passione scientifica per quei vulcani attivi, che con le loro eruzioni laviche spaventano e affascinano il mondo intero: con lo spettacolo di magma infuocata, uscire dai loro crateri, simile alla fucina di un Dio.

Sorpreso da quella splendida relazione, il sovrintendente imbarazzato per la sua intrusione, con modi e in maniera educata, chiese di poter parlare con Giacomo Mulè.

«Sono mortificato per il disturbo professore, e mi scusò ad interrompere una lezione così affascinante, anche per me, ma il Rettore è stato già informato di questa visita. Se è possibile dovrei fare qualche domanda a Giacomo Mulè.»

«Non capisco! Cosa vuole la polizia?» esclamò un bel ragazzo dall'aspetto distinto.

«Hippy hippy urrà!» disse una voce proveniente alle spalle di Giacomo. Era Giano che al solito si intrufolava anche in questioni serie.

«Sarà divertente vedere arrestare un nobile decaduto. Anzi mettetegli le manette, così è meno pericoloso.»

Il gruppo di studenti presenti in aula scoppiarono in una sonora risata di scherno. Ma Giacomo Mulè replicò con frasi abbastanza pesanti verso il suo battagliero e storico nemico dell'università.

«Sei solo un minchione!» lo apostrofò con rabbia. «In una zucca vuota trovi più sostanza che nel tuo testone pieno di segatura.»

La battuta di Giacomo Mulè strappò un sorriso al sovrintendente Lo Presti. Il poliziotto nonostante quella atmosfera di disputa per la supremazia d'immagine, decise di interrogare l'indiziato.

«Abbiamo ragione di credere in un tuo coinvolgimento a quello che sta avvenendo nel *parco dell'Etna*. La tua presenza di ieri sera, al ristorante la 'Pigna Stellata' è stata ritenuta dai nostri investigatori una coincidenza molto strana.»

«Mizzica!» esclamò irritato l'uomo. «Adesso devo spiegare perché vado al ristorante con mio cugino, il baronetto Eugenio Mulè. E poi 'sugnu' un cliente abituale di quel locale. Anzi 'fatimi u piaciri' indagate come si deve invece di 'scogghiunare' a brava gente!»

«'U barunettu me cucino'...» lo schernì con una grossa risata, Giano. «Ma l'avete sentito 'comu' si riempe a 'ucca cu' sti titoli nobiliari. 'Picchì non ti ci pulisci 'u culu ca tò' pergamena nobiliare che tieni attaccata al muro, a bella mostra come un trofeo!!»

Stavolta Giacomo Mulè fece per lanciarsi contro il suo persecutore verbale di sempre, costringendo così il sovrintendente a intervenire con un urlaccio potente, da incutere timore nell'aula. «Ehi ragazzi!» strillò con tutto il fiato in gola. «Ho la vaga impressione che volete finire in cella, almeno per stasera. E vi assicuro che parlo sul serio. State mancando di rispetto a un rappresentante della legge, ignorandone la presenza con arroganza e scarsa educazione civile.»

I due nemici litigiosi solo per reciproca e pura antipatia personale, si accorsero che involontariamente, in effetti, avevano esagerato e pensarono quindi di porgere le scuse del caso.

Brevemente Lo Presti si informò con Mulè come mai zoppicasse cosi vistosamente e alla spiegazione logica del ragazzo, si congedò velocemente, scusandosi soprattutto con l'insegnante che era rimasto in disparte, senza proferire alcuna intromissione. Dopodiché si recò nella stanza del Rettore dove Corsini continuava sornione a fare domande alla professoressa Parisi.

Il sovrintendente gli fece segno con la testa che aveva ottenuto precisi chiarimenti, e le risposte date da quel ragazzo, evidentemente, lo escludevano dal profilo del serial killer. Tuttavia aveva notato come se qualcosa lo avesse turbato, appena gli aveva chiesto dei furti avvenuti nel museo universitario, di cui era membro onorario. Questa sua deduzione la fece presente al Commissario capo in un secondo tempo, appena furono in grado di esporre liberamente le conclusioni investigative, ottenute da quell'interrogatorio camuffato.

Appena fuori dall'Università Corsini cominciò a riflettere, come mai la Parisi avesse quel terrore dipinto sul viso, quando le aveva posto una domanda precisa su Giacomo Mulè: se avvalendosi del libero accesso al museo, potesse aver rubato l'arma usata dal *serial Killer.* Lei aveva balbettato frasi sconnesse e senza senso, come se cercasse una via di uscita per non approfondire quell'argomento. Tant'è che il Rettore alla vista di quel comportamento, preoccupato, immaginò qualcosa di grave per la sua salute. In quel frangente si era commossa, apparendo emotivamente fragile. Allora aveva raccontato che la morte della Camilli, sua cara amica, di tanto in tanto le procurava queste crisi passeggere. La spiegazione però non convinse Corsini. Infatti, invitò il sovrintendente di andare via con la macchina. Così lui avrebbe approfittato del breve percorso per raggiungere la sede della Questura a piedi; nel suo subconscio desiderava riflettere rilassato.

Dopo una decina di minuti stava già dentro il suo ufficio. Non perse altro tempo. Chiamò l'ispettore Consoli pregandolo di presentarsi con tutta la squadra per fare il punto della situazione sulle ricerche internet. Le indagini erano orientate sui casi di tragedie familiari e morti violenti nel *territorio dell'Etna e della Sicilia orientale*. E con i software della Polizia di Stato e con i potenti motori di ricerca a disposizione, qualche indizio poteva essere saltato fuori. La concentrazione della squadra era tale che niente sarebbe sfuggito.

49
Trecastagni (CT) – La conversione del serial killer

Nella sua villetta, l'uomo più pericoloso e ricercato della Sicilia orientale, si stava preparando a una doccia rilassante, com'era solito fare prima di uscire e andare nel luogo di venerazione, cui faceva seguire la cerimonia sacra. Ad un tratto il suono del campanello di casa lo colpì come se una lama d'acciaio fosse penetrata nel suo cervello. Per un attimo si afferrò la testa con tutte e due le mani, tappandosi le orecchie, per proteggersi da quel peccatore che osava disturbare il suo cammino ascetico, di preparazione alla cerimonia. Era indeciso se aprire o meno. Ma il campanello sembrava posseduto da satana perché continuava a suonare incessantemente. Nel suo cervello arrivavano flash di paura e di fragilità totale. In questi casi lui ritornava bambino e ricordava accoratamente la sua dolce mamma.

«Apri!» urlò infuriata, la donna dietro la porta. La sua voce aveva assunto un tono quasi angosciato e cominciò a battere anche i pugni sulla porta con violenza.

L'uomo si decise ad aprire. Aveva riconosciuto la voce inconfondibile della zia. Appena la porta si spalancò apparve la professoressa Parisi, che con le lacrime agli occhi e un aspetto dismesso e penoso, entrò con furia dentro la casa, dirigendosi senza fermarsi, nel grazioso saloncino arredato con gusto sobrio. Poi sprofondò letteralmente nel divano, priva di ogni reazione emotiva che potesse darle l'aiuto necessario, per una situazione ormai incontrollabile. Era visibilmente disperata per quello che rimaneva di quella famiglia, un tempo felice e piena di valori. Una famiglia conosciuta e rispettata per quanto aveva creato, raggiungendo obiettivi importanti.

La donna aveva un bisogno assoluto di prendere fiato, e recuperare le forze nervose ed emotive necessarie per affrontare e discutere di un problema dai contenuti mostruosi. E si sentiva maggiormente colpevole, perché lei per amore del nipote, si era resa complice occulta. Aveva passato intere notti insonni, mentre incubi paurosi la costringevano a svegliarsi di soprassalto. Le anime delle povere vittime innocenti le apparivano, pregandola di porre fine a quella carneficina, e chiedevano giustizia per riposare in pace. Più di una volta si era svegliata così sudata da pensare di essere ritornata dall'inferno, dove era stata per espiare le sue colpe, come complice di un folle assassino. Ma come poteva tradire suo nipote? Un ragazzo fragile e bisognoso di vero amore per continuare a vivere. E poi solo da qualche mese gli era successo qualcosa di molto strano con improvvisi attacchi di fanatismo mistico. All'improvviso aveva subito una trasformazione di personalità delirante. Come se un sortilegio maligno avesse voluto impadronirsi della sua mente, per compiere dei riti mostruosi in nome di una divinità inesistente. Creata solo dalla mente folle di un ragazzo, sconvolto per aver perso entrambi i genitori tragicamente, durante una esplosione eruttiva del vulcano.

Quando la Parisi era arrivata il nipote stava per iniziare il solito percorso sacro. Era in procinto di fare la solita doccia rigenerante per avere lucidità. Doveva togliersi la sporcizia terrena dal suo corpo, e ricevere l'ispirazione divina prima di recarsi nel suo ricettacolo. Ma l'arrivo irritante della zia aveva bloccato la sua visione premonitrice... *Lei incarna satana*, pensò nella sua ossessione di purificazione terrena. E nel suo viso apparve un'espressione assente, come se stesse viaggiando in un luogo aleatorio e lontano.

Nel frattempo, la Parisi dopo aver ripreso fiato e aver raggiunto un sufficiente controllo nervoso, si rivolse al nipote assassino. La sua voce suonava lamentosa, ed era pervasa di una commozione quasi tormentata, mentre lacrime copiose scendevano nel suo volto emaciato dal dolore infinito per quel ragazzo sfortunato.

«Ascolta amore della zia!!» lo esortò, con voce dolce e carica di affetto. «E' giunto il momento di consegnarti alla giustizia. Non posso più tacere su un problema così grave, anche se ti voglio bene più della mia vita stessa. A questo punto la purificazione terrena è completata. Sua maestà l'Etna ha avuto la sua vendetta ed è tempo che racconti alla polizia la verità sulla tua trasformazione, come sacro sacerdote, per un disegno divino. Stanne certo, la tua sarà una liberazione spirituale. E ogni essere umano dopo averne conosciuto le motivazioni, alla fine, comprenderà la tua conversione mistica ultraterrena.»

Naturalmente la Parisi tentava di convincerlo con parole di compiacenza, anche se in cuor suo non condividesse assolutamente l'assurda follia del nipote. Purtroppo le sue parole ebbero una reazione opposta nella mente malata del serial killer. In un istante la metamorfosi mistica che lo dominava ricomparve...

Nei suoi occhi brillava una strana luce di appagamento e della sopraggiunta volontà divina di '*sua maestà l'Etna*': anche quella donna, ultimo anello irriverente causa della sua conversione, doveva essere immolata per completare il percorso sacrificale di tutta la famiglia. Così mentre lei continuava a parlare con toni persuasivi, ma con un velo di sincera preoccupazione per il futuro di entrambi, il nipote già trasformatosi in vesti sacerdotali, prelevò dallo scrittoio vicino... il coltello cerimoniale. Si portò silenzioso alle spalle della zia e colpì. Mentre colpiva nessuna emozione trapelava dal suo volto. Indifferente si era posizionato dietro di lei, tenendola ferma con il braccio attorno al collo. Quindi continuò a colpirla con numerosi fendenti, scatenando imperturbabile il suo immenso "*piacere di uccidere.*"

Poi sferrò una coltellata precisa al cuore, facendo esalare l'ultimo respiro alla povera donna. Gli occhi di lei erano rimasti sbarrati, sgomenta di essere uccisa dal nipote che amava come un figlio, e per lui aveva taciuto tutto l'orrore che teneva nel cuore: non aveva fermato quella pazzia delirante e fautrice di mostruosità raccapriccianti. Intanto il serial killer era sempre più posseduto da quella visione mistica.

Ancora in trance, senza mostrare pentimento alcuno, si occupò del cadavere della zia, prelevandola dal divano per portarla sotto la doccia. Fece scorrere l'acqua adagiando il corpo nella posizione idonea per pulirlo dal sangue, che copioso usciva dalle ferite mortali. Lo lasciò sotto la doccia, mentre lui ancora invasato dalla pazzia, si preparava alla cerimonia di celebrazione totale.

Indossò la felpa con la quale si muoveva e uccideva, nel territorio, le sue vittime. Poi prese il cadavere da sotto la doccia. L'asciugò con indifferenza, come se quel corpo non appartenesse alla donna più importante della sua giovane vita. Poi fasciò il corpo con delle bende bianche che teneva in casa, dal petto sino al pube.

Dopo l'adagiò sul tavolo della cucina. Prese il coltello sacro e con precisione chirurgica le strappò gli occhi dalle orbite, tamponando la fuoriuscita di sangue. Anche stavolta, attese paziente che il sangue si stabilizzasse, per pulire poi le orbite con una spugna. Ogni movimento aveva per lui un significato preciso, come suggerito da qualcosa di maligno, che la sua mente folle gestiva con freddezza e determinazione assoluta. Adesso doveva compiere il rito di purificazione alle pendici del vulcano.

Nonostante avesse un aspetto gracile, il pazzo omicida, spinto da quella forza mentale che aveva stravolto e dominato la sua esistenza di vita, sollevò il corpo della Parisi come un fuscello e lo adagiò nuovamente sul divano. Uscì nel giardino dove aveva parcheggiato la macchina. Aprì il cofano del porta bagagli, lasciandolo sollevato. Un attimo dopo prese il cadavere e lo nascose dentro il bagagliaio. Ormai era chiaro: doveva portarlo dinanzi alla divina *maestosità dell'Etna*. Prima però, aveva bisogno di qualcosa che aveva consacrato durante l'ultima eruzione lavica, rischiando quasi la vita. Salì quindi in macchina e si diresse verso il luogo del ricettacolo sacro, la villa della nonna materna, dove lui pregava davanti all'immagine *dell'Etna* per placarne *l'ira distruttiva* e celebrare la sua immensa potenza divina.

Appena la nonna lo vide arrivare con quell'aria assente, come perduto nel vuoto della sua mente, si preoccupò talmente da sentirsi mancare. Fu la badante a venirle in soccorso tempestivamente tenendola dalle spalle sulla sedia a rotelle.

«Amore della nonna!» esclamò l'anziana donna dopo essersi ripresa. «Mi sembri così strano! Forse è successo qualcosa di grave? Dimmelo per favore.» aggiunse con la voce tremolante.

L'uomo si diresse direttamente nella stanza adibita alle preghiere, senza nemmeno baciare l'anziana parente, nonostante l'avesse accudita per anni, ogni sera. Entrò con foga e richiuse con la stessa foga.

Poi dal baule, a lato dell'immagine *dell'Etna e dall'Altare divino*, prelevò due pietre laviche di circa cinque centimetri. Erano perfettamente lavorate e rotondeggianti simili a monete: sempre in stato di trance li mise nelle tasche della felpa. In pochi minuti fu nuovamente fuori della stanza. Richiuse con cura, mentre l'anziana nonna lo supplicava di dirle qualcosa. Ma lui continuò a ignorarla, come se non la vedesse. Quindi salì in macchina e si diresse verso le pendici dell'Etna...

Era pomeriggio inoltrato quando giunse nel luogo designato per la celebrazione, alle pendici del vulcano, nei pressi di un santuario. Quel poco di luce naturale poteva bastare per il rito propiziatorio, e consegnare al *demone del fuoco* l'ultima vittima del percorso divino per la *redenzione dell'umanità...*

Anticamente i siculi onoravano *Adranos "Maestro delle viscere tumultuose della terra"*. Mentre gli antichi Greci colpiti dalla violenza dei fenomeni vulcanici, fecero *dell'Etna* dimora di *giganti* e soggiorno dei *ciclopi*. Il *serial killer* conosceva molto bene *la storia e la mitologia sull'Etna*. Ed erano stati numerosi gli scavi intrapresi nella regione, i quali avevano riportato alla luce oggetti del passato risalenti all'epoca Greca. Naturalmente la sua investitura come sacerdote e protettore *dell'Etna* era stata voluta per *volontà divina*.

Per calmare attraverso il sacrificio di giovani vittime *l'ira distruttrice del demone del fuoco*: eruttando fiumi di lava incandescente dai crateri sommitali e dalle bocche del Vulcano.

Negli ultimi scavi archeologici, in cui lui aveva partecipato, erano state portate alla luce vari oggetti antichissimi, tra i quali la *"frombola"* che appena l'aveva toccata qualcosa di soprannaturale e divino era avvenuto dentro di lui e nella sua mente. Come se un flusso di sensazioni mistiche l'avessero posseduto... e poi incarnato nel nuovo predestinato, la cui missione sacra, lo eleggeva a spirito protettivo di sua '*Maestà l'Etna*'. Naturalmente quella folle percezione di divinità, insana e priva di logica, aveva trovato terreno fertile nella fragilità mentale di un giovane per bene, ancora stravolto dalla perdita dei genitori in maniera tragica.

L'aria era molto fredda e soffiava un fortissimo vento gelido di tramontana. Sembrava come se infinite microparticelle di ghiaccio penetrassero dentro la pelle. Una situazione ambientale che avrebbe persino infastidito un escursionista adeguatamente equipaggiato. Il vento sibilava e sembrava trasformarsi nel lamento di quei morti che aveva trucidato brutalmente e le cui anime erano ancora vaganti nel luogo dell'uccisione. Per un istante quella sensazione strana lo assalì, facendolo rabbrividire, ma poi si riprese e insensibile come sempre, ignorò quel fastidioso e irreale linguaggio del vento. Aveva indossato solo la felpa consacrata al vulcano durante l'ultima spettacolare eruzione. Quella volta era rimasto abbagliato, non riuscendo a muoversi... addirittura incantato da quei fantastici serpenti infuocati di magma incandescente, che inesorabilmente scendevano in cerca di prede sacrificali. In quel momento, anche se in una situazione difficile, nel suo cuore sentiva solo il calore procurato dal ricordo di quella visione terribile. Intanto si era portato in un sentiero più in alto di Nicolosi. Da li partivano i tanti escursionisti intenzionati a raggiungere la vetta del *Vulcano.*

L'uomo, privo di qualsiasi emozione come sempre, scese dalla macchina. Si alzò il cappuccio sulla testa per proteggersi dal freddo pungente e dal vento che sembrava spingerlo indietro quasi obbligandolo a fermarsi. Ma lui tirò dritto... *è il demone che vuole ostacolarmi*, pensò tra sé. Aprì quindi il bagagliaio e prese il corpo della *Parisi,* ormai quasi irrigidito. Dopo pochi passi raggiunse un capannone adibito a rifugio: usato dagli escursionisti e dal personale del Parco, per ripararsi da improvvise bufere di neve o situazioni ambientali pessime. Adagiò quindi il corpo su un piccolo furgoncino Ape di servizio 4x4, si accostò ad un armadietto e prese le chiavi del mezzo di trasporto. Naturalmente era praticissimo di quel luogo, che aveva visitato più volte, in tutte le salse: da escursionista e da feroce assassino. Infilò quindi le chiavi, mise in moto senza alcuna difficoltà, e poi si avviò verso il luogo dove con la cerimonia, avrebbe raggiunto la consacrazione finale, del suo percorso ultraterreno. Ogni tanto controllava il cielo, per vedere se ci fosse qualche drone a ispezionare dall'alto i movimenti dei visitatori e dei turisti. Conosceva perfettamente quel piano diabolico organizzato da quell'odioso poliziotto. Negli ultimi tempi aveva dovuto usare tutta la sua astuzia per agire, e meno male che conosceva il territorio, meglio di casa sua. Quella dei droni era stata un'idea geniale. Doveva ammetterlo. Avevano persino informato i media, per far credere si trattasse di una periodica mappatura geografica, per aggiornare la modifica del territorio dopo l'ultima eruzione stromboliana.

Era quasi buio. L'immensa *maestosità dell'Etn*a copriva gli ultimi bagliori di luce. Ma il serial killer in quell'ambiente lunare aveva giocato sin da bambino. Bastavano i fari del piccolo 4x4 per andare avanti, tra un sobbalzo e l'altro. Ormai erano vicini al luogo di culto e di preghiera, dove il *demone del fuoco* era arrivato, sputando ceneri e lava dalla bocca del *divino Vulcano*. E lui come sacerdote designato era alla fine della sua missione. Nonostante il buio, i suoi occhi brillavano di una luce malefica. Forse il *demone del fuoco* era entrato in lui per indurlo a prendere le anime di quelle persone colpevoli solo di amarsi. Tuttavia il rito sacro e propiziatorio, per calmarne *l'Ira,* e impedire così la potenza distruttrice di sua' *Maestà l'Etna* ' andava fatto e portato a termine, ad ogni costo.

Ad un tratto bloccò il fuoristrada. I fari illuminavano il santuario abbandonato, e lui aveva riconosciuto dalla brillantezza della roccia lavica, il punto preciso dove il magma si era fermato. Perciò prese il corpo della Parisi, la sua dolcissima zia, e dopo averlo teneramente baciato freddamente come comandato da un ordine superiore, lo adagiò ai margini dell'ultimo flusso eruttivo. Poi recuperò dalle tasche della felpa le due piccole pietre laviche consacrate, e le appoggiò nelle orbite del cadavere. Si mise quindi in posizione di preghiera e diede inizio alla cerimonia conclusiva...

50
Questura Centrale (CT)
Sezione Squadra Anticrimine

Corsini era arrivato nel suo ufficio da poco, rallentato da un traffico imprevisto, a causa del freddo e del forte vento di tramontana, che quel mattino spirava anche nel centro di Catania.

Appena si mise seduto nella sua comoda poltroncina, per prima cosa controllò se ci fossero nuove cartelle sulla scrivania... niente di nuovo. *Meno male* pensò tra sé.

Almeno avrebbe potuto analizzare, attentamente, fino a che punto si fossero spinti con le indagini sull'omicida “mistico”. Quel folle assassino sapeva benissimo che ormai erano vicinissimi al suo arresto. E questo, da parte loro, doveva essere motivo di ulteriore concentrazione. Sarebbe stato necessario anticipare le eventuali mosse che l'assassino avrebbe messo in atto, in un momento di ultima sfida per lui. Quindi bisognava identificarlo, al più presto, evitando così la possibile reazione folle del suo istinto omicida.

Le meningi del poliziotto si erano contratte al massimo, per risalire a qualcosa di utile negli ultimi interrogatori, e come al solito il suo innato intuito investigativo gli venne ancora una volta in soccorso.
Nella mente gli affiorarono tutti i comportamenti strani della professoressa Parisi. Per un uomo di legge come lui, con esperienza ventennale sui metodi e sul linguaggio nell'interrogazione, aveva concluso che qualcosa stonava in lei, sia nelle risposte affrettate che in quelle artificiosamente costruite. Inoltre in varie occasioni aveva subito delle vere crisi emotive. E questo era successo nel momento in cui le si erano chieste informazioni sull'arma utilizzata dall'assassino, o altre circostanze dove il solo nominarlo le aveva procurato strani capogiri inspiegabili.

Con questi dubbi da approfondire Corsini prese la decisione più logica. Ne avrebbe parlato con Caroline Zeller, la criminologa. Una sua opinione, in merito al profilo psicologico della Parisi, sarebbe stato oltremodo utile. Afferrò quindi la cornetta del telefono e compose il numero...

«Pronto!» rispose la voce all'altro capo del telefono. Non era Caroline, bensì Frank.

«Ciao Frankuzzo sono Simone.» gli disse tutto di un fiato «Come va? 'Ragazzacciu miu'! Sai, 'sugnu accussi felice pi'Alessio che quando 'ne parlo mi batti forti u cori.'»

«È vero! 'ziu' che baffi.» rispose felice Frank. «Ho ritrovato mio padre grazie a 'tia'. E grazie al destino che si è reso benevolo nei suoi confronti. L'altro giorno mentre stavo sotto la doccia rilassato, canticchiavo e pensavo che quel giorno, da bambino, affacciandomi a quella porta, si è innescato un cambiamento temporale degli eventi. La mia vita e quella della mia famiglia, è come se fossero state proiettate in un'altra dimensione, con storia e personaggi diversi dai sogni giovanili.»

«Purtroppo Alessio ha pagato con un caro prezzo questo cambiamento.» replicò Corsini. «Ma adesso lui è immensamente felice di averti ritrovato, e per giunta sposato con una donna dolcissima e bellissima nello stesso tempo. A proposito vorrei parlare con Caroline per un dubbio relativo al caso dell'omicida seriale. Anzi se non disturbo o avete altri impegni, avrei pensato di venire stasera, a casa vostra. Così porto anche le mie donne, Patrizia e Ella.»

«A stasera.» fu la risposta secca di Frank «Non serve chiedere a Caroline perché ti posso assicurare che ne sarà entusiasta. Ciao Simone. A stasera!»

Corsini se non avesse avuto un cruccio, grosso come il grattacielo più alto del mondo… cioè la necessità di prendere al più presto l'assassino, avrebbe vissuto il periodo più sereno della sua vita e soddisfacente per la sua carriera di poliziotto. Al termine di quella fastidiosa riflessione, pensò di convocare tutti gli uomini impegnati nelle indagini. In brevissimo tempo si presentarono davanti a lui. E senza che gli avesse accennato qualcosa, ognuno di loro aveva una cartellina in mano, come fossero scolaretti che portavano i compiti al professore. Il Commissario capo si ricordò di quanta energia e impegno mettessero in quel caso difficilissimo, e spontaneo gli venne un sorriso sotto i baffi. Anche in questo era stato fortunato: disponeva della squadra più preparata ed efficiente della Sicilia orientale. I risultati operativi e gli apprezzamenti del Questore, in più di una occasione, ne erano la testimonianza. E lui li stimolò ancora, invitandoli a continuare con quella energia, nell'impegno di prendere quel delinquente assassino. Si rivolse quindi al sovrintendente Lo Presti per approfondire davanti agli altri l'avvenuto interrogatorio di Giacomo Mulè e della Parisi in circostanze strane, e con uno strascico di dubbio sulle loro parole. Ad un certo punto l'agente scelto Valente lo informò di avere scannerizzato e ingrandito le fotografie recuperate dalle macchinette degli studenti durante la visita alla grotta dei Ladroni.

«Mizzica ragazzi!» esclamò Corsini. «Sono un vecchietto smemorato. E' vero mi ero completamente scordato di aver chiesto in prestito le macchinette fotografiche agli studenti partecipanti alla visita. Ho pensato che da qualche scatto ingrandito, con un po' di fortuna, potremmo ricavare qualche indizio utile alle indagini.»

«In effetti capo.» intervenne Valente «Le foto sono tante e le immagini molto buone... d'altro canto sappiamo che i ragazzi sono dei veri campioni nel riprendere persone e paesaggi.»

Corsini gettò un'occhiata a qualche foto rimanendo addirittura sorpreso. Quelle foto erano veramente considerevoli, per la nitidezza e per la inquadratura del paesaggio etneo.

Quindi chiese a Lo Presti di inserirle nella grossa bacheca, dietro le sue spalle, per studiarle. Poi chiese agli uomini della sua squadra di osservare quelle foto con attenzione, e con occhi puntati sui dettagli o su qualcosa di strano nello scatto fotografico, casuale, dei ragazzi.

«Ma come avrà agito l'assassino?» esclamò a voce alta. «È stato capace di preparare il suo piano omicida, nonostante la presenza di tante persone. Certamente un piano che si è studiato e organizzato qualche giorno prima. E questo ci deve far riflettere, con più convinzione: quest'uomo conosce il territorio perfettamente, e può accedervi facilmente, senza destare sospetti.»

A tal proposito l'agente Elisa Bernini, informò Corsini che le ricerche sul personale operativo del *Parco* non avevano dato alcun esito o riscontro positivo. Lei e l'agente scelto Valente, avevano immesso ogni possibile indiziato nel data base, utilizzando tra l'altro il nuovo software di studio psicologico e comportamentale di tutti gli operatori. Inoltre erano stati inseriti i dati di turnazione lavorativa di ognuno di loro.

«È vero capo!» intervenne Valente. «Abbiamo convocato un forestale con dei precedenti. Ma è solo un farabutto da quattro soldi, specie con la famiglia.»

Nel frattempo il sovrintendente Lo Presti si era concentrato sulle immagini delle foto, e aveva notato che solo una persona di quel gruppo appariva infastidito. Poi nel momento dello scatto, si ostentava sempre con il viso girato. Altro particolare: durante la pausa di riposo, prima di entrare nella grotta, dove il gruppo si era riunito compatto, l'uomo non risultava esserci.

Lo Presti era sicuro si trattasse di una coincidenza, rilevata solo per spirito di osservazione. Tuttavia quello che lo incuriosiva era capire chi fosse. Il suo volto anche se offriva solo il profilo, gli ricordava qualcuno. Chiese quindi all'agente scelto Valente, il maghetto del computer, di avvicinarsi alla bacheca.

«Vorrei chiederti una delle tue magie.» gli disse sorridendo. «È possibile fare una zoomata su questo volto, senza rovinare i pixel? Anzi mi serve un ingrandimento perfetto, il migliore possibile.»

«Non ci sono problemi.» gli rispose il giovane agente. «Un paio d'ore basteranno per accontentarla... avrà un bel primo piano stampato con un software miracoloso.»

«Bene ragazzi!» intervenne Corsini «Voi continuate. Sono orgoglioso della vostra forza di volontà! Devo recarmi a un colloquio molto importante con la criminologa, la dottoressa Zeller. Domani mattina appena ci saremo tutti... nuova riunione. E chissà se...? Mi avete capito.» e si defilò senza dire altro.

Intanto l'ispettore Consoli aveva ascoltato in silenzio. Anche lui concentrato negli ultimi sviluppi delle indagini. Corsini gli aveva affidato un incarico molto duro e impegnativo: il controllo del territorio in collaborazione con la sala dei carabinieri. Infatti con i droni veniva sorvegliata una vasta area, con teleripresa dall'alto, specie nei punti strategici stabiliti, con maggiore frequentazione di visitatori. E meno male che d'inverno il flusso turistico era molto limitato rispetto ai periodi di alta stagione. Anche se in quel periodo risultava affollatissima la pista di sci, per gli amanti di quello sport.

Al termine della riunione, i due amici si salutarono con un cenno della mano. Significava che a breve si sarebbero incontrati per visionare insieme le riprese registrate dalle telecamere dei droni. Nella remota possibilità di individuare qualcuno, con dei movimenti sospetti. L'ispettore Consoli aveva avuto un ruolo determinante nell'arresto del Rapisarda. Durante le perquisizioni era riuscito ad accorgersi della botola in cantina. E le prove repertate in quel luogo erano state decisive per la condanna definitiva di quel feroce assassino.

Naturalmente ad Alessio Borsalino era stata data la dichiarazione di innocenza e di riabilitazione per la legge italiana. In attesa della revisione del processo e della sentenza definitiva che sarebbe avvenuta in tempi brevissimi. L'ispettore Consoli aveva vissuto la tragedia di Alessio con enorme dispiacere. Anche lui era convinto della sua innocenza. Poi Simone Corsini non si dava pace e in più occasioni si era sfogato emotivamente. Perciò il lieto fine con l'arresto, per giunta, di un omicida seriale che avrebbe continuato a mietere vittime innocenti solo per il *piacere di uccidere*, era stato accolto con sollievo da tutta la squadra. Purtroppo avevano ancora molto da lavorare e spendere tutte le energie nella ricerca di quel folle serial killer, denominato *"Adoratore dell'Etna."*

Nel frattempo il Commissario capo Corsini era arrivato a casa. L'aspettavano le sue donne impazienti. Avevano una gran voglia di passare una serata con Caroline. Madre e figlia erano entusiaste della serenità interiore e della simpatia che lei trasmetteva con dolcezza, ma anche della sua forte personalità di donna raffinata ed emancipata.

Luisella (Ella) l'aveva eletta sua eroina personale, e guai se la madre scherzando sminuiva la visione che la ragazzina si era creata, nel suo mondo da sognatrice. Anzi se il padre fosse stato d'accordo, anche lei avrebbe scelto di collaborare con la legge, in un ramo impegnativo come quello della criminologia forense. Amava studiare la psicologia degli altri, e la motivazione comportamentale di alcuni esseri umani, la cui mente è deviata da problemi familiari e sociali.

Intanto Birillo scodinzolava la coda come segno di affetto verso il suo padrone, il quale a sua volta, cominciò ad accarezzarlo e a baciarlo ricambiando così il gesto festoso con cui il cane lo accoglieva tutte le volte. Corsini era molto affezionato a Birillo e con lui passava del tempo volentieri: giocava e si divertiva spensierato, nel piccolo ma grazioso giardino della villetta. A volte facevano una sorta di lotta rotolandosi nell'erba, mentre Birillo gli saliva sopra leccandolo affettuosamente.

Appena le sue donne furono pronte, prima di salire in macchina, Patrizia gli disse che sarebbero dovuti passare da Nicolosi, per prendere nonna Rosa e Alessio. Qualche ora prima aveva telefonato Caroline chiedendo questa cortesia. Lei adorava che tutti i parenti si riunissero il più possibile. Anzi aveva anticipato a Patrizia che una volta partiti per New York, la lontananza, per lei, sarebbe stata durissima.

Quando Corsini arrivò a Nicolosi era già buio. Al suo squillo di telefono, nonna Rosa e Alessio erano pronti a scendere. Infatti da lì a poco si presentò, pimpante come sempre Rosa, sottobraccio ad Alessio. Appena entrò in macchina riempì di baci, prima la giovane Luisella e poi Patrizia. E cominciò a parlare della sua gioia immensa, di trascorrere una serata insieme, a tutti loro.

In circa quindici minuti furono davanti a villa Caroline. Da Nicolosi a Trecastagni il tragitto era breve, per questo Corsini condusse l'auto a velocità moderata mentre il suo amico Alessio continuava a esprimergli la sua riconoscenza infinita. Bastava guardarlo negli occhi, per accorgersi di quella luce di soddisfazione e di serenità che lo aveva completamente cambiato, nel suo stile di vita ma soprattutto nell'anima.

Dentro la villa appena si furono esauriti i saluti e i convenevoli di routine, baci e abbracci da parte delle donne, Corsini e Caroline lasciarono i parenti indaffarati a raccontarsi ogni simpatico pettegolezzo. Mentre Patrizia prendeva in giro Frank, indaffarato nella preparazione della splendida tavola imbandita con eleganza. Nel frattempo erano arrivati Gaetano con la consorte, di ritorno nel fare alcune spese: dai vestiti ai prodotti tipici siciliani. A Ginevra sarebbe stato impossibile trovarli. E nel caso sarebbero costate un occhio della testa.

Gaetano appariva depresso. A parte la compagnia e gli affetti che avrebbe lasciato, ritornare in un paese freddo come la Svizzera lo rattristava molto. Questo accadeva ogni qual volta ritornava in Sicilia. Naturalmente si sentiva grato a quel paese che gli aveva dato lavoro e benessere, ma i sentimenti e l'attaccamento alla sua terra nativa erano intoccabili e incancellabili.

Frank notò lo stato d'animo dello zio. E come si poteva non accorgersi di questo, conoscendone il carattere gioviale e allegro. Perciò lo abbracciò e gli mise un braccio sopra le spalle. Poi lo rincuorò con una battuta, come a dargli però pan per focaccia: «Warren non può fare a meno di te, e presto ti inviterà a NewYork. Ne sono certo, zio Gaetano.»

La risata generale che seguì a quella battuta, scatenò la divertente malizia delle donne. «Ma che vi 'siti' innamorati? forse, ahaa?» lo provocò Patrizia. Alla quale si aggiunse la moglie di Gaetano. «'Allura nà vicchiania'. Devo essere 'gilusa'? » altra risata generale che si concluse con un ottimo aperitivo e antipastini molto stuzzicanti. Con i bicchieri in mano, gli uomini si trasferirono sotto la veranda del terrazzo con veduta meravigliosa dell'Etna, e dei paesi illuminati attorno alle sue pendici, come un magico presepio ricco di luci e di casette variopinte.

Intanto Caroline e Simone Corsini erano presi dal loro colloquio intenso ma pieno di dubbi. Purtroppo per arrivare a identificare l'assassino e studiare come arrivarci il prima possibile, era un'impresa quasi impossibile. Solo qualche elemento poteva essere utile nelle indagini e meritava di essere approfondito…

La criminologa insisteva sulla pista del territorio. Era convinta assolutamente che una tragedia avvenuta durante una fase eruttiva dell'Etna, o un gravissimo incidente di montagna, avesse sconvolto la mente del serial killer. La perdita di persone care e la sua mente malata lo avevano poi trasformato in un folle omicida. Bisognava quindi investigare in questa direzione, non tralasciando però conflitti a fuoco, con vittime, avvenuti anni addietro, nel circondario dell'Etna orientale.

A un certo punto, il Commissario capo cambiò discorso, accennandole della Parisi. Per lui la professoressa di archeologia nascondeva qualcosa di molto grosso, un segreto che la rendeva fragile emotivamente. E le descrisse dettagliatamente l'interrogatorio, avvenuto qualche giorno prima all'Università.

Caroline mentre Simone parlava, analizzava ogni parola, come avesse nel cervello un elaboratore, in fase di inserimento dati. Nel frattempo lo studiava come poliziotto. In lui, c'era qualcosa di accademico, come volesse guadagnare la sua approvazione, concentrandosi sui particolari. Quasi a voler interpretare perfettamente la strana reazione della Parisi. Nel farlo, era oltremodo affabile, in palese attesa che lei intervenisse scientificamente sull'argomento. Infatti dopo una piccola pausa di riflessione, la criminologa espresse la sua opinione in merito. Prima però, ci fu un momento di silenzio e di riflessione, da parte di entrambi...

«Certo, queste stranezze emotive...» disse Caroline «...rivelano una insicurezza e un timore di tradirsi per qualcosa che l'affligge. La sua reazione dipende dall'ansia di compromettere una persona cara, a cui è legata da profondo affetto. Naturalmente bisognerebbe capire il vero motivo della sua sofferenza interiore.» aggiunse alquanto pensierosa.

«Proprio così!» replicò Corsini. «Anche se non capisco che collegamento ci possa essere.»

Ci fu un'altra pausa di riflessione, in cui Caroline sgranò gli occhi, come avesse avuto una rivelazione improvvisa. «Adesso che ci penso.» esclamò tutta d'un fiato. «Warren mio padre, durante il suo soggiorno a Catania, mi parlò di uno strano antiquario di opere d'arte. Lui comprò nel suo fornitissimo negozio, una stupenda maschera antica. Ma indovina come si chiamava l'antiquario?... Parisi, come la tua professoressa che insegna alla Università. Non ti sembra una strana coincidenza? Poi mio padre mi raccontò con molta ironia di come fosse strano quell'uomo. Come se avesse una storia tristissima dietro le spalle.»

Corsini non ebbe tempo di replicare perché arrivò spedito Frank.

«Ecco per voi, due calici di ottimo spumante Francia Corta. Le sue bollicine saliranno nel vostro cervello intasato di cattivi pensieri, e renderà più lucidi i vostri discorsi.»

«Avaia! Frankuzzo stai interrompendo due persone importanti, nel bel mezzo di una riunione.» scherzò ironico Corsini. «E poi stai corrompendo due rappresentanti della legge a evadere... dalle loro funzioni.»

51
Catania - Università di Scienze Geologiche.

Erano appena le nove del mattino, quando Corsini si presentò alla Facoltà di archeologia, presso l'Università di Catania. Stavolta aveva escogitato un piano a trabocchetto per la professoressa Parisi.

Infatti incaricò il sovrintendente Lo Presti di procedere a un vero interrogatorio nei suoi confronti. Senza tuttavia convocarla negli uffici della Questura. Tutto doveva avvenire dentro l'università stessa, alla presenza degli studenti. Il tema sarebbe stato la strana sparizione di un'arma antica, donata al museo universitario di Catania. Tale oggetto antico era stato rinvenuto durante scavi archeologici sul *monte Etna.*

Naturalmente si sarebbe trattato di procurare una scossa emotiva alla Parisi, che a conoscenza di un anello importante dell'enigma, avrebbe di certo reagito, liberandosi dai suoi impenetrabili segreti. Oppure l'avrebbe resa più fragile e vulnerabile. Corsini aveva preparato meticolosamente quel piano, per demolirne la resistenza. Infatti la sera precedente, dopo il colloquio con la dottoressa Caroline Zeller e dietro suo consiglio, si era messo subito in contatto con l'agente Bernini, affinché ricavasse tutte le informazioni utili in tal senso: *dagli scavi archeologici sull'Etna, al profilo dell'antiquario di opere d'arte, fratello della Parisi.*

E quella mattina sulla sua scrivania, aveva trovato il fascicolo dettagliato, lasciato dalla giovane poliziotta, con le ricerche complete su quanto aveva richiesto urgentemente.

Quindi lui e Lo Presti si erano documentati a fondo, su quella vicenda poco chiara. Anche stavolta Corsini si presentò direttamente nella stanza del Rettore. Bussò alla porta educatamente e solo quando udì un forte "sii?" dall'interno, decise di entrare.

«Sono costretto a disturbarla, ancora una volta signor Rettore.» si scusò l'esperto poliziotto, dopo averlo salutato. «Purtroppo abbiamo urgenza di chiarire alcune cose, di vitale importanza per le indagini.»

«La capisco! dottor Corsini.» rispose l'illustre docente da dietro la mastodontica scrivania. «È necessario sbattere in galera questo feroce assassino! Ma continuo a non capire l'interesse per la nostra Università. Quale coinvolgimento potrebbe esserci?»

«È normale il suo scetticismo.» replicò Corsini. «Ma da alcuni validi indizi, abbiamo ragione di credere che un insegnante di questa università, nasconde purtroppo un doloroso segreto.»

Il Rettore a quelle parole saltò letteralmente dalla poltrona, mettendosi in piedi. «A questo punto sia più preciso.» disse palesemente irritato, e con voce quasi rauca. «Lei accusa qualcuno del mio corpo insegnante. Si rende conto quanto sia infamante tale accusa, per il buon nome di questa antichissima e storica Università!! E poi con quale prove? Avete scoperto solo un legame con il *seria killer* o avete prove concrete che l'assassino sia qualcuno dei nostri?»

Corsini si sentiva imbarazzato a ribattere a quella domanda. Quell'uomo stava vivendo la situazione più mortificante e disastrosa della sua lunga carriera, dedicata solo all'insegnamento.

Il buon amico Lo Presti sapeva quanto il suo capo diventasse sensibile in questi casi. Per lui distruggere le certezze di una persona come il Rettore, diventava una sofferenza interiore molto visibile.
Comunque l'indagine aveva la precedenza su tutto. Anche sui sentimenti, che a volte rendevano il lavoro dei poliziotti, incalliti come loro, a fare finta di niente. Ripresosi da quell'attimo di debolezza, il Commissario capo continuò imperturbabile nel rivolgergli domande, sempre più personali, sulla vita della Parisi. «La sua collaborazione è importante, signor Rettore.» aggiunse Corsini. «Se riusciamo a conoscere qual'è il segreto della Parisi, che turba così profondamente la sua coscienza in questo momento, forse eviteremo altre giovani vittime. Abbiamo bisogno che lei ci racconti ogni particolare, di sua conoscenza, sulla vita della professoressa. Anche elementi di natura insignificante, che lette nel modo giusto potrebbero avere un significato indiziario. Nella nostra indagine, la professoressa Parisi è entrata prepotentemente, nel momento in cui è stata uccisa la sua segretaria. Alle nostre semplici domande di routine si è dimostrata impaurita ed emotivamente fragile, per qualcosa che nascondeva. In più di un'occasione si è ripetuta con questi strani atteggiamenti, specie quando le furono poste notizie sul furto avvenuto nel museo universitario. Altre volte abbiamo assistito a episodi di grave turbamento emotivo, allorché un nostro investigatore le aveva solo richiesto informazioni precise, sulle lezioni di vulcanologia, alle pendici dell'Etna.»

Il Rettore era rimasto in silenzio. Con il viso accigliato e quella folta capigliatura bianca, che faceva pensare a studiosi del secolo passato. Il suo sguardo intenso e intelligente, si era fissato su Simone Corsini, come a dirgli che aveva afferrato esattamente il concetto della sua richiesta di collaborazione. Per questo si era deciso a raccontare il trascorso della Parisi: intenso e ricco di soddisfazioni nella professione di archeologa. Con la partecipazione in scavi archeologici e ritrovamenti di opere famose. Poi il destino volle che durante uno scavo in Pakistan, venisse risucchiata da un cedimento del terreno, provocandole la rottura, in più punti, della clavicola sinistra. A causa di tale incidente, dopo innumerevoli e complicate operazioni, fu costretta a rinunciare alla sua amata professione: che lei chiamava la "*Scoperta della Storia del Mondo*". In seguito si era consolata con l'insegnamento... prima presso un istituto artistico e successivamente con l'assegnazione della Cattedra di Archeologia a Catania. Per lei si era realizzato un sogno mai finito. Dopo aver dovuto rinunciare alla sua grande passione, quella degli scavi, finalmente poteva insegnare la materia che più amava al mondo.

Mentre il Rettore dell'università raccontava, con un tono di voce ritmato, le amare vicissitudini passate dalla Parisi, si udì bussare alla porta con discrezione. Subito dopo un giovane professore apparve timidamente alla porta. «Non avrei voluto disturbare.» disse tutto d'un fiato rivolgendosi al Rettore. Poi salutò educatamente i due uomini della legge, prima di proferire parola.

«Si tratta della lezione di archeologia. La Professoressa Parisi stamattina è introvabile. La segreteria si è prodigata per contattarla. Ma il telefono squilla e non risponde.»

«È inverosimile quello che sta succedendo negli ultimi tempi.» sbraitò incavolato il Rettore.

Vedere una persona dall'aspetto mite e pacioso trasformarsi e diventare paonazzo, diventò quasi comico agli occhi di Corsini che sollevando gli occhi al cielo, fece segno a Lo Presti di togliere il disturbo. Nella sua testa era affiorato un altro stratagemma che forse avrebbe dato un risultato migliore. Infatti senza dare alcun indizio al sovrintendente, appena usciti dalla Università di Scienze Geologiche si diressero a piedi, come erano venuti, verso una stradina laterale, piena di botteghe artigiane e negozi.

«Seguimi e vedrai la sorpresa.» gli disse poi, sfoggiando un sorriso misterioso.

Percorsero un piccolo tratto di strada, e lontano comparve un insegna originale ed elegante che diceva: *Galleria d'arte antica "Parisi"*.

Il sovrintendente Lo Presti si fermò per un attimo meravigliato. Poi lanciò una esclamazione di sorpresa verso il Commissario capo.

«Non mi dica che si tratta di qualche parente della professoressa?» chiese rivolto al suo capo.

«Ero sicuro che avresti intuito subito lo scopo di questa visita.» rispose con un sorriso Corsini. «L'informazione l'ho ricevuta casualmente dalla dottoressa Zeller, la criminologa. Si è ricordata che suo padre, nel periodo di vacanza a Catania, era stato nella "*Galleria d'arte Parisi*". Allora siccome due più due... fa quattro. Abbiamo indagato e avuto conferma che si tratta del fratello della professoressa.»

«Capisco perfettamente capo. Ed è chiaro lo scopo della nostra visita. Adesso noi gli faremo un piccolo interrogatorio sulla sorella. E chi meglio di lui, può chiarirci l'atteggiamento della Parisi! Ho azzeccato le sue intenzioni?»

«Sei fenomenale.» rispose Corsini su di giri. «Capisci sempre al volo la situazione senza alcuna spiegazione.»

«Grazie mille, capo. È un onore ricevere i suoi complimenti. Ma per la mia crescita investigativa, buona parte, è tutto merito suo. Ho imparato tanto dalla sua esperienza e dal suo insegnamento professionale.»

Intanto erano giunti davanti al negozio. Corsini attraverso una delle vetrine sbirciò all'interno, e notò una persona che dall'età doveva essere il Parisi, fratello della professoressa. Sollevò quindi la mano e fece segno a Lo Presti di seguirlo.

L'uomo in quel momento era impegnato nella pulizia di un oggetto raffigurante il moro di Venezia, una bellissima riproduzione in bronzo di scuola artigianale veneta.

Appena i due uomini entrarono nel negozio, la voce calda e rilassante dell'antiquario li accolse con garbo e gentilezza. «Prego! Accomodatevi signori. Posso esservi d'aiuto in qualcosa di vostro interesse?» Nell'attimo in cui si avvicinò a Corsini, un lampo scattò nei suoi occhi… «Ma lei è il dottor Corsini! Per me è un onore conoscerla di persona.» e allungò la sua mano per stringere quella del Commissario capo. «Sono rimasto sbalordito dall'azione dei suoi uomini, con l'arresto dei banditi dentro la gioielleria. Un irruzione degna di un film poliziesco. Ho seguito la diretta in televisione, con il fiato sospeso. Nonostante l'ansia per sua figlia, rimasta dentro al negozio con i malviventi, è stato capace di essere lucido e studiare una strategia d'intervento perfetta. La televisione quando poteva, era sul suo volto teso, ma freddo come richiedeva la situazione.»

L'antiquario aveva descritto quella operazione di polizia con enorme entusiasmo, senza lasciare a Corsini il tempo di replicare. «Come vede mi reputo un suo grande ammiratore. Per la nostra Sicilia è un bene, anzi direi un orgoglio, avere un poliziotto come lei, dottore. Adesso mi dica pure il motivo della sua visita.» concluse con enfasi.

Il commissario capo aveva apprezzato i complimenti dell'antiquario. Aveva intuito quanta voglia di legalità e di rispetto delle leggi ci fossero nelle parole dell'uomo. Poi arrivò subito al punto… «La nostra visita è motivata dalla necessità di parlare con sua sorella.» disse diretto Corsini «Anzi la prego di allontanare i suoi collaboratori. È una situazione molto delicata e tocca argomenti personali molto seri.»

52
Questura Centrale (CT) "Sezione Speciale Anticrimine"

L'ispettore Consoli era ancora assorto nei suoi pensieri: di grande soddisfazione per il caso di Alessio Borsalino. Ma di grande sconforto per il caso del *serial killer mistico.*

Nonostante le indagini avessero fatto grossi passi in avanti, quell'uomo non aveva lasciato alcuna traccia percorribile. Era di una genialità eccezionale. Neanche i droni, durante gli ultimi omicidi, erano riusciti a scovarlo o a mostrare individui sospetti, tali da intervenire. Certamente era un conoscitore del posto, anzi qualcuno che aveva libera frequentazione del *Parco.* Tuttavia tutte le strade percorribili dei paesi dell'Etna offrivano sentieri di accesso ai visitatori del vulcano. E lui come un vero camaleonte, avrebbe potuto mescolarsi ai turisti, senza destare alcun sospetto. In quel momento la sua mente vagava verso ipotesi che peggioravano la difficile situazione investigativa, ancora in alto mare. Una chiave di lettura era stata tracciata dalla famosa criminologa Caroline Zeller. E questa era una carta vincente che presto avrebbe chiuso i giochi con l'identificazione del *serial killer.* Nel frattempo aveva attivato qualcuno dei filmati girati dai droni. La visione era nitida, nonostante i chiari e scuri creati dalla vegetazione sulle persone inquadrate. Si era concentrato sui movimenti di un uomo, che il drone a sua insaputa aveva filmato, e che sembrava cercasse qualcosa con interesse. In realtà quell'uomo cercava un posto riservato dove appartarsi, per una necessità fisiologica urgente. Tale comportamento era assolutamente vietato: ma le urgenze erano poi tollerate.

Lo squillo del telefono lo richiamò al presente. Alzò la cornetta del telefono e riconobbe la voce del tecnico dei carabinieri addetto ai droni, con il quale collaborava. «Pronto!» rispose l'ispettore, sorpreso da quella chiamata.

La voce del tenente dei carabinieri appariva alquanto eccitata. Certamente qualcosa di grosso era avvenuto nell'area controllata dai droni. «Abbiamo individuato un cadavere.» lo informò il tenente «Si trova più in alto del vecchio santuario di Adranos. La vittima sembra una donna e il cadavere appare mal ridotto, per essere precisi. Nonostante numerosi tentativi di ingrandimenti, non è stato possibile capire l'aspetto reale: insomma il corpo risulta fasciato come una mummia e le bende sono in parte insanguinate. Le invio il file registrato ispettore... i miei saluti.»

L'ispettore appena assorbito il colpo di quella notizia, non aspettò un minuto in più. Con ancora la cornetta del telefono in mano, chiamò il Posto di Polizia di Adrano. Avvisò quindi il maresciallo Bonaccorsi, un poliziotto molto efficiente e con l'esperienza necessaria per occuparsi della fase di protezione della scena del crimine. Lo invitò quindi a recarsi immediatamente nel luogo dell'avvistamento del drone, località antico santuario di Adranos. E di attrezzarsi con un veicolo 4x4 a causa del territorio molto scosceso.

Intanto si preoccupò di avvisare la scientifica informandoli della difficoltà del territorio qualora fossero andati con il furgone di servizio. A sua volta la scientifica avrebbe avvertito tempestivamente il medico legale.

Erano trascorsi non più di venti minuti da quando l'ispettore Consoli era stato avvisato dell'avvistamento di un cadavere. E lui con perfetta rapidità e capacità organizzativa aveva predisposto tutte le operazioni necessarie all'emergenza. Poi con calma si decise a dare la "splendida notizia" al suo capo, e amico Corsini.

In quel momento il Commissario capo e il sovrintendente Lo Presti erano presi da quanto il Cav. Parisi raccontava, con poco entusiasmo, sulla vita della sorella negli ultimi tempi. Appena il suo cellulare squillò. Il display fece il resto...

«Che c'è Consoli!?» rispose Corsini. «Siamo nel bel mezzo di una storia molto triste ma anche interessante. Il fratello della Parisi è in vena di collaborazione.»

«Purtroppo Simone.» replicò l'ispettore. «Devo comunicarti notizie non buone. Comunque se preferisci continuare l'interrogatorio, non devi preoccuparti. Mi sono già attivato per mettere in moto la procedura necessaria, in questi casi.»

«Mannaggia a te! Salvo. Mi dici, perché hai chiamato. Oppure pensi che il sottoscritto sia un veggente?»

«Scusami capo. Ma l'imprevisto e la rabbia sono così forti, da passare oltre.» poi senza arrivare al dunque: «Ecco, è stato rinvenuto un cadavere ad Adrano nel territorio dell'Etna, ai piedi dell'antico santuario di Adranos.»

Corsini reagì restando per qualche istante immobile. Intanto rifletteva se continuare con l'antiquario, oppure occuparsi immediatamente di quest'altra tegola, caduta tra capo e collo, senza interruzione tra un omicidio e l'altro. Comunque era prematuro fare delle supposizioni. Questo omicidio poteva essere opera di un altro assassino. Ma il suo intuito lo portava a credere che, ancora una volta, *l'Adoratore dell'Etna* fosse l'artefice di questo nuovo ritrovamento: specie per la descrizione strana in cui appariva. Inoltre una strana sensazione lo aveva assalito appena appresa la notizia. Si rivolse quindi all'uomo che serenamente stava dialogando con loro, e che dimostrava una discreta socialità personale.

«Cavalier Parisi!» disse l'esperto poliziotto. «Sono costretto a lasciarla per una notizia che necessita di essere approfondita urgentemente. Però in futuro dovrò rivolgerle qualche altra domanda, che intimamente coinvolge la sua famiglia. Lei è una persona squisita e voglio esprimerle i ringraziamenti dovuti, per la disponibilità dimostrata. Nella giornata di domani, un agente verrà a trovarla. Le arreca disturbo?»

«Assolutamente no!» rispose l'antiquario. «É raro che mi assenti dal negozio.»

«Comunque...» lo avvertì Corsini «...riferisca alla professoressa Parisi che abbiamo un'impellente bisogno di parlare con lei. Adesso la saluto. Andiamo a prendere una boccata d'aria pura sotto le *pendici dell'Etna.»* mentre lo diceva un'espressione di evidente amaro in bocca comparve sul suo viso.

Appena usciti dalla *Galleria d'arte,* disse a Lo Presti di avvisare l'agente Cantalupo, che avrebbe dovuto accompagnarlo in una escursione sull'Etna. Perciò era il caso di utilizzare una vettura idonea per itinerari di montagna.

Nel frattempo Corsini chiamò il responsabile della scientifica che aveva avuto la stessa intenzione. Infatti il cellulare di Nardelli squillò mentre lo teneva in mano. «Ci risiamo amico mio.» rispose tranquillamente. Come a voler smorzare la tensione del momento. Mentre il suo tono di voce era diventato freddo e professionale. «Il medico legale sin dai primi accertamenti sul corpo della vittima, si è dichiarato disgustato per la dinamica dell'omicidio. Finora, l'unica cosa certa è che si tratta di una donna. Ma è impossibile identificarla, per come è ridotta. Solo gli esami di laboratorio e il *DNA* potranno dare un nome a questa povera vittima.»

«Fammi capire.» replicò Corsini visibilmente contrariato. «Abbiamo un assassino con un modus operandi diverso *dall'Adoratore dell'Etna?»*

«Non è così!» rispose con più energia Nardelli. «Il modus come è stata uccisa la vittima lascia certamente qualche dubbio. Tuttavia dal file, che mi è stato inviato sul cellulare, tutto lascia pensare ad una esecuzione dai risvolti mistici. E sappiamo che il nostro *serial killer* ormai si sente braccato… e allora cambia.»

«È vero, amico mio. Approvo pienamente la tua analisi. A breve penso che ci incontreremo sulla scena del crimine. Anzi, ecco l'agente Cantalupo che mi porterà sul posto. A presto.» e chiuse… mentre era già proiettato sul nuovo omicidio.

Con la guida veloce di Cantalupo, impiegarono non più di quindici minuti per arrivare in località Adrano. Il Commissario capo Corsini aveva stuzzicato lungo tutto il percorso, il bravo pilota al suo fianco.

«Sembra che trasporti bestiame, invece di una volante della polizia.» gli disse quando arrivarono davanti al sentiero, dove sarebbe iniziata l'escursione verso il vecchio santuario di Adranos. In realtà sorrideva, "sotto i baffi", soddisfatto dalla guida sicura e attenta.

Appena arrivati si avviarono per quel territorio ripido, pieno di avvallamenti e sassi di ogni genere, piccole e grosse. Per non parlare delle rocce laviche, ai lati del percorso, che creavano lo scenario di un paesaggio lunare. Il più colpito da quel territorio, fu l'agente Cantalupo la cui origine marinara si manifestava con numerose parolacce, verso ogni tratto di quel percorso accidentato. In realtà per gli amanti della montagna e del vulcano in particolare, quel territorio era di grande attrazione e fascino, con un flusso continuo di escursionisti e turisti. Il sentiero in certi punti proseguiva a strapiombo per poi offrire spazi immensi e quasi pianeggianti che riconducevano a un paesaggio lunare da dove *l'Etna* si poteva ammirare... slanciarsi verso il cielo, con i suoi perenni pennacchi di fumo. E quell'immagine maestosa simbolo della natura, era qualcosa di spettacolare.

A un certo punto proseguire risultò impossibile. Persino la potente 4x4 della Polizia di Stato si arrese al dislivello del terreno, pieno di numerose bombe vulcaniche. Infatti appena più avanti intravidero, a margine di uno spazio, il furgone della Scientifica. Proseguirono quindi a piedi. Ma non passò molto tempo che Corsini cominciò a lamentarsi.

E ne aveva tutte le ragioni. Nonostante lui fosse abituato alle temperature rigide di Zafferana Etnea, in quel momento l'aria gelida che soffiava era insopportabile, anche perché non attrezzati come avrebbero dovuto.

Come al solito, si era lasciato prendere da quella forza di volontà di afferrare il toro per le corna, senza riflettere sulle conseguenze marginali. Perciò con un normale giaccone invernale, sopra un leggerissimo pullover, risultava logico soffrisse quel freddo gelido, accompagnato da un vento pungente da far chiudere gli occhi. Anche l'agente Cantalupo incominciava ad avere brividi di freddo, impreparato a quella imprevista situazione meteorologica, che per sua scelta ignorava: non aveva mai avuto nella vita, esperienze come frequentatore della montagna.

Corsini notò il disagio evidente del giovane poliziotto. Nonostante lui cercasse con tanto orgoglio di sopportare e nascondere la sofferenza per quel freddo. Allora prese la decisione più idonea. Non era necessario lasciarlo soffrire inutilmente. Per lui, i suoi giovani agenti, erano come dei figli che doveva tutelare. In questo caso non bisognava lanciarsi in una operazione di polizia. Ma solamente andare a trovare un cadavere mal ridotto.

«Devo affidarti un incarico.» disse Corsini, di punto in bianco all'agente. «È opportuno che rientri in macchina, così attraverso la radio chiedi del colonnello Nardelli. Lo informi del mio arrivo. Poi ti fai spiegare esattamente la direzione da seguire, per la scena del crimine. Dopo mi chiami al Gps e mi spieghi tutto. Hai capito? Giovane marinaio.» scherzò alla fine. «E rimani in macchina in ogni caso.»

L'agente Cantalupo seguì alla lettera le disposizioni del suo capo. Tornò di corsa verso la robusta 4x4 e la mise subito in moto per avere un po' di calore.

L'idea del Commissario capo si rivelò ottima. In brevissimo tempo arrivò nel luogo dell'omicidio. Si sentiva un ghiacciolo, dentro e fuori, ma subito ebbe un idonea assistenza. Un tecnico della scientifica lo condusse vicino alla loro piccola tenda d'appoggio, e prelevò da una grossa valigia di lavoro una tuta termica, leggerissima e facile da indossare. E bastarono solo alcuni minuti a Corsini per sentire affluire nel suo corpo un calore meraviglioso, rigenerando così la sua forma vitale.

Nardelli intanto si era avvicinato. Gli consegnò un copri-calzature, e dopo averlo preso amichevolmente sottobraccio, lo condusse nel punto dove il cadavere era stato rinvenuto. Intanto il medico legale analizzava il cadavere con cura, specie il volto devastato, le cui orbite erano ancora coperte da strani medaglioni in pietra lavica. Corsini forse per rendere quella scena meno raccapricciante da vedere, pensò ironicamente tra sé, di trovarsi proprio sulla luna. Si guardò intorno e osservò lo scintillio bianco argenteo delle tute speciali indossate dai tecnici della scientifica. Per un attimo la fantasia dell'uomo materializzò una visione inusuale e fuori dal comune: i suoi occhi videro come degli astronauti alla ricerca di reperti sulla luna. Ma Nardelli con il suo vocione imperioso lo riportò alla triste realtà.

«Abbiamo un cadavere atrocemente mutilato.» disse rivolto a Corsini. «E come al solito, niente tracce e niente impronte. Insomma, caro collega, niente di niente. Stavolta il medico legale può anticiparci che la morte è avvenuta altrove. La perdita di sangue sulla scena del crimine è minimo, quasi assente. Perciò il serial killer dopo averla uccisa si è preparato a questo rush finale… almeno spero.»

«Un indizio è sempre più inconfutabile.» lo interruppe Corsini. «Questo mostro che uccide in nome della *sacralità dell'Etna,* conosce alla perfezione *il territorio e il vulcano*. Lo dimostra il fatto che si è trasportato un cadavere, da solo in un luogo pieno di pericoli e difficile da percorrere.»

«È vero!» approvò convinto il colonnello del reparto speciale dei R.I.S. Intanto insieme a Corsini si avvicinarono al cadavere, dove fu più visibile notare lo scempio, su quello che era stato un corpo di donna. Il medico legale, il dottor Bossi salutò calorosamente il Commissario Capo. «Egregio dottor Corsini, le confermo che abbiamo a che fare con un folle che più folle non si può. E mi scuso per il gioco di parole… questa povera vittima è stata accoltellata in un luogo sicuro lontano da qui. Questa è l'unica certezza che abbiamo sulla vittima. Poi dopo averla dissanguata, con un lavaggio continuo e molto accurato, deve averla fasciata con le bende e preparata alla celebrazione del suo sacrificio divino. Tutto quadra. Ma l'autopsia e ulteriori elementi ci diranno qualcosa di più concreto.»

Corsini per un attimo sembrò assorto, ma il vero motivo era un altro. Nella sua lunga carriera, mai aveva incontrato persone così preparate professionalmente. Erano dei veri professionisti dell'indagine e delle analisi scientifiche. Eppure la folle genialità dell'assassino teneva testa a questo gruppo qualificato di uomini, agendo con sicurezza e come fosse invisibile nel compiere le atroci "*ammazzatine*".

A un certo punto Nardelli cominciò a ridere, come avesse visto qualcosa di strano. Al che Corsini si girò incuriosito, senza immaginare che il bersaglio di quella risata fosse proprio lui. Si era infilato nella tuta velocemente per coprirsi dal freddo, senza rendersi conto che l'aveva fatto con un risultato alquanto comico. E il suo amico colonnello aveva approfittato di quel fatto, per irriderlo ironicamente e dare alla nuova inchiesta investigativa un risvolto più sereno.

Il Commissario capì di essere bersaglio dell'ironia di Nardelli, solo quando cercò di tirar fuori il braccio sinistro da dentro la tuta, mentre la manica sinistra lasciata appunto libera, si dondolava per i fatti suoi, come un appendice estranea e indipendente.

«Ah!» esclamò sorridendo sornione. «È così che rispetti un uomo maturo, che si stava "cacando" sotto dal freddo, e che definisci tuo amico? E poi se non ti piaccio, non sei affatto il mio tipo... carabiniere che non sei altro.» Alla battuta di Corsini seguì una risata generale degli addetti ai lavori: era quello che i due esperti poliziotti volevano per alleggerire la tensione e la fatica in un ambiente veramente gelido.

Intanto il medico legale aveva terminato di esaminare la vittima, e dopo che la scientifica completò il sopralluogo con una infinità di foto e riprese video, per lui il corpo poteva essere portato all'obitorio per l'autopsia e analisi di laboratorio. Corsini e Nardelli lo ringraziarono con una energica stretta di mano, con l'intesa di avere notizie al più presto.

Il mattino seguente nella Sezione speciale Anticrimine si respirava un'aria tesa, ma nello stesso tempo carica di un'energia, sempre più, determinata e operosa. La squadra al completo, più altri agenti di supporto alle indagini, erano riuniti nella sala grande, per un nuovo aggiornamento sul *serial killer*: dai loro occhi sprizzava tanta rabbia e una palese volontà di sbatterlo in galera... e non solo, al più presto.

Come sempre, fu l'ispettore Consoli a informare gli agenti dettagliatamente del vile cambiamento nel modus operandi dell'assassino. Ogni poliziotto ascoltava disgustato, ma concentratissimo, il modus inverosimile e la dinamica dell'omicidio descritta con somma cura, dall'esperto detective. Naturalmente ravvisò la necessità di mettere in evidenza, come il sospetto seriale fosse estremamente pratico del territorio, e perciò le indagini e tutte le energie, messe in campo, procedevano per il verso giusto.

Alla fine della seduta ricca di particolari per il proseguimento delle investigazioni, sul volto dei poliziotti presenti, si leggeva una luce di fierezza... e tanta fiducia nel loro impegno di scovare quel mostro sanguinario. Alla riunione mancava il sovrintendente Lo Presti che era stato incaricato di recarsi all'Università. Lo scopo era quello di innescare uno scossone emotivo alla Parisi, con domande di carattere psicologico. Infatti era apparso strano e inspiegabile il suo evidente cambiamento umorale, alla richiesta di semplici informazioni.

54
Trecastagni (CT) - "Villa Caroline."

Il telefono continuava a squillare, ma i due giovani innamorati presi da un momento di irrefrenabile passione, lo ignoravano volutamente. Niente poteva staccarli dal loro desiderio di amarsi intensamente e rinnovare il legame che li univa in ogni istante. Tutto era iniziato dentro lo studio di Caroline. Il focoso marito siciliano l'aveva distratta dalle ricerche che lei con evidente concentrazione stava realizzando sul web. Aveva inserito una specifica chiave di lettura: *incidenti mortali avvenuti sull'Etna e nel suo territorio dal 1990 ad oggi.* Naturalmente si erano aperte un numero infinito di finestre e di file riferiti a episodi simili.

Il sistema di ricerca della criminologa era molto semplice e selettivo. Infatti seguiva articoli di testate giornalistiche, e argomenti legate a tragedie familiari e uccisioni nel *parco dell'Etna,* e in tutto il territorio dei paesi alle *pendici del vulcano.* Ad ogni anno reinseriva la terminologia correlata alla ricerca. E doveva essere fatto con una tematica ordinata, di anno dopo anno, a seguire.

In quel momento però Caroline pensava ad altro. Quando Frank silenziosamente era arrivato alle sue spalle, e aveva iniziato a baciarla sul collo con tenerezza, per poi cominciare a morderle le orecchie delicatamente. E mentre le mani di lui erano impegnate ad accarezzarle il seno, Caroline si era alzata di scatto dalla poltroncina. Poi aveva stretto il viso di lui con tutte e due le mani, baciandolo con una intensità che non lasciava dubbi… e adesso stavano avvinghiati scambiandosi parole di fuoco. Tuttavia una buona dose di responsabilità scattò in Caroline quando tutti i telefoni, compresi i cellulari, squillarono ininterrottamente. Allontanò quindi Frank, baciandolo per scusarsi. Dentro la sua capiente borsa prese il cellulare che non smetteva di suonare... nel display apparve il numero di Simone Corsini.

Caroline leggermente imbarazzata come se Corsini potesse vederla attraverso il telefono, cercò prima di ricomporsi adeguatamente. Naturalmente si trattava di un senso di pudore interiore, e questo non aveva confini. In questi casi, dagli Stati Uniti alla Sicilia, la reazione delle donne è perfettamente identico.

«Pronto!» disse in tono ironico. «Scusami Simone. Finalmente il cellulare è venuto fuori da una delle mie borse. Sembrava stessi giocando a fuoco, fuocherello.» si inventò ridendo. «Frank è in giardino e non poteva sentire lo squillo in casa.»

Corsini invece era già di umore nero. E la criminologa lo intuì perfettamente.

«Si, Carolina capisco. Invece scusami tu. Sono diventato un maleducato di alto livello. Ma questo folle assassino è la mia dannazione. Credimi sono al limite di una esplosione nervosa.»

«E' normale Simone.» replicò educatamente Caroline. «Siamo tutti tesi come la corda di un violino e in particolare tu né sei più esposto e vulnerabile.»

«La verità è che devo informarti di un altro atroce delitto. E sembrerebbe la fine di un incubo come "ammazzatine". Infatti la messa in scena lascia pensare alla cerimonia conclusiva. Ma ancora non sappiamo il nome di quest'ultima vittima. Poi sarà così? È veramente l'ultimo omicidio? Quest'uomo è l'incarnazione del diavolo in persona.»

«Accennavi a una messa in scena del *serial killer* in questo ultimo omicidio?» si incuriosì la criminologa.

Corsini descrisse dettagliatamente il modus operandi dell'assassino. Del come aveva ridotto la povera vittima, con una composizione del corpo raccapricciante. E il luogo del ritrovamento.

Alla fine si salutarono. Ma all'ultimo momento Simone Corsini la informò anche della strana assenza all'università della professoressa Parisi, e dell'interrogatorio del fratello antiquario.

Caroline chiuse la comunicazione, ma rimase con il cellulare in mano turbata da quest'ultima mostruosità del *serial Killer*. Nel suo corpo si generò come una specie di vibrazione interiore che lentamente arrivò fino alla mente. E in un istante la sua natura empatica si manifestò, proiettandola in un turbinio di pensieri...

E immaginò l'assassino mentre uccideva l'ultima vittima con ferocia inaudita, per poi prenderla con dolcezza e baciarla prima del rito propiziatorio. Anche se quella visione l'avesse scossa emotivamente, non essendo una veggente, si convinse che il pazzo seriale conoscesse quella donna. E da questa certezza la sua mente elaborò una traccia logica, legata senza ombra di dubbio allo strano comportamento della professoressa Parisi. Lei non solo conosceva l'omicida, ma era legata a lui da un profondo sentimento di pietà, e da un immenso amore. «Potrebbe trattarsi del suo uomo?» pensò ad alta voce tra lo stupore di Frank, rimasto in silenzio senza interferire. Ma bastò un'istante e Caroline ritornò in se.

«Perdonami amore mio!» si scusò con Frank, accarezzandolo. «Ma credo di aver capito il vero motivo dell'atteggiamento della Parisi. E se è vero, e il mio intuito non mi tradisce, avremo finalmente la traccia decisiva per identificare questo folle assassino. Anzi ti prego, amore mio!» continuò eccitata «Dopo aver fatto una doccia rigeneratrice, andremo a Catania. Faremo un delizioso pranzetto e poi andremo a fare visita all'antiquario Parisi.»

Catania – Via Etnea. Due ore dopo.

La determinazione di Caroline ebbe i frutti sperati. Le notizie ricevute dall'antiquario si rivelarono drammatiche ma chiarificatrici di tutta la vicenda. Tuttavia era evidente che lui non sapesse il segreto custodito dalla sorella. Le mostruosità perpetrate dal folle assassino mistico non gli avevano sfiorato assolutamente la mente. Mai avrebbe potuto pensare che qualcuno della famiglia fosse coinvolto in quei brutali omicidi. Al termine della cordiale chiacchierata, però piena di tristi ricordi per l'antiquario, Caroline aveva acquisito elementi importantissimi per le indagini e la identificazione dell'assassino.

Come aveva previsto. Tuttavia era rimasta letteralmente frastornata dalla tragedia vissuta da quella famiglia per bene, e che sicuramente sarebbe stata travolta da avvenimenti ancora più orribili e angosciosi.

Poi con astuzia la criminologa, spostò l'argomento sulla sorella dell'uomo. «Povera donna!» esclamò furbescamente. «Per lei deve essere stata dura la perdita dei parenti, in un modo così tragico e assurdo. E crescere il nipote sconvolto dalla perdita dei genitori, dedicandogli tutta la sua vita e il suo amore, la rende una donna piena di altruismo e incline a sacrificarsi.»

«Negli ultimi sei anni...» aggiunse tristemente l'antiquario «...si è dedicata anche anima e corpo ad accudire nostra madre. Ormai ridotta a vivere su una sedia a rotelle. Comunque collaboriamo senza fargli mancare l'affetto necessario. Poi lei stravede per il nipote Carlo. Un bravissimo ragazzo, ormai affermato vulcanologo e insegnante all'Università di Archeologia.»

Quella informazione procurò a Caroline una scossa interiore, come se qualcosa di viscido scivolasse sulla sua pelle e pian piano l'avvolgesse in una morsa di angoscia sempre più forte. Quella sensazione l'aveva provata innumerevoli volte. Le succedeva nel momento in cui il sospetto seriale veniva identificato in circostanze veramente tristi e penose... anche se la mostruosità di eliminare giovani vite non meritava alcun sentimento di pena. Intanto l'antiquario continuava nel suo momento di sincero dolore parentale...

«Da qualche giorno mia sorella è introvabile. Io e mio nipote ci siamo prodigati per rintracciarla, ma il suo cellulare squilla a vuoto. Carlo negli ultimi tempi sembra emotivamente più fragile del solito e molto irascibile con tutti. E mi sono allarmato quando durante una telefonata di routine, mi disse: *se dovesse accadermi qualcosa, ti prego pensaci tu alla nostra vecchietta.* Adesso questo silenzio mi preoccupa molto. È da due giorni che è scomparsa.»

«Si tranquillizzi cavalier Parisi.» intervenne Caroline. «Probabilmente si è presa una pausa di riflessione. A volte capita voler restare lontani da tutto e da tutti.»

Nel frattempo Frank, anche se si era tenuto a debita distanza, con la scusa di valutare l'acquisto di qualche opera d'arte, aveva intuito come Caroline fosse riuscita nel suo proposito. Così prese un oggetto in legno anticato, raffigurante l'arco Uzeta nel 1800, di un famoso e conosciuto scultore catanese dell'epoca. Si avvicinò quindi alla sua bella consorte con l'oggetto in mano, e le chiese cosa ne pensasse di un ricordo da portare a New York. Caroline colse furbescamente l'intrusione del marito, per chiudere definitivamente l'argomento riguardante la famiglia Parisi: aveva ottenuto le informazioni necessarie per identificare finalmente *l'Adoratore dell'Etna.*

E in fondo quell'uomo grassoccio, ma dall'aspetto buono e dai modi signorili, le procurava solo tenerezza che per un momento, solo per un momento, la turbò profondamente. Poi la sua indole professionale, quella di combattere il male e l'essere una famosa criminologa servitrice della giustizia, ebbe il sopravvento. E ritornò fredda senza provare alcun rimorso o sentire alcun sentimento verso quella famiglia.

In quello stesso momento il Commissario capo Corsini si trovava a colloquio con il Rettore dell'Università di Archeologia, con l'intenzione di incontrare la professoressa Parisi, e metterla alle strette, una volta per tutte. Ma rimase deluso e sorpreso quando venne a conoscenza che anche quel giorno la docente di archeologia non si era presentata all'Università. Persino il Rettore paventò, con un espressione di pessimismo dipinta sul viso, un presentimento che la professoressa avesse fatto qualche gesto insano. Era veramente molto preoccupato per quella povera donna, dal passato travagliato da periodi felici prima e periodi negativi e infelici dopo. Aveva vissuto la tragedia della morte della sorella e del cognato con dignità, e in silenzio.

I due coniugi, famosi vulcanologi, conosciuti nel mondo scientifico per il loro studio dei vulcani attivi, più pericolosi sulla Terra. Ma il destino volle che in una escursione nel *cratere principale dell'Etna,* entrambi perdessero la vita. La vera tragedia avvenne al rientro… dopo aver posizionato con successo importanti apparecchiature scientifiche per la misurazione della attività del vulcano, ormai imminente.

Una improvvisa eruzione esplosiva divenne fatale per i due scienziati. Infatti una pioggia di bombe vulcaniche, cioè dei grossi massi, furono sparati dal vulcano a centinaia di metri di distanza. E una di queste bombe vulcaniche enorme, li prese entrambi, uccidendoli abbracciati, come finale di una storia d'amore molto forte: iniziata ai tempi dell'Università. La coppia aveva lasciato un ragazzo di appena dodici anni, perciò la Parisi era divenuta zia e mamma nello stesso tempo, crescendolo con amore ed enormi sacrifici.

Corsini era rimasto ad ascoltare interessato e con la massima concentrazione il racconto di quell'uomo, molto vicino alla disgrazia avvenuta in casa Parisi. Allora, per rompere quel momento di tensione emotiva, si dichiarò colpito dalla storia di quella coppia sfortunata. E aggiunse che ricordava benissimo il clamore che la disgrazia aveva suscitato all'epoca, sia nel territorio etneo che nel mondo scientifico.

Alla fine, il Commissario capo ringraziò il Rettore per la gentilezza dimostrata, e lo informò che sarebbe stato prioritario trovare la professoressa Parisi. «Sicuramente è in un momento di difficoltà emotiva e psicologica, e vuole essere lasciata tranquilla. Ciò non toglie che il suo comportamento è veramente strano. Le faremo sapere.» disse quindi uscendo dalla stanza, dopo averlo salutato. Appena si furono allontanati, Corsini rabbuiato in viso, ma soddisfatto dalle notizie interessanti sulla famiglia Parisi, si rivolse compiaciuto al sovrintendente Lo Presti. «Siamo all'epilogo finale.» gli disse con un sorriso amaro. «Il nostro assassino è vicino. Adesso dobbiamo fare le ricerche sull'identità di questo nipote della Parisi. Il profilo psicologico e motivazionale tracciato dalla dottoressa Caroline Zeller, si identifica esattamente con la tragedia vissuta dal giovane Parisi. Certamente qualcosa di imprevedibile deve aver posseduto la sua mente fragile, trasformandolo nel *sacerdote dell'Etna* e quindi in un mostro sanguinario, dove nella sua follia, le vittime rappresentano il cammino e il sacrificio sacro da offrire a sua '*Maestà l'Etna.*'»

«Sono perfettamente d'accordo con la sua analisi capo.» osservò Lo Presti. «Però non capisco, come mai, si è disinteressato di approfondire l'argomento che ci avrebbe portato, dritti dritti, alla identificazione dell'assassino!»

«È vero!» riprese Corsini «Avremmo potuto chiedere dettagli indiziari sul nipote della Parisi. Ma a questo punto delle indagini, non vorrei dargli alcuna possibilità di fuga. E poi mettendolo in allarme, preso dal panico, potrebbe avere una reazione di estrema follia motivazionale, dalle conseguenze imprevedibili. Adesso con tutta calma, faremo le ricerche mirate sulla tragedia avvenuta *sull'Etna.* Attraverso internet e i giornali dell'epoca, avremo un riscontro dettagliato e preciso sulle persone decedute e coinvolte in quel drammatico avvenimento. Avremo nomi e cognomi delle vittime, dei feriti e dei parenti intervistati.»

«Ottima strategia capo.» osservò ancora una volta Lo Presti. «Così andremo avanti con le indagini, senza allarmare il serial killer. E sarà un punto a nostro vantaggio.»

«Bene, amico mio. Tuffiamoci nella ricerca e facciamola finita con questo mostro criminale.» concluse l'esperto responsabile della Sezione Anticrimine.

55
Zafferana Etnea (CT)

In casa Corsini si respirava una atmosfera di intensa emozione e felicità. La giovane Luisella... Ella per genitori e amici, quel giorno, compiva la “bellezza” di sedici anni. Per Patrizia e Simone Corsini era una ricorrenza da festeggiare insieme agli amici di sempre e ai due coniugi di New York. La festeggiata non stava nella pelle. Avere al suo sedicesimo compleanno Caroline e Frank rappresentava il regalo più bello, che avrebbe conservato nel suo cuore per tutta la vita. Anche Birillo il simpatico cagnone adottato dalla famiglia, si sentiva in diritto di partecipare alla festa, scodinzolando la sua lunga coda. Appena arrivati gli ospiti, si iniziò a banchettare con un bel rinfresco di bevande colorate, in diverse tonalità, e gli invitati con allegria e palese curiosità, sceglievano il colore ed il contenuto di loro gradimento.

Naturalmente era un gioco divertente inventato dalla sedicenne, che sprizzava gioia e si illuminava di felicità in ogni occasione. In un angolo del tavolo, attorno alle bevande già pronte, erano state messe delle bottiglie di liquori forti e dell'ottimo spumante “Franciacorta Duca d'Iseo” ghiacciato, con i calici pronti per brindare alla festeggiata. La giovane Ella ammirava Caroline e il suo stile inconfondibile di donna di classe, sicura di sé. La seguiva passo passo mentre ascoltava i suoi consigli, per continuare il percorso di studi e arrivare preparata alla Facoltà di Scienze Forensi. E si accorse del ritardo del padre solo dalla divertente ironia di mamma Patrizia. «‘Scimunito’ di un poliziotto!» gli disse com'era sua abitudine. «Sempre in ritardo sei. Mancava poco che tua figlia si accorgesse della tua assenza.» poi lo baciò e lo portò davanti alla figlia, che insieme a Caroline ridevano da matte, abbracciate. Il motivo fu presto svelato, quando Simone Corsini tirò fuori dalla tasca, un'elegante scatolina. «Alla nostra principessa.» disse commosso. «Oltre l'amore incondizionato che i tuoi genitori custodiscono nei loro cuori, questo pensiero è per augurarti un futuro pieno di serenità, e di realizzare i tuoi desideri nella vita.» e le consegnò il regalo. Ella aprì la scatolina raggiante perché ne intuì il contenuto, ma quando si accorse dell'anellino a fascetta, elegantemente lavorato con delicate pietruzze luccicanti, dalla sua gola uscì un sonoro ohooo!: «È magnifica. Grazie...vi voglio bene!» disse ai suoi genitori abbracciandoli.

Appena in serata i festeggiamenti si furono allentati, Corsini fece segno a Caroline che aveva necessità di parlarle, mentre lei, con un sorriso d'intesa, confessò di essere stata anticipata. Con molta discrezione informarono Ella che si sarebbero trasferiti nella sua stanza, per avere un ambiente tranquillo in cui poter discutere di un argomento importante.

Ad iniziare fu la criminologa. Mentre parlava della sua indagine personale e della soluzione a cui era arrivata, Corsini la guardava con un ammirazione che andava oltre l'amicizia consolidata nel tempo.
Gli occhi della criminologa emanavano una luce di evidente soddisfazione professionale, e una determinazione incredibile, per il risultato ottenuto.

«Nessun dubbio per le tue capacità.» le disse Corsini raggiante. Avrebbe voluto darle un bacio in fronte, come segno di gratitudine, ma si trattenne per educazione. «Dal racconto familiare dell'antiquario sei risalita all'assassino... alla sua definitiva identificazione, senza alcun minimo dubbio. In realtà anche le nostre indagini sono proseguite in questa direzione. Vogliamo essere certi della identificazione tramite una approfondita e meticolosa ricerca sul web. Sicuramente avremo una quantità tale di notizie sull'argomento, da risalire con certezza assoluta alla identità del serial killer. Infatti, i miei uomini seguono questa traccia da qualche settimana, senza sosta. Anche in questo momento, proseguono con le ricerche sulla tragedia avvenuta durante un'esplosione eruttiva dell'Etna, in cui persero la vita dei componenti della famiglia Parisi. Naturalmente i principali organi d'informazione saranno i quotidiani locali. In sostanza domani mattina, sulla mia scrivania, troverò il fascicolo con le stampate scaricate da internet… così conosceremo al cento per cento l'identità del nostro uomo. Inoltre ogni nostro elemento d'indagine è perfettamente combaciante con l'analisi del tuo ragionamento. E aggiungo che altri indizi raccolti all'università non lasciano dubbi sulla identità del serial killer. A breve questo caso complicato, in cui la follia mistica e religiosa, di un giovane uomo ha mietuto vittime innocenti, lo chiuderemo definitivamente… anche per merito di una famosa criminologa, venuta da New York. E questo è quanto!» concluse raggiante e stranamente rilassato Simone Corsini.

Nel frattempo anche Alessio Borsalino aveva mostrato il suo regalo a Ella. Si trattava di due cilindri alti circa 80x40 cm. che stupirono la ragazza. Quindi curiosa li aprì velocemente. All'interno arrotolati per bene, come per magia apparvero due poster. Appena Ella li srotolò del tutto, una esclamazione festosa accompagnò la visione dei suoi cantanti rocker preferiti. Quindi abbracciò Alessio con affetto e con la gioia incontenibile di una sedicenne soddisfatta.

Nel frattempo Alessio e Frank pensarono di fare il bis riempendosi i calici con dell'ottimo vino spumante italiano. Poi con molta tenerezza, Frank appoggiò il braccio sulle spalle del genitore, e lo invitò a sedersi per farsi una bella chiacchierata.

56
Questura centrale (CT) "Sezione Speciale Anticrimine"

Il mattino seguente alle ore 8,15 Corsini era già nel suo ufficio. Quella notte aveva dormito poco. Nonostante si sentisse a pochi passi dal traguardo, la tensione era alta. E qualcosa lo agitava più del previsto. Dal suo intuito arrivavano segnali contrastanti, in merito alla dinamica dell'ultimo omicidio. La modalità dell'assassino si era rivelata assolutamente diversa, perciò l'analisi investigativa conduceva all'ipotesi che questo omicidio, per il *serial killer*, rappresentasse l'ultimo capitolo del percorso sacro. Ma era così? Oppure tramava un piano per sviare le indagini. Mentre il suo cervello elaborava un'ipotesi dietro l'altra, per riuscire a capire quale potesse essere la mossa successiva di quel folle, il suono squillante del telefono lo distolse da quei pensieri. Sul display apparve il numero del colonnello Nardelli della Scientifica.

«Pronto!» rispose deciso Corsini. «Quale onore essere infastidito di buon mattino dal mio migliore amico!»

«Ascolta baffo storto. Intanto comportati da persona seria. Volevo informarti che in questo momento mi trovo all'obitorio dove il medico legale, il dottor Bossi, è agli ultimi esami sul corpo della donna uccisa e priva d'identità. Dall'autopsia risultano elementi molto interessanti. Non perdiamo altro tempo, e vieni al più presto per approfondire ed esaminare insieme dettagli non trascurabili.»

«Tra dieci minuti sarò al tuo fianco.» acconsentì Corsini.

«Ma ti avevo lasciato un messaggio urgente.» proseguì Nardelli. «Dove c'era scritto chiamami al più presto. Sei in grado di leggere i messaggi?»

«Ieri sera abbiamo festeggiato il compleanno di Ella. Ti assicuro che mi ha proprio sequestrato. Mi ha solo concesso di appartarmi con la dottoressa Zeller, per analizzare alcuni punti di incontro che combaciano, per identificare il *serial killer.»*

Poco dopo, all'arrivo del Commissario capo, il personale dell'obitorio manifestò un evidente gradimento per la sua presenza. L'educazione e la simpatia di Corsini, insieme alle sue capacità d'intervento, erano l'impronta della sua forte personalità ed esperienza investigativa nella *Sezione Speciale Anticrimine.*

Non c'era agente alle prime armi che non volesse emularne le gesta, e avere una carriera strepitosa come la sua, nella lotta contro la criminalità... nell'ambiente era conosciuto simpaticamente con un epiteto: 'u capu che baffi storti.'

Appena varcata la soglia della stanza autopsie, a Corsini venne fatto segno con la mano di avvicinarsi al tavolo. Il medico legale, il dottor Bossi, mentre eseguiva gli ultimi accertamenti sul corpo della donna, lo salutò con una battuta ironica delle sue: «Poverina! Le garantisco che stava meglio prima.» disse continuando il macabro lavoro con naturalezza. Lo spirito umoristico del medico legale, a volte esagerato per le espressioni che tirava fuori senza riflettere, aveva fatto il giro di tutti i distretti di Polizia. Perciò sapevano del suo carattere burlone e delle sue immancabili freddure, nonostante lavorasse in un ambiente, dove i morti non potevano rispondergli. Nel frattempo Corsini porse la mano all'amico responsabile della scientifica, il quale ricambiò con una poderosa stretta. Poi mentre lo fissava intensamente negli occhi, l'esperto poliziotto afferrò al volo le conclusioni di Nardelli. «Ormai è nelle nostre mani.» disse con tono sicuro il responsabile della scientifica, manifestando una meritata e indiscussa soddisfazione. Poi gesticolando e mimando aggiunse: «Basta calare la rete e tirarla su con l'assassino dentro.»

Intanto il medico legale aveva completato il suo lavoro. Aveva esaminato le numerose ferite, e l'esatta angolazione con cui l'assassino, si era scatenato con violenti e feroci fendenti, in tutto il corpo della povera donna. Ma quello mortale era stato il fendente al cuore, con il pugnale che aveva trafitto l'organo in profondità, con accanimento, fino al raggiungimento della morte. Nonostante il *serial killer* avesse lavato il corpo, e l'avesse lasciato riposare sotto l'acqua per qualche ora, il coagulo del sangue era proseguito secondo natura. Purtroppo il freddo rigido del luogo e il ritrovamento del cadavere dopo due giorni, aveva reso l'esame autoptico molto complicato. Tale da dover ripetere più volte certi esami del coagulo del sangue, per essere sicuri di un risultato preciso da cui trarre il referto definitivo.

Con molta calma il dottor Bossi spiegò loro, che in attesa del referto ufficiale da redigere, li avrebbe informati dei dettagli più significativi per le indagini. «Trattasi del cadavere di donna.» iniziò col dire il dottor Bossi... e questo era appurato. «Di età approssimativa intorno ai cinquantacinque-sessant'anni. Ben curata nel corpo. Dalla pelle leggermente raggrinzita, ma molto ben tenuta, per gli anni. A parer mio, in vita, è rimasta esposta per molto tempo al sole. Forse a causa del suo lavoro. In più, nonostante l'aspetto raccapricciante della vittima, dopo i ripetuti colpi violenti dell'assassino, e al quasi totale dissanguamento, a causa del freddo rigido del luogo, si è innescato un cambiamento del rigor mortis, rallentando la decomposizione del cadavere stesso. Tuttavia con le nostre fenomenali apparecchiature e l'aiuto degli esami di laboratorio della scientifica, ma soprattutto grazie alle analisi dei tessuti al microscopio, siamo riusciti a superare ogni difficoltà. In parole povere i dati che ho elencato e i risultati che leggerete più dettagliatamente nel referto, sono attendibili al 99,99%. Se avete qualche domanda da fare finché sto dritto… sono a vostra completa disposizione.» Era inevitabile che il medico legale terminasse la sua relazione sull'autopsia con una battuta di spirito… forse fuori luogo.

Corsini e Nardelli conoscevano bene le sue proverbiali battute finali. Ma stavolta non l'avevano ascoltato. Entrambi si erano concentrati sul cadavere: se nella vita, quella donna, avesse avuto un ruolo per l'assassino. Poi all'unisono esplosero in un pacato coro verbale di compiacimento… «E se fosse il cadavere della Parisi!» sbottò tutto di un fiato il Commissario capo. Mentre Nardelli faceva cenno, con il dito pollice alzato, che avevano fatto centro. D'altronde il loro intuito si era sempre esaltato in situazioni complesse come questa. Sembrava avessero un elaboratore al posto del cervello. Ogni elemento veniva esaminato e focalizzato dalle loro menti fino all'esasperazione. Per poi integrarlo con gli altri indizi e i dati raccolti sulla scena del crimine. Infine dai risultati degli esami di laboratorio, traevano quelle risposte utili alle indagini. Per loro era come sommare due più due… in questo caso la relazione del medico legale, con la descrizione particolareggiata di ogni elemento esaminato nell'autopsia, e le sue conclusioni finali, erano bastate per arrivare al nome del cadavere sul tavolo dell'obitorio. Tuttavia per l'identificazione del *serial killer* bisognava aspettare la verifica di alcuni riscontri in atto.

Entrambi sapevano che bastava un niente per incolpare un innocente. E questo non faceva parte del loro *DNA* di uomini di legge. Intanto l'odore pungente di sangue e di morte nella stanza, aveva riempito le narici dei due uomini, non abituati a tali ambienti, veramente sgradevoli. Nardelli per primo, cominciò ad accusare un pizzico di nausea, quindi si avviò frettolosamente fuori dalla stanza. Poi dall'uscio salutò il medico legale, con la scusa di dover concludere delle verifiche, al più presto. A lui si unì Corsini. Anche nel suo viso appariva qualche smorfia di disgusto, che cercava di nascondere, ma ormai era al limite. Quella puzza di sangue, mista ad altri odori provenienti da parti di cadaveri delle autopsie, aveva saturato l'ambiente in maniera nauseabonda e insopportabile. Perciò Corsini dopo aver salutato e ringraziato il dottor Bossi, per avergli anticipato verbalmente l'esito della autopsia, si apprestò ad uscire in fretta da quella stanza.

La scusa in parte era vera. Infatti appena uscirono dall'obitorio, l'esperto investigatore non perse altro tempo, telefonò all'università e chiese della professoressa Parisi. Ma la risposta fu la stessa dei giorni precedenti: non avevano notizie, ne ricevuto alcuna sua comunicazione. Come mossa successiva decisero d'incontrarsi la mattina dopo con il Questore, per informarlo dettagliatamente dell'evolversi della situazione. Inoltre si sarebbero messi d'accordo sulla strategia finale. Era necessario produrre il massimo sforzo con un'operazione mirata dei due corpi di Polizia, e stringere il cerchio intorno al *serial killer,* senza insospettirlo. A parte un ragionevole e necessario dubbio, il sospettato numero uno restava il nipote della Parisi. Ogni traccia, ogni indizio emerso nelle ultime indagini collegavano il pluriomicida alla professoressa Parisi e alla tragedia della sua famiglia. Inoltre la scomparsa della donna risaliva al ritrovamento del cadavere lasciato ai piedi del vecchio santuario di Adranos... in ogni caso il DNA avrebbe risolto l'enigma al più presto.

Prima di salutarsi i due amici stabilirono di convocare la dottoressa Caroline Zeller. La criminologa aveva avuto il merito di tracciare esattamente il profilo dell'assassino, e il modus operandi scatenato dalla sua follia mistica. Era necessario invitarla per rinnovarle la loro riconoscenza, e per renderle la giusta soddisfazione professionale. Inoltre, nella riunione con il Questore, avrebbero elaborato come agire tatticamente; e le mosse successive per stanare quel *mostro*.

Quella mattina Caroline Zeller in Borsalino si svegliò con una sensazione di tristezza interiore, che raramente l'assaliva quando un feroce assassino sanguinario stava per essere preso. Nonostante la lunga e complicata indagine, con il pericolo scampato per un soffio, in cui quell'uomo aveva tentato di eliminarla, eppure non riusciva a odiarlo... in mente le venne un fragile fanciullo stravolto dalla perdita dei genitori, quelle persone che gli avevano dato tanto amore e sicurezza nella vita.

Così nella sua fragile mente si era inserito quel subconscio folle, da divenire poi la sua ossessione: il rispetto per sua *maestà l'Etna... il vulcano sacro.* Per lui uccidere e offrire delle vite a colei che gli aveva tolto i genitori, in una delle sue spettacolari eruzioni, significava seguire un percorso di redenzione per l'umanità intera. Nella sua follia il *Vulcano* rappresentava una *divinità ultraterrena,* la cui forza distruttrice si sarebbe manifestata in una devastante potenza di lava e di fuoco. Perciò lui come '*Sacerdote e Adoratore della sua maestosità divina'*, doveva punire quei peccatori impuri, e privi di rispetto: e le vittime dovevano essere sacrificate in suo onore, con *riti propiziatori sacri.* Dallo stravolgimento mentale dell'assassino, la criminologa aveva ricavato il profilo e tracciato l'esatto orientamento delle indagini... le sue innate capacità empatiche, la dote di essere lungimirante, l'osservazione e l'analisi, si traducevano nei grossi risultati professionali. Infatti attraverso un profondo ragionamento psicologico e analitico, di porsi nello stato d'animo o nella situazione di un'altra persona, riusciva ad intuire le motivazioni interne dell'assassino... *e il suo piacere di uccidere.* Nel suo cervello si innescava una sorta di ricostruzione del fatto criminoso, delle caratteristiche comportamentali e della personalità del *serial killer.* Sulla base della comprensione di quei segnali emozionali, Caroline cercò di evitare ogni giudizio affrettato. Tuttavia era sicura che la Parisi rappresentasse l'anello finale del percorso del *serial killer...* come era sicura della sua identità.

Si alzò di scatto dal morbido e caldo lettone. Mentre Frank dormiva rilassato, lei decise di preparare un buon caffè e dopo avrebbe fatto la solita doccia rigenerante.

Appena il caffè fu pronto, decise di fare la dolce mogliettina, svegliandolo con quel profumo meraviglioso accompagnato da un dolcissimo bacio.

La riunione presso la Questura Centrale era stata fissata intorno alle nove e trenta del mattino. Ma già alle nove, il colonnello Nardelli e i coniugi Borsalino, stavano dentro l'ufficio del Commissario capo Corsini.

La posta in gioco era molto alta e ogni indizio sull'evolversi della indagine, doveva essere studiato velocemente. Tuttavia sapevano che sarebbe stato opinabile agire con calma e tanta cautela, per non insospettire il serial killer. Corsini visibilmente eccitato, aspettò solo pochi secondi prima di iniziare... poi estrasse del materiale dal fascicolo sopra la sua scrivania. Come al solito i suoi giovani agenti avevano fatto un lavoro superlativo. Quindi sventolò dei documenti in direzione della criminologa e del responsabile della scientifica. «Cari colleghi!» esclamò in tono pomposo e soddisfatto. «Questi sono articoli di giornali quotidiani locali e nazionali. E tutti riportano in prima pagina *la tragedia sull'Etna avvenuta nel 1991*, dove persero la vita due giovani vulcanologi famosi, moglie e marito. Tutto avvenne durante l'eruzione, quando una enorme quantità di bombe, cioè dei massi giganteschi, vennero sparati dal vulcano appena ebbe inizio l'eruzione. I due esperti vulcanologi furono colpiti entrambi, sorpresi da quel fenomeno fatale per loro. Erano brillanti scienziati, amanti della vulcanologia e dello studio dei fenomeni eruttivi, con una lunga esperienza dei vulcani attivi, in tutto il mondo. Lei era nata a Catania e si chiamava Penelope Parisi, mentre lui francese, era amante della Sicilia e dell'Etna in particolare. Si chiamava Alain Sorel. E si era trasferito a Catania dopo la laurea in geologia e vulcanologia, conseguita a Tolone.

La storia d'amore dei due scienziati inizia durante una escursione sull'Etna, ancora giovanissimi ma uniti da una grande passione: lo studio dei fenomeni vulcanici. E qui arriva il bello...» si soffermò quasi dispiaciuto Corsini. «Dopo il matrimonio lampo, Penelope rimase subito incinta. Naturalmente dopo nove mesi venne alla luce un bel maschietto: Carlo Sorel.»

Caroline che già conosceva la triste storia della famiglia Parisi e della fanciullezza del ragazzo, psicologicamente deviato da quella perdita, si rivolse prontamente ai due colleghi.

«Come sapete.» cominciò andando dritta al punto. «Durante la mia visita avvenuta di recente a Giacomo Parisi, nel bel mezzo del colloquio si è visibilmente commosso al punto di dover interrompere per qualche minuto… per poi riprendere. La sofferenza e il trauma subito dal giovane Carlo era stato in parte, alleviato dall'amore e dall'affetto della zia, la professoressa Parisi. Questa si è dedicata anima e corpo al nipote, fragile nella mente e nel fisico, fino a quando più maturo e con la laurea in geologia, per seguire le orme dei suoi genitori, si era inserito felicemente nella vita sociale. Almeno in un apparente calma piatta del suo *"Io"*, fino allo scatenarsi con la sua follia mistica. Della famiglia Parisi rimangono in vita la nonna e lo zio antiquario. Perciò si deve agire con cautela e astuzia, anticipando i suoi probabili tentativi di eliminare l'anello mancante. Purtroppo, in questo momento di totale follia, la nonna rappresenta l'anello di congiunzione *ultraterrena* della vicenda, colpevole di aver dato alla luce le due sorelle, causa dei mali terreni e spirituali della dinastia.»

«È un ragionamento alquanto angosciante dottoressa Zeller.» intervenne Luca Nardelli. «Ma conoscendo le sue capacità lungimiranti di entrare nella mente dei criminali, sicuramente è un altro elemento importantissimo a nostro favore.»

Anche Corsini che conosceva benissimo il coinvolgimento della professoressa Parisi, con il cui silenzio aveva coperto le malefatte del nipote pluriomicida, s'intromise con fermezza. «Quest'assassino bisogna prenderlo e internarlo al più presto.» disse risoluto. «Per lui, ogni momento è buono per mangiare la foglia. È di una sagacia eccezionale e potrebbe sfuggirci con una mossa imprevedibile. Comunque ormai è nostro. Bisogna solo studiare il momento propizio per evitare altro spargimento di sangue.»

«Bene!» proseguì il colonnello Nardelli, pensieroso. «Siamo d'accordo sull'identità del serial killer ma non conosciamo ancora il suo volto... il suo aspetto. A questo punto è auspicabile conoscerlo attraverso un'immagine fotografica attuale. E l'Università può aiutarci in questo senso. Nel frattempo ritengo opportuno perquisire la stanza della professoressa Parisi. Abbiamo la necessità di recuperare qualche reperto, per estrarre il suo *DNA* e confrontarlo con quello del cadavere.»

«Inoltre tramite l'ufficio amministrativo...» aggiunse Corsini da parte sua «...potremo risalire alla residenza di zia e nipote. Per l'indirizzo della nonna è meglio che se ne occupi la dottoressa Zeller.»

«Sono d'accordo.» intervenne la criminologa. «Appena abbiamo concluso la riunione con il Questore, mi recherò subito nel negozio di Giacomo Parisi.»

In quel momento squillò il telefono interno del Commissario capo. Sollevò la cornetta e ascoltò in silenzio.

«Benissimo signor Questore.» rispose riattaccando subito dopo. Poi si rivolse a Caroline e Nardelli. «Il Capo non ha altri impegni. Si è liberato prima! Perciò possiamo incontrarlo anche subito.» e così fecero.

La riunione si svolse in una atmosfera di serena e approfondita partecipazione di idee e di strategie per completare il capitolo finale delle indagini. Arrivare all'arresto del *serial killer* più sanguinoso nella lunga storia di episodi criminali della Sicilia, era diventato l'ordine del giorno di assoluta e primaria importanza.

Alla fine il Questore, imperturbabile, si dimostrò soddisfatto del piano tattico elaborato dai due esperti uomini responsabili delle indagini, mentre la criminologa attraverso la lettura psicologica del pensiero dell'omicida, aveva suggerito di iniziare l'operazione, solo dopo aver individuato dove si trovasse in quel momento. Per poi seguirlo passo passo senza dargli possibilità di agire: la criminologa temeva di un suo ultimo tentativo di completare il processo di purificazione e ricongiunzione divina.

E proprio dall'analisi e dalle conclusioni psicologiche ricavate dalla criminologa sul *serial killer,* si stabilì come procedere operativamente e agire sul campo. I punti salienti dell'operazione si basavano innanzitutto sulla distribuzione dei compiti. Per questo decisero di ripetere più volte gli incarichi che ognuno di loro avrebbe dovuto eseguire al più presto:

1) Perquisizione all'Università di Archeologia. Esattamente nella stanza della professoressa Parisi, con il repertamento di oggetti da lei usati quotidianamente.

2) Verifica anagrafica e residenziale del Prof. Carlo Sorel, della Parisi e di sua madre.

3) Stabilire delle turnazioni di agenti in borghese intorno all'Università.

4) Mettere degli agenti, appostati in punti strategici, intorno alla casa della nonna.

5) Tutto doveva procedere senza procurare sospetti o allarmismo. Doveva sembrare una normale operazione di Polizia in seguito ad indagini in corso.

57
Catania - “Università di Scienze Geologiche”

Nell’aula regnava un clima di apprensione. Era come se gli studenti presagissero un qualcosa di terribile, per la loro docente più amata. Infatti non avevano più notizie da una settimana. Le lezioni di archeologia erano saltate senza alcuna spiegazione. E senza che nessuno avesse notizie della professoressa Parisi. Così quella mattina l'aula magna era semi deserta. Nonostante l'impegno del giovane docente di *egittologia*, molti ragazzi avevano preferito non assistere alle lezioni. Altri studenti invece inscenarono un coro di proteste rivolte al Presidente del Corso di Laurea, perché per ben due volte erano stati sospesi i tirocini, e attività sul campo. Insomma l'assenza della Prof. Parisi aveva innescato disordine e caos nei programmi.

Gli studenti più rivoltosi chiedevano spiegazioni e il rispetto delle regole del corso. Uno di questi era Mulè, stavolta appoggiato dal suo nemico di sempre. Stavano per precipitarsi nella stanza del Presidente, senza aspettare altre prese in giro di appuntamenti non avvenuti, quando si materializzarono il Commissario capo Corsini e il sovrintendente Lo Presti che loro conoscevano benissimo.

«Che succede? Ragazzi.» domandò stupito l'esperto poliziotto e padre di famiglia. Aveva intuito la rabbia degli studenti in un momento di alta tensione verso i responsabili del Corso di Laurea.

I due promotori principali della protesta, dopo aver salutato, risposero a tono. «Siamo stufi di essere trattati come dei fessacchiotti che non meritano dei chiarimenti. È evidente che l'assenza della nostra docente di Archeologia si configura in qualcosa di strano e misterioso. Noi siamo preoccupati per lei, ed è giusto conoscere la verità. Ci sembra logico! Oh no?»

Corsini rimase in silenzio per un istante. Poi intervenne con calma e fermezza. «Ascoltate ragazzi! Voi avete tutte le ragioni di questo mondo. Ma il metodo è sbagliato. Vi prometto che al più presto sarete informati della situazione. Si, è vero! La scomparsa della Prof. Parisi è un caso molto strano. Comunque le nostre indagini si stanno pian piano evolvendo positivamente. Ma non possiamo dirvi altro. Adesso rientrate in aula buoni… buoni. Intanto noi andremo a fare quattro chiacchiere con il responsabile, il dottor Ferlito.»

Il colloquio con lui si rivelò una fonte di informazioni preziose, che Corsini recepì senza battere ciglio, indifferente. Ma dentro di lui la consapevolezza di aver azzeccato ogni indizio sull'identità del serial killer, era una nota di enorme soddisfazione per tutti. La collaborazione di uomini esperti come Luca Nardelli e della sua squadra, aveva significato lavorare con il meglio degli investigatori del U.A.C.V. (Unità Analisi Crimini Violenti). E questo aveva dato impulso e stimolo anche ai suoi uomini che con grande energia e spirito di sacrificio, si erano inseriti, senza risparmiarsi, in quelle indagini complesse. Poi si ricordò che nel frattempo due tecnici della scientifica stavano perquisendo la stanza della Prof. Parisi in cerca di indizi e recupero di qualche oggetto personale. Si rivolse quindi al sovrintendente Lo Presti invitandolo a seguirlo.

Naturalmente la strada fu breve. In un batter baleno giunsero nella stanza della Parisi dove gli uomini della scientifica stavano catalogando in appositi contenitori i reperti da mandare ai laboratori per estrarre il *DNA* della donna scomparsa. Il Commissario capo con molta discrezione domandò i tempi per avere i risultati. Poi pensò che Luca Nardelli avrebbe fatto fuoco e fiamme per averli al più presto e quindi glieli avrebbe comunicati. «Scusate!» si rivolse ai due tecnici con un tono che sembrava chiedere comprensione. «Ma conoscete l'importanza di queste analisi.»

Appena si salutarono, un altro mosaico del puzzle gli venne comunicato sul cellulare. Si trattava dell'ispettore Consoli, il detective cui Corsini riponeva una fiducia illimitata. A lui affidava i difficili compiti di irruzione e di tatticismo operativo.

«Siamo operativi capo.» disse con un tono sereno. E per operativi gli comunicava che appostamenti strategici e precise disposizioni agli agenti erano state completate.

«Questo mi tranquillizza.» rispose secco Corsini. «Tuttavia ricordiamoci che l'omicida è di una intelligenza sopra la media e che la follia lo trasforma in un essere ancora più diabolico.»

«I nostri ragazzi sono preparati psicologicamente all'operazione.» rispose Consoli. «Oggi mi sono gonfiato di soddisfazione quando li sentivo esaltarsi dell'arresto di Mario Rapisarda. Credevo di essere ritornato indietro nel tempo, capo. Alle nostre prime missioni pericolose così piene di spirito di giustizia e di grande soddisfazione nel momento di mettere le manette ai polsi dei criminali.»

«Okay. Li abbiamo addestrati bene i nostri ragazzi. Però in questo caso, non conosciamo la probabile reazione di questo mostro sanguinario. Come gesto estremo della sua follia potrebbe coglierci di sorpresa. Perciò è necessaria la massima concentrazione e una lucidità mentale ai massimi livelli. Per questo saremo appoggiati dagli uomini di Nardelli che si scambieranno le posizioni con i nostri agenti. Stai in contatto continuo con le postazioni intorno alla villa. La nonna potrebbe essere l'ultimo obiettivo *dell'Adoratore dell'Etna* per completare il percorso sacro. Adesso penso di passare un po' di tempo in famiglia. Non vorrei diventare la vittima preferita di Patrizia per abbandono del tetto coniugale. Ti saluto, ispettore Consoli.» ma prima di andare rifletté a voce alta. «In molti ti descrivono come la mia spalla destra. In realtà sei anche la mia spalla sinistra.»

Corsini percorreva la statale per Zafferana Etnea rilassato. La macchina di servizio che guidava era un vero gioiello di sicurezza. La tenuta di strada era eccellente, così affrontava le curve in salita quasi divertendosi. Ma la sua mente era pervasa dal pensiero di prendere quell'assassino prima possibile. Qualcosa del suo "*Io*" gli diceva di affrettare i tempi, e stringere la morsa attorno a lui definitivamente per renderlo inoffensivo.

Appena arrivò a casa quelle riflessioni furono cancellate dall'accoglienza di Birillo, che gli saltò addosso, facendolo quasi cadere. Con le zampe appoggiate nel suo petto, lo leccava dappertutto, riservandogli un affetto incredibile. Poi cominciò a scodinzolare la coda, ripetutamente, finché Corsini non lo accarezzò amorevolmente sulla testa, e lo tenne stretto stringendolo tra le braccia.

All'improvviso un'esclamazione arrivò dal soggiorno...

«Sei sicuro che questa è casa tua,"scimunito di un poliziotto"!» Ormai era abituato alla affettuosa manfrina della moglie Patrizia. Ma stavolta gli giunsero delle risate e delle voci conosciute. Infatti ebbe una gradita sorpresa. Seduti in salotto, a bere del latte di mandorla macchiato, c'erano Carolina Zeller, Alessio e Frank Borsalino. Si salutarono con gioia, ma a Simone Corsini calò un velo di malinconia quando gli dissero che alla fine del mese, cioè tra meno di dieci giorni, i suoi carissimi amici sarebbero tornati a New York.

«Non possiamo più restare.» disse Caroline. «Warren mi tempesta di telefonate per convincere Frank a rientrare. La Warren Group ha bisogno di lui. I macchinari nuovi, tecnologicamente avanzati, sono stati ordinati e saranno consegnati entro quindici giorni. Perciò per il collaudo, la messa a punto di quelle tecnologie è necessaria la presenza del qui presente... ingegnere Frank Borsalino.» spiegò Caroline, ripetendo per filo e per segno le parole di Warren.

«E va bene.» disse tutto d'un fiato Simone. «Come potrò prendere un meritato riposo, vorrà dire che faremo un bel viaggetto a New York.»

«Evviva!» esclamarono Patrizia e Ella insieme. «Sarà come vivere una favola.» aggiunse la ragazza, correndo ad abbracciare Caroline e facendosi poi accarezzare teneramente.

«E tu verrai con noi, per quanto tempo vorrai.» disse Frank, rivolgendosi ad Alessio. «Sai papà, desidero recuperare almeno qualcosa di quell'amore che abbiamo perso negli anni passati. Anche nonna Rosa ci farà compagnia. Warren è stato categorico: non vi presentate senza aver portato la regina di Nicolosi. Naturalmente quando vi sarete stufati di noi, ritornerete insieme in Sicilia... e niente discussioni perché abbiamo già preso i biglietti dell'aereo.»

«Come vedi abbiamo pensato a tutto.» precisò Caroline. «Cosi la regina di Nicolosi avrà il suo cavalier servente.»

Intanto Patrizia si era stretta al marito, presa dalla commozione: atteggiamento che sorprese piacevolmente Simone Corsini. Poi Caroline e Simone si appartarono. E il Commissario capo con immenso piacere illustrò a Caroline i dettagli della operazione di polizia, già operativa, per incastrare il *serial killer:* con un bel numero di poliziotti e carabinieri impegnati strategicamente.

58
Università di Catania
"Corso di Laurea in Scienze Geologiche."

L'ispettore Consoli dopo aver definito tatticamente il dislocamento degli agenti nella denominata operazione *"Adoratore dell'Etna"*, doveva occuparsi del compito più delicato dell'indagine. Infatti avrebbe dovuto recarsi nella *Sezione Universitaria del Corso di Laurea in Vulcanologia.*

Insieme a lui, gli agenti scelti Cantalupo e Valente, avevano l'incarico di tenersi in una posizione strategica, nel caso di tentativo di fuga o altro. L'agente Elisa Bernini era rimasta in macchina, per evitare che potesse essere riconosciuta dopo la sua recente visita, insieme al sovrintendente Lo Presti.

Naturalmente erano stati microfonati, perché la posta in gioco, per la riuscita della operazione finale, era altissima. Corsini si era raccomandato a mani unite, nonostante conoscesse bene le capacità dell'ispettore Consoli, di evitare qualunque mossa avventata, ma pensando che la pericolosità di quell'assassino, richiedeva una necessaria azione a sorpresa. Comunque restava prioritario non insospettirlo.

Nel momento in cui l'ispettore Consoli e i due agenti scelti avevano varcato il piccolo porticato che conduceva in un delizioso giardino prima dell'ingresso, si udì lo squillo a vibrazione di un cellulare. Prontamente Consoli guardò sul display: era il Commissario capo Corsini.

Il detective prima di rispondere fece qualche passo indietro per evitare ascolti inopportuni. «Si, Capo. Siamo sul posto.» rispose rilassato. La cosa non dispiacque a Corsini. In questa operazione bisognava tenere la tensione sotto controllo, e agire con la massima prudenza. «Okay Consoli, confermo che la posizione deve essere mantenuta senza intervenire né avvicinare il sospetto. Bisogna assolutamente controllare che non lasci l'Università. Abbiamo un asso nella manica, e quindi bisogna agire subito, senza aspettare altro tempo per cercare d'incastrarlo definitivamente.»

«Fammi capire Capo.» replicò Consoli «A questo punto il nostro compito consiste nel verificare la presenza di *Carlo Sorel* dentro l'Università, e poi controllarlo passo passo. E così Simone?»

«Ottimo amico mio.» rispose Corsini «Come al solito hai afferrato il concetto al volo. Tenere d'occhio il nostro sospetto è vitale per l'operazione in corso. In effetti siamo riusciti a risalire alla sua residenza. E pensa al paradosso… abita in una villetta a circa settecento metri, in linea d'aria, dalla dottoressa Zeller, la criminologa. Ebbene, d'accordo con Nardelli, abbiamo deciso per una perquisizione all'interno. Abbiamo il mandato del magistrato Pennisi. Perciò gli uomini della scientifica sono in viaggio verso Trecastagni, supportati da nostri agenti di polizia che si occuperanno a come penetrare nell'abitazione.»

«Però capo, è rischioso entrare in una abitazione senza la presenza del proprietario. Se qualcosa va storto e faccio le corna… o ci siamo sbagliati sul s*erial killer*, i media ci faranno a pezzi. In fondo la sua identificazione si basa sulla tragedia vissuta da ragazzo. Comunque rimango con la convinzione di dare la caccia all'uomo giusto.»

«Sei sempre razionale e preciso.» replicò Corsini «Ma sul mandato il Magistrato si è espresso con motivazioni di estrema gravità causa la pericolosità del personaggio. In parole povere abbiamo carta bianca per entrare, e repertare ogni elemento per accertare la sua colpevolezza.»

«In verità mi brucia ancora il caso Macaluso.» borbottò l'ispettore Consoli. «Venne assolto perché la pistola trovata nella sua abitazione, secondo la sentenza del giudice, fu recuperata con una irruzione in sua assenza. E l'accusato sosteneva che qualcuno l'aveva incastrato, con un arma che aveva sparato e ucciso, ma non c'erano le sue impronte.»

«Brucia anche a me.» rispose con amarezza Simone Corsini. «Avevamo dato l'anima e rischiato la vita per arrestarlo, e poi un giudice molto benevolo annullò i nostri sforzi, i nostri sacrifici, con una sentenza scandalosa. Ma il procuratore si è dichiarato molto contrariato perciò presenterà ricorso in appello. Purtroppo queste esperienze negative abbattono di molto il nostro morale. Comunque questo caso è diverso. Bastano piccoli indizi di supporto alle nostre indagini. Oppure qualche traccia che conduca alla sua terrificante catena di omicidi come '*Adoratore dell'Etna'*.»

«Sicuramente sarà così Simone.» concluse l'amico ispettore. «Ogni mossa è ben studiata nei minimi particolari. Aspettiamo che la ragnatela sia completa, e per il nostro *omicida seriale* non basteranno tutti i diavoli dell'inferno per salvarlo.»

Nel frattempo in un aula dell'Università, un giovane docente del *Corso di Scienze Geologiche* si apprestava a illustrare una interessante lezione teorica in *vulcanologia,* cui sarebbe seguita la lezione pratica alle *pendici dell'Etna*, qualche giorno dopo.

Quel giorno, dalla sua figura distinta ed elegante, si notava subito una evidente stonatura della voce, dai toni nervosi. Inoltre dai suoi occhi emanava una luce strana, quasi volesse fulminare due giovani studenti, che in fondo all'aula si erano scambiati qualche bacio teneramente. A quella visione i soliti pensieri striscianti, si insinuarono nella sua mente, a tessere le loro spaventose trame di morte. Come osavano essere irrispettosi? Mentre lui spiegava con amore devoto, nozioni didattiche sulla *natura vulcanica dell'Etna.* E delle fasi eruttive che scatenava per calmare la sua *"Ira"* accumulata dentro le sue *viscere.*

Poi la trasfigurazione mistica si impossessò di lui e nel suo volto spuntò un ghigno di tale malvagità da impensierire e preoccupare gli studenti. Subito chiesero al loro docente se si sentisse male. Se magari avesse bisogno d'aiuto o altro...

Per tutta risposta l'uomo cominciò a scrivere sulla lavagna come posseduto, e con una sonora risata nervosa si girò improvvisamente. A grandi lettere apparve...

"L'ADORATORE DELL'ETNA È TRA VOI"

Quindi con estrema calma, tra lo sbigottimento generale degli studenti, estrasse dalla borsa poggiata sulla grossa scrivania una scatola piatta, molto particolare, il cui aspetto antico ricordava quelle scatole, che nel diciottesimo secolo, contenevano le pistole dei duellanti. Ma tra la sorpresa generale, dalla scatola prese una specie di fionda. Sicuramente i più informati conoscevano bene la natura di quell'oggetto. Dal clamore della stampa, in cui un *serial killer* che si definiva con questo nome, per compiere i suoi efferati omicidi utilizzava la *frombola,* una specie di fionda usata anticamente: fin dai tempi di *Davide e Golia.*

Nell'aula avvenne un parapiglia furioso tra gli studenti, nel tentativo di scappare, mentre il *serial killer* sicuro di sé, forte della sua trasfigurazione, si apprestava a prendere i proiettili in piombo pesante, a forma di ghiande. Poi come un ossesso e con quel ghigno maligno sul viso, cominciò a roteare la *frombola* sempre più velocemente. I primi ad essere sacrificati dovevano essere i due giovani che impunemente, secondo lui, avevano mancato di rispetto al *Vulcano sacro.*

Per fortuna la fuga istintiva dei due ragazzi fece andare a vuoto il tentativo di ucciderli: il proiettile di piombo mancò il bersaglio e andò a sbattere, frantumandola come un fuscello, la spalliera in legno, nel punto esatto dove erano seduti prima. Il colpo provocò un fracasso indescrivibile per la potenza di tiro. In più le urla degli studenti, riempirono le mura dell'antica costruzione della Facoltà Universitaria.

Il fuggi fuggi dei ragazzi fu contagioso. Dalle altre aule giungeva una marea anomala di giovani studenti presi dal panico, e che si riversavano verso l'uscita. Altri invece pensarono di nascondersi per mettersi al sicuro. Si era sparsa la voce della presenza *dell'adoratore dell'Etna, il serial killer più sanguinario e feroce degli ultimi tempi*... un incubo per i ragazzi.

Intanto il responsabile didattico e tutto il personale amministrativo si erano barricati nelle loro stanze. E naturalmente avevano allertato la Polizia di intervenire subito. Ma ignoravano che vicinissimi a loro, una squadra di bravi poliziotti avrebbero preso in mano la situazione. Infatti l'ispettore Consoli e i due impavidi poliziotti si precipitarono, armi in pugno, verso l'aula indicata loro da alcuni studenti, che si erano allontanati dal pericolo.

L'appuntato Valente, intanto, tramite il microfono nascosto, avvisò la collega rimasta in macchina, fuori dall'Università, di appostarsi velocemente nei pressi dell'uscita, per segnalare un eventuale tentativo di fuga di quel folle assassino. Intervenne l'ispettore Consoli la cui voce agitata trasmise all'agente Elisa Bernini la pericolosità di quell'uomo. «Pronto! Agente Bernini. Tieniti pronta a qualsiasi evenienza. Il *serial killer* è ancora dentro. Potrebbe uscire fuori all'improvviso. E metti la pistola dietro la schiena, pronta per essere usata. Ma facciamo in modo di prenderlo vivo... passo.»

«Ricevuto capo.» confermò l'agente Bernini. «Ritengo la mia posizione ottima: nel caso posso intervenire senza che lui mi veda. Intanto faccio allontanare curiosi e studenti… passo e chiudo.»

Infine l'ispettore Consoli, come un buon padre di famiglia, raccomandò ai due giovani agenti la massima attenzione. Soprattutto di rimanere al coperto. «Esporsi alla sua arma può essere fatale.» precisò attraverso l'auricolare, con un filo di voce, simile a un sussurro.

Nel frattempo era avanzato sin davanti l'ingresso posteriore dell'aula. Quindi con un movimento istantaneo si proiettò dentro, stendendosi per terra con una rotazione del corpo e rimanendo in quella posizione, arma in pugno. Avanzò con cautela strisciando sul pavimento, riparandosi dietro i lunghi banchi dell'aula disposti quasi a semicerchio.

«Niente da segnalare.» comunicò quindi ai due poliziotti. «Davanti ai miei occhi vedo solo un aula deserta… per fortuna nessun ferito. Rimanete sul posto e non muovetevi. Mi rimane di controllare dietro la grossa scrivania. Aspettate un mio ordine senza muovervi… passo e chiudo.»

Mantenendosi ai fianchi laterali dei banchi si apprestò ad avanzare lentamente… *persino una lumaca avrebbe un passo più veloce del mio*, pensò tra sé, e gli sfuggì anche una specie di sorriso. Ma i suoi nervi erano tesi come le corde di un violino, mentre sentiva i battiti del suo cuore pulsare dentro il petto.

L'ispettore Consoli, un siciliano 'ca' scoccia', come era abitudine etichettare le persone native della Sicilia dai tratti somatici inconfondibili, come lui: razza mediterranea, pelle olivastra, capelli nerissimi ed occhi scuro verdi, orgoglioso e tenace. E poi non lasciava dubbi in proposito, perché amava discutere e dialogare con quella marcata gestualità tipica della gente siciliana. Aveva da poco superato i cinquant'anni e si vantava orgogliosamente del suo marchio d'origine. Di statura medio alta, dal fisico asciutto ed atletico frequentava assiduamente la palestra di Polizia per mantenersi in forma, e praticava le arti marziali sin da ragazzo.

Nel suo curriculum professionale risultava essere uno dei detective con più operazioni tattiche e irruzioni. Persino contro la mafia. Purtroppo a causa di una relazione extra coniugale il suo matrimonio era fallito. Non erano venuti figli perciò era rimasto come si definiva lui… single e felice... in realtà una bravissima persona equilibrata e piena di valori umani.

Intanto tre giovani studenti, due uomini e una ragazza, che non avevano fatto a tempo a uscire dalla facoltà, si erano nascosti appoggiati al muro, appena dietro la posizione di Cantalupo e Valente. Con i poliziotti vicini, armi in pugno, i tre giovani studenti si sentivano più sicuri, anche se la ragazza continuava a tremare, come avesse dei brividi di freddo. L'appuntato Valente si accorse di quella reazione incontrollata originata dalla paura. Perciò parlandole sottovoce, quasi sussurrandole, tentò di distrarla con qualche battutina: «Pensa!» le disse «Quando tra poco, tutto sarà finito potrai dire ai tuoi amici che hai fatto parte di un film d'azione, con dei poliziotti che alla fine catturano il criminale.

Come ti chiami?» le chiese, senza distrarsi dal suo compito. Nel frattempo il giovane poliziotto si premeva l'auricolare all'orecchio, per ascoltare un'eventuale comunicazione dell'ispettore.

«Samantha» rispose, con un mezzo sorriso, la ragazza.

«Bene! Samantha. Sono l'appuntato Valente e ti assicuro che non ti faremo correre alcun rischio. Scusami. Ma adesso devo concentrarmi sull'operazione. All'interno abbiamo un nostro detective per dare la caccia a quel criminale e arrestarlo.»

A quel punto uno dei ragazzi intervenne subito. «Agente Valente!» sussurrò con un filo di voce. «Nel momento di uscire, mi sono accorto che quel pazzo si stava nascondendo sotto la scrivania. Perciò avvisa il tuo collega.»

Valente non aspettò oltre… «Ispettore mi sente? Passo.»

«Si, ti sento. Passo.»

«Siamo stati informati che quel pazzo si è nascosto sotto la scrivania. Forse in attesa del momento propizio per darsi alla fuga. Stia attento, capo... passo e chiudo.»

L'ispettore Consoli si trovava a circa sei/sette metri dalla grande scrivania. Allora, pur con la massima cautela, poteva rischiare di affrontarlo. Da quella distanza se preso di sorpresa, non avrebbe potuto adoperare la *frombola.* Era probabile però che avesse con sé qualche altra arma. Quindi avanzò lentamente senza fare rumore. Infatti sarebbe stato pericoloso, per lui, non coglierlo di sorpresa. Sempre strisciando si appostò esattamente nel fianco sinistro della robusta scrivania, di fattura antica.

Seguì un attimo di suspense carico di tensione, perché il *serial killer* si materializzò come un demonio. Uscì da sotto la scrivania e con un balzo si buttò addosso al detective. In mano teneva il pugnale che usava per le cerimonie: il pugnale con il quale aveva ucciso senza alcuna pietà la zia, la professoressa Parisi.

Sembrava una furia, con il viso stravolto da quella follia che lo aveva trasformato nel *serial killer* più sanguinario degli ultimi vent'anni...

Nonostante l'ispettore Consoli si trovasse in una posizione svantaggiata, il primo fendente riuscì a schivarlo. Anche grazie alla sua agilità e alla conoscenza delle arti marziali. Poi si drizzò in piedi e con due tre colpi piazzati bene sulle costole e sul braccio dell'assassino, lo sbilanciò facendolo sbattere contro il muro.

Mentre il pugnale, cadendo per terra cominciò a roteare sul pavimento, suonando una lugubre sinfonia metallica. Ma *Carlo Sorel* in quel momento era un'altra persona. Le sue forze sembravano essere sovrumane. Nel corpo a corpo fu il detective ad avere la peggio, perché lui riuscì a sollevarlo come fosse un peso piuma, e sbattendole in faccia la pesante borsa che teneva in mano, senza abbandonarla mai.

I due poliziotti appostati all'esterno dell'aula appena sentirono quel gran trambusto, senza aspettare ordini, si precipitarono verso la porta d'ingresso armi in pugno, ma vennero investiti da un vero e proprio ciclone umano. Gli studenti nascosti guardarono sbigottiti il loro *docente di Vulcanologia* uscire come un ossesso dalla porta, facendo rotolare per terra i due agenti come fossero dei birilli.

In brevissimo tempo scomparve dalla loro vista. Aveva corso come un atleta centometrista in una finale per la medaglia d'oro. Un istante dopo apparve sulla porta l'ispettore Consoli leggermente intontito per il forte colpo ricevuto. Subito intuì come erano andate le cose. Si precipitò immediatamente verso l'uscita della facoltà seguito dai due giovani agenti, assolutamente incolpevoli del fallimento dell'operazione.

Nel frattempo si preoccupò di allertare l'agente Elisa Bernini a tenersi pronta, pistola in mano. «Devi cercare di fermarlo senza rischiare la tua incolumità personale.» le ordinò deciso. «Uccidilo se serve!!» le disse con un tono di voce rabbiosa.

Tuttavia qualcosa era cambiato nell'itinerario di *Carlo Sorel.* Certamente conosceva l'ambiente in ogni suo angolo. Erano anni che frequentava come docente quella Facoltà Universitaria, facendosi apprezzare da tutti: colleghi e studenti universitari.

L'ispettore e i due agenti giunti all'ingresso, si resero conto come quel folle, avesse preparato un piano di fuga precedentemente. Nella sua lucidità mentale, sapeva che aveva i giorni contati, e che gli investigatori gli stavano con il fiato sul collo. Era solo questione di tempo... e lui lo sapeva perfettamente.

Naturalmente vennero richiesti rinforzi per la perquisizione dentro la Facoltà. Intanto l'ispettore Consoli aveva informato dettagliatamente il Commissario capo del fallimento dell'operazione, e dell'evolversi della situazione in corso. Così, senza perdere un secondo, Corsini cominciò ad impartire le disposizioni più urgenti, per contrastare e impedire l'eventuale fuga del *seria killer:* per prima cosa inviò una volante davanti al negozio dell'antiquario Parisi per proteggerlo dal nipote assassino. Poi si mise in contatto con il colonnello Nardelli per comunicargli lo sviluppo dell'operazione, in parte fallita e divenuta pericolosa. Infatti se da un lato l'assassino seriale era riuscito a dileguarsi prima dell'arresto, con la fuga e il tentativo di uccidere ancora, si era come consegnato ad una confessione spontanea. L'altra notizia buona l'aveva ricevuta dal colonnello della scientifica. «Devo confessarti una cosa.» gli disse Luca Nardelli. «È la prima volta che i nostri laboratori si trovano in difficoltà per eccesso di prove. Quel folle, nella sua confusione mentale, si è dimenticato di eliminare le prove dell'uccisione della Parisi. Abbiamo trovato sangue a sufficienza per estrarre il *DNA* della zia. E poi indizi e tracce da aver dovuto riempire una consistente quantità di contenitori per tradurli in laboratorio.»

«A questo punto bisogna solo trovarlo.» replicò Corsini soddisfatto, mentre salutava l'amico della Scientifica.

Nel frattempo l'aspetto di *Carlo Sorel* era ritornato nella sua normalità: una persona dall'aspetto gentile e simpatico. Ma questo l'aveva reso fragile e pieno di paure. Mentre si allontanava dalla *Facoltà di Scienze Geologiche* aveva già cancellato la gravità delle sue azioni sanguinarie. Aveva cancellato dalla sua mente la scia di morti lasciati lungo il percorso come '*sacerdote dell'Etna'*. Nella sua mente si era creato un connubio tra il bene e il male. Ma lui non riusciva più a distinguerli, già da un bel pezzo. Si sdoppiava dal suo profilo di *serial killer* appena ritornava a vivere tra la gente e con i suoi studenti. Tuttavia gli ultimi avvenimenti avevano lasciato un solco nei suoi pensieri. E una forte scossa, emotiva e dolorosa, proruppe con forza dentro la sua mente. Si ricordò con una fitta al cuore, di avere tolto la vita a colei che l'aveva cresciuto e amato come un figlio. Si ricordò il modo orribile e impietoso con cui l'aveva uccisa.

A quel punto l'influsso maligno della sua follia si insinuò ancora più forte e si riappropriò del controllo della sua mente... in realtà in lui si era aggravato il modo di recepire le sue motivazioni *ultraterrene*. E perciò non era finita. Nella sua confusione tra bene e male, si era convinto che ogni sua azione criminale, ogni omicidio avesse una motivazione divina per la purificazione degli uomini peccaminosi. Quei sacrifici erano necessari per calmare la potenza distruttiva di sua '*Maestà L'Etna'*. Ad un tratto, come se una visione improvvisa l'avesse tolto dalle sue riflessioni mistiche e dal suo delirio diabolico e perverso, nella sua mente malata ritornarono pensieri folli, che come serpenti striscianti si insinuarono, fino a possederlo del tutto. E realizzò che come ultima missione purificatrice, aveva ignorato l'anello principale della ricongiunzione familiare: perciò era obbligato al sacrificio della sua amata nonna. Sarebbe stata la vittima celebrativa, dallo spirito elevato per l'espiazione totale… e poi *l'Adoratore dell'Etna*, se necessario avrebbe concluso la lunga sofferenza della sua esistenza.

Intanto un numero consistente di poliziotti e carabinieri sotto il comando dell'ispettore Consoli, si erano divisi la perquisizione della Facoltà con un metodo a tappeto. A partire dalle stanze superiori di didattica, a ogni angolo della immensa *Biblioteca Scientifica*. Dalla zona Amministrativa... a ogni angolo di cantine e depositi, nella parte inferiore dell'antica e splendida costruzione Universitaria.

Alla fine della minuziosa perquisizione, senza averlo scovato, risultò chiaro che il *serial killer* avesse utilizzato un uscita di sicurezza non sottoposta ai controlli iniziali.

Comunque l'ispettore Consoli anche se abbastanza contrariato dal risultato, non volle lasciare niente al caso, perciò lasciò una macchina davanti a ogni uscita della Facoltà, con due agenti per ogni volante, per darsi il cambio.

59
Questura Centrale (CT)
"Sezione Speciale Anticrimine"

Nell'ufficio del Commissario capo succedeva di tutto, per l'andirivieni di agenti che ricevevano disposizioni precise da comunicare alle pattuglie appostate nei punti strategici. Naturalmente con la fuga del *serial killer* la situazione risultava parecchio compromessa. Infatti, se inizialmente l'operazione si basava sulla sorpresa senza insospettirlo nei suoi movimenti, adesso la concentrazione doveva diventare totale.

I controlli dovevano avvenire senza pausa. E ogni pattuglia avrebbe utilizzato anche sofisticati mezzi tecnologici per l'ascolto di eventuale presenza o rumori dentro le abitazioni sotto controllo. Così erano state piazzate in ogni finestra, dei piccoli microfoni sensibilissimi, simili a delle cimice adesive di ultima tecnologia. Inoltre ogni pattuglia aveva in dotazione un binocolo ad infrarossi per i movimenti sospetti attorno alle case. Evidentemente i due responsabili dell'operazione, Corsini e Nardelli non avevano lasciato nulla al caso. Tutto doveva procedere alla perfezione. Purtroppo come nell'Università, il diabolico assassino aveva previsto ogni mossa prima dei due esperti e navigati uomini di legge.

Appena arrivato a Trecastagni tra mille peripezie e trovate geniali, *Carlo Sorel* mise in atto il primo stratagemma: disturbare la ricezione dei rumori, nel momento del suo tentativo di entrare in casa. Infatti nascosto in un anfratto che conosceva sin da ragazzino, appoggiò la borsa per terra ed estrasse un telecomando: quello dell'allarme di casa sua. Quindi premette il pulsante e attivò il potente allarme che risuonò in tutta l'aria circostante.

Naturalmente gli agenti appostati non molto lontano cominciarono a correre velocemente verso la casa dividendosi i compiti. Due uomini si appostarono ai lati del giardino, mentre gli altri due scavalcarono preparandosi a una eventuale irruzione.

Nel momento in cui i poliziotti avevano abbandonato la posizione iniziale, e quindi il controllo della stradina interna, per la viabilità verso le altre villette, *Carlo Sorel* incominciò a percorrerla... dirigendosi deciso verso la vittima designata. Quel percorso l'aveva studiato e provato più volte. Si era memorizzato i punti dove nascondersi, via via che avanzava verso il suo obiettivo. Un piano veramente perfetto. Tuttavia avrebbe ricevuto una amara sorpresa. Dentro la villetta si erano nascosti due poliziotti, con la complicità della badante al servizio dell'anziana.

Il Commissario capo Corsini era stato categorico nel pretendere di coinvolgere il meno possibile l'anziana donna in questa dolorosa operazione, in cui lei ne sarebbe uscita distrutta. Infatti da questa angosciante e drammatica vicenda, una famiglia perbene sarebbe stata cancellata dal destino avverso. Era bastato un evento luttuoso, la perdita dei genitori, per scatenare nella sua mente fragile, la follia improvvisa e devastante del giovane *Carlo Sorel.* In seguito a questa vicenda e dopo la morte della figlia, la professoressa Parisi, uccisa dal suo amato nipote *Carlo*, l'anziana donna avrebbe vissuto un impatto psicologico tremendo... e chissà se altri episodi drammatici si sarebbero aggiunti a breve. Forse solo l'assistenza dei servizi sociali e di un buon psicologo, avrebbero potuto alleviarle un dolore così grande, e che sicuramente le avrebbe condizionato gli ultimi anni della sua vita. Naturalmente l'anziana donna era preoccupata per l'assenza della figlia. Non la vedeva da parecchi giorni: insieme al dolcissimo nipote *Carlo*, erano i suoi punti di appoggio e di riferimento per andare avanti. Non che l'antiquario fosse un figlio debosciato o la trascurasse. Purtroppo con la famiglia risiedeva sul litorale, esattamente ad Acireale, dove la moglie aveva una avviata e nota farmacia. Comunque era sua consuetudine andarla a trovare un paio di volte a settimana, e spesso insieme ai figli, ormai adulti ma legatissimi alla nonna. E non passava giorno senza che le telefonasse, per sapere della sua salute.

Intanto l'irruzione nella casa dell'assassino si era conclusa con una amara sorpresa. Il sovrintendente Lo Presti responsabile della squadra di agenti operativi sul posto, si rese subito conto del diversivo creato con astuzia dall'assassino seriale per avere via libera nella sua fuga. Corsini avvisato di come il primo appostamento fosse saltato per l'astuzia del *serial killer*, concluse che strategicamente lui puntasse a un solo obiettivo: entrare nella abitazione della nonna.

Perciò si precipitò verso Trecastagni facendosi accompagnare dall'agente scelto Cantalupo. Stavolta lo sollecitò ad andare veloce. E questo stimolò il bravo pilota a mettere in mostra le sua capacità di guida, con una abilità incredibile. La potente auto della polizia, con il lampeggiante blu attaccato sul tettino, divorò l'asfalto e le numerose curve della statale in uno stridio di gomme e correzioni del volante. Anche per le improvvise frenate a causa del traffico molto intenso.

Appena arrivati a circa cinquanta metri dalla villetta. In un punto nascosto prestabilito con il sovrintendente Lo Presti, la macchina si accostò nascosta dagli alberi. Il Commissario capo senza aspettare oltre, scese dall'auto con un potente binocolo in mano a perlustrare tutto intorno alla casa. Mentre l'agente scelto Cantalupo s'incaricò di contattare la squadra di Lo Presti, anch'essa arrivata sul posto.

Intanto l'astuto criminale si era portato nei pressi della villetta della nonna. Aveva preso una stradina privata, tra villette residenziali del posto, che conduceva a uno sbocco laterale tra alberi d'alto fusto, in aperta zona boschiva. E percorrendo per un centinaio di metri questo passaggio naturale, raggiunse la strada in direzione del complesso residenziale. Naturalmente le villette erano state costruite con criteri di sicurezza, per la tranquillità degli abitanti. Per lo più gente benestante che preferiva l'aria pulita della natura incontaminata.

Il complesso residenziale comprendeva una ventina di villette costruite ad una certa distanza l'una dall'altra, per una privacy di vera oasi. Erano protette esternamente da una moderna recinzione in muratura alta tre metri, con enormi cancelli automatici e videocamere collegate con la Polizia di Trecastagni: nel momento in cui uno dei residenti avrebbe attivato l'allarme, l'arrivo della Polizia sarebbe stato immediato.

Il serial killer conosceva alla perfezione la disposizione delle videocamere, e sapeva di un ingresso/uscita di sicurezza, qualora un blackout imprevisto avesse messo fuori uso i cancelli automatici. In quel momento si trovava a circa centocinquanta metri dalla villetta, e a circa ottanta metri delle tre squadre di polizia, appositamente appostate per acciuffarlo. *Ma lui era più furbo e più intelligente*... pensò tra sé. Infatti con quel giro, attorno alle altre abitazioni, si era procurato un netto vantaggio. Stava alle loro spalle senza essere visto. Nonostante i loro potenti binocoli era impossibile vederlo in quella specie di trincea, tra alberi e cespugli. Al contrario lui aveva una visuale perfetta per colpire. Doveva agire d'astuzia, per arrivare non visto nell'ingresso di sicurezza. Poi le chiavi in suo possesso nella borsa avrebbero fatto il resto. Si era già programmato il percorso che conosceva sin da ragazzino.

Nel frattempo giunse al Commissario capo Corsini una comunicazione dai poliziotti appostati dentro l'abitazione dell'anziana nonna dell'assassino.

«Commissario capo! Mi sente? Sono il detective Privitera dei Carabinieri Nucleo Investigativo... passo.»

«La sento! Detective. Forte e chiaro... passo.»

«Bene! Chiamo dall'interno della casa. Abbiamo convinto la badante a tenere lontana l'anziana signora con una scusa. In questo modo abbiamo potuto aprire e perquisire una stanza al piano terra, con uscita posteriore in un piccolo spiazzo, dove si trova parcheggiata una macchina. Ma la sorpresa è stata grande, e dire grande non descrive del tutto la nostra sensazione, quando siamo penetrati nella stanza.»

«Scommetto detective...» lo interruppe Corsini «...che trattasi della stanza segreta di quel mostro, o sbaglio?»

«Esatto Commissario capo.» riprese il detective. «Appena siamo entrati nella stanza ci è apparso un grafico che riempie tutta una parete. Con l'immagine dell'Etna in una delle sue più terribili eruzioni: una immensa quantità di lava che travolge le abitazioni sottostanti, facendole bruciare come dei fiammiferi accesi...»

«Se magari avessimo avuto qualche dubbio.» replicò Corsini «Queste prove ci danno la certezza che è lui il *serial killer*... che è lui *l'Adoratore dell'Etna.*»

«E non è finita.» riprese il detective «Su una panca antica abbiamo rinvenuto il suo abito sacerdotale. Questo è tutto. In attesa di ordini... passo e chiudo.»

Il Commissario capo Corsini dopo quelle notizie sulle prove schiaccianti contro *Carlo Sorel*, alias l'assassino seriale, piuttosto che esultare com'era logico, si sentì stranamente svuotato da pensieri di inutile accanimento. Sicuramente come uomo di legge sentiva una rabbia esplosiva per quell'omicida senza scrupoli. Ma ancora non era finita. Si aspettava il ruggito finale di quell'uomo, un animale ormai braccato e senza prede. Perciò chiese ulteriore attenzione e cautela personale, a tutti i partecipanti dell'operazione denominata "*Adoratore dell'Etna.*"

60

Trecastagni (CT)
Operazione "Adoratore dell'Etna"

E come fosse stato un potente chiaroveggente la furia omicida di quel folle si scatenò contro gli agenti, colpevoli di accanirsi e quindi di essere irrispettosi verso colui che per volere di forze ultraterrene, era divenuto *il Sommo Sacerdote dell'Etna.*

Nascosto in quella trincea, invisibile all'occhio umano, si preparò con calma alla sua vendetta. Dalla borsa prese la scatola con la frombola e l'aprì solo per contare quanti proiettili di piombo avesse a disposizione. Poi ne prese cinque o sei e li adagiò sul ciglio della trincea, per averli a portata di caricamento. Quindi estrasse la frombola dalla scatola e cominciò a caricarla con due ghiande (proiettili di piombo) per ogni lancio. La sua intenzione era procurare più caos possibile, *ma se qualcuno moriva peggio per lui…* pensò, mentre cominciava a roteare la frombola sempre più velocemente.

Come primo obiettivo aveva individuato la postazione di colui che doveva essere il capo indiscusso dell'operazione: l'artefice sacrilego del fallimento finale. Perciò sarebbe stato lui il primo ad essere colpito, anche se la distanza avrebbe reso complicato il tiro: con un'alta difficoltà di precisione assoluta.

In quel momento il Commissario capo Corsini si trovava al telefono con Nardelli, responsabile del Nucleo Investigativo dei Carabinieri. «Abbiamo prove schiaccianti della sua identità come *Adoratore dell'Etna.*» gli disse Corsini. E lo informò della stanza segreta. Purtroppo non fece a tempo a continuare perché un rumore assordante di vetri rotti, di grida di dolore attorno a lui, lo condussero alla triste realtà. Quell'assassino era una forza della natura. Imprevedibile e pericoloso fino all'ultimo. Nonostante un nutrito dispiegamento di uomini concentrati a dargli la caccia, era stato lui ad attaccarli.

Dopo essersi reso conto dell'accaduto. Ancora sorpreso dall'audacia di quell'uomo, colto di sorpresa, rimase accovacciato dietro la macchina colpita. Solo dopo si rese conto della potenza di tiro di quei proiettili di piombo: la carrozzeria dell'auto era stata perforata. Qualche minuto dopo provò la sensazione che qualcosa di umido scendesse dalla sua testa, e pian piano era arrivata sulla faccia. Si toccò in quel punto, e scoprì che si trattava del sangue fuoriuscito da una piccola ferita, a lato della fronte. Un proiettile l'aveva sfiorato. Cinque centimetri più in basso e lui sarebbe morto. La cosa lo infastidì molto...

Cominciò a urlare ordini ai suoi uomini, e simultaneamente si preoccupò dell'agente scelto Cantalupo, che disteso dentro la macchina, si lamentava per le ferite. Subito Corsini aprì lo sportello. Sempre abbassandosi si accertò delle condizioni del poliziotto semi svenuto, accasciato tra i due sedili anteriori.

Per fortuna il proiettile di piombo lo aveva colpito nella parte superiore della spalla destra, senza procurargli ferite mortali. Ma la potenza devastante dell'impatto aveva generato una brutta ferita. Infatti carne e muscoli, tra spalla e collo, erano stati maciullati dal colpo micidiale dell'assassino. Inoltre la violenza delle schegge di vetro sparse in tutto l'interno dell'auto, gli avevano determinato ferite in tutto il corpo. Specie nel viso, tra faccia e orecchio destro. A vederlo sembrava "Gesù Cristo" messo in croce, per il sangue che grondava dalle numerose ferite. In un primo momento il Commissario capo Corsini era rimasto esterrefatto nel vedere uno dei suoi giovani agenti ridotto in quello stato. Poi si rese conto sollevandolo da quella scomoda posizione, in cui stava sdraiato, che in realtà le ferite erano meno gravi dell'apparenza. Allora prese dei fazzoletti dal cruscotto e con delicatezza, quasi paterna, cominciò a pulirgli il viso dal sangue che lo rendeva quasi irriconoscibile. «Cantalupo! Mi senti?» gli urlò Corsini. «Sta per arrivare l'ambulanza. E poi con le cure ritornerai come prima... anzi più in forma di prima.» Inaspettatamente il giovane agente aprì gli occhi e rispose: «Capo sono ridotto così male, per parlarmi così? Purtroppo sopra la spalla sento un dolore tremendo, delle fitte che mi tolgono il fiato. Ma alla fine poteva andare peggio. Non è cosi?» e si sforzò di concludere il discorso con un sorriso... anche se amaro.

«Ascoltami ragazzo mio!» lo tranquillizzò Corsini «È solo una ferita molto complicata ma semplice da mettere a posto. La *Sezione Speciale Anticrimine* ha bisogno di te al più presto.»

Nel frattempo era arrivata l'ambulanza il cui medico appena sceso, prestò le prime cure al ferito. Subito dopo due infermieri lo caricarono sulla barella. Poi velocemente come era venuta, l'ambulanza partì a sirene spiegate. Corsini dopo aver seguito il giovane agente fino all'ultimo istante, prima che venisse portato via, esplose tutta la sua rabbia accumulata gridando a perdifiato, via radio, la massima attenzione e cautela. Quindi si raccomandò di seguire il codice tattico stabilito precedentemente. Intanto erano giunti altri rumori di vetri rotti e voci allarmate, dagli agenti appostati nel lato opposto. Altri proiettili devastanti crearono il caos tra i poliziotti, presi di sorpresa.

Nel frattempo *Carlo Sorel,* autore dei delitti, il cui modus operandi era divenuto il caso investigativo più complicato degli ultimi anni, si era spostato dalla buca per nascondersi dietro il fusto di una grossa palma. Poi come uno scoiattolo, iniziò a correre a zig zag tra i folti cespugli lungo la strada. In breve giunse davanti al cancello di emergenza. Prese le chiavi nella borsa e lo aprì, senza fare il minimo rumore. Poi lo accostò senza richiuderlo e tenendosi fuori dall'occhio di ripresa video delle telecamere… avanzò simile a un soldato addestrato nelle tattiche militari. Ogni gesto, ogni passo lo eseguiva con la massima destrezza e cautela. Era determinato a portare a termine la sua missione come '*Sacerdote dell'Etna'.*

Delle forze soprannaturali lo avevano trasformato, reso diabolico e privo di sentimenti umani. In un percorso dove le vittime con il loro sacrificio avrebbero purificato il territorio e l'umanità intera... solo così il mondo sarebbe stato salvato dal grosso rischio di guerre sanguinarie e apocalittiche. Nella sua anima c'era qualcosa di buono. In fondo la sua follia mistica s'insediava con pensieri che per lui erano positivi e fondamentali per l'umanità. Ma quale giudice terreno o divino, avrebbe potuto condividere la mattanza di giovani vite, sacrificate lungo quel cammino che lui definiva divino. In realtà *Carlo Sorel* nei momenti di lucidità, quando la sua mente rientrava dentro i confini reali della normalità, appena restava solo nella stanza segreta di preghiera, spendeva fiumi di lacrime e di pentimento per quelle vittime innocenti. Ma bastava che alzasse lo sguardo verso sua *Maestà l'Etna,* ed ecco che la trasfigurazione mistica riprendeva possesso delle sue facoltà mentali per dare sfogo alla sua follia come '*Adoratore dell'Etna'.*

Mentre si avvicinava alla villetta, pensava quanto gli costasse il sacrificio che stava per compiere. La vittima designata era la sua amata nonna, per giunta disabile. Tuttavia per il bene dell'umanità, il percorso nella divina interpretazione di quella volontà soprannaturale, andava completato. Quindi concluse il suo pensiero con una smorfia satanica: l'avrebbe uccisa senza farla soffrire e senza che si accorgesse di nulla. E poi una volta morta, lui come '*Sommo Sacerdote',* avrebbe eseguito il sacrificio propiziatorio e il rito celebrativo per la purificazione eterna. Nella sua mente fluttuavano ogni genere di pensieri strampalati e privi di significato. Era combattuto tra il togliere la vita alla vittima designata oppure lasciarla vivere per testimoniare, in futuro, dell'importanza del suo cammino sacro. Il conflitto tra bene e male, tra ragione e follia dominavano il suo fragile cervello di uomo malato, ormai privo di quella razionalità necessaria per resistere a quella pazzia e al *"piacere di uccidere"*. Tutto si svolse in un lampo… appena entrato in casa si accorse che la porta della sua stanza segreta era stata forzata. Ebbe uno scatto d'ira furibonda ma riuscì a contenersi.

Silenziosamente si nascose nella stanzetta vicina, dove più di una volta, era rimasta a dormire la badante, per necessità. Si nascose dietro la porta, appena socchiusa per vedere e controllare eventuali presenze di poliziotti. Infatti poco dopo sentì delle voci. E un poliziotto si materializzò, passeggiando avanti e indietro, mentre parlava al telefono. «Bene capo.» disse alla fine «Ci terremo allertati e con la tensione ai massimi livelli. In ogni caso, non ci faremo prendere di sorpresa. Conosciamo la sua pericolosità. Così ci siamo organizzati senza lasciare nulla al caso. L'anziana l'abbiamo portata al piano superiore insieme alla badante.»

Il poliziotto ascoltò con la massima attenzione quanto suggerito dall'ispettore Consoli, perciò rimase in silenzio per qualche minuto, mentre ripeteva un 'Si' affermativo, di tanto in tanto. Alla fine confermò di aver capito le disposizioni tattiche, concludendo il dialogo con un... «*Forte* e *Chiaro* capo.» e chiuse la comunicazione. Di seguito il poliziotto, dopo aver ben recepito gli ordini operativi, andò dal collega appostato nei pressi della stanza dove le due donne si erano chiuse, per illustrargli il piano e il codice tattico d'intervento.

In quel preciso istante *Carlo Sorel* uscì dal nascondiglio, e si introdusse nella stanza della cerimonia e della preghiera verso l'immagine di sua '*Maestà l'Etna*'. Ogni sua iniziativa era studiata e ponderata. Si muoveva con i tempi giusti, sicuro del piano da mettere in atto. A passo deciso si accostò alla splendida cassapanca antica, sotto l'immagine del 'D*ivino Vulcano*'. Aprì un cassetto segreto da dove estrasse un secondo pugnale rituale, la cui lama perfettamente bilanciata gli avrebbe dato il vantaggio di lanciarla verso il nemico con precisione mortale. Poi recuperò altri proiettili di piombo e la felpa che aveva indossato durante le uccisioni nel territorio sacro, alle pendici dell'Etna.

Prima di uscire dalla stanza si accasciò, in ginocchio, davanti a quella immagine, simbolo della potenza devastatrice della natura, verso una società ignorante e piena di peccatori. Cominciò a borbottare parole di preghiera senza senso, ma che per lui avevano un profondo significato di interpretazione mistica e religiosa.

Fece tutto in fretta perché era consapevole del pericolo che correva se l'avessero visto. Si affacciò quindi con circospezione dalla porta. In quel momento, infatti, sentiva la voce del poliziotto vicino alle scale. *Sicuramente è in procinto di scendere*, pensò tra sé… e corse verso il nascondiglio di prima.

Subito dopo il poliziotto iniziò a scendere le scale lentamente, perché nel frattempo ascoltava attentamente una voce imperiosa, che in quell'assoluto silenzio filtrava dal cellulare. «Benissimo capo.» rispose alla fine «Abbiamo sbarrato serrande e finestre ermeticamente. Il nostro uomo sarà costretto a entrare dalla porta principale. E noi siamo appostati per riceverlo con tutti gli onori.»

«Non sottovalutatelo.» li esortò l'ispettore Consoli all'altro capo del telefono. «È riuscito a sfuggirci, a scappare con uno stratagemma demoniaco… attaccandoci con la sua arma micidiale. Per fortuna, alcuni agenti colpiti hanno riportato solo ferite non gravi. Perciò occhio ragazzi! Passo e chiudo.»

A quel punto il poliziotto chiuse la porta della stanza della cerimonia. Tutto doveva apparire normale e tranquillo. Purtroppo per lui il *serial killer* era vicinissimo e quindi avrebbe colpito nel momento propizio.

61
Catania – " Questura Centrale"

La Sezione Speciale Anticrimine era presa d'assalto da telefonate di giornalisti, le cui testate pretendevano notizie certe sulla identità del *serial killer*. Quanto avvenuto dentro l'Università del *Corso di Scienze Geologiche* aveva sollevato un vero e proprio vespaio nei media. Anche le famiglie degli studenti coinvolti nel brutto episodio, in cui i figli avrebbero potuto rimetterci la vita, costituirono dei gruppi in rappresentanza del corpo studentesco, cui aderirono la maggior parte dei docenti.

Era incredibile che un assassino di quella portata frequentasse l'Università, senza che qualcuno di loro, si accorgesse di comportamenti strani o di altro. Al contrario, quel giovane docente era apprezzato per l'educazione, il rispetto e la cordialità verso tutti. Perciò chiedevano chiarezza e le necessarie spiegazioni di prammatica. Il portavoce della Questura si prese l'incarico di informare adeguatamente sia la stampa che i rappresentanti del corpo studentesco dell'Università. I giornalisti si muovevano come schegge impazzite, in cerca di notizie fresche da gettare in pasto ai loro lettori. D'altra parte la sorpresa era stata grande: una persona come *Carlo Sorel,* dalla vita irreprensibile, dall'aspetto mite e dispensatore di gesti umani e solidali verso ragazzi disagiati socialmente. Neppure il mago più famoso sulla terra, avrebbe tirato fuori dal suo cilindro il nome di quel giovane scienziato... eccellente vulcanologo.

Bastò pochissimo tempo affinché i media si organizzassero per diffondere una notizia così sorprendente e importante. Elogiarono persino gli investigatori che con grande spirito di sacrificio e impegno professionale erano riusciti a risolvere un caso tra i più incredibili degli ultimi anni... e vai con le lodi alla Polizia di Stato e al Nucleo Investigativo dei Carabinieri.

In quel momento la dottoressa Caroline Zeller in Borsalino, si trovava a pranzo da nonna Rosa, nella villetta di Nicolosi. L'anziana donna diventava triste e di pessimo umore, ogni qual volta restava da sola. E contava i giorni che mancavano, per andare insieme a loro a New York. Ma intanto diceva ai due giovani nipoti, affettuosamente, quanto desiderasse vederli più spesso. E furbescamente aveva pensato di invitarli a pranzo o a cena tutti i giorni...

Caroline era stata informata dal Commissario capo degli ultimi sviluppi del caso "*Adoratore dell'Etna*". Come lei aveva intuito dal colloquio con l'antiquario Parisi, *il serial killer* era il nipote *Carlo Sorel.* E con il colpo di scena di essersi tradito da solo, durante una lezione all'Università, avevano raggiunto la certezza inconfutabile della sua identità. Mai avrebbero potuto immaginare, che una persona per bene dai sani principi e dal comportamento irreprensibile, come il vulcanologo e professore *Carlo Sorel,* potesse essere il mostro tanto odiato e temuto. Quel mostro che per alcuni mesi aveva mietuto vittime innocenti nel territorio del *parco dell'Etna,* alle pendici del vulcano.

La criminologa, esperta professionista, conosceva la baraonda mediatica che avrebbero innescato stampa e televisioni, in casi come questo. Infatti seguiva con interesse e con la massima attenzione il fiume di servizi flash, lanciati dalle televisioni locali. Solamente una emittente televisiva regionale si era già organizzata per un talk show in diretta, anticipando le televisioni concorrenti. Erano presenti importanti personaggi dello spettacolo e della politica regionale. Ma il fiore all'occhiello del talk show si rivelarono i pareri professionali di una psicologa e un criminologo forense. Le loro dettagliate spiegazioni sulla follia del serial killer, della sua trasformazione in un assassino sanguinario... in nome di una visione profetica come sacerdote "*Adoratore dell'Etna*", si rivelò un ottimo richiamo per i telespettatori.

Durante la trasmissione gli ospiti si intrattennero a lungo sull'argomento della collaborazione alle indagini della criminologa, dottoressa Caroline Zeller.

«È risultata determinante la sua esperienza professionale.» precisò il criminologo ospite del programma, interpellato dal conduttore. «Innanzitutto nel tracciare esattamente il profilo del serial killer e indirizzando così le indagini della Polizia nella direzione giusta.»

«Certamente all'emerita criminologa newyorchese rivolgiamo i nostri più sentiti ringraziamenti e della cittadinanza tutta.» aggiunse il conduttore guardando in direzione della telecamera. «Vi ricordo, gentili telespettatori come la dottoressa Zeller, nonostante fosse in vacanza in Sicilia per la prima volta, abbia accettato la richiesta di collaborazione da parte del dottor Corsini, Commissario capo dell'Unità Speciale Crimini Violenti, sacrificando parte delle sue romantiche vacanze. Inizialmente la criminologa aveva rifiutato, per motivi facili da capire: essere in vacanza e la preoccupazione del marito, assolutamente contrario. Ma poi il susseguirsi di altre vittime innocenti, hanno spinto la famosa professionista a dare il suo aiuto prezioso, collaborando con la Polizia di Stato di Catania. Ma a questo punto, mi sento in dovere di ringraziare anche il consorte, per avere capito la gravità di un indagine così complicata, priva di indizi e senza testimoni. Con un unico e solo particolare: l'uso di un'arma antica simile alla fionda, con la quale l'omicida seriale ha ucciso le vittime predestinate dalla sua follia propiziatoria. Grazie anche a lei... ingegnere Frank Borsalino. E mi permetta di aggiungere con un pizzico di orgoglio per la nostra terra… che il suo sangue siciliano non mente.»

Infine il giornalista, conduttore del talk show, si rivolse ai suoi ospiti ringraziandoli di avere accettato l'invito. Salutò quindi vivamente i telespettatori con la promessa di ulteriori aggiornamenti.

Caroline Zeller aveva ascoltato con attenzione gli ospiti del talk show. Indubbiamente si sentiva piuttosto lusingata dalle belle parole spese nei riguardi della sua professione di criminologa, ma soprattutto dai ringraziamenti espressi dal giornalista in diretta televisiva.

Purtroppo in cuor suo regnava una strana sensazione di sconfitta morale, verso quella società che in genere non riesce a comprendere, come quella serie di feroci delitti, siano state generate da una mente malata, contro cui la natura si è drammaticamente accanita. E questa riflessione di carattere psicologico, per lei, non voleva significare "capire o perdonare" *un serial killer* pieno di odio, ma solo indagare nel profondo di un uomo, i cui sentimenti d'amore erano stati trasformati, all'improvviso, in qualcosa di terribile e demoniaco. Ma se si considera il dramma e il dolore in cui precipitano famiglie intere, genitori e parenti delle vittime, il giudizio umano e divino è solo uno: un assassino non merita alcuna comprensione, neppure psicologica.

Tantissime volte nella sua carriera, alla soluzione del caso in cui un brutale omicida veniva sbattuto in galera, la criminologa subiva queste riflessioni di grande conflitto interiore, causate dalle sue capacità empatiche di capire la mente umana. Immersa in queste divagazioni del subconscio, all'improvviso la voce di nonna Rosa, la riportò alla quotidianità.

«Carolina!» strillò l'anziana donna *« "Ti staiu chiamannu da mpezzu*! Che c'è *picciridda? Ti viru pinsirusa e pigghiata di collera. Ma già 'u sapevi cu' era stu fitenti. Vieni 'cu mia na' cucina. Ti 'fazzu assaggiari nautra' prelibatezza siciliana.* Me l'ha chiesta 'Frankuzzo'. Si è ricordato *'ca sa mangiava da picciriddu'.* Sai Angelina era brava a cucinare.»

«Scusami nonna.» rispose Caroline sorridendo. Ormai intuiva il significato delle parole di nonna Rosa. Anzi certe espressioni di quella lingua la rendevano oltremodo allegra... «Ti seguo nel tuo regno volentieri.» aggiunse felice di farsi coccolare.

Intanto il Commissario capo Corsini appariva imbufalito. *Carlo Sorel* aveva giocato le sue carte cogliendoli di sorpresa, riuscendo anche a guadagnare una via di fuga.

Nonostante il piano tattico prevedesse il controllo minuzioso di quel territorio, con appostamenti e blocchi nei punti cardini del circondario. Lui si era preso gioco di loro, con una mossa elementare: attaccare per primo. Comunque adesso l'accerchiamento era completo. Non sapevano di preciso dove si nascondesse, ma era stata preclusa ogni via d'accesso al suo obiettivo finale, cioè alla residenza dell'anziana nonna... capostipite dei Parisi.

Il pensiero di Corsini era rivolto all'agente scelto Cantalupo. Dalle ultime notizie non trapelava niente di buono. Le condizioni generali erano buone, ma la ferita alla spalla destra si presentava complicata per il suo futuro da poliziotto. Il proiettile di piombo aveva letteralmente devastato l'osso e maciullato i fasci dei muscoli intorno alla spalla. E il medico era stato chiaro: l'intervento si prevedeva di una gravità assoluta. Era necessario ricostruire la spalla con una placca, e la fascia muscolare con interventi graduali di sutura.

In questo momento si sentiva ancora più teso. Nella sua lunga carriera di poliziotto, tra conflitti a fuoco con criminali e mafiosi della peggiore specie, dove purtroppo c'era scappato anche il morto, mai si era sentito così prosciugato emotivamente. Adesso persino il Questore lo aveva convocato urgentemente, insieme al suo amico, il colonnello Luca Nardelli. La causale della riunione era studiare in tutta calma un nuovo piano tattico per la caccia definitiva al serial killer. In realtà il vero motivo per cui il Questore voleva quella riunione era evidente: cercava di mettere in evidenza la sua fattiva collaborazione alla chiusura del caso. Inutili erano state le proteste di Corsini, facendogli presente che la strategia messa in campo, a breve avrebbe portato all'arresto di quel mostro assassino. Un folle che sebbene si sentisse braccato e senza possibilità di fuga, continuava con ostinazione nella sua missione di morte.

Percorse la statale per Catania a velocità folle, mentre pensava a Cantalupo con un sorriso amaro. L'aveva richiamato più volte per la sua guida spericolata, e adesso lui correva come fosse in un circuito di formula uno. In poco tempo arrivò davanti al Questore che dall'aspetto sembrava avesse vinto alla lotteria. Certamente gasato dai risultati investigativi ottenuti. Corsini fece appena in tempo a salutare il suo amico colonnello, perché all'istante il Questore arrivò al dunque, senza preamboli.

«Signori... dottor Corsini... colonnello Nardelli. Innanzitutto desidero porgervi i complimenti per il grande successo ottenuto dai vostri corpi di Polizia. Abilmente guidati da veri uomini di legge, quali siete. Finalmente abbiamo il nome di questo assassino seriale. Un assassino, la cui identità, era inimmaginabile potesse essere legata a quel nome. A un uomo per bene e rispettabile, che gli studenti adoravano. Mentre i colleghi docenti lo apprezzavano per la serietà e per l'educazione. All'improvviso quest'uomo si è trasformato in un essere demoniaco, mietendo vittime. Chi poteva pensare a una tale trasfigurazione? Come il dottor *Jekyll e Mr Hyde*. Comunque tutto è bene quel che finisce bene.» concluse raggiante.

«Però ancora è latitante.» sbottò rabbioso Corsini. «Continua a essere un osso duro. Ogni sua mossa è stata programmata in anticipo.»

«È vero.» intervenne Nardelli. «Nonostante la cautela dei nostri uomini per coglierlo di sorpresa, lui si era già preparato la via di fuga. Forse con il ritrovamento del cadavere della zia, la professoressa Parisi, si è reso conto che per gli investigatori la sua identità era ormai questione di tempo per essere svelata.»

«Perciò si è preparato un piano.» replicò accigliato il Questore. «E fino alla cattura ci darà del filo da torcere. Almeno, auguriamoci, senza altro spargimento di sangue.»

«E se mandassimo due droni a sorvolare il territorio?» propose con un tono persuasivo Nardelli. «Che ne pensate?» aggiunse rivolto soprattutto al Questore; anche perché con Corsini si erano sentiti precedentemente al telefono.

«Ottima idea.» esclamò il Questore. «Con l'aiuto dei droni potremo controllare i suoi spostamenti. Magari con un po' di fortuna individuiamo il nascondiglio, per poi braccarlo, senza dargli la possibilità di attuare il suo piano diabolico.»

«Mi scusi signor Questore.» intervenne Corsini. «Volevo informarla che per alcune ore lascio l'incarico delle operazioni solo al colonnello Nardelli.»

«Come mai? Che succede dottor Corsini?» rispose con aria perplessa il Questore.

«Nel corso dell'attacco a sorpresa e nella confusione degli ultimi sviluppi operativi, dove tra l'altro quel mostro si è dimostrato più forte psicologicamente di quanto potessimo immaginare, purtroppo, uno dei miei uomini è rimasto gravemente ferito.»

«Per la miseria Corsini! Non ero assolutamente a conoscenza del ferimento di un agente. Di chi si tratta? Conosco bene quanto è attaccato ai suoi giovani poliziotti. E poi conosco la sua squadra. Per tutte le volte che hanno ricevuto un encomio per i risultati operativi, in azioni contro la criminalità.»

«Si tratta dell'agente scelto Cantalupo.» lo informò visibilmente dispiaciuto Corsini. «Purtroppo per il ragazzo, il colpo gli ha frantumato l'osso della spalla e danneggiato i muscoli attorno. Non è in pericolo di vita, ma dovrà essere sottoposto a un lungo intervento di microchirurgia… e i tempi saranno molto lunghi.»

«L'importante è che l'intervento riesca bene.» concluse tristemente il Questore. «Lo informi che appena posso andrò a trovarlo, con molto piacere.»

«Di sicuro la sua visita lo rincuorerà parecchio.» rispose Corsini con un sorriso amaro. «Comunque voglio accertarmi personalmente della situazione. E sentire dai bravi medici del Nuovo Garibaldi di Catania le ultime notizie sulle sue condizioni.»

62
Trecastagni (CT)
Operazione "Adoratore dell'Etna"

Il Commissario capo Corsini dopo essersi accertato delle condizioni di Cantalupo, ritornò sul campo delle operazioni. Il giovane poliziotto l'aveva rassicurato di essere consapevole della situazione. E seppure richiedesse una guarigione lunga si sentiva fortunato. Se l'avesse preso in testa non si sarebbe trovato in quell'ospedale... bensì all'obitorio... in attesa di diventare fantasma. La battuta di spirito fu talmente simpatica da indurli a ridere a crepapelle, come a suggellare lo scampato pericolo.

Appena arrivato a Trecastagni notò come Nardelli avesse provveduto alle nuove strategie stabilite con il Questore. Furono rafforzate con più uomini tutti gli accessi verso il residence, con appostamenti mirati, quasi in assetto di guerra. In quell'istante un potente camioncino cingolato faceva manovra per collocarsi nella posizione migliore: nel caso di fuga attraverso i campi o terreno scosceso. Inoltre erano stati piazzati in vari punti dei grossi fari alogeni che avrebbero illuminato il posto come fosse giorno.

Altre macchine e uomini dei carabinieri erano in procinto di intervenire in qualunque momento. Vicino ad una di queste auto, il Colonnello Nardelli continuava ad impartire ordini e raccomandazioni di assoluta attenzione. Corsini gli andò incontro soddisfatto e sorridente per quanto aveva visto. «Sapevo che potevo contare sul comandante più efficiente di tutti i corpi dell'Arma dei Carabinieri.» esclamò stringendogli la mano.

«Come sta il tuo giovane agente.» domandò Nardelli, con una smorfia amara sul viso.

«Direi abbastanza bene.» rispose Corsini «Soprattutto se consideriamo il fattore psicologico molto buono. D'altronde è consapevole di quello che dovrà affrontare.»

«Importante è la possibilità che ritorni fisicamente efficiente.» sottolineò Nardelli. «Quel ragazzo ama il suo lavoro e la lotta contro la criminalità.»

«Bene amico mio.» riprese Corsini, cambiando argomento. «Abbiamo la giusta quantità di uomini schierati nei punti chiave. A proposito, i droni?»

«Abbiamo pensato con il capitano Caponnetto di utilizzarli tra l'imbrunire e l'inizio del buio. Quindi con la forte luce dei fari avremo una ottima visuale: con i droni non visibili.

Intanto dentro la casa ottimamente circondata e controllata si muoveva con molta disinvoltura *Carlo Sorel, il 'Sacerdote dell'Etna'* nonché il *serial killer* ricercato.

Con la sua genialità aveva studiato tutte le mosse per eludere la ferrea sorveglianza intorno all'abitazione. Tant'è era riuscito a penetrare passando dal cancello di emergenza, dietro il residence. Quasi nascosto da una fitta vegetazione che lui aveva curato con pazienza, e fatta crescere, per entrare o uscire senza essere visto. Infatti tutto era andato secondo i suoi piani. In quel momento, fuori dal residence regnava una tensione palpabile con i continui controlli anche dei luoghi poco visibili. E nonostante l'impiego dei droni sorvegliasse una vasta area intorno, persino nella zona boschiva confinante con il residence, dove la potente luce dei fari riusciva a penetrare, i risultati erano stati deludenti: nessun movimento sospetto.

Il Commissario capo Corsini non stava nella pelle. In cuor suo voleva chiudere al più presto il caso. Solo dentro un manicomio di massima sicurezza quel folle omicida sarebbe divenuto innocuo… era il suo pensiero. Di scatto afferrò il telefono e chiamò Nardelli impegnato nell'altra postazione di comando… opposto al suo.

«Pronto! Nardelli. Sono Simone Corsini. Mi senti?»

«Forte e chiaro.» rispose la voce inconfondibile del colonnello dei Carabinieri.

«Ti chiamo perché qualcosa non mi quadra.» continuò Corsini con un tono incazzato.

«La mia impressione è che quel pazzo criminale abbia escogitato un piano perfetto e ci abbia giocato. Probabilmente è dentro la casa della nonna.»

«Sono d'accordo Simone. La preoccupazione è sicuramente fondata. Tuttavia il dubbio può essere sciolto, chiamando i due detective appostati dentro. Dalle loro risposte capiremo se tutto fila liscio. Anzi mi metto in contatto con loro immediatamente.» concluse Nardelli. «Ti faccio sapere...»

Il famoso intuito del Commissario capo, ancora una volta aveva visto giusto. In quel momento le vite di due poliziotti erano nelle mani di un brutale omicida, la cui follia non lasciava scampo. Come *'Sacerdote dell'Etna'* doveva offrire l'ultimo sacrificio a sua '*Maestà*' o tutto era stato inutile. E per ottenere questo, ogni segno di pietà spariva dal suo cuore freddo, posseduto da influssi perversi e maligni.

Intanto il telefono dell'agente speciale, al piano terra, cominciò a vibrare. E in quel silenzio di pace fittizia, il rimbombo di quel suono, sembrava come se qualcuno stesse utilizzando un aspirapolvere per le pulizie domestiche.

Il detective rispose con una velocità tale che il telefono stentò a prendere la linea. Ma dall'altro capo del telefono, arrivò la voce di Nardelli. «Pronto! Detective. Mi senti adesso?»

«Forte e chiaro.» rispose l'agente speciale, che Nardelli conosceva benissimo. Era stato proprio Nardelli a proporlo per quella delicata operazione. Il suo fascicolo alla Sezione Speciale dei Carabinieri, in missioni come questa, era pieno di incarichi pericolosi. Come agente infiltrato, il suo curriculum era stracolmo di operazioni portate a termine con successo. Perciò Nardelli riponeva molta fiducia nei due agenti speciali, che da tempo erano come *Starsky e Hutch*: i due bravi poliziotti della famosa serie televisiva.

«Ascoltami detective Mannino. All'esterno abbiamo perso le tracce di *Carlo Sorel.* Dunque massima allerta, e controlli ripetuti a porte e finestre. Quest'uomo conosce ogni angolo della casa, per cui potrebbe materializzarsi come un fantasma, all'improvviso, cogliendovi di sorpresa. E' più pericoloso di tutti i mafiosi cui abbiamo dato la caccia. La genialità è il suo punto di forza. Detto questo, in bocca al lupo… detective.»

Anche il colonnello Nardelli aveva uno strano presentimento, e questo lo rendeva più teso del solito. La sua mente rimuginava varie soluzioni possibili, sulle mosse del serial killer. Alla fine concluse che il fuggitivo, probabilmente, avesse raggiunto uno dei suoi nascondigli ben attrezzato, per resistere qualche giorno. Figlio di un piano ben preciso: restare nascosto fino al momento in cui le maglie della polizia non si fossero allentate. Era una semplice supposizione. In quel momento non poteva assolutamente immaginare, quanto quel folle omicida, fosse vicino ai due agenti speciali. Infatti *Carlo Sorel* si era già introdotto in casa, senza utilizzare quel nascondiglio simile a un bunker, in mezzo alla vegetazione boschiva.

Per lui, tutto si era rivelato più semplice del previsto. Aveva giocato una grossa carta, che gli investigatori e le tante pattuglie di polizia e carabinieri appostate, non erano in grado di immaginare. La sua strategia vincente era stata la conoscenza di quei luoghi, dove era vissuto sin da ragazzino, fino alla laurea in Vulcanologia. E inoltre l'innata capacità di addentrarsi in terreni accidentati, e prepararsi una via di fuga sicura e invisibile, anche agli occhi dei droni.

Il silenzio dentro la villetta era assoluto. Nonna Parisi schiacciava un breve pisolino mentre la badante… quasi per uno scherzo del destino… era impegnata a stirare le camicie del signorino *Carlo.*

Di tanto in tanto si sentiva il leggerissimo strusciare, provocato dalle suole in gomma delle scarpe degli agenti speciali, che si muovevano continuamente per i controlli.

Carlo Sorel, nascosto nella stanzetta adiacente alla stanza delle cerimonie, a sua volta, studiava i movimenti cadenzati dei due carabinieri in borghese. Aspettava il momento propizio per agire. Quei poliziotti non dovevano avere il tempo di reagire al suo attacco: perché li avrebbe eliminati subito.

La prima mossa consisteva nel sorprendere il detective al piano terra. Così estrasse dalla borsa la sua arma letale, la frombola. Dopo averla caricata con un proiettile di piombo, l'appoggiò per terra, a portata di mano. Adesso doveva assicurarsi dopo quanti secondi il poliziotto si trovasse nella posizione migliore: cioè di spalle. E poi doveva occuparsi dell'altro poliziotto che sicuramente avrebbe percepito il grido di dolore del collega. Ma lui sarebbe stato eliminato con il pugnale cerimoniale.

Si preparò ad agire e nel suo sguardo c'era qualcosa di demoniaco. Di sete di sangue di coloro che osavano ostacolare, in nome di una effimera giustizia terrena, il sacro cammino propiziatorio voluto da entità ultraterrene. In quel momento la sua follia era divenuta oltremodo catastrofica e superava di gran lunga la profezia iniziale come "*Adoratore dell'Etna*". Ormai, per lui la situazione era precipitata, e perciò nella sua fragile mente malata si infiltrarono nuovi stimoli più appaganti: una cerimonia celebrativa per purificare l'umanità intera. Era il momento di agire e compiere l'ultimo grande sacrificio… per sublimarsi.

Spalancò, pian piano la porta dietro cui era nascosto, di quel tanto affinché il lancio non avesse avuto ostacoli e i proiettili della frombola potessero colpire il bersaglio con facilità. Poi cominciò a roteare l'arma sempre più velocemente, mentre contava i secondi che gli rimanevano, per colpire il poliziotto alle spalle.

La frombola roteava sempre più velocemente e lui sapeva che il colpo sarebbe stato mortale. *È quello che si merita*, pensò, mentre si accingeva a colpire. Ma purtroppo per lui qualcosa di impensabile suscitò nel detective una certa curiosità: in quel silenzio si udiva l'impercettibile fischio provocato dalla frombola.

Infatti la velocità della rotazione necessaria per lanciare, generava un leggerissimo suono, che attirò la curiosità del poliziotto. Però nell'attimo in cui lui stava per girarsi, il serial killer fece partire il colpo micidiale. Nel gesto di girarsi, il corpo del detective offrì un profilo d'impatto meno preciso al proiettile di piombo. E questo gli salvò la vita. Tuttavia il micidiale proiettile staccò di netto una parte dell'orecchio destro e provocò una profonda e devastante ferita sulla fronte, appena al di sopra della tempia.

Il detective Mannino lanciò un urlo straziante per il tremendo dolore, mentre il suo viso appariva ricoperto dal sangue copioso che usciva dalle ferite. Il poliziotto continuò a urlare prima di perdere i sensi. Sicuramente il proiettile di piombo aveva danneggiato parte dell'osso frontale.

Carlo Sorel impassibile, assisteva alla sofferenza del detective, senza muovere ciglio. Fra poco si aspettava la reazione furiosa del collega del piano superiore. Infatti da lì a poco si udirono i passi del poliziotto che guardingo scendeva le scale lentamente. Pistola in mano. E proteggendosi il più possibile attaccato alla robusta balaustra, scese un paio di scalini per osservare la situazione attentamente. Nel frattempo si sgolava a chiamare il collega, senza però ricevere risposta. «Roy! Roy!» chiamava ad alta voce. Incurante del pericolo presente dal basso. Scese un altro paio di scalini e a quel punto intravide il corpo di Mannino, riverso per terra, in un lago di sangue. «Dannazione!!» esclamò rabbioso «Rispondi Roy... adesso arrivo amico mio. Prima lasciami ammazzare questo mostro assassino. Ti prometto che lo prendo e gli taglio le palle. A costo di rimetterci la carriera.»

Per tutta risposta un proiettile di piombo lo sfiorò, nel momento che scese un altro scalino. Il colpo risultò devastante per la bella balaustra in rovere, la quale cedette nel punto d'impatto come un fuscello.

Il detective Privitera, prontamente, fece un passo indietro. Si rese conto che quella strana arma antica era più micidiale di una pistola. Se l'avesse colpito, pensò, si sarebbe trovato tra due angioletti che lo conducevano in cielo. La forza di questi due agenti speciali era l'umorismo che non li abbandonava mai, anche quando con la morte a due passi, era meglio non scherzarci sopra. Adesso la preoccupazione del detective Privitera era accertarsi, il prima possibile, delle condizioni del suo collega. Nel frattempo aveva già inviato un segnale di allerta e di assistenza sanitaria urgente.

63
Trecastagni (CT)

Il colonnello Luca Nardelli appena ricevuto quel messaggio in codice, si rese conto che la situazione all'interno della casa era precipitata. Certamente uno dei detective era conciato male. Il messaggio di assistenza urgente, significava la richiesta di ambulanza militare, con medici attrezzati a un recupero del ferito, in un ambiente di massima pericolosità. E poi se l'agente speciale aveva preferito mandare un messaggio in codice, anziché lanciare l'allarme a viva voce, significava solo una cosa: il serial killer si trovava dentro la casa e li aveva colti di sorpresa. In più la situazione doveva presentarsi veramente grave, anche per lui, poiché riteneva necessario un intervento urgente.

Nardelli non perse tempo e chiamò subito il Commissario capo Corsini. Erano le due di notte e il poliziotto stava riposando dentro una volante. Per lui era stata una giornata satura di tensione e di grosso dispiacere. Si sentiva con le ossa rotte e la mente intorpidita, perciò quel sonnellino ristoratore era arrivato come una manna dal cielo... il trillo del telefono lo fece saltare con i riflessi di un ragazzino.

«Pronto!» rispose eccitato. Immaginando come quella chiamata avesse un significato preciso: qualcosa era avvenuto o stava per avvenire.

«Simone!» strillò Nardelli, come risposta. «Ci siamo… quel criminale è dentro la casa. Purtroppo un nostro uomo è stato ferito seriamente. Almeno a interpretare il segnale in codice che mi è arrivato. Inoltre viene richiesto un intervento immediato.»

Corsini rimase in silenzio per qualche istante, mentre il suo cervello elaborava la tattica, per una irruzione immediata, e cogliere di sorpresa quel feroce assassino. «Ormai siamo alla resa dei conti.» disse poi, al suo amico Luca Nardelli. «Abbiamo solo un piccolo lasso di tempo per preparare l'irruzione al meglio.»

«E' necessario un diversivo mentre noi interveniamo.» precisò ad alta voce Nardelli. «Bisogna distrarlo e impegnarlo nel momento clou dell'azione. Perciò chiederò al detective, autore del messaggio in codice, di resistere a oltranza, senza esporsi ma braccandolo ad ogni costo.»

«Sono d'accordo.» replicò Corsini «E' una buona strategia che condivido in pieno. Intanto procediamo con i preparativi. Ho pensato di far arrivare due Jeep arieti per sfondare eventuali ostacoli.»

«Naturalmente la nostra collaborazione è totale, anche in fase operativa.» aggiunse Nardelli. «Sono in arrivo sei uomini del *Corpo Speciale Intervento Rapido.* La loro esperienza operativa è indubbia e la forza d'assalto senza limite di rischio.»

«Bene amico mio.» riprese Corsini «Appena il mosaico è completo si parte a tutta birra... ma ricordiamoci che in quella casa ci sono anche due donne in pericolo.»

Nel fare questa riflessione, Corsini si ricordò di avere il numero di cellulare della badante, la quale con coraggio si era resa disponibile.

Nel frattempo anche *Carlo Sorel* si ripassava mentalmente le mosse già preparate. E un sorriso maligno apparve sul suo volto, trasfigurato dal male… nella sua folle immaginazione vedeva il nemico sconfitto, grondare sangue come un torrente di lava incandescente, quando travolge tutto al suo passaggio. Infatti, tra poco, avrebbero subito la sorpresa più amara della loro misera vita. Mentre pensava, sempre più eccitato della sua ultima prova di *sacralità sacerdotale*, si preoccupava di controllare quel meschino poliziotto. La sua presenza nella casa, consacrata al '*Divino Vulcano',* era oltremodo oltraggiosa, e perciò non ci sarebbe stato alcun sentimento di pietà, verso di lui. Avrebbe subito la purificazione terrena, con una morte dolorosa ed espiatrice dei suoi peccati. Dentro di lui sapeva che il percorso del '*Sacerdote dell'Etna',* voluto da quelle forze soprannaturali, in cui le vittime sacrificali immolate venivano offerte come dono a sua *'Maestà l'Etna'*, si era interrotto per colpa degli uomini di legge.

Ma lui avrebbe proseguito, per sacrificare l'ultimo anello di purificazione terrena, e sarebbe iniziato il periodo più lungo di pace e amore tra i popoli.

Nella mente di *Carlo Sorel* ormai regnava la follia più profonda. La trasfigurazione si era completata. La lotta interiore tra il bene e il male, ormai, era a tutto vantaggio di quest'ultimo. Prima di sacrificare la nonna come ultima vittima del suo incarico di *'Sommo Sacerdote',* aveva deciso di punire chi aveva osato trattarlo e perseguitarlo alla stregua del peggiore malfattore della terra. Perciò la furia ultraterrena entrata in lui, avrebbe scatenato un apocalisse di fuoco e fiamme che avrebbe avvolto molti nemici.

Intanto il detective Privitera pensava una strategia per avvicinarsi al collega gravemente ferito, ed esanime per terra. Si accorse che perdeva molto sangue, e di tanto in tanto emetteva deboli mugolii di dolore. Così il suo istinto di poliziotto e di amico per la pelle, lo convinse di agire al più presto. Anche se le forze d'assalto erano già pronte, in attesa dell'ordine di irruzione. Il colonnello Nardelli era stato categorico. Lui doveva impedire all'assassino di salire al piano superiore: la protezione di quelle donne era assolutamente prioritario.

Ma in quel momento il detective, sentiva il collega ferito lamentarsi atrocemente. Perciò la tentazione d'intervenire e affrontare quel mostro divenne irrefrenabile.

Carlo Sorel nascosto in quella stanzetta, diventata la sua base operativa, pensava come controllare i movimenti di quel poliziotto, che dalla scala aveva il vantaggio di tenerlo d'occhio, senza la necessità di agire. Pertanto per osservarne meglio la posizione e con l'idea di capovolgere la situazione, decise di rompere lo specchio dell'armadio dentro la stanzetta. Poi con un balzo felino afferrò il pezzo utile allo scopo e ritornò nella posizione di prima. Quindi con molta destrezza mise lo specchio nel punto più idoneo, riuscendo a inquadrare buona parte della scala. Naturalmente i due uomini si marcavano in ogni piccolo movimento. E ad ogni lieve rumore sembravano scattare come delle molle in tensione... insomma era in atto una guerra di nervi e un vero e proprio duello tra la follia estrema e la razionalità umana.

Intanto Corsini aveva in mente una forzatura psicologica per smuovere il lato umano di quel pazzo omicida: almeno voleva provarci. Così pensò di chiamare la badante, all'interno della casa, pregandola di aprire la porta per qualche minuto. A quel punto l'anziana nonna avrebbe implorato il nipote *Carlo* di salire a salutarla. Al termine della telefonata la badante attuò subito il piano suggerito dal Commissario capo... aprì la porta quel tanto che bastava per fare sentire la supplica di nonna Parisi.

«*Amore della nonna*!» strillò l'anziana. La voce era tremante ma autoritaria. «Come mai non ti fai vedere? Mi sento abbandonata da tutti.»

Dopo un breve silenzio, in cui l'anziana si aspettava una reazione da parte del suo *Carlo,* riprese a invocarlo. Stavolta con una voce struggente e prossima al pianto.

«'Carluzzu miu!' Beddu da nonna.' Ti vogghiu viriri.' Come stai? La badante mi *'rissi' 'ca non mi voi chiù bene.' 'Ca si divintato strano assai'.*» e scoppiò a piangere senza poter trattenere singhiozzi di dolore... *«Sacro cuore di Gesù... aiutaci tu.»* esclamò poi.

Nel silenzio quella supplica sofferente e dolorosa rimbombò come una lama di rasoio nelle orecchie di *Carlo Sorel.* Cominciò a urlare come un ossesso, tenendosi la testa tra le mani. Poi senza riflettere, di slancio uscì dal nascondiglio urlando minacce di morte e invocando le forze soprannaturali. Ma una parte di lui era ancora lucida: nonostante fosse posseduto nel fisico e nell'anima. Infatti con la mano destra roteava sempre più velocemente la frombola, mentre nella mano sinistra teneva il raro pugnale antico, a suo tempo consacrato al '*Vulcano Etna'*. Appena intravide dietro la balaustra il detective Privitera, lanciò il proiettile di piombo, che impattò violentissimo vicino al poliziotto. La potenza del tiro si rivelò con la distruzione di una parte della balaustra, la quale si disintegrò in minuscole schegge di legno. Mentre il detective si proteggeva abbassando il viso, coprendosi con le braccia unite, lo scatto del *serial killer* lo prese alla sprovvista.

L'uomo si lanciò velocemente per le scale, e quando fu vicino al detective, gli sferrò un violentissimo calcio, mentre un fendente con il pugnale era fortunatamente fallito perché deviato dal corpetto antiproiettile, indossato dall'agente. Il detective ruzzolò dal punto dove la balaustra era stata divelta. L'impatto della caduta lo stordì per un attimo, ma si riprese subito. Con un fisico allenato e palestrato come il suo occorreva ben altro per metterlo knock out.

Ma al *serial killer* bastò quel lasso di tempo, per correre su per le scale verso la sua preda. Mentre il detective, dal basso, con grande tempismo cercò di ferirlo per impedirgli quel vantaggio.

Infatti recuperò la pistola che nella caduta aveva perso, e sparò dei colpi, mirando volontariamente alle gambe. Purtroppo la sua posizione, dopo la caduta, era molto laterale rispetto all'obiettivo. E solo con la bravura di tiro, riuscì a colpirlo di striscio, rallentandone la corsa. Di seguito, seppur dolorante, risalì per la scala con una rabbia tale che sembrò volare. L'aveva quasi raggiunto, mentre quel folle assassino cercava di tamponarsi con dei fazzoletti la ferita alla coscia. Ma il tentativo del detective risultò inutile, perché *Carlo Sorel* si accorse di lui. Così cominciò a risalire veloce gli ultimi scalini, trascinando dolorosamente la gamba sinistra. A quel punto il detective aumentò gli sforzi. Anzi, si lanciò con un tuffo sul tratto di scala che lo separava dal serial killer, nel tentativo di bloccarlo. E fu questo gesto molto spericolato, con il rischio di rompersi le ginocchia, che sorprese il fuggitivo. Infatti con una mano l'agente speciale riuscì ad afferrargli la caviglia. La presa era simile ad una morsa d'acciaio, perciò *Carlo Sorel* ebbe un attimo di smarrimento. Sebbene fosse bloccato e non riuscisse a liberarsi da quella presa micidiale, nei suoi occhi, all'improvviso, apparve una luce di genialità. Pensò che doveva tentare l'impossibile. E sapeva come fare...

Attese che il detective si alzasse tenendolo ben stretto, poi con un balzo improvviso, afferrandolo, gli si buttò addosso facendolo sbattere violentemente all'indietro sui gradini, con lui sopra, avvinghiato come un polipo. Il colpo fu tremendo perché il peso di *Carlo Sorel* rese più grave la caduta del detective. Infatti con la nuca andò a sbattere su un gradino, per poi continuare a rotolare a testa in giù per le scale.

Il corpo si adagiò immobile sulla scala, mentre un copioso rivolo di sangue cominciò a gocciolare vistosamente. Il folle omicida, soddisfatto di come fossero andate le schermaglie di difesa, con il poliziotto fuori uso e sicuramente non in condizione di nuocere, fece un respirò profondo, poi puntò deciso verso il suo obiettivo finale. Salì le scale velocemente, nonostante la ferita alla coscia continuasse a sanguinare e il dolore fosse pungente. Appena arrivò davanti alla porta, dove l'anziana nonna si era rifugiata con la badante, per un attimo si bloccò. Poi si mise in ascolto perché udiva dei singhiozzi. Aveva riconosciuto la voce della nonna che piangeva e si lamentava. «Non è possibile!» diceva con un tono di voce tremante, distrutta emotivamente. *« 'Me niputi! A gioia da me vita'*... non ci posso credere.» e riprendeva a singhiozzare.

Carlo Sorel ebbe un attimo di smarrimento umano e psicologico... quella dolce vecchietta l'aveva da sempre riempito di un sentimento forte e incondizionato: un amore viscerale e una dedizione assoluta.

Ma questo non fu sufficiente per trattenerlo. Sul suo viso riapparve quella smorfia di follia demoniaca. E cominciò a battere le mani energicamente e violentemente sulla porta. «Aprimi immediatamente Ludmilla!!» ordinò imperioso alla badante. «È il 'S*acerdote dell'Etna'* che te lo ordina. Apri e non ti farò alcun male. La purificazione del territorio, attraverso *l'adorazione dell'Etna,* deve essere completata, o seguiranno anni di dolore e morte per l'umanità.» aggiunse assumendo un tono di voce irriconoscibile.

Attese qualche attimo. Purtroppo la badante ancora più impaurita dalle esternazioni mistiche del folle, si strinse all'anziana donna come per proteggersi a vicenda. A quel punto, la reazione di lui si manifestò con una rabbia feroce e improvvisa. Cominciò a urlare frasi sempre più sconnesse, mentre con possenti spallate e calci violentissimi si accaniva contro la porta... che già sfondata in più parti, dava segni di cedimento.

Le due donne all'interno continuavano a piangere, mentre la povera nonna distrutta da quell'atteggiamento violento e cattivo del suo amato '*Carluzzu*', implorava Ludmilla, la badante, di accontentarlo e di aprire la porta. La donna sebbene impaurita ubbidì. Si avviò quindi per togliere i chiavistelli... in quell'istante, accadde qualcosa che solo la fatalità o qualcuno di veramente e assolutamente divino poteva dare origine… un boato assordante e cupo giunse dal *Vulcano.* E fu talmente potente che tutt'attorno ogni cosa cominciò a vibrare. Era iniziata un'attività eruttiva di notevole intensità.

64
Pendici dell'Etna (CT). La rabbia del Vulcano.

La potenza eruttiva dell'Etna si scatenò con l'espulsione di cenere e lava. La bocca di fuoco del nuovo cratere lato sud/est a 2.300 metri di altezza, diede inizio a una spaventosa quanto affascinante attività esplosiva:

Il magma era frammentato in particelle e dava origine a una cenere lavica frammista a lapilli di fuoco lavici, che sospinta dal vento, sembrava una pioggia di fuoco voluta dal cielo.

Lo spettacolo era diventato innaturale. Gli uomini appostati fuori dalla villetta si guardarono in faccia, impauriti ma meravigliati per quella fantastica scenografia naturale dell'Etna, quando la notte, per alcuni lunghi minuti, rimase illuminata. Poi si verificarono delle dense colonne di fumo, accompagnate da lunghi boati, cui seguirono altre esplosioni di rocce e lava per dare inizio alla fase stromboliana.

Il Commissario capo Corsini approfittò di quell'imprevisto inaspettato per dare inizio e guidare l'irruzione dentro la villa. Qualche momento prima Luca Nardelli lo aveva informato che dopo i colpi di pistola, si era inutilmente prodigato per contattare il detective Privitera… ma dal suo uomo nessuna risposta.

Carlo Sorel aveva assistito a quella spettacolare manifestazione eruttiva con un grande appagamento interiore. Per lui era avvenuto un qualcosa di magico e soprannaturale. Un segnale chiaro che il '*Divino Vulcano*' aveva indirizzato *al 'Sacerdote dell'Etna'*, come richiesta dell'ultimo e più rappresentativo sacrificio. E poi per la sua mente malata, la pioggia di fuoco simboleggiava la parabola del sacro percorso e della purificazione dai peccati. Nonostante lo avesse assalito una sensazione di estasi divina e la sua mente fosse completamente rivolta a interpretare il significato di quella attività eruttiva, non trascurò affatto la situazione all'esterno dove uomini ottusi e incapaci di capire la sacralità della sua missione stavano arrivando per arrestarlo. Tuttavia lui aveva capito e ascoltato, dentro di sé, la volontà di sua '*Maestà l'Etna*'... non avrebbe fatto scorrere altro sangue se non quello della vittima predestinata.

Ormai le imponenti forze di Polizia, con i loro potenti mezzi d'irruzione, stavano per entrare nel residence.

Carlo Sorel, prima di attuare il piano principale per la fuga, si ricordò del compito che l'aspettava. Perciò entrò velocemente nella stanza dove la dolce e amata nonna si era nascosta.

In quell'istante qualcosa di tremendo lo assalì: ebbe come una fitta al cuore pensando di aver fatto paura a quella tenera e dolce creatura anziana, che per lui aveva speso ogni istante della sua vita. Appena la vide scoppiò in lacrime. In un pianto liberatorio e di profondo dolore spirituale. «*Perdono Nonnina!!* Perdono.» gridò come un ossesso «*Perdonatemi tutti!!!*»

Poi si avvicinò all'anziana nonna, la quale invece di essere intimorita, lo accolse con una carezza…

«*Amore della nonna.*» gli disse tremante di affetto e di timore... per lui.

Carlo Sorel a quel punto, come era solito fare, la baciò sulla testa sfiorandole i suoi capelli bianchi profumati. Poi la prese in braccio… «*Vieni nonnina... ti porto a letto... È molto tardi.*»

La badante assisteva incredula e impaurita a tutta la scena. Ma anche a lei scappò qualche lacrima di tristezza, per quel giovane sfortunato e infelice.

Subito dopo *Carlo Sorel* uscì dalla stanza. Conosceva la profezia che gli era stata assegnata dalle forze divine che l'avevano sostenuto: avrebbe immolato se stesso. Intanto doveva pensare a bloccare le forze dell'ordine. Dalla borsa estrasse due piccoli telecomandi. Ognuno di loro aveva quattro pulsanti segnati con delle sigle che indicavano un'area ben precisa. Da un punto strategico della casa controllò la posizione delle squadre di polizia. Era necessario intervenire subito con il suo piano principale, preparato da tempo con meticolosa pazienza e accortezza. Come vulcanologo sapeva come usare esplosivi, senza mettere in pericolo nessuno, se non con la sua volontà di utilizzarli al momento opportuno. Infatti appena pigiò sul pulsante di un telecomando, nell'area prescelta come prima dimostrazione, si determinò una potente esplosione con conseguente sviluppo di fuoco e fiamme altissime. Nonostante il buio pesto della notte, erano bastati i riflessi dei fari, e l'illuminazione del residence per individuare la loro posizione.

Subito dopo attivò il secondo ordigno nell'area dove presumeva avrebbero effettuato un'altra irruzione. E anche stavolta alla esplosione potentissima, seguirono altri scoppi con fuoco e fiamme altissime.

La prima linea di sbarramento poteva bastare ma il geniale *serial killer* voleva essere sicuro della sua possibilità di fuga. Perciò attivò la seconda linea di sbarramento con esplosioni altrettanto micidiali.

Con una smorfia maligna approvò quello spettacolo e alla dimostrazione di potenza nelle sue mani: pensò che se lui avesse voluto, molti agenti delle forze dell'ordine sarebbero morti. Bastava premere al momento della loro irruzione. Ma era contento che si concludesse così. Almeno l'anziana nonna non avrebbe avuto altri dispiaceri per colpa sua. In breve l'area residenziale era diventata lo scenario di immagini apocalittiche.

Prima della fuga aveva attivato l'esplosivo sotterrato con astuzia nei punti strategici. Come programmato, l'esplosione innescava lo scoppio del carburante concentrato, originando altissime fiamme incendiarie. Il piano di *Carlo Sorel* si realizzò senza alcun spargimento di sangue.

Il Commissario capo Corsini e il colonnello Luca Nardelli si consultarono già alla prima esplosione di sbarramento. Non potevano rischiare inutilmente la vita dei loro uomini. Appena in contatto, i due responsabili delle forze in campo, decisero sul da farsi.

«E' meglio aspettare che le fiamme si allentino.» propose Corsini. «Anche quel mostro è bloccato dentro la villa.»

«Abbiamo poco tempo.» rispose Nardelli preoccupato «Ti ricordo che dentro abbiamo due detective e due donne da salvare. Perciò direi di avanzare con il cingolato ariete.»

Non ebbe il tempo di concludere perché il *serial killer* aveva attivato la seconda linea di sbarramento con fiamme e fumo altissimi da togliere il respiro e la visuale.

A quel punto si decise di rinviare l'irruzione e di mandare i droni sopra l'area delle esplosioni, per un controllo più leggibile della situazione. E si rivelò una decisione azzeccata, perché in brevissimo tempo, quell'area divenne uno scenario apocalittico di fuoco e fiamme altissime. Mentre una colonna di fumo nero e denso cominciò a propagarsi, rendendo l'aria irrespirabile e provocando agli occhi un bruciore insopportabile. Naturalmente la decisione tattica fu quella di indietreggiare dove l'aria era meno pesante e respirabile. Qualcuno indossò le poche maschere a disposizione, ma risultò impossibile avvicinarsi per il forte calore, ma soprattutto perché notarono come l'esplosivo avesse provocato delle enormi fosse nel terreno. Corsini e Nardelli furono i primi a indossare le maschere. E insieme a cinque agenti equipaggiati e protetti con delle tute leggere, in lega di amianto, resistenti al calore, entrarono con molta difficoltà all'interno del residence. Tutta l'area era diventata un campo disseminato di fossati. E da ogni fossato uscivano fiamme e fumo nero denso che formavano una linea impenetrabile.

Per un attimo la loro forza di volontà di avanzare vacillò: il calore bruciava la faccia e gli occhi. Nonostante stessero utilizzando grossi stracci imbevuti di acqua, il fumo non permetteva di procedere oltre. Poi un colpo di fortuna… aiutò la loro disperata iniziativa, per portare aiuto alle persone dentro la casa.

«Da questa parte!» strillarono due poliziotti. In un punto laterale dell'ingresso il fumo si era quasi diradato e permetteva il passaggio senza alcuna difficoltà: bastò aggirare l'enorme buca creata dall'esplosione.

Nel frattempo *Carlo Sorel* assisteva soddisfatto alla perfetta esecuzione del suo piano. Adesso doveva realizzare il gran finale e dare scacco matto a quei testardi di agenti di polizia... in fondo gli aveva concesso un dono immenso: la vita.

Scese velocemente le scale non preoccupandosi dei detective. Aprì la porta finestra che portava nel piccolo giardino, dove lui di tanto in tanto, depositava l'auto. Ma stavolta la sua piccola e robusta auto 4x4 l'aveva nascosta fuori dal residence. Tra alti arbusti e alberi dove neanche i droni potevano individuarla.

Appena salì in macchina qualcosa scattò nella sua mente. Era ritornato ad essere il 'S*ommo sacerdote dell'Etna'*. Nel suo sguardo si leggeva quella follia che come "*Adoratore dell'Etna*" l'aveva posseduto lungo il percorso di omicida seriale, con il sacrificio di giovane vittime innocenti.

Nonostante il terreno fosse dissestato e scosceso, partì a tutto gas... e intanto rideva e sghignazzava, malignamente, nello stesso tempo.

Finalmente gli uomini che coraggiosamente avevano attraversato quella devastazione di fuoco e fiamme, erano riusciti ad arrivare all'esterno della casa. Com'era prevedibile i residenti del comprensorio allarmati e impauriti, da quanto era successo attorno a loro, cominciarono a urlare, e chiedere aiuto per il denso fumo che il vento spingeva verso le loro abitazioni.

Corsini avvisò immediatamente l'ispettore Consoli della situazione e gli ordinò quindi di usare i megafoni, a tutto volume, per tranquillizzare quelle persone, anzi invitandoli a chiudersi in casa per non respirare quei fumi tossici. «Usa parole convincenti.» gli disse alla fine. «Informali che la situazione è sotto controllo e che stanno per arrivare i vigili del fuoco e ambulanze con i medici.»

Poco dopo infatti delle voci potenti diffuse dai megafoni, invitavano i residenti a chiudere porte e finestre, mentre si sentivano sempre più vicini i suoni delle ambulanze e subito dopo quelle dei vigili del fuoco.

Corsini e Luca Nardelli si ritrovarono davanti alla villetta. Si scambiarono un segno d'intesa. Si sarebbero divisi i compiti... una squadra avrebbe simulato un tentativo di irruzione, mentre l'altra avrebbe agito dal lato opposto… dal giardino.

Al segnale, le due squadre di poliziotti guidati da Corsini e Nardelli si posizionarono. La squadra di Nardelli simulava l'irruzione dalla porta d'ingresso principale. Ogni spallata di due uomini a turno, facevano tremare i vetri attorno con un gran fracasso.

La squadra di Corsini penetrò nel giardino con facilità. Poi un agente munito di un pesante ariete manuale, cominciò ad assestare colpi violentissimi alla robusta porta-finestra. Alcuni colpi si erano rivelati inutili. La portafinestra era rinforzata da spesse piastre di ferro all'interno: la parte in legno cedeva ma l'intelaiatura resisteva all'urto. All'improvviso si udirono delle voci tremolanti chiedere aiuto.

Corsini si preoccupò di tranquillizzare subito la donna straniera. Infatti la informò di essere il Commissario capo e che presto l'avrebbero protette da ogni pericolo. Quindi la esortò ad aprire se fosse stato possibile. A quel punto la badante, informò il Commissario capo. «Quel pazzo è andato via. Si è preoccupato di mettere a letto la nonna. L'ha baciata ed è subito andato via.»

«Da che parte è scappato?!» le chiese quindi Corsini «È importantissimo Ludmilla.»

«Ho sentito un rumore di messa in moto.» rispose titubante la donna «Ma potrei sbagliarmi, i boati dell'Etna erano molto forti.»

Corsini non fece altre domande. E nemmeno le chiese come stavano i due detective. A questo ci avrebbe pensato il suo amico Nardelli.

65
Pendici dell'Etna (CT) - Un epilogo imprevisto.

La rabbia del Commissario capo Corsini era tale che in quel momento avrebbe affrontato qualunque pericolo od ostacolo gli si parasse davanti. Aveva deciso di ritornare indietro. Perciò chiese a due uomini incursori del gruppo di seguirlo, soprattutto per avere un appoggio in caso di difficoltà, in quel terreno devastato da numerose voragini e dal fumo ancora denso e penetrante per i polmoni.

Tuttavia la forza di correre dietro a quel mostro, e sbatterlo in un manicomio criminale per tutta la vita, era così forte da fargli compiere dei salti inimmaginabili, per una persona della sua età. I due poliziotti davanti a lui avevano persino stentato, vista la distanza tra un margine e l'altro del fossato. Invece il Commissario capo Corsini superava facilmente ogni ostacolo. Anche il più complicato. Nel suo viso, annerito dal fumo, si leggeva una determinazione tale, da renderlo più agile e leggero nei vari ostacoli che saltava.

Appena uscirono da quell'inferno di fuoco e fumo, a distanza di sicurezza, telefonò subito al sovrintendente Lo Presti. E la sua voce dal tono imperioso, suonava così incazzata che il sovrintendente stentò persino a riconoscerla. «Ascoltami bene Lo Presti.» gli ordinò. «Prepara immediatamente una macchina 4x4, potente quanto basta. Dobbiamo effettuare l'inseguimento di *Carlo Sorel* in fuga sull'Etna. Se non lo raggiungiamo subito, nel suo territorio ci sfuggirà sicuramente.»

«Ricevuto capo.» rispose lesto Lo Presti. «Preparo l'attrezzatura idonea alla ricerca e alla osservazione del territorio.»

«Incarica anche due tiratori scelti di seguirci con un'altra auto.» proseguì Corsini. «Vi aspetto qui!… e fate presto. Ogni secondo può essere determinante per bloccarlo.»

In brevissimo tempo due robusti Suv 4x4 si presentarono a Corsini. Lui saltò dentro quella guidata da Lo Presti e si avviarono sgommando verso l'Etna. Il sovrintendente guidava velocissimo, tagliando le curve, mentre il suono della sirena echeggiava fortissima nel deserto della statale, a quell'ora poco trafficata. Ma era concentrato e abbastanza prudente: una macchina in senso contrario avrebbe causato un incidente mortale. Ogni mattina, prestissimo, pendolari e famiglie intere di agricoltori percorrevano quella statale.

Intanto il Commissario capo non perse tempo. Qualche minuto dopo prese il telefono e chiamò Luca Nardelli. Era sinceramente preoccupato per i due agenti speciali dei carabinieri, cui il colonnello era molto affezionato, sia per il loro coraggio che per la loro disponibilità professionale e personale.

«Pronto amico mio.» rispose il colonnello dei Reparti Speciali con un filo di voce.

Corsini lo conosceva bene. Quel tono di voce aveva un solo significato... temeva per la vita dei due sfortunati carabinieri. «Comprendo il dispiacere per i tuoi uomini.» gli disse Corsini «E' un sentimento che condivido in pieno. Ma Dio è grande! E certamente proteggerà queste brave persone.»

«È vero Simone.» replicò Nardelli «Conosco questi uomini sin dall'accademia e conosco le loro mogli e i loro figli. La verità è che hanno perso molto sangue. Inoltre il detective Privitera deve aver sbattuto violentemente la nuca nella caduta. In questo momento per i medici è in coma farmacologico. Il lato bello, nella gravità delle loro condizioni, è che c'è la commovente solidarietà dei colleghi per donare il sangue... pensa qualcuno è stato mandato via dai medici perché erano in troppi.»

«È bello sentirsi stimati e voluti bene.» rispose Corsini. E nel frattempo mandava a quel paese il sovrintendente Lo Presti, per aver tagliato una curva strettissima che lo mandò a sbattere contro il finestrino laterale. «Manca poco.» aggiunse poi con un tono di voce basso e pieno di significato. «Siamo alla resa dei conti. Non permetterò che possa nascondersi in una delle grotte che lui conosce benissimo.»

Appena terminò la frase, un tremendo boato provocò una intensa vibrazione, persino nei vetri della robusta auto. «Minchia che botto!!» esclamò il Commissario capo, preso alla sprovvista.

«Si è sentito fortissimo anche qui.» confermò Nardelli «E' iniziata la fase esplosiva e poi seguirà la fase stromboliana, con fuoriuscita di fontane di lava. Fate attenzione, molta attenzione Simone. E speriamo che l'eruzione rallenti la sua potenza.»

«Okay! Ti faccio sapere quanto prima come procede la caccia.» concluse Simone Corsini... in quell'istante una smorfia di rabbia si stampò sulla sua faccia.

Il serial killer intanto era giunto al capanno degli attrezzi di cui possedeva persino le chiavi. *Il vulcanologo Carlo Sorel* era stimato e apprezzato come studioso, e nonostante la sua giovane età, per ogni spedizione scientifica sul vulcano si serviva della sua esperienza pluriennale. Era lo studioso più spericolato. Capace nel piazzare le attrezzature di monitoraggio nei punti più importanti, ma più pericolosi del cratere centrale. Per lui studiare i brontolii dell'Etna e cercare di prevenire eruzioni catastrofiche, significava avere un dialogo diretto con la *"Montagna"* come la chiamavano gli abitanti del luogo.

Intanto l'eruzione era nella fase gassosa cui sarebbe seguita la fase esplosiva, annunciata dai forti boati generati dalla uscita di magma a contatto con il materiale gassoso. In questa drammatica situazione *Carlo Sorel* era all'apice della sua trasfigurazione mistica: esattamente, come quando la follia, lo portava a uccidere…

In realtà la sua mente malata, sconvolta da un episodio tragico avvenuto ai piedi del *Vulcano,* nella sua folle e fantastica teoria mistica, era posseduta da quelle maestose dimostrazioni di potenza della natura. Ed era convinto che per placare la sua *'Ira'* bisognava offrire sacrifici umani. Perciò si era consacrato 'S*acerdote della purezza e del pentimento'* sotto il nome di "*Adoratore dell'Etna.*"

Ogni boato, ogni piccolo sussulto della terra, per lui era un segnale: la sua parabola stava per terminare. E si sentiva felice: *nel cuore e nell'anima.*

La forza ultraterrena sprigionata dalla potenza della natura, con la nuova spettacolare eruzione, lo stava guidando verso il culmine del suo fantastico cammino divinatorio. Era arrivato a circa 2100 m. della sommità vulcanica, dove le ceneri infuocate simili a della pioggia infernale, si posavano sul terreno formando uno spesso manto, ai suoi occhi sfavillante. Naturalmente lui si era attrezzato adeguatamente per proteggersi dal calore e dalle bruciature dei microscopici schizzi di lava che gli cadevano addosso. L'uomo appariva invasato e posseduto da quello spettacolo, in cui la collera della natura manifestava, ancora una volta, la sua potenza distruttrice. Ma sarebbe bastato un sacrificio, quello più profondamente spirituale ed eclatante per raggiungere definitivamente la purificazione eterna. E lui sarebbe divenuto una specie di *semidio* amato da tutti.

Era chiaro come la follia di *Carlo Sorel* fosse giunta all'epilogo tragico della sua vita. Infatti dal suo pensiero aleatorio, passò a quella che voleva essere la cerimonia più importante: in preghiera… ai piedi di sua '*Maestà l'Etna'*. Incurante del calore insopportabile, si inginocchiò ed iniziò il suo sproloquio sacro.

Questa preghiera è rivolta a te, o 'Regina della terra!!!'
È con gioia che compio l'ultimo sacrificio... Avrai il sangue di colui che eleggesti
Sommo Sacerdote ed esecutore della tua volontà ultraterrena per il raggiungimento della purificazione dei popoli.
'Eterna Maestà', come Adoratore della tua forza Soprannaturale, come esecutore della tua Sacra volontà' contro gli influssi impuri e malefici, contro i peccatori e gli irrispettosi, ti offro la mia vita.
Come spirito vendicatore della tua sacralità terrena, offro me stesso per dimostrarti il rispetto e la venerazione che mi lega e mi legherà alla storia del Divino Vulcano... più alto e più maestoso d'Europa.
Tuttavia come ultima preghiera ti chiedo solennemente di evitare devastazione e morte.... e placa la tua 'Ira'.
Il tuo 'Sommo e Devoto Adoratore'

Al termine della preghiera *Carlo Sorel* appariva in trance. Il *Sacro Vulcano* aveva voluto mandargli un segnale preciso: con la sua adorazione e la sua devozione si era guadagnato il diritto di sacrificare la sua vita per redimere e purificare l'essere umano, ormai preso dall'ingordigia della ricchezza e dallo sviluppo industriale. Senza pensare alla rovina dell'ambiente e del territorio... senza pensare alla terra... mentre il clima impazziva per l'inquinamento incontrollato dell'uomo.

Queste riflessioni, sensate e piene di buoni propositi per l'umanità, *Carlo Sorel* li sentiva interiormente e culturalmente. In fondo si trattava di uno studioso. Tuttavia erano stati motivo della sua trasformazione mistica, e del suo "*alter ego*" folle, dopo la tragedia della morte dei genitori. In realtà follia o non follia dentro il suo animo, nel momento della trasfigurazione come *Adoratore dell'Etna,* il suo *'Io'* esprimeva solo dei sentimenti malefici: nella sua mente dominava solo il 'piacere di uccidere'.

Quindi con movenze irreali quasi robotiche, cominciò ad avanzare sempre più in quota, dove si era aperto il nuovo cratere. Ma appena giunse a qualche centinaio di metri dalla nuova bocca effusiva si bloccò. Poi qualcosa lo riportò in quel tunnel di ricordi infelici e nefasti per i suoi genitori. Lui era ancora un ragazzo ma amava pazzamente a '*Muntagna'* come chiamavano *l'Etna* i locali del posto, *il Vulcano magico* come la chiamava lui sin da bambino: la fuoriuscita di lava gli sembrava uno spettacolo di magia ad opera di un potente e fantastico mago. E questa convinzione se l'era portata dietro per molti anni. Finché i genitori, famosi vulcanologi, decisero di portarlo con loro durante una ricerca scientifica, sulle eruzioni vulcaniche dell'Etna. Quel giorno di tanti e tanti anni fa, *il Vulcano magico* era dormiente e continuava a espellere un continuo pennacchio di fumo. I sismologi del *I.N.G.V.* avevano rilevato un accumulo di energia dentro le *viscere dell'Etna,* così avevano incaricato i famosi *vulcanologi Sorel* a collocare strumenti di misurazione a margine di sicurezza del cratere. Ma pur essendo espertissimi, all'improvviso si verificò l'inizio della attività eruttiva e per somma sfortuna si sfogò con una potentissima eruzione esplosiva.

Quelle immagini ritornarono nella sua fragile mente malata, in una visione nitida e spaventosa...

I genitori avevano finito di mettere le apparecchiature scientifiche. Si erano girati salutandolo con un grosso sorriso, perché il loro piccolo *Sorel junior* lo avevano lasciato a distanza di sicurezza, con un tecnico accompagnatore. E mentre ritornavano indietro delle bombe vulcaniche, dei massi giganteschi, sparate dal '*Vulcano magico*' li colpirono in pieno, uccidendoli.

Da quel momento qualcosa di mostruoso era avvenuto dentro di lui. Tuttavia aveva covato quel sentimento di odio e rispetto per il *Vulcano* fino a quando non era venuto in possesso di quell'arma antica: *la frombola.* E fu in quell'attimo che avvenne la sua trasfigurazione mistica come "*Adoratore dell'Etna.*"

Allontanò con rabbia quei pensieri. Fece in tempo ad infilarsi la tunica cerimoniale che teneva dentro la borsa, quando un tremendo boato scosse tutto il terreno intorno.

Poi la fatalità e il destino esaudirono la volontà espressa da quell'infelice ragazzo. Una pioggia di bombe vulcaniche lanciate a centinaia di metri di distanza lo seppellirono completamente, cancellando la vita di un sanguinario *serial killer.*

66
Sulle pendici dell'Etna.

Il Commissario capo Corsini nel corso dell'inseguimento al serial killer, nonostante la guida veloce di Lo Presti, si rese conto di averlo ormai perso perché rallentato dalla copiosa cenere eruttiva del *Vulcano.* Infatti giunti a una quota di 1500 metri, le difficoltà di proseguire apparvero subito evidenti.

Uno spesso manto di ceneri rendeva impossibile alla macchina di proseguire. Le grosse ruote del Suv 4x4 affondavano e slittavano perché il pulviscolo prima si compattava, per poi cedere, improvvisamente, al passaggio della macchina. Inoltre la visibilità era completamente oscurata dalla polvere sottile che continuava a cadere ininterrottamente, in quantità enorme. Perciò i tergicristalli non riuscivano a liberare il vetro adeguatamente, e poi la strada era completamente scomparsa; percorrerla in quelle condizioni significava essere incoscienti o pazzi.

Lo spettacolo che offriva *l'Etna* alle prime luci dell'alba, quando l'emissione di lava e cenere lasciava filtrare tenuemente i raggi del sole, era infernale: da incutere paura. Qualche attimo dopo un boato spaventoso, seguito dalla fase cosiddetta esplosiva riempì il cielo, di cenere scurissima, causando un oscuramento quasi totale. In quell'istante *il serial killer* più brutale e impietoso della Sicilia orientale aveva cessato di vivere: sepolto da una quantità di pietre enormi sparate dal vulcano.

Corsini aveva intuito che qualcosa di tragico era avvenuto, a quota più alta. Nonostante Carlo Sorel fosse un esperto vulcanologo, pratico del territorio, era chiaro come lui avesse deciso di offrirsi come ultima vittima celebrativa... *per l'apoteosi finale.* E nel suo gesto così tragico, in cui volontariamente avrebbe abbassato tutte le sue difese, sarebbe diventato ancora più vulnerabile e quindi una facile preda della sua fragile mente.

Le squadre attrezzate per salire in quota, all'altezza del nuovo cratere, e quindi vicini alle spettacolari fontane laviche della successiva fase stromboliana dell'Etna, furono allestite nel più breve tempo possibile, per anticipare l'avanzata lenta del magma. Corsini intanto si era portato a una distanza di sicurezza più tranquilla. Nel frattempo si era preoccupato con solerzia di informare Nardelli dell'evolversi della situazione. E che lui era in attesa dei tecnici e dei vulcanologi del I.N.G.V. per risalire intorno a quota 2300 metri, per accertarsi se *Carlo Sorel* fosse ancora in vita, o magari gravemente ferito.

Le operazioni di risalita si presentarono alquanto problematiche, anche per gli esperti vulcanologi. Tutti loro conoscevano molto bene quel ragazzo sfortunato, che purtroppo la follia aveva trasformato in un omicida seriale. Quando l'avevano saputo non volevano crederci. Era diventato uno di loro. Molto efficiente e coraggioso nel collocare gli strumenti di monitoraggio mobili, vicino ai *crateri sommitali.* Anche perché sin da ragazzo accompagnava i genitori nelle escursioni sul vulcano.

«Incredibile.» esclamò come unico e triste commento, un sismologo molto amico del defunto genitore.

Per fortuna il tempo si rivelò clemente per salire in quota: nel mese di febbraio, a volte, la neve aveva fatto la sua comparsa, anche a quote più basse. Un ostacolo di enorme difficoltà diventò, tuttavia, la continua fuliggine che riempiva tutta l'aria. Comunque l'escursione si concluse in tempi da record: circa tre ore per giungere nel luogo dove la fase esplosiva aveva sparato le bombe vulcaniche.

E purtroppo sotto una specie di tomba vulcanica, rinvennero il corpo straziato di *Carlo Sorel.*

Da quella tomba di pietre, usciva parzialmente la testa, e si potevano vedere gli occhi aperti, ancora illuminati da una serenità sconvolgente, forse felice di aver sacrificato la sua vita per *la purificazione umana.*

Il Commissario capo Corsini fu il primo ad essere informato della morte del *serial killer*, ma stranamente invece di gioire a quella notizia, subì una strana scossa emotiva. Di fortissima rabbia, per un ragazzo estremamente sfortunato nella vita. Poi fece un grosso sospiro per rilassarsi, e concluse com'era ovvio, che il compito delle forze dell'ordine era incentrata nella lotta, ad oltranza, alla criminalità.

Adesso i cittadini dei paesi alle pendici dell'Etna, pensò tra sé, *avrebbero ripreso le loro abitudini di sempre.* E sorrise, pensando ai turisti richiamati in massa, nel periodo della bella stagione.

In fondo potevano essere orgogliosi del risultato investigativo. Un caso complicato, pieno di morti ammazzati, senza precedenti per la Sicilia orientale. In effetti si era chiusa una storia triste e sanguinaria. Quindi rivolse il suo pensiero di gratitudine a una donna stupenda, caratterialmente e professionalmente.

Era stato grazie a una lettura precisa del modus operandi e delle motivazioni interiori e psicologiche del *serial killer*, che si era tracciato il profilo di *Carlo Sorel.*

La criminologa newyorchese Caroline Zeller, in vacanza in Sicilia, aveva dato una disponibilità incondizionata dimostrando un lato del suo carattere: l'amore per la sua professione e una sensibilità fuori dal comune per aiutare la giustizia a trovare un feroce omicida.

Al ritorno verso Catania dentro il Suv regnava una atmosfera di tensione emotiva. Era strano che due poliziotti con lunga esperienza, contro malfattori e criminali di ogni tipo, avessero stampato sul viso quella tristezza interiore, nonostante la chiusura di quel cerchio dell'inferno.

Il sovrintendente Lo Presti aveva conosciuto *Carlo Sorel* durante le sue visite alla Università di Archeologia, e ne aveva ricavato un giudizio di persona squisita ed educatissima. Perciò dopo aver scoperto chi fosse in realtà, il fatto, l'aveva intristito molto. Mentre Lo Presti era impegnato nella guida, ed era immerso in queste riflessioni di sano sentimento umano, il Commissario capo Corsini si trovava al telefono con la dottoressa Caroline Zeller in Borsalino.

«Certo Caroline.» asseriva Corsini. «Si è chiuso il caso investigativo più complicato e fuori da ogni schema poliziesco. Nel territorio della Sicilia abbiamo avuto omicidi orrendi ad opera della criminalità mafiosa, ma questo omicida seriale resterà nella storia, per un modus operandi fantasioso e micidiale nello stesso tempo: fuori da ogni reale immaginazione. Tuttavia si è dimostrato ingenuo, quando non si è curato di recuperare i proiettili in piombo lanciate con la frombola, contro le sue vittime. Naturalmente, a parte la stranezza del modus operandi, le indagini hanno preso spunto da questo misterioso e unico indizio.»

«È vero Simone!» rispose Caroline. «Nel territorio di New York si sono avuti i peggiori serial killer della storia criminale americana. Qualcuno è in galera per merito della mia testardaggine professionale. Molti casi di notevole impegno investigativo hanno creato caos e insuccessi nella polizia. In alcuni casi sono intervenuti intere squadre di *profiler* famosi ed espertissimi. Eppure il caso dell'*Adoratore dell'Etna* lo trovo il più complicato e terribile di tutte le indagini di cui mi sono occupata.»

«Gran parte è stato merito tuo Caroline.» replicò Corsini.

«Assolutamente no.» rispose la criminologa «Non è così! Siamo stati bravi a tracciare il profilo e ad azzeccarlo al primo colpo. Ma tu e il colonnello Nardelli siete il meglio che tutti i corpi di polizia vorrebbero: esperienza da vendere e tanta professionalità.»

Corsini la salutò, ringraziandola ancora una volta. «Non dimentico che sei venuta in Sicilia per la prima volta.» aggiunse prima di chiudere «E per giunta in vacanza con il tuo sposo. Eppure nessuna esitazione, da parte tua, nel darci il tuo prezioso aiuto di esperta criminologa investigativa.»

Poi con il telefono ancora in mano, caldo per le lunghe telefonate di dovere, si rivolse al sovrintendente Lo Presti. «Andiamo direttamente dal Questore.» gli disse con un filo di voce pacata. E con una stanchezza addosso che lo faceva sentire come se un camion gli fosse passato sopra.

67

Catania - "Questura Centrale"

Il Questore di Catania sprizzava soddisfazione da tutti i pori, e nei suoi occhi si leggeva un orgoglio immenso per i suoi uomini e per la città intera. Davanti a lui, Corsini stentò a resistere alla sua lunga e forte stretta di mano, mentre si complimentava per il risultato ottenuto in così breve tempo. In realtà il profilo tracciato dalla criminologa newyorchese, aveva accelerato le ricerche degli investigatori, guidati da due eccellenze: il colonnello Luca Nardelli, il prestigioso comandante del nucleo investigativo del Corpo dei Carabinieri. E il responsabile della Unità Analisi Crimini Violenti della Polizia di Stato, il Dottor Corsini. Questi ringraziò il Questore anche a nome di Luca Nardelli, che in quel momento si trovava presso l'ospedale Nuovo Garibaldi, per avere notizie più precise sui due detective feriti gravemente dal *serial killer.* Corsini, con la consueta intuizione professionale, consigliò al Questore di anticipare con un breve notiziario la conclusione delle indagini, con la morte del *serial killer.*

«Inoltre signor Questore...» aggiunse Corsini con tono moscio «... è opportuno avvisare la stampa e i media. Domani mattina è prevista una dettagliata conferenza stampa sulla triste vicenda. Un caso assurdo, con l'uccisione di giovani vittime.»

«Convoco subito l'incaricato dell'ufficio stampa.» rispose convinto il Questore. «Ma la sua presenza accanto a me, sarebbe la ciliegina sulla torta.»

«La ringrazio della sua stima dottore.» replicò Simone Corsini visibilmente esausto. «Vorrei riposarmi... sento la necessità di una lunga dormita, e poi, domani mattina faremo neri quegli organi di informazione, che invece di facilitare il nostro duro lavoro, ci hanno messo il bastone tra le ruote.»

«Non vedo l'ora! Dottor Corsini.» rispose compiaciuto il Questore. «A domani allora.»

Subito dopo Corsini si recò nel suo ufficio alla Sezione Speciale Anticrimine per incontrarsi con la sua squadra reduce dall'operazione massacrante di Trecastagni. Appena lo videro applaudirono, con esclamazioni di entusiasmo.

«L'applauso è soprattutto per voi tutti ragazzi. Ed è sacrosanto quanto asserisco. Abbiamo sviluppato un duro lavoro di squadra certosino. Ma il merito è dei miei '*picciotti*' poliziotti... cioè vostro. Avete messo tanta di quella energia e spirito di sacrificio, senza mai lamentarvi di niente, sia delle turnazioni, in ogni ora del giorno e della notte, che del pochissimo riposo concesso. Il vostro attaccamento alla divisa, allo spirito di squadra, mi rende orgoglioso e soprattutto fiero di voi.»

I giovani poliziotti, tutti tranne lo sfortunato Cantalupo, erano schierati con aria soddisfatta dinanzi al loro capo baffuto: per loro un simbolo da emulare e una persona umana da rispettare e amare come un padre o un fratello. Ai lati, assistevano divertiti i veterani della squadra: l'ispettore Consoli e il sovrintendente lo Presti. D'istinto prese la parola l'agente Elisa Bernini il cui sguardo era rivolto sfacciatamente verso l'agente Valente. E la cosa non sfuggì al Commissario capo, perciò con ironia le chiese se per caso avesse gli occhi storti.

«Parli con me e guardi Valente. Ma rimediamo subito...» e chiamò l'agente Valente. «Vieni vicino a me! Così alla tua bella evitiamo di avere problemi seri ai suoi splendidi occhi.»

Le parole di Corsini innescarono una atmosfera di sano divertimento tra i poliziotti. Era quello che il Commissario capo si auspicava. Come terapia disintossicante, allo stress accumulato negli ultimi tempi.

Intanto l'agente scelto Valente gli si era messo vicino, a lato della scrivania. «Adesso continua pure agente Bernini.» le disse Corsini sorridendo sotto i baffi.

«Sii! Capo. Volevo informarla delle condizioni di Cantalupo. Le assicuro che è più spiritoso di prima. E i medici sono ottimisti nel farlo alzare al più presto.»

Alla fine della riunione la squadra di Corsini era di ottimo umore, e nei loro occhi si leggeva una evidente fierezza morale e professionale. Il Commissario capo, soddisfatto come non mai, decise di ringraziare i suoi uomini, uno per uno, com'era sua abitudine: con una forte stretta e una pacca sulla spalla. E l'intenzione di riconoscere e suggellare la stima professionale di sempre. Infine concluse con una battuta delle sue: «Ultima raccomandazione ragazzi. Se mi cercano, dovete dire che il Commissario capo risulta uccel di bosco, e non sapete come rintracciarlo… anzi è stato sequestrato dalla figlia e dalla moglie.»

Poi con un gran sorriso uscì dall'ufficio e lasciò i suoi uomini guardarsi in faccia con una smorfia divertita di approvazione.

Nel tragitto verso casa, per la prima volta, chiuse ogni contatto radio con la centrale. Lungo la statale che lo portava a *Zafferana Etnea,* si rallegrò lo spirito e la mente con ogni tipo di musica trasmessa dalla radio. Anzi cominciò a canticchiare qualche ritornello, quando si sintonizzò sull'emittente preferita: *Radio Italia solo musica italiana...* e senza accorgersene si ritrovò davanti alla sua piccola ma deliziosa villetta. Scese dalla macchina con una sensazione di leggerezza interiore che non conosceva da tempo. Appena infilò la chiave nella toppa un simpatico amico a quattro zampe lo accolse abbaiando festosamente, per manifestargli tutto il suo affetto.

A villa Caroline, Frank e Alessio Borsalino, padre e figlio ormai inseparabili, tra una chiacchierata e l'altra davanti al televisore perennemente accesso, furono distratti da una edizione straordinaria di *TeleEtna,* l'emittente preferita di Frank per i tanti programmi di folklore e cultura siciliana. Infatti un giornalista molto eccitato informava i telespettatori che era arrivata in redazione, direttamente dall'ufficio stampa della Questura Centrale, un breve ma importantissimo notiziario... battuto anche dall'Agenzia Ansa a diffusione nazionale.

«Cari telespettatori... un caloroso buongiorno dal vostro Enzo Lo Cascio. L'ufficio stampa della Questura in un comunicato congiunto agli organi di informazione, ha comunicato che si è finalmente risolto definitivamente il difficile caso denominato dell'Adoratore dell'Etna.»

«In modo drammatico...» iniziò la descrizione il giornalista, abbassando il tono di voce. «Carlo Sorel, il sanguinario e folle serial killer di giovani vittime, nel territorio del Parco dell'Etna, alle pendici del vulcano, si è giustiziato da solo... sacrificando la sua vita per placare "l'Ira" distruttrice di sua maestà l'Etna.

Quello che raccontiamo è stato dettagliatamente descritto nel comunicato stampa della Questura, che precisa di avere rinvenuto tra gli oggetti dell'assassino seriale una lettera di preghiera, dove lui, si consegna per l'ultimo sacrificio di purificazione.

Comunque domani mattina, intorno alle dieci, avverrà una conferenza stampa nella sede della Polizia di Stato. Naturalmente, Stampa ed emittenti televisive, avranno libertà di intervenire in diretta e approfondire la triste e sanguinaria dinamica della storia di un assassino, diventato folle per la tragedia familiare, in cui persero la vita i genitori... esattamente durante una fase esplosiva del vulcano.

Vi ricordiamo che i genitori di Carlo Sorel erano due eccellenze della vulcanologia siciliana... per oggi cari telespettatori, il notiziario finisce qui. Ma seguiteci domani in diretta perché saremo in prima linea... un cordiale saluto da Enzo Lo Cascio.»

Intanto Caroline che aveva ascoltato con attenzione il notiziario riferito alla morte di *Carlo Sorel,* per un istante provò una sensazione di sconforto. In un crescendo di amarezza e lucido dispiacere per quanto vissuto da quella famiglia perbene, ma soprattutto per quelle numerose persone che avevano perso i loro cari senza capirne il motivo. Era ancora tristemente sovrappensiero quando squillò il telefono.

«Pronto! Zio coi baffi.» rispose Frank riconoscendo il numero sul display. «Fortunatamente l'incubo è finito. Anche se abbiamo rischiato l'incolumità dei nostri cari. Ti assicuro… non me lo sarei mai perdonato. Comunque è bene quel che finisce bene.»

Simone aveva ascoltato in silenzio. In attesa che arrivasse Caroline. Le parole di Frank risultarono taglienti, ma a quel punto, incredibilmente rassicuranti.

«Comunque è bene quel che finisce bene.» concordò Corsini con un tono di voce che tradiva soddisfazione e gioia in quello che diceva.

«Devo confessarti che la notizia l'ha sconvolta.» aggiunse Frank. «Lei crede nella sua professione di criminologa, crede nella lotta senza tregua ai criminali, ma ne subisce dolorosamente l'epilogo drammatico.» Frank non ebbe il tempo di concludere perché spuntò Caroline e gli tolse il telefono.

«Buonasera dottoressa Zeller.» la salutò Corsini con enfasi. «Come sai è stato diffuso un breve notiziario dell'ufficio stampa della Questura. La nostra caccia è terminata nel peggiore dei modi. D'altronde sapevamo che *Carlo Sorel* voleva concludere, a modo suo, il percorso mistico della sua follia.»

«Forse è stato meglio così.» lo interruppe la criminologa. «Nella sua lucida e folle disperazione è morto felice. Per lui aver portato a termine il cammino sacro della purificazione umana, è diventata l'esaltazione finale della sua infelice esistenza. Mentre chiuso in un manicomio avrebbe vissuto la tragedia familiare continuamente, senza ottenere nessun miglioramento per la sua salute mentale. Al contrario, avrei temuto che qualcosa di grave sarebbe avvenuto dentro il nosocomio… ricordiamoci come nella veste del dottor Jeckyll, non dimostrasse alcun sintomo della sua grave malattia mentale: per tutti era il docente più educato e disponibile dell'intera Università di Archeologia.»

«È vero Caroline.» rispose Corsini, stavolta con un tono più pacato. «La tua analisi la condivido in pieno. Per *Carlo Sorel* è stato l'epilogo più giusto, deciso da quel destino che lo aveva trasformato in un sanguinario *serial killer.*»

«Adesso ci rimane l'amaro in bocca.» riprese Caroline. «Nonostante si sia conclusa felicemente l'indagine più triste e complicata degli ultimi tempi.»

«A proposito!» la interruppe Corsini. «Devo rivolgerti l'invito ufficiale del Questore, per la conferenza stampa di domani mattina, alle dieci.»

«Ci sarò Simone. Abbiamo chiuso un capitolo triste, dove il Parco dell'Etna è stato il teatro di brutali omicidi. Perciò mi riempie di orgoglio partecipare alla conferenza. Sono certa che i media avranno parole di forte elogio per tutti noi. Però qualche frecciatina provocatoria la lancerò volentieri.»

«Bene Caroline.» concluse il Commissario capo «A domani mattina... sala conferenze della Questura. Un carissimo saluto ad Alessio e al tuo Frank. Stasera mi godo una serata con i miei cari. Ti saluto con affetto e tanta riconoscenza. Ciao cara.»

68
Catania - Questura Centrale

Com'era prevedibile stampa e televisioni si erano preparate all'incontro programmato con largo anticipo.

Già in mattinata, le emittenti televisive, stavano con i loro furgoni davanti alla Questura.

I giornalisti dimostravano grande eccitazione per l'evento, e provavano attrezzature e microfoni, ma dedicavano più attenzione alle telecamere esterne per le interviste dei partecipanti. Sembravano dei falchi, in attesa della loro preda, pronti a scattare per l'intervista, con telecamere e microfoni in mano.

La lunga attesa, si movimentava con le interviste dei giornalisti freelance ai poliziotti, nel momento di entrare in servizio, i quali dichiaravano apertamente la loro sorpresa per la conclusione di un indagine, che nell'epilogo aveva sorpreso tutti. Comunque, mai e poi mai, sarebbero arrivati ad individuare in *Carlo Sorel, l'assassino seriale*, se la criminologa Caroline Zeller non avesse collaborato alle indagini, tracciando esattamente le motivazioni comportamentali e la causa scatenante della sua follia omicida; su questo i pareri erano assolutamente concordi. I meriti del successo delle forze dell'ordine, invece, andavano divise tra i due corpi di Polizia. Infatti i due responsabili delle indagini, il Commissario capo Corsini e il colonnello Nardelli avevano messo in campo tutta la loro esperienza e preparazione professionale, con la collaborazione di eccellenti agenti e investigatori. E solo grazie alla loro energia e alla loro sagacia, eseguendo indagini a tappeto, erano arrivati in breve tempo alla identificazione dell'assassino.

Gli agenti che venivano intervistati, si esaltavano ai microfoni delle numerose testate giornalistiche. Questi cercavano argomenti e indiscrezioni, in merito alla inattesa e sorprendente chiusura del caso "*L'adoratore dell'Etna.*" *Il serial killer* diventato famoso per il suo impensabile modus operandi, ovvero nell'uccidere con l'utilizzo di un arma antica, in nome del *Vulcano sacro.*

Insomma tutto era pronto per la conferenza stampa annunciata dalla Polizia di Stato, e sicuramente la più attesa degli ultimi venti anni. Appena qualcuno faceva il suo ingresso nella sede della Questura Centrale, veniva assalito da due tre giornalisti freelance, microfoni in mano, nel tentativo di intervistarlo. E grossa era la delusione quando si accorgevano si trattasse di normali impiegati o tecnici di Polizia.

Si calmarono quando si accorsero che all'arrivo dei grossi personaggi, tanto attesi, un numero consistente di agenti di polizia creavano un vero e proprio cordone protettivo intorno a loro, rendendoli inavvicinabili.

Ma la vera star della conferenza, com'era logico, si rivelò la famosa criminologa newyorchese Caroline Zeller, con il marito Frank Borsalino, al seguito. Nonostante il consistente cordone di poliziotti, al suo arrivo, si creò un vociare di esclamazioni e tanta confusione nel tentativo di intervistarla.

Comunque i fotografi più bravi ed esperti riuscirono a infiltrarsi, nei punti, dove il muro di agenti, spostandosi allentava i controlli. E un turbinio di scatti a raffica, colse la splendida criminologa, mentre rivolgeva ai presenti un radioso sorriso per l'affettuosa accoglienza.

Frank tenendola per mano e parando deciso ogni tentativo di essere avvicinata, somigliava a una guardia del corpo, attento nella sua professione di protezione. Entrarono senza problemi nella sede della Questura Centrale. Dopodiché l'agente Elisa Bernini, in attesa, l'accompagnò nella Sezione Speciale Anticrimine.

Nel suo ufficio il Commissario capo Corsini, nella sua splendida divisa della Polizia di Stato, accolse Caroline e Frank davanti alla porta del suo ufficio, in piedi. Per prima cosa volle esprimerle i complimenti per l'eleganza del suo abbigliamento: gonna nera a tubo che le fasciava il suo splendido corpo. E giacca dai colori variopinti e delicati che si intonavano alla sua carnagione chiara e al suo charme naturale. Poi l'attirò a sé, e la baciò con affetto. Per lui Caroline era la donna che, da giovane, avrebbe volentieri sposato: ovviamente al primo posto restava sempre la sua Patrizia.

In quel momento era oltremodo felice. Per un attimo pensò alla triste storia di Alessio Borsalino, il suo amico e fratello del cuore. Adesso poteva essere felice, e fiero di un figlio come Frank, sposato a una donna affascinante che ama fortemente ed è ricambiato pienamente.

Queste riflessioni le aveva sviluppate mentre i due giovani sposi erano presi da un intenso colloquio con il colonnello Nardelli. E lui, ammirava seduto nella sua scrivania quel ragazzo dagli occhi grigio verdi, dal fisico atletico e possente nella muscolatura. Frank era il ragazzo che ogni uomo avrebbe voluto come figlio.

Con la sua intelligenza, con il suo carattere semplice e il suo fascino di uomo del sud, era riuscito a fare innamorare una delle ragazze più corteggiate *in high society* newyorchese. *È una bella favoletta* pensò ridendo sotto i baffi… e con il telefono in mano.

Intanto il colonnello Nardelli aveva istruito Caroline a come sviluppare gli argomenti della conferenza stampa. A turno avrebbero descritto e illustrato l'evolversi degli avvenimenti, lungo la strada del difficile caso denominato *"L'adoratore dell'Etna."*

Nel frattempo Corsini tentava di mettersi in contatto con il Questore. Ma invano… il numero risultava sempre occupato. Perciò rimise il telefono al suo posto. Un istante dopo il telefono squillò. Era il Questore. E la sua voce appariva insolitamente ironica ma soddisfatta.

«Dottor Corsini, la chiamo per comunicarle un'ottima notizia. Informi anche Luca Nardelli che il Capo della Polizia, in persona, vuole complimentarsi con noi. Con la sua presenza vuole rendere onore all'operato della Polizia di Stato di Catania e del Nucleo Investigativo dei Carabinieri. Però è necessario spostare la conferenza stampa di un'ora. Il suo aereo è appena atterrato all'aeroporto Fontana Rossa, e quindi a breve ci raggiungerà.»

«Ottima notizia signor Questore.» rispose Corsini. «Ricevere parole di elogio in diretta, sarà motivo di orgoglio per tutti noi. Ci avvisi appena arriva nel suo ufficio, così gli porgeremo un rispettoso benvenuto... come merita.»

«D'accordo Corsini.» acconsentì il Questore. «A tra poco. E intanto porga i miei saluti alla dottoressa Zeller e al caro colonnello Nardelli.»

Il Commissario capo Corsini, visibilmente su di giri, informò subito i partner davanti a lui. Anche loro manifestarono un certo apprezzamento nelle intenzioni del Capo della Polizia: i giornalisti avrebbero ricevuto uno smacco non indifferente.

L'enorme sala adibita alla conferenza stampa si riempì in brevissimo tempo, gremita da rappresentanti di tutte le testate giornalistiche. Erano presenti persino due reti televisive straniere, richiamate sia dal clamore del caso che dalla fama della criminologa statunitense.

Com'era prevedibile quella marea umana, con il suo vociare, creava una confusione inverosimile. Nell'attesa i giornalisti si erano divisi in gruppetti. E naturalmente anche se il risultato finale metteva tutti d'accordo, le opinioni si diversificavano in ognuno di loro.

Nel momento in cui il Capo della Polizia, a fianco del Questore e di Caroline Zeller, entrò nella sala per dare inizio alla conferenza stampa, seguì un attimo di assoluto silenzio; un gesto intelligente per dargli modo di prendere posizione sul palchetto allestito. Dietro di loro, fecero il loro ingresso il Commissario capo Corsini e il colonnello Nardelli, le cui mani erano impegnate da alcuni cofanetti che ordinatamente appoggiarono sulla scrivania, a fianco della postazione.

Iniziò il discorso il Questore che manifestava un insolito atteggiamento di vera soddisfazione, le cui parole cariche di sarcasmo, furono principalmente rivolte ai giornalisti. Il suo discorso fu abbastanza sintetico, ma toccò i punti salienti della riunione.

«Con questa conferenza stampa, il sottoscritto, in nome di tutta la cittadinanza, vogliamo onorare i rappresentanti dei due corpi di Polizia, che con abnegazione e impegno continuo, si sono prodigati nelle indagini più complicate e difficili degli ultimi decenni. Vogliamo anche ringraziare gli agenti che hanno sacrificato parte dei loro impegni familiari, collaborando a tempo pieno alle operazioni di investigazione prima, e nelle fasi operative, dopo. Senza lamentarsi degli sforzi richiesti dai loro superiori. E noi siamo orgogliosi di questi poliziotti: dimostrano il loro attaccamento alla divisa che indossano e combattono contro la criminalità, con coraggio e a rischio della loro vita. Come avrete saputo, abbiamo due valorosi detective dell'arma dei Carabinieri, feriti in modo grave. E un agente scelto della Polizia di Stato, con una spalla maciullata dai colpi devastanti del *serial killer.* Noi tutti diciamo onore a loro. Le loro sofferenze sono state ripagate, in parte, con la sua morte. Comunque abbiamo ricevuto buone notizie da parte dei medici: non sono in pericolo di vita. Anche se la convalescenza sarà molto ma molto lunga. Ma lasciatemi omaggiare una persona, cui deve andare la nostra perenne gratitudine. Avrete capito che con l'aggettivo "perenne gratitudine"... il doveroso omaggio è rivolto alla criminologa newyorchese, la dottoressa Zeller. Siamo stati fortunati a ottenere la collaborazione della profiler più conosciuta negli Stati Uniti. Nonostante la sua giovane età, si è dimostrata all'altezza della sua fama. E non si è sbagliata di una virgola, nella elaborazione del profilo psicologico e comportamentale del serial killer. Azzeccando persino le motivazioni del suo strano modus operandi e del perché le sue azioni scatenanti erano solo circoscritte nel territorio del Parco dell'Etna... con un legame molto stretto con il Vulcano.»

A quel punto, scattò spontaneo un fragoroso applauso rivolto alla criminologa. Anche il Questore partecipò all'applauso con evidente convinzione, poi attese qualche istante per continuare.

«Alla fine permettetemi di ringraziare gli uomini, di cui dobbiamo essere orgogliosi di avere nelle nostre forze di Polizia. Credetemi, le forze dell'ordine perennemente in lotta contro la mafia e la criminalità organizzata, dispongono di un'arma in più... due uomini di legge eccezionali: il Commissario capo Corsini della Sezione Speciale Anticrimine, la cui lunga carriera in operazioni e successi contro la malavita organizzata, è diventata leggenda per la Polizia di Stato. E il colonnello Nardelli del Nucleo Investigativo dei Carabinieri, conosciuto e apprezzato, persino, a livello nazionale. È stato entusiasmante, nonostante la drammaticità della situazione, lavorare e ascoltare le loro deduzioni investigative, i loro piani e le loro strategie operative. Bene. Per me è tutto. Con questo credo di avere finito. Ringrazio tutte le testate giornalistiche presenti, e passo la parola al nostro Capo della Polizia.»

«Signori.» iniziò l'alto rappresentante dello Stato. «Intanto ringrazio tutti voi perché ritengo essenziale che i media vengano informati con tempestività, e messi al corrente di episodi sanguinari e cruenti, specie con la perdita di vite umane. Noi tutti proviamo un altissimo sentimento di orgoglio verso le forze di Polizia. La mia presenza ha il solo scopo di essere vicino ai cittadini, e rassicurarli che la loro sicurezza è un compito prioritario dello Stato. Per questo siamo orgogliosi quando un omicida seriale viene tolto dalla circolazione, per merito di uomini di legge generosi e instancabili nel combatterli. Perciò trovo qualificante premiare con una medaglia al valore i presenti e gli agenti sfortunati ricoverati in ospedale. E tranquilli signori, tra poco avrete a disposizione il Commissario capo Corsini e il colonnello Nardelli che si immoleranno volentieri alle vostre domande, a raffica, su questo caso che definirei incredibile e pazzesco. Intanto desidero porgere un ringraziamento particolare alla dottoressa Zeller. A lei abbiamo dedicato una targa, dove esprimiamo gratitudine e riconoscenza per la collaborazione con la Polizia di Stato.»

Con passo veloce Corsini prese la scatola sulla scrivania, e la consegnò nelle mani del Capo della Polizia. Quindi invitò Caroline Zeller a seguirlo al centro del palchetto. Stavolta l'applauso si esaurì quasi subito, perché cameraman e fotografi, in anticipo, si precipitarono nel punto esatto della premiazione.

«Sarà un ricordo incancellabile!» esclamò sorridente la Criminologa. «È stata una decisione giusta sacrificare qualche giorno di vacanza per una causa di tale gravità. A breve partirò per New York, per impegni improrogabili. Ma vi assicuro che la terra di Sicilia, la sua gente, mi hanno conquistato profondamente, sia nel cuore che nello spirito. E se riesco a togliere dalla mente questo tragico avvenimento, in me, rimane la bellezza di questa terra e la cordialità della sua gente. La visione di una bellissima città, e di luoghi fantastici da togliere il fiato. Prima fra tutti la spettacolare visione dell'Etna. Appena arrivata sono stata accolta da una fantastica eruzione. E insieme alla mia famiglia americana, abbiamo provato una sensazione indescrivibile... qualcosa di pauroso e di fantastico nello stesso tempo. Ma in breve, la nostra paura si è tramutata in ammirazione, come se il vulcano in quel momento, avesse voluto dimostrarci la sua appartenenza alla storia magica della natura. Molto presto, vi prometto che ritornerò con entusiasmo.» dichiarò infine.

I cameraman zoomavano sul bel viso di Caroline, mentre i flash dei fotografi illuminavano ogni suo gesto, per coglierne quel fascino naturale. Il Capo della Polizia assisteva divertito a quell'assalto mediatico, come si trattasse di una star americana da mettere in prima pagina. Poi salutò i suoi collaboratori e quindi la criminologa, con una calorosa stretta di mano, anch'essa immortalata in diretta Tv. Infine rivolse un saluto e un ringraziamento alle televisioni e a tutti i presenti. Corsini invece approfittò di quell'attimo di pausa per complimentarsi personalmente con Caroline... anzi l'abbracciò affettuosamente, infischiandosene delle formalità. A ruota, anche Luca Nardelli imitò il suo collega e amico. Colse l'opportunità per baciare riconoscente Caroline... la partner e artefice della positiva indagine investigativa.

Intanto i rappresentanti delle testate giornalistiche, si preparavano mettendosi seduti ordinatamente, per rivolgere quella serie di domande con le quali avrebbero arricchito i loro servizi. Mentre le varie emittenti televisive trasmettevano in diretta le interviste e le domande rivolte ai due responsabili del famigerato caso *"l'Adoratore dell'Etna"*. Nel frattempo Caroline Zeller aveva raggiunto il suo Frank. Ma durò poco... un inviato di una emittente televisiva newyorchese, con una rapidità sorprendente, partì come un razzo verso la criminologa. «Le chiedo ancora qualche minuto, dottoressa Zeller. Non vorrei importunarla. Tuttavia come inviato della CNN network TV, che lei conosce benissimo, è mio dovere professionale trasmettere ai nostri concittadini l'evidente apprezzamento, nei suoi confronti, dei media siciliani. Anch'io desidero complimentarmi per quello che ha fatto in nome della giustizia... quella giustizia che per lei rappresenta una concezione di vita imprescindibile.»

Quelle parole provocarono in Caroline un brivido di vera commozione. In effetti quanto asserito da quel cronista esprimeva tutta l'essenza della sua carriera professionale, ma superò l'emozione leggibile nel suo sguardo, con un gesto spontaneo, dettato dal suo cuore: furbescamente spostò l'attenzione dell'intervista sul rapporto con l'uomo della sua vita. E descrisse Frank Borsalino, il marito siciliano che aveva contribuito ad arricchire la sua esistenza, come l'uomo dotato di un animo forte e sensibile. Un uomo intelligente, allegro e dal fascino particolare. Lo amava per i suoi slanci pieni di coccole, e per le sue bizzarrie caratteriali e amorose, tali da rinsaldare la loro vita di coppia, giorno dopo giorno. Insomma un rapporto solido, e il legame di un amore profondo, di appartenenza reciproca.

Quindi con un gesto spontaneo, come un segno d'appartenenza, afferrò la mano di Frank, quasi strattonandolo per la foga. Poi concluse rivolgendo i suoi occhi luminosi verso la telecamera.

«Ringrazio la CNN della piacevole intervista.» esclamò sorridente Caroline. «Sono lusingata del vostro affetto, e per ricambiarlo colgo l'occasione per mandare a tutti un caloroso e sentito abbraccio.»

«Come potete constatare cari telespettatori.» concluse il giornalista «Dalle sue parole, la dottoressa Zeller rivela di essere oltre che una brillante e famosa criminologa, una donna piena di sani principi familiari e infinitamente innamorata del suo ingegnere. D'altronde la loro storia d'amore è iniziata come la sceneggiatura di un film: due persone si incontrano per la prima volta in un ascensore e si innamorano dopo varie peripezie, a causa di un guasto improvviso, rivelatosi poi loro complice in amore. Okay! Dopo questa simpatica chicca sul loro incontro, James Carter, inviato della emittente newyorchese CNN, vi porge cordialissimi saluti... e seguite i nostri servizi sul caso *dell'Adoratore dell'Etna*: racconteremo la vera e tragica storia di un assassino diabolico.» conclusa la diretta, apparvero per qualche istante i sottotitoli in lingua statunitense che indicavano il giorno in cui sarebbe andato in onda il servizio speciale " Special service about the serial killer Etna worshipper. Saturday at 10 pm on CNN Network "

Il giorno seguente, alle prime luci dell'alba, le prime pagine dei giornali riportavano a pieno titolo la morte *del serial killer...* mentre un titolo di fondo, era dedicato alla conferenza stampa, avvenuta nella sede della Questura Centrale, con la prestigiosa presenza del Capo della Polizia. Naturalmente le vendite dei Quotidiani delle principali testate giornalistiche subirono un'impennata notevole, tant'è che decisero di aumentare la tiratura, con altre ristampe velocemente distribuite alle edicole, e ai vari punti vendita.

Nelle pagine interne, i servizi dei capi redattori e dei giornalisti di cronaca nera, si incentrarono, con molta professionalità, sulle notizie e sul notevole materiale raccolto dai loro inviati, durante la conferenza stampa tenuta dal Commissario capo Corsini e dal colonnello Luca Nardelli.

Il noto quotidiano "*La Sicilia*" di Catania, descrisse dettagliatamente e con abbondanza di particolari, la tragedia della famiglia Parisi, e la incredibile folle trasformazione del giovane Carlo Sorel, divenuto inspiegabilmente un serial killer spietato e sanguinario. Al solito la triste vicenda creò opinioni contrastanti, a volte ridicole per il contenuto. Un giornalista, invece, si espresse con un servizio molto toccante, pungente verso il sentimento umano. Anzi, profondamente psicologico, quando mise in evidenza le strane coincidenze di una tragedia del passato, con la morte recente di Carlo Sorel. Da acuto giornalista di cronaca, riportò nei minimi dettagli la tragedia dei suoi genitori, famosi vulcanologi, morti durante una escursione sull'Etna.

Nell'Università di Scienze Geologiche, quel giorno non si tennero lezioni per decisione del Rettore che pensò di omaggiare quella famiglia, travolta da eventi incontrollabili.

In particolare gli studenti della Facoltà di Scienze Geologiche superarono i loro turbamenti e i loro giudizi pietosamente negativi, portando dei fiori sulla sua cattedra. In memoria di un bravo docente e di un ragazzo diventato assassino per volontà di forze demoniache.

Entrarono in silenzio. Ognuno con un fiore in mano e facendosi il segno della croce, in segno di perdono cristiano. Tuttavia i funerali si svolsero in gran segreto, presso una piccola chiesa in un paesino alle pendici dell'Etna, dove un prete dal cuore profondamente cristiano, a dispetto delle critiche dispensate dalla curia catanese, celebrò la messa a suffragio della sua anima innocente, ma condannando aspramente le uccisioni di quelle povere vittime.

«E' mai possibile uccidere dei ragazzi, così barbaramente, in nome dell'Etna?

Il divino Vulcano temuto e rispettato sin dai tempi antichi. No! Solamente una mente folle, stravolta e posseduta da forze maligne, poteva credere di purificare il territorio etneo e il mondo intero, offrendo sacrifici umani. E per giunta con delle cerimonie sacre, celebrate nel suo momento di follia. No! Cari fratelli e sorelle. Come poteva credere a una divinità inesistente e irreale, raffigurata dall'immagine di sua Maestà l'Etna? Perciò con la mano sul cuore e in nome di Cristo facciamo una preghiera a suffragio del giovane Carlo Sorel... tutti sappiamo come questo giovane educato e perbene si sia trasformato improvvisamente in un demone. In un carnefice.

La sua morte è passata attraverso il dolore e la sofferenza. Attraverso l'annullamento spirituale e terreno. Ma non per questo è stato allontanato dal perdono di Dio: allora per lui, noi chiediamo il suo perdono. Preghiamo anche per le anime delle povere vittime. Preghiamo che i loro parenti ricevano la forza divina di capire, e di raggiungere almeno la serenità necessaria, per accettare gradualmente nel tempo, la perdita del proprio caro.»

Il discorso di Don Cosimo, un prete giovane e amico della famiglia, intristì profondamente i pochi presenti al funerale. Ma uno su tutti spiccava per il pianto incontrollabile, e per le commoventi parole espresse ad alta voce per *Carlo Sorel.* Giacomo Parisi, lo zio antiquario, con la mano appoggiata sulla bara, non riusciva a capacitarsi della tragedia immensa, vissuta dalla famiglia.

Anche la figlia e cugina di *Carlo Sorel,* scoppiò in un pianto dirompente, non appena sfiorò la bara in segno di saluto. «Sei stato un cugino meraviglioso.» esclamò con voce tremolante. «Non è possibile che il destino si sia accanito contro di te, in un modo così orrendo... Dio! Ti prego accoglilo tra le tue braccia, e nella tua immensa misericordia perdona i suoi peccati, voluti da quel male che tu stesso combatti.»

Poi padre e figlia si abbracciarono fortemente, stringendosi, come a voler alleviare la sofferenza accumulata dentro i loro cuori.

In un angolo della chiesa, seminascosti per non creare polemiche inutili, Caroline Zeller e Simone Corsini, in veste privata, avevano assistito alla cerimonia del discusso funerale di *Carlo Sorel.* Per loro quell'uomo aveva pagato le sue colpe con una vita vissuta da folle, nonostante l'amore immenso della nonna e della zia.

69
Zafferana Etnea (CT)

Da alcuni giorni il Commissario capo Corsini si era assentato dalla Sezione Speciale Anticrimine della Polizia di Stato. E avrebbe prolungato la sua assenza per una settimana intera. Era stato chiaro con il Questore. Aveva bisogno di disintossicarsi in famiglia, e passare qualche giorno con i coniugi Borsalino.

La moglie Patrizia e la figlia Ella erano impazzite di gioia, appena le informò di quella decisione. Trascorrere del tempo con Frank e Caroline sarebbe stato piacevole, rilassante e divertente. E poi Ella stravedeva per Caroline. Perciò per la ragazza, quella decisione era stata la notizia più entusiasmante che potesse ricevere. Anche perché restavano pochi giorni, e poi sarebbero partiti per New York.

Infatti il giorno seguente alla conferenza stampa, Corsini riunì la sua squadra per festeggiare la definitiva chiusura di quel difficile caso. Poi quando tutti furono ritornati ai loro incarichi di polizia, chiamò il suo vecchio amico, l'ispettore Consoli.

«Dimmi capo!» chiese appena fu dinanzi a lui.

«Ho preso una settimana di riposo.» gli disse Corsini «È mia intenzione sdebitarmi con la dottoressa Zeller e suo marito. Perciò lascio la squadra nelle tue mani. Ben sperando che sia un periodo tranquillo e di normale amministrazione.»

«Okay! Simone.» rispose l'ispettore Consoli «Ne hai ben diritto! È stato un periodo duro per tutti, ma il tuo impegno è stato eccezionale, come i risultati.»

«È vero amico mio.» replicò Corsini «A un certo punto credevo di non farcela. Poi un angelo biondo sceso da New York, ci ha illuminato sulla strada da seguire. Ma purtroppo in queste vicende drammatiche, con la perdita di tante vite umane, rimane sempre una sensazione di sconfitta e di amaro in bocca.» concluse con un tono dal significato inequivocabile. «Bene! Per qualunque cosa puoi chiamare sul mio numero personale. Ci teniamo in contatto di tanto in tanto. Au revoir, amico mio. Adesso taglio la corda e mi godo i miei tesori.»

Salvo Consoli gli rivolse un grosso sorriso mentre si stringevano la mano. Erano stati due giorni esaltanti per lui e la famiglia. Già dal primo giorno di "libertà condizionata", Corsini aveva invitato i coniugi Borsalino e Alessio per un tour nei dintorni.

Nonostante fosse pieno inverno, in quel fine settimana di gennaio, splendeva un sole tiepido e carezzevole. Perciò aveva scelto itinerari che da *Catania* attraversavano stupendi paesaggi lungo la costa... e il litorale in direzione di *Taormina.*

Visitarono *Acitrezza,* piccolo borgo marinaro immortalato da Giovanni Verga nel suo capolavoro *"I Malavoglia"*... una splendida visione paesaggistica naturale, con i spettacolari faraglioni, cui la leggenda attribuisce al gigante Polifemo.

Fecero sosta ad *Acireale* famosa per la sua storia e patria del *Barocco,* per poi scendere e visitare il piccolissimo e stupendo Borgo marinaro *S. Maria La Scala;* cui si accede attraverso un sentiero naturalistico locale. Naturalmente Caroline e Frank si godevano la bellezza di quei luoghi. Ed erano talmente entusiasti dallo spettacolo che la natura offriva ai loro occhi, da coglierne il loro sguardo ammirato, per quel paesaggio incantevole e suggestivo. Tutto l'opposto di una città immensa e caotica come New York.

Tra una sosta e l'altra le donne si divertirono a raccontarsi qualcosa di piccante verso i loro uomini, mentre Ella ne approfittava per stuzzicare Caroline, per poi scappare e farsi rincorrere: con il profumo della brezza marina che le inebriava di piacevole diletto giovanile.

Il lungomare di Capo Mulini, con il suo caratteristico porticciolo, ne fu testimone e protagonista assoluto delle loro birichinate, mentre Patrizia come genuino simbolo di donna del sud, le incitava a stare attente, a non cadere, e nello stesso tempo si godeva quella spontanea manifestazione di gioia, con grossi sorrisi di approvazione.

I tre uomini, al contrario, si godevano la brezza marina, e di tanto in tanto, si fermavano per respirarla a pieni polmoni. I loro discorsi erano di vario genere e non toccavano assolutamente l'argomento del *serial killer.*

Frank passeggiava con il braccio appoggiato sopra le spalle di suo padre Alessio, e quel gesto racchiudeva l'amore che aveva perso, e che adesso desiderava fortemente recuperare.

Insomma quel breve tour, concentrato in due giorni, per visitare con calma e godersi quei posti meravigliosi, fu un vero toccasana mentale, sia per Caroline che per Simone Corsini. Inoltre negli occhi dell'uomo, si leggeva la gioia di vedere Ella e Patrizia, i suoi tesori, come era solito chiamarle, cosi rilassate e felici.

Nella sua lunga carriera di poliziotto aveva passato dei momenti veramente brutti. Più volte aveva rischiato di morire o per lo meno di essere ferito gravemente. Ma lui, mentre riaffioravano quei momenti, pensò che avrebbe fatto persino un patto con il diavolo... pur di non lasciarle da sole. Quella sera erano stati invitati a cena, a villa Caroline. Perciò appena rientrati dal giro turistico, Corsini continuò a rilassarsi nel terrazzo di casa. Si godeva il suo piccolo angolo relax. Arredato da un tavolo con delle comode poltroncine e un divanetto laterale. Ogni singolo pezzo era in robusto vimini, giunco e canna, con fili di canapa e rafia intrecciati, la cui particolare tecnica artigiana era opera di veri maestri di questo antico mestiere. Com'era sua abitudine, per rilassarsi sorseggiava un bicchierone di latte di mandorla macchiato, con del caffè forte e amaro. Per lui era una combinazione di gusti e aromi imprescindibili.

Vicino a lui, il fedele cane Birillo gli appoggiava la testa sulla gamba, in attesa di una carezza, poi scodinzolava la lunga coda e saltava sul divanetto per fargli compagnia. Era divenuto il suo compagno e fedele amico, tant'è che un giorno Patrizia, mentre erano seduti a tavola e Birillo restava incollato alle gambe del marito, se ne era uscita con una battuta ironica… una delle sue, molto divertente.

«Avaia! Scimunito di un poliziotto coi baffi. Per caso vi siete innamorati? Devo essere gelosa!?» a quella battuta Ella era addirittura arrivata per terra, torcendosi dalle risate.

70
Trecastagni (CT) – Villa Caroline.

E venne il giorno della partenza e dei saluti… quella mattina cadeva una pioggerella fitta e insistente, mentre il cielo grigio e pieno di nuvole, sembrava volesse manifestare, anch'esso, la sua tristezza.

Caroline e Frank apparivano agitatissimi. Dentro i loro cuori lottavano due strane sensazioni: da un lato l'entusiasmo per il ritorno a New York, ai loro impegni e alla normalità della loro vita. Dall'altro la tristezza di lasciare gli affetti di parenti e amici. Di lasciare la splendida Sicilia con le sue bellezze naturali e luoghi incantevoli da mozzare il fiato. Tradizioni culturali, artistici e storiche, cui la gente del posto si tramanda da padre in figlio, con un attaccamento viscerale alla propria terra.

Comunque i due giovani sposi avevano già in programma il ritorno in Sicilia, in estate, per una vacanza vera, in qualche isoletta intorno, dal mare meraviglioso e cristallino. E Caroline avrebbe avuto un motivo in più per rilassarsi e respirare l'aria salubre di quei luoghi.

Erano ancora indaffarati negli ultimi preparativi quando squillò il cellulare di Frank. Era Alessio. «Si! Dimmi papà.» rispose eccitato. «Siamo agli ultimi preparativi. Simone vuole accompagnarci all'aeroporto e sarà qui a momenti. Tu dove sei?»

«A due passi da casa tua.» lo informò Alessio «Ed ho una sorpresa. Tua nonna non poteva più aspettare. Perciò eccola qui. Pensa figliolo caro: è con i bagagli già pronti, da almeno un paio di giorni.»

«Non potevi darci notizia più bella.» rispose Frank, che intanto aveva messo a viva voce. «Vuol dire che da subito staremo insieme.» Nel frattempo udì il suono del cancello che si apriva di cui Alessio ne possedeva il telecomando. Appena nonna Rosa entrò in casa, corse ad abbracciare Caroline e Frank. Ed ebbe luogo una scenetta comica, perché quando i nipoti le vennero incontro, nella foga di baciare l'anziana nonna, si abbassarono insieme, con il risultato di sbattere le loro teste. Questo bastò per rendere ancora più felice nonna Rosa. Per lei seguire i nipoti in America era una gioia immensa e indescrivibile.

Era così agitata che il cuore le batteva come un 'tamburino'… raccontò dopo ad Alessio, quando si fu calmata; poi il lungo viaggio in aereo, la rendeva ancora più ansiosa.

«'Avaia carusi!'» esclamò divertita, nel vedere i nipoti che si toccavano la testa. «'U sacciu ca mi vuliti bene'. Perciò chi mi bacia per primo, non ha importanza… 'pi mia siti sempre i niputi do me cori'.»

Frank per tutta risposta, divertito dalla ironia della nonna, la sollevò delicatamente e la baciò teneramente sulla guancia. Subito dopo Caroline la prese per mano e la condusse nel salone adiacente, in un punto in cui il marito non poteva ne vedere ne sentire. Nonna Rosa intuì subito che Caroline aveva qualcosa da confidarle. «'Pi favuri!' non mi fare preoccupare.» le disse allarmata. «Forse Frank 'ti trattò' male? Sai 'l'omini sunu tutti nervusi'. 'Ci voli pazienza e tantu amuri'.»

Ma il sorriso radioso e il gesto dolce con cui Caroline l'accarezzò sulla guancia, le fecero capire che il motivo era tutt'altro. «Devo darti una notizia molto bella nonna.» le disse la giovane sposa americana.

Poi a bassa voce, sicura che Frank fosse impegnato a parlare con Alessio e nella rifinitura dei bagagli… le sussurrò all'orecchio la notizia che riempì il cuore dell'anziana donna.

«Sono incinta!! Sono incinta!» le sussurrò raggiante di felicità. «Un figlio dall'unico e vero amore della mia vita. È una sensazione meravigliosa, nonna.» e mentre lo diceva i suoi bellissimi occhi verdi-azzurro diventarono lucidi, per la intensa emozione che provava. Naturalmente l'abbraccio di nonna Rosa arrivò immediato. La strinse forte a se, come a volerle trasmettere la sua gioia indescrivibile.

Poi Caroline le chiese di non dire niente a Frank, perché lei lo avrebbe fatto in un momento più sereno: era evidente che la partenza lo aveva reso alquanto agitato, ma soprattutto emozionato di lasciare la terra dove la madre l'aveva dato alla luce. Le due donne ritornarono mentre Frank imprecava per una valigia talmente piena di oggetti e ricordi della Sicilia che stentava a farsi chiudere. Con il padre Alessio seduto sopra, in un atteggiamento comico, nel tentativo di comprimerla. Bastò la presenza di nonna Rosa e della sua amata Caroline per calmarlo ma le due donne scoppiarono a ridere, anche perché complici del loro dolce segreto. Frank e Alessio risero insieme a loro... «Lo sappiamo. Non vale la pena arrabbiarsi così stupidamente.» esclamarono insieme. Poi Frank allargò le sue lunghe braccia come a chiedere un po' di comprensione.

Dopo dieci minuti circa, giunse Simone Corsini con la famiglia a seguito. L'unica a essere veramente dispiaciuta del loro ritorno a New York era la giovanissima Ella. La sua giovane età non faceva nulla per nascondere il broncio stampato sulla faccia. Appena salirono in casa, l'abbraccio fortissimo che seguì tra Patrizia e Caroline, suggellò quanto affetto unisse la famiglia Corsini alla giovane coppia di sposi. Mentre Ella provava a nascondere qualche lacrimuccia che scendeva dai suoi splendidi occhi castano scuro, di chiara etnia mediterranea.

Nel parcheggio decisero, quindi, come organizzarsi con le macchine. La macchina di Alessio avrebbe portato Frank e Caroline, e la ragazza, che furbescamente aveva preso Caroline sottobraccio, senza staccarsi da lei. Mentre Patrizia e nonna Rosa sarebbero andati con Simone.

Durante il tragitto per l'aeroporto arrivò la telefonata di Gaetano che volle salutare e augurare buon viaggio alla madre Rosa, ad Alessio e ai due cari nipoti Caroline e Frank. Quindi li pregò di portare i saluti a Elsen e Warren. Poi si rivolse direttamente a Frank. «Ti raccomando Frankuzzo! Abbracciami quel mafioso di Warren. E digli che la sua presenza, di persona squisitamente umana, la porto sempre con me.»

All'aeroporto giunsero con largo anticipo. Perciò dopo aver espletato le operazioni d'imbarco, rimase un buon lasso di tempo per stare insieme, prima della partenza.

Simone Corsini quando aveva della tensione emotiva da scaricare, come in questo caso, si lisciava o attorcigliava i suoi baffi, ben curati dalla mano esperta di Patrizia. La dolce consorte prima di sposarlo aveva lavorato come estetista in un bel negozio al centro di Catania. Ed era stato il destino a farli incontrare e a tessere la loro storia d'amore.

Corsini era da poco entrato nella Polizia di Stato. E nonostante la sua giovane età si era distinto per volontà e per impegno alla lotta ai criminali.

Una sera andò a prendere la sorella diciassettenne, anch'essa estetista, nello stesso negozio. E fu così che conobbe Patrizia. Da quel momento, la sua presenza nell'orario di uscita, delle due ragazze amiche, divenne un'abitudine piacevole per entrambi. Finché Simone Corsini trovò il coraggio di dichiararsi innamorato e di volerle bene. Perciò il loro rapporto da fidanzatini durò la bellezza di dodici anni. Ma tra loro durò sempre un sano rapporto di rispetto e di gesti d'amore tipici della loro giovane età.

Questi meravigliosi ricordi riaffiorarono nella sua mente, inaspettatamente, mentre ammirava i gesti d'amore, spontanei e sinceri tra Caroline e Frankuzzo, che lui aveva tenuto sulle ginocchia, da piccolissimo. Per loro provava un affetto sincero, per cui un grosso senso di appagamento interiore, lo percepì spontaneo.

Ella intanto non si staccava da Caroline, neanche di un metro. Ascoltava ogni sua parola, concentrata e ammirata. Replicando solo quando aveva qualcosa da chiedere. La ragazza sicuramente avrebbe seguito le orme del famoso padre poliziotto. Anche se un ostacolo, a tale scelta, l'avrebbe trovato nella contrarietà della madre, già perennemente in ansia per il marito. Tuttavia frequentando la criminologa Caroline Zeller, e con la sua amicizia, in Ella era maturata la consapevolezza di volere intraprendere una carriera nel campo investigativo e forense... per buona pace della madre Patrizia.

Al momento dell'imbarco, i saluti con la famiglia Corsini furono colmi di profonda commozione, per entrambi le parti. Simone Corsini e Patrizia, con l'aiuto della figlia Ella accerchiarono i parenti, mentre questi si apprestavano a salutarli. Poi tenendosi per mano, formarono un cerchio intorno a loro, quindi strinsero il cerchio abbracciandoli, simultaneamente, tutti insieme.

Il gesto creò molta allegria e alleviò, in parte, l'emozione visibile in ognuno di loro. Tuttavia Ella restò abbracciata a Caroline per qualche minuto, prima di lasciarla andare verso il gate d'imbarco.

Simone Corsini mentre si dirigevano verso il gate d'imbarco, ebbe un momento di vera felicità. Se fosse esistito un misuratore per tale emozione, probabilmente sarebbe arrivato al massimo del valore.

Ancora una volta gioiva per l'atteggiamento di Frank verso il padre... appena camminavano insieme gli metteva il braccio sopra la spalla, come a proteggerlo e a trasmettergli il suo affetto. E di questo ne era orgoglioso. Alessio nel momento di salutarlo lo abbracciò con enfasi e riconoscenza. Infatti molto emozionato gli sussurrò all'orecchio: «Ti devo la mia nuova vita.» gli disse «Grazie a te, questo mi ripaga di ogni cosa. L'amore di mio figlio vale molto di più di sedici anni di carcere. Per me sei sempre stato il fratello che ho sempre desiderato. Ti ringrazio ancora... e ancora, Simone.»

Poi si staccò velocemente dall'abbraccio, e con gli occhi ancora lucidi, si avviò verso l'imbarco.

In quel momento con la mente rilassata e l'animo pieno di sensazioni inebrianti, da lontano, si godeva la felicità dei suoi cari amici. E non c'era soddisfazione più bella, per riempire il cuore di un poliziotto che per mestiere doveva essere duro, o almeno fare finta di esserlo... qualche volta anche soffrendone.

L'aereo decollò in perfetto orario e appena si alzò in volo una grossa emozione apparve sui volti di Patrizia e Ella. Al che, lui intervenne con decisione. «Uhe! Ragazze mie. Non tenete quel broncio. Vi prometto che in estate andremo a trovarli. E poi ritorneremo insieme a Caroline e Frank. Così sarà tutto più bello.»

A quel punto Ella le saltò quasi addosso, baciucchiandolo ripetutamente.

Seduti comodamente nelle poltrone comfort di prima classe, Caroline e nonna Rosa presero i posti di sinistra mentre Alessio e Frank quelli di destra. Nonostante il corridoio li separasse, nonna Rosa continuava a rivolgere domande sia a Caroline che a Frank. Alessio rideva facendosi coinvolgere dalle domande e dalle battute spiritose dell'anziana donna. In quel momento l'aereo sorvolava *l'Etna* che fumava tranquillamente dopo l'eruzione di alcuni giorni prima. Vista dall'alto appariva con il suo caratteristico pennacchio bianco, dormiente e immensa nella sua estensione e circonferenza.

Ad un tratto Caroline ebbe come un *lieto presagio.* Dall'oblò le sembrò che il fumo cominciasse stranamente a danzare, creare delle immagini a spirale, e lentamente da quel fumo, formarsi un mosaico di lettere fino a comporre una parola: *Grazie.*

La criminologa scosse energicamente la testa per frantumare quella visione. Ma continuò a vederla. Almeno questa fu la sua sensazione reale. Ma era tutto vero? Oppure la sua fantasia si era costruita qualcosa di veramente insolito, per una mente lucida come la sua...

Tuttavia rivide quel fumo ricominciare a vorticare e salire più in alto, alternandosi, fino a formare nuovamente la parola... *Grazie.*

Dapprima la cosa la turbò interiormente, ma poi si fece una grossa risata di petto per quella fervida immaginazione. Però non le sarebbe dispiaciuto se il *'Divino Vulcano... sua maestà l'Etna'* l'avesse ringraziata per la collaborazione.'

Nonna Rosa la guardò sorridente ma incuriosita, come d'altronde Frank e Alessio. «Che succede amore!» le sussurrò dolcemente l'uomo della sua vita «Vogliamo sapere come mai quella fantastica risata mentre eri girata verso *l'Etna.»*

«Non è niente di strano.» rispose radiosa Caroline. «Anzi direi che si tratta di qualcosa di molto bello. Guardavo la Sicilia dall'alto. La terra delle tue radici e dicevo tra me: Alessio è un bel nome... ma anche Angela è straordinario. Sono incinta amore mio. Aspetto un figlio! Capisci sono incinta... sono incinta. E voglio anche dirti che sei l'uomo che mi ha reso felice e che ha riempito la mia vita di amore e di tenerezza. Ti amo Frank!»

La reazione emotiva di lui fu fantastica... sembrava un ragazzino: con saltelli simili a un canguro, ma pazzo di felicità. La baciò con tanto ardore. Tant'è che intervenne nonna Rosa per invitarli a essere meno focosi. Si preoccupava che le persone a bordo non gradissero quel modo di esultare. Invece stupita e imbambolata si accorse come le persone vicine approvassero quelle manifestazioni di vera felicità. Anzi, con grande signorilità e simpatia, una signora molto distinta, dall'aspetto chic ed elegante, si rivolse a Caroline con un magnifico sorriso... «Congratulations... dottoressa Zeller.» le disse avendola riconosciuta. «Best wishes! To you and your family.»

Quindi seguì un lieve battito di mani, da parte di alcuni passeggeri. Anche le due hostess vicine si unirono sorridenti alla lieta notizia. Poco dopo apparve il Comandante, informato dallo steward della presenza a bordo della criminologa *Caroline Zeller*. E con modi da vero "bon ton", si complimentò con lei. «La sua presenza a bordo è motivo di orgoglio per tutto l'equipaggio.» le comunicò sorridente.

Stavolta altre persone a bordo si unirono simpaticamente alle congratulazioni del Comandante. In un attimo si creò un'atmosfera di allegra e intensa partecipazione: come ci si trovasse tra vecchi amici. E tutto questo... a bordo di un Boeing 747 American Airlines, a diecimila metri di altezza...

FINE

INDICE

Finito di stampare
nel mese di settembre 2021
presso Rotomail Italia S.p.A. – Vignate (MI)